ANTES DE DEZEMBRO

Antes de dezembro

JOANA MARCÚS

SÉRIE
Meses ao seu lado
VOLUME 1

TRADUÇÃO
SÉRGIO KARAM

PLATA
FORMA21

TÍTULO ORIGINAL *Antes de Diciembre*
Copyright © 2021 by Joana Marcús
The author is represented by Wattpad WEBTOON Studios.
A autora é representada pelo Wattpad WEBTOON Studios.
Todos os direitos reservados.
© 2024 VR Editora S.A.

Plataforma21 é o selo jovem da VR Editora

GERENTE EDITORIAL Tamires von Atzigen
ASSISTENTE EDITORIAL Michelle Oshiro
PREPARAÇÃO Bonnie Santos e Ariadne Martins
REVISÃO Paula Queiroz e Fernanda Felix
DESIGN DE CAPA Penguin Random House Grupo Editorial / Manuel Esclapez
FOTOGRAFIA DE CAPA ©KieferPix / Shutterstock.com
ADAPTAÇÃO DE CAPA Pamella Destefi
DIAGRAMAÇÃO Guilherme Francini e Pamella Destefi
PRODUÇÃO GRÁFICA Alexandre Magno

Dados Internacionais de Catalogação na Publicação (CIP)
(Câmara Brasileira do Livro, SP, Brasil)

Marcús, Joana
Antes de dezembro / Joana Marcús; tradução Sérgio Karam. – Cotia, SP: Plataforma21, 2024. – (Meses ao seu lado)

Título original: Antes de diciembre
ISBN 978-65-88343-84-5

1. Ficção – Literatura juvenil I. Título. II. Série.

24-212502   CDD-028.5

Índices para catálogo sistemático:
1. Ficção: Literatura juvenil   028.5
Eliane de Freitas Leite – Bibliotecária – CRB 8/8415

Todos os direitos desta edição reservados à
VR Editora S.A.
Via das Magnólias, 327 – Sala 01 | Jardim Colibri
CEP 06713-270 | Cotia | SP
Tel.: (+55 11) 4702-9148
plataforma21.com.br | plataforma21@vreditoras.com.br

Para cada Jenna que ainda está aprendendo a se amar;
para cada Ross que ainda está aprendendo a se aceitar;
para cada Naya que ainda está aprendendo a se cuidar;
para cada Will que ainda está aprendendo a relaxar;
para cada Sue que ainda está aprendendo a se abrir;
e para cada Mike que ainda está aprendendo a se perdoar.
Este livro é para vocês.

1
UM RELACIONAMENTO ABERTO

— UM RELACIONAMENTO... aberto?

— Sim, exatamente.

Meu namorado me olhava com um enorme sorriso. Eu, pelo contrário, não estava sorrindo. Nem um pouco.

— E o que é isso?

— Acho que o nome já define a coisa bastante bem, Jenny.

Ele devia estar brincando.

Ou melhor, *seria bom* para ele que estivesse brincando.

Ele tinha acabado de me deixar na frente do alojamento! Literalmente! Nem sequer tinha tido tempo de tirar a bagagem do carro e já estava pensando em mudar completamente nossa relação!

— Precisamos falar sobre isso agora, Monty? — murmurei, de mau humor. — Você não teve nenhum outro momento para fazer isso?

— Hum... não.

— Sério? Nós ficamos juntos dois dias inteiros.

— Bom, está certo. Mas é que... eu não sabia como tocar no assunto. Não achei que fosse o momento.

— E este acabou sendo o momento ideal, não?

— Não seja assim, Jenny. É o último momento que tenho antes de ir embora. E você não vai querer falar sobre isso por telefone, não é?

— É, não vou.

Suspirei e decidi relaxar um pouco. Afinal, estava mais alterada que de costume pelo nervosismo que a universidade me causava. Não queria descontar isso em Monty, e muito menos no momento de ele ir embora. A perspectiva de nos separarmos estando meio irritados me deixava um pouco tensa.

Mas o que eu devia ter dito a ele? Eu me limitei a olhá-lo durante alguns instantes, nos quais seu sorriso se tornou ainda mais inocente do que já estava.

Então me dei conta de que não havia pensado no que aconteceria entre nós quando eu ficasse aqui e ele voltasse para casa. Ele não iria continuar os estudos. Ou, pelo menos, era algo que ainda não estava em seus planos. Em vez disso, continuaria a jogar no time de basquete de nossa cidade. Era a única coisa que ele gostava de fazer. Jogar basquete. O dia inteiro.

De minha parte, eu andava tão preocupada com o alojamento, as aulas e tudo o mais... que mal tinha pensado que não nos veríamos por muito tempo. Tempo demais. Levando em conta os treinos dele e as minhas aulas, seria difícil manter o contato diário. Eu também não tinha dinheiro para ir vê-lo constantemente, e, na verdade, duvidava que ele quisesse vir até aqui só para me ver. Certamente iria se desculpar dizendo que estava cansado por causa do basquete.

Em dezembro, pelo menos, quando chegasse o Natal, iríamos nos ver. Mas havia tantos meses antes de dezembro... Era uma eternidade.

Tentei me concentrar de novo na conversa quando me dei conta de que ele continuava esperando uma resposta.

– Não sei o que dizer – admiti, finalmente. – Nem mesmo tenho certeza de que entendo o que implica isso de... ter um relacionamento aberto. Não sei o que é isso.

– É muito simples. Olha... você e eu somos um casal, não?

– Sim, me parece que sim – brinquei, meio tensa.

– Isso mesmo. Nós nos adoramos, gostamos um do outro, nos respeitamos, mas... temos nossas necessidades.

– Nossas necessidades?

– Sim.

– Que necessidades? Comer?

– Não, Jenny.

– Beber?

– Hum... não...

– Dorm...?

– Sexo.

– Oi? – Fiquei vermelha na mesma hora e me certifiquei de que ninguém estivesse escutando. – Se-sexo...? O que...?

– Dá pra parar de olhar em volta como se estivéssemos falando sobre assassinar alguém? Só falei de sexo.

– Não gosto de falar sobre isso.

– Isso eu já sei. – Ele revirou os olhos. – Mas, mesmo assim, temos nossas necessidades sexuais, não? Quer dizer, eu sei que você é um pouco mais assexual, mas eu...

– Você sabe o que significa ser assexual?

– ... eu tenho minhas necessidades sexuais – continuou ele, me ignorando.

– Espere aí – minha voz subiu uns três decibéis –, você está me dizendo que vai transar com outras pessoas?

– Hein? Não, estou...!

– Espero que seja uma brincadeira.

– Escuta – ele pegou meu rosto com as mãos –, o que estou propondo é que, se em algum momento... não sei... sentirmos necessidade de fazer isso... que a gente faça.

– E posso saber por que você vai sentir necessidade de transar com alguém que não seja eu? – Eu me afastei, de cara amarrada.

– Eu não quero fazer isso – ele disse, quase ofendido.

– Ah, sério? – ironizei. – Quer que a gente recapitule um pouco?

Ele entendeu imediatamente o que eu queria dizer. Ensaiou mais uma vez o gesto de segurar meu rosto, mas parou de repente e abaixou as mãos, agora um pouco tenso. Abaixei a cabeça.

– Sinto muito – murmurei. – É que estou nervosa.

– Eu sei. – Ele relaxou e suspirou. – Olha, sei que isso soa estranho, mas agora está na moda essa coisa de relacionamento aberto. E foi demonstrado cientificamente que os casais duram mais assim.

– Demonstrado por quem?

– Além do mais, não é que eu queira fazer isso agora mesmo, mas... quanto tempo vamos ficar sem nos ver? Três meses?

– Quase quatro. E não evite a perg...

– Não acho que seja bom para o corpo ficar tanto tempo sem fazer isso, Jenny.

Franzi a testa na mesma hora.

– Eu passei dezessete anos da minha vida sem fazer isso com ninguém e estava tudo muito bem.

– Mas não é a mesma coisa quando se é virgem. Se você não sabe o que está perdendo, não sofre por não ter aquilo. – Ele segurou minha mão e se afastou suavemente de mim. – Vamos, amor, você sabe que eu gosto de você, né?

– Sim, Monty, mas...

– Você sabe que isso não vai mudar, não importa o que aconteça. Ou *quem* aconteça, melhor dizendo. – Ele começou a rir de sua própria piadinha. – Vai, eu sei que você me entende. Por isso estou com você e te adoro tanto, porque você sempre me entendeu perfeitamente. E você sabe que tenho minhas necessidades, Jenny. Então... que diferença faz se eu der um pouco de amor a outras enquanto você não está comigo?

– Você faz parecer que me botar chifres é algo fantástico. – Eu me afastei.

– Não são chifres se for algo consentido.

– Quer dizer que você está me pedindo carta branca para transar com quem você quiser.

– Bom, não só eu. Você pode fazer o mesmo.

Na verdade, isso não chegava a ser um grande consolo.

– E se eu não quiser fazer com mais ninguém? Você chegou a pensar nisso?

– Então... não faça. Mas, pelo menos, você tem a possibilidade de fazer se algum dia mudar de opinião. Você me entende?

– Quer dizer então que, se eu entrar agora no alojamento, conhecer um cara, gostar dele e quiser transar com ele, você não vai se importar? Nem você acredita nisso!

– Também não é bem assim.

– E como é, então?

– Jenny, não estou dizendo que seja indispensável que a gente transe com alguém. Enquanto tivermos que manter uma relação à distância, temos direito a... sei lá, se nos encontrarmos numa situação em que alguém nos atraia muito, que possamos fazer o que quisermos. Sem ressentimentos, sem ciúmes, sem recriminações...

Ele pegou minha mão outra vez e agora não me afastei, embora não estivesse muito de acordo com o que estava ouvindo.

– Não sei, Monty... isso soa um pouco estranho.

– Vamos... – Ele me deu um beijo na boca, sorrindo. – Vai ser divertido. E podemos estabelecer regras.

– Regras?

– Sim, claro. Assim você vai se sentir mais à vontade. Por exemplo... hum... cada vez que algum de nós fizer algo com alguém, tem que contar para o outro. Será melhor assim.

– Mas eu não quero saber dos detalhes do que você fizer com outras.

– Certo, então não vamos entrar em detalhes, só vamos informar um ao outro que algo aconteceu.

– Monty...

– Vamos, faça você uma outra regra.

– Eu não disse que quero seguir adiante com isso.

– Então, imagine que você aceite. Que regra você colocaria?

Pensei por um momento enquanto ele me olhava, com expectativa.

– Está bem... – suspirei. – Nada de amigos. Não quero que você transe com uma amiga minha. Nem eu vou transar com um amigo seu.

– Me parece justo.

– Você *realmente* está me dizendo que não se importa que eu transe com outras pessoas?

– Se for apenas sexo, não me importo. – Ele segurou meu rosto com as mãos outra vez. Fazia muito isso quando estava tentando me convencer de alguma coisa. – Os relacionamentos abertos são assim. Mesmo que transe com outra pessoa, você sabe que gosta da sua parceira. Nossa relação é forte assim. Não é genial?

Eu não tinha tanta certeza de que "genial" era a palavra que eu usaria para definir aquela situação, mas ele não ia me deixar em paz até que eu aceitasse, então acabei dando de ombros.

– Se é o que você quer...

Ele sorriu e me agarrou pela nuca para me beijar. Deixei que me beijasse sem grande vontade. Depois ele pegou minha bagagem do carro e a pôs no chão ao meu lado.

– Certo, então vamos...

– A partir daqui, pode deixar comigo – assegurei a ele. – É melhor você ir ou vai chegar em casa muito tarde.

Ele parou, surpreso.

– Você vai sozinha?

– Sim. Quero fazer isso.

– Tem certeza, Jenny? Posso te dar uma mãozinha.

– Tenho. – Dei-lhe um último beijo e ele sorriu para mim. – Me liga quando chegar, tá bem?

– E você mande mensagens me atualizando sobre como vão as coisas.

A verdade era que eu esperava uma despedida um pouco mais emocionante, mas ele se limitou a acariciar meu rosto com os nós dos dedos e depois se enfiou no carro e sorriu para mim. Eu me despedi com um aceno, enquanto ele acelerava, partindo.

Por um momento, me arrependi de ter dito a ele para ir, mas era melhor assim. Eu tinha que começar a me conscientizar de que o mais provável era que, a partir de agora, eu passasse muito tempo sozinha. Era preciso me acostumar a isso. Melhor começar o quanto antes.

Eu me virei na direção do prédio e comecei a arrastar minha mala, com um frio na barriga. Sinceramente, me sentia como um soldado a ponto de enfrentar sua primeira batalha.

Meu alojamento era o mais próximo à minha faculdade, de filosofia e letras. Ao ver a fachada de tijolos avermelhados bastante desgastados, pensei que provavelmente fazia muito tempo que ninguém o reformava. O que mais me chamou a atenção foi um cartaz enorme sobre a liberdade das mulheres pendurado numa das paredes. Sorri de lado ao subir a escadaria da entrada, bufando por ter que carregar a mala.

O interior estava lotado e também tinha cara de ser meio antigo, mas havia tanta gente jovem que logo me esqueci disso. Procurei no meio de todas aquelas pessoas e localizei o balcão da recepção. Um rapaz loiro, com uns óculos enormes, não muito mais velho que eu, parecia bastante estressado enquanto gritava alguma coisa para um outro que estava despreocupadamente apoiado no balcão. Estranhei um pouco o fato de ali haver um homem, levando em conta que era um alojamento feminino. Talvez fosse parente de alguém.

De qualquer maneira, não era problema meu. Eu me aproximei deles e fiquei parada ali ao lado, esperando educadamente que terminassem.

— Não posso te deixar subir, Ross — disse o rapaz do balcão. Parecia cansado, como se já tivesse falado aquilo muitas vezes. — No primeiro dia é proibido entrar qualquer um que não seja parente. Especialmente um homem. E você sabe disso.

— E você sabe disso — repetiu o outro, imitando-o enquanto sorria.

O loiro ficou vermelho no mesmo instante.

— Você pode me levar a sério uma vez na vida?

— E você pode não me discriminar uma vez na vida?

— Ross, é um alojamento feminino...

— Obrigado, não tinha percebido.

— ... e você não me parece ser uma mulher.

— Você também não parece e estou vendo que trabalha aqui.

O rapaz, muito ofendido, balbuciou algo incompreensível.

— Eu sou um trabalhador competente e profissional que...

— Bem, sim, muito bem, é você que vai dizer à Naya que ela tem que subir com a mala?

Ele parou de repente.

— O quê? Não, não. Diga você.

— Eu? Ah, não, nada disso. Eu queria subir com a mala e ser um cavalheiro, mas você não deixa. — O rapaz suspirou, negando dramaticamente com a cabeça. — Parece que vou ter que jogar toda a culpa em você, Chrissy, que pena. Eu gostava de você. Não se preocupe, irei ao seu funeral para me despedir, está bem?

O loiro — o nome dele era Chrissy? — olhou para ele por um momento, avaliando as possibilidades.

— O Will que faça. Ele é o namorado dela. Ele sim poderia ser considerado um parente.

— Você realmente acha que eu estaria aqui se o Will pudesse ter vindo?

— Na verdade, não.

— Você é muito esperto.

— E por que ele não pôde vir?

— Porque nosso querido Will está muito ocupado e acha que eu tenho cara de garoto de recados.

— E o que ele está fazendo, seja lá o que for, é mais importante que a namorada?

– Que me importa? Olha, acordei faz vinte minutos, dormi só duas horas, talvez menos. Acontece que estou morrendo de sono e essa mala pesa mais que a minha vida. E estou com muita, muita fome, Chrissy. Só o que me interessa é sair daqui para poder comer a pizza fria que sobrou de ontem à noite e dormir pelos próximos dez anos.

Ele fez uma pausa e se inclinou ainda mais sobre o balcão, levantando uma sobrancelha.

– Você vai me deixar subir a mala da Naya para que cada um continue com sua vida ou vai continuar insistindo que eu não faça isso?

Chrissy pareceu ficar nervoso, como se tivesse levado um choque. Seria tão grave deixar entrar alguém que não fosse um parente? Com a quantidade de gente que havia por ali, era difícil que alguém percebesse.

– Está bem – murmurou finalmente, derrotado. – Mas vá embora logo, porque se te virem...!

– Eu sou muito discreto, você me conhece – disse Ross, com um sorriso de orelha a orelha.

O loiro do balcão pareceu afinal se dar conta da minha existência, porque voltou a assumir a expressão séria que eu tinha visto em seu rosto quando cheguei.

– Tenho muito trabalho, Ross, então, se você me desculpar... – Ele apontou para mim com a cabeça.

Ross nem sequer me olhou ao apanhar a mala.

– O homem ocupado – ironizou em voz baixa.

– Em que posso ajudá-la? – perguntou Chrissy, olhando para mim e ignorando Ross, que revirou os olhos e se meteu no meio da multidão, em direção às escadas. Eu me concentrei no recepcionista e esbocei um pequeno sorriso.

– Desculpe, não queria interromper.

– Preferia que tivesse interrompido, não há quem o aguente – murmurou. – Bem, esqueça isso. Você vai ficar aqui?

– Sim. – Dei um passo à frente e mostrei minha carteira. – Jennifer Michelle Brown.

Ele ficou olhando para a carteira.

– Jennifer Michelle? – repetiu, olhando para sua lista. – Nunca tinha visto essa combinação.

– É que meus pais têm muita imaginação – murmurei.

Eu sempre tinha odiado aquele segundo nome. Quando era pequena, meus irmãos costumavam me chamar de Michelle só para me deixar com raiva, mas deixaram de fazer isso quando cresci um pouco e aprendi a retrucar essas brincadeiras incômodas.

Mas, claro, continuava a ser meu segundo nome. E eu continuava a odiá-lo.

– Vamos ver, vamos ver... – murmurou Chrissy. – Humm... Sim, aqui está. Olha, que coincidência!

– O quê? – perguntei.

– Acabaram de subir a bagagem da sua colega de quarto – disse ele, apontando para o lugar em que Ross havia desaparecido. – Boa sorte. Você vai precisar.

Fiquei olhando para ele, um pouco assustada.

– Sorte? Por quê?

– Era só uma brincadeira – ele se apressou a dizer, com uma risadinha nervosa, o que me fez pensar que não era uma brincadeira de jeito nenhum. – É que você vai dividir o quarto com Naya Hayes.

– Você a conhece?

– Sim... É minha irmã mais nova.

Fiquei confusa com o tom que ele usou. Continuava parecendo nervoso.

– E isso é... ruim? – perguntei.

– O quê? – Sua voz soou um pouco mais aguda do que antes. – Não, não... Bom... Humm...

Ele tentou disfarçar e me passou uma chave, sorridente.

– Quarto trinta e três. Primeiro andar. Não tem como se perder.

Justo nesse momento, reapareceu o rapaz de antes, só que de mãos vazias.

– Me dê a chave – disse a Chrissy. – Sua irmã não está.

– E onde ela está? – perguntou ele.

– Olhe, ela é sua irmã, não minha. Você deveria saber disso melhor que eu.

– Não tenho outra cópia da chave, Ross.

– Muito bem, então as coisas dela vão ficar no corredor, à mercê de ladrões de calcinhas e sutiãs.

Ele suspirou e eu tentei não dar um sorriso divertido.

– Você pode esperar um momento para que eu termine de fazer a apresentação oficial a Jennifer e ela logo abrirá a porta para você. – Chrissy me olhou. – Se você não se importar, é claro.

Ross me olhou pela primeira vez e fiquei um pouco nervosa por ser o foco da atenção.

– Ah... sem problemas.

– Veja só, um pouco de simpatia, para variar. – Ele sorriu amplamente para o recepcionista.

– Tenho que fazer a apresentação, Ross.

– E quem está te impedindo?

Chrissy o ignorou por completo e se concentrou em mim.

– Bem-vinda ao alojamento, Jennifer. Se precisar de algo, eu me chamo Chris e sou...

– Aquele que se encarrega de não deixar entrarem os rapazes que não têm permissão – disse Ross. – Ou, pelo menos, ele tenta fazer isso.

– ... o encarregado de manter a paz neste alojamento – continuou Chris. – Eu fico no quarto número um. É a primeira porta do primeiro andar. Se precisar de algo depois da meia-noite, pode me encontrar ali.

– E, se não, você vai encontrá-lo jogando Candy Crush aqui – concluiu Ross.

– Eu não jogo nada no meu horário de trabalho! – Chris respirou fundo, retomando a calma. – Em todo caso, Jennifer, só me procure no meu quarto no caso de uma verdadeira emergência. E com isso me refiro a um possível incêndio no prédio e não à possibilidade de você deixar cair o celular no vaso e ficar com nojo de tirá-lo de lá.

– As pessoas batem muito à sua porta? – perguntei, em tom de brincadeira.

– Mais do que eu gostaria – ele me assegurou.

Soltou um suspiro cansado e voltou a se concentrar.

– Você pode pedir uma cópia da chave, se a perder, mas vai ter que pagar uma pequena multa de dez dólares. E as visitas diurnas são livres, mas à noite estão proibidas, a não ser que você me avise com pelo menos um dia de antecedência. E com a condição de que sua colega de quarto esteja de acordo, claro. A área de serviços compartilhados fica ao final do corredor de cada andar, mas acho que você está num quarto com banheiro privativo, não? Em todo caso, pode ir a qualquer hora. Estou esquecendo de algo? Ah, sim... aqui está.

Ele se virou e procurou algo numa gaveta. Depois, me mostrou uma cesta cheia de quadradinhos de plástico.

– Segurança em primeiro lugar – disse ele, mostrando os preservativos. – Um presente da faculdade. Só um.

Fiquei olhando, vermelha de tanta vergonha.

– Eu recomendo os de morango – ele disse, em voz baixa. – É o sabor mais solicitado.

– É mesmo? – murmurou Ross, e se inclinou para começar a remexer na cesta.

– Só um! – Chris gritou para ele ao ver que pegava um punhado.

Ross fez uma cara feia para Chris e largou todos menos um.

O meu acabou sendo de amora. Enfiei-o na bolsa com um sorriso constrangido.

– Hum... obrigada.

– Tenha um bom dia – me desejou Chris, alegremente. – Não hesite em me pedir ajuda se em algum momento precisar. Estou aqui para isso. Agora, pode ir. Próxima!

Levei um susto com o grito. Poucos segundos depois, outra garota já havia passado à minha frente para falar com Chris.

– Então... – disse Ross, ao ver que eu estava ali parada – você tem a chave?

Limpei a garganta e mostrei-a a ele.

– A não ser que tenha me enganado, sim.

Ele olhou para a chave e me dedicou um meio-sorriso.

– Genial. Vamos, eu te ajudo.

Ele pegou minha mala alegremente e eu o segui escada acima, segurando minha pequena mochila. Enquanto passávamos pelo corredor do primeiro andar, fiquei olhando para os parentes chorosos que se despediam com abraços e beijos das garotas que iam ficar ali. Pensei na minha mãe e na cena que ela teria armado se tivesse vindo. Ainda bem que tinha sido Monty que me levara. E que já tinha partido.

Ross se deteve junto à mala roxa que eu tinha visto antes e se afastou para que eu pudesse enfiar a chave na fechadura. Abrir a porta acabou sendo um pouquinho mais complicado do que eu esperava. De fato, tive que dar um pequeno empurrão, mesmo usando a chave. Que deprimente.

– Bem – murmurei, entrando. – Não é tão ruim.

– Pelo menos não é um lixão – brincou Ross, empurrando as duas malas para dentro do quarto.

Olhei ao redor. O quarto era muito singelo, talvez até demais. Tinha as paredes verdes e brancas e uma janela sobre cada uma das duas camas individuais, que estavam cobertas com lençóis de bolinhas amarelas. Também havia uma mesa com uma cadeira e uma luminária, e, na parede em frente, dois pequenos armários. O que ficou claro foi que eu não tinha sido a primeira a chegar, porque na cama da esquerda já havia coisas da minha nova colega.

– Você conhece a garota que vai dormir ali? – perguntei a Ross, apontando para a cama.

Ele parou por um momento, olhando para mim.

– Eu? Não. É que eu gosto de carregar malas de desconhecidos. É a paixão da minha vida.

Fiquei vermelha. Obviamente, ele a conhecia. Por que eu falava tantas bobagens quando ficava nervosa?

Bem, talvez porque eu o tinha achado bonito. Não era errado eu achar bonito um rapaz que não era meu namorado, certo? Eu esperava que não. Mas, sim, ele tinha me chamado a atenção, um pouco. Não tenho certeza se tinha sido por causa de seu cabelo castanho bagunçado – esse rapaz não se penteava, com certeza –, seus olhos claros ou seu largo sorriso. Ou talvez tenha sido por causa do moletom velho. Não sei. Eu nem sequer sabia que gostava de rapazes tão alegres. Em geral, costumava achá-los muito chatos.

E... talvez eu não devesse pensar tanto no assunto.

– É a namorada do meu melhor amigo – Ross esclareceu, ao ver minha cara, para me tirar daquele apuro. – Ela se chama Naya.

– E ela é... – tentei não parecer muito assustada. – É simpática?

– Bem, sim, quando lhe interessa. – Ele ficou olhando para o quarto por um momento, pensativo. – Também pode ser muito convincente.

– O que você quer dizer?

– Você já vai entender, quando se der conta de que está fazendo coisas que não gostaria de fazer porque ela conseguiu te convencer. – Ele deu de ombros.

Ele olhou para mim um pouco mais antes de suspirar e apontar para a porta.

– Bem... se me der licença, meu trabalho de carregador está concluído.

– Sim, claro, obrigada por me ajudar com a mala.

– Foi um prazer – disse, sorrindo, antes de se virar e ir embora bem feliz.

Tentei me sentar na cama quando fiquei sozinha, mas me ergui subitamente ao ouvir um rangido horrível. Bem, estava claro que não era um alojamento muito caro.

Já estava havia uma hora guardando minhas coisas no armário quando a porta voltou a se abrir. Dessa vez quem apareceu não foi Ross, mas uma garota loira de olhos claros e nariz pontiagudo. Tinha um aspecto bastante perturbado. Imediatamente cravou os olhos em mim, me analisando de cima a baixo.

– Olá – cumprimentei-a.

– Você é a Jennifer? – Para minha surpresa, ela parecia entusiasmada. – Menos mal! Você não parece ser uma esquisitinha. Bem, você não é, certo?

Pisquei, surpresa.

– Na verdade costumo me achar bastante normal.

Até mesmo sem graça.

– Ótimo! É que meus pais tinham me assustado com essa história das colegas de quarto – ela explicou. – Eu não queria ter que conviver com uma desconhecida esquisita durante os próximos meses. Se bem que... bom, eu sou um pouco esquisita. Mas não importa. Sou a Naya, aliás. Um prazer te conhecer.

Ela falava tão rápido que era difícil entendê-la. Segui-a com o olhar quando ela suspirou e se deixou cair na cama, que também rangeu, mas isso não pareceu deixá-la muito preocupada.

– Espero que você não se importe por eu ter escolhido este lado – acrescentou. – Podemos trocar, se você quiser.

– Não se preocupe. Sua cama não parece muito mais confortável que a minha.

– A verdade é que tentei tirar um cochilo e não consegui. – Ela fez uma careta. – Vamos ter que nos acostumar, não há outro jeito.

Então viu sua mala roxa e seu rosto se iluminou com um grande sorriso.

– Meu namorado esteve aqui?

– Esteve aqui um rapaz, mas acho que não era o seu namorado. Ele disse que se chamava Ross.

– Ross? Ele mandou o Ross? – ela soava desconcertada e indignada em partes iguais. – Espero que ele não tenha te incomodado muito.

Incomodar? A mim? Bem, não que tenhamos passado muito tempo juntos, mas ele não me pareceu um mau sujeito. Na verdade, ele foi bastante simpático comigo. Inclusive me ajudou a subir com minhas coisas sem sequer me conhecer.

– Não... na verdade, até me ajudou com a mala.

– O Ross te ajudou? – ela repetiu, confusa. – Ele deve ter pegado muito sol este verão. Afetou o cérebro dele.

Ela se levantou e abriu a mala, começando a remexer entre as coisas. Não demorou a me imitar e começar a guardá-las no armário.

– E o que você vai estudar? – perguntei, enfiando minhas botas favoritas no armário.

– Serviço social. – Ela sorriu, dobrando um suéter. – Gostaria de poder ajudar famílias disfuncionais quando for mais velha. Entre outras coisas, claro.

– Olha... – Levantei as sobrancelhas. – Isso é... muito solidário.

– Bem, nem tão solidário. Vou cobrar por isso. E você?

– Filologia.

– Ah, letras! Você gosta de poesia?

– Humm... não.

– De teatro?

– Humm... também não.

– De... romances?

– Não muito.

– De ler algo? Seja o que for?

– Não...

Ela me olhou, confusa.

– Você sabe o que se faz nessa carreira, não?

– É que... eu não sabia o que escolher.

– Ah. – Ela parecia não saber o que dizer. – Bom, de repente você acaba gostando.

– Assim espero. – Sorri. – Ou então os próximos quatro anos vão parecer muito longos.

Na verdade, não seriam quatro anos. Eu tinha conseguido convencer meus pais a me deixarem frequentar uma universidade que ficasse longe de casa, mas só por um semestre. Assim, em dezembro, eu teria que ver se continuaria ali ou se me mudaria para algum lugar mais perto deles. Por enquanto, eu tinha certeza que queria continuar ali.

Fiquei conversando com Naya durante algum tempo, o que me tranquilizou bastante. Ela acabou se revelando uma garota encantadora. Não entendi muito bem por que o irmão dela tinha me desejado sorte. Na verdade, gostei tanto dela que logo começamos a falar de nossas famílias, de como tinham chorado quando partimos e de como já sentíamos falta delas. Nem nos demos conta de que já estava anoitecendo até ela olhar a hora no celular.

– Merda! – soltou de repente, o que me fez dar um pulo. – Vou me atrasar.

Eu não sabia se ainda era cedo para perguntar algo a respeito disso. Afinal, eu tinha acabado de conhecê-la. Mas não pude resistir.

– Para o quê?

– Meu namorado mora perto daqui, num apartamento, com dois colegas – ela explicou. – Ele queria me mostrar a casa e vem me buscar em... Ai, não, cinco minutos!!!

Ela deu um grito tão alto que, por um momento, pensei que fosse aparecer alguma vizinha reclamando. Ficou histérica enquanto procurava algo no armário e mudava de roupa a toda velocidade.

– Merda, não vou ter tempo de trocar de roupa...!

– A roupa que você está usando está boa – murmurei, confusa.

Ela vestia uma blusa rosa e uma calça azul. E lhe caíam como uma luva.

– Você está brincando? Olha pra mim, pareço um maldito umpa-lumpa.

Contive um sorriso.

– Você não sabe o quanto esperei para voltar a vê-lo – murmurou ela, dando pulinhos para conseguir se enfiar numas calças desumanamente justas. – Bem, e ele a mim, claro.

– Então vai ser uma grande noite – comentei, olhando meu celular só para comprovar que Monty, efetivamente, não tinha me mandado nada.

Era o primeiro dia e ele já tinha quebrado a promessa de ligar para mim. Que romântico ele era, sempre.

Naya pegou um suéter azul e o vestiu tão rápido que quase o rasgou. Depois se aproximou do espelho que havia na porta do meu armário e retocou a máscara de cílios com um dedo.

– Não seria melhor usar rímel? – sugeri.

– Tenho um no fundo da mala e agora não tenho tempo de tirá-lo dali!

– Então use o meu.

Ela me olhou, surpresa.

– Sério? Posso?

– É só um rímel. – Dei de ombros e o joguei para ela.

Ela o segurou em pleno ar e me observou por mais um instante. Confusa, fiz uma careta.

– Que foi?

– Nada. Olhe, você quer vir com a gente?

Puxa, aquilo me pegou desprevenida.

– Quem? Eu?

– Tem mais alguém neste quarto?

– Não, mas... tem certeza? Quer dizer, eu nem conheço seu namorado.

– Claro que tenho certeza, boba! Gostei muito de você. E eles vão ficar encantados.

– Mas...

– Além do mais, você já conheceu o Ross e gostou dele, não? Já é um começo.

Eu não sabia o que dizer. Não era muito chegada a fazer amigos no primeiro dia em um lugar novo, mas... não conhecia ninguém, e talvez pudesse tentar me integrar ao grupo.

Além disso, meu irmão Spencer tinha feito para mim um longo e entediante discurso sobre ser mais sociável. Só o que ele me recomendava era que eu dissesse "não" menos vezes às pessoas. E eu já estava pensando em fazer isso com a primeira pessoa.

– Vamos, eles são muito simpáticos – insistiu Naya. – E tem comida chinesa. Grátis.

Não podemos dizer não a comida chinesa, Jenny.

Sim, muito obrigada, consciência.

– Tem rolinhos primavera – continuou Naya. – E arroz três delícias, e...

– Tá bem, tá bem – concordei, ao ver que ela ia continuar. – Conte comigo.

– Ótimo!

Peguei minha jaqueta verde e a vesti enquanto a observava arrumar o cabelo. Estava curiosa para conhecer o namorado dela. Se ele fosse como ela, eu iria gostar dele. Naya pegou a chave do quarto e me fez um sinal cheio de entusiasmo.

– Vamos, ele já deve estar esperando.

Descemos juntas as escadas do alojamento e Naya cumprimentou Chris com a cabeça, embora ele estivesse tão focado em dar preservativos para outra novata que não tenha chegado a nos ver.

– Pobre Chris – comentou Naya. – Vive estressado.

– Ele não tem nenhum colega?

– Acho que não. Mas ele se sai muito bem... às vezes. – Ela sorriu.

– Ah.

– A gente não se parece em nada. Eu sei.

– Não... realmente não.

– A princípio ele parece um pouco chato, mas a gente acaba se apegando a ele.

Ela fez uma pausa ao olhar para fora.

– Ali está o Will!

Will era um rapaz alto, de pele escura e com cara de quem tinha muita paz interior, que estava esperando do lado de fora com as mãos nos bolsos. Naya saiu do prédio berrando como uma louca e eu ouvi Chris protestar, mas ela não deu bola. Tentei ficar um pouco para trás enquanto eles se beijavam, para dar a eles alguma intimidade.

Naya se afastou dele ao me ouvir abrir a porta.

– Olha, amor, esta é minha colega de quarto. – Naya sorriu para ele. – Ela não parece um pouco esquisita?

Eu não soube o que dizer. Will sorriu para mim, como que se desculpando.

– Will – ele se apresentou. – É um prazer.

– Jenna. Igualmente.

– Você se importa se ela vier conosco? – Naya alargou o sorriso.

– Claro que não. – Will apontou para o carro. – Vamos, entrem antes que esses dois comam tudo.

Entrei no banco traseiro do carro e prendi o cinto de segurança, esfregando a ponta do nariz, que estava gelado por causa do frio. Naya estava contando para Will que de manhã seu irmão tinha se zangado com ela porque ela tinha perdido as chaves do quarto cinco minutos depois de entrar nele e teve que pedir uma cópia. Por isso é que não havia nenhuma cópia para Ross... Will negava com a cabeça, rindo um pouco, por isso supus que estivesse acostumado a ouvir histórias parecidas.

Naya se virou para mim nesse momento e me pegou olhando para o celular com impaciência.

– Você está esperando sua mãe ligar? – perguntou, sorrindo.

– Hein? Não. Combinamos que ela só pode me ligar uma vez por semana, mas nós duas sabemos que ela vai ignorar isso.

– Minha mãe já nem se incomoda em ligar pra mim – disse Will. – Depois de você passar um ano aqui, ela vai se acostumar.

– Bem – Naya me lançou um sorriso maroto –, e de quem é a ligação que você está esperando?

– Meu namorado – expliquei. – Ele disse que ia ligar.

– Ah, você tem namorado?

– Sim. Um meio esquecido.

– Vai ver ele se distraiu. – Ela não deu importância a isso. – Agora você também vai se distrair e nem vai se lembrar dele.

Olhei para ela de relance.

– Os rapazes do apartamento são da nossa idade? – perguntei. Não queria falar sobre Monty.

– Não. Os três estão no segundo ano. – Naya suspirou. – Seremos as novatas da festa.

– Na verdade, Sue está no terceiro ano – lembrou Will.

– Ah, sim, Sue, é verdade. Ela existe. Mas aparece tão pouco que às vezes esqueço disso.

– Não seja cruel. – Will olhou para ela.

– Você sabe que eu tenho razão!

– Amor, a Sue não sai muito do quarto dela quando você aparece porque vocês não têm a melhor relação do mundo.

– Porque ela é insuportável.

– Isso é exatamente o que ela diz sobre você.

– Tá vendo? A insuportável é ela! – Naya cruzou os braços. Mas aquela raiva repentina passou em seguida. Ela se virou para mim outra vez e mudou de assunto abruptamente.

– Este bonitão e eu estamos mantendo uma relação à distância há quase um ano – explicou. – Até hoje. Finalmente vamos voltar a nos ver todos os dias!

Eles aproveitaram o sinal vermelho para trocar beijinhos.

– Dizem que relacionamentos à distância são difíceis – comentei, no meio daquela sinfonia de beijos pegajosos.

– Não para nós. Estamos juntos há sete anos. Confiamos muitíssimo um no outro.

Meu Deus, sete anos! Eu estava com Monty havia apenas quatro meses e já me parecia uma eternidade.

– Sete anos – repeti, chocada. – Isso é... quase meia vida.

– Sei disso. É muito.

– Muitíssimo. – Will assentiu com a cabeça.

– Mas ao meu lado o tempo passa rápido. – Naya o olhou no mesmo instante.

– Claro, claro.

– Começamos a sair quando éramos uns pirralhos. Nem sequer nos beijamos até se passarem alguns meses.

– E você quase me deu uma bofetada – lembrou Will.

– Porque eu não sabia que para beijar alguém a gente usava a língua. Aquilo me pegou desprevenida!

Comecei a rir enquanto os dois continuavam a discutir de brincadeira.

Will então dobrou numa rua pouco movimentada, com prédios e supermercados fechados. Ao chegar à metade da quadra, entrou numa das garagens e estacionou o carro na única vaga livre. Quando desci, fiquei olhando para o carro que estava ao lado, uma caminhonete preta cheia de adesivos na parte traseira com referências a músicas e filmes. Passei o dedo por um deles, curiosa.

– Vamos? – perguntou Naya, ao ver que eu estava distraída.

– Oi? Ah, sim, perdão.

Segui-os pela rampa da garagem e chegamos ao interior de um edifício bastante bonito. Will nos levou até o elevador e apertou o botão do terceiro andar.

– Seus amigos não vão se importar que eu tenha vindo? – perguntei a ele, torcendo as mãos.

Bem que você poderia esconder um pouquinho mais a sua insegurança.

– Claro que não – ele me garantiu. – Certamente Ross vai ficar contente de te ver de novo. Ele gostou de você.

Não pude evitar parecer surpresa.

– Ele falou de mim pra você? Mas... só estivemos juntos por cinco minutos.

– Ele me disse que você parecia uma garota muito simpática. E que logo, logo a Naya faria você perder a vontade de viver.

Sorri enquanto ela revirava os olhos.

– O Ross é encantador – ironizou.

Subimos até o terceiro andar, onde havia apenas duas portas e uma janela fechada. Will tirou as chaves do bolso e abriu a porta da direita.

No mesmo instante, o cheiro de comida chinesa fez minhas tripas rugirem. Entramos num corredorzinho que dava para uma sala. Então, Will nos mostrou um cabideiro.

– Podem deixar os casacos ali.

Naya, que também nunca tinha estado naquele apartamento, parecia estar quase tão nervosa quanto eu.

Segui-os através do batente de madeira até uma sala simples com dois sofás, duas poltronas, uma mesa de café cheia de sacolas de comida, uma tv grande com vários consoles, uma estante bagunçada junto à janela, um corredor grande que parecia levar aos quartos e um balcão tipo americano que separava a sala da cozinha pequena.

Ah, e havia também duas pessoas sentadas no sofá. Detalhe importante.

– Até que enfim! – gritou Ross, que logo reconheci. – Eu estava morrendo de fome.

– Também fico contente de te ver de novo – disse Naya.

Os dois se voltaram para nós. A garota que eu não conhecia – imaginei que devia ser Sue – esboçou uma careta e voltou a fazer suas coisas. Ross, por sua vez, sorriu para Naya com malícia.

– Ótimo, passamos da tranquilidade absoluta para uma situação em que teremos que escutar gritos em estéreo o dia inteiro.

– Mas se eu nunca fico zangada – protestou ela.

– E quem falou em se zangar?

Will jogou a jaqueta na cara de Ross, que riu e a atirou numa das poltronas. Sue, sentada ali, olhou para os dois com cara feia e se concentrou em abrir sua sacola de comida.

Era a que mais se parecia comigo. Tínhamos a pele ligeiramente bronzeada, os cabelos castanhos, os olhos da mesma cor... mas ela era bem mais magra que eu e os olhos eram um pouco mais alongados. Era uma garota bonita, embora aquela cara de nojo escondesse um pouco sua beleza.

– Estou vendo que você ainda não saiu correndo – disse Ross quando me aproximei dele.

– Não a assuste. – Naya apontou para ele. – Ela é minha colega de quarto, e quero que continue a ser.

– O que você está insinuando? – Ele franziu o cenho.

– Que você é um chato – disse ela e me pegou pela mão. – Vem, senta aqui com a gente.

Will tinha deixado um lugar para mim a seu lado no sofá. Naya se sentou do outro lado dele.

– Acabou de chegar e já está me ofendendo – Ross disse a Will.

– Não a assuste – repetiu Naya.

– Eu não assusto ninguém! Além do mais, se ela quer morar com você, precisa saber que você e Will são um combo. Aguentar um de vocês significa aguentar o outro também.

– O quê? – perguntei, confusa.

Ross olhou para mim.

– Quando você não conseguir dormir nenhuma noite da maldita semana por causa do barulho que eles fazem, a gente volta a ter esta conversa.

– Não dá bola pra ele, Jenna. Todos nós aprendemos a ignorá-lo – me garantiu Will, sorrindo.

Houve um momento de silêncio desconfortável, só interrompido pelo ruído da garota calada manipulando seus hashis. Quando viu que eu estava olhando para ela, franziu o cenho, e desviei o olhar, enrubescendo.

– Estes são Ross e Sue – disse Naya, sorrindo para mim, embora eu já conhecesse o primeiro deles.

– Nunca tinha ouvido esse nome – falei, olhando para ele. – Ross é o diminutivo de algum nome?

– É meu sobrenome – disse ele, mexendo seus hashis. – Eu me chamo Jack Ross, mas todo mundo me chama de Ross.

– O pai dele também se chama Jack – explicou Will, largando duas bandejas grandes de comida chinesa sobre a mesa auxiliar.

– E eu jurei que, se me chamassem de Jack Ross Junior, eu cortaria minhas veias – finalizou Ross.

Sorri e fui pegar uns hashis para roubar um rolinho primavera.

– E você é daqui da região, Jenna? – Will me perguntou, amavelmente.

Eu me apressei a engolir o que tinha na boca para poder responder.

– Não. – Quase me engasguei por me fazer de idiota. – Minha família mora um pouco longe daqui. A umas... cinco horas, mais ou menos.

– E você veio de carro? – Naya ficou me olhando.

– Sim. – Sorri. – Mas passei quase toda a viagem dormindo.

– E por que você veio pra cá? – perguntou Ross, me observando. – Ficou encantada com a nossa poluição incrivelmente alta? Ou o que te convenceu foram todas aquelas fábricas cinzentas e deprimentes da cidade grande?

– Vocês têm universidades melhores – respondi. – Mas a verdade é que eu queria ficar longe da minha casa por algum tempo.

– O pequeno filhote queria abandonar o ninho – murmurou Ross, meio distraído.

– Não devia ser tão ruim morar lá – disse Will.

– Não é que fosse ruim. Bom, eu estava bem na minha casa. Mas minha cidade é pequena, sempre com as mesmas pessoas, os mesmos lugares... É tudo muito repetitivo. Eu queria experimentar algo novo.

Durante um bom tempo, ficaram me perguntando coisas sobre a minha casa e outras relacionadas com o que eu estava estudando. Tudo ia bem até que Naya perguntou sobre o meu namorado e contei a eles o que havia acontecido quando ele foi embora naquela tarde.

Sim, às vezes era difícil controlar o que eu dizia às pessoas que tinha acabado de conhecer.

– Um relacionamento aberto? – perguntou Naya, confusa. – E o que é isso?

– Não sei se foi ele que inventou, mas ele disse que é quando duas pessoas se gostam, mas podem transar com outras.

– Nunca vou entender a vida de casal – murmurou Ross, olhando para meu prato. – Você vai comer tudo isso?

Tinham me mudado de lugar, para o lado dele, para deixar os controles do console perto de Will. Ofereci a ele meu prato.

– É todo seu.

– Gosto dessa menina – disse ele, sorridente.

Will olhou para Naya.

– Amor, nós devíamos tentar fazer isso também. Sabe, isso de transar com outras pessoas.

– Se você fizer isso, vou te matar enquanto estiver dormindo – ela o alertou. – Eu não poderia continuar a ter uma vida tranquila sabendo que Will podia estar transando com alguém.

– Mas seria sem amor – observou Ross, e em seguida me olhou com o cenho franzido. – Não?

– Suponho que sim. – Dei de ombros.

– Mesmo assim. E se um dia você descobrir que gosta mais da outra pessoa? É uma possibilidade. – Naya negou com a cabeça. – Eu não conseguiria.

A verdade era que eu não tinha parado para pensar sobre isso durante muito tempo, mas Naya tinha razão. E se ele gostasse mais de outra garota do que de mim? O que eu faria então?

Melhor não pensar nisso. Pelo menos, não naquele momento. Não queria me angustiar com algo que ainda não tinha acontecido.

Enquanto pensava nisso, tentei me apoiar numa das almofadas do sofá, de forma bastante distraída. No entanto, parei bruscamente ao ouvir o que pareceu um rugido de gato furioso ao meu lado. Mas não era um gato, era Sue, que me crucificava com o olhar.

– É minha – ela disse, secamente.

Eu me afastei, assustada. Era a primeira coisa que ela falava desde que eu chegara.

– Ah... perdão... não sabia – murmurei, devolvendo-lhe a almofada.

Ela me olhou com os olhos apertados enquanto se abraçava na almofada, como se eu tivesse dado um pontapé num filhote.

– Pedir perdão não resolve nada – balbuciou.

Eu não soube o que dizer. Ross, ao meu lado, conteve uma risada.

– Não leve para o lado pessoal – disse ele. – Ela está louca assim com todo mundo.

– Não estou louca, idiota.

– Tá bem, tá bem. Então você não está louca. Só está mal da cabeça.

Sue lhe mostrou o dedo do meio e continuou abraçada à almofada. Enquanto isso, Will e Naya estavam ocupados se beijando e nos ignorando.

Então eles eram *esse* tipo de casal.

Mas o pior não era que ficassem se beijando, e sim que fizessem muito barulho. Na verdade, ficava um silêncio bastante incômodo cada vez que ouvíamos algum daqueles beijos. Olhei de relance para Ross, que os observava com uma careta quase que de nojo, e ele sorriu ao captar meu olhar.

– E se formos lá em cima e deixarmos estes dois aqui?

– Eu também existo – lembrou-lhe Sue, chateada.

– E você quer ir lá em cima?

– Prefiro morrer.

– Pois então? – Ross voltou-se outra vez para mim. – Você vem?

Fiquei olhando para Naya, que estava beijando descaradamente o namorado no sofá.

– Sim, vamos.

Era uma alternativa melhor do que ficar ali olhando aqueles dois.

– Menos mal que tenha alguém que não está entediado – ele disse, pondo-se de pé.

Segui-o até a entrada e franzi o cenho quando ele abriu a janela do corredor.

– O que está fazendo? Está frio.

– Temos que passar por aqui. Vem, eu te ajudo.

– Me ajudar? A fazer o quê?

– A pular. Olha.

Ele fez sinal para que eu me aproximasse e vi que, do outro lado, havia uma escada de incêndio que levava ao terraço.

– Vamos subir por aí? – Olhei para cima com o nariz franzido.

– É seguro. – Ele abriu um sorriso. – Ou, pelo menos, ninguém se matou desde que moramos aqui.

– Com a sorte que tenho, certamente serei a primeira.

Fiquei olhando por algum tempo a distância até o solo e depois aceitei que ele me desse a mão para eu passar pelo batente da janela e me agarrar ao corrimão da escada. Começando a subir, escutei que ele me seguia e segurava a janela para que ela não se fechasse.

Dois andares acima, a escada terminava num terraço de tamanho considerável, coberto de brita e com dois tubos grandes que imaginei serem da ventilação do edifício. Dali dava para ver a universidade e o parque que havia ao lado dela. Bem, também dava para ver grande parte da cidade. Eu teria gostado mais se não estivesse fazendo tanto frio. Esfreguei as mãos e as enfiei nos bolsos.

– Nada mal, hein? – disse Ross, passando ao meu lado.

Ele estava se dirigindo diretamente às cadeiras de camping que havia no final do terraço. Eram quatro, e tinham mantas grossas e uma geladeira portátil. Eu sorri meio de lado. Até que aquilo tinha sido bem pensado.

– E o que vocês fazem quando chove? – perguntei, sentando-me numa das cadeiras perto dele.

– Temos que correr e guardar tudo. – Ele abriu a geladeira.

– E se vocês não chegam a tempo?

– Então esperamos que tudo seque. Está com sede?

Assenti com a cabeça, e ele me jogou uma cerveja. Fazia muito tempo que eu não bebia uma. Monty detestava o gosto de cerveja e dizia que não me beijaria se eu bebesse.

Depois do primeiro gole, me lembrei do quanto eu gostava e lambi os lábios, me cobrindo com a manta grossa que Ross me passou.

– Seus vizinhos não se incomodam que vocês tenham isto aqui? – perguntei, olhando-o de relance.

–Ninguém sabe aqui.

– O que significa que não sabem.

– O que significa que não se incomodam – ele me corrigiu, sorrindo.

– E qual é o plano se eles chegarem a subir?

– O plano A é oferecer a eles uma cerveja e convidá-los a se juntar a nós.

– E o plano B?

– Jogá-los lá embaixo. – Ele ergueu a cerveja. – Não pode haver testemunhas do crime.

– Pois é um lugar lindo – falei, rindo. – Tirando aquelas fábricas abandonadas ao fundo.

– Se você imaginar que são bosques, vai parecer mais bonito.

Vi que ele procurava algo no bolso: um maço de cigarros. Por algum motivo, fiquei olhando para ele como uma idiota quando ele pôs um cigarro nos lábios e o acendeu, e imaginei a cara de nojo que Monty faria se...

Mas que diabos, será que eu podia parar de pensar nele? Ele nem sequer tinha me ligado.

– Faz muito tempo que você conhece a Naya? – perguntei, escondendo metade do rosto sob a mantinha.

– Desde o tempo do colégio. Ela começou a sair com o Will faz... – Ele refletiu por um momento. – Já nem sei há quanto tempo. Parece que estão... a vida toda juntos. São muito chatos.

– Sete anos, pelo que ela me contou.

– Sete anos já? – Ele levantou as sobrancelhas. – Como o tempo passa! De repente, me sinto velho.

Ele fez uma pausa para beber cerveja.

– Quando você a conheceu? – ele perguntou.

– Faz umas... duas ou três horas.

– E já veio para cá? Vejo que você consegue se integrar fácil.

– Bem que eu queria. No colégio eu não tinha muitos amigos.

Agora sim, você acabou de arruinar a oportunidade que tinha de parecer um pouco descolada.

– Não? – Ele pareceu sinceramente surpreso.

– Não... – Bem, eu já não sabia como corrigir as coisas para parecer legal, então tinha que ser sincera. – Era um lugar muito... peculiar. Não havia muita gente pra escolher.

Ele me olhou, agora se divertindo.

– Por quê?

– Deixa eu ver: porque tinha os populares, os otários, os invisíveis...

– Não, espera, deixa eu adivinhar. Sou bom nisso. – Ele pensou por um momento. – Tinha uma garota muito má, mas muito bonita, que provocava as que considerava inferiores a ela.

– Bingo. – Sorri. – Embora ela nunca tenha me dito nada. Eu não existia para ela.

– E um garoto malvado que faltava a todas as aulas e falava mal dos professores, mas de quem, surpreendentemente, todas as garotas gostavam.

– Eu nunca gostei dele – enfatizei.

– E havia um clube de teatro, uma banda... e todos os integrantes eram considerados uns otários.

– Na verdade, eu fiz parte da banda por um tempo.

– Não é possível. – Ele riu. – E o que você fazia? Tocava flauta?

– Humm... não exatamente.

– Guitarra?

Não fale.

– Piano...?

– Hehehe... não...

Por favor, não fale.

– E então? O quê?

– Eu tocava... bem... o... humm... triângulo.

Ele ficou calado por um tempo, me olhando fixamente, e pareceu que estava segurando o riso.

– Triângulo – repetiu.

– É mais difícil do que parece! Servia de guia para a banda toda!

– Sim, claro. O triângulo é um instrumento muito complexo.

– Ah, cala a boca.

– Bom, imagino que você não tenha durado muito tocando o complexo triângulo.

– Não. Abandonei depois de duas semanas. E comecei outra coisa.

– Como... cantar?

– Se você me ouvisse cantar, iria usar o plano B contra você mesmo.

Ele sorriu e ficou me olhando por um momento antes de acrescentar:

– Dançar?

– Sim. – Tomei um gole da cerveja.

– Não te imagino dançando hip-hop.

– Nem eu, na verdade.

– Por favor... não me diga que fazia balé.

Olhei para ele, emburrada.

– E o que há de errado com isso?

– Isso é um sim?

– Durante um tempo, sim. – Cruzei os braços. – E eu era muito boa, aliás. Mas tive que parar.

– Por quê?

– Minha professora me disse que, se eu quisesse continuar, teria que emagrecer cinco quilos. – Fiquei mal-humorada só de lembrar.

– E o que uma coisa tem a ver com a outra? – Ele franziu o cenho.

– Não sei. Acho que tinha algo a ver com a estética da aula, não me lembro muito bem.

– Espero que você não tenha emagrecido por ela.

– Até pensei nisso, mas afinal não fiz. Mas a história não termina aí.

– Sou todo ouvidos – ele garantiu.

– Minha mãe soube da história e ficou tão brava que se plantou em frente ao ginásio, discutiu com a professora e acabou jogando café na cara dela.

Ele começou a gargalhar. A cerveja quase caiu no chão, e eu também sorri, me divertindo.

– Gostei da sua mãe – ele falou, assentindo com a cabeça. – Se você fosse minha filha, eu teria feito a mesma coisa.

Pensar na minha mãe fez com que eu me lembrasse que tinha de ligar para ela no dia seguinte, para que não tivesse um ataque de nervos.

– Você também teria atacado a professora com café?

– Bem, talvez eu a tivesse convidado para tomar uma cerveja e utilizado meu plano B contra ela.

– Puxa, como você é mau.

– Eu sei. Não conte para ninguém. Tenho um nome a zelar.

Sorri, negando com a cabeça.

– Você já terminou de adivinhar?

– Ah, não. – Ele tomou um gole de cerveja, pensativo. – Deixa eu ver... Você fazia parte do grupo dos invisíveis?

– Pode-se dizer que sim.

– Seu namorado estudava no mesmo colégio?

– Sim.

– E ele não era invisível – terminou, olhando para mim.

– Não, não era.

– Certamente ele era o típico garoto popular que você jamais pensou que te daria bola, não é?

– Você é bom mesmo – reconheci.

– E quando ele fez isso, o colégio inteiro ficou uma semana falando sobre a relação de vocês.

– Quase. Duas semanas.

– Cheguei perto.

– Mas não acertou.

– Quanta negatividade!

Olhei-o de relance.

– Você está adivinhando porque seu colégio também era assim ou o quê?

– Não, meu colégio era entediante. Nunca acontecia nada de interessante. Mas já vi muitos filmes com esse mesmo enredo.

– Às vezes os clichês valem alguma coisa – falei, me acomodando.

– Eu não disse que não valiam. – Ele bateu a cinza do cigarro no chão. – A sua vida parece uma versão moderna de um romance de Jane Austen.

– Quem é essa?

Ele ficou olhando para mim.

– Você está estudando literatura e não sabe quem é Jane Austen?

– É que eu não gosto de ler – falei.

– Espera aí, você está estudando literatura e não gosta de ler?

– É que eu não sabia o que estudar, tá? – retruquei, na defensiva.

– E você não leu nenhum dos livros dela? – Ele parecia horrorizado. – Nem sequer viu alguma adaptação? Sério? Mas tem milhares!

– Quais?

– *Orgulho e preconceito*, *Razão e sensibilidade*, *A abadia de Northanger*, *Mansfield Park*...

– E você gosta dela? Você conhece muitos títulos.

– Minha mãe adora – ele explicou. – Ela tem todos os livros da mulher e comprou todos os filmes baseados neles. Já os conheço de cabeça. Mas... você está me dizendo que nunca ouviu falar nesses romances? Nem viu os filmes? Sério mesmo?

Neguei com a cabeça.

– Não gosto muito de cinema.

A julgar pela expressão dele, deduzi que isso tinha sido como se eu tivesse lhe dado uma bofetada. Ele abriu a boca, espantado.

– E o que você faz da vida? – Ross tinha se inclinado para a frente, intrigado. – Ouve música? Joga dominó? Olha para as paredes?

– Não gosto de dominó, as paredes não são meu ponto forte e a música até que tudo bem, mas sou muito seletiva, então não ouço muito.

Isso pareceu deixá-lo completamente perturbado.

– E posso saber do que você gosta?

– De muitas coisas! – Fiquei um pouco vermelha.

– Por exemplo...?

– Então... eu gostava do balé. Até minha mãe dar um banho de café na minha professora.

– E agora?

Pensei em atletismo. Eu costumava treinar antes de começar a sair com Monty, mas ele era obcecado com a ideia de que não ficava bem para uma mulher solteira sair sozinha de casa – menos ainda com uma roupa tão justa –, e assim, com o passar do tempo, fui me esquecendo disso e agora só me restavam as alternativas que eu podia fazer em casa.

– Gosto de ver os realities na TV – falei, afinal. – Especialmente se as pessoas brigam muito.

Ele pareceu querer me matar, mas não disse nada. Sorri, brincalhona.

– Ok, voltemos ao assunto dos filmes – ele falou, tentando se recuperar. – Você não viu filme nenhum? Isso é impossível.

– Claro que vi.

– Menos mal. Já estava te considerando perdida. Quantos?

– Eu vi *Procurando Nemo*.

Ele levantou uma sobrancelha.

– O ápice do cinema cultural.

– É que meu namorado não gosta de cinema.

– Não estou perguntando do que seu namorado gosta, estou perguntando do que *você* gosta.

Fiz uma careta.

– É que os filmes me entediam! São tão longos, com todos aqueles diálogos longuíssimos e aqueles planos intermináveis...

– Talvez você não tenha visto direito.

– E dá para ver de outro jeito?

– Mas é claro que sim. Vejamos, você não viu nada da Disney?

– Sim.

– Qual?

– *Procurando Nemo.*

Ele me olhou com uma cara feia.

– Nem sequer tenho certeza de que seja da Disney.

– Então não.

– Minha nossa!

– O quê?

– Minha nossa, pequeno gafanhoto...

Sorri, me divertindo.

– Para de dizer "minha nossa" e me responde! O que tem de errado com isso?

– Você não teve infância.

– Claro que tive. Só que... lá em casa assistíamos aos programas de esportes, por causa dos meus irmãos. Eu não via muitos filmes.

– Você não via nenhum!

– Eu vi o do Nemo!

– É que eu não entendo como você pôde passar pela vida sem ver filmes como... sei lá... *O rei leão?*

– Nunca ouvi falar.

– Nunca...? E os clássicos? *A vida é bela? Forrest Gump? Gladiador? O pianista? De volta para o futuro?*

– Não, não, não e não.

– E eu que achava que tinha uma vida triste...

– Eu sou bem feliz assim – garanti a ele.

– Não, não é. Mas será dentro de uma hora e meia, depois que acabarmos de ver O *rei leão*.

Ele já estava se levantando. Larguei a manta na cadeira e o segui às pressas em direção às escadas.

– Por que é tão importante ver um filme besta?

– Para começar, não chame esse filme de besta.

– Está bem, desculpe, não queria ofender o filme.

– E para terminar... porque é um clássico, por Deus! – Ele balançou a cabeça dramaticamente enquanto passávamos mais uma vez pela janela. – Não consigo acreditar que você não saiba nem mesmo que filme é esse. É como se você fosse de outro planeta.

Ele abriu a porta do apartamento e quase me choquei com suas costas quando ele se deteve no meio da sala.

– Vocês têm um quarto pra fazer safadezas – ele disse para Naya e Will, que continuavam a se beijar no sofá. – Ou o beco lá embaixo. Aí já depende do gosto de vocês.

– Aonde você vai? – perguntou Naya, erguendo a cabeça por sobre o espaldar do sofá.

– Ela nunca viu O *rei leão* – disse Ross, com o mesmo tom que usaria para insinuar que eu tinha tentado jogá-lo do terraço.

– Você nunca viu O *rei leão*?! – exclamou Will.

Suspirei, e Ross sorriu para mim.

– Tá vendo? Você é um pouquinho esquisita.

– E você é um pouquinho chato.

Ele não pareceu se importar com isso. Na verdade, pareceu achar engraçado. Foi até a última porta à esquerda e me deixou entrar no quarto dele.

A primeira coisa que vi foi um enorme e chamativo pôster do que imaginei ser um filme famoso, além de muitos outros de filmes que eu tampouco conhecia. Havia uma escrivaninha surpreendentemente organizada, com um notebook cheio de adesivos, e uma cama bem grande onde havia um caderno no qual Ross estivera escrevendo algo. Ele o jogou para o outro lado do quarto com a mão – quanta delicadeza – e pegou o notebook.

– Prepare-se para mudar sua vida – disse ele, sentando-se na cama.

Olhei ao redor. Vi uma porta de vidro que dava para uma sacada, naquele momento fechada por causa do frio. Que sorte. Eu tinha apenas uma pequena janela, e nem sequer dava para abri-la porque estava emperrada.

– Pode tirar as botas – ele falou, distraído.

Fiz o que ele dissera e comecei a passear pelo quarto, bisbilhotando. Olhei para o primeiro pôster que tinha reparado, com uma mulher de cabelos loiros segurando nas mãos uma daquelas espadas longas. Ele continuou procurando pelo filme, concentrado em sua tarefa de me educar.

– Qual é esse da espadinha chinesa? – perguntei.

Ross levantou a cabeça e fez uma cara feia.

– Isso não é uma espadinha chinesa, sua espertinha. É uma katana. E as katanas são japonesas.

– Oh, perdoe-me, senhor. – Fiz uma careta. – E de que filme é?

– *Kill Bill*. De Tarantino. Um clássico. E um dos meus favoritos.

– Também não vi esse.

– Já imaginava.

– E se virmos esse? Agora fiquei curiosa.

– Recomendo que você inicie sua imersão cinéfila pela Disney, que é mais suave – ele me garantiu. – Não creio que você esteja psicologicamente preparada para Tarantino.

Continuei xeretando o quarto dele e topei com a cômoda, na qual havia um montão de fotos dele com a família. A mãe aparentava ser bastante jovem, e o pai se parecia muito com ele, só que de óculos e com o cabelo mais curto. Em outra foto, uma versão mais jovem de Ross segurava um troféu de basquete com um sorriso de orelha a orelha. De fato, havia outros troféus espalhados pelas prateleiras. Passei o dedo num deles, curiosa.

– Você gosta de basquete? – perguntei.

O que Monty não daria para conseguir um daqueles troféus...

– Gostava. Agora me entedia.

– Parece que você era bom nisso.

– Ainda sou – salientou ele, sorrindo.

– E humilde também?

– Isso eu nunca fui. Vem. Já achei o filme.

Uma hora e meia mais tarde, eu estava sentada na cama dele vendo como Simba subia a Pedra do Rei, com uma música comovente ao fundo. Ross me olhou no instante em que o filme terminou, esperando alguma reação. Parecia quase um menininho esperando por um doce.

– E então? – perguntou, impaciente.

– Humm... nada mau.

– Nada mau?!

Dei um pulo, assustada, e tentei não rir quando vi sua cara de indignação.

– Você acaba de ver minha infância em uma hora e meia, e sua conclusão é que não foi nada mau?

– Deixe-me ver... Sim, está bem, eu gostei. A música é boa. Os personagens são divertidos... Sim, eu gostei.

Isso pareceu melhor.

– Eu sabia que você não seria capaz de resistir aos encantos do Simba.

– Pois o que eu mais gostei foi o Pumba.

– O Pumba? Por quê?

– Não sei. Ele me pareceu muito fofo.

– Fofo no sentido de que você o comeria ou no sentido de ternura?

– Meu Deus, no sentido de ternura – respondi, alarmada. – Comer o Pumba seria como... pisar numa flor em risco de extinção.

– Que profunda! Afinal, talvez você tenha mesmo um espírito de poeta.

– Duvido muito.

– Bem. – Ele olhou para mim. – Neste exato momento você tem diante de si duas magníficas opções: pode ir lá ver se a Naya e o Will acabaram de se agarrar no sofá ou pode ficar aqui pra ver outro filme. Você decide.

– Que horas são? – perguntei.

– Seja lá qual for a hora, certamente você tem tempo de ver outro filme.

Analisei aquilo por um momento e logo balancei a cabeça, brincalhona.

– Está bem, vamos lá – disse. – Põe outro desse Disney.

– Você sabe que a Disney é uma empresa e não uma pessoa, certo?

– Hein? Sim, sim... claro que sei...

Às três da manhã, apoiada na parede atrás da cama, eu estava vendo o final de *A Bela e a Fera*. Também tínhamos tentado ver *Cinderela*, mas ele desistiu ao notar que eu não estava gostando.

Quando *A Bela e a Fera* acabou, Ross me olhou do mesmo modo que tinha feito da outra vez.

– E então? – repetiu. – Avaliação? Pensamentos? Reflexões?

– Dou nota oito – opinei.

– Mais que *Cinderela*?

– *Cinderela* joga por terra todos os meus princípios morais de feminismo, sinto muito.

– Na época em que foi feito, mal existia o feminismo – respondeu ele, achando graça. – É preciso olhar para as coisas de seu ponto de vista cultural.

– Você deveria estar estudando literatura no meu lugar – balbuciei. – Você fala como um verdadeiro filólogo.

– Talvez numa outra vida. Gosto demais do que estou estudando.

– E o que é?

Ele me deu um sorriso misterioso.

– Não dá para adivinhar?

– Eu te conheci agora há pouco – lembrei a ele.

– Está bem, eu admito. Direção audiovisual.

– Ah, claro, claro.

Ele começou a rir.

– Você não tem nem ideia do que é isso, não é mesmo?

– Claro que não, que diabos é isso?

– Quero ser diretor de cinema – ele explicou.

– Ah. – Ergui as sobrancelhas. – Agora eu entendo sua indignação ao saber que eu só tinha visto *um* filme na vida. E as paredes cheias de pôsteres. Suponho que o carro cheio de adesivos seja seu.

– Você reparou no meu bebê?

– É difícil não reparar.

– Você não gostou?

– É original. O original sempre me agrada – opinei. – Meu quarto não tem nenhum desses cartazes. Se bem que eu também não gosto de muitas coisas.

– Agora você pode colocar um do Pumba.

– Certamente a Naya não vai estranhar nem um pouco quando entrar no quarto e vir a foto de um javali na minha parede.

Justo naquele momento, como se eu a tivesse invocado, Naya bateu à porta e enfiou a cara sem esperar uma resposta.

– Vocês estão fazendo algo que eu não possa ver? – perguntou, cobrindo os olhos, embora tenha dado uma olhada, e sorriu. – Muito bom, Ross, vejo que você está se comportando bem.

– Obrigado pelo tom de surpresa – murmurou ele.

– Você se importa se formos embora agora, Jenna?

– Vocês já terminaram? – Ross perguntou, com um sorrisinho malvado.

– Cala a boca. – Naya fez cara feia. – Vamos, Jenna, chamei um táxi e ele já deve estar aí embaixo.

Calcei as botas rapidamente, enquanto Ross bocejava com vontade.

– Boa noite, Ross – falei, dirigindo-me à porta.

– Boa noite, pequeno gafanhoto.

– Obrigada pela imersão no mundo cinéfilo.

– Da próxima vez vamos começar com os filmes sangrentos e macabros – brincou ele.

Balancei a cabeça e me apressei a seguir Naya até a porta de entrada.

2

A GAROTA SEM HOBBIES

– CHEGUEI ATRASADA NA MINHA PRIMEIRA AULA – disse Naya, mal-humorada, largando a mochila no chão e se sentando à minha frente.

De minha parte, eu estava experimentando os hambúrgueres da cantina. Até que não eram ruins, se comparados ao sabor das outras comidas que serviam ali.

– Por quê? – perguntei, com a boca cheia.

– Que nojo! Não fale comigo com a boca cheia de comida.

– Ops... – Engoli. – Desculpa.

– Bom, não importa. Cheguei tarde porque ontem fiquei com Will na casa dele até altas horas da noite e acabei perdendo a hora de manhã. – Ela suspirou e roubou uma batata. – Bom, valeu a pena. Fazia muito tempo que não nos víamos e ficávamos juntos. Mas o professor me olhou com uma cara...

– Não é pra tanto – falei. – Na minha aula tem tanta gente que você pode sair sem ninguém se dar conta.

– Na minha também, mas não gosto de chegar atrasada. – Ela suspirou e pegou a tigela de sopa que havia comprado. – Está com um cheiro estranho.

– Com cheiro estranho e com gosto de gato morto.

– Como é que você sabe qual o gosto de um gato morto? Já experimentou?

– Prove a sopa e depois me diga.

Ela levou um momento para tomar um pouco da sopa.

– Tudo bem, tem gosto de gato morto e podre.

– Viu só?

Naya deixou a sopa de lado com uma careta e pegou o sanduíche de peito de peru. Essa pareceu ser uma opção melhor.

– Já falou com o seu namorado? – ela perguntou, curiosa.

– Hoje de manhã ele mandou uma mensagem me perguntando como andavam as coisas, e não muito mais que isso.

– Você poderia fazer algo por Skype – ela sugeriu. – Will e eu fazíamos isso quando não podíamos nos encontrar com muita frequência.

– Fazer algo? – perguntei, confusa.

– Algo sexual, mulher. – Ela riu. – Não faça essa cara, não é para tanto.

– Por que sempre terminamos falando disso?

– Porque é interessante. Outra opção é comprar um vibrador na Amazon.

– Esse vai ser meu plano B.

Isso me fez lembrar de alguém que tinha um plano para jogar vizinhos abelhudos e professoras de balé do terraço do prédio. Esbocei um sorriso ao imaginar a cena e continuei a comer enquanto Naya me contava sobre suas aulas.

Quando voltei ao alojamento, vi Chris sentado atrás do balcão. Estava jogando Candy Crush, mas ergueu a cabeça quando me ouviu abrir a porta.

– Ah, olá, Jennifer. Como foi seu primeiro dia? – ele perguntou, muito mais tranquilo do que da última vez que eu o tinha visto.

– A verdade é que foi um pouco entediante. Só teve apresentações dos professores.

– Amanhã já começam as matérias do currículo e você não vai se entediar tanto. – Ele sorriu para mim.

– Ou o tédio será ainda pior.

– Essa não é a atitude apropriada, Jennifer. – Ele me olhou bem sério.

– Você pode me chamar de Jenna, sabe? Ou de Jenny. Como preferir. Nem minha mãe me chama de Jennifer. A não ser que esteja irritada.

– Jenna, então.

Ele largou o celular para se concentrar em mim.

– Naya me disse que vocês se deram bem. É uma grande notícia. Mudar as pessoas de quarto é sempre uma confusão.

– Muita gente pede pra mudar?

– Mais do que você poderia imaginar – ele garantiu. – Ontem apareceu uma garota me dizendo que a colega de quarto tinha um saca-rolhas escondido debaixo do travesseiro e que tinha certeza de que ela queria apunhalá-la com ele. Pediu uma mudança imediata. Mas essas coisas demoram a ser feitas.

– Um... saca-rolhas?

– Sim. – Ele hesitou por um momento. – Agora que pensei bem, não voltei a vê-la.

– Talvez a colega tenha cravado o saca-rolhas no olho dela.

– Talvez. – Ele deu de ombros. – Contanto que elas não tenham quebrado nada...

– Adoro suas prioridades, Chris.

Ele me ignorou e, ao pegar o celular outra vez, sufocou um grito.

– Merda! Acabaram minhas vidas.

Ele estava tão ocupado xingando o criador do jogo que nem respondeu quando me despedi.

No corredor do alojamento havia duas garotas gritando uma com a outra por causa de alguma coisa numa camiseta, então tive que passar rapidamente ao lado delas para não receber uma almofadada na cabeça. Eu tinha tido mais sorte do que achava que teria com Naya.

Quando afinal cheguei ao meu quarto – me sentia como se tivesse atravessado uma zona de guerra –, suspirei pesadamente. Já tinha terminado de guardar todas as minhas coisas de manhã, e assim o quarto começava a parecer um pouco mais habitável que no dia anterior. Olhei para a parede lisa que havia perto da cama e me perguntei como ficaria o pôster de um javali naquele lugar.

Justo quando estava largando a mochila na cama, ouvi o celular tocar. Na tela apareceu o rosto da minha mãe, dando um grande sorriso.

Logo entendi que sua versão real não estava sorrindo. De jeito nenhum.

– Jennifer Michelle Brown! – ela grunhiu assim que atendi.

Afastei o telefone da orelha um momento antes de voltar a falar com ela.

Minha maneira de saber se tinha algum problema com minha mãe era levar em consideração como ela me chamava. Ela me chamava de Jenny quando estava de bom humor. Jennifer estava reservado para os momentos em que ela começava a se irritar comigo. Quando me chamava pelo meu nome completo... era melhor sair correndo.

– Oi, mãe. Também estou com saudades.

– Posso saber por que você não me ligou? Você já está aí há uma semana!

– Mas... mas eu cheguei ontem à tarde!

– Para mim foi uma vida inteira – ela garantiu, dramática. – Como estão as coisas? Como é a sua colega de quarto? E seus colegas de aula? E seus professores? Como está o clima?

– Estou bem. Minha colega de quarto se chama Naya e é muito simpática. Meus colegas de aula estavam tão sonolentos quanto eu esta manhã, então não sei. E o clima está bom. Bom... agora está nublado, mas, pelo que vi, aqui costuma chover bastante. Aí em casa já nevou?

– Estamos em setembro, claro que ainda não nevou. A solidão já está te deixando louca?

– Mãe, eu não estou sozinha. Estou com a Naya, já te disse.

– Bem, a solidão é muito relativa. Você levou suas botas?

– Sim.

– As pretas e as marrons?

– Sim, mãe.

– Você bem sabe que sempre põe as marrons, que são mais bonitas, mas não servem para nada, e as pretas, ao contrário...

– Eu trouxe as duas.

– Use as pretas quando chover. Não queira bancar a esperta ou vai ficar gripada.

– Mãe...

– E o casaco?

– Também trouxe.

– Qual? O verde? Ai, Jenny...

– Mã...!

– Você está se agasalhando? Porque você sempre se veste como bem entende e acaba ficando resfriada.

– Por que você sempre acha que vou me resfriar, de um jeito ou de outro?

– Porque é verdade!

– Eu me agasalho direito.

– Não acredito.

– Mãe!

– E a comida?

– É boa.

– Boa?

– Não é tão boa quanto a do papai, mas também não é ruim.

– E você está comendo bem?

– Siiiiiiiiim...

– Você ganhou uns quilinhos nos últimos meses, por causa do nervosismo, espero que não os esteja perdendo. Ficaram muito bem em você.

Parei para me olhar no espelho. Era verdade que eu tinha engordado um pouco nos últimos meses. Belisquei minha barriga e fiz uma careta.

– As calças continuam cabendo e não estão caindo, então devo estar bem.

– Não coma porcaria todos os dias, eu te conheço.

– Mãe, eu já sou adulta.

– Adulta – repetiu ela, quase rindo de mim. – Espero que não tenha comido um hambúrguer no primeiro dia, mocinha.

– Claro que não – menti descaradamente.

– Filha, você mente tão mal quanto seu pai.

Como se tivesse sido invocado, ouvi a voz de papai do outro lado da linha. Ele e minha mãe começaram a discutir sobre o celular até que ele o tirou das mãos dela.

– Olá, Jenny.

– Oi, pai. – Sorri. – A mamãe te obrigou a falar comigo?

– O que você acha?

– Que sim.

– Exatamente, mas eu não diria isso na frente de um policial – garantiu. – Ela está me olhando fixamente e, quando desligar, vai ficar me importunando por um bom tempo.

Ouvi minha mãe gritar algo para ele e ri.

– Pai, tente sobreviver até eu voltar.

– Estou tentando, te garanto – respondeu ele. – Como estão as coisas? Você já fez algum amigo?

Justo naquele momento, Naya entrou e me cumprimentou, sorrindo e fechando a porta. Apontei para o telefone e falei bem baixinho "meus pais".

– Gostei muito da minha colega de quarto – falei. – E dos amigos dela também.

Naya piscou para mim, feliz.

– Fico contente. Quando eu estava na universidade, tive que dividir o quarto com um sujeito de quem não gostava e aquele acabou sendo um ano horrível. Bem, foi meu único ano, na verdade.

– Não acho que isso vá acontecer comigo.

– Com certeza aconteceria com seus irmãos se eles resolvessem tirar a bunda da cadeira para ir à universidade e fazer algo que preste.

– Pai... – tentei argumentar com ele.

– Bem, sua mãe está começando a soltar fumaça pelas orelhas, acho que quer falar com você de novo, então vou passar...

Pelo barulho do outro lado da linha, imaginei que minha mãe tivesse lhe arrancado o celular.

– Você desligou? Jennifer? Alô? Alô? Ainda está aí?

– Continuo aqui. – Tentei não rir, com todas as minhas forças.

– Bom. Então agasalhe-se bem, ouviu? E coma bem. Menos hambúrgueres e mais comida saudável. E nada de chocolate todos os dias.

– Mãe, eu tenho dezoito anos.

– Você vai estar com trinta e eu vou continuar falando, porque você vai continuar fazendo essas coisas. – Percebi que ela ia se emocionar e fiz uma careta.

– Não comece – avisei.

– É que você é minha filhinha. Tenho o direito maternal de me emocionar se quiser.

– Estou literalmente há vinte horas fora de casa e você já está assim. O que você vai fazer em um mês?

– Você vai me entender quando tiver filhos!

– Uff... isso não vai acontecer.

– Eu te mato se você não me der netos!

– Mãe!

– Bem, a decisão é sua, mas... por favor, Jenny. Um dia você vai mudar de opinião.

– Você já tem um neto, ou será que se esqueceu dele?

– E o amo muito, mas não seria de todo mal ter outros.

– Por que não pede a um dos meninos?

– Porque são umas toupeiras.

– Umas... o quê?

– É melhor não te dizer o que isso significa. Steve está aqui na minha frente.

Ouvi meu irmão protestar. Minha mãe o mandou se calar e voltou ao telefone.

– Tenho que desligar. Vamos visitar sua irmã e o pequeno Owen.

– Diga que vou ligar pra ela em uns dias.

– Está bem. Te amo, minha querida. Um beijo. Te amo. Te am...

– Também te amo, mãe. Se cuida.

– Coma bem e se agasalhe!

Desliguei o telefone e fiquei olhando para Naya, que sorria com um ar divertido.

– Estou muito curiosa para conhecer seus pais – disse.

– Pois não deveria – garanti a ela. – Acho que minha mãe vai levar muito tempo para superar o fato de ter ficado sozinha com os rapazes.

– Com os rapazes?

– Meus três irmãos mais velhos e meu pai – falei, sentando-me na cama.

Ela ergueu as sobrancelhas.

– Você tem três irmãos mais velhos?

– Quatro. Mas a mais velha é uma mulher, que mora com o filho na própria casa.

– Eu não sei o que seria de mim com quatro irmãos mais velhos. Se, sendo só nós dois, Chris e eu passávamos o dia todo brigando... – falou ela, tirando guloseimas de dentro de uma sacola.

– Acredite, nós brigávamos. Muito.

– Mas deve ser divertido, não? Quer dizer, fora as brigas e as discussões.

– Sim, é. – Sorri um pouco.

A verdade é que eu sentia falta deles, eles sempre foram mais ousados que eu, especialmente Shanon. Ela teria ido à aula de hoje de manhã e feito uns dez amigos. Eu não falei com ninguém, e isso porque tinha me proposto a fazê-lo.

Além do mais, era muito estranho não ter ninguém me incomodando ou me provocando. Quando morava em casa, eu costumava odiar isso, mas tinha passado só um dia fora e já estava sentindo falta.

– O que você vai fazer esta noite? – Naya perguntou, me olhando.

– Não tenho ideia. Ficar aqui jogada vendo a vida passar, eu acho.

– Parece um baita plano.

– Eu sei.

– Acho que vou encontrar Will.

– Você tem um longo tempo pra recuperar, hein? – brinquei, sorrindo.

Ela me atirou um travesseiro, envergonhada. Devolvi-o e me joguei na cama, tamborilando os dedos na barriga.

– Will parece muito apaixonado. E você também.

– Estou mesmo – ela me garantiu.

Pensei em Monty e em mim enquanto a ouvia remexer em sua sacola de guloseimas. Não pude deixar de me perguntar se essa seria a impressão que os outros teriam sobre nós ao nos verem. Era verdade que eu não era muito carinhosa com ele, mas ele tampouco era comigo. Isso também era aceitável num casal, não? Não era preciso que ficássemos nos beijando o tempo todo para saberem que ele era meu namorado e que eu gostava dele.

– Como vocês se conheceram? – perguntei, olhando para ela.

Ela sorriu um pouco.

– Foi bem simples. Meu pai e o pai dele são muito amigos. Quando meus pais se divorciaram, nos encontramos num restaurante e eles ficaram conversando. Enquanto isso, Will e eu também começamos a conversar. Ele acabou pedindo meu telefone, eu dei, ficamos e... bem, o resto é história.

– Pronto? Fácil assim? – Franzi o cenho.

– Sim, o fato é que essa parte não foi muito complicada.

– E que parte foi complicada?

– Bem... todo casal tem problemas.

– Não consigo imaginar Will discutindo com alguém. Ele parece tão... tranquilo.

– A verdade é que não era com ele que eu discutia. Pelo menos, não no início.

– E com quem era?

Ela pensou por um momento e fez uma careta.

– É uma história muito longa – ela garantiu. – Antes de vir para cá, Ross, Will, eu e outra garota estudávamos no mesmo colégio e éramos um grupo de amigos bastante unido. A outra garota e eu éramos muito amigas, mas quando discutíamos... eu costumava descontar no Will.

– Continuo sem conseguir imaginar vocês dois discutindo.

– Pois você devia ver quando ficamos irritados um com o outro. – Ela suspirou. – Felizmente, depois das brigas vêm as reconciliações.

– Monty e eu sempre nos reconciliamos depois de alguns minutos – refleti.

– Vocês brigam muito? – Naya perguntou, curiosa.

– Humm... algumas vezes.

Muitas vezes, vezes demais, quase toda vez que nos víamos. Mas eu não queria falar sobre isso.

– Mas vocês estão juntos há pouco tempo, não? – Ela olhou para mim.

– Quatro meses é pouco tempo? Porque esse é meu relacionamento mais longo...

– Se você está com a pessoa certa, o tempo passa voando. – Ela fez uma careta. – Por Deus, como isso soou brega. Acho que comi doce demais.

Comecei a rir enquanto ela conferia o celular, sorrindo. Naquele mesmo instante o telefone tocou e ela atendeu.

– Alô? Ah, oi, amor. – Ela sorriu como uma garotinha. – Estou no meu quarto, sim. Sério? Você é o máximo. Peraí.

Ela se afastou do celular e me olhou.

– Quer ir ver uns amigos do Ross que têm uma banda?

Abri a boca para responder, mas ela já estava de novo ao celular.

– A Jenna também vai. Uma hora? Ótimo. Até já, amor.

Ela desligou e viu como eu a olhava.

– Vem, até a Sue vai nessa – protestou. – E isso porque separar Sue da cama dela não é nada fácil. Só acontece umas poucas vezes por ano.

– É difícil dizer não pra você, hein? – falei, me pondo de pé para tomar uma ducha.

– Quase impossível – ela me garantiu. – Vai logo ou eu não vou ter tempo de tomar banho.

Quando terminei, ela entrou no banheiro e eu olhei meu armário. O que ela tinha dito que iríamos fazer? Ver uma banda? Então iríamos a algum bar. Eu nunca tinha ido ver uma banda ao vivo, nem sequer tinha ido a um show.

Meu Deus, Ross tinha razão. Eu não tinha feito nada.

Para minha surpresa, Naya não demorou quase nada no banho e, quando saiu, me ajudou a escolher a roupa que eu iria usar. No fim das contas, ela vestiu uma saia preta e eu uma calça rasgada e uma blusa.

Naya não foi tão rápida ao se maquiar. Eu já estava pronta fazia um bom tempo e ela ainda estava retocando o batom no espelho do meu armário. De fato, ela ainda não estava pronta quando bateram à porta. Suspirei e abri.

Ross me olhou com cara de tédio.

– Não quero apressar ninguém – disse ele, lentamente –, mas Sue está ficando nervosa. E não pretendo me responsabilizar pelo que ela possa fazer a Will agora que eles estão a sós.

Sorri e apontei para trás.

– A Naya está...

– Estou me maquiando, seu chato! – ela gritou, lá do meu armário.

Ele suspirou e apoiou a cabeça no batente da porta, olhando minha blusa vermelha por um breve momento.

– Por que estou com a sensação de que já vivi isso antes? – perguntou, erguendo os olhos. – Ah, sim, porque acontece toda vez que queremos sair.

– Cala a boca, Ross – disse Naya.

Sorri, me divertindo.

– Você pode tentar convencê-la de que não precisa retocar o batom. – Abri totalmente a porta. – Eu já tentei.

– Não, eu tenho um método mais eficaz. – Ele enfiou a cabeça para dentro do quarto. – Se em cinco minutos você não estiver pronta, vamos sem você, e não pretendo te contar se Will ficar olhando para as meninas do bar!

De repente, Naya apareceu com um sorriso inocente.

– Prontinha – anunciou.

Nós a vimos se dirigir bem feliz às escadas e parar na metade do caminho para nos olhar.

– Venham, ou vamos chegar tarde!

Ela desapareceu escada abaixo e Ross negou com a cabeça.

– Você alguma vez já pensou em ser professor? – perguntei, fechando a porta e enfiando a chave no bolso. – Você tem muita autoridade.

– E muita falta de vocação – ele me garantiu.

Vesti o casaco e o segui até a saída do alojamento. Chris levantou a cabeça e fulminou Ross com o olhar.

– Foram mais de vinte segundos – protestou, apontando para o celular.

Minha nossa, ele tinha posto um cronômetro para uma bobagem dessas?

– Ah, vai, Chrissy, visitas curtas são permitidas – disse Ross.

– E não me chame de Chrissy. – Chris ficou vermelho. – Além do mais, quando escurece lá fora, já consideramos como horário noturno! E você não pode receber visitas não planejadas à noite, Jennifer.

Ele me olhava como se eu fosse a culpada por todos os problemas da vida dele.

– Mas foram só dois minutos – afirmei, incrédula.

– A lei é a lei, e deve ser respeitada – disse ele, sentando-se com o cenho franzido.

Ao sairmos, Ross revirou os olhos.

– A lei é a lei, e deve ser respeitada.

Não pude deixar de soltar uma gargalhada. Chris o tinha ouvido, e ficou nos olhando de cara feia.

Enquanto isso, Sue botou a cabeça para fora pela janela do carro.

– Quem sabe vocês aceleram? – sugeriu, mal-educada.

Quando entrei no banco traseiro e me sentei entre ela e Ross, entendi por que ela estava tão incomodada. Naya e Will estavam se beijando como se ela não estivesse presente.

– Podemos ir quando vocês tiverem terminado, ok? – falou Ross. – Sem pressa. Assim só chegamos meia hora atrasados.

– Perdão. – Will sorriu e arrancou em seguida. – Oi, Jenna.

– Oi, Will – cumprimentei, e logo olhei para Naya. – Você ficou meia hora retocando o batom só para arruiná-lo em dois segundos.

– Valeu a pena – ela garantiu, com um sorriso resplandecente.

O bar ficava perto do campus, mas, como estava chovendo, agradeci por irmos de carro. Will logo encontrou um lugar para estacionar. Uma vez dentro do local, vi que havia bastante gente olhando para um mesmo lugar. No mesmo instante, enxerguei o cantor da banda, um garoto de voz esganiçada e com a cara cheia de espinhas. Estava perto de um rapaz que tocava guitarra e de outro que esmurrava o piano. A música não era muito boa, para não dizer que era bem ruim.

– É esse o seu amigo? – perguntei a Ross.

– Sim. – Ele sorriu, orgulhoso. – Ele não é bom? Estuda o tempo todo.

– Sim – respondi, indo até a mesa que Naya tinha escolhido. – Hummm... dá pra perceber.

– Do que você mais gosta neles?

– Hummm... – Eu me apressei a pensar em algo. – Da originalidade.

– Sei... Você nunca tinha escutado algo assim, né?

– Não. Claro que não.

Ross se deteve junto à mesa, me olhando, e fiz o mesmo, confusa. Então ele começou a gargalhar.

– Não tenho nem ideia de quem são, mas espero que não queiram se dedicar a isso, ou vão passar fome.

Entreabri os lábios, constrangida.

– Isso foi... desnecessário! Eu estava tentando não te ofender!

– Duvido que você pudesse me ofender, querida Jenna.

– Bem, deixa pra lá. Onde está a banda que você conhece?

– Vão tocar depois desses profissionais.

Escolhi uma cadeira livre e ele se deixou cair na cadeira ao lado. Percebi seu olhar zombeteiro cravado no meu rosto.

– Você mente muito mal – comentou.

– Não minto mal – protestei, irritada.

Minha mãe tinha me dito o mesmo. Será que eu mentia tão mal assim?

Sim.

Obrigada, consciência.

– E quando eles começam? – perguntou Naya, lendo o cardápio do bar com a sobrancelha arqueada.

– Era para terem começado há trinta e cinco minutos – disse Will. – Devem ter se atrasado.

– Que novidade – disse Ross, em voz baixa.

O garçom chegou pouco depois e todos pedimos cerveja, menos Naya, que pediu um drinque, e Sue, que não pediu nada. No entanto, vi que ela tirou uma garrafa de água da mochila.

– Você não gosta de cerveja? – perguntei a ela, tentando fazer com que não ficasse tão à margem de nossa conversa e não se sentisse sozinha.

Ela me olhou desconfiada, se agarrou à garrafa de água e apertou os olhos.

– Não vou te dar minha água.

– Eu não... não te pedi – falei, confusa.

– Se eu vir você bebendo minha água, vai se arrepender.

Fiquei olhando para ela com os olhos arregalados antes de me virar para os outros, que continham a risada.

– Parece que já vão entrar – comentou Naya, apontando para o pequeno palco.

Realmente, o grupo que estava tocando saiu do palco e apareceu outro, formado por três rapazes. Não sei qual deles me causou a pior impressão. O primeiro a subir ao palco jogou o piano elétrico para o rapaz do outro grupo que o havia tocado – ele o segurou como pôde – e dois garçons o ajudaram a subir a bateria até o palco. Outro músico plugou uma guitarra elétrica a uma caixa de som, e o último, um garoto vestindo um colete jeans aberto e sem camiseta, se postou atrás do microfone.

– Estão vestidos de forma... peculiar – comentei.

– Estão vestidos? – Ross perguntou.

Ele me deu a impressão de que os olhava com certo mau humor, embora eu não tenha entendido por quê. Afinal, presumia-se que fossem seus amigos, não?

No instante em que a banda começou a tocar, fiquei tentada a tapar os ouvidos. Basicamente, eram berros do cantor acompanhados pelo guitarrista e pelo baterista. A maioria dos clientes do bar os olhava com cara de desgosto. Felizmente, depois de vinte minutos, fizeram uma pausa.

– Gostou? – Will me perguntou, brincalhão, ao ver minha cara.

– Hummm... – Eu não sabia nem o que dizer.

– São horríveis – disse Ross. – Pode falar. Todos nós pensamos o mesmo.

– As meninas na primeira fila não pensam isso – garantiu Naya.

Olhei para elas. Havia um grupo de umas cinco garotas vestindo camisetas que tinham a cara do cantor, que ficava o tempo todo apontando para elas enquanto interpretava suas canções. Eram as únicas que aplaudiam a banda. O resto das pessoas do lugar os olhava com cara de espanto.

Agradeci enormemente quando a banda desceu do palco para descansar e o pessoal do bar pôs para tocar a música do rádio. Os outros também pareciam um pouco cansados de ouvir aquele grupo.

Bem, nem todos.

– Eu gostei – comentou Sue de repente.

Acho que todos nos viramos para ela ao mesmo tempo e com a mesma cara de perplexidade.

– Gostou do quê? – repetiu Naya, incrédula.

– Eu gosto das coisas feias, malfeitas e horríveis.

Enquanto ela dizia isso, vi que dois dos membros da banda saíam com o grupo de garotas, mas o cantor veio direto até onde estávamos. Tinha o cabelo um pouco comprido, caindo por cima dos ombros, e um coração tatuado na cintura.

– Que tal? – perguntou, olhando diretamente para Ross. – Gostou?

– Fascinante – disse ele.

– Verdade? – Ele sorriu e olhou para o resto do grupo. – E vocês, o que acharam?

Will e Naya hesitaram um momento antes de assentir sem muito entusiasmo. Sue o olhou com desprezo, como fazia com todo mundo. Finalmente, chegou minha vez, e tentei sorrir.

– Estava bi...

– E você, quem é? – ele me interrompeu, sorrindo. - Acho que não cheguei a te fichar.

– Normal, não sou uma ficha. – Franzi o cenho.

Vi que Ross bebia para esconder uma risada.

O cantor ignorou meu comentário e arrastou uma cadeira até ficar entre Ross e eu, apoiando um braço em cada cadeira. Depois disso, abriu um sorriso para mim.

– Meu nome é Mike – ele se apresentou. – Sou irmão desse idiota.

Hesitei um momento, confusa, antes de olhar para Ross.

Irmão dele? Fala sério!

Se bem que, agora que ele tinha dito... sim. Isso mesmo, eles tinham alguma semelhança. Não na altura – Ross era muito mais alto –, nem na personalidade – pelo pouco que havia visto de ambos –, tampouco no cabelo – o de Ross era um pouco mais curto –, mas nos olhos claros e nas feições.

– Vocês são irmãos? – perguntei, sem acreditar.

– Infelizmente, sim – disse Ross.

– Eles não se parecem em nada – me garantiu Will.

– Qual o seu nome? – Mike me perguntou.

– Nada que te interesse. – Ross atraiu a atenção dele. – Já cumpri minha obrigação, então pode dizer à mamãe que não preciso voltar a ver essa merda até o ano que vem.

– Mamãe vai ficar muito contente ao saber que você me trouxe novos fãs – garantiu Mike, sorrindo. – Você devia apoiar mais seu irmão mais velho, Ross.

– Farei isso no dia em que você fizer algo que valha a pena apoiar.

Ergui as sobrancelhas, mas Mike se limitou a rir.

– Ela é sua? – perguntou a Ross, apontando para mim com a cabeça.

Ah, não, isso não.

– Não sou de ninguém, obrigada – falei secamente. – E, se fosse de alguém, seria da minha mãe, que pra isso me pariu.

Ross sorriu para mim enquanto seu irmão se virava com uma expressão de surpresa no rosto.

– Não precisa ficar assim, eu só estava brincando.

– Não a incomode – disse Naya, revirando os olhos. – Você é muito chato, Mike.

– E vocês dois continuam juntos? – perguntou para ela e Will. – Por Deus, aproveitem um pouco a vida.

– Siga seu próprio conselho – respondeu Will, sem se alterar.

– Eu aproveito a vida – garantiu ele, sorrindo. – De fato, esta noite vou aproveitar com uma das garotas que têm meu rosto na camiseta. Se tiver sorte, talvez com duas ou três delas.

– Muito encantador... – Naya bebeu.

– Sempre tive esse dom de agradar as pessoas – garantiu Mike, olhando para mim. – Você quer uma camiseta autografada?

– Ninguém quer uma camiseta autografada por você – disse Naya.

– Te garanto que essas garotas querem. – Mike sorriu. – Bem, foi um prazer falar com vocês, mas tenho que atender as minhas fãs.

Dito isso, ele se pôs de pé e se aproximou do grupo de garotas com um sorriso de orelha a orelha. Vi que Naya negava com a cabeça.

– Estou vendo que você não gosta muito dele – comentei.

– Eu não suporto ele – disse ela. – Sinto muito, Ross, mas...

– Não se preocupe, eu sinto o mesmo.

– E o que viemos fazer aqui? – perguntei, confusa.

– Minha mãe quer que eu venha vê-lo, pelo menos uma vez por ano. – Ross suspirou.

– Como estão seus pais? – perguntou Will, olhando para ele.

– Bem, como sempre. – Ross deu de ombros. – Minha mãe continua a pintar linhas numa tela e a chamar isso de arte abstrata, e meu pai continua a ler para não morrer de tédio.

– Sua mãe é pintora? – perguntei, surpresa.

Eu costumava gostar muito de pintura. Nem sequer me lembrava por que havia abandonado as aul... ah, sim. Meus pais tinham ficado sem dinheiro para pagar por elas, porque tinham gastado tudo na oficina dos meus irmãos.

Mas ainda assim era emocionante saber de uma pintora!

– Ela chama a si mesma de pintora. – Ross sorriu para mim antes de olhar para o irmão. – Embora esteja claro que esse negócio de ser artista não é hereditário. Mike acabou de demonstrar isso esta noite.

Na volta, Ross decidiu dirigir porque Will preferiu ir no banco de trás com a namorada. Sue não achou muita graça nessa mudança. Agora, ela olhava para eles com cara de assassina toda vez que Naya roçava nela para se agarrar com o namorado.

Ainda bem que eu tinha conseguido me sentar no banco da frente.

Ross parou diante de seu prédio e os outros – Naya entre eles – desceram do carro sem dizer nada.

– Quer que te leve para casa? – ele perguntou, ao ver que eu hesitava.

Hesitei um pouco mais, mas a verdade é que eu não tinha dinheiro para pegar um táxi. Além disso, reparei no detalhe de que ele não tinha ido até o estacionamento, mas tinha dado uma volta em torno do prédio para poder me acompanhar.

Gostei disso bem mais do que gostaria de admitir.

– Se você não se importar.

Ele não disse nada, mas acelerou.

Era uma dessas pessoas que, ao dirigir, faziam com que você desfrutasse de cada segundo que passava em terra firme. Tentei não ficar nervosa cada vez que o via ultrapassar um carro, fazer uma curva sem frear e passar no sinal amarelo. Tinha me acostumado demais ao modo lento de Monty.

– Que foi? – Ross perguntou ao ver que eu me agarrava ao assento de uma forma que eu achava que era discreta... até aquele momento.

– É que você dirigindo me lembra meu irmão mais velho.

– E isso é bom?

– Parece que vocês têm a mesma vontade de desafiar a sorte e sofrer um acidente.

Ele pareceu achar engraçado, mas diminuiu um pouco a velocidade.

– Como foi seu primeiro dia de aula? – perguntou, e me soltei do assento ao ver que por fim ele usava a seta e respeitava os sinais de trânsito.

– Médio. Apresentações e professores entediantes. Uma combinação ruim. E o seu dia?

– Escapei das apresentações. Estou no segundo ano.

– Mas não trocou de professores?

– Tecnicamente, não estou fazendo um curso. Dura só dois anos. São os mesmos professores e alunos do ano passado.

– Ah.

Ele estava no último ano e eu tinha acabado de começar. Eu me sentia como se tivesse dez anos de idade.

– E o que você vai fazer quando este ano terminar? – perguntei, curiosa.

– Suponho que vou saber isso quando o ano terminar. – Sorriu, se divertindo.

– Você não pensou em nada? – perguntei, com os olhos arregalados.

Eu não conseguia imaginar meu futuro sem ao menos um pouco de planejamento.

– Sim. Pensei em terminar o ano. Depois, vou improvisar.

Bem que eu gostaria de ser positiva assim.

– E você? O que tem planejado para quando terminar seus magníficos anos de filologia?

– Bem... espero ter isso claro até lá – afirmei. – No pior dos casos, vejo a mim mesma ensinando crianças de catorze anos a diferenciar pronomes de advérbios.

– Um futuro promissor.

– Espero não terminar assim – garanti a ele.

– E não há nada de que você goste? Nos estudos, digo.

– Nada especificamente.

– Mas... isso é impossível. Deve ter alguma coisa que chame sua atenção, mesmo que seja só um pouco.

Pensei nisso por um momento. Me veio à mente a pintura, e também o atletismo, mas não pareciam ser opções muito realistas.

– Não tem nada.

– E o que foi que você andou fazendo nos últimos dezoito anos da sua vida?

– Então... tentar sobreviver no meio dos meus irmãos, ser aprovada nos cursos e evitar discutir com a minha mãe.

Vista assim, minha vida soava muito monótona.

– Mas tem que ter alguma coisa. Sempre tem. Talvez você ainda não tenha encontrado.

– Espero que seja isso.

Ele parou o carro na frente do alojamento enquanto eu tirava o cinto de segurança e vestia o casaco.

– Obrigada por me trazer aqui. – Sorri para ele.

– Não há de quê, garota sem hobbies.

Fiz uma cara feia.

– Você não pensou em nenhum apelido melhor?

– Ainda não, preciso de mais algum tempo. – Ele olhou para meu casaco por um momento. – Aliás, você fica bem de vermelho.

Olhei para mim mesma. A blusa nem sequer era minha, era da minha irmã. Eu tinha roubado dela, às escondidas, antes de sair de casa. Eu não gostava muito de usar coisas tão chamativas, mas, quando ele disse aquilo, curiosamente, eu também achei que tinha ficado bem com aquela roupa.

– Boa noite. – Ele inclinou a cabeça.

– Boa noite, Ross.

Desci do carro e, quase no mesmo instante, sem saber muito bem por quê, senti uma grande necessidade de voltar. Eu me virei e vi que ele também continuava me olhando. O silêncio que se instalou entre nós foi um pouco estranho e, um pouco nervosa, me obriguei a perguntar algo, fosse o que fosse.

– E... quando será a próxima aula de cinefilia? – Foi a primeira coisa que me ocorreu.

Ele abriu um sorriso.

– Quando você quiser.

– E se eu quiser que seja às duas da madrugada?

– Sempre tenho tempo pra você – ele brincou.

– Então, vai ser quando a Naya me arrastar outra vez até a sua casa.

– Estarei esperando muito impacientemente.

Sorri e me virei outra vez, só que agora continuei andando. Ao entrar no alojamento, vi que Chris não estava em seu lugar. Bem, era tarde. Supostamente, ele já devia estar no quarto. Subi as escadas, distraída, mas parei subitamente no meio do corredor quando vi Mike, o irmão de Ross, saindo do quarto que ficava em frente ao meu. Estava gritando algo para uma garota que o empurrava, jogando o colete na cara dele.

– Fora daqui! – ela gritou, com vontade.

– Então tá! Você nem sequer é bonita!

Ela fechou a porta na cara dele com um golpe. Mike, de sua parte, se agachou para subir a calça, que estava na altura dos joelhos, e ergueu a cabeça enquanto punha o cinto. Olhou para mim por um momento e então sorriu.

– Você estava com o meu irmão, né?

O pior é que ele falava de maneira normal, como se eu não tivesse acabado de encontrá-lo com a calça na altura dos joelhos.

– Sim – respondi. – E você estava com a garota que acabou de te expulsar a patadas, né?

– Tem gente que não sabe aceitar uma brincadeira. – Olhou para a porta com o cenho franzido. – Eu só disse que a garota da foto era mais bonita que ela. Que culpa eu tenho se era a irmã mais nova dela? Enfim, tem gente muito amargurada pela vida.

Passei ao lado dele, negando com a cabeça, e enfiei a chave na fechadura. Em menos de um segundo, ele já estava apoiado na parede ao lado, me olhando com um sorrisinho malicioso.

– E o que você faz aí tão sozinha? – perguntou, levantando e baixando as sobrancelhas.

– Neste exato momento, vou dormir.

– Dormir? Já?

– Amanhã eu tenho aula.

– E está precisando de companhia?

– Não.

– Tem certeza?

– Sim.

– Você não me disse o seu nome.

– Jenna.

– Você é um pouco antipática, Jenna.

– Ah.

– Eu me chamo...

– Mike, já sei.

– Andou perguntando por mim? – Ele sorriu, encantado.

– Seu irmão te chamou assim várias vezes.

Ele fez uma cara de absoluta confusão, como se tentasse se lembrar, mas aí seu celular tocou e ele esboçou um enorme sorriso e esqueceu aquele assunto.

– Bem, Jenna, sinto muito... mas meu outro plano deu certo – disse ele, me mostrando a mensagem de uma garota. – É você quem sai perdendo.

– Vou chorar a noite inteira – garanti a ele.

Mike piscou para mim e partiu alegremente, como se nada tivesse acontecido. Eu me limitei a olhar para ele por alguns segundos antes de balançar a cabeça e, finalmente, entrar no quarto.

3

SUPER-HERÓIS

— SUPER-HERÓIS — REPETI, olhando o que tinha na mão.

Ross arrancou a revista de mim e a olhou. Vi que franzia um pouco o cenho de indignação.

— De onde saiu esse tom de tédio, mocinha?

— Que tom de tédio? — Não mudei o tom, em absoluto.

— O fato de você ridicularizar os super-heróis faz com que eu goste um pouco menos de você.

— Que pena, eu gostava de gostar de você.

— Continuo a gostar de você, embora seus gostos sejam horríveis.

— Então deve ser por isso que gosto de você — brinquei.

Ele me olhou de relance, com um pequeno sorriso, e depois me mostrou a capa da revista que havia arrancado das minhas mãos.

— Não é um super-herói qualquer. — Apontou com o dedo para um homem com um martelo desenhado na capa. — É o Thor.

— E o que o nosso pequeno Thor tem de especial?

— Para começar, ele não é pequeno.

— Isso você não sabe.

— Sei, sim.

— Você o conhece?

— Não, mas eu sei. É o que diz meu coração sombrio. Além do mais, ele não precisa ser alto, pois é um deus.

— Um deus — repeti, levantando uma sobrancelha.

— E nórdico.

— Minha nossa, acho até que vou desmaiar.

Ele apertou os olhos.

– Você devia ter um pouco mais de respeito pelos super-heróis. Nunca se sabe quando pode aparecer um Thanos na sua vida.

Eu não sabia quem era esse, mas imaginei que fosse um vilão, então o deixei falando sozinho e continuei a passear pela loja, olhando para aquelas revistas sem entender muito bem o que estava vendo. Naya estava olhando alguns bonecos de ação, mas o único que reconheci foi o Homem-Aranha.

Já fazia duas semanas que estava ali com eles, mas sentia como se tivessem se passado dois dias. Contando as aulas, os trabalhos e... bem... basicamente, viver, não tinha tido tempo para quase nada. Mal tinha falado com minha família ou com Monty.

E, curiosamente, eu estava adorando isso.

Talvez não tanto a parte da família, mas eu estava realmente me dando muito bem com eles, especialmente com Ross, embora não fosse dizer isso a ele, claro. Era a última coisa de que seu ego, já bastante grande, precisava. Além disso, eu também gostava muito de Will, Naya era incrível e Sue... Bom, pelo menos ela já não fazia cara feia para mim. Era um avanço.

– Você também gosta dessas coisas? – perguntei a Naya, que continuava olhando os bonecos de ação.

– Quando comecei a sair com Will, fingi que gostava para me fazer de interessante e no fim terminei gostando de verdade – disse ela, olhando para a miniatura de uma garota azul. – O que você acha dessa aqui da Mística?

– Linda. Toda azul. Diga a ela para ir a um dermatologista.

– Não provoque. – Ela me deu uma pequena cotovelada, brincalhona.

Segui meu caminho e vi que Will estava falando com o atendente da loja, então resolvi não o perturbar. Em vez dele, me concentrei em Ross, que estava inclinado sobre uma prateleira, passando os dedos pelas HQS e fazendo caretas.

A verdade era que, visto de trás... não era nada mau.

Quer dizer, isso não era problema meu, mas ele não era nada mau.

Será que ele tinha namorada?

Bem, isso tampouco era problema meu.

Mas... será que tinha?

Decidi não pensar nisso e me concentrei nele, que não sorriu ao me ouvir chegar. De fato, me olhou com certo rancor.

– Você voltou para continuar a tirar sarro?

– Eu nunca tiraria sarro de algo de que você gosta, Ross, querido.

– Gostei desse "Ross, querido". – Desta vez ele sorriu.

Peguei a HQ que ele tinha acabado de deixar junto com as outras.

– Você não gosta deste aqui... o Lanterna Verde?

– Esse eu tenho em casa.

– Quantos você tem?

– Muitos, demais. Coleciono desde pequeno.

– E agora?

– Agora compro para me divertir.

– Me ocorrem coisas bem melhores para você se divertir.

– A mim também, mas duvido que você aceite fazer alguma delas.

Fiz cara feia para ele.

– Meus dois irmãos mais velhos, Shanon e Spencer, também costumavam gastar todo o dinheiro que tinham nessas coisas. Mas não eram esses assim... de super-heróis. Eram mais infantis. Acho que se chamavam... hummm... *Toc top*?

– *Tip top* – ele me corrigiu, sorrindo. – Mas valeu a tentativa.

– Ah, você lia isso?

– Não eram o meu forte.

– O seu negócio são os super-heróis, né?

– Sim. São meus favoritos.

– E qual é o seu super-herói favorito?

Ele pensou nisso por um momento, largando sobre a mesa uma HQ da Liga da Justiça. Olhei para a capa com o cenho franzido.

– Thor, Batman e Homem-Aranha.

– O Thor é gato – eu disse, mostrando uma HQ em que ele aparecia na capa.

– Você acaba de fazer com que eu goste um pouco menos dele.

– Não fique com ciúmes, Ross. Você também não é nada mau.

– Ah, muito obrigado.

– Ah, fala sério, sejamos realistas. Você não pode se comparar a um deus nórdico.

– É verdade. O coitadinho sairia perdendo.

Sorri para ele e fiquei folheando a HQ sem realmente ler nada.

– E na tal da Liga... só tem uma mulher?

– Sim. A Mulher-Maravilha.

– Que diabos, como ela consegue lutar com essa roupa sem deixar aparecer um dos peitos?

– Admito que nunca me perguntei isso antes.

– Gostei dessa HQ. – Mostrei a ele. – Acho que vou voltar aqui algum dia para comprá-la.

– Me dá aqui. Eu compro pra você: presente de boas-vindas.

– Ross, já estou aqui faz duas semanas.

– Então diga para as pessoas que eu te dei de presente no primeiro dia. Eles nunca vão saber do nosso segredo obscuro.

Eu ia dizer que não, mas ele fugiu com a revista para o outro lado da loja antes que eu pudesse protestar.

Eu me aproximei da vitrine do lugar, passando ao lado de Will, e fiquei olhando para fora. Estava chovendo de novo, por isso tínhamos entrado naquela loja. Eu gostava de chuva, ela me lembrava de casa, onde chovia inclusive no verão. Mas naquele momento incomodava um pouco.

Meia hora mais tarde, Will propôs que voltássemos para casa – quer dizer, para a casa dele – para comer alguma coisa. Houve um instante de silêncio em que todo mundo me olhou para saber se eu queria ir. Concordei na mesma hora. Sinceramente, a perspectiva de jantar sozinha no alojamento era um pouco deprimente. Além do mais, queria ir com eles.

Quando chegamos ao apartamento, eu estava com o moletom ensopado, porque tinha sido a única idiota a não vestir um casaco adequado. Ross tinha tentado me cobrir um pouco com o dele, mas não tinha servido para muita coisa.

– Acho que vou precisar de uma toalha – falei, ao entrar no apartamento.

Ross estava se divertindo muito assistindo ao meu sofrimento. De fato, ele ria abertamente de mim.

– Para de rir e pega uma toalha pra ela. – Will fez cara feia para Ross.

Os outros tinham ficado na sala, e Sue devia estar no quarto, porque não a vi. A verdade é que essa garota me causava muita curiosidade.

Ross entrou no banheiro e me atirou uma toalha que, claro, caiu no chão e eu tive que recolher enquanto aquele chato ria de mim outra vez.

– Você quer um moletom seco? – perguntou, vendo que o meu estava encharcado.

– Eu agradeceria muito.

Já no quarto dele, tirei o moletom molhado e o deixei no chão. Enquanto ele revirava a cômoda, aproveitei para secar meu cabelo úmido com a toalha.

– Certeza que minha mãe está tendo uma convulsão neste exato momento lá em casa – murmurei. – Ela está sempre me dizendo para vestir uma roupa adequada e eu sempre respondo que sou adulta e que não preciso dos conselhos dela. Acabo de demonstrar que preciso.

– Mas isso nós já sabíamos, não?

– Que costume secar o cabelo com a sua toalha?

Ele riu, pegando um moletom e deixando-o de lado. Depois continuou a procurar.

– Você sempre fala da sua família como se a sua mãe fosse maléfica – falou.

– Ela não é. Bom, pelo menos isso não foi confirmado. Mas ela se preocupa muito. Muitíssimo. Demais.

– E isso é ruim? – Ele pegou outros dois moletons e deixou-os sobre a cama. – Escolha o que quiser. São os menores que tenho.

Eu me aproximei e os examinei com atenção.

– Não é ruim – respondi, continuando a conversa. – Mas pode ser sufocante. Sua mãe não te liga o tempo todo pra saber como você está?

Alguns segundos depois, ele ainda não tinha me respondido. Ergui os olhos, confusa, e paralisei quando vi o que ele estava fazendo: me olhava de cima a baixo.

Sim, ele estava me dando uma conferida. Ross. A mim.

Naquele exato momento, me dei conta de que só estava vestida com uma camiseta de alcinha – apertada demais para o meu gosto –, que começava a ficar transparente com a umidade.

Pelo menos eu estava usando meu sutiã favorito. Menos mau.

Embora eu não devesse me importar com isso.

Ele voltou a olhar para mim como se nada tivesse acontecido. Não parecia muito constrangido. Acho que não percebeu que eu o havia flagrado.

– Minha mãe? – repetiu, retomando a conversa. – Não, nem de longe.

– Ela te liga pouco?

Peguei o moletom azul e o devolvi ao lugar, pouco convencida.

Resisti à vontade de me virar, mas admito que estava me perguntando se ele tinha voltado a olhar para mim. E, por algum motivo que eu não entendia, essa ideia não me desagradou inteiramente.

– Ela não faz muito isso – ele falou, enfiando as mãos nos bolsos. – Mas nunca foi daquelas que ligam constantemente pra saber como você está.

Fiquei com a sensação de que aquele não era um tema de conversa muito fascinante para Ross, então me concentrei outra vez na roupa. No fim, optei pelo moletom vermelho e mostrei a ele com um grande sorriso.

– Não sei por quê, mas imaginei que você escolheria justamente esse – ele falou, negando com a cabeça.

Desenhada no centro do moletom havia, em preto, a silhueta do Pumba.

– É o eleito – confirmei.

E, claro, olhei para ele de forma significativa para que me deixasse sozinha e eu pudesse me trocar. Mas ele só me olhava, alegremente, com as mãos nos bolsos.

– O que você está esperando? – perguntou, confuso. – Que eu aplauda?

– Não. Que você saia.

– Eu? Por quê? Quero ficar.

– Tenho que trocar de roupa!

– Pois é exatamente por isso que quero ficar.

– Ross! – falei, impaciente.

– Tá bem, tá bem!

Ele voltou para a sala, e eu aproveitei para tirar a camiseta de baixo e deslizar para dentro do moletom, que ficou um pouco grande em mim. O tecido quentinho foi um verdadeiro alívio. Quando me inclinei para a frente para ajustar as mangas, de modo que não escondessem minhas mãos, me dei conta de que aquela peça de roupa estava impregnada do cheiro dele. E aquilo não me desagradou. De fato, embora nunca fosse admiti-lo em voz alta, gostei bastante.

Quando me juntei aos outros mais uma vez, sorri para Sue, que estava sentada numa poltrona comendo pizza de cara amarrada enquanto Naya e Will conversavam num dos sofás. Claro que ela não me retribuiu o sorriso.

Ross estava sentado no outro sofá, então me encaminhei diretamente até ele e me sentei ao seu lado.

– ... você devia ir – Will estava dizendo a Naya naquele momento.

Ela franziu o nariz e mordeu um pedaço de pizza enquanto eu pegava uma fatia da pizza de churrasco.

– Não consigo acreditar que você goste dessa pizza – disse Ross.

Olhei para ele com a boca cheia e mastiguei sonoramente, fazendo-o sorrir.

– Você tem algum problema com ela?

– Sim. O problema é que é a pior pizza do mundo.

– E você é a pior pessoa do mundo.

– Que carinhosa que você sempre é comigo.

– Você está se metendo com a minha pizza favorita!

– Esse lixo é a sua pizza favorita? Eca!

– Eca? Eca o quê?

– Eca, você tem um péssimo gosto.

– Você sim é que tem um péssimo gosto!

– Olá, crianças – Naya nos saudou. – Adoro ver que vocês dois estão se dando tão tão tão bem, mas... estou com um drama e vocês estão me ignorando!

Nós dois olhamos para ela.

– O que está acontecendo? – perguntou Ross.

– Amanhã é o aniversário de uma garota que tornava a minha vida impossível no colégio, mas que, por algum motivo que não entendo, me convidou para a festa. Só que eu não quero ir.

– Você devia ir – repetiu Will. – Talvez ela queira fazer as pazes.

– Ou talvez ela queira te humilhar na frente de todo mundo pra te causar um trauma que dure a vida inteira, quem sabe? – Ross sorriu.

Will lhe dirigiu um olhar bastante azedo.

– Isso não ajuda.

– Mas ninguém me pediu ajuda.

– Nem sua opinião – ressaltei, sorrindo docemente.

– Isso eu dou de graça.

– Está vendo? – Naya balançou a cabeça. – Até Ross pensa isso, amor. Não vou.

– Já faz três anos desde que essa garota e você não estão na mesma sala – disse Will. – Nos seus últimos anos de colégio, você nem a via. Ela pode ter mudado muito desde então.

– Não acredito – disse ela.

– Por que não? – perguntei.

Naya suspirou e me olhou.

– Você não conheceu ninguém no colégio que fosse arrogante, chato e popular?

– Sim.

– Você conversou com essa pessoa alguma vez?

– Ih, várias.

– E o que você fez?

– Saí com ele. – Sorri.

– Você acabou de perder bastante credibilidade – garantiu Ross.

– Não é a mesma coisa – disse Naya. – Essa garota passou quatro anos do colégio implicando comigo sem parar. Não quero ir à festa dela. Não quero vê-la. Nem mesmo sei por que ela me convidou, eu já nem me lembrava da existência dela. – Suspirou. – O que vocês fariam?

– Eu colocaria um rato morto na caixa de correio dela – falou Sue.

Ultimamente, eu tinha me dado conta de que era a única que se surpreendia quando ela dizia essas coisas. Os outros se limitavam a aceitá-lo, como se fosse normal.

– Eu iria – disse Will. – Com certeza ela quer fazer as pazes. E isso te ajudaria a superar essa etapa da sua vida. Além do mais, eu iria com você, se não tivesse outros planos.

– Eu sei, amor. – Ela acariciou o rosto dele. – Ross?

– Eu não iria. – Ross devorou o que restava de sua pizza e olhou para ela. – Os idiotas não mudam.

– Que pessimista – comentei, fazendo uma careta.

– Eu prefiro chamar de realista.

– E você? – Naya me perguntou.

Pensei no assunto por um momento.

– Eu iria – disse. – O pior que pode acontecer é você se entediar.

– Ou ser humilhada. – Ross sorriu ao ver que Will o olhava de cara feia.

– Se algo ruim acontecer, você pode ir embora – disse. – Também não é assim tão complicado, certo?

– Sim, vou levar dinheiro para o táxi – disse ela, olhando para Will. – Tem certeza de que não pode ir?

– Vou estar ocupado até tarde e vou ficar cansado para festas – disse ele. – Mas vou te compensar.

– Sei que vai.

E começaram a se beijar. Sue e Ross reviraram os olhos ao mesmo tempo.

O moletom de Ross estava no meu armário quando o abri para procurar um pijama. Não o tinha visto desde a noite anterior. Tinha que devolver o moletom o quanto antes ou a tentação de ficar com ele se tornaria cada vez mais forte.

Naya, ao meu lado, se olhava no espelho. Parecia nervosa.

– Tem certeza de que não quer que eu vá com você? – perguntei.

– Não. É melhor eu ir sozinha. – Ela sorriu. – Além do mais, eu sei que você prefere ficar.

– Se preferir que eu te acompanhe, eu não me importo de ir.

Depois de ter sido tão amável comigo naquelas duas semanas, eu não podia me negar a ir se ela me pedisse.

– Não se preocupe. Além disso, já devem estar aí embaixo.

– Vieram te buscar?

Ela ajeitou o colar e me olhou de novo.

– Não. É um táxi. Não tive alternativa.

– Se você ficar entediada, é só ligar.

Ela piscou um olho para mim e saiu do quarto, me deixando sozinha.

Fiquei olhando para meu armário deprimente e, depois de considerar as possibilidades morais que isso poderia acarretar, decidi vestir o moletom de Ross. Não havia nada de mais em usá-lo por mais uma noite, certo? Eu tinha gostado dele, era suave. De qualquer maneira, ninguém o veria.

Com um sorriso maroto, passei-o pela cabeça, por cima do pijama de camiseta e calça curta de algodão que estava vestindo. Um quadro e tanto, para não falar das meias grossas de arco-íris. Ainda bem que Monty nunca tinha ficado para dormir em casa e nunca tinha me visto assim.

Abri o notebook e fiquei um tempo passando a limpo algumas anotações, ouvindo uma música de fundo, até que me cansei e, por algum motivo, embora tenha hesitado por um momento, me ajeitei na cama e comecei a ver um filme daquele tal de Thor. Curiosamente, gostei, e não só porque o protagonista era bonito, mas também por outros motivos. Embora, na verdade, essa tenha sido uma razão de peso.

Comecei a ver outro filme: *Capitão América*.

Quando terminava, eu já começava a procurar outro.

Não sei quantos filmes de super-herói eu vi em uma só noite, mas, quando me dei conta, já eram mais de duas da madrugada. No dia seguinte eu não tinha nada importante para fazer, mas não podia continuar a ver filmes até tão tarde. Tirei as lentes de contato, mas justo quando ia me jogar na cama para dormir, vi a sacola da loja de HQS e peguei a revista que Ross tinha comprado para mim.

Surpreendentemente, não era ruim. De fato, terminei de ler em tempo recorde, e aí sim me obriguei a apagar a luz, tirar os óculos e me deitar. Adormeci pensando em super-heróis mascarados e em mulheres com roupas incômodas demais para lutar.

Quando voltei a abrir os olhos, tive a sensação de que havia se passado apenas um segundo, mas eram quatro da manhã. Pisquei. Que barulho era aquele? Coloquei os óculos desajeitadamente e tentei focalizar o que havia ao meu redor. Meu celular soava ao lado de minha cabeça. Um número desconhecido. Limpei a garganta e atendi.

– Alô?

– Você pode vir me buscar?

Despertei de um pulo. Era Naya. Parecia ter chorado.

– O quê...? O que aconteceu? – perguntei, enquanto me sentava e calçava as botas rapidamente. De alguma forma, eu já sabia que teria de resgatá-la.

– É... você pode vir, por favor? Não tenho dinheiro.

– Mas você não tinha levado dinheiro para o táxi? – perguntei, incrédula, abrindo a carteira.

– Sim, mas... – Ela fungou. – É uma longa história. Estou perto da ponte. Bem, perto de... um prédio amarelo muito feio.

– A ponte?

Isso ficava a uma meia hora de carro. Ia sair caro. Eu me pus de pé e hesitei. Tinha o dinheiro exato para ir buscá-la, mas não para voltar.

Mas não podia deixá-la na mão.

Talvez Will...?

– Não diga nada pro Will, por favor – ela gemeu, quase como se pudesse ler minha mente. – Não quero que ele se preocupe.

– Naya, eu tenho que...

– Por favor, Jenna. Nem pro Ross. Nem pra ninguém.

Fechei os olhos por um instante.

Esperava ter melhorado na hora de mentir.

– Não vou dizer nada.

– Ah, obrigada... de verdade, Jenna. Muito obrigada.

– Não saia daí. Vou chamar um táxi e vou te buscar.

– Ok, não vou sair daqui.

– Me liga se acontecer mais alguma coisa.

– Está bem.

Sem hesitar um só segundo, procurei por Ross em minha lista de contatos – o idiota tinha salvado seu número como "garoto de recados" – e liguei para ele. Eu ainda não tinha usado o número dele e esperava que ele atendesse, porque, se não, minha única alternativa seria Will.

– Seja você quem for... sabe que horas são? – ele perguntou depois do segundo toque, com voz de sono.

– Eu preciso da sua ajuda – eu disse, com urgência.

Ele demorou alguns segundos para responder. Cheguei a achar que tivesse desligado, mas de repente voltou a falar.

– Jenna?

– Sim, sou eu. Você pode me fazer um favor?

– O que houve? – perguntou ele, bem mais calmo.

– A Naya me ligou chorando e pediu para eu ir buscá-la, mas... hum... olha, eu não posso te explicar tudo agora, mas você acha que poderia ir comigo buscar a Naya?

– Por que você não ligou para o Will?

– Ela falou que não queria que disséssemos nada pra ele.

– Sabe o que ele vai fazer comigo se souber que não o avisei?

– O mesmo que a Naya vai fazer comigo se o Will souber de algo.

Ele suspirou.

– Devíamos avisá-lo.

– Ela me pediu para não avisar.

– Bom, uma coisa é o que ela diz e outra muito diferente é o que é melh...

– Ross – interrompi. – Por favor.

Ele ficou um momento em silêncio antes de suspirar.

– Em cinco minutos na frente do seu alojamento.

– Obrigada, obrigada, obrigada. Você é o melhor. – Soltei todo o ar de meus pulmões.

– Bem, isso a gente já sabia.

Sorri e desligamos os dois ao mesmo tempo.

Fiquei esperando exatos cinco minutos na porta do alojamento até ver um carro preto parar diante de mim. Ross estava com cara de sono quando entrei e me sentei ao seu lado.

– Foi a senhorita que pediu um táxi?

– Obrigada por vir.

– Eu não tinha nada melhor pra fazer. – Ele deu de ombros. – Bem, dormir era uma opção, mas quem vai querer dormir se pode sair para resgatar a Naya?

– Os socorristas – falei, em tom de brincadeira.

Tinha me esquecido de que ele dirigia como se não houvesse amanhã. Se bem que nessa ocasião era melhor, porque assim encontraríamos Naya mais rápido.

– O que aconteceu? – ele perguntou, curioso, depois de alguns minutos.

– Ela não me contou, mas parecia bem mal.

– E por que ela não quer que o Will saiba?

– Você conhece ela melhor que eu, é você quem deveria me dizer.

Ele me olhou por um momento ironicamente, aproveitando um sinal vermelho. Vi que olhava para minha roupa de cima a baixo e depois esboçou um sorriso zombeteiro.

– Interessante escolha de roupa.

Olhei para mim mesma e fiquei vermelha ao constatar que ainda estava de pijama... e, consequentemente, continuava usando seu moletom.

Começamos bem.

– É... é que... eu não sabia o que vestir – falei, sem jeito. – Mas... v-vou lavar e... e vou te devolver, sério.

– Confio em você. – Sorriu.

– É que...

– Pode ficar com ele – me interrompeu.

Pisquei, surpresa.

– Hein?

– Fica pequeno em mim. E em você fica bem.

Duvido muito que ficasse pequeno nele, ele só estava dizendo isso para que eu aceitasse.

– Mas... ele é seu.

– Já não é, agora é seu, acabo de te dar. É de sua responsabilidade, então cuide bem dele.

Não me pareceu que ele quisesse continuar discutindo, então desisti, um pouco confusa. Ficamos algum tempo em silêncio, e ele bocejou várias vezes. Eu estava completamente sem sono. Olhei pela janela, nervosa, e fiquei ainda pior quando vi a ponte de que Naya tinha falado. Ross estacionou o carro de um lado da estrada e nós dois descemos, enquanto eu procurava o prédio amarelo e ele me seguia, com as mãos enfiadas nos bolsos.

– Acho que é um bom momento pra me contar o que exatamente estamos procurando, querida Jennifer – ele falou, olhando de relance para um grupo de garotos mais jovens que nós que nos observavam do outro lado da estrada.

De fato, o lugar tinha vários grupos de pessoas bebendo. Era uma rua comprida, com casas grandes. Havia carros mal estacionados e ouvia-se o murmúrio de uma música soando não muito longe dali.

Em suma, era uma festa de riquinhos.

– Um prédio amarelo muito feio – respondi, olhando ao redor.

Ele também olhou ao redor, mas não havia nada ali que parecesse amarelo e feio.

Avancei, com Ross atrás de mim. Estava começando a ficar muito nervosa. E, para deixar a situação ainda mais tensa, quando passamos ao lado de um grupo de garotos, um deles ficou olhando para mim.

– Lindas meias – ele disse, levantando as sobrancelhas.

Eu o ignorei completamente.

Ross não.

– Lindo rostinho. Cale a boca se quiser conservá-lo.

O garoto ficou olhando para Ross com o cenho franzido, mas não falou mais nada. Ross veio para o meu lado e eu o olhei, surpresa.

– Não me diga que você é um garoto malvado.

– Eu? Sim, malvadíssimo. Sou um perigo ambulante. – Ele sorriu, brincalhão.

– Pois aquilo soou realmente ameaçador. Até eu fiquei com medo.

– Ótimo, agora você já conhece o meu lado sombrio.

Balancei a cabeça, achando aquilo divertido. Duvidava muito que ele tivesse um lado sombrio.

Continuamos nosso caminho e tivemos que andar por mais alguns segundos antes de, afinal, conseguirmos enxergar um prédio visivelmente mais antigo que os outros, de uma cor amarelo-açafrão. Acelerei o passo, e Ross pôs uma mão no meu ombro, apontando para Naya.

Ela estava sentada no meio-fio em frente ao prédio, abraçando os joelhos, totalmente sozinha. Estava encharcada, como se tivesse esperado sob a chuva, embora não tivesse chovido. Consequentemente, a maquiagem, que lhe tinha dado tanto trabalho, tinha escorrido completamente pelo rosto. Ao perceber que nos aproximávamos, ela se levantou.

– Ross? – perguntou, me olhando com a palavra "traição" escrita nos olhos. – Será que você não...?

– Ela me fez jurar que não vou dizer nada para o Will – garantiu ele.

Naya me olhou durante alguns segundos antes de se atirar sobre mim e me abraçar com força. Fiquei com a impressão de que fazia um bom tempo que ela precisava de um abraço, então logo retribuí.

– O que acont...? – tentei perguntar.

– Eu não devia ter vindo – ela disse, me soltando e negando com a cabeça. – Ela zombou de mim, pediu pra ver meu colar... Eu não sabia o que dizer e deixei que o pegasse... mas ela não me devolveu... ainda está com ele.

– E por que você está encharcada? – perguntou Ross, confuso.

– Quando tentei pegar de volta, me atiraram na piscina. Eu estava com a bolsa e... fiquei sem dinheiro e nem sei se meu celular ainda está funcionando, ainda não parei pra olhar. Tive que pedir o telefone emprestado pra uma garota e... ainda bem que eu lembrava do seu número, Jenna...

Ela se calou e vi que estava a ponto de chorar outra vez.

– Ai, Naya...

Eu não sabia o que dizer. Eu tinha sido uma das pessoas que a convenceram a ir àquela festa. Além do mais, ela devia estar congelando. Minhas pernas estavam geladas e fazia apenas cinco minutos que eu estava ali.

– Você quer o meu casaco? – ofereci.

– Tenho um de sobra no carro –Ross comentou. – Vamos, Naya.

– Sim – murmurou. – Não quero ficar aqui nem mais um segundo.

Ross passou o braço por cima do ombro dela e ela sorriu, agradecida. Eles fizeram menção de ir, mas, ao verem que eu não me mexia, ficaram me olhando.

– E por que ela fez isso? – perguntei.

– Porque ela gosta de rir dos outros – falou Naya. – Suponho que isso a faça se sentir melhor consigo mesma.

– E você ficou sem nada? Sem celular, sem dinheiro...?

– Tudo ficou imprestável depois que me jogaram na piscina.

Neguei com a cabeça, olhando para a casa que ela apontava. Aquela que estava bem à nossa frente e de onde vinha a música.

Ross me olhava com o cenho franzido, como se soubesse que eu estava pensando em algo. Algo pouco apropriado, especificamente.

– Isso não é justo – falei, zangada.

– Eu sei – ela me assegurou.

– E o seu colar? Era algo especial ou...?

Ela baixou a cabeça e respirou fundo.

– Foi o primeiro presente que ganhei do Will. No meu aniversário.

– Ela estragou o colar?

– Não. Ela o colocou.

– E você não disse nada? – perguntei, incrédula.

– Não é tão fácil – disse Ross.

– Sim, é sim – protestei.

– Não, não é, Jenna – Naya me garantiu. – Depois de tudo o que aconteceu no colégio... Isso me fez lembrar de quanto eu me sentia insignificante naquela época. Fiquei... fiquei paralisada.

Olhei para ela, pensativa.

Eu me lembrava perfeitamente de uma vez em que um de meus irmãos, Sonny, tinha voltado para casa com um olho roxo. Ele nos disse que tinha se machucado jogando futebol e todos nós acreditamos, menos meu irmão mais velho, Spencer. Ele insistiu até que Sonny começou a chorar e confessou que aquilo tinha sido obra de um colega de sala que nunca parava de implicar com ele. Naquele dia, ele tinha tentado enfrentá-lo e acabou levando um olho roxo de recordação.

Naquele momento, Spencer não precisou de mais detalhes. Nem sequer precisou saber se Sonny tinha feito alguma coisa para aquele garoto que o tivesse feito ganhar aquele soco. Limitou-se a sair de casa, subir na moto e ir atrás dele. Não sei o que ele fez, mas o garoto nunca mais incomodou nosso irmão. E, embora Sonny nunca tenha voltado a falar no assunto, entendi que ele sempre foi imensamente grato a Spencer. O mais curioso é que, depois disso, Sonny começou a fazer aulas de boxe, e provavelmente poderia, se quisesse, dar uma surra em Spencer.

E agora, ao ver Naya chorando, senti o mesmo que Spencer havia sentido naquele dia. Eu não precisava saber se aquela garota tinha alguma razão para agir daquele jeito, não precisava conhecer o contexto. Não gostava de injustiças e, embora não fosse uma heroína – nem de longe, especialmente com a roupa que estava usando –, alguém tinha que fazer alguma coisa. Naya não merecia isso. Nem ela nem ninguém.

Eu me virei em direção à casa.

– Esperem aqui um momento – falei para eles.

– Esperar? – repetiu Naya, confusa.

– Vou entrar lá para buscar suas coisas. Já volto.

– Vou com você – disse Ross, no mesmo instante.

– Não. Fique com a Naya. Não vou demorar.

– Nada disso. – Ele negou com a cabeça. – Você não vai entrar sozinha nesse lugar.

Nós dois olhamos para Naya.

Ela hesitou um instante antes de assentir com a cabeça e nos guiar. Ela foi ficando visivelmente mais nervosa à medida que nos aproximávamos da casa. Abriu a porta sem tocar a campainha, embora aparentemente ninguém tenha achado isso estranho. Naya não parou até chegar ao jardim dos fundos, onde vi sua bolsa molhada jogada no chão e uma garota alta, de cabelo encaracolado, rindo com os amigos, com um cigarro numa mão e uma taça na outra. Usava um colar que reconheci na mesma hora.

– É ela – disse Naya. – Mas não...

– Espere aqui – falei.

Andei em direção à garota como se fosse Thor balançando seu martelo e, quando cheguei perto do grupo, todos se viraram para mim, vendo o jeito que eu estava vestida. Ross estava bem ao meu lado.

– Eu te convidei? – a garota perguntou só para mim, olhando para minhas meias de arco-íris que assomavam acima das botas marrons.

– Não – respondi, cruzando os braços. – Mas convidou uma amiga minha, Naya. Talvez você a conheça, considerando que está usando o colar dela.

A garota olhou por cima do meu ombro para Naya, que parecia estar entre constrangida e assustada.

– E o que você é? A guarda-costas dela? – Ela riu para mim de modo zombeteiro. – Você não chega a intimidar.

– Por que não devolve o colar e acabamos logo com isso? – perguntou Ross.

Naquele momento, um amigo dela interveio. Era mais baixo que Ross, mas o olhava como se pudesse esmagá-lo num piscar de olhos.

– É melhor vocês irem embora – disse ele a Ross.

Ross não respondeu, mas arqueou a sobrancelha sem sair do lugar. Não parecia muito impressionado.

A garota também não se mexeu, sorrindo para mim.

– E por que eu o daria?

– Porque não é seu. – Franzi o cenho.

– Agora é. Eu o ganhei.

– Não, você o roubou.

– Estou na minha casa, posso fazer o que quiser.

– Nada disso!

– Olha, esta conversa está ficando muito chata, ok? Lembre que você está na minha casa e não é bem-vinda, portanto recomendo que vá embora.

– Não sem o colar – eu disse.

– Eu não vou repetir – ela me alertou.

– Não vamos embora sem o colar – reiterou Ross.

– Por que estão fazendo isso por ela? – perguntou o rapaz, aproximando-se de Ross. – Diga à vadia da sua amiga para ela mesma vir buscar o colar, já que o deseja tanto.

Isso foi suficiente para esgotar minha paciência. Afastei Ross, empurrando-o suavemente pelo ombro. Ele me olhou, surpreso, mas se deixou apartar. Cheguei perto do garoto, que ficou me olhando com uma expressão zombeteira.

– Que med...

Nem pensei. Lembrei das aulas de Sonny: pés bem plantados no chão, punhos fechados e giro de cintura. Ah, e afastar o polegar do punho. Sim, era isso.

E o soco o atingiu diretamente no nariz.

Com o susto, ele recuou, segurando o nariz. Eu tinha batido com força, tanta que toda a minha mão doía, mas disfarcei para me fazer de durona. Ele soltou um palavrão.

– Você me deu um soco, sua psicopata! – gritou.

– Um psicopata não bateria em você, convenceria alguém a fazer isso no lugar dele, idiota! – gritei em resposta.

Ele me olhou, incrédulo, mas eu já me concentrava na amiga dele.

– Você pode me dar o colar da minha amiga Naya? – perguntei.

Ela havia deixado de sorrir. Hesitou um momento antes de arrancar o colar e jogá-lo para mim. Ao me virar, vi que Ross e Naya me olhavam boquiabertos.

– Vamos embora? – perguntei.

Os dois me seguiram quando percorri o caminho de volta até a saída. Na verdade, eu estava com medo de que os amigos dela resolvessem me perseguir, e assim andei a toda velocidade. Ainda bem que eles não fizeram isso.

No instante em que chegamos ao lado de fora da casa, os dois se viraram de novo para mim.

– Você deu um soco nele – disse Ross, como se não conseguisse acreditar, a ponto de cair na risada. – Bem no nariz.

– Não é pra tanto – garanti. – Você devia ver o meu irmão Sonny. Ele era boxeador. Me ensinou a bater, mas eu nunca tinha precisado pôr isso em prática. Tenho que contar pra ele.

Ergui a mão. Estava com o punho e os nós dos dedos vermelhos.

– Foi incrível! – Naya reagiu, afinal. – Não posso acreditar que você tenha feito isso... por mim!

Sorri um pouco. Ross tinha se aproximado, menos divertido.

– Você se machucou? – perguntou.

– Um pouco.

– Com o soco que você deu nele, não me admira – falou ele, examinando minha mão. – Não parece nada grave.

– Podemos pedir gelo para o Chris no alojamento, para a sua mão não inchar – sugeriu Naya. – É o mínimo que posso fazer.

– Vamos, vou levar vocês – Ross se ofereceu, sorrindo.

Nenhum dos três falou muita coisa por todo o caminho. Minha mão parou de doer e Naya pôs o colar de volta. Ross se limitou a dirigir cantarolando em voz baixa a canção que estava tocando no rádio.

Ao chegarmos, Naya agradeceu a Ross e desceu do carro. Só por sua maneira decidida de andar, eu soube que ela ia incomodar Chris para pedir o gelo, apesar de eu ter dito umas dez vezes que não era necessário.

Fiquei um pouco mais com Ross.

– Obrigada por ter vindo – disse a ele.

– Eu é que não ia querer me meter com você, Jen. Acabei de ver os socos que você dá.

Sorri.

– Desde quando você me chama de Jen?

– Desde cinco segundos atrás.

– Acho que nunca tinham me chamado assim antes.

– Se você preferir "pequeno gafanhoto", eu posso me adaptar.

– Jen está ótimo. – Revirei os olhos e saí do carro. – Boa noite, Ross.

Ele sorriu.

– Boa noite, Jen.

4

A MONJA LOUCA

DEPOIS DE UM ANO DE VAGABUNDAGEM, sem sair para correr de manhã, aproveitei que era sexta-feira e decidi tentar mais uma vez. Quando saí do alojamento, cumprimentei Chris com toda a minha motivação.

E... me arrependi de ter saído para correr depois de cinco minutos. Justo quando estive a ponto de cuspir um pulmão por causa do esforço.

Quando era pequena, tinha feito atletismo, e sair para correr de manhã era, praticamente, uma atividade obrigatória, então eu fazia isso todos os dias antes de ir para a aula. Agora era complicado para mim sair da cama sem sentir preguiça.

De qualquer maneira, me forcei a continuar um pouco mais. Depois de meia hora, meu coração estava batendo a toda velocidade e parei mais uma vez, apoiando-me nos joelhos. Definitivamente, precisava treinar mais. Conseguia até imaginar a cara de decepção de meu antigo treinador. Bem, ou a de Spencer, meu irmão mais velho, que era professor de ginástica e me ajudou a treinar durante muito tempo. Se ele visse como eu tinha ficado apenas por correr durante meia hora...

Voltei para o alojamento hiperventilando e com as bochechas vermelhas. Chris sorriu assim que me viu.

– Que tal o exercício?

– Horrível. Eu estava melhor na cama.

Ele riu e eu subi as escadas, indo diretamente para o quarto. Naya continuava dormindo – roncando, aliás – e, como ela não acordava mesmo que uma granada explodisse a seu lado, pude fazer todo o barulho que quis na hora de ir até o chuveiro.

– Bom dia – falei quando saí e vi que ela se espreguiçava preguiçosamente na cama.

– Que horas são? – perguntou, bocejando.
– Onze horas.
– Cedo assim?
– Onze horas! Você acha cedo?
– Para um dia sem aulas? Claro que sim.
– Você não tinha combinado de ir tomar café na casa do Will? – perguntei, secando o cabelo.

Ela bufou e se endireitou preguiçosamente.

– É verdade. – Suspirou e pensou por um momento. – Vou tomar banho na casa dele. Se metade das minhas roupas estão lá...

Ela parecia falar mais para si mesma do que para mim, então me concentrei em procurar algo para vestir.

– Você vem? – ela perguntou, calçando os tênis.
– Não fui convidada, Naya.
– E daí? – Revirou os olhos. – Vamos, vem. Se a Sue ficar sozinha com a gente, vai ficar de mau humor. Bem, de humor ainda pior. E certamente Ross vai perguntar por você.

Parei e olhei para ela com curiosidade.

– Você acha?

Ela levantou uma sobrancelha e se pôs de pé.

– Anda, bota uma camiseta e vamos lá.

Já no metrô, ela não parava de bocejar e de ajeitar os óculos de sol, como se estivesse voltando da melhor festa de sua vida. Continuava com a mesma cara de sono quando batemos na porta da casa de Will.

Sue abriu e suspirou ao nos ver.

– De novo aqui?
– Também estou contente por te ver – disse Naya, passando a seu lado.

Sue voltou para dentro sem dizer mais nada, então eu é que tive que fechar a porta. Quando entrei, Will e Naya já estavam se beijando na cozinha, enquanto Sue olhava para eles de cara feia.

– Bom dia, Will. – Sorri.
– Ah, bom dia – ele me cumprimentou, afastando-se de Naya.
– E Ross? – perguntei, olhando ao redor. Era estranho não o ver esvoaçando por aí.

– Dormindo.

– Ainda?

– Percebe-se que você não mora com ele – disse Sue.

– Posso acordar ele? – Naya sorriu maliciosamente e saiu sem esperar resposta.

Will suspirou enquanto ela abria ruidosamente a porta do quarto de Ross e começava a gritar pedindo que ele acordasse. Vi um travesseiro voando e, dez segundos depois, Ross apareceu esfregando a cara, claramente mal-humorado.

– Quem deixou a Naya solta pela casa? – protestou Ross, sentando-se ao meu lado no balcão.

– Ei, eu não sou um cachorro.

– Não, é muito pior. Um mosquito irritante.

Naya mostrou-lhe o dedo do meio e ele a ignorou.

– Não tem nada para o café da manhã? – perguntei.

– Claro que sim. – Ross sorriu. – Pizza fria, água morna e cerveja. Um café da manhã rico em proteínas, para enfrentar o dia com energia.

– Vocês só têm isso? – perguntei, confusa.

– Bem, acho que também tem sorvete, mas é da Sue. Não recomendo que você toque nele, a não ser que tenha instintos suicidas.

– Ross, vai comprar alguma coisa – pediu Will.

– E por que eu é que tenho de ir? – Ross fez cara feia.

– Porque sou sempre eu que faço isso.

– E por que a Sue não vai?

– Eu tomo meu sorvete no café da manhã – disse ela, abrindo o congelador.

– Sorvete no café da manhã? – Fiz cara de nojo.

Ela me encarou e fiquei vermelha.

– Já vou. – Ross suspirou e se levantou.

Ele não demorou a se vestir e a sair de casa reclamando que abusavam dele. Will e Naya estavam ocupados dando amor um ao outro, perto de mim. Sue, enquanto isso, via TV tomando sorvete.

Eu já estava quase dormindo de novo quando Naya me olhou.

– Foi o seu celular que tocou essa noite?

– Meu celular? – perguntei, confusa.

– Sim. Eu queria te avisar, mas você estava dormindo e eu não quis incomodar.

Mexi no bolso e peguei o celular, intrigada. Quase tive uma parada cardíaca quando vi que Monty tinha me ligado doze vezes.

– Merda – soltei.

– O que foi? – ela perguntou, surpresa.

– Era... meu namorado. Deve ter se zangado por eu não ter atendido. – Olhei para Will. – Posso ligar do quarto ou...?

– Sinto muito, mas só tem cobertura aqui.

A coisa melhorava cada vez mais.

Eles me olhavam enquanto eu digitava o número de Monty e me preparava para falar. Admito que estava um pouco nervosa.

Monty atendeu depois do primeiro toque.

– Quem é vivo sempre aparece – provocou.

Eu conhecia bem demais aquele tom. Apertei os lábios, tentando não ficar irritada também, porque sabia que isso só ia piorar a situação.

– Sinto muito. Não ouvi o telefone tocar.

– Não sabia que seu quarto era tão grande que não desse para ouvir tocar um celular que fica ao lado da sua cabeça, Jenny.

– E como é que você sabe que eu deixo o celular ao lado da cabeça? – tentei brincar, nervosa.

– Pareço estar de bom humor? – soltou Monty, irritado. – Porque te garanto que não estou.

– Amor – por algum motivo, eu só o chamava assim quando estava muito irritada com ele –, conta até dez. Relaxa. Não é para tanto.

– Fiquei preocupado.

– Estou bem, não estou?

– Sim, mas continua se comportando como sempre.

– Como sempre? – repeti. – E o que significa isso?

Dessa vez já não pude evitar soar irritada. Me incomodava ele sempre insinuar que eu me comportava como uma criança.

Justo naquele momento, Ross abriu a porta e mostrou duas sacolas de comida, abrindo um grande sorriso.

– Me amem – anunciou alegremente, deixando-as sobre o balcão.

Naya e Will me olharam sem disfarçar enquanto abriam as sacolas e começavam a comer.

– Você sabe perfeitamente a que estou me referindo – disse Monty. – Eu sabia que você ia fazer isso comigo.

– O quê...? Posso saber o que eu te fiz? – perguntei, confusa.

Ross me olhou com curiosidade, mordiscando uma torrada.

– Me ignorar. Eu sabia que você ia fazer isso.

– Eu não estou... – Eu tentava parecer tranquila para que os outros não pensassem que eu estava louca, mas por dentro eu já tinha matado Monty umas três vezes. – Podemos falar sobre isso mais tarde?

– Não.

– É que agora não é um bom...

– Faz uma semana que você não me liga.

– E você? – Não aguentei. – Por que sou sempre eu que tenho que fazer isso?

– Foi você que decidiu ir embora!

– Pra estudar, não pra viajar o mundo numa canoa! Dá pra relaxar?

– Dá no mesmo, foi você que foi embora. É você que deveria me ligar, não eu.

– É bom lembrar que você estava de acordo, ou será que esqueceu desse pequeno detalhe?

– Não achei que você fosse me ignorar meras três semanas depois de ir embora!

– Você mesmo falou: estou há três semanas aqui. O que você vai fazer quando eu estiver aqui há um mês? Vai vir me sequestrar ou o quê?

– Até que não seria má ideia. – Ele fez uma pausa, chateado. – O que você fez ontem à noite?

– Nada.

E tinha sido isso mesmo. Eu tinha visto alguns filmes de super-herói e lido uma história em quadrinhos.

Bem... e tinha ido salvar Naya junto com Ross. E tinha dado um soco num garoto. Mas ele não tinha nada a ver com isso.

– Mentira. Você fez alguma coisa.

– Não!

– E não me diga que não ouviu o celular. Não é verdade.

– Monty, eu estava dormindo. – Franzi o cenho.

– Muito bem. Continue a inventar desculpas. E não se incomode em ligar para mim.

– Mas...

Fiquei olhando para o celular quando ele desligou sem dizer mais nada. Eu gostava muito de Monty, mas ele podia ser muito imbecil quando queria... Eu nem mesmo sabia o que tinha causado aquela irritação tão repentina. Eu não tinha feito nada de errado, a não ser que fantasiar com Thor fosse algo errado, mas eu duvidava muito.

Quando levantei a cabeça, vi que os outros me encaravam. Na mesma hora, disfarçaram, falando da comida. Pelo menos iam fingir que não tinham ouvido nada.

Ross me passou uma das sacolas que tinha protegido para que os outros não roubassem. Estava intacta.

– Obrigada, mas eu nunca tomo café da manhã – falei, devolvendo-a.

– E você não come nada até a hora do almoço?

– Não. – Tentei não soar antipática.

De qualquer maneira, soei muito antipática. Demais. Me senti mal na mesma hora. Ele não tinha culpa de meu namorado ser um idiota.

Sorri para ele e peguei a sacola.

– Mas vou abrir uma exceção – acrescentei.

– Bem. – Will nos olhou, quebrando o silêncio. – E o que vamos fazer hoje à noite?

– A verdade é que não estou com vontade de sair – disse Naya.

– Nem eu – concordei.

Monty me tirava a vontade de fazer qualquer coisa quando se zangava.

– Podíamos ir ao cinema – propôs Will.

– Nunca vou dizer não para isso. – Ross assentiu com a cabeça.

Fiz uma careta, constrangida, e os três me olharam.

– Que foi? – Naya perguntou, curiosa.

– É que... não quero que vocês pensem que sou estranha demais.

– Diz pra mim que você já foi alguma vez ao cinema. – Ross começou a rir de mim antes que eu confirmasse sua suspeita. – Por Deus, é como se você viesse de um universo paralelo.

– Você pode parar de falar nesse negócio de universo paralelo, seu chato? Você já falou isso mais de dez vezes desde que a gente se conheceu.

– Mas é verdade! Posso saber como você conseguiu passar pela vida sem ter ido ao cinema?

– Não sei... Meus irmãos não gostavam e suponho que eu nunca tenha dado uma oportunidade.

Dito assim, soava como se eu não tivesse opinião própria. De fato, eu havia pensado nisso várias vezes desde que tinha chegado ali, mas não sabia o que sentia a respeito do assunto.

O silêncio tinha se tornado meio incômodo quando Naya falou para me salvar dele.

– Pois hoje será sua primeira vez. – E sorriu para mim.

– Isso não soou muito bem – disse Sue, do sofá.

Naya a ignorou completamente e continuou falando.

– Mas vai ser à noite. Estou com um monte de trabalho acumulado.

– A verdade é que eu também – assenti.

– E eu tenho que sair. – Ross olhou o celular. – Sou um homem muito ocupado. Nos vemos à noite. Depois vocês me dizem a que horas.

Ele se levantou sem dizer mais nada e desapareceu pela porta de entrada.

Chris estava no balcão quando cheguei, às cinco horas, depois de ter feito um trabalho com alguns colegas. Ele me cumprimentou sem tirar os olhos do jogo no celular.

– E aí, Jenna?

– Tudo bem. – Sorri para ele. – Me dá um pouco de medo que você me reconheça sem levantar a cabeça.

– Eu passo horas aqui. É um dom.

– Já conseguiu mais vidas? – Apontei para o jogo no celular dele.

– Sim. Minha mãe me mandou algumas. – Ele sorriu, orgulhoso.

Eu também sorri e neguei com a cabeça. Ele pausou o jogo e me olhou.

– A Naya me disse que você se dá bem com os amigos dela. Fico feliz por você. Nunca é fácil começar do zero.

– Sim, eles são muito simpáticos mesmo. Eu tive sorte.

– Sim... – Ele fez uma cara feia. – Bom, o Ross não dá muita bola para as minhas regras... mas, de resto, tudo bem.

– Por que será que isso não me surpreende? – perguntei, me divertindo.

– Então imagine quando a Lana morava aqui...

Fiquei olhando para ele por um momento enquanto ele voltava tranquilamente para o celular.

– Ele tem... namorada? – perguntei, surpresa.

Eu não me lembrava de ele ter mencionado isso. Será que ele teria dito em algum momento? Não, não é mesmo? Não.

Não. Definitivamente não.

– Até onde eu sei, não tem mais.

Isso não deveria ter me causado um alívio tão grande.

– E... hummm... quem é Lana?

– Uma garota com quem ele saía, mas ela não mora mais aqui. Acho que foi para a França. Ou não. Vai saber onde ela está agora. Com certeza numa boa universidade. Era muito esperta, das mais preparadas da turma.

– Parece uma garota interessante – observei, tamborilando os dedos no balcão.

– Nada mau. – Deu de ombros. – Mas não me cumprimentava quando passava por aqui.

– Que antipática.

– Se fosse por isso, metade das pessoas do alojamento seria antipática. Você é uma das poucas que se preocupam em parar para falar comigo.

Chris me deu um grande sorriso antes de voltar para seu jogo. Fiquei olhando para ele por algum tempo, considerando a possibilidade de fazer mais perguntas, mas disse a mim mesma que isso não seria muito apropriado e desisti.

Como estava com vontade de falar com alguém e Nel, minha melhor amiga, continuava sem me responder – como tinha feito desde que parti, pensando bem –, decidi ligar para minha única irmã e melhor conselheira, Shanon.

Ela logo me atendeu, como de costume.

– Oi, sumida – ela me cumprimentou. – Como vão as coisas?

– Tudo bem. Estava entediada e pensei em te ligar – falei, sentando-me na cama.

– Que lindo da sua parte isso de só pensar em mim quando está entediada.

– Não quis dizer isso.

– Eu sei, eu sei. Escuta só, você devia ver a mamãe. Está maluca. Tenho que ir vê-la quase todos os dias porque diz que está sentindo a sua falta.

– Sério? – Não pude deixar de sorrir.

– Sim, e o papai também. E isso porque faz pouco tempo que você saiu de casa. Não sei o que vai ser deles em novembro.

– Espero já ter conseguido ir vê-los por essa época.

– Jenny, você sabe que eles não podem gastar muito dinheiro com isso – disse ela, depois de uma pausa. – Acho melhor você não vir, a não ser que seja uma data importante.

– Ok, é mesmo... você tem razão.

Ela costumava ter.

– Agora que já falamos de família e de dinheiro e que já nos deprimimos um pouco... vamos aos assuntos interessantes. – Quase pude ver o sorriso dela. – Já encontrou algum bonitão pra dar uns beijos por aí?

– Shanon...

– Ou uma bonitona. Não vou te julgar.

– Não é...

– Aqui cada um é livre para escolher.

– Shanon, nenhum dos dois.

– Ah, fala sério.

– Você lembra que eu ainda tenho namorado?

– Ah, sim. O idiota.

– Ele não é idiota!

– É sim, querida. Idiota demais.

Suspirei.

– Hoje de manhã tivemos uma discussão.

– Que novidade...

– Shanon!

– Está bem, desculpa. Me conta.

– Ele ficou louco por causa de uma bobagem.

– Como sempre... – Quando ela percebeu que fiquei em silêncio, quase pude vê-la revirando os olhos. – Ai, sinto muito, não posso evitar. Bem, continue contando.

– É que ele sempre consegue fazer com que eu me sinta mal sem nem saber por quê.

– Eu não gosto desse garoto.

– Você nunca gostou dele, mas ele nunca te fez mal algum.

– Não é que ele tenha me feito algum mal, é que... acho ele muito pouco para você.

– E o que você queria? Que eu me casasse com o Brad Pitt?

– Não seria má ideia, só que eu ia tentar roubar ele de você. Sinto muito.

– Aí você estaria violando o código das irmãs.

– No amor e na guerra vale tudo.

Ri e continuei conversando com Shanon durante quase uma hora, até começar a anoitecer e ela me dizer que tinha de buscar seu filho, Owen, na escola de natação. Mal desliguei e Naya apareceu com cara de tédio por ter ficado o dia inteiro estudando na biblioteca.

– Feliz por estar na universidade, não é? – Sorri, com ar divertido.

– Ah, sim, estou jorrando felicidade – ironizou ela. – É um sonho que se tornou realidade. Fiquei a tarde toda estudando e já não me lembro de nada. Odeio minha vida.

– Com certeza você vai tirar uma nota boa, Naya.

– Assim espero.

Olhei o relógio do celular.

– Não temos que ir ao cinema com aqueles dois?

– Sim, mas ainda temos meia hora... – ela fez uma pausa e me olhou com um sorrisinho – ... antes do nosso encontro duplo.

– Muito engraçadinha você.

Ela riu, achando graça.

– Anda, deixa eu tomar uma ducha primeiro.

Assim que ela saiu do banheiro, tomei uma ducha rápida e me cobri com o roupão da Dory que meu pai tinha me dado de presente fazia alguns anos. Eu me olhei no espelho e fiz uma careta quando vi que estava com olheiras. Talvez eu devesse ter cochilado à tarde. Afinal, ver filmes, ler HQs e salvar amigas numa mesma noite podia ser bem cansativo.

Quando abri a porta, olhei para minha cama, onde Ross havia se deitado e, cheio de confiança, olhava meu álbum de fotos. Por um momento, fiquei sem reação. Depois vi que Will e Naya estavam se beijando na cama dela.

Estive a ponto de revirar os olhos, mas me contive.

– Oi, tudo bem? – falei.

Eles não responderam. Ross me olhou por cima do álbum.

– Estava começando a sentir que tinha me fundido com o ambiente e ficado invisível – disse ele, suspirando. – Estou cansado de ouvir sucções e lambidas.

Will lhe atirou uma almofada, sem se separar de Naya.

– Bonito roupão. – Ross me deu um grande sorriso. – Nota-se que até pouco tempo atrás você só tinha visto *Procurando Nemo*.

– Não tenho outro – disse, defensivamente, chegando perto dele. – Posso saber o que está fazendo com meu álbum de fotos?

– Eu estava entediado.

– E você não tem celular?

– Sim, mas prefiro um drama realista.

Arranquei o álbum das mãos dele e olhei a foto. Estávamos Monty, um amigo dele, Nel e eu sorrindo para a câmera.

– Quem são?

Eu me sentei ao lado dele e comecei a apontar para os rostos.

– Meu namorado, Monty...

– Monty? – Ele fez uma cara de horror. – Por Deus, o que ele fez aos pais para que o odiassem logo que ele nasceu?

– Vem de Montgomery.

– Acho que isso é ainda pior.

Sorri e passei à foto seguinte.

– Esta é a Nel, uma amiga... Bem, agora não tão amiga.

– Ela disse que gostava de super-heróis e você a desprezou por isso?

– Não. É uma longa história, e bem entediante. E este é um amigo do Monty. Nesse dia eles tinham ganhado uma de suas primeiras partidas de basquete.

– Seu namorado joga basquete?

Assenti, e Ross pareceu ficar pensativo por alguns segundos, até que de repente sorriu de novo.

– Pois a verdade é que os dois têm cara de jogar muito mal.

– Eles eram ruins mesmo, agora nem tanto. Têm treinado bastante.

Deixei o álbum na cama e peguei uma roupa no armário.

– Cinco minutos e estarei pronta – disse a todos, embora só Ross estivesse prestando atenção em mim.

– Se você quiser sair assim, por mim não tem problema – ele esclareceu.

– Obrigada pela sugestão, mas vou me vestir.

– Pois eu vou botar uns malditos tampões nos ouvidos – disse ele, deitando na cama outra vez.

Eu me fechei no banheiro, me vesti e saí o mais rápido que pude. Quando saí, Will estava de pé, alisando a roupa amassada pela ação anterior. Naya fazia o mesmo, e Ross olhava para os dois com uma expressão de tédio.

– Pronta? – perguntou Naya.

– Você não quer se pentear antes de sairmos? – perguntei a ela, brincalhona, ao ver seu cabelo bagunçado.

Ela se olhou no espelho do meu armário e penteou rapidamente o cabelo.

O carro era o de Ross, então Will se sentou na frente com ele e Naya e eu nos sentamos atrás. Tive que afastar dois casacos para conseguir me sentar.

– Para onde vamos? – perguntou Ross, fazendo a curva sem usar a seta.

– Centro comercial. Cinema – Naya informou, metendo a cara entre os dois bancos dianteiros. – Podemos ver aquele filme de guerra?

– Guerra? – suspirei. – Não estou com vontade de chorar.

– Concordo com a Jenna – disse Will.

Tentei não entrar em pânico quando vi que Ross acendeu um cigarro com toda a tranquilidade do mundo enquanto dirigia.

– E qual é a alternativa? – perguntou Naya, desanimada.

– Terror – disse Ross. – O da monja.

– Sim, essa parece uma boa opção – concordou Will.

– Não sei... – tentei dizer.

– Nem pensar – interrompeu Naya.

– De quem é o carro? – perguntou Ross.

– É seu, mas...

– Então vai ser o filme da monja.

– Isso não é justo, Ross – protestou Naya.

– A vida é injusta.

– Não tem por que ser.

– O carro é meu, lembra?

– Sim, mas o cinema não é – falei, me metendo na conversa.

Will e Naya sorriram ao ver a cara de aborrecimento de Ross.

– Você devia sair mais vezes com a gente, Jenna – disse Will. – Não é todo mundo que consegue fazer o Ross calar a boca.

– Eu confiava em você – disse Ross, olhando para mim como se eu o tivesse traído.

– Olha pra frente! – protestei, virando o rosto dele.

– Mas estou dirigindo numa rua reta!

– Até parece que nunca morreu ninguém numa rua reta!

– Bom... – Will tentou trazer o assunto de volta. – Que filme vamos ver, afinal?

– O de terror – disse Ross.

– Eu também quero ver esse – disse Will.

Houve um momento de silêncio no qual tanto ele quanto Naya me olharam fixamente, esperando que eu escolhesse um lado.

– Então vai ser o de terror, acho.

Ross e Will sorriram largamente, enquanto Naya revirava os olhos. Depois disso, todos ficaram em silêncio, escutando a música do rádio.

Decidi concentrar o olhar à nossa frente, porque Ross estava sendo mais imprudente ao volante do que eu gostaria. Ele vestia um moletom, por isso estava com a nuca quase descoberta. Fiquei olhando um traço preto do que parecia ser uma tatuagem. Eu também tinha feito uma pequenininha no mesmo lugar, algo de que ainda me arrependia. A dele parecia maior. Eu me perguntei o que seria.

– A Sue não vem? – perguntei, tentando me distrair.

– A Sue se fundiu à poltrona lá de casa faz tempo – murmurou Ross, soltando a fumaça do cigarro pela janela.

– Ela não gosta de sair com a gente – falou Will. – Nem com ninguém.

– Às vezes eu tenho a sensação de que ela não vai com a minha cara – confessei.

Para minha surpresa, os três riram quase ao mesmo tempo.

– O estranho seria que ela fosse com a sua cara – me garantiu Naya.

– Por quê?

– Ela não gosta de gente – disse Will. – É um pouco estranha, mas a gente acaba se acostumando.

– Ou não – disse Ross. – Moro com ela há quase dois anos e ainda não me acostumei.

Naquele momento, Ross entrou no estacionamento e parou onde dava, consideravelmente longe da porta de entrada. Quando desci do carro, fiquei contente de ter seguido o conselho da minha mãe e ter vestido um casaco, pois fazia muito frio.

Aos abraços, como de costume, Will e Naya lideraram o grupo. Ross suspirou.

– São tão grudentos que meu nível de açúcar no sangue aumenta toda vez que os vejo.

– Ah, vai, você faria o mesmo se tivesse uma namorada.

Ele me olhou com uma cara desconfiada, e eu sorri, enganchando meu braço no dele. Quando chegamos ao cinema, Ross decidiu nos convidar, e entramos junto com os demais espectadores.

Logo depois de entrarmos, fiquei olhando de boca aberta para a enorme tela, impressionada.

– É gigante! – eu disse a Ross, apontando para a tela.

Algumas pessoas que passavam ao nosso lado me olharam como se eu tivesse duas cabeças. Ele se limitou a sorrir para mim, negando com a cabeça.

A sala estava praticamente cheia, por isso tivemos que ficar na quarta fileira. Will e Naya não quiseram se separar, então acabei me sentando entre Will e Ross, que começou a comer pipoca como se não se alimentasse havia anos.

– Você tem sempre tanta fome? – perguntei a ele enquanto ainda passavam os comerciais.

– Sempre.

– E não engorda?

– Nunca.

– Acho que odeio você.

Ele começou a rir.

– Não, não acredito nisso.

– Está bem, eu não te odeio. Mas gosto menos de você.
– Você gostaria mais de mim se eu te oferecesse pipoca?
Pensei por um momento e ele me olhou.
– Talvez – disse eu, finalmente.
Ele sorriu e me ofereceu quantas eu quisesse, então roubei um punhado e comecei a comer. Enquanto o fazia, ele se inclinou na minha direção.
– Vem cá.
– O que foi?
– Alguma vez você já viu um filme de terror?
– Humm... não. Por quê?
Ele pareceu achar engraçado, mas não disse nada. Franzi o cenho.
– O que foi?
– Acho que você vai se arrepender de ter vindo aqui esta noite.

Não entendi o que ele tinha me dito até que, meia hora mais tarde, começou a anoitecer no bendito filme e, a cada cinco minutos, o volume da música aumentava repentinamente, o que me obrigava a me agarrar com força à primeira coisa que encontrasse. Com sorte, me agarrava à poltrona, mas também podia ser o braço de Ross. Ele parecia estar se divertindo muito enquanto comia sua pipoca e via como eu me assustava. Comecei a passar mal de verdade quando a protagonista idiota continuou a fazer coisas idiotas, como se quisesse que a monja louca e estúpida a perseguisse e a matasse por ser idiota.

– O que ela foi fazer ali? – sussurrei, irritada.
– Se ela não fizesse isso, não teria filme – disse Ross, em voz baixa.
– Eu sei, mas ela é tão idiota...

Finalmente acabou a tortura – também conhecida como filme – e soltei o braço de Ross, que certamente tinha ficado vermelho por causa dos apertões que eu havia lhe dado, sem que ele tivesse protestado em momento algum. Admito que, quando saímos da sala, tive que me segurar para não me virar e ter certeza de que não havia uma monja louca me perseguindo.

– A gente já vai? – perguntou Naya.
– Vocês podem ir lá pra casa – sugeriu Will, embora tenha me parecido uma proposta dirigida exclusivamente a Naya.
– Eu devia voltar para o alojamento, na verdade... – falei.

– Não seja assim. – Ela fez beicinho. – Vamos, por favor, por favorzinho...

– Depois eu te levo pro alojamento – disse Ross. – Estou começando a me acostumar com a ideia de que sou o garoto de recados.

Então acabei aceitando, sem saber muito bem por quê. Ou sabendo muito bem.

O caminho de volta me pareceu mais longo, especialmente porque dessa vez me sentei na frente e tive que escutar os amassos daqueles dois no banco de trás. Ross também parecia estar cansado, porque revirava os olhos sem parar, coisa que achei divertida.

– Você acha que se eu frear do nada os dois vão sair voando? – ele perguntou, em voz baixa.

– Não sei, mas vale a pena tentar.

Ele começou a rir, e percebi que Naya estava batendo no meu braço.

– Eu ouvi, seus idiotas.

Já no apartamento, pedimos pizza e Will se ofereceu para pagar a minha parte, enquanto assistíamos a um programa de reformas na tv. Sue não deu o ar da graça, e depois fui ver filmes com Ross no quarto dele.

No entanto, não consegui prestar muita atenção à tela, porque não parava de olhar para o canto escuro do quarto.

– O que você está fazendo? – ele perguntou.

Então me dei conta de que ele tinha ficado me olhando por alguns segundos com o filme pausado e eu nem havia percebido.

– Eu? Nada – murmurei, constrangida.

– Você estava olhando para o canto do quarto? – perguntou, achando graça.

– Não.

– Sim, estava!

– Não!

– Você está com medo?

– Não!

– Tudo bem se estiver.

– Já disse que não estou com medo!

– Jen, ficar com medo de um filme de terror é... quase obrigatório. Sério, não tem problema nenhum.

– Mas você não parece muito assustado.

– Porque já vi muitos. – Sorriu. – E, em todos esses anos, nunca fui atacado por uma monja assassina, portanto pode ficar tranquila.

Continuei olhando para o canto do quarto de cara feia.

– Que foi? – ele perguntou.

– Já é de noite.

– Obrigado por me avisar. Não tinha percebido.

Suspirei.

– É que está escuro – insisti.

– Sim, a noite costuma implicar também a escuridão. – Ross levantou uma sobrancelha, intrigado.

Mordi o lábio, nervosa.

– Você pode... me acompanhar até o banheiro?

Ele ficou me olhando por um momento e depois, claro, começou a gargalhar.

Fiz uma cara feia para ele.

– Eu sabia que não devia ter pedido.

Ele estava tão ocupado rindo de mim que nem respondeu.

– Ross! – Bati com um travesseiro na barriga dele, mas ele continuou a me ignorar. – Você é um idiota!

Eu me levantei, zangada, e fui em direção à porta.

– Não, espera. – Ele continuava a rir, mas me seguiu. – Vamos, eu te acompanho.

– Não, agora não quero mais.

Ele deu um grande sorriso e passou um braço por cima do meu ombro.

– Mas eu quero. Eu cubro suas costas.

O banheiro era a primeira porta à esquerda no corredor, portanto ficava a poucos metros do quarto de Ross. De repente, aquele percurso me pareceu longo, escuro e tenebroso. Ele continuava com aquele sorriso debochado, então me afastei e abri a porta, apontando para ele.

– Espera aqui.

– Você não quer que eu entre com você?

– Aí? Por quê?

– E se tiver um fantasma no chuveiro?

– Acho que consigo dar um jeito, Ross.

Ele deu de ombros.

– Às ordens.

Fechei a porta e me apressei a fazer xixi. Enquanto lavava as mãos, ouvi ele batendo à porta.

– Oiê, ainda está viva?

– Acho que sim. – Revirei os olhos.

– E como vou saber se é você mesma que está falando ou se tem uma monja louca que está te obrigando a dizer isso?

– Porque estou te dizendo.

– Mas como vou saber que é você e não...?

Abri a porta, interrompendo-o. Ele estava rindo abertamente. Fiz uma cara feia.

– Não tem graça. Estou assustada.

– É claro que é engraçado, admita!

– Não!

– Você quer um abracinho pra isso passar?

– Vai se catar!

Fui direto para o quarto dele, e ele se apressou a me seguir, fechando a porta. Ele se jogou na cama, fazendo com que o notebook saltasse e eu tivesse que segurá-lo para que não caísse da cama.

– Você nunca teve medo de um filme de terror? – perguntei.

– Bom... quando eu era criança, vi uma cena de *O exorcista*. A cena das escadas. Fiquei várias noites assustado.

– E fica rindo de mim!

– Eu tinha oito anos, você tem dezenove!

– Dezoito – me defendi.

Houve um momento de silêncio em que comecei a escutar alguns sons para maiores de dezoito anos vindos do quarto de Will. Fiquei vermelha como um tomate, mas Ross não pareceu muito surpreso.

– Começou a festa – falou.

Abri a boca para dizer alguma coisa quando Naya emitiu um sonzinho bem pouco apropriado. Fiquei ainda mais vermelha.

– Eles são sempre assim...?

– ... chatos?

– Eu ia dizer carinhosos.

– Sim, são sempre uns chatos muito carinhosos – disse ele. – Mas não se preocupe, não vai demorar para a Sue cortar o barato deles.

– O que você quer dizer?

Ele apontou para as orelhas e esperou. Franzi o cenho, confusa.

De repente, escutei alguém andando pelo corredor e esmurrando a porta do quarto ao lado.

– Preciso levantar às seis da manhã! – gritou Sue. – Se querem gritar, vão pra rua, seus chatos!

Na mesma hora os ruídos cessaram e Sue voltou ao seu quarto. Ross sorriu.

– Eu sempre reclamo da Sue, mas a verdade é que ela ajuda bastante nessas horas. Além disso...

Ele se interrompeu quando um celular começou a tocar. Ele olhou para a tela do seu, e eu não pude deixar de fazer o mesmo. Vi a imagem de uma garota de franja loira, muito bonitinha, sorrindo para a câmera.

– Você se incomoda...?

– Você está na sua casa – falei.

Ele se levantou e foi até a sala, falando enquanto caminhava. Não consegui ouvir nada, então fiquei olhando para o filme pausado, batucando os dedos na barriga. Por algum motivo, fiquei muito curiosa para saber do que estavam falando, mas me contive.

Entediada, fui até a cozinha. Ele falava com a garota em voz baixa, do outro lado da sala, de costas para mim. Enquanto me servia um copo d'água, vi que Will apareceu sem camisa.

– Está precisando recuperar as forças? – perguntei, brincalhona, alcançando um copo para ele.

– Talvez fosse preciso mais se a Sue não tivesse aparecido. – Suspirou. – A Naya dormiu.

– De qualquer maneira, eu deveria voltar para o alojamento – falei, olhando para Ross.

– Você pode dormir aqui sempre que quiser – ele me garantiu.

— Mas... vocês não têm quarto de hóspedes.

— Mas você pode dormir no sofá, ou com Ross, já que ele é um ursinho de pelúcia. Com quem ele está falando?

— Não tenho ideia – menti. Era melhor fingir que eu não tinha visto a foto da garota.

Ele terminou de beber a água e deixou o copo na bancada, olhando para mim.

— Quer que eu leve você pro alojamento já?

— Mas a Naya está no seu quarto...

— ... sim, dormindo. Me dá cinco minutos e já me visto.

De fato, cinco minutos depois Will apareceu completamente vestido e com as chaves do carro.

— Vamos?

Ross desligou naquele instante e ficou olhando para nós.

— Você já vai? – perguntou ele, num tom de recriminação. – Estávamos apenas na metade do filme.

— É que estou com sono. Posso terminar de ver o filme no meu quarto. – Dei de ombros.

— Isso está no mesmo nível de traição de alguém que começa a assistir a uma série com uma pessoa e termina de ver sozinho.

— O que foi? – perguntou Will. – Você quer vir junto?

Ross deu um grande sorriso e avançou.

— Se vocês insistem, não posso negar.

— Ninguém insistiu. – Will franziu o cenho, mas depois sorriu e seguiu o amigo até a garagem.

O carro de Will era um pouco maior que o de Ross, por isso me senti incrivelmente pequena ao me ver sozinha no banco de trás, espreitando entre os dois assentos dianteiros.

— E esse rádio? – Ross o ligou. – Você não me disse que ia trocar.

— A Naya me deu de presente ontem – comentou Will, tirando o carro da vaga com muito mais suavidade que Ross.

— Por quê?

— Não sei. Porque ela quis, eu acho.

Ross e eu trocamos um olhar.

– Que foi? – perguntou Will.

– Ela vai te dar uma má notícia daqui a pouco? – perguntou Ross, brincalhão.

– Não tem nada a ver com isso.

– Até eu sei que tem algo a ver com isso – disse.

Will franziu o cenho.

– Ela não pode me dar algo de presente simplesmente porque gosta de mim?

– Não – dissemos, ao mesmo tempo.

– Vocês são dois insuportáveis – falou, revirando os olhos.

Sinceramente, era certo que Naya tinha lhe dado o rádio de presente para compensá-lo caso ele chegasse a ficar sabendo que ela não quis avisá-lo na noite da festa.

A água começou a bater no para-brisa ao chegarmos à minha rua. Will continuava dizendo que éramos muito desagradáveis, enquanto eu seguia com o olhar as gotas de chuva que deslizavam pelo vidro da janela.

– ... verdade, Jen? – perguntou Ross.

Voltei à realidade no mesmo instante.

– Oi?

– O Batman é melhor que o Super-Homem – disse ele. – Não é verdade?

– Por que todas as suas conversas acabam caindo em super-heróis? – Will perguntou a ele.

– Porque falar do meio ambiente é bem entediante. Bem, Jen, quem é o melhor?

– Humm... acho que os dois têm algo de bom e algo de ruim.

– Ela diz isso porque não quer te ofender. – Will começou a rir.

Ross fez uma cara feia para ele.

– Ela diz isso porque é mais esperta que você.

– O Batman não tem superpoderes – salientou Will.

– Mas é milionário! – disse Ross, ofendido.

– O Super-Homem poderia matar o Batman num piscar de olhos.

– Eu gosto é da Mulher-Maravilha – comentei, sorrindo.

Os dois ficaram em silêncio, de cara feia.

– A Mulher-Maravilha é um tédio – falou Will.

– Ela é a melhor! – protestei.

– Um dia desses eu mostrei o filme pra ela – explicou Ross. – Talvez eu a tenha introduzido cedo demais no feminismo dos super-heróis. Ela não estava preparada.

– Eu também li uma HQ da Liga da Justiça – lembrei a ele.

– Essas HQS são um lixo – protestou Will.

– Você sim que é um lixo! – respondi, ofendida.

– Olha só para você. – Ross sorriu, orgulhoso. – Quando chegou aqui, não sabia nem quem era o Batman e agora defende os super-heróis como se fossem seus próprios filhos. Como crescem rápido, não é, Will?

– E o que tem de errado com a Mulher-Maravilha? – protestei, continuando o assunto anterior. – Ela foi a única que pensou em formar a Liga da Justiça.

– Mas...

Will interrompeu Ross batendo em seu braço. Nós dois olhamos para ele, confusos.

– Aquele ali não é o Mike? – perguntou.

De fato, Mike, o irmão de Ross, estava na rua, do lado de fora de um bar. Parecia que tinham acabado de expulsá-lo de lá. Ele gritava algo em direção à porta de vidro enquanto a garçonete lhe mostrava o dedo do meio.

– A gente deveria parar – falei. – Parece que ele não tem como voltar pra casa.

– Talvez por isso mesmo a gente não deva parar – sugeriu Ross. – Vamos ver se assim ele se perde no meio do mato.

– Que mato? – Will franziu o cenho. – Estamos numa cidade.

– Então em algum beco. Desde que se perca em algum lugar...

– Não seja assim, ele é seu irmão – falei.

– E é por isso que não quero resgatá-lo.

– E você vai dormir tranquilo sabendo que ele pode ficar sozinho por aqui à noite?

– Muito, muito tranquilo.

– Ah, deixa disso... – Toquei em seu ombro. – Não precisa ser tão malvado.

– Com Mike isso não é ser malvado, apenas justo.

Fiz uma cara feia para ele.

– O que foi? – ele protestou, de má vontade.

– Você sabe.

Ele me olhou por um momento antes de suspirar e assentir com a cabeça para Will, que virou a direção para entrar no estacionamento do bar. Quando o carro parou à sua frente, Mike se aproximou e olhou pela janela, encharcado por causa da chuva.

– Irmãozinho! – cumprimentou, com um sorriso de orelha a orelha.

– Entra aí e cala a boca – disse Ross, sem tanto entusiasmo.

– Você veio me salvar? – perguntou ele, então olhou para mim. – Oi, Jennifer.

– Oi, Mike. Pode me chamar de Jenna, tá? Como no outro dia.

– Ótimo. Jenna é mais... íntimo.

Ele entrou no carro e se sentou ao meu lado. Abriu um grande sorriso para mim enquanto seu irmão mais novo, no banco da frente, o fulminava com o olhar.

– Para onde vocês estavam indo? – perguntou Mike.

– Estavam me levando até o alojamento – respondi.

– Já? Mas hoje é sexta-feira, você tem que sair.

– Não gosto muito de sair.

– Se você saísse uma noite comigo, iria amar.

– Não a incomode, Mike – Ross disse, secamente.

– Não a incomode, Mike – ele o imitou e começou a rir.

Vi que Will reprimiu um sorriso quando Ross soltou algo parecido com um rugido exasperado.

– Por que sempre que eu te encontro tem uma garota te expulsando de algum lugar? – perguntei a Mike, rompendo o silêncio.

– É que eu sou bom em irritar as pessoas. – Ele sorriu. – Como você pode comprovar com meu querido irmãozinho.

– Depois de quase vinte anos de convivência, até que enfim você disse algo coerente – murmurou Ross.

– Obrigado. – Mike sorriu, sem se importar com o tom irônico do irmão. – Bom, você não vai colocar uma música?

Will assim o fez, provavelmente para que os dois irmãos não discutissem. Mike começou a cantar todas as canções a plenos pulmões, enquanto Will sorria e Ross fixava o olhar à frente, claramente desconfortável. Sim, a viagem foi longa.

Finalmente chegamos ao meu alojamento e vesti o casaco, aliviada por sair daquele carro e deixar de ouvir os berros de Mike.

– Obrigada por me trazer, Will – disse, apertando seu ombro.

– Obrigada por me trazer, Will? – repetiu Ross, olhando para mim. – E eu sou o quê, um enfeite?

– Obrigada por me trazer, Ross – corrigi.

– Assim está melhor.

– Obrigada por me trazer, Ross? – repetiu Mike, olhando para mim. – E eu...?

– Cala a boca – cortou Ross.

Ele fez o gesto de quem fecha a boca com um zíper e eu desci do carro, achando graça.

5

UM PASSO ALÉM

EU ESTAVA TERMINANDO UM TRABALHO para uma de minhas aulas quando recebi uma videochamada no notebook. Monty? Hummm... sinceramente, depois do que tinha acontecido no dia anterior, a última coisa que eu queria era falar com ele.

Mas eu não queria ser infantil. Pensei por um momento e, afinal, atendi. O rosto dele apareceu na minha tela no mesmo instante.

– Oi, Jenny – ele me cumprimentou, com um pequeno e inocente sorriso.

– Estou vendo que você já não está mais com vontade de gritar.

Ele estava em seu quarto, iluminado apenas por uma pequena luminária que tinha ao lado da cama. Parecia um pouco cansado. Certamente tinha tido treino. Monty era muito bonito, embora aquele sorriso não o favorecesse. Usava o cabelo loiro cortado bem curto, quase raspado, e tinha um pequeno brinco na orelha que eu sempre tinha achado muito sexy. Ah, e seus olhos eram pequenos e castanhos. Uma vez eu dissera que tinham cor de cocô e ele ficou sem falar comigo por alguns dias.

– Como você está? – Ele ignorou o que eu tinha dito.

– Bem – respondi. Eu também não queria ficar chateada com ele mais tempo que o necessário, então mudei de assunto. – Embora continue a não gostar do curso.

– Não?

– Não. Não gosto dos livros que tenho que ler.

– Se te serve de consolo, ultimamente os treinos também não têm me agradado muito – ele respondeu. – O treinador está doido, querendo que a gente ganhe o próximo jogo. Nos faz treinar dobrado.

– Quando é o jogo?

– Sábado que vem.

– Eu queria tanto ir e ver você...

– Eu sei. – Ele sorriu. – Mas logo vou te contar como foi.

Olhei para minhas unhas, meio constrangida.

– Escuta, Monty... você tem falado com a Nel?

– Com a Nel? – Ele franziu o cenho. – Não muito, na verdade. Por quê?

– É que ela não responde as minhas mensagens nem atende as minhas ligações. Estou começando a pensar que ela está chateada comigo.

– Quando você foi embora, ela parecia bem triste.

– E isso justifica que não fale comigo? – Fiz uma careta. – Ainda bem que conheci a Naya e os outros por aqui. Se não, ia me sentir muito sozinha.

– Você tem a mim. Mas isso você já sabe.

Por que não podia ser sempre assim? Por que ele se transformava num imbecil rapidinho?

– Quem dera eu pudesse estar aí com você – acrescentou.

– Bom... – Suspirei. – A gente não vai ter que esperar muito. Em poucos meses vamos voltar a nos ver.

– Esses meses sem você vão parecer eternos.

Sorri para ele, meio desanimada.

– Mas... – Ele suspirou. – ... fico feliz que você tenha encontrado um amigo, amor.

Fiquei com a sensação de que ele queria me dizer algo mais e não dizia.

– E...? – perguntei, arqueando a sobrancelha.

– E você conheceu alguém...? Você sabe. *Alguém*.

– Estou aqui há menos de um mês, Monty. Não deu tempo.

– Mas você poderia ter conhecido... Ninguém?

– Ninguém – garanti. – E você? Tem algo para me... humm... contar?

Que estranho era perguntar isso.

– Então... na verdade tem uma garota que me chamou a atenção, mas não aconteceu nada.

– Ah... – Eu não sabia o que dizer. – E como ela é?

– Achei que tivéssemos combinado que não entraríamos em detalhes – ele disse, meio constrangido.

– Ah, é?

– Sim... não foi?

Sim, era melhor assim. Já era bem complicado ficar com a imagem do meu namorado transando com outra garota. Saber dos detalhes seria muito pior.

Dei de ombros.

– Bom... então vamos falar de outra coisa.

– Do que você quer falar?

– Humm... – Tentei achar uma maneira de abordar o assunto sem que fosse extremamente desconfortável. – Eu estava pensando que talvez pudéssemos tentar fazer algo mais... interessante... do que conversar.

– Como o quê?

– Você sabe... algo interessante...

Eu tinha tentado usar um tom sedutor, mas soou bastante ridículo.

– Como o quê? – ele repetiu, ainda mais confuso.

– O que você acha, Monty?

– Não sei, quem sabe você me fala de uma vez?

– Olha, deixa pra lá. Não importa.

– Se eu pudesse estar com você, talvez te entendesse melhor.

– Eu sei, mas, a não ser que tenha gasolina para vir me encontrar, acho complicado.

– E você não economizou algum dinheiro?

Fiquei olhando para o celular. Minha mãe tinha me mandado uma mensagem de manhã e, embora eu até pudesse imaginar do que se tratava, preferi não ler. Como se isso fosse solucionar alguma coisa.

– Você sabe que eu não posso ficar indo e vindo o tempo todo – falei.

– Ou não quer – ele murmurou.

– Não começa, Monty.

– Sinto muito, Jenny. É que... estou muito cansado. Não quero descontar meu mau humor em você.

– Eu sei. Não se preocupe.

Ele sorriu.

– Preciso dormir, amor. Amanhã te ligo, ok?

– Ok.

– Boa noite. Te amo.

– Boa noite, Monty.

Mandei-lhe um beijo com a mão e fechei o notebook. Ainda estava com o celular ao meu lado. Uma mensagem da minha mãe iluminou a telinha.

Me ligue AGORA MESMO, Jennifer Michelle Brown.

Nem tive tempo de suspirar antes que chegasse outra mensagem.

Ou sofra as consequências.

Minha mãe às vezes podia parecer uma mafiosa.

Era melhor não prolongar a espera do que era inevitável. Disquei o número dela e me levantei, olhando pela janela. Já eram quase nove da noite.

E, como ela certamente devia estar esperando uma resposta, levou apenas dois segundos para atender.

– Jennifer! – berrou. – Fiquei o dia todo esperando você me ligar!

– Desculpa, mãe. Não tive um momento livre até agora.

Era mentira, claro, mas eu não ia dizer isso a ela. Eu simplesmente não queria ouvir o que ela tinha para me dizer.

– Tudo bem – ela disse, embora fosse óbvio que não tinha acreditado, e em seguida suspirou. – Querida, temos que falar de...

– Dinheiro – terminei a frase por ela.

– Sim... você sabe que... bem... seu pai e eu não estamos passando por um bom momento.

– Eu sei, mãe.

– Tivemos que emprestar dinheiro para a Shanon para o material escolar do Owen, e seus irmãos... bom, também precisaram de dinheiro para a oficina. Neste momento... hum, não sei como te dizer isso, mas...

– Vocês não têm dinheiro para pagar pelo meu alojamento.

Tentei com todas as minhas forças não soar irritada. Por que havia dinheiro para dar a meus irmãos, mesmo que eles não entendessem nada de carros, mas não para minha educação?

Mas eu nunca diria isso para minha mãe. Eu sabia que ela sempre tentava deixar todos nós felizes. Não queria que ela se sentisse mal, embora às vezes ela conseguisse fazer com que eu me sentisse assim.

– Sinto muito, querida – ela continuou, soando sinceramente triste. – Tentei fazer algumas contas, mas a verdade é que não temos dinheiro suficiente. Não este mês, pelo menos.

– Entendo, mãe.

– Você é um amor – ela falou, e eu quase consegui enxergá-la entrando no modo drama. – Tínhamos que ter depositado o dinheiro ontem e...

– Eu sei – repeti. – Vou encontrar uma maneira de... não sei... de continuar morando aqui.

– Ah, sim, claro...

Esperei que minha mãe terminasse a frase, mas ela não o fez.

– Mas...? – Ergui uma sobrancelha.

– Mas... você poderia voltar para casa, Jennifer – ela sugeriu. – Ficar fora de casa por um mês está de bom tamanho, mas... talvez você pudesse pensar em voltar a morar com a gente, não? Onde você poderia estar melhor do que na sua casinha, com a sua família, que te ama mais do que ninguém no mundo?

– Mãe, já falamos sobre isso antes.

– E você continua insistindo em ficar aí, sozinha, longe de nós.

– Não estou sozinha, já fiz alguns amigos.

– Aqui você também tem amigos!

– Ah, sim, essa grande amiga que não fala comigo há um mês. Estou muito feliz com ela.

– Bem, eu sou sua amiga, não?

– Mãe... – Suspirei.

– Ok, mas de qualquer jeito eu quero que você volte!

– Quero ficar aqui – insisti. – Além disso, vocês já pagaram por todas as disciplinas do semestre. Não quero jogar esse dinheiro no lixo.

– O seu bem-estar é mais importante que esse dinheiro, Jennifer, você sabe disso. Além do mais, nós fizemos um trato.

– Esse trato era até dezembro – lembrei a ela. – E você me disse que só então eu teria que decidir se preferia continuar aqui ou voltar para casa. Estamos em outubro, no início de outubro.

– Mas, se você quiser voltar antes, ninguém vai te julgar por isso.

– Mãe, eu quero ficar – repeti.

Ela suspirou.

– Olha, não tem por que você procurar emprego. Já é bastante coisa você estudar.

– Não é para tanto – garanti. – Não fazemos grande coisa.

Pelo menos *eu* não fazia grande coisa. Talvez meus colegas fizessem.

– De qualquer maneira, não quero te obrigar a trabalhar. Tente encontrar alguma forma de passar este mês ou... Não sei, Jennifer... No mês que vem não teremos que pagar nada para seus irmãos e teremos dinheiro suficiente para te dar. Já vamos te devolver esse dinheiro. Apenas... dê um jeito na vida este mês, certo?

– Está bem – suspirei.

– Mas se até lá você já tiver mudado de opinião...

– Mãe – cortei, revirando os olhos –, isso tudo não é uma estratégia pra me fazer querer voltar pra casa, né?

– Como você pode pensar isso de mim? – ela perguntou, com a voz esganiçada.

– Porque eu te conheço. E porque sua voz fica mais aguda quando você mente.

– Não é verdade – ela falou, mais uma vez com voz esganiçada.

– Mãe, eu poderia dormir na rua!

– Ou poderia voltar para casa.

– Certo – falei, respirando fundo. – Olha, é melhor parar por aqui. Logo eu mesma vou dar um jeito nisso por um mês. Boa noite.

– Não fique brava, meu amor...

– Não estou brava.

– Não minta para sua mãe.

– Mas você acabou de mentir pra mim!

– E não fale comigo desse jeito!

Suspirei.

– Boa noite, mãe.

– Boa noite, Jennifer, querida, te amo, agasalhe-se bem e coma direito, está me ouvindo?

– Sim, mãe.

– E não fique brava comigo!

Desliguei o telefone e fiquei olhando para minha pequena janela emperrada, com uma expressão triste. Eu sabia que isso iria acontecer, mas uma parte de mim esperava que fosse mais tarde, não tão cedo.

Eu sabia que o motivo principal dessa falta de dinheiro podia ser que mamãe quisesse que eu voltasse para casa, mas também era verdade que não estávamos bem de dinheiro. Nunca estivemos, e eu não queria abusar dos meus pais. Talvez precisasse mesmo arranjar um emprego, algo provisório para que eu mesma pudesse pagar pelo alojamento e para que eles pudessem esquecer de mim por algum tempo.

Ah, e eu tinha que pensar rápido num lugar no qual passar as quatro semanas seguintes. Era algo fundamental se eu não quisesse ficar na rua, caso não arranjasse trabalho.

Como não sabia o que fazer, olhei para meu celular e, quando me dei conta, vi que estava procurando o número de Ross.

Encostei o celular na orelha, um pouco mais nervosa do que deveria estar. Ele atendeu imediatamente.

– Ora, se não é o meu pequeno gafanhoto!

– Oi, Ross. – Sorri.

– A que devo o prazer desta ligação?

– Bem... a nada muito concreto, na verdade.

Quase pude visualizar seu sorriso.

– Você me ligou só porque queria ouvir minha voz, Jen? Está ficando muito romântica.

– Não é isso, idiota. – Fiquei vermelha. – Você está...? Está fazendo algo interessante?

– Depende. Devo considerar interessante ficar vendo Will e Naya se chupando enquanto Sue toma sorvete?

– Mais ou menos. – Ri.

– Então é isso, mais ou menos. Por quê? Quer vir para cá?

– Bem, também não quero obri...

– Vou te buscar.

– Ouça, Ross, não...

Mas ele já tinha desligado. Balancei a cabeça e meti o celular no bolso, um pouco mais animada. Pelo menos Ross conseguia deixar aquela noite podre mais alegre.

Tirei o pijama e vesti uma roupa confortável, me olhando no espelho. Fiquei pensando por algum tempo em esconder aquela mecha de cabelo que sempre escapava por trás da orelha e subitamente parei. Por que estava me preocupando tanto com a aparência? Só estava indo para a casa de Will.

Chris estava jogando no celular quando desci as escadas.

– Oi, Chris – cumprimentei-o, de passagem.

Ele levantou a cabeça tão rápido que achei que podia ter se machucado.

– Jenna! – ele me chamou, largando o celular. – Preciso falar com você, houve um problema com...

– O pagamento, eu sei... – Assenti com a cabeça. – Estou pensando em como solucionar isso. Prometo que, se não conseguir o dinheiro em dois dias, vou dormir em outro lugar e não vou te incomodar.

– Jenna... se estiver com problemas financeiros...

– Vou conseguir o dinheiro – repeti.

– E, até lá, onde você vai dormir?

– Não... não sei.

Ele pareceu não gostar muito daquilo. Fez uma careta.

– Olha, se você está mal de dinheiro, posso tentar adiar o pagamento por uma semana, até você achar uma forma de pagar – falou. – Mas isso é o máximo que consigo antes que meu chefe fique sabendo que você não pagou.

– Chris, muito obrigada. – Suspirei.

– Não quero ficar com a consciência pesada por deixar você dormir na rua.

– Não... não posso pagar no mês que vem? Aí eu pagaria os dois meses juntos. É que neste momento eu não...

– Se dependesse de mim, juro que eu deixaria. Mas não posso.

Chris podia ser meio esquisito e até chato com as regras do alojamento, mas com certeza era uma pessoa muito boa. Quase tive vontade de chorar. Fazia muito tempo que ninguém se oferecia para fazer algo bom por mim.

– Você não imagina como estou precisando de um abraço agora mesmo – falei em voz baixa.

Chris fez menção de se inclinar por cima do balcão, mas naquele momento alguém me abraçou por trás e me apertou. Levantei a cabeça e me deparei com o sorriso de Ross.

– E por que não pede isso pra mim? Não vou dizer que não. – Ele ergueu os olhos. – Oi, Chrissy.

– Tínhamos combinado de você não me chamar mais assim, não é? – Chris fez uma cara feia. – Isso tira minha autoridade.

– Ok, Chrissy. – Ross sorriu e me olhou. – Bem, do que vocês estavam falando? Dos preservativos com sabor de amora?

– Isso é um segredo do alojamento! – Chris franziu o cenho.

– Você não pode querer distribuir preservativos saborizados pelo campus todo sem que ninguém fique sabendo.

– Você é um fofoqueiro – Chris disse a Ross, indignado. – Estávamos falando dos problemas financeiros da Jennifer.

Olhei para ele com os olhos arregalados.

– Obrigada pela discrição, Chris.

– Ops... – Ele sorriu, constrangido. – Estávamos falando de... sim, de preservativos com sabor de amora.

Suspirei.

– Muito esperto.

– Você está mal de dinheiro? – perguntou Ross, me soltando.

Não sabia por quê, mas eu achava vergonhoso falar sobre isso com Ross, que me olhava com curiosidade, como se ter problemas financeiros fosse a coisa mais anormal do mundo.

– Não – eu disse, torpemente. – Bem... sim, mas não tem prob...

– Você não vai conseguir pagar este mês? É isso?

– Esse é um assunto particular. – Olhei para Chris com raiva.

Ele fingiu estar jogando Candy Crush, mas na verdade estava escutando cada palavra que falávamos.

– Vai, pode me contar. – Ross atraiu minha atenção.

– Sim – eu disse, afinal. – Não vou ter dinheiro até o mês que vem. Se souber de alguém que esteja oferecendo trabalho de... algo... seja o que for, seria útil.

Ele pensou por um momento.

– Não, não sei de ninguém.

– Ok. – Suspirei.

– Mas tenho algo melhor. – Sorriu entusiasmado. – Você poderia ir morar com a gente!

Fiquei olhando para ele, pasma.

– Hein?

– Você ouviu!

– Sim, mas acho que não entendi direito. Quer dizer... o quê?

– Ah, vai, você já faz parte de nosso seleto grupo de amigos.

– Não faz nem um mês que a gente se conhece, Ross. Eu poderia ser uma assassina.

– Estou disposto a correr esse risco.

– E você teria que me aguentar o dia inteiro!

– Olha, eu já me convenci, você não precisa continuar tentando.

Revirei os olhos quando ele sorriu.

– Acho que não posso aceitar.

– Mas você praticamente já mora com a gente. É só uma questão de levar as suas coisas pra lá.

– Ross, eu não tenho dinheiro – frisei.

– Mas é temporário, não é? Você disse que no mês que vem vai ter dinheiro de novo, então vai poder voltar pra cá.

– Sim, mas vou ter que pagar alguma coisa se for morar com vocês.

– O quê? – Ele pareceu quase ofendido. – Deixa de bobagem. Se está sem dinheiro, não vamos te obrigar a pagar nada.

– E, enquanto isso, como eu pago pelo meu lugar no apartamento? Com amor?

– É uma opção à qual não vou me negar.

– Ross, estou falando sério! Não tenho como pagar.

– Mas como você é chata! Quando foi que eu disse que você tinha que pagar alguma coisa?

Fiquei olhando para ele, confusa.

– Não posso me enfiar na casa de vocês, assim... porque sim.

– Claro que pode, estou te convidando.

– Will e Sue podem ficar chateados.

– Will nunca ficaria chateado com você. Além do mais, a Naya provavelmente apareceria mais lá em casa pra te ver, e isso o deixaria feliz. Não vai ser muito agradável para os outros por causa da gritaria, mas estou disposto a me sacrificar em troca da sua companhia.

– E a Sue?

– Ora, Jen, a Sue detesta a todos nós, o que importa o que ela vai pensar? O estranho é que ela ainda não tenha nos matado enquanto dormimos.

– Não sei o que dizer, Ross...

– Então diga que sim.

Chris já nem disfarçava, olhava-nos com curiosidade.

– Não posso deixar seu quarto marcado como ocupado se você não pagar. No caso de alguém precisar dele, eu teria que liberá-lo.

– Mas, se ninguém precisar... Jen poderá voltar dentro de dois meses, como se nada tivesse acontecido. – Ross sorriu.

– Não era um mês? – Franzi o cenho.

Ambos me ignoraram.

– Muito bem, mas se em dois meses ninguém quiser o seu quarto, será um milagre. Você pode deixar algumas coisas lá, mas caso alguém o alugue...

– Já vamos passar pra pegá-las – acrescentou Ross.

Enquanto isso, eu estava entrando em curto-circuito, tentando acompanhar a conversa dos dois.

– E-espera aí, dois meses? Eu estava falando em um só...

– Três meses me parece bom – interrompeu Ross.

– Três?! O que...?

– Bem, então você só precisa assinar aqui, como se estivesse saindo do alojamento. – Chris me passou uma folha. – Vou tentar oferecer qualquer outro quarto se aparecer alguma outra garota. Isso vai servir para despistar meu chefe.

Olhei para Chris e depois para Ross. Um parecia pensativo, o outro, entusiasmado.

– Mas... – Finalmente meu olhar se deteve em Ross. – Tem certeza disso? Tem lugar pra mim?

– Eu sempre tenho lugar pra você.

– Ross, estou falando sério.

– Siiiiiiiim, tem.

– De verdade? E onde vou ter que dormir? No sofá?

– Claro que não.

– Onde, então?

– Comigo, obviamente.

Chris se engasgou com a água que estava bebendo e teve que levar uma mão ao coração. Eu abri e fechei a boca, notando que meu rosto se incendiava.

Ross deve ter visto a nossa cara, porque imediatamente levantou as mãos em sinal de rendição.

– Olha, eu sou inofensivo – ele garantiu. – Não vou te fazer nada.

– Já imaginava. – Soltei uma risadinha nervosa.

– A não ser que você me peça, claro.

Idiota. Eu já estava ficando vermelha pela segunda vez em menos de dez segundos.

– Não vou pedir – balbuciei.

Ele abriu um grande sorriso e pôs a mão na minha nuca.

– Isso nós ainda vamos ver.

Sustentei seu olhar e vi que seus olhos brilhavam. Balancei a cabeça, brincando, fazendo seu sorriso ficar ainda maior. Tirei sua mão de mim.

Enquanto isso, Chris nos olhava, claramente desconfortável.

– Humm... você ainda precisa assinar aqui, Jennifer.

Li o papel, pensativa, antes de olhar para Ross.

– E você não se importa de ter que dividir a cama?

– Com você? Não.

– Dá pra você falar sério só por um momento?

– O que te faz pensar que não estou falando sério?

– Ross!

– Ué, minha cama é enorme, eu não uso nem a metade. E é melhor que nada.

– Não sei...

– Qual é a sua outra opção? Dormir num banco do parque?

– Os bancos são interessantes, ok? E têm vistas bonitas...

– ... sim, e são bastante desconfortáveis.

Pensei nisso por um momento.

– Ross... não quero ficar te devendo...

– Esquece isso de ficar me devendo. – Ele me pegou pela mão e me levou até a escada com um sorriso de orelha a orelha. – Vem, vamos pegar as suas coisas.

– Já? – perguntei. – M-mas... eu tenho... tenho que avisar a mi... minha mãe e...

– E tem que assinar isso aqui! – Chris berrou para mim, agitando o papel.

Ross o ignorou e continuou a me guiar até a escada.

– Você não tem que avisar o Will? – perguntei.

– O Will?

– Bom, é o apartamento dele. Acho que ele vai te agradecer.

– Mas é meu.

Parei e olhei para ele, surpresa.

– É seu?

Ele levantou uma sobrancelha.

– Vou tentar ignorar o tom de surpresa, mocinha.

– É que... eu sempre achei que fosse do Will. Não sei por quê.

– Pois é meu. Estou abrindo as portas da minha humilde moradia pra você. Pode se sentir abençoada.

– Sim, e as da sua cama – brinquei.

– Essas estão abertas pra você já faz algum tempo.

– Anda, vem me ajudar e deixa de besteira.

Durante a meia hora seguinte, ele ficou sentado na minha cama vendo como eu andava de um lado para o outro jogando coisas numa mala e arrumando-as mais ou menos bem. Ela me pareceu menor que da última vez que eu a tinha usado.

De vez em quando, ele se agachava e olhava com curiosidade alguma peça de roupa, só para colocá-la no lugar outra vez.

– Por que você tem tanta coisa? – perguntou, confuso. – Se você anda sempre com a mesma roupa.

– Não é verdade – falei, ofendida, olhando para mim mesma.

– Não me interprete mal, eu sempre adoro o que você está vestindo. Quem dera você nem vestisse essas roupas.

Atirei uma calça na cara dele e ele a pôs na mala, rindo.

– Hoje você acordou inspirado, hein?

– Eu sempre estou inspirado. Mas disfarço, pra não te assustar.

– Você acha que eu me assusto assim tão fácil?

– Preciso lembrar você da monja louca?

– Isso é diferente!

– Sim, sim. Muito diferente.

Ele fez uma pausa para arrumar melhor uma calça que eu tinha atirado na mala de qualquer jeito.

– E como foi que você ficou sem dinheiro pra pagar o alojamento este mês? – perguntou, curioso. – Gastou em quê?

– Em nada. Meus pais deram todo o dinheiro para os meus irmãos mais velhos. – Joguei umas meias dentro da mala com mais força do que seria necessário. – Acham que é melhor investir numa oficina de automóveis que nos meus estudos.

– Quantos irmãos você tem?

– Quatro.

Ele ergueu as sobrancelhas.

– Todos mais velhos que eu.

– São todos homens?

– Todos, menos a mais velha, Shanon. Mas ela mora com o filho dela, o Owen, e o namorado intermitente.

– Intermitente? – Sorriu.

– Ele não é o pai do Owen, é um cara que ela conheceu há alguns meses. Eles passam o dia discutindo, terminando e voltando. Com certeza o pobre do menino já está cansado deles. – Olhei para Ross. – Por que tantas perguntas?

– É que você nunca me fala da sua família.

Refleti sobre isso por um momento, depois continuei dobrando minha roupa.

– Também não tem muita coisa pra contar, na verdade.

– Eu achei interessante.

– Sim, fascinante... – ironizei.

– Mas é. – Ele pegou uma calcinha grande e velha que eu usava quando ficava menstruada e arregalou os olhos. – Maravilhosa.

Arranquei-a de suas mãos e a enfiei na mala, envergonhada.

– Não mexe na minha roupa de baixo – avisei.

– Sim, senhora.

Quando afinal consegui fechar a mala, ele se ofereceu para carregá-la até lá embaixo, onde encontramos Chris plantado diante da porta como se fosse um policial.

– Ninguém sai daqui até que você assine isso – falou.

– Sai, Chrissy – disse Ross, passando ao lado dele com a minha mala.

– Já disse que ninguém sai daqui! – berrou. – E não me chame assim!

– Viva um pouco – disse Ross, suspirando.

– Eu tenho uma vida muito plena! – gritou Chris, antes de me olhar. – Sua assinatura, Jenna.

Assinei o papel e o devolvi. Ele sorriu, satisfeito.

– Comporte-se – ele disse. – Se bem que, se você der um soco nele por mim, vai ser melhor ainda.

– Vou levar isso em consideração – sorri. – A gente se vê, Chris.

Saí do prédio e vi Ross colocando minha mala no carro. Assim que nos sentamos, pus o cinto de segurança – a precaução era importante –, embora a verdade fosse que eu já estava me acostumando à sua maneira de dirigir. De fato, já estava ficando tão acostumada que os outros me pareciam lentos demais comparados a ele.

– O Will vai ficar muito feliz de te ver – ele comentou. – E a Naya também.

– A Naya vai ficar sozinha no quarto do alojamento – falei, confusa. – Não acredito que vá ficar muito feliz com isso.

– Eu já te disse isso antes, ela praticamente mora com a gente. Vocês vão se ver mais assim.

Olhei para ele estreitando os olhos.

– Por que você está tão contente com essa situação, Ross?

Ele deu de ombros, sorridente.

– Não sei.

Belisquei sua bochecha e ele sorriu ainda mais.

– Sabe, sim...

– Vamos ouvir música? – interrompeu ele, aumentando o volume.

O trajeto transcorreu tranquilamente, com a música de fundo, e logo chegamos ao estacionamento do prédio. Ele tirou minha mala do carro, bufando.

– Parece que tem um monte de pedras aqui dentro.

– Pois pesa o mesmo que no primeiro dia.

– Não acredito. Com certeza você enfiou mais coisas aí dentro para ficar mais difícil de carregar. Você tem uma mente perversa.

– Ou isso – sorri malevolamente – ou você é um fracote.

Ele estava ocupado, lutando para puxar a alça da mala, mas parou para apertar os olhos na minha direção.

– Isso foi um desafio?

Parei de sorrir, confusa.

– Oi?

– É isso, pequeno gafanhoto?

– N-não... não foi...

– Estou começando a achar que foi – interrompeu ele.

E, antes que eu pudesse reagir, percebi que ele tinha me agarrado pelos joelhos e me levantado. Fiquei olhando o estacionamento de cabeça para baixo um pouco antes de me dar conta de que ele tinha me pendurado no ombro.

– Ross, me põe no chão!

– Você não devia ter me provocado.

– Ross!!!

Ele me ignorou completamente e pegou a mala com a outra mão, levando-nos assim até o elevador, como se não fosse nada. Tentei me contorcer um pouco, mas não adiantou muito, então cruzei os braços, de cabeça para baixo, emburrada.

– O sangue está subindo para o meu cérebro – protestei.

– Que cérebro?

Abri a boca, ofendida, e bati com a mão nas costas dele, o que o fez dar um pulo.

– Ei! – protestou. – Cuidado ou nós dois vamos nos matar.

– Se você me pusesse no chão, não correria perigo!

– É que eu gosto de ficar assim – ele respondeu, entrando no elevador.

– E por quê?

– Minha mão está mais perto da sua bunda do que você deixaria estar se estivesse no chão. É um grande incentivo.

Meu rosto ficou da cor de sangue quando de repente percebi que todos os dedos dele estavam exatamente embaixo da minha bunda. Não estavam tão perto quanto ele insinuava, mas agora meu corpo todo estava consciente demais daquele contato.

– Chega, seu depravado, me põe no chão!

– Posso tocar na sua bunda antes de fazer isso?

– Ross!

– É só para eu ficar com uma boa recordação!

– Não!

– Como quiser, sua chata.

Ele me pôs no chão e eu arrumei o cabelo e a roupa, mal-humorada e corada. Ele me observava com um sorrisinho.

– Que foi? – perguntei.

– Nada. Foi um prazer tocar na sua bunda.

– Você não tocou nela, idiota.

– Pois quase toquei. Estive a ponto de experimentar a glória.

– Você nunca vai experimentar a glória.

– Está me desafiando outra vez? Porque eu sempre venço um desafio, pequeno gafa...

– Não estou te desafiando! – eu disse logo.

Seu sorriso ficou ainda mais divertido, e eu franzi o cenho, desconfiada.

– E agora, do que está achando graça?

– Se alguém abrisse a porta e nos visse... você assim tão vermelha, despenteada e com a roupa amassada... o que acha que iria pensar?

– Que você é um idiota. – Enterrei um dedo no peito dele. – Era isso que a pessoa iria pensar.

Ele deu uma gargalhada, sem se deixar afetar.

Abriu a porta do apartamento e me deixou entrar. No entanto, foi ele quem chegou primeiro à sala, com um sorriso de orelha a orelha. Até parecia que ia anunciar a grande notícia de nossas vidas.

– Saí de mãos vazias e voltei com uma nova inquilina!

Entrei na sala com a minha mala.

– Oi – cumprimentei-os com um sorrisinho constrangido.

– O que está acontecendo aqui? – perguntou Will, confuso.

– Estou vindo morar com vocês. – Minha voz soou um pouco mais entusiasmada do que eu gostaria.

– É isso. – Ross abriu um grande sorriso.

– O quê? – chiou Naya.

– Bom, é temporário – esclareci.

– Nada disso – disse Ross. – Decidimos dar um passo além na nossa relação. – Ross passou um braço por cima do meu ombro. – Pedimos a vocês um pouco de privacidade e respeito neste momento de felicidade extrema e apoteótica.

– O quê?! – Naya arregalou os olhos.

– Não é verdade, Naya. – Eu me afastei de Ross, que ria. – Vou só passar uma temporada aqui. Se vocês não se importarem.

– Por mim, perfeito – disse Will, com um sorriso amável. – Com certeza você é uma companhia muito melhor que estes dois.

Sue me analisou por um momento e, quando parecia que ia dizer algo, Will a interrompeu:

– Você sabe cozinhar?

– Sim, um pouco. – Dei de ombros.

– Finalmente alguém que sabe cozinhar!

Ross olhou para ele com o cenho franzido.

– E o meu chili com carne?

– Aquilo é um nojo.

– Meu chili é perfeito!

– Você sabe fazer chili? – Olhei para ele, sorridente. – Posso provar algum dia?

No mesmo instante, os outros começaram a protestar. Fiquei surpresa.

– Bem, ou não...

– Esquece eles – disse Ross. – Vou fazer chili só pra você. E aí você vai se apaixonar mais ainda por mim.

– Ou vai odiá-lo muito mais – murmurou Sue.

– Perdão, mas sou um excelente cozinheiro.

– Que só conhece uma receita – esclareceu Naya.

Ross cruzou os braços.

– Vou fingir que não escutei nada disso porque sei que no fundo vocês adoram o meu chili e porque estou de bom humor – ele disse, e então me olhou, entusiasmado. – Vem, vamos lá!

– Já vou, já vou...

Arrastei a mala pela sala e fui atrás dele.

Ross me esperava na cama como uma criança que tivesse acabado de ganhar um doce. Abriu um grande sorriso quando parei à sua frente.

– Você pode usar esse armário aí. Nunca precisei dele.

Ele me mostrou um armário embutido enorme com um espelho de corpo inteiro.

– Você nunca usou? Posso saber onde você guarda as suas roupas?

– Ali. – Apontou para uma cômoda. – Sempre foi suficiente.

– Só isso?

– O que posso dizer? Sou um homem simples. Enfim, vou procurar alguma coisa para o jantar e assim deixo você sozinha, caso queira trocar de roupa ou algo assim. O que quer que eu traga?

– Hein? Eu posso escolher?

– Vou comprar o que você me pedir.

Tive um branco por um momento. Não estava acostumada a poder escolher... nada. Em casa, meus irmãos é que escolhiam tudo. No meu círculo de amigos, era Nel quem escolhia tudo. E, no meu relacionamento, era Monty quem escolhia.

Fiquei um pouco triste ao pensar em como era estranho para mim poder escolher alguma coisa.

– Ah... não sei. Pizza?

– Sue não aguenta mais pizza.

– Ah, então...

– Mas acabei de lembrar que isso não me importa. – Sorriu. – Se você quer pizza, vou trazer pizza. Sou o garoto de recados.

Ele não esperou pela minha resposta. Saiu alegremente e eu fiquei no quarto, desfazendo a mala mais uma vez. Já estava na metade quando escutei a porta abrir. Era Naya. Ela fez uma cara triste.

– Vou sentir sua falta – lamentou ela.

– O Ross tem razão, a gente vai se ver mais aqui do que morando juntas – falei. – Além disso, vão ser só, no máximo, dois ou três meses.

– Eu sei, mas pra mim vai ser muito estranho dormir no alojamento sem ver suas coisas por lá...

– Minhas coisas continuam lá, eu só trouxe algumas roupas.

– Ah, me deixa criar meu drama em paz!

Ela se sentou no tapete, ao meu lado, e me ajudou a guardar as meias numa gaveta aberta. Quando voltou a me olhar, já não havia sinal de tristeza em seu rosto, só uma curiosidade maliciosa.

– Então você... vai dormir com o Ross?

– Sim, por quê?

– Por nada, por nada...

– Fala – exigi, batendo meu ombro no dela.

– Nada. – Ela sorriu malevolamente. – É que... acho que vocês combinam bastante.

Olhei para ela sem saber o que dizer.

– Combinamos? – minha voz saiu num tom mais agudo que de costume.

– Sim, como casal. Vocês têm muitas afinidades, se complementam muito bem.

De novo fiquei sem saber o que dizer.

– Então é uma pena que eu já tenha um namorado – brinquei, voltando rapidamente a prestar atenção nas minhas roupas.

– Sim, é uma pena – disse ela. – Se vocês saíssem juntos, podíamos ter encontros duplos.

– Agora fiquei feliz por já ter um namorado.

Naya riu ironicamente e continuou a me ajudar. Depois me deixou sozinha para que eu pudesse vestir meu pijama ridículo e minhas pantufas em forma de cabeça de cachorro. Finalmente, tirei minhas lentes de contato e coloquei os óculos, mesmo que não gostasse de usá-los.

Quando abri a porta, encontrei Ross a ponto de bater nela com os nós dos dedos.

– A pizza está esfri...

Ele se interrompeu para começar a rir ao ver como eu estava vestida. Apertei os lábios.

— É meu pijama — falei, com as mãos na cintura.

— É lindo — ele me assegurou. — Especialmente essas pantufas. Preciso ter umas iguais a essas.

Balancei a cabeça enquanto ele continuava a rir de mim.

— Já terminou?

— Mais ou menos. — Ele sorriu. — Não vai ficar com frio com essas mangas curtas?

— Deixei muitas coisas no quarto. Amanhã vou buscar o resto.

— Não precisa, pode usar um moletom meu.

— Já tenho o do Pumba, mas...

— ... mas poderia variar um pouco, não?

Ele passou ao meu lado e abriu uma gaveta. Enquanto remexia ali, parou um momento para me olhar.

— Você usa óculos? — perguntou, confuso.

— Sim, mas não gosto.

— Por que não?

— Basicamente porque são horríveis — falei, ajeitando-os. — Estou com as lentes de contato aqui.

— Não são horríveis. Te dão um ar intelectual.

Olhei para ele arqueando uma sobrancelha.

— E sem os óculos eu não pareço inteligente?

— Isso soa como uma pegadinha, então vou fingir que não ouvi — disse ele. — Escolhe rápido e vem comer antes que eu roube a sua parte.

Revirei a gaveta de cima a baixo procurando alguma coisa que me agradasse e, no fim das contas, acabei ficando com o moletom preto estampado. Passei-o pela cabeça e na mesma hora senti o cheiro de Ross impregnado nele. Eu me perguntei se alguma vez alguém teria prestado atenção no cheiro das minhas roupas. Eu esperava que elas cheirassem tão bem assim.

Quando cheguei à sala, Sue já tinha desaparecido, então ali estavam apenas os outros três, vendo tv. Ross sorriu ao me ver.

— Você escolheu o de *Pulp fiction* — falou. — Era o meu moletom favorito.

— Era?

— Até eu comprar o de *Kill Bill*.

Em mim ele ficava um pouco maior que o do Pumba, mas era muito confortável. Sentei ao lado dele e, como ele, apoiei os pés na mesinha de centro, enquanto pegava minha fatia de pizza já fria.

– O que vocês estão vendo? – perguntei.

– O programa de mudanças radicais – respondeu Naya, que estava atenta ao que via na tela. – Essa aí acabou de operar o nariz e ficou horrível. Agora está escolhendo um vestido para a festa.

Um pouco mais tarde, Naya e Will começaram a trocar beijinhos debaixo do cobertor. Ross e eu continuamos a assistir o programa e a contar piadas ruins que faziam com que os dois nos olhassem de cara feia de vez em quando.

Mas, então, chegou o momento decisivo.

– Vamos dormir – disse Will, pondo-se de pé e estendendo a mão para Naya.

Ela aceitou e me olhou de relance ao passar.

– Durma bem, Jenna.

Fiz uma cara feia para ela, discretamente. Quando eles sumiram, Ross também se levantou, totalmente tranquilo.

– Acho que vou fazer o mesmo – ele disse, bocejando.

– Não precisamos limpar isso? – perguntei, ao ver que ele tinha deixado o prato sobre a mesa.

– A Sue vai se encarregar disso. Amanhã de manhã nada disso vai estar aqui. Ela é como um duende limpador.

– E nós não temos que fazer nada?

– Se você fizesse algo que perturbasse o ecossistema perfeito dela, ela provavelmente ficaria brava com você – falou. – E a verdade é que eu não ia querer que ela te matasse.

Eu o segui até o corredor e disse que iria ao banheiro, onde me limitei a me olhar no espelho por um momento. Estava nervosa. Muito, muito nervosa. E não tinha muita certeza do motivo de estar assim. Que besteira. Era só o Ross. Will já tinha me dito uma vez... ele era como um ursinho de pelúcia.

Depois de alguns minutos, por fim me atrevi a sair do banheiro e entrei no quarto dele, fechando a porta atrás de mim. Ross estava terminando de vestir uma camiseta de manga curta. Já tinha trocado de calça e vestido uma de algodão, bem folgada. Ficava bem nele. Muito bem.

Se bem que... eu não tinha nada a ver com isso.

– Que lado você prefere? – perguntou, distraído.

Hesitei, confusa.

– Oi?

– Da cama, Jen. O direito? O esquerdo? Embaixo?

– Tanto faz – eu disse, chegando perto da cama.

– Então vou te pedir o lado direito.

Ele se deixou cair na cama como se não fosse nada, enquanto eu estava uma pilha de nervos estúpida. Eu me aproximei pelo outro lado, soltei o cabelo e tirei os óculos, esfregando os olhos.

– Se quiser fazer algo ilegal, esse é o momento – falei, deitando ao seu lado.

– Não estou vendo nada.

– Vou levar isso em consideração no futuro – brincou ele.

Ross estendeu o braço para apagar a luz e eu fiquei olhando para o teto na escuridão, escutando meu coração batendo com força no peito. Olhei-o de relance e vi que ele estava bocejando outra vez, tão tranquilo como de costume.

– Boa noite, Jen – disse, olhando para mim.

Sustentei seu olhar por um momento. Tinha me dado um branco, o que acontecia frequentemente quando ficava muito nervosa. E, naquele momento, posso garantir que estava.

No fim, ao ver que ele parecia confuso por causa do meu silêncio, me obriguei a responder.

– Boa noite, Ross – murmurei.

Me virei rapidamente e fiquei de costas para ele, tentando relaxar para conseguir adormecer.

6

SONHOS PROIBIDOS

QUANDO ACORDEI, ENCAREI O TETO POR ALGUM TEMPO. Estava suando e meu coração estava acelerado.

Eu não tinha acabado de sonhar o que havia sonhado, certo?

Era impossível.

Levei as mãos ao rosto e soltei um palavrão, bem baixinho. Não tinha acabado de sonhar aquilo. Não tinha feito isso.

Não tinha acabado de sonhar que transava com Ross.

Olhei para ele de relance, com o rosto vermelho como um tomate. Ele dormia tão placidamente que parecia um anjinho. Naquele momento, suspirou e se ajeitou sobre o travesseiro, apoiando uma mão ao lado da cabeça.

Eu não podia ter sonhado que estava transando com ele. Era impossível, porque eu não gostava de Ross. Por que tinha sonhado com isso? Estava ficando maluca só por ter dormido com ele por uma noite? Por causa da culpa? Bem, eu não tinha feito nada de errado. E, mesmo que tivesse feito, Monty e eu tínhamos um acordo. Então, que diabos estava acontecendo comigo? Por que estava tão histérica?

Eu me virei um pouco para o outro lado e passei a mão no rosto, tentando me acalmar. O coração continuava a bater a toda velocidade. O que eu devia fazer agora? Ficar ali?

Não. A única coisa que estava clara era que eu tinha que sair daquela cama o quanto antes. E botar as ideias em ordem. Vesti minha roupa esportiva, prendi o cabelo e saí do quarto. Todo mundo dormia tranquilamente, então pude economizar uma série de explicações sobre minha cara vermelha e minha expressão tensa.

Mas... o pior não era ter sonhado com aquilo, mas que no sonho ele era... muito bom. Bom demais. Muito melhor que Monty, embora eu também não tivesse tido tanta ação com Monty para saber como ele era completamente, claro.

De qualquer maneira, tive vontade de bater em mim mesma.

Nesse dia, fiquei muito mais tempo correndo e tentando clarear a mente. Uma hora e meia. Queria me cansar para poder dormir sem sonhar. Quando terminei, estava tão cansada que meus joelhos e panturrilhas doíam. Parei por um momento na porta do prédio de Ross, segurando as costas e ofegando.

Foi nesse momento que minha irmã me ligou.

– Oi, Shanon – cumprimentei-a, tentando respirar direito.

– Ei, tem alguém ofegante. Você saiu para correr ou estava fazendo coisas mais interessantes?

– Fui correr.

Pelo menos depois de acordada.

– Spencer ficaria orgulhoso – ela disse, brincalhona. – Desde que começou a dar aulas de ginástica, ele está obcecado com a ideia de que as pessoas têm que praticar esportes. Como se isso fosse saudável.

– Tecnicamente é.

– Não pra mim. Se eu saio pra correr, fico cansada. Isso não pode ser saudável.

– A sua vida é um drama, Shanon. – Sorri.

– Bem, como vão as coisas? A mamãe me disse que você estava voltando pra casa.

Neguei com a cabeça. Ai, mãe...

– Na verdade é o que ela quer, mas não vou fazer isso.

– Acho que ela não gosta de ter só os meninos em casa.

– Ah, você acha? – Eu ri. – Acho que até eles têm consciência disso.

– Owen! – minha irmã gritou para o filho, afastando-se do celular. – Para de correr por aí! Não vê que vai se matar? Muito bem. – Voltou ao telefone. – Do que estávamos falando?

– Dos meus problemas financeiros.

– Ah, sim. Você arranjou emprego?

– Ainda não tive tempo. Mas um amigo me convidou pra morar com ele durante algum tempo.

– Um amigo? Humm...

Fiquei tensa na mesma hora.

– Shanon, não – avisei.

– Amigo até que ponto?

– Até o ponto da amizade.

– Sim, claro.

– Continuo tendo um namorado, lembra?

– Ah, sério? E posso perguntar por quê?

Minha irmã não suportava Monty. Tinha deixado isso bem claro no primeiro dia em que o vira. Discretamente, tinha torcido o nariz e negado com a cabeça. E continuava sem mudar sua opinião sobre ele.

Bem, eu duvidava que algum dia ela fosse fazer isso.

– Porque estou bem com ele, sua chata – falei, negando com a cabeça. – Por que você não vai com a cara dele?

– Pra começar, o nome dele é Monty.

Mais uma que implicava com o nome.

– Ué... É um nome... original!

– Original? Minha nossa, Jenny.

– Eu gosto, ok?

– Você já andou experimentando alguma daquelas drogas universitárias?

– Como você é engraçada!

– Bom, o nome devia ser razão suficiente pra você se questionar por que ainda está com ele.

– A pergunta é: será que algum dia você vai gostar de alguém que eu te apresente?

– Não sei. Como se chama esse seu amigo?

– O da casa?

– Sim.

– Ross.

– Ross?

– Bom... Jack Ross. Mas todos o chamam de Ross.

– Tá vendo? Jack é um nome normal. Certamente ele deve ser mais tolerável que o idiota do Monty.

Neguei com a cabeça.

– Tenho que tomar um banho, Shanon.

– E você vem para o Natal? – ela perguntou. – Porque é daqui a dois meses e meio e a mamãe já me disse que vai fazer comida pra todo mundo.

– Claro que vou – garanti a ela, antes de me lembrar de um pequeno detalhe. – Se eu tiver como pagar uma passagem de avião, claro.

– O aniversário da mamãe é daqui a um mês e você também deveria aparecer.

– Shanon, eu não tenho dinheiro...

– Se você não vier – ela disse, lentamente –, estou pensando em ir até aí te puxar pelas orelhas e te humilhar diante dos seus novos amigos, você me ouviu?

– Já baixou em você o espírito de mãe malvada?

– Você me ouviu. – Ela relaxou. – Agora arranje uma maneira de comprar uma passagem.

Fiquei olhando para a porta com uma careta.

– Obrigada pelo apoio – balbuciei.

Guardei o celular e entrei no prédio exatamente ao mesmo tempo que uma velhinha. Segurei a porta para ela, que sorriu para mim. Esperamos juntas pelo elevador. Pensei em dizer algo, mas não me ocorreu nada interessante, então me mantive calada.

– Você mora aqui? – ela perguntou, afinal.

– Hã... sim. Bem, temporariamente.

– Estou vendo – comentou, e parecia se divertir.

Não entendi nada, então sorri, meio constrangida, e continuei esperando o elevador.

– Com os rapazes do terceiro andar? – perguntou, e eu achei que fosse para cortar aquele silêncio incômodo.

– A senhora os conhece?

– Sim, moro aqui há muitos anos. São bons rapazes, não?

– Muito – garanti. – O dono, Ross, me deixou ficar aqui sem pagar. Nem minha melhor amiga teria feito isso.

– Deve ser um bom rapaz.

– E é – garanti, com um sorriso bobo, que logo desfiz quando o maldito sonho me veio à mente.

Entramos as duas no elevador e me virei para lhe perguntar para qual andar ela ia, mas ela se adiantou e apertou o botão do terceiro.

– A senhora é a vizinha que mora em frente ao apartamento de Ross? – perguntei, surpresa.

Ela assentiu com a cabeça e me virei para a frente. No entanto, percebi que ela me inspecionava de cima a baixo. Pensei que talvez fosse reclamar do barulho que fazíamos, ou algo assim, mas ela não chegou a fazer isso e estava me deixando muito nervosa. Além disso, não parecia realmente querer reclamar de nada. Pelo contrário, fiquei com a sensação de que ela estava contente.

– Ah, quando eu tinha a sua idade... – comentou, nostálgica. – Se tivessem me deixado morar com dois rapazes naquela época, teríamos tacado fogo no apartamento. Se é que você me entende...

Balbuciei, confusa.

– Bem, nós não...

– Não se faça de inocente comigo. – Ela me deu uma cotovelada com um sorriso travesso. – Eu vivi os anos oitenta, garota. Meti mais porcarias para dentro do meu corpo do que você vai ver na sua vida.

– Sério? – Não pude deixar de rir.

– Foi uma época interessante – ela me garantiu, com um sorriso malicioso. – Além do mais, você está com cara de corredor da vergonha.

– O que é isso? – Franzi a testa.

– Basicamente, é a manhã que vem depois de termos feito coisas das quais nos arrependemos.

– Dá pra notar tanto assim? – Ai, não, deixei escapar. Fiquei vermelha até a raiz dos cabelos. – Quer dizer... n-não... eu não...

– Pode me contar – ela disse, sorrindo.

Por algum motivo, confiei nela. E eu não me atreveria a contar meu sonho para ninguém que me conhecesse o suficiente para me julgar.

– É que... – olhei para ela, envergonhada. – É que eu sonhei... a senhora sabe... com o dono do apartamento.

– Aquele que anda sempre despenteado?

– Sim, ele mesmo.

Ela me olhou, surpresa.

– E daí? – perguntou. Parecia não enxergar o lado ruim disso.

– Bem, presume-se que ele seja apenas meu amigo.

Ela pensou por um momento.

– E que tal foi o sonho?

– Como?

– Foi bom ou ruim?

Gaguejei um pouco, hesitando em falar.

– Não foi ruim... mas...

– Então quer dizer que foi muito bom.

Fiz uma cara feia. Não fazia sentido negar.

– Melhor que com meu namorado – falei. –Sinto como se o tivesse traído.

Ela riu abertamente, achando graça.

– Bem, de qualquer jeito você deveria encarar isso como um sinal.

– A senhora acha?

– Você é jovem, ainda vai ter namorados de sobra. E também vai ter tempo de fazer com que esses sonhos deixem de ser sonhos.

Sorri, constrangida, enquanto as portas do elevador se abriam.

– Fique tranquila – ela piscou para mim –, não vou dizer nada a ninguém.

Eu ia responder, mas naquele momento Ross abriu a porta do apartamento e ficou me olhando.

– Você foi correr? – perguntou, como se fosse a coisa mais anormal do mundo.

– Sim, Ross – cheguei perto dele –, há pessoas no mundo que fazem exercício, porque senão engordam uns cem quilos. Ainda mais com a dieta que temos.

– Eu ia gostar de você do mesmo jeito – ele garantiu, com um grande sorriso.

Eu ia entrar, mas vi que ele olhava para a velhinha, que estava abrindo a porta de seu apartamento.

– Oi, Jackie – disse ela.

Fiquei olhando para os dois. Eles se conheciam?

Bem... isso era lógico, já que eram vizinhos fazia muito temp...

– Oi, vó – disse Ross, sorrindo.

Ah, não.

Arregalei os olhos.

Ah, não, por favor.

Eu não tinha acabado de contar para uma velhinha que tivera um sonho erótico com o neto dela, tinha?

Felizmente, eu já estava vermelha por causa do exercício e pude disfarçar minha cara de vergonha.

Hora de querer morrer pela segunda vez na mesma manhã.

Para aumentar meu constrangimento ainda mais, Ross passou o braço ao redor da minha cintura e me apertou contra seu corpo, com um grande sorriso. Sua avó me olhou com uma cara divertida.

– Ah, Jen, esta é a minha avó, Agnes. Vovó, esta é minha nova colega de apartamento.

– Já nos conhecemos – garantiu ela, com um sorrisinho maldoso.

– Que bom. – Ross continuou, sem entender nada.

Não consegui falar. Estava constrangida demais.

– Bem, vou tomar meu café. – A avó de Ross sorriu. – Comportem-se, crianças.

Agnes entrou no apartamento e eu me afastei de Ross e entrei no dele. Como eu podia ser tão estúpida? Enquanto eu tentava me convencer de que o que tinha acabado de acontecer não tinha acontecido, notei que ele batia o quadril no meu.

– Como você fica bem assim, suadinha – falou.

– Você é um pervertido. – Balancei a cabeça.

– Você fala isso como se fosse uma surpresa – murmurou, comendo um pedaço de pizza fria.

– Esse é o seu café da manhã? – perguntei, fazendo uma careta.

– Esse era o plano, sim. Não tem mais nada.

Fiquei olhando para ele.

– Essa é toda a comida que temos? Pizza fria?

– Sim. – Ele deu de ombros. – Aqui cada um pede a comida que quiser. Ou, se estiver muito desesperado, vai buscar alguma.

Abri a geladeira. Havia uma garrafa de água, umas vinte cervejas e um iogurte vencido.

– Vocês não podem ter uma geladeira tão deprimente.

– Não é deprimente. Tem cerveja. Cervejas deixam as coisas não deprimentes.

Olhei para ele de cara feia.

– Vocês não têm uma lata?

– Uma o quê?

– Uma lata, Ross. Um pote. Algo assim.

– Acho que sim, não sei. Pra que?

– Pra todo mundo botar dinheiro e alguém ir comprar comida.

Ele me olhou, confuso, e deu outra mordida na pizza.

– Não.

– Pois deviam ter. Hoje à tarde vamos comprar alguma comida que não seja pizza ou sushi.

– Mas eu gosto de pizza – protestou. – E de sushi.

– E você não gostaria de ter algo mais pro café da manhã?

Ele deu de ombros.

– Não sou muito exigente com a vida, querida Jen.

– A gente deveria sair pra comprar.

– Você e eu?

– Se você quiser, sim.

– Você está tornando difícil dizer não.

– Isso quer dizer que vamos?

– E aonde vamos exatamente?

– A um supermercado. Aqui embaixo tem um.

Ele pareceu verdadeiramente espantado.

– Sério mesmo?

– Há quanto tempo você mora aqui? – perguntei, perplexa.

– Há um ano e meio, mais ou menos.

– E nunca foi lá comprar nada?

– Will é quem costuma se encarregar disso – ele falou, confuso. – Ou não. Não sei. Alguém faz isso, com certeza.

Passei ao lado dele, negando com a cabeça.

– Pra algumas coisas você é um gênio e pra outras é um completo desastre.

– Se você me pedisse, eu poderia te mostrar em quantas coisas interessantes eu sou um gênio.

– Não, obrigada.

– Aonde você vai? – perguntou, com a boca cheia de pizza.

– Tomar uma ducha – gritei, andando pelo corredor.

– Posso ir junto?

– Não!

– Chata!

– Pervertido!

– Chata!

– Inconveniente!

– Chata!

– Você podia pelo menos trocar de insulto!

– Não é um insulto, é um apelido carinhoso, sua chata.

– Ai, cala a boca, seu mala.

Fechei a porta ouvindo a risada dele.

– Frango orgânico – leu Ross, voltando a colocá-lo no carrinho antes de continuar o empurrando para me seguir pelos corredores do supermercado. – Por que orgânico?

– Porque esse frango viveu bem. – Mostrei um outro, numa das prateleiras. – Aquele ali não.

– E isso altera o sabor?

Olhei para ele de cara feia e ele abriu um sorriso.

– Deixa eu ver – recapitulei –, temos frango, pimenta, azeite, leite, cereais...

– ... carne para o meu chili...

– Sim, para o seu chili. – Olhei-o de relance, franzindo a testa.

– Você não vai falar nesse tom quando experimentar – ele garantiu, ofendido.

– Bem, também temos ovos e frutas.

– Frutas. Que nojo.

– E verduras.

– Verduras. Que nojo.

– Falta alguma coisa?

– Cerveja?

– Cerveja. Que nojo.

Ele fez uma careta.

– Encare como uma brincadeira, se quiser, mas o que falta é cerveja.

– Não. É molho de tomate – falei, virando abruptamente.

Ouvi-o fazer o mesmo e me seguir, apressado.

– Acho que prefiro comprar cerveja.

– Vocês têm cerveja de sobra.

– Nunca se têm cerveja de sobra, Jen.

– Você está viciado, hein?

– Não, estou viciado em... merda! Estou ficando sem cigarros.

– Melhor assim – falei. – É muito tóxico.

– As verduras é que são tóxicas.

– As verduras não te matam, Ross.

– É preciso morrer de alguma coisa.

Eu me virei e olhei para ele.

– Alguma vez você já beijou alguém que fuma? É como beijar um cinzeiro.

– Isso é uma indireta, Jen?

Segui meu caminho, ignorando-o.

– Não consigo acreditar que vocês não tinham nem sal.

– Também nunca precisamos de sal – ele respondeu. – Podemos comprar chocolate ou algo assim?

– Chocolate? Pra quê?

– Pra aproveitar um pouco a vida? – ele perguntou, como se fosse evidente.

– Não.

– Por que não?

– Porque estamos com pouco dinheiro.

– Eu tenho mais dinheiro.

– Você já ouviu falar em "desperdício"?

Virei num corredor e ele me seguiu.

– Você é um tédio.

– E você um chato.

– Vou tomar isso como um elogio.

– Mas não é.

– É, sim.

– Não é.

– É, sim.

Parei e coloquei o molho de tomate no carrinho.

– Não é.

– É, sim.

– Não é, seu chato.

– É, sim, sua chata.

Parei. Estava repassando mentalmente a lista que tinha feito. Ross me olhava, entediado.

– Você está tentando desintegrar a comida com o olhar? – perguntou, bocejando.

– Estou pensando se esquecemos de alguma coisa.

– Está faltando...

– Se você disser "cerveja", juro que vou embora da sua casa.

Ele sorriu como um anjinho.

– Muito bem. Vou calar a boca.

Olhei para ele, curiosa.

– Como é que você nunca tinha vindo fazer compras?

– Tínhamos alguém que cuidava disso quando eu era criança.

– Sério? Você é rico ou algo assim?

– Meus pais têm dinheiro. – Deu de ombros.

Suspirei.

– Como é triste ser pobre.

– Se a gente se casasse, minha fortuna seria sua. – Ele sorriu, seguindo-me outra vez.

– Mas aí eu teria que te aguentar todos os dias. Não sei se valeria a pena.

– E você me diz isso depois de eu ter aberto as portas da minha casa pra você.

Parei num dos caixas e comecei a tirar as coisas do carrinho. Fiquei um pouco confusa ao me dar conta de que Ross tinha desaparecido. Mas ele voltou logo, com duas barras de chocolate, um pacote de doces e outro de pipoca. Deixou tudo ali em cima e abriu um grande sorriso quando viu que eu o fulminava com o olhar.

No final, pagou os extras com seu cartão, e nós dois levamos tudo até o carro. Estava chovendo de novo, então tirei o casaco molhado ao entrarmos no veículo. Ele esfregou as mãos e ligou o aquecimento.

– A última coisa que pensei que faria hoje eram compras – garantiu ele. – Mas até que não foi ruim.

– Eu adorava ir às compras com o meu pai – suspirei.

Ele me olhou de relance enquanto esperava o carro esquentar.

– Adorava?

– Sim. Bom, agora já não o vejo muito, já não moramos na mesma cidade – brinquei, embora houvesse uma ponta de tristeza na minha voz.

– Você sente falta dele?

– Mas é claro. Dele e dos outros.

– E por que não vai vê-los?

– Se não tenho dinheiro para pagar o alojamento, como vou ter para ir vê-los? – Suspirei. – Além do mais, minha mãe vai ficar chateada, porque em um mês vai ser o aniversário dela e não vou poder ir. No Natal, a mesma coisa. Acho que a minha irmã mais velha vai me dar uma surra quando a gente se vir.

Ross ficou em silêncio por um momento. Eu não estava acostumada a alguém me deixar falar por tanto tempo sem se entediar. Monty era sempre o primeiro a bocejar e a começar a falar de seus treinos. E na minha casa nem sequer me deixavam falar, porque éramos muitos. Mordi o lábio inferior, preocupada.

– Estou... te entediando? – perguntei.

– Você não me deixaria entediado nem se quisesse – garantiu ele, sorrindo.

Entreabri os lábios, surpresa, mas ele se adiantou.

– Onde você disse que seus pais moram?

– A umas cinco horas ao sul.

Ele não disse nada, mas vi que ficou pensativo.

– O que foi? – perguntei, curiosa.

– Nada. – Ligou o motor.

– Não diga isso. – Cutuquei o rosto dele. – Fala, o que foi?

– Curioso esse costume que você está adquirindo de enfiar um dedo no meu rosto, hein? E não é nada – repetiu. – Xiu, você não está me deixando curtir os Smiths.

Quando tentei protestar, ele aumentou o volume, então mostrei a ele o dedo do meio, o que o fez sorrir.

Os outros estavam no apartamento quando chegamos. Sue estava trancada no quarto, Naya estava sentada no sofá e Will andava pela cozinha bebendo uma cerveja. Ficou completamente desconcertado quando nos viu entrar cheios de sacolas.

– O que está acontecendo? – perguntou. – O apocalipse está próximo? Ross foi às compras?

– Foi difícil, mas sim. – Deixei uma sacola na bancada. – Até que enfim tem comida decente nesta casa.

– O que vocês trouxeram? – perguntou Naya, aproximando-se. – Doces!

– São meus!!!

Enquanto Ross e Naya lutavam pelos doces, olhei para Will.

– Ele quer fazer chili para o jantar.

– Chili outra vez? – Will suspirou.

– Qual é o problema? – perguntei, confusa.

– Tudo. Espero que você goste de comida picante.

Duas horas depois, Ross andava de um lado para o outro pela cozinha enquanto eu estava sentada no sofá tentando corrigir umas anotações da aula de filosofia. Naya dormia no outro sofá e Will, ao meu lado, trocava de canal, bocejando.

– Ai! – ouvi Ross reclamar e vi que metia um dedo na boca por ter se queimado. Tentei não rir com todas as minhas forças.

– Como é que o Ross nunca tinha ido comprar comida? – perguntei a Will, em voz baixa.

– O Ross? – Ele deu de ombros. – Os pais dele têm dinheiro e contratam pessoas pra fazer esse tipo de coisa por eles.

– Meu objetivo na vida devia ter sido ganhar dinheiro – falei.

Ele sorriu para mim. Olhei para ele, tentando disfarçar a curiosidade.

– E eles trabalham com o quê?

Will franziu a testa.

– Ross nunca te falou sobre eles?

– Não muito.

– Bom... o pai dele é o Jack Ross. Isso não te diz nada?

Pensei por um momento, vendo como Ross cantarolava algo na cozinha e revirava uma gaveta com o cenho franzido.

– Na verdade, não. Só sei que a mãe dele é pintora e que o pai dele gosta muito de ler.

– O pai dele lê muito porque é um pianista aposentado.

– E ele era muito importante?

– Bastante. E a mãe dele não é só pintora, é fotógrafa também. Tem cinco galerias de arte.

– Ah...

– E o pai dele foi... bom, é... bastante famoso. Viajou pelo mundo inteiro. Acho que tocou inclusive para o presidente, ou algo assim.

– Caramba! – exclamei.

E eu ainda achava estranho que ele nunca tivesse ido às compras. Era a segunda vez naquele dia que me sentia uma idiota.

Na verdade, já era a terceira.

Obrigada, consciência.

– Mas... Ross não parece ser esse tipo.

– Que tipo?

– Tipo... rico?

– Ah, mas ele é... – Will tentou encontrar a palavra apropriada por alguns segundos. – É muito Ross.

Will deve ter visto minha cara de espanto, porque riu e apertou meu ombro.

– Não sei em que você está pensando, mas relaxa.

– Estou relaxada – menti.

– Sim, claro, e eu sou branco.

Um pouco mais tarde, Ross começou a gritar pedindo que alguém pusesse a mesa, e assim o fizemos, embora tenhamos nos arranjado com a mesa do café, claro. Sue não apareceu até que o cheiro do chili invadiu toda a casa, então chegou e se sentou sem dizer uma palavra. Meu estômago já estava roncando quando me sentei ao lado de Ross no sofá.

– Não é para me gabar – disse ele. – Mas meu chili ficou muito bom.

– Sim, é para se gabar – falou Will.

– Um pouco, sim – concordei.

– Seja por que motivo for, já podemos comer? – perguntou Naya.

Começamos a comer, e a verdade é que a comida estava realmente muito boa, mas também muito picante. Ross comia tranquilamente, mas Naya fazia pausas para beber água, o que fazia com que a coisa parecesse ainda pior. Estava vermelha como um tomate.

Ross já tinha terminado seu prato quando peguei Will olhando para Sue. Ela estava muito séria. Como ninguém perguntou nada, eu mesma me atrevi a fazê-lo.

– Você está bem? – perguntei.

Ela cravou os olhos em mim e eu me arrependi de ter falado na mesma hora.

– E desde quando você se importa se estou bem ou mal?

Pisquei, surpresa.

– Bom... não sei... eu...

– Nem sequer sei o que você está fazendo aqui.

Fiquei olhando para ela, entre confusa pela repentina irritação e constrangida pela situação em si.

– Não seja assim – falou Ross, com a testa franzida. – Ela só estava tentando ser amável com você.

– Pois pode poupar sua amabilidade – murmurou Sue.

Engoli em seco, desconfortável.

– Ignora ela – recomendou Will. – Ela só quer um pouco de atenção.

– Sim, claro, me ignorem, como quando vocês decidiram enfiar essa garota na nossa casa.

– Não precisa... – começou Ross.

– Não. – Eu o detive, pondo uma mão no braço dele e olhando para Sue. – Você tem algum problema comigo?

– Você demorou muito pra chegar a essa conclusão? – ela perguntou, zangada.

– Embora te pareça incrível, às vezes meu cérebro consegue deduzir algumas coisas – ironizei, também meio zangada.

– Então, sim, eu tenho um problema com você. O fato de você ter vindo morar aqui quando mal te conhecemos.

– Se tem algum problema por eu morar aqui... – comecei.

– Não tem problema algum com isso – Ross me interrompeu, e parecia sinceramente irritado quando olhou para Sue. – Fui eu que pedi, então, se você tiver algum problema com isso, não desconte nela, mas em mim.

– Ah, pode ficar tranquilo que também vou descontar em você. Você não tem nenhum problema com o fato de ela morar aqui agora, mas ninguém pediu minha opinião sobre isso. E eu também moro nesta casa.

– Se fôssemos esperar você aceitar alguma coisa, não íamos fazer nada nunca – disse Will, tentando acalmar a situação. – Podemos continuar a comer em paz?

– Alguém me perguntou o que eu acho de ter uma completa desconhecida passeando na minha casa? – perguntou Sue, apontando para mim.

Eu estava tão surpresa por Sue estar tão irritada comigo e por Ross estar tão sério que não soube o que dizer.

E, sim, Ross estava muito sério. Eu nunca o tinha visto irritado desse jeito, estava acostumada a vê-lo contente ou, no máximo, incomodado. Mas nunca irritado.

– Você tem que fazer isso agora? – perguntou a Sue. – Não é o momento.

– E quando vai ser o momento, Ross?

– Agora não.

– Ai, cala a boca. Até ela sabe que está sobrando aqui.

Vi que ele ia responder algo pouco amável.

– Ross... – comecei. Também não queria que discutissem por minha culpa.

– Não, ela é uma linguaruda, e alguém tinha que dizer isso – disse ele, antes de olhar para Sue. – Estou cansado de ver você sempre reclamando de absolutamente tudo. Você fica tão incomodada assim por ter mais alguém aqui em casa? Se você passa o dia todo ignorando todos nós...

– Claro que eu me incomodo de você trazer uma desconhecida pra minha casa!

– Sério, se tiver algum problema com o fato de eu ficar aqui... – tentei dizer.

– Não tem nenhum problema – me interrompeu Ross. – Ignore ela.

– Não tem nenhum problema, Ross? – Sue olhou para ele.

– Não, não tem.

– Claro que não. – Ela sorriu ironicamente. – Como você quer trepar com ela, não tem problema algum com o fato de ela ficar.

A frase ficou suspensa no ar durante alguns instantes.

Instantes eternos.

Senti que meu rosto estava ficando completamente vermelho e baixei a cabeça.

Não a ergui para ver a cara dos outros, mas havia um silêncio tão tenso que dava para cortar com uma faca. Engoli em seco e me atrevi a olhar para o lado. Ross estava com os olhos cravados em Sue, que deixou os talheres na mesa de repente, se levantou e se fechou no quarto.

Will olhou para Ross com uma expressão estranha, e Naya sorriu, meio nervosa.

– Bem – falou –, será que não devíamos limpar tudo isso? Acho que a Sue não vai fazer isso esta noite, hein? Hehehe...

Por algum tempo ninguém respondeu, mas depois vi que ela deu um pontapé por baixo da mesa em Will, que reagiu em seguida.

– Ah, sim – disse ele. – Por que não vai tomar uma ducha, Jenna? Nós cuidamos disso.

Eu sabia que Ross estava me olhando, mas não me atrevi a devolver o olhar. Me limitei a me levantar e ir rapidamente para o banheiro. Não sem antes dar uma olhada ressentida para a porta do quarto de Sue.

7

ESTÚPIDA PERFEIÇÃO

MORDI A LÍNGUA SEM QUERER ENQUANTO PROCURAVA como uma louca as respostas de uma prova de linguística na internet. Não entendia como falar de uma língua podia ser algo tão estupidamente complicado. Estava sozinha em casa, então não podia chamar Ross ou Will para me ajudar. Ou, para falar a verdade, para que eu pudesse me fazer de boba e eles acabassem o trabalho por mim.

Bem, tecnicamente Will e Naya estavam em casa, mas estavam trancados no quarto e dava para ouvir a música altíssima que vinha de lá. Todos sabíamos o que isso significava. Portanto, sim, eu estava sozinha em casa.

Já tinha desistido e estava de braços cruzados, de mau humor, quando ouvi a campainha. Até que enfim eu tinha uma desculpa para não fazer o dever de casa! Fui abrir a porta bem mais alegre do que o estritamente necessário.

No entanto, minha risadinha malvada desapareceu assim que vi quem era. Fiquei olhando para uma garota um pouco mais baixa do que eu, magrinha e com uma franja loira brilhante, que combinava com sua roupa cara e bonita.

Na verdade, ela era toda muito bonita. Tinha os traços finos e um sorriso encantador que fraquejou um pouco quando me viu. Talvez não esperasse que fosse eu a abrir a porta.

– Olá – falei, tentando reagir.

– Olá. – Sorriu educadamente. – O Ross está em casa?

E foi então que me lembrei. Era Lana. A garota sobre quem Naya tinha me falado várias vezes ao rememorar o tempo do colégio. A que Chris havia mencionado. E a que eu tinha visto na tela do celular de Ross quando ela ligou para ele. Era sua ex-namorada. Mas... ela não estava morando na França?

Pensar em Ross me deixava um pouco desconfortável. Depois do que Sue havia dito uns dias antes durante o jantar, a relação tinha... bem, tinha se tornado um pouco estranha. Antes de mais nada porque continuávamos interagindo como sempre, mas cada vez que passávamos um pelo outro, ficávamos próximos ou nos olhávamos durante um momento além do necessário, cada um de nós imerso em seu próprio silêncio tenso antes de fingirmos que nada havia acontecido.

Era curioso, porque eu não tinha me dado conta de que em nossa... humm... relação...(?) tínhamos nos tocado tanto a ponto de eu sentir falta disso. Porque sim, eu sentia falta dele. Era estranho não poder me jogar sobre ele no sofá só para os outros rirem. Ou não poder me aninhar ao seu lado quando víamos um filme. Ou, simplesmente, não poder deitar a cabeça em seu ombro.

Talvez o fato de termos nos afastado um pouco fosse melhor. Eu não tinha certeza de que Monty gostaria que eu fizesse tudo isso com outro cara, apesar do nosso trato. Isso sem falar de quão pouco ele gostaria de saber dos sonhos que todas as noites eu tinha com Ross. Eles não me deixavam em paz. Pelo menos Ross ainda não tinha percebido, e olha que eu costumava falar enquanto sonhava. Ainda bem.

Decidi voltar à realidade ao ver que Lana continuava sorrindo educadamente.

– Ele não está. – Limpei a garganta, apontando para a sala. – Mas... bem... você pode esperar por ele aqui.

– Obrigada.

– Acho que ele não vai demorar. As aulas dele acabam às...

– Cinco horas. – Ela sorriu ao entrar. – Eu sei.

Fiquei olhando para suas costas e ajeitei os óculos. E o que ela estava fazendo aqui se já sabia que Ross não estaria?

Lana olhou ao redor e tirou o casaco. Vestia um suéter justo que eu jamais teria me atrevido nem a tocar para que não me marcasse demais a curva da barriga. Ela, no entanto, usava-o de maneira bastante segura, e lhe caía maravilhosamente bem.

Não gostei dela, não vou negar.

E sei que foi sem motivo, ok? Eu sei! Mas não gostei nem um pouquinho dela.

Botou as mãos na cintura e me olhou, sorridente.

– A casa está exatamente do jeito que eu me lembrava.

– Você já esteve aqui antes? – tentei puxar conversa.

– Ah, muitas vezes – ela me garantiu. – Com certeza mais que você. Fui eu que escolhi a maioria dos móveis daqui.

Eu já não gostei do tom que ela usou. Ela falou aquilo com um sorriso doce, mas seus olhos não transmitiam a mesma coisa, o que me deixou um pouco chateada. Mas ela voltou a falar, então não consegui pensar muito nisso.

– Ah, você estava fazendo um trabalho? – Apontou para minhas anotações.

– Estou te atrapalhando?

– Não, não. – Tirei-as do sofá e guardei-as numa pasta, desajeitadamente. – Não se preocupe.

Por que diabos eu estava tão sem jeito?

– Tem certeza? Posso voltar mais tarde.

– Tudo bem, pode ficar. Eu já tinha terminado.

Ela olhou para o que eu estava vestindo, que era um pijama improvisado de alguma roupa de Ross, e sorriu, enquanto eu ficava vermelha. Não parecia estar fazendo aquilo com maldade, mas eu me senti como se parecesse um saco de batatas. Por que eu usava tantas roupas de Ross ultimamente, se ficavam ridículas em mim?

Porque você gosta do cheiro dele.

Cale-se, consciência. Não é o momento.

– Você deve ser a Jennifer – ela concluiu, sentando-se no sofá com toda a segurança do mundo.

– Sim. – Sorri, ou tentei fazê-lo. – Mas prefiro que me chamem de Jenna. Como é que você sabe?

– O Ross me disse que havia uma garota morando com ele.

– Ah.

Então me veio um sorriso estúpido, que apaguei no instante em que percebi que ela estava me encarando, analisando minha reação.

– Ele me falou muito de você – acrescentou.

– Ah, é?

– Sim, Jennifer.

– Humm... já disse que pref...

– Mas isso é uma espécie de segredo de confessionário. Não posso te contar.

Ela riu, e seu sorriso estupidamente perfeito fez com que eu mordesse a língua para não fazer uma cara feia.

Justo naquele momento desconfortável, Naya apareceu no corredor falando com Will. Os dois tinham acabado de se vestir. Ela ficou paralisada por um momento ao ver que Lana estava sentada comigo. Depois soltou um grito que a outra imitou antes de se abraçarem fortemente, quase caindo no chão. Fiquei olhando para elas, meio incomodada.

– Não acredito! Não acredito!!! – gritou Naya, sem se soltar dela.

– Pois pode acreditar! – Lana se separou dela e abraçou Will, que lhe sorriu educadamente. – Ai, como senti saudade de vocês. Aqui é minha segunda casa!

Era coisa minha ou, cada vez que dizia algo assim, ela me encarava?

Eu continuava sentada no sofá, tentando pensar numa desculpa para fugir dali. Acho que fazia muito tempo que não me sentia tão deslocada, e não sabia explicar por quê. No fim, fingi que estava organizando uns papéis, só para fazer alguma coisa além de ficar olhando para eles como uma tonta.

E, como se isso não fosse suficiente, naquele momento a porta da entrada se abriu e Ross apareceu. O cheiro de pizza de churrasco me fez sentir ainda mais incomodada.

– Oi, Jen! Adivinha quem comprou essa porcaria porque sabe que é a sua fav... – Ele parou e, em vez de olhar para mim, cravou os olhos em Lana e fez uma careta. – O que...?

– Surpresa, meu bem! – ela gritou, literalmente se atirando sobre ele para abraçá-lo.

"Meu bem"?

Que ridículo.

Embora não fosse problema meu se ela o chamava ou não de "meu bem".

Nem um pouco.

Eu não me importava.

Mas que ridículo.

Tentei com todas as minhas forças me controlar enquanto olhava para Ross de relance. Ele parecia ainda mais surpreso. Olhou para mim por cima do ombro de Lana e eu comecei a limpar as lentes dos óculos com seu moletom, só para fingir que não tinha percebido.

– Sentiram minha falta? – ela perguntou, olhando para todos eles. Ah, e dando as costas para mim. – Eu senti falta de vocês. Muita.

– Quando foi que você voltou? – perguntou Ross. – Não me lembro de você ter falado alguma coisa.

– Hoje de manhã. Queria fazer uma surpresa pra vocês!

– E vai ficar? – Naya parecia entusiasmada. – Pra sempre?

– Não, pra sempre não. Mas ainda não comprei a passagem de volta.

Sue surgiu no corredor e pareceu ter visto um fantasma. Olhou para Lana com uma cara de horror absoluto.

– Imagino que você não vá ficar aqui, né?

– Oi, Sue – Lana a cumprimentou com um sorriso.

– Responda e deixe de sorrisinhos falsos – cortou Sue.

Sue olhava para ela até pior do que tinha olhado para mim. Gostei disso. A partir daquele momento, comecei a gostar um pouco mais de Sue. Pelo menos eu já não era a única a não gostar de Lana, sentia-me um pouco menos sozinha no mundo.

– Ah, vai, eu sei que no fundo você gosta de mim, Sue.

– De jeito nenhum.

– Bom... mesmo que eu quisesse, não poderia ficar. – Lana me olhou com o mesmo sorriso de antes. – Tem alguém dormindo no meu lugar.

Houve um momento de silêncio incômodo e eu entreabri a boca, sem graça. Naya começou a rir, nervosa, e deu uma cotovelada em Will para que ele também o fizesse. Ross me lançou um olhar antes de se virar para a senhorita perfeita.

– Lana... – disse ele, em voz baixa.

– É só uma brincadeira, meu bem!

Por que ela continuava a chamá-lo de "meu bem"? Por que isso me incomodava tanto, se era uma bobagem?

– Você não se incomoda, não é? – me perguntou Lana, colocando uma mão estrategicamente no braço de Ross.

Vi que ele olhava para ela com um sorriso e negava com a cabeça e, por algum motivo, isso me ofendeu mais do que qualquer outra coisa havia me ofendido em muito tempo.

– Não – eu disse, mais secamente do que pretendia.

– Vai ficar pra jantar? – Ross a convidou. – Eu trouxe pizza, e a gente pode pedir algo mais. Sei que você adora sushi.

De repente, o sushi me pareceu algo nojento.

– Você sabe que não consigo dizer não a isso – disse ela, sorrindo para Ross.

Todos foram se sentar e, por algum motivo, quando Ross veio para o meu lado, a primeira coisa que me ocorreu foi me levantar e ir me sentar na poltrona, perto de Sue. Ela continuava a olhar para Lana de cara amarrada, então me concentrei nisso e não no fato de que Ross tinha cravado os olhos em mim. Não quis saber com que cara ele estava.

O jantar começou e eu não desgrudei os olhos da pizza. Eu me sentia como se tivesse catorze anos outra vez e não conseguisse controlar meu ciúme de adolescente. Toda vez que Lana falava – e ela fazia isso o tempo todo –, eu tinha vontade de jogar o molho *barbecue* na cabeça dela. Pelo menos Sue parecia compartilhar desse sentimento. Eu a flagrei várias vezes fazendo cara de nojo toda vez que Lana começava a rir. Ou simplesmente quando ela falava.

– A França é incrível – ela contava naquele momento, ganhando a atenção de todos. – Vocês deviam ir pra lá. As pessoas são encantadoras. E as ruas são... ai, maravilhosas. É mágica! Até já sei falar algumas coisas em francês!

Que bom que você já sabe falar algumas coisas em francês depois de ter morado na França, garota.

Minha consciência às vezes podia ser maligna, embora naquele momento isso não me desagradasse inteiramente.

– Quem dera eu também pudesse viajar para o exterior. – Naya olhou para Will. – Se bem que eu não gostaria de ficar separada do meu ursinho por muito tempo.

– Meu ursinho – repetiu Sue, como se tivesse ânsia de vômito.

– E as festas eram incríveis – prosseguiu Lana. – Sério, os franceses são doidos da cabeça. E isso me encanta.

Todos começaram a rir, menos Sue e eu. Fiquei sem saber o que dizer ao me dar conta disso.

Meus Deus, eu estava me transformando na Sue.

Foi então que me dei conta de que Ross também não estava rindo. Na verdade, ele nem parecia ouvi-la direito. Apenas mexia na comida e a olhava de relance de vez em quando, fingindo prestar atenção na conversa.

– Decidi passar um tempo aqui. Estava com saudade dos meus pais. – Ela afastou uma mecha de cabelo do rosto e vi que tinha as unhas perfeitamente feitas, como o resto de seu estúpido ser. – Provavelmente vou passar o ano que vem na França, ainda não sei. Mas, até lá... espero poder passar algum tempo com vocês.

Ela se virou para Ross e o olhou significativamente. Ele pestanejou e olhou para Will em busca de ajuda. Como sempre, comunicaram-se sem palavras, como se fossem extraterrestres, e então ele soube imediatamente o que dizer.

Muito bem, mas por que ele precisava de ajuda para falar com Lana?

– Você pode vir jantar com a gente sempre que quiser – disse Will, finalmente.

Mordi a pizza um pouco mais forte que o necessário, enquanto Ross sorria de modo um pouco estranho.

– Bom... – Lana sorriu e colocou sua mão perfeita sobre o joelho. – E vocês não têm nada para me contar? Eu fiquei falando o tempo todo.

Sim, sabemos disso.

– Não há grandes novidades – disse Will, ao ver que ninguém tentava quebrar o silêncio.

– Fico feliz de ver que vocês continuam juntos. – Ela olhou para Ross. – E você? Nada de novo na sua vida?

Vi que ela me olhava de relance enquanto fazia essa pergunta a ele, por isso me concentrei em meu prato, que já estava vazio.

– Não muito – disse Ross.

– É uma pena – ouvi-a cantarolar, nem um pouco triste. – Bom, vocês vêm à minha festa de boas-vindas na semana que vem?

– Eu nunca perco uma festa – garantiu Naya.

– Nem eu – disse Ross.

Will assentiu com a cabeça.

Lana olhou diretamente para mim, ignorando Sue, que não pareceu se importar muito com isso.

– Eu não posso, sinto muito – disse, sem pensar.

Ross levantou a cabeça e me olhou, admirado.

– Por que não?

Dirigi-lhe um olhar um pouco mais azedo do que gostaria. Não pude evitar.

– Porque não.

Talvez eu tenha soado um pouco mais seca do que pretendia.

A tensão ficou óbvia, mas todo mundo fingiu não perceber. Ross franziu um pouco a testa, mas evitei seu olhar, deixando claro que não queria continuar falando daquele assunto. Lana, por outro lado, suspirou e me dirigiu um sorriso deslumbrante.

– Se mudar de opinião, a oferta continua de pé. Vai ser na minha fraternidade. As meninas são maravilhosas, organizaram tudo por mim. Vai ser *open bar*, então não precisam levar nada.

– Estou pensando em me embebedar – garantiu Naya, olhando para mim. – E você também.

Sorri um pouco para ela, mas não disse nada. Eu não iria mesmo.

Lana ficou um bom tempo falando de suas viagens pela Europa, de sua temporada na França, de suas boas notas e de sua estúpida perfeição. Os outros a escutavam, admirados, enquanto Sue fazia cara de nojo, deixando clara sua opinião sobre o assunto.

Mas, de tudo aquilo, o que mais me irritou foi que, de vez em quando, a loira perfeita se virava para mim, sorria e me fazia alguma pergunta. No entanto, toda vez que eu ia responder, ela se apressava a acrescentar algo e continuava a falar.

Aquilo estava me incomodando muito. Muitíssimo.

Por fim, não consegui mais aguentar e me levantei. Ross se virou para mim na mesma hora.

– Aonde você vai?

– Vou dormir, estou cansada – falei. – Boa noite, pessoal.

– Já? – Naya choramingou. – Mas são só onze horas.

– É que amanhã tenho que madrugar. E estou realmente cansada.

– Bem... se você precisa descansar...

– Foi um prazer te conhecer – eu disse a Lana, com o sorriso mais doce que consegui mostrar.

– Igualmente – respondeu ela, retribuindo o sorriso.

Desviei dos sofás e atravessei o corredor para entrar no quarto de Ross, sentindo um olhar cravado em minha nuca enquanto andava. Assim que me vi sozinha, soltei um palavrão que teria feito minha mãe sufocar um grito. Eu não gostava de dizer palavrões, mas algumas situações mereciam. Essa era uma delas.

Estava a ponto de me sentar na cama quando a porta se abriu. Por um momento, fiquei paralisada ao ver que era Ross, que estava de cenho franzido. Ele fechou a porta às suas costas, olhando para mim.

Não parecia zangado, nem confuso, apenas... preocupado?

– Você está passando bem? – perguntou.

Pisquei várias vezes, perdida.

– O quê?

– Você está passando bem? – repetiu. – Você estava um pouco estranha durante o jantar.

Suspirei e dei de ombros. Ele era tão esperto para algumas coisas e tão cego para outras... embora ele certamente não tivesse por que adivinhar o que estava acontecendo comigo. Era apenas meu amigo. E eu sabia perfeitamente bem o que estava acontecendo comigo, por mais irracional que fosse. Eu estava com ciúme por ele ter outra amiga.

Estava sendo tão injusta que eu mesma fiquei com vergonha.

– Eu... – improvisei, nervosa. – Só vou... humm... me deitar um pouco, se você não se importar.

Pela expressão em seu rosto, percebi que ele sabia que algo não estava bem, que havia algo mais. Engoli em seco quando ele esticou o braço e separou minhas mãos. Eu não tinha me dado conta de que estava retorcendo os dedos, nervosa, durante toda a conversa.

– Você não tem por que me contar se não quiser, só me diga se está bem.

Assenti com a cabeça, sem olhar para ele. Por que estava outra vez com o rosto em chamas?

– Você está...?

– Ross – olhei para ele –, você está com uma convidada na sala. Devia ir vê-la. Neste exato momento, estou um tédio.

– Você nunca é um tédio. – Ele fez uma cara feia para mim.

Parecia que ia dizer algo mais, mas suspirou ao ver minha expressão e assentiu uma última vez com a cabeça.

– Muito bem, vou te deixar sozinha. Me chama se precisar de alguma coisa.

– Ok.

Ele me olhou de soslaio e eu sustentei o olhar. De novo, fiquei com a sensação de que ele ia dizer algo mais, mas não fez mais do que se virar e sair do quarto. Quando fechou a porta, senti que podia respirar de novo e me virei para pegar o que tinha ido buscar desde o início: meu celular.

E, consequentemente, minha irmã. Porque eu estava precisando da conselheira que havia dentro dela.

Comecei a procurar o sinal do celular como doida pelo quarto. Não encontrei nem uma barrinha até ficar bem quieta num cantinho da sacada, congelando de frio. Me certifiquei de que a porta estava fechada – não queria que ninguém me pegasse tendo essa conversa – e achei o número dela.

– Jenny – Shanon me cumprimentou quase imediatamente.

– Estou com um problema – falei. – E nem me preocupei em ligar pra Nel, porque sei que ela não vai me atender, como tem feito desde que fui embora.

– Quer dizer que sou seu plano B. Começamos bem.

– Shanon, é importante.

– Tá certo, dona exagerada, estou te ouvindo.

– Estou com um problema.

– Não deve ser nada grave – ela disse. – O que houve?

– Estou... com muito ciúme. Acho.

Houve um momento de silêncio. Ela suspirou do outro lado da linha.

– Ter ciúme não é tão ruim, desde que não ultrapasse certos limites, Jenny.

– Não... não é isso. Quer dizer... o problema não é esse.

– E qual é?

– É que... bom... acho que estou sentindo ciúme de algo que não deveria.

Ela refletiu por um momento. Quase consegui ver um sorrisinho se formando em seus lábios.

– É o dono da casa em que você está morando agora?

Suspirei e levei alguns segundos para responder, apesar de ambas sabermos perfeitamente o que eu ia dizer.

– Sim.

– Isso está ficando interessante.

– Shanon!

– Perdão, perdão. Bom, e o que ele fez para provocar esse ciúme em você, irmãzinha?

– Uma garota... acho que é a ex dele... veio aqui e começou a falar de como é perfeita em tudo. E ela é, Shanon. Você devia ver, eu quase me senti um ogro ao lado dela.

– E pra que se comparar a ela?

– Eu não quero fazer isso!

– Mas não consegue evitar – ela acrescentou.

Fiz uma careta.

– E os outros estavam tão enfeitiçados enquanto ela falava... – balbuciei.

– Não creio que o problema sejam os outros – ela disse, rindo. – Acho que é só o seu querido Ross.

– Ele não é "meu querido Ross". Somos apenas amigos.

– Eu não fico com ciúme quando vejo um amigo meu babar por alguém. Já se isso acontecer com alguém de quem eu gosto...

– Eu não disse que gosto dele – esclareci em seguida, nervosa. – E não... não estou com ciúme dele. Estou com ciúme de... bem... de todo mundo.

– Ah, se a gente pudesse escolher de quem vai sentir ciúme... – Ela riu. – Vai, Jenny, seja sincera.

– Estou sendo!

– Não está. Você gosta desse garoto?

– Oi?

– Diga sim ou não. Não é tão difícil.

Houve um momento de silêncio. Eu não tinha percebido que estava o tempo todo brincando nervosamente com os cordões do moletom de Ross.

– Eu tenho namorado, Shanon – falei, finalmente.

Ela, para minha surpresa, começou a rir.

– Isso não responde à minha pergunta. Não diretamente, pelo menos. Mas esclarece muitas coisas.

– Não esclarece nada!

– Então diga sim ou não, vai!

Apertei os lábios.

– Não – falei em voz baixa, como se aquilo tivesse me custado muito.

– Não gosta o cacete! – soltou Shanon, mal-educada.

– Já disse que não! – Mc irritei.

– Bom, se você quer convencer a si mesma de que não gosta dele, eu te acompanho. Mas você vai ter que me explicar o problema um pouco melhor, porque não entendo como você pode sentir ciúme do fato de que alguém de quem você absolutamente não gosta fique conversando com a ex-namorada.

Suspirei e dei de ombros, vagamente, mesmo que ela não pudesse me ver.

– Já te contei daquele negócio do Monty, o lance do relacionamento aberto – falei.

– Sim. Que idiota!

– Shanon...

– Perdão. Continue.

– Bom... a gente falou sobre ter um relacionamento aberto, mas isso me parece um pouco excessivo.

– Por quê? Você sente que está traindo o Monty só por sentir ciúme de uma amiga do Ross?

– Um pouquinho...

Houve alguns segundos de silêncio do outro lado da linha.

– Bom... não sei o que dizer, Jenny. Talvez você deva se afastar um pouco desse cara.

– Isso vai ser difícil. Eu durmo com ele.

– E só dorme?

– Sim, Shanon, só durmo.

– Então, que diferença faz?

Houve um momento de silêncio.

– Que diferença faz, Jenny? – ela insistiu.

– É que... – respirei fundo e soltei tudo de uma vez, falando a toda velocidade – ... eu sonhei quatro noites seguidas que estava transando com ele.

Durante alguns instantes, o silêncio que se formou ao meu redor foi um dos mais desconfortáveis da minha vida. Passei a mão no rosto e senti que ardia. Não podia acreditar que tinha confessado aquilo para alguém, mesmo que esse alguém fosse Shanon.

– Alô? – perguntei, ao ver que ela não falava nada.

– E como foi? – questionou, curiosa.

– Você acha que isso é importante, Shanon? – rebati, incomodada.

– Era melhor que o seu namorado? – Eu quase podia ver seu sorriso perverso.

– Concentre-se!

– Era melhor que o seu namorado! – Ela começou a rir. – Estou amando esse drama.

– Shanon! – protestei.

– Tá bem, tá bem, vou me concentrar. – Ela pensou por um momento. – Talvez você deva dar uma esfriada nessa relação. Não por ele, mas por você. Se está te deixando confusa...

– Não estou ficando confusa.

– Está, sim, não se engane. Talvez você deva tentar manter uma relação mais... humm... amistosa, será?

– É o que temos agora.

– E você sonha quatro noites seguidas que está transando com todos os seus amigos ou só com ele?

Eu me calei. Ela tinha razão, como de costume. E eu estava vermelha, também como de costume.

– Se bem que isso é o que menos importa – ela garantiu. – Se você achar que isso é muito para a sua cabeça, ligue para o idiota do seu namorado para se distrair. Afinal, é só para isso que ele serve. O problema é que talvez você esteja sentindo falta dele.

– Você acha?

– Claro que sim. – Suspirou. – E acho, também, que isso te afeta porque te faz lembrar você sabe o quê.

Ao pensar nisso, senti meu estômago revirar.

– Não quero falar sobre isso – murmurei.

– Já se passaram meses, Jenny. Talvez, se você falasse sobre isso com alguém, em vez de guardar tudo para si mesma...

– Não quero falar sobre isso – repeti, agora de modo mais cortante.

– Está bem – ela aceitou. – Já sei de que jeito você fica quando se lembra... daquilo. Só tente não relacionar isso com o que está acontecendo agora, ok? Não quero ter que ir até aí te buscar.

– Você não vai precisar vir me buscar. – Franzi a testa.

– Não vou precisar te buscar se você tiver outro...?

– Shanon!

– Está bem... – Finalmente, ela deu o assunto por encerrado. – Tenho que desligar, mas me prometa que vai ficar bem. E também que vai me ligar se não ficar.

– Vou ficar bem. Te ligo. E... obrigada pelo conselho.

– Não há de quê. Mantenha-me atualizada, porque eu me entedio muito.

– Ok. – Sorri sem vontade. – Tchau, Shanon.

Ela desligou e eu entrei de volta no quarto de Ross. Escutei as risadas que vinham da sala e mordi os lábios, me enfiando na cama e tirando os óculos.

Não cheguei a dormir. Na verdade, ouvi a despedida de Naya e Lana. Enquanto as duas se despediam, a porta do quarto se abriu e Ross se aproximou para vestir o pijama. Como eu estava de costas para ele, fechei os olhos. Não estava com vontade de falar com ele.

Alguns minutos mais tarde, ouvi-o se meter na cama e abri os olhos de novo, olhando para minhas mãos.

– Você está acordada? – ele perguntou, em voz baixa.

Não respondi. Ele suspirou, mas não falou mais nada. Ouvi-o se acomodar na cama e, por algum motivo, tive vontade de chorar.

Passado algum tempo, eu me virei lentamente e vi que ele continuava acordado, passando uma mão nos olhos. Logo que percebeu que eu estava olhando para ele, tirou a mão dos olhos, cravando o olhar em mim.

– Oi – murmurei.

– Oi... – Ele parecia um pouco confuso. – Pensei que você estivesse dormindo.

– Acabei de acordar. – Evitei seu olhar e fingi me ajeitar melhor na cama somente para fazer alguma coisa. – Como foi o jantar?

– Foi bom – ele falou, e fiquei com a sensação de que ele não entendia por que eu insistia tanto no assunto. – Você já está melhor?

Assenti com a cabeça, sem saber o que dizer.

– Você estava com saudade dela?

– Da Lana?

– Sim.

– Quer que eu seja sincero?

Voltei a assentir com a cabeça, olhando para ele com atenção. Fiquei surpresa ao ver que não sorria.

– Não sei. Fico muito tempo sem vê-la quando ela viaja. A verdade é que me acostumei a ficar sem ela.

Pisquei, surpresa.

– Foi sincero mesmo.

– Eu te disse. – Ele deu um meio-sorriso. – Tem certeza de que está bem?

Como toda vez que ele me perguntava isso, fiquei nervosa e assenti rapidamente com a cabeça. Revirei os olhos.

– Você mente muito mal – Ross murmurou.

– Não estou mentindo.

– Continua mentindo tão mal quanto cinco segundos atrás.

Sorri e neguei com a cabeça, pensando numa desculpa qualquer que me livrasse de dizer a verdade.

– Na verdade... estou sentindo um pouquinho de falta da minha família – admiti, em voz baixa.

E não estava mentindo. Pelo contrário, era verdade, e só percebi isso depois de dizer em voz alta. Fiquei em silêncio um momento e pensei em mamãe e no drama que ela tinha feito quando saí de casa. Talvez ela não tenha sido tão exagerada, afinal. Uns poucos meses representavam muito mais tempo do que parecia.

Fiquei bem quieta quando ele estendeu a mão e afastou do meu rosto a mecha de cabelo que sempre se soltava.

– Sinto muito por ouvir isso – murmurou, e sua sinceridade me deixou um pouco desnorteada.

– Mas não é tão grave – acrescentei, em voz baixa. – Quer dizer... vou ver todo mundo em dezembro.

– Por causa do Natal?

– Minha mãe e eu chegamos a um acordo. Eu disse a ela que faria o primeiro semestre e depois decidiria se queria voltar pra casa. Ela quer que eu volte, claro...

– E você?

Então me dei conta de que ele não tinha parado de acariciar meu rosto. De fato, contive a respiração ao perceber que seu polegar tinha descido até o meu queixo.

E o que me fez conter a respiração não foi o gesto em si, mas a intimidade com que ele o fez. Ele nem sequer pareceu se dar conta de que continuava a me acariciar. E eu me sentia como se ele já tivesse feito aquilo mil vezes. Nunca havia me sentido assim. Nem mesmo com Monty.

– Não sei – falei, em voz baixa. – Não pensei nisso.

– Você devia dar mais crédito à sua própria opinião e menos à dos outros, Jen. – Ele deu um meio-sorriso. – Além disso, você ainda tem alguns meses para se decidir.

Olhei para ele.

– Se... se eu fosse... – comecei.

Ele me observou em silêncio, mas parecia interessado.

– Sim? – perguntou, ao ver que eu não continuava.

– Se eu fosse pra casa... bom... não perderíamos o contato. Quer dizer... nem com você, nem com Will, nem com Naya...

– Mesmo que você fosse pra casa, não perderíamos o contato – ele garantiu.

Pensei em Nel e fiz uma careta.

– Se você diz...

Ele sorriu, dessa vez um sorriso completo.

– E você não tem por que sentir falta da sua família. Aqui você tem outra família. Menor, um pouco estranha e disfuncional... mas, olha, já é alguma coisa. E, à nossa maneira, nós cuidamos uns dos outros.

Ele continuou sorrindo, esperando que eu fizesse o mesmo, mas não fui capaz de retribuir. Senti algo na ponta dos dedos, uma comichão incômoda que também me fez querer tocar no queixo dele.

Eu me arrastei um pouco na direção dele e percebi que ele ficou bem quieto quando passei meu braço por cima de sua cintura e apoiei o rosto em seu peito. Quase pude sentir que ele continha a respiração.

– Jen? O que...?

– Você se importa se dormirmos assim?

Não sei de onde tirei coragem para perguntar aquilo, mas já tinha feito. E o silêncio que acompanhou aquele momento foi horrível. Fechei os olhos com força, esperando pelo pior.

Mas, então, percebi que ele colocava um braço aconchegante à minha volta, me ajeitando um pouco mais.

– Não, claro que não me importo – ele murmurou.

Voltei a respirar, aliviada, quando ele se ajeitou melhor e deixou uma das minhas pernas entre as dele. Eu podia sentir seu hálito no meu cabelo e seu coração no meu rosto. Isso sem falar do calor do corpo dele. Especialmente nas pernas, já que a calça do meu pijama era curta. Apesar de ele estar usando o pijama comprido de algodão, eu podia sentir sua pele atravessando o tecido e entrando em contato com a minha.

Era uma sensação ao mesmo tempo estranha e agradável. Minha pele se arrepiou quando ele pôs a mão nas minhas costas. Meu pulso acelerou quando ele acariciou minhas costelas distraidamente com o polegar. Envergonhada, eu me perguntei se ele teria percebido.

– Boa noite, Ross – murmurei, desejando não precisar falar mais nada até a manhã seguinte. Duvidava que pudesse encontrar minhas pobres cordas vocais por um bom tempo.

– Boa noite, Jen – disse ele, e pude sentir seus lábios movendo-se muito perto do meu cabelo.

Fechei os olhos e tentei me concentrar na batida regular de seu coração, para que o meu o tomasse como exemplo e deixasse de esmurrar minhas costelas.

Finalmente, não sei como, consegui cair no sono.

Na manhã seguinte, corri um pouco mais do que de costume, ouvindo rock no volume máximo no fone de ouvido. Eu estava tentando apagar da minha mente a imagem do momento em que acordei ainda com a mão de Ross nas minhas costas e minha perna entre as dele. Eu tinha dito a Shanon que tentaria ser somente amiga dele e, em menos de uma hora, havia quebrado minha promessa. Era um desastre. Eu não podia continuar fazendo isso.

Quando subi as escadas do prédio, ainda correndo – um exercício extra –, tive que fazer uma pausa para recuperar a respiração, fechando os olhos.

Finalmente, quando me senti capaz de fingir que à noite não tinha acontecido nada – o que, tecnicamente, era verdade –, abri a porta do apartamento e dei uma espiada, em busca de inimigos.

Sue era a única que já tinha levantado. Estava bebendo uma cerveja e comendo pasta de amendoim de colher. Tentei com todas as minhas forças não fazer cara de nojo.

– Seu sorvete acabou? – perguntei, pegando um copo d'água.

– Sim – respondeu ela, de mau humor.

Houve um momento de silêncio enquanto eu bebia minha água. Não demorei a perceber que ela estava me olhando.

– Você não gostou dela, hein? – falou.

– O quê?

– A tontinha de ontem à noite. Lana – continuou. – Eu não gosto dela.

Olhei para Sue, mas não disse nada. Ela deu um sorriso perverso.

– De fato, não gostei muito dela – admiti, depois de me certificar de que não havia mais ninguém por perto.

– Nunca gostei dessas que posam de perfeitas – Sue me garantiu, antes de entrecerrar os olhos. – Tenho a sensação de que são as piores.

– Costumam ser.

– Você não imagina a tortura que é quando ela aparece. Eles a adoram como se fosse uma deusa.

– Percebi isso ontem à noite, que jantar mais chato! – Dei um meio-sorriso.

Sue ficou olhando para mim, me analisando.

– Talvez você não seja tão ruim, afinal de contas.

Não soube interpretar essa frase, mas ela pôs fim à conversa ao se levantar e se encaminhar para o sofá, com seu café da manhã todo especial. De minha parte, decidi tomar um banho.

Quando saí do banheiro enrolada na toalha, dei de cara com Ross, que ia tomar café. Ele estava bocejando, mas parou de repente ao me ver. Com certeza eu já estava da cor de uma cereja.

– Bom dia – Ross me cumprimentou alegremente. – Cheguei a pensar que você tivesse fugido correndo quando não te vi ao acordar, mas aí me lembrei que você corre todos os dias de manhã.

Ele começou a rir, mas parou ao ver que eu estava mais tensa do que nunca.

– Foi tão ruim assim a piada?

Ajustei a toalha na altura do peito, ainda vermelha como um tomate, e minhas mãos começaram a suar quando ele baixou os olhos, instintivamente, na direção delas.

– Olhe, a toalha não fica mal em você, mas, se quiser tirar... eu não vou reclamar.

Uma relação de amizade.

A-mi-za-de.

Olhei para ele sem retribuir o sorriso, o que o surpreendeu um pouco.

– Bom dia – falei, passando rapidamente a seu lado.

Vi que ele se virou para me olhar, confuso, mas fechei a porta antes que ele pudesse dizer qualquer coisa.

Eu me vesti e fui à aula, tentando não encontrar os outros moradores do apartamento, com exceção de Sue. Na verdade, esse dia acabou sendo mais cansativo do que de costume. Fiquei duas horas na biblioteca terminando um trabalho em grupo. Metade dos integrantes do grupo não apareceu e os outros estavam desesperados porque queriam que tudo ficasse perfeito.

Em suma, foi um dia bastante chato. Isso sem mencionar que, toda vez que olhava para minhas mãos, eu me lembrava que os olhos de Ross tinham se cravado nelas quando eu estava só de toalha. E eu não conseguia deixar de ficar nervosa por causa disso.

Estava bastante cansada quando saí da sala de aula e dei de cara com Mike, que fumava e olhava para umas garotas passando ao seu lado. Ele sorriu para elas antes de se virar para mim e me reconhecer.

– Olha só quem está aí! – ele me cumprimentou, alegremente. – Sempre acabamos nos encontrando, hein? Parece que é o destino.

– Sim, parece – falei, sem vontade.

Ele fingiu fazer cara de tristeza.

– O que houve? Você está triste, Jenna?

– Estou cansada – corrigi.

– Meu irmão não está cuidando bem de você?

– Seu irmão é muito simpático comigo.

– Simpático – repetiu ele, achando graça.

– Sim, simpático. De fato, eu estava indo para a casa dele agora.
– Então você já está morando com eles, é?

Ele disse isso num tom meio brincalhão. Estive a ponto de deixar passar, mas parei e olhei para ele.

– O que você quer dizer com isso?
– Bem, faz um tempo, o Ross teve uma namorada que...
– Qual era o nome dela? – perguntei, embora já soubesse a resposta.
– Lana – ele disse, depois de pensar por algum tempo. – Sim. Ela não era nada mal. Nada mal mesmo.
– Eu sei, conheci ela ontem à noite – murmurei, dirigindo-me à estação do metrô.

Ele me seguiu, jogando o cigarro no chão e enfiando as mãos nos bolsos.

– Algo no seu tom de voz me faz pensar que você não gostou muito dela.
– Ela foi...
– Encantadoramente irritante com você? – sugeriu ele, com um sorrisinho sarcástico.

Esbocei um sorriso azedo.

– Ela também morou naquele apartamento? – perguntei, voltando ao assunto.
– Sim. Durante algum tempo. Depois eles terminaram e ela foi morar naquela fraternidade de riquinhos do outro lado do campus.

Agora eu me sentia ainda pior: como se a estivesse substituindo. E, ainda por cima, eu era uma cópia ruim, muito ruim. Engoli em seco ao me lembrar da mão dela no joelho de Ross, e, depois, da mão dele nas minhas costas. Eu me perguntei o quão diferente ele teria se sentido nos dois casos. Com certeza deve ter se sentido mais confortável com ela, afinal, eles se conheciam muito bem. Muito melhor do que nós dois nos conhecíamos.

Por que esse detalhe me incomodava tanto?

– Não fique triste, Jenna. – Ele deu uma palmadinha em meu ombro. – Se serve de consolo, eu também não gosto muito dela. Gosto mais de você.
– Obrigada, Mike.
– E acho que meu irmão também gosta mais de você.

Fiquei olhando para ele por um momento.

– Mais? – Tinha ficado presa àquela palavra.

– Espera, isso soou meio...

– Mais do que de quem? – perguntei, embora fosse óbvio.

– Bom, não faz muito tempo que ele e a Lana terminaram – ele continuou, dando de ombros.

Senti meu coração parar por um momento.

– Você está me dizendo que quando ele me convidou para morar no apartamento, só queria substituí-la?

– Olha, eu não disse isso – ele falou, levantando as mãos como quem se rende. – Mas não sei o que dizer. Também não falo muito sobre essas coisas com o meu irmão, sabe? Não sei se você percebeu, mas nós não temos a melhor relação do mundo.

Ele se virou para uma garota que tinha lhe sorrido enquanto eu involuntariamente apertava os pulsos.

– Agora, se você me desculpa... – murmurou e começou a seguir a garota com o olhar. – Tenho trabalho a fazer.

Vi que ele se afastava e continuei presa em meus pensamentos. De repente, senti que o que havia acontecido à noite tinha deixado de significar muitas coisas... para não significar nenhuma.

Eu seria, realmente, somente uma substituta? Só isso?

Por que estava outra vez com vontade de chorar?

Quando cheguei ao apartamento de Ross, bastou abrir a porta para saber que Lana estava de novo ali. Estava de pé, com um vestido bege apertado que se ajustava perfeitamente ao corpo, imitando alguma coisa que fazia todos os outros rirem. E estavam jantando. Sem mim. Fiquei plantada ali por algum tempo, como uma completa idiota.

Eu era a substituta barata daquela garota, por isso tinham me aceitado tão rápido. Ross, Naya... os dois a adoravam e sentiam falta dela. Talvez não tivessem feito isso de propósito, mas definitivamente eu era a substituta.

E talvez Will não a adorasse tanto como os outros, mas era óbvio que ficava feliz por ver Naya tão contente.

Talvez eu não devesse ter aceitado o convite para morar ali. Agora me sentia muito mal por tê-lo feito.

– Oi, Jenna – Sue me cumprimentou, devolvendo-me à realidade.

Todos ficaram em silêncio por algum tempo, surpresos. Olhei para ela, tentando encontrar minha voz.

– Oi – murmurei, confusa.

– Guardamos pra você um pouco de... – começou Naya.

Ah, não. Eu não ia ficar ali, de maneira nenhuma.

– Na verdade, já vou sair. – Eu precisava de ar fresco. – Só vim deixar isso aqui.

Larguei a bolsa no chão com um ruído abafado, seguido de um silêncio meio incômodo.

– Não vai jantar com a gente? – Will estranhou e olhou para Ross, justamente quem eu estava evitando olhar a qualquer custo.

– Não. Até depois, pessoal.

Não lhes dei tempo de responder. Saí de casa outra vez e fechei os olhos por um momento. Eu era uma idiota. Talvez não devesse ter me precipitado tanto. Não tinha para onde ir e provavelmente ficaria sem jantar. Mas... a perspectiva de jantar com Lana era pior do que ficar um tempo sentada num banco do parque.

Justo quando pensava nisso, a avó de Ross abriu a porta e sorriu para mim como se estivesse me esperando.

– Está com fome? – perguntou.

Hesitei um momento, olhando para ela. Estava tão surpresa que não sabia o que dizer.

– Diga alguma coisa, querida.

– Humm... sim, mas...

– Vamos, entre, está frio.

Eu não sabia como me sentir a respeito daquilo, mas entrei na casa dela.

Era igual à de Ross, só que com móveis mais antigos e muito mais arrumada. Havia uma travessa com salada na bancada e a TV estava ligada num programa de fofoca.

– Você gosta de salada com frango grelhado?

– Muito – garanti.

Quando estava com fome, eu gostava de tudo.

– Perfeito! Sente-se.

Eu me sentei e ela colocou um prato diante de mim. Estava delicioso. Ela sorriu enquanto também comia.

Ficamos algum tempo vendo TV sem falar nada, até que ela me olhou de novo, deixando o prato vazio ao seu lado.

– Por que você não quis jantar com eles? Pelo barulho das risadas, eu diria que estão se divertindo.

– Ah, sim, estão se divertindo muito – falei, sem conseguir evitar um tom amargo.

– E você não?

Suspirei.

– Não quero incomodar a senhora com os meus problemas, dona... hã...

– Ross. – Ela sorriu. – Mas prefiro Agnes. E fui eu que perguntei sobre os problemas. Você não me incomoda, nem um pouco.

Pensei nisso por um momento, olhando para o meu prato igualmente vazio.

– É que... eu sei que isso é uma estupidez infantil, mas me incomodo por eles se divertirem tanto com ela.

– Com ela?

– Com... a Lana. É uma amiga...

– Por quê? – ela me interrompeu, então imaginei que soubesse quem era.

– Não sei.

Ela me olhou em silêncio. Fiquei um pouco nervosa.

– Eu não... não entendo metade do que eles falam. A maior parte das coisas são histórias de quando eram mais jovens, do tempo do colégio, de quando o Ross saía com ela... Além disso, ela é amiga íntima da Naya... e eu fico sem entender nada, enquanto todos riem. Bom, todos menos a Sue, mas a Sue nunca ri. Não chega a ser um grande exemplo.

– Então você está com ciúme.

Fiquei um pouco irritada por ela ter chegado tão rapidamente à mesma conclusão que Shanon.

– Não estou com ciúme – falei.

– Claro que está. Não diga que não como se fosse algo ruim. É muito natural.

Franzi o cenho. Eu não estava com ciúme.

Não?

Sim, está. Não se engane.

Maldita consciência.

– Não é ciúme – insisti.

Ela pôs a mão no meu ombro.

– Sei como você se sente.

– Ah... sabe?

Se nem eu mesma tinha certeza de como estava me sentindo, como ela poderia ter?

– Você não é a substituta de ninguém – ela me garantiu.

Fiquei surpresa por essas palavras me afetarem tanto. E também por ela estar tão certa. Pigarreei, dando de ombros.

– É – murmurei, não muito convencida.

– Olha, não sei se serve de alguma coisa, mas eu nunca gostei dessa garota. E muito menos para o meu Jackie.

Olhei para ela. Talvez tenha me empolgado demais com o que ela falou.

– Sério?

Até que enfim alguém que não odiava todo mundo – como Sue – e que não gostava de Lana.

– Sim. Quer dizer, ela não me parece má pessoa, mas... acho que não é a pessoa certa para ele. Além do mais, depois do que ela fez para ele...

– O que ela fez?

Ela me olhou por um momento.

– Não te contaram?

– Não.

– Você vai ver, ela...

A avó de Ross interrompeu a si mesma.

– Não, querida, é melhor que o próprio Jackie conte a você.

– Não vou perguntar a ele sobre isso – garanti a ela.

– Claro que vai. – Ela sorriu. – Quando essa bobagem passar e você deixar de se comportar como se tivesse algo de que se envergonhar.

– Mas...

– Quer uma sobremesa? – ela me interrompeu. – Tenho torta de maçã.

Não falamos mais sobre o assunto, mas fiquei um bom tempo com ela falando do programa, que era o mesmo que minha mãe também gostava de ver. Agnes era uma dessas pessoas que, mesmo falando sobre a coisa mais estúpida do mundo, fazia com que aquilo parecesse algo muito interessante.

De fato, o tempo passou voando, e já era quase meia-noite quando ela bocejou, olhando para mim.

– Se você não se importa, querida, esta velha carcaça precisa de um descanso.

– Obrigada por ter me deixado jantar aqui – falei, com toda a honestidade, pondo-me de pé.

– Foi um prazer. – Ela sorriu. – Feche a porta quando sair, por favor.

Eu me levantei e levei os pratos até a bancada. Quando me encaminhava para a porta, escutei sua voz.

– Ah, querida?

– Sim?

Ela esboçou um sorrisinho que não entendi muito bem.

– Se meu neto perguntar, diga a ele que foi jantar com um amigo.

– Com um amigo? – repeti, confusa.

– Sim, faça isso.

Já no corredor, hesitei um momento antes de abrir a porta, sobretudo porque ainda dava para ouvir a voz de Lana. A estúpida e doce voz de Lana.

Finalmente, entrei no apartamento, fechei a porta e entrei na sala. Sue não estava, mas os outros se viraram para mim na mesma hora.

– Oi – cumprimentei-os, com um sorrisinho.

– Como foi o jantar? – Naya me perguntou, interessada.

– Ótimo. – Sorri, pensando na brincadeira de Agnes.

– Uh, que sorriso mais suspeito – cantarolou Naya, contente.

Parei de sorrir em seguida, para que ela não interpretasse mal, e me sentei na poltrona. Inconscientemente, levantei os olhos e me deparei com o olhar de Ross. Ele não estava sorrindo. Na verdade, batia sem parar com um dedo num dos joelhos.

– Então, você se divertiu? – perguntou.

Assenti com a cabeça.

– E... com quem você saiu?

Vi que Will escondia um sorriso, balançando a cabeça. Pensei por um momento, com seu olhar cravado em mim.

— Com... — lembrei das palavras de Agnes — ... com um amigo. Curtis. Um colega de sala.

Vejamos, essa parte de Curtis ser meu colega de sala não era mentira. De fato, ele realmente frequentava as aulas comigo e eu gostava bastante dele, participamos de vários projetos juntos e eu adorava trabalhar com ele. Embora... bem, nunca tivéssemos jantado juntos.

Ross continuou a me olhar fixamente durante alguns segundos, mas desviei o olhar e foquei uma lata de cerveja fechada que estava em cima da mesa.

— Posso...?

— É toda sua — Will me garantiu.

Eu me inclinei para a frente e abri a lata, tomando um golinho. Percebi o silêncio que havia se formado ao meu redor. E que todos olhavam para mim.

— O que foi? — perguntei, um pouco desconcertada.

— Você não vai dar mais detalhes? — Naya parecia emburrada.

— Não seja intrometida — Will a repreendeu.

— Não é isso, é curiosidade!

Ela voltou a olhar para mim e eu, ao perceber que era o centro das atenções, fiquei completamente vermelha. Acho que isso foi ainda mais mal interpretado, porque Naya soltou uma risadinha.

— Conta tudo! — exigiu. — Você disse que ele é seu colega? Ele é bonito?

— É só um amigo — esclareci, incomodada, me afundando na poltrona.

— Isso quer dizer que é bonito — concluiu Lana, também olhando para mim.

— Que tudo! — exclamou Naya, entusiasmada. — E o trato? Você já contou para o seu namorado?

Instintivamente, olhei para Ross e vi que ele também estava me olhando, e continuava a bater com o dedo no joelho.

— Não tem nada pra contar — balbuciei.

— Você tem namorado? — Lana me perguntou, surpresa.

— Sim. — Falar de Monty me relaxou. Eu odiava mentir. — Mas não vamos nos ver até dezembro. Ele ficou na minha cidade.

— Deve ser duro não ver ele durante tanto tempo.

— A gente se fala com frequência — respondi, dando de ombros. — É como se ele estivesse comigo.

– Mas não está – frisou Ross.

Fitei-o por um momento e ele sustentou o meu olhar. Parecia realmente incomodado. Era a primeira vez que eu o via assim. Ross não tinha se mostrado desse jeito nem mesmo quando Sue soltara aqueles comentários todos na noite do chili. Constrangida, baixei os olhos.

Will limpou a garganta, rompendo o silêncio incômodo.

– Eles têm um relacionamento aberto – esclareceu Naya.

– E como funciona isso? – Lana perguntou, curiosa.

– Bom... a gente pode fazer o que quiser com quem quiser. Mas sempre sabendo que nossa relação está acima disso.

– Parece divertido.

– Sim, é... interessante – murmurei, constrangida.

– E você já testou esse acordo com alguém? – ela perguntou.

– Não.

– Não pensou em fazer isso?

Dei de ombros. Eu continuava a sentir dois olhos cravados em mim.

– Nem com seu *amigo*? – Naya parecia entusiasmada.

Voltei a dar de ombros. Por que tinham que ficar me perguntando sobre isso? Senti o calor no meu rosto e engoli em seco. Pela risadinha de Naya, percebi que ela tinha voltado a entender mal minha reação. Levantei os olhos e vi que Ross tinha fincado o queixo no punho, evitando olhar para mim.

Agnes estaria orgulhosa de você.

Vi que Will olhava para ele e tentei ignorá-lo.

– E como foi o seu dia? – Lana me perguntou, tentando puxar assunto.

Olhei para ela por um momento. Eu não queria falar com ela nem por todo o ouro do mundo, mas não tinha outra opção.

– Um tédio – confessei. – Encontrei o Mike quando estava saindo da faculdade.

Vi que todos ficaram em silêncio por algum tempo e franzi a testa, confusa.

– Faz muito tempo que não o vejo. – Lana sorriu e logo olhou para Ross, como se esperasse alguma reação que não veio porque ele estava ocupado observando sua lata de cerveja, como se tentasse fazer com que explodisse. – Acabo de me dar conta de quão pouco conversamos desde que cheguei, Jennifer.

Eu sei, querida, eu sei.

– Você chegou ontem. – Voltei a forçar um sorriso. – Ainda não tivemos tempo de nos conhecer.

Ela retribuiu o sorriso. Eu não tive certeza se ela conseguia entender a maldade alheia ou se apenas se limitava a ignorá-la.

– De repente é porque você estava com esse garoto do jantar – acrescentou, sorrindo para mim. – Ele deve ter distraído você a noite toda.

– Bom... não sei... De repente... – falei, de um jeito meio torpe.

– Você deve gostar muito dele – comentou Naya, olhando para Ross de relance, com um sorrisinho. – Eu nunca tinha te visto tão nervosa por causa de um cara.

Justo naquele momento, Ross se pôs de pé, praticamente movendo o sofá com o impulso.

– Vou dormir – falou secamente.

Não esperou ninguém responder, limitou-se a sair da sala. Observei-o em silêncio, e admito que foi grande a vontade de ir atrás dele e lhe dizer que era tudo mentira, mas logo me lembrei do que Mike tinha me dito e a vontade passou na mesma hora.

Em vez disso, olhei para a loira perfeita, que continuava sentada no sofá.

– E você não tem namorado, Lana?

– Eu? – Ela riu. – Não, não. Não tenho.

– Que estranho. Sendo assim tão bonita...

– Ah, muito obrigada. É difícil encontrar um parceiro hoje em dia. – Ela deu de ombros. – Além do mais, estou sempre andando de um lado para o outro. Assim fica difícil criar raízes.

– Estou vendo.

Eu sabia que estava sendo uma idiota e que ela estava se comportando de maneira encantadora comigo, mas não pude evitar.

Finalmente, ela foi embora e eu desejei boa noite para Naya e Will, que já estavam se beijando no sofá. Quando entrei no quarto, Ross estava sentado na cama com o notebook no colo. Não levantou a cabeça ao me ouvir entrar.

– Tenho que pôr o pijama – eu disse.

Tínhamos um acordo não escrito: toda vez que um de nós precisasse trocar de roupa, o outro ia para o banheiro, ou algo assim. Sempre fazíamos isso. No entanto, dessa vez ele não parecia estar de bom humor para fazer isso.

– Ótimo – murmurei.

Eu estava tão irritada que não me importei de trocar de roupa no quarto. Nem sequer me virei para ver se ele estava me olhando. Me limitei a lhe dar as costas e vestir o pijama. Depois cheguei perto da cama e tirei as lentes de contato. Vi, de relance, que ele estava editando um vídeo ou algo assim. Não perguntei, e ele também não disse nada.

Ficamos em completo silêncio durante um bom tempo. Adormeci antes de ele terminar de usar o notebook.

8
A TURMA DA DROGA

QUANDO SAÍ DA PROVA... ESTAVA COM UMA CARA PÉSSIMA, na verdade. Eu fui mais ou menos bem, mas, na maior parte do tempo, estava com a cabeça em algo que não era exatamente Chomsky e suas malditas teorias linguísticas. Teria me saído melhor se não fosse por isso. Ao sair do prédio, fiquei olhando para o estacionamento por algum tempo, um pouco decepcionada comigo mesma, antes de suspirar e seguir meu caminho.

Estava chegando à estação do metrô quando percebi que alguém se aproximava. Era Mike. Ele abriu um grande sorriso.

– Você de novo – falei.

– Por que você nunca fica feliz em me ver? – protestou.

– Você me deixa mais deprimida do que já estou.

Ele ignorou completamente meu comentário e sorriu. Eu já tinha percebido que ele costumava ignorar os comentários maldosos. Especialmente os de Ross.

De qualquer maneira, me senti mal.

– Sinto muito. – Neguei com a cabeça. – É que ultimamente não ando...

– Ok, ok. – Ele me deu uma palmadinha nas costas, surpreendentemente solidário. – Todos temos dias ruins.

– Ou semanas – falei.

Já fazia quase uma semana que Lana tinha aparecido no apartamento e as coisas não tinham mudado muito. Ross e eu quase não nos falávamos, ou melhor, falávamos bobagens, tipo "quem vai arrumar a cama hoje", ou sobre o horário, e nada mais. Era como se fôssemos dois vizinhos tentando conversar sem se sentirem desconfortáveis ao se encontrar no elevador.

– Você está indo para a casa do Ross? – perguntou.

– Esse era o plano.

– Que bom. – Abriu um sorriso. – Eu também.

Durante todo o trajeto do metrô ele ficou tentando arrancar um adesivo da barra em que se agarrava, então não conversamos muito. Pelo menos até subirmos no elevador do prédio.

– Posso te perguntar uma coisa? – Olhei para ele.

– Surpreenda-me.

– Onde você mora, exatamente?

– Sou uma alma livre. – Ele sorriu. – Durmo onde posso.

– E você não tem... casa?

– Não. Pra quê?

– Pra se sentir seguro – murmurei, perplexa. – Caso você fique na rua.

Ele esperou que eu abrisse a porta. Sue estava na poltrona, folheando uma revista, e cumprimentou apenas a mim enquanto nos sentávamos no sofá.

– Já dormi na rua muitas vezes – Mike falou, pegando um papel e enrolando um cigarro, distraído. – Também não é para tanto. E, se não consigo dormir na casa de alguma garota, sempre posso contar com Ross ou com meus pais.

Quem dera eu pudesse relaxar assim diante da vida.

– O que você está fazendo? – Sue perguntou de repente.

Mike sorriu, mas eu não entendi nada.

– O que foi? – perguntei.

– Olha o que ele está fazendo – disse ela, apontando para o cigarro, que continuava em processo de formação.

– Bom, aqui quase todo mundo fuma e não...

– Não é tabaco, idiota. – Sue revirou os olhos.

Pestanejei e olhei para Mike, que tinha terminado seu trabalho e me oferecia a obra-prima na palma da mão.

– Você não me disse que estava tendo uma semana ruim? – perguntou. – Isso vai te ajudar.

– Isso é... um entorpecente? – perguntei, com voz estridente, sem me atrever a tocar no cigarro.

– Um o quê?

– Uma droga – esclareceu Sue.

– Ah! Sim, é.

– Afaste isso de mim! – exigi.

– Não é uma droga tão forte. É só maconha.

– Só maconha?! – repeti, incrédula. – Não, não... Eu não... humm... é melhor guardar isso. Não é ilegal? Podemos ser presos por isso?

– Não é pra tanto – protestou Sue, adiantando-se e pegando o cigarro. – Vamos fumá-lo entre nós três.

– Vocês ficaram malucos? – perguntei, com voz esganiçada.

– Relaxa um pouquinho – disse Mike. – Você nunca faz nada que seja meio errado?

Fiquei olhando para ele por algum tempo.

Durante toda a adolescência, essa frase foi a que minha irmã mais usou comigo. Sempre me perguntava se eu nunca faria nada que fosse um pouco errado, ou que, pelo menos, me fizesse sair da minha zona de conforto. Quando ela deixou de me perguntar isso, Monty começou a fazê-lo.

E eles não estavam certos. Eu... podia ser muito louca quando queria.

Eu era... humm... muito ousada.

Claro que sim, querida.

Você é!

– Me dá isso – murmurei, irritada, pegando o baseado.

Mike e Sue começaram a aplaudir quando peguei o isqueiro e, após hesitar um segundo, acendi o baseado, dando uma longa tragada. O sabor era meio esquisito e a fumaça fez minha garganta arder um pouco. Foi estranho. Estive a ponto de tossir como uma louca, mas tentei me conter para me fazer de durona.

Ia passar o baseado para Sue, mas os dois, achando graça, me fizeram dar mais duas tragadas.

Dez minutos mais tarde eles riam às gargalhadas, olhando para mim.

– Nunca pensei que faria isso na casa do meu irmão – disse Mike, rindo.

– O Ross vai ficar puto. – Sue também ria como uma criança.

Os dois estavam no sofá, enquanto eu tinha passado para uma poltrona. Estava olhando para o teto com os pés pendurados no braço da poltrona e não me sentia nem bem nem mal. Apenas... continuava ali, existindo. Nada mais.

– Que tal, principiante? – Mike me perguntou.

– Bem... Hum...

Minha voz soou estranha. Não sei por quê, mas achei graça. Tentei evitar rir e pestanejei. De repente me senti muito relaxada, quase tonta. Tentei me concentrar em olhar para um ponto fixo no teto e fiz isso tão bem que por um instante me esqueci do resto do mundo, deixando a mente completamente em branco.

– Oláááááááá...? – ouvi uma risadinha de Mike que parecia ter seu próprio eco na sala.

Soltei uma risada parecida ao voltar à realidade e deixei a cabeça cair para fora da poltrona para poder olhar para eles.

– Vocês estão... sentados no teto – murmurei, confusa.

Os dois começaram a rir de mim loucamente enquanto continuavam a fumar. Eles me passaram o baseado de novo e, depois de dar outra tragada, o devolvi a eles.

– E por que estamos... humm...? – Esqueci por um momento o que queria dizer. – Fumando?

– Porque sim – disse Mike, recostando-se no sofá. – Mais pactos foram feitos com as pessoas desse jeito do que quando estão sóbrias.

– Eu não sei se isso... – Comecei a rir quando vi Sue tossindo porque Mike tinha jogado fumaça na cara dela.

– E o que estava acontecendo com você? – Mike me perguntou.

– Oi?

– Você estava meio deprê, não? – disse ele, com a voz arrastada.

– Estava... deprê... deprimida? – perguntei, confusa.

– É que ela está com ciúme da ex do Ross – disse Sue, assentindo com a cabeça.

– Ei! – Comecei a rir, apontando para ela. – Não estou...!

Não consegui terminar a frase porque os dois estavam rindo de mim, e eu achei aquilo engraçado.

– É que... – Suspirei, tonta e relaxada ao mesmo tempo. – Aff... Minha irmã acha que estou relembrando algo meio pesado que me aconteceu há... humm... Do que a gente estava falando mesmo?

– Da sua irmã e do seu passado obscuro – Sue disse, rindo.

– Ah, isso. – Ri também. – É que há alguns meses me deu um... hã... Como se diz isso? Quando você fica muito alterado e continua assim.

Fingi cair morta e eles voltaram a gargalhar. Eu também ri e tive que me segurar na poltrona para não cair.

– Um ataque de alguma coisa – disse Sue.

– Sim! – Sorri. – Um ataque de ansiedade!

– Por quê?

Pestanejei um pouco e logo comecei a rir.

– Vocês vão rir.

– Já estamos rindo. – Mike chegava a chorar de tanto rir.

– É que... parece uma bobagem – eu disse, rindo.

– Fala logo, sua chata. – Sue revirou os olhos.

– Até chapada você fica azeda – respondi, negando com a cabeça.

Nós nos olhamos um instante antes de cairmos na risada. Pus uma mão na barriga, que doía de tanto rir.

– É que eu fiquei sabendo que meu namorado, Monty, e minha melhor amiga de infância, Nel, transavam pelas minhas costas durante os dois primeiros meses do nosso relacionamento.

Quando falei isso, percebi que eles vacilaram um pouco ao sorrir, mas eu não. Na verdade, continuei gargalhando. Não podia acreditar que agora aquela história me parecesse uma bobagem, já que, alguns meses antes, achei que fosse morrer por causa dela.

Porque sim, eu realmente tive um ataque de ansiedade, o primeiro e único da minha vida. Eu me lembrava da sensação de não ver nada, de não conseguir respirar, de que o mundo tinha parado, de que minhas pernas não funcionavam... Foi horrível. Mas, por algum motivo, pensar naquilo agora não tinha me afetado nem um pouco.

Ok, definitivamente isso era efeito da droga.

– Uau, que amiga – Sue disse, ajeitando-se melhor no sofá.

– Uau... – Mike deu um arroto e nós três rimos. – E, uau, que namorado!

– Sim. Uau para os dois.

– Que se danem eles – falei, sorrindo.

– Que se danem! – Sue se levantou e cambaleou. – Vou buscar... hã... cerveja.

– E que se dane seu irmão! – falei para Mike.

– Que se dane! – disse ele. – Espera aí, por quê?

– Porque sim. Que se dane.

– Que se danem, então.

Ele aceitou a cerveja de Sue. Peguei a minha e tentei abri-la de cabeça para baixo.

– Assim você vai derramar! – disse Sue, chorando de rir.

– Uh... hã...

Justo naquele momento ouvi um ruído distante, que parecia vir da porta. Consegui abrir a cerveja enquanto olhava para a entrada.

Ross entrou, de cara amarrada, e ficou olhando para nós por algum tempo, especialmente para mim. E, não sei por quê, a única coisa que consegui pensar foi que ele estava muito mais bonito que o normal.

Nós três tentamos disfarçar que estávamos chapados ficando sérios ao mesmo tempo.

– O que está acontecendo aqui? – ele perguntou, e cravou os olhos em seu irmão.

– Não sei... do... hã... que... você está falando – disse Mike, tentando abrir a lata de cerveja.

– Quem você pensa que é pra trazer drogas pra minha casa? – Ross perguntou secamente, arrancando a cerveja das mãos dele e deixando-a na mesinha.

– Droga? – Mike levou a mão ao peito. – Que droga?

Sue e eu demos umas risadinhas engraçadas.

– Você acha que eu não conheço o cheiro de maconha? – disse Ross.

– Esta casa também é minha – protestou Sue. – E da Jenna.

– Isso, isso – murmurei.

Ross voltou a olhar para mim. Por um momento, fechou os olhos. Depois se virou para seu irmão e abaixou a voz.

– Você drogou a Jen?

Ele hesitou e Ross aproveitou para chegar perto de mim. Sorri para ele, que não retribuiu o sorriso. Parecia irritado.

– Fizemos isso juntos – protestou Sue. – Somos a turma da droga.

Tentei beber a cerveja, mas não percebi que, virando a lata, iria derramá--la em cima de mim. De fato, consegui fazer com que uma boa quantidade de cerveja escorresse pelo meu pescoço e pela minha roupa, justo antes de, com o susto, cair da poltrona e ficar estendida no chão.

Nós três começamos a gargalhar enquanto Ross pegava minha cerveja e a colocava junto à outra. Eu segurava a barriga e Sue limpava as lágrimas dos olhos de tanto rir. Sem falar das gargalhadas de Mike.

– Que merda, olha pra você – disse Ross, me pegando pelo braço para me colocar sentada. Ainda rindo, tive que me apoiar no ombro dele por causa da tontura.

Olhei para mim mesma e achei ainda mais engraçado ver minha blusa cor de mostarda completamente manchada de cerveja.

– E você já pode parar de rir – Ross disse ao irmão, secamente. – Quando essa merda passar, vamos conversar.

– Ah, vai, não seja tão azedo – protestei, percebendo que ele tentava me deixar em pé.

Ao ver que isso não ia ser tão fácil, ele segurou meu braço e o passou por cima dos ombros antes de me agarrar pela cintura. Senti que me erguia do chão e me colocava de pé, sempre rindo.

– Vem, Ross – disse Sue –, a gente deixou um pouco pra você. Não seja tão estraga-prazeres.

Ele cravou nela um olhar que teria gelado o próprio inferno.

Enquanto isso, eu só conseguia sentir sua mão nas minhas costas, como da outra vez. Eu me agarrei com mais força aos ombros dele, embora por um motivo muito diferente da tontura.

– Me dá isso aqui. – Mike tirou o baseado de Sue com uma risadinha.

Ross decidiu ignorá-los e não me soltou quando se virou para mim, observando o desastre que estava minha roupa. Ele estava tão perto que eu não tive outra opção senão enfiar uma perna entre as dele. Isso não chegava a ser um problema, menos ainda naquele estado.

– Ei, ei – falei, estalando os dedos na cara dele, brincalhona. – Veja bem, sou uma garota que tem namorado, seu descarado. Estou vendo isso.

Os outros dois começaram a rir enquanto Ross me olhava fixamente, de cara feia.

– Isso não tem graça, Jen – ele disse, em voz baixa.

– Sim, tem um pouquinho – respondi, rindo e dando uma batidinha no nariz dele com o dedo.

Sue e Mike choravam de rir. Ross parecia querer nos matar.

– Vem, você tem que tirar isso – ele disse, tentando me levar para o corredor.

– Não quero – protestei. – Estou aqui com os meus amigos.

– Eu também sou seu amigo e estou dizendo que você tem que trocar de roupa.

– Meu amigo – repeti, rindo.

Ele me olhou com um certo azedume.

– Vem, Jen.

– Não quero, *amigo*.

– Jen... – ele avisou.

– Eu não quero – repeti.

– E você faria isso se quem pedisse fosse o seu *amigo* da outra noite?

Ele parecia irritado, mais do que antes. Isso, por algum motivo, me fez sorrir e colocar as duas mãos nos ombros dele. Percebi que ele ficou um pouco tenso, mas não se mexeu.

– Você está com ciúme, Ross? – cantarolei, achando graça.

– Não – respondeu ele, rápido demais. – Só quero que você tire essa blusa manchada.

– Você quer é ver os peitos dela – disse Mike, rindo.

– O Ross quer ver os peitos da Jenna – Sue começou a cantarolar com voz aguda por causa do riso. – O Ross quer ver os peitos da Jenna.

– O Ross quer ver os peitos da Jenna! – começou Mike, cantando junto.

– Eu não... – disse Ross em seguida.

– O Ross quer ver os peitos da Jenna! O Ross quer ver os peitos da Jenna!

– Eu já disse que não...!

– O Ross quer ver os peitos da Jenna!!!

– Chega! – Ele me olhou, irritado. – Vem aqui.

Ele se agachou e eu fiquei um pouco confusa ao me ver olhando para o chão. Depois entendi, ao me dar conta de que ele tinha me posto sobre os ombros. Mike e Sue ficaram rindo de mim enquanto Ross me carregava pelo corredor até o quarto.

– Deixa eu descer, eu tenho vertigem – protestei, batendo sem vontade em suas costas.

– Você perdeu o direito de reclamar depois de fumar aquela porcaria.

— Continuo podendo reclamar — falei, bem séria, olhando para o chão, como se ele pudesse me ouvir. — Este é um país livre, Ross, não tente cercear minha liberdade, porque...

Ele me pôs no chão, me interrompendo, e vi que já estávamos no quarto. Eu me agarrei ao braço dele, meio tonta, e ele não me soltou, para que eu não me matasse.

— Perdi o fio do que estava dizendo — protestei.

— Ah, que pena — ironizou ele, levantando uma sobrancelha.

— Sabe de uma coisa? Se você tivesse chegado antes, agora estaria tão alegre quanto nós. — Apontei para ele. — E não assim tão... amargo. Está parecendo a Sue.

— Vou tentar ignorar isso.

— Olha, Ross — eu disse —, você devia aproveitar um pouco mais a vida, porque ainda tem um montão de anos pela frente.

— Você está com alguma roupa por baixo dessa?

— A não ser que você seja atropelado por um caminhão, e nesse caso...

— Sim ou não?

— Essa blusa é barata, Ross. Se eu não puser algo por baixo, ela vai me pinicar.

Ele deu um meio-sorriso e se afastou um pouco para conseguir pegar a borda da blusa.

— Levante os braços — ele disse.

— Sim, capitão. — Eu ri.

— Pode rir se quiser, mas levante os braços.

Levantei os braços, me divertindo, e ele tirou minha blusa, passando-a pela cabeça. Foi uma sensação estranha e agradável, como quase todas as que ele me provocava. Especialmente quando, depois disso, ele arrumou meu cabelo. Fiquei só com minha blusa de baixo, de alcinha, e esfreguei os braços.

— Está frio — reclamei.

— Eu já sabia, mas obrigado por avisar.

— Por que você é sempre tãããããão sarcástico? — protestei.

Tive um ataque de riso quando ele olhou para minha blusa manchada.

— Amanhã você não vai achar tanta graça disso — murmurou.

Ele suspirou e largou a blusa no cesto de roupa suja antes de olhar para mim. Eu sorria, achando graça. Tentei fingir que não percebia que ele me olhava de cima a baixo. Ele pigarreou.

– A gente devia...

– Eu tirei a blusa – falei, enfiando um dedo no peito dele.

Ele pareceu confuso.

– E?

– E é justo que você tire alguma peça também, não?

Por um momento, ele me encarou. Vi que algo brilhava em seus olhos, mas não falei nada. Ele pressionou os lábios quando me apoiei completamente em seus ombros.

– Igualdade de condições – eu disse, com um sorrisinho.

Por um momento, tive a sensação de que o ar do quarto se tornara mais denso. Especialmente quando ele me agarrou pela cintura. A camiseta fina que eu estava vestindo não cobria totalmente minhas costas, deixando expostos dois centímetros de pele. E quando percebi que ele a roçava diretamente com os dedos, a temperatura do meu corpo foi lá para cima.

No entanto, nesse instante ele fechou os olhos.

– Quanto você fumou, Jen? – Ross perguntou, lentamente.

– Um pouquinho demais – admiti, chegando mais perto dele.

Ou, pelo menos, tentei, porque ele me deteve, com as mãos ainda na minha cintura. Balançou a cabeça.

– Não faça nada de que você possa se arrepender amanhã – recomendou, afastando-se um pouco de mim.

– Não estou fazendo nada.

– Há cinco minutos você estava fumando maconha com o meu irmão.

Abaixei um pouco a cabeça, envergonhada. Ouvi-o suspirar.

– Foi sua primeira vez?

Olhei para ele, curiosa.

– Não, não sou virgem.

– N-não... O quê?

– Bom, tecnicamente não sou.

– Tecnicamente? – perguntou ele, curioso.

– É uma longa história. Como você pode me perguntar sobre a minha primeira vez numa situação assim, Ross?

– Eu estava me referindo à sua primeira vez fumando!

– Ah, sim, isso sim. – Abri um sorriso. – Por um momento pensei que você tivesse se transformado num pervertido.

Ele sorriu, balançando a cabeça.

– Embora às vezes você faça comentários de pervertido, hein? – Pus um dedo em seu peito, acusando-o. – Como aquele da toalha no outro dia.

– São comentários de um pervertido simpático – protestou.

– Não nego, mas são de pervertido.

Ele decidiu acabar com a conversa, porque em menos de um segundo havia me soltado e se afastado dois passos, deixando uma distância prudente entre nós. Percebi o frio me envolver e abracei a mim mesma.

– O que você quer vestir? – ele perguntou, apontando para o armário. – Está tarde. Posso pegar o pijama.

– Meu pijama é horrível. – Revirei os olhos.

– Você podia usar uma roupa minha, como sempre – disse ele, meio pensativo. – Embora você não tenha feito isso nestes últimos dias.

– É que... é muito confortável. – Ignorei a última parte da frase.

Mas ele não deixou passar, claro.

– E por que deixou de usar? – perguntou.

Eu me aproximei da cama e me sentei, desajeitada, para ganhar tempo.

– Porque... – Balancei a cabeça. – Não importa.

– Pra mim importa.

Olhei-o de relance.

– Bem... como estamos... chateados... pensei que você não ia gostar que eu usasse sua roupa.

Vi sua fisionomia se fechar à medida que eu pronunciava cada palavra. Finalmente, ele negou com a cabeça.

– Eu não estou chateado com você. Não poderia estar – falou. – É você que está se comportando de maneira estranha há alguns dias.

– Porque sim, eu estou chateada, Ross.

– E posso saber por quê?

Suspirei e me deixei cair na cama. Não queria falar sobre isso, queria apenas me deitar e relaxar. Com ele, de preferência, como aquele dia na hora de dormir. Eu tinha gostado daquilo mais do que seria capaz de admitir. Muito mais.

– Por que demorei tanto tempo pra descobrir a maconha? – perguntei, fechando os olhos.

– Porque é uma droga e você nem sequer deveria ter experimentado – ele disse, secamente. – Vou falar com o Mike.

– O Mike é um cara legal – falei, olhando para ele. – Não é como você.

Eu já tinha dito muitas coisas para incomodar Ross de brincadeira, mas aquilo pareceu incomodá-lo de verdade. Seu olhar se transformou na mesma hora: agora era um olhar gélido. Eu me endireitei lentamente, enquanto ele fechava a cara.

– O Mike te parece um cara legal? – ele repetiu.

– Ah, fala sério. – Ele estava de pé na minha frente. Peguei a mão dele. – Não seja tão exagerado, era só uma brincadeira.

Ele não disse nada, mas pareceu se acalmar. Apertei sua mão. A minha estava fria e a dele, quente. Como quase sempre.

Ross olhou para nossas mãos por um momento, antes de se concentrar em mim outra vez.

– Por que você não gosta dele? – perguntei, curiosa. – Quer dizer... não que ele seja a melhor pessoa do mundo, mas... ele nunca falou completamente mal de você, falou?

Ross não mudou sua expressão, mas entendi na mesma hora que ele não queria falar sobre isso. Ou talvez, na verdade, não quisesse contar para mim. Suspirei.

– É complicado – falou, finalmente.

– Tanto faz. – Soltei sua mão. – Não é problema meu. Eu te entendo.

– Não é isso – ele murmurou, franzindo o cenho. – Mas... vou contar pra você em outro momento. Quando você não estiver chapada, por exemplo.

Ele não disse nada enquanto eu passava uma mão no rosto.

– Olha, Ross – falei, com a mão nos olhos, um pouco tonta.

– Você está bem? – Percebi que ele se agachou imediatamente diante de mim.

– Hein? – Pestanejei, tirando a mão do rosto. – Sim, estou bem. Mais relaxada que nunca.

– E o que está acontecendo? – perguntou.

Ele estava curvado diante de mim com as duas mãos ao lado das minhas pernas. Por um momento senti o impulso de fazer algo que não devia fazer.

Acabei me limitando a olhar para ele, brincando com meus dedos para mantê-los ocupados.

Ele tinha os olhos cravados em mim, e foi uma das primeiras vezes em que me atrevi a fazer o mesmo. Até aquele momento eu não tinha reparado, mas vi que ele tinha olhos castanhos com pequenas manchas verdes, especialmente perto da íris. Esbocei um sorriso.

– E então...? – perguntou, levantando uma sobrancelha.

– Você tem olhos muito bonitos.

Ele ficou muito quieto quando eu estendi a mão e desenhei a linha de seu queixo com o dedo, que acabou espetado por sua barba de alguns dias. Vi que ele engoliu em seco.

– Prefiro quando você faz a barba – acrescentei, brincando.

Vi que ele esboçou um sorriso divertido enquanto eu franzia a testa.

– Obrigado pelo conselho, acho – disse ele, achando graça.

– Mas não era isso que eu queria te dizer – falei.

Eu ainda estava mexendo no queixo dele. Passei o dedo por ali e tive a grandiosa tentação de subir até os lábios, mas me contive e percorri seu pescoço até a clavícula. Não consegui interpretar muito bem a tensão que senti nos ombros dele ou o fato de que ele estava contendo a respiração. Minha cabeça continuava a girar.

– E o que você queria me dizer, então? – ele perguntou, depois de limpar a garganta.

– Sabe...? – Hesitei por um momento, tentando formular a pergunta. – Alguma vez você já sonhou com alguma coisa... que não devia sonhar?

Ele hesitou por um momento.

– Você sonhou que estava matando alguém?

– Não exatamente – eu disse, pensativa.

– Então...?

Estive a ponto de dizer. Quase. Mas algo me impediu.

O instinto de sobrevivência.

– Estou com sono – falei, fingindo bocejar.

Ele não acreditou, mas, de qualquer maneira, sorriu ao ver que eu tentava mentir.

– Tá bem. – Apertou levemente meu joelho. – Vou te deixar sozinha pra você trocar de roupa.

Senti o calor de sua mão no meu joelho muito tempo depois de ele ter saído do quarto.

Fiquei olhando para o teto por um momento, antes de começar a vestir o moletom de maneira desajeitada. Demorei tanto para fazer isso que, quando terminei, boa parte do efeito do baseado havia passado. Olhei para mim mesma e tive que tirar o moletom, pois o tinha vestido ao contrário. Estava tentando fazê-lo passar pela cabeça quando a porta se abriu de repente.

Tapei meu peito imediatamente, justo antes de me lembrar que ainda estava com uma camiseta por baixo.

Mas isso não tinha importância: era Naya, e parecia preocupada.

– O Mike te drogou? – Ela segurou meu rosto, me olhando fixamente. – Não acredito! Os seus olhos estão completamente vermelhos! Vou matar ele!

– Não foi contra a minha vontade. – Franzi o cenho.

Eu continuava com o moletom de Ross enrolado no pescoço. Consegui terminar de vesti-lo e olhei para Naya.

– Nós precisamos conversar – ela disse, séria. Séria demais para Naya.

– Agora? Estou com fome.

– E eu com vontade de conversar.

Ela se sentou na cama e deu umas batidinhas nela, me encarando. Soltei um longo suspiro e me sentei perto dela.

– Você vai demorar? – A impressão que eu tinha era de que meu estômago rugia. – É que estou...

– Com fome, eu sei – ela terminou por mim. – Sabe de uma coisa? Vamos atrás de alguma coisa para comer, senão você não vai me escutar.

Abri um grande sorriso enquanto andávamos pelo corredor. Estavam todos na sala, incluindo Mike e Sue. Ficaram me olhando quando abri o armário da cozinha e peguei a barra de chocolate de Ross, cheia de convicção. Ele não pareceu dar muita bola para isso.

– Também estou com fome – disse Mike, e se calou imediatamente ao ver que todo mundo o olhava de cara feia. – Mas consigo aguentar. Melhor assim. Eu devia mesmo começar uma dieta. Vou aproveitar e começar hoje.

Naya se sentou com Will enquanto eu me deixei cair ao lado do dono da roupa que estava usando, que pareceu achar engraçado quando apoiei minha cabeça em seu colo.

– Quero te lembrar que você não queria que eu comprasse esse chocolate – disse ele, apontando para a barra com a cabeça.

– E eu quero te lembrar que, se eu não tivesse te obrigado a me acompanhar, você agora não teria esse chocolate – falei, com a boca cheia. – Estamos quites.

Mike se pôs de pé naquele momento, olhando para o celular e cambaleando.

– Tenho que ir – ele disse, sorrindo e olhando para Sue e para mim. – Me liguem quando quiserem. Sempre estou disponível para uma boa sessão de risadas, ok?

Nós duas nos despedimos dele com um movimento de cabeça bastante solene. Assim que ele saiu, percebi que todos os olhares se cravavam lentamente em mim, menos o de Sue, que tinha me roubado um pedaço do chocolate.

– O que foi? – perguntei, com a boca cheia.

– Você vai explicar o que foi que aconteceu esta semana? – Naya perguntou, cruzando os braços.

– O quê? – Eu me fiz de sonsa, partindo outro pedacinho de chocolate.

– Você sabe o quê – disse ela.

– Não a incomode – me defendeu Sue.

– Isso mesmo, não me incomode.

– Posso perguntar desde quando vocês deixaram de se odiar e ficaram amigas? – perguntou Ross, confuso.

Sue e eu nos olhamos.

– Quando concordamos que nenhuma de nós gosta de você – disse Sue, antes de darmos uma risadinha bastante infantil.

– Até que demoraram pra me atacar. – Ross revirou os olhos.

– Toma aqui, o chocolate da paz – ofereci a ele.

– É o *meu* chocolate – ele frisou.

– E daí?

– E daí que você está me oferecendo o *meu* chocolate pra fazer as pazes.

Sorri como um anjinho.

– E você aceita?

Depois de me olhar por algum tempo, ele suspirou e pôs uma mão sobre a minha para segurar a barra de chocolate, enquanto, com a outra, a partia pela metade. Fiquei olhando, meio tonta, como ele comia a parte dele.

– Eu estou falando sério. – Naya interrompeu meu espetáculo privado.

Olhei para ela preguiçosamente.

– Não sei do que você está falando.

– Eu acho que sabe, Jenna.

Olhei para Will em busca de ajuda. Surpreendentemente, ele entendeu de cara, tirou as pernas da namorada de cima das suas e se levantou.

– Vou fumar – falou. – Um pouco de ar fresco não te faria mal, quer vir?

Eu me levantei rapidamente, deixando o chocolate para Sue. Gostei de ver que Ross estava tão ocupado tentando tirar o chocolate das mãos de Sue que não se ofereceu para ir junto. Naya me olhou como se quisesse me bater, mas também não nos seguiu.

Assim que cheguei ao terraço com Will, ele acendeu um cigarro e olhou para mim.

– Bom – disse ele, enfiando a outra mão no bolso do casaco –, você veio até aqui por causa da vista ou pra me contar tudo?

– Não sei – murmurei.

Curiosamente, ele tinha razão. O ar fresco fez passar minha tontura.

– Você vai à festa no sábado? – perguntou quando viu que eu tinha ficado em silêncio.

– Que festa?

– A festa de boas-vindas da Lana. Ela mesma te convidou.

– Ah, essa festa. – Dei de ombros. – Acho que não.

Ele me olhou e esboçou um sorriso. Fiz uma cara feia para ele.

– O que foi? – perguntei, na defensiva.

– É que eu acho curioso que a presença dela te perturbe tanto – disse ele.

– Não me perturba.

– Ah, não?

– É que eu não gosto nem um pouco dela.

Talvez eu estivesse sendo um pouco sincera demais.

No entanto, Will não pareceu muito alarmado. Na verdade, começou a rir às gargalhadas, negando com a cabeça.

– É por isso que você tem se comportado assim nos últimos dias?

– O quê? – Soltei um risinho nervoso. – Eu? Estou me comportando como sempre.

Ele fingiu não se dar conta da mentira gigantesca que eu acabara de dizer.

– Pois todo mundo adora ela – ele falou, me olhando detidamente. – Ross também.

– Sim, eu sei. É a típica senhorita perfeita. Notas perfeitas, cabelo perfeito, sorriso perfeito, assim como... – Parei e olhei para ele. – Sinto muito. Ela é sua amiga.

– Ela não é minha amiga – garantiu ele.

Olhei para ele, surpresa.

– Não?

– Lana? Não. Eu nunca gostei muito dela. Mas Ross e Naya sim, então eu tento ser amável com ela.

Será que ele pensava o mesmo de mim? Esperava que não.

– Por que você não gosta dela? – perguntei, por fim.

– Para começar, nossas personalidades não são muito compatíveis – comentou. – Ela sempre precisa de muita atenção, e eu não gosto disso.

– Sim, precisa – balbuciei, de cara amarrada.

– Além do mais, depois do que ela fez com o Ross, prefiro não me aproximar dela.

Hesitei um momento antes de perguntar. Certamente ele não iria me contar.

– E o que ela fez com o Ross? – perguntei, com uma voz inocente.

Will me analisou durante alguns segundos antes de suspirar.

– Ele não te contou?

– Eu não perguntei – salientei. – Principalmente porque nós mal conversamos.

– Suponho que, se eu não te contar, você vá perguntar pra Naya.

– Correto. – Sorri.

– E a Naya vai te contar de cara.

– Ainda mais correto.

– Bom... – Ele pensou por um momento. – Na verdade, é uma coisa que o campus inteiro sabe. O estranho é você ainda não ter ficado sabendo.

– O que aconteceu? – repeti, morta de curiosidade.

Talvez uma parte de mim tenha se emocionado por encontrar um bom motivo para justificar o ódio que sentia por ela. Algo que a tornasse menos perfeita.

– Lana e Ross eram amigos há bastante tempo, mas só namoraram durante alguns meses. Eles se conheceram no colégio, porque nós quatro andávamos sempre juntos. No fim das contas, acho que só começaram a namorar pra não se sentir deslocados quando viam a Naya e eu juntos.

Will fez uma pausa, pensativo.

– O negócio é que, embora nenhum dos dois estivesse muito apaixonado... especialmente Ross... eles continuaram juntos. O principal problema é que Lana sempre gostou muito de... humm... viajar. Ela não gosta de ficar num mesmo lugar durante muito tempo. Os pais dela têm dinheiro e vontade de ostentar que sua filha pode sempre viajar para o exterior, então ela passava semanas sem ver Ross e sem ligar pra ele.

– E ele não ligava pra ela? – perguntei, surpresa.

– Ah, sim, às vezes, no começo. Por uma espécie de compromisso, não porque se amassem loucamente, isso eu garanto. Aí o Ross deixou de fazer isso, acima de tudo porque ele também tinha as coisas dele, como os curtas-metragens, os estudos... bom, tudo isso. Então chegaram ao ponto de ficar um mês inteiro sem se ver ou se falar. E o curioso era que Ross não parecia sentir falta dela, nem um pouco.

Não pude deixar de fazer uma careta. Eu mesma já tinha reclamado de Monty por não falar comigo por uma semana, mas... um mês? E sem sentir saudade?

– Foi aí que a Lana se deu conta de que o estava perdendo, acho eu. A Lana é uma dessas pessoas que querem que você fique correndo atrás delas, e quando você deixa de fazer isso... bom, ficam obcecadas com você. Então ela decidiu voltar e pedir perdão pro Ross. Ele aceitou as desculpas, claro. É o Ross. Ele não diria não a ninguém.

– Deixa eu adivinhar. – Olhei para ele. – A coisa não acabou bem.

– Claro que não. – Will balançou a cabeça. – Todos nós sabíamos como ela é. Durante os anos de colégio, ela já tinha viajado muitas vezes para o exterior. Andando por lá, achava um namorado, passava algumas semanas com ele e depois voltava. Mas dessa vez já tinha um namorado esperando por ela em casa.

— E ela não fez nada? – perguntei.

— Não tenho certeza. Talvez não, quem sabe? Nunca perguntei. – Suspirou. – Mas ela falava com vários caras com quem eu sei que nunca chegou a nada sério.

— E o Ross não disse nada sobre isso? – Não pude deixar de fazer uma cara de horror.

— Não. Ele não é assim. – Will suspirou. – Nunca foi dessas pessoas que ficam ameaçando te deixar. Ele simplesmente disse que, se ela quisesse ficar com algum dos caras, que contasse pra ele. E, se quisesse continuar a namorar com ele, que deixasse de falar com eles.

— Não posso acreditar que ele não tenha falado mais nada – murmurei.

Quando fiquei sabendo do lance entre Nel e Monty, eu tive um ataque de ansiedade. Não era a mesma coisa, mas...

Mas você é mais sensível.

— O fato é que Ross não chegou a falar abertamente... mas já tinha se acostumado a viver sem ela. Inclusive comprou esse apartamento sem dizer nada pra ela. E, durante o mês em que Lana o ignorou, ele se concentrou nos estudos e em ganhar algum dinheiro. Mas é claro que, quando soube da existência desse apartamento, Lana tentou vir morar com a gente e o Ross lhe disse não. Ela nem sequer dormia aqui. Foi o começo do fim. Se ele já não tinha sido muito carinhoso com ela até então... a coisa esfriou ainda mais.

Isso era um pouco diferente do que Mike tinha me contado, mas decidi deixar para lá.

— E a Lana não gostou nada disso, né?

— Nem um pouco. Começou a agir como uma criança. Não parava de ligar pro Ross, de enviar mensagens, de suspeitar que ele ficava com outras... tudo porque ele não dava bola pra ela. O Ross começou a se cansar dela... e olha que ele é bem paciente. Muito paciente. Mas já não sentia nada pela Lana. Se é que alguma vez tinha sentido, coisa de que duvido muito. Foi então que ele disse que só queria ser amigo dela. Nada mais.

Ele fez uma pausa e eu franzi o cenho.

— Isso deve ter coincidido com o momento em que a Lana entrou para a fraternidade do campus, onde continua até hoje. Ela continuou tentando voltar com o Ross por todos os meios possíveis e, no fim, ele teve que ser bastante desagradável para que ela se desse conta de que isso não ia acontecer. Por isso a Lana decidiu fazer algo que doesse muito em Ross, pra se vingar. Que doesse de verdade.

– E o que ela fez? – perguntei, ao ver que Will ficara em silêncio.

Ele olhou para mim.

– Transou com o Mike.

Houve um momento de silêncio em que fiquei olhando para ele, atônita.

– O q-quê? Com o... irmão dele?

– Sim. Foi um golpe baixo, e com os antecedentes...

– Que antecedentes?

– Ross só teve duas namoradas na vida. De fato, ele prestou atenção em Lana porque ela tinha quase o mesmo nome da primeira. Essa... a primeira... tinha terminado com ele pra ficar com o Mike. Ross sentiu o golpe. Não por causa da garota, mas por causa do irmão. A partir de então, a relação entre eles esfriou. Então você pode imaginar como ele se sentiu ao ver que Lana fez exatamente o mesmo.

– M-mas... o Ross... é irmão dele. Como...?

– O Mike não é como o Ross – ele garantiu. – Ele vive pra atormentar os outros, e sempre se sentiu inferior a Ross diante dos pais. A vida inteira ele foi tratado como o "sem talento" da família. Pra ele, roubar a namorada do irmão é uma espécie de conquista pessoal. Você não notou como ele é muito carinhoso com você quando o Ross está por perto?

Na mesma hora entendi perfeitamente a atitude de Mike e por que Ross sempre o tratava tão mal e lhe dizia para me deixar em paz. Mesmo que não fôssemos um casal, aquilo era um assunto pessoal. Se Mike me via perto de Ross, já achava que era uma competição. Apertei os lábios, tensa.

– Coitado do Ross – murmurei, abaixando a cabeça.

– Pois é – disse ele.

– E como ele pode continuar falando com a Lana e o Mike? – Eu continuava sem entender. – Depois do que aconteceu...

– O Ross não é rancoroso.

– Mesmo assim – eu disse, incrédula. – Como ele pode agir como se nada tivesse acontecido e deixar que venham à casa dele?

Quando falei isso em voz alta, me dei conta do pequeno detalhe de que era exatamente o que eu tinha feito com Nel e Monty.

Will deu de ombros.

– Já te disse, ele é bom demais para o próprio bem.

– Mas... – Eu continuava sem entender. Aquilo não entrava na minha cabeça. – Como elas conseguiram deixar o Ross pra ficar com o Mike?

– Não sei.

– Se o Ross é perfeito.

Will me olhou, entre surpreso e achando graça. Fiquei vermelha imediatamente.

– Pras outras – esclareci em seguida.

– Claro. – Assentiu com a cabeça, debochado. – Acho que ele também te acha perfeita... pros outros.

Houve um momento de silêncio em que tentei fazer com que o calor desaparecesse de meu rosto. Will continuava a sorrir, mas parou para me olhar de relance.

– A Lana te lembra de quem? – ele perguntou, curioso.

– Oi? – Voltei à realidade.

– Antes, quando você estava descrevendo a Lana, insinuou que ela era como alguém, mas não disse quem.

Bem, ele tinha me contado tudo aquilo, agora eu não podia me negar a lhe contar a minha história.

– Ela me lembra... uma amiga minha, a Nel.

– Ela te lembra uma amiga e você a odeia? – Ele pareceu confuso.

– É complicado – garanti. – A Nel é minha melhor amiga há muito tempo. Somos como irmãs... mas ela sempre foi melhor em tudo. A mais alta, bonita, esperta, atlética, boa com os garotos... Eu sempre gostei muito dela, mas do lado dela eu me sinto tão inferior...

Will me olhava atentamente, escutando. Limpei a garganta.

– Quando comecei a namorar o Monty, ela foi uma das pessoas que mais apoiaram o nosso relacionamento – expliquei. – Monty era o cara dos meus sonhos havia muitos anos. Namorar com ele era como um... ah, como um sonho que virou realidade. Durante os dois primeiros meses, eu me senti a garota mais sortuda do mundo. Até que...

Respirei fundo. Era difícil dizer aquilo em voz alta estando sóbria. Eu ainda me lembrava da pressão no peito, das mãos trêmulas, do suor frio... Tentei me concentrar.

– Até que fiquei sabendo que ele e Nel estavam transando pelas minhas costas durante aqueles dois meses – falei.

Will hesitou um momento, antes de pôr a mão no meu ombro.

– Quando fiquei sabendo, foi como levar uma bofetada de realidade. Eu confiava tanto neles... Eu teria dado a minha vida por qualquer um dos dois. Quando descobri a traição, tive um ataque de ansiedade.

– Sério? – perguntou, surpreso.

– Sim, eu sei que soa exagerado, mas... – Torci o nariz.

– Cada pessoa reage de forma diferente, Jenna. Isso não faz de você uma exagerada.

– Mas... – Suspirei. – Não foi por eles terem transado, sabe? Mas por... não sei, eu confiava neles. Confiava tanto... e, pela primeira vez na vida, eu tinha me sentido especial. Sabe o que é ser criada com quatro irmãos mais velhos? Você é sempre a última em tudo. O Monty foi a primeira pessoa que me escolheu porque sim. Porque era eu. Não por causa dos meus irmãos nem da Nel. Por mim. E a Nel... podia ficar com quem quisesse, com qualquer um. Mas escolheu o Monty.

Will não disse nada enquanto eu fazia uma pausa para engolir em seco e tirar o nó da garganta.

– E você perdoou? – ele perguntou, por fim.

– Eu senti que, se não fizesse isso, ficaria sozinha – murmurei. – Ela era minha única amiga e ele o único cara que tinha se interessado por mim. O único.

– Teria havido outros – ele garantiu, franzindo o cenho. – Quantos anos você tinha? Dezessete?

– Sim, mas... não consegui enxergar isso naquele momento. – Dei de ombros. – Então, sim... eu os perdoei... e os dois mal se falam desde então. Nunca mais nos juntamos, os três. Por minha causa. Acho que... bom, acho que o Monty entendeu as consequências do que fez, e talvez isso faça com que ele não volte a cometer o mesmo erro.

Will me olhou como se pensasse o contrário.

– E agora estou achando o Monty estranho outra vez – falei. – Desde que vim pra cá. Mal me liga, só nos mandamos mensagens. E, quando falamos, costumamos terminar gritando um com o outro. Isso sem falar de Nel. No dia em que eu fui embora, ela chorou e parecia triste. Mas... toda vez que ligo, ela me ignora.

Fiz uma pausa. Tinha começado a falar muito rápido.

– Eu não quero pensar que aquilo está acontecendo de novo, mas... – Engoli em seco e balancei a cabeça, tentando afastar a ideia. – E, ainda por cima, me aparece a Lana, que me lembra tanto a Nel... Não consigo evitar. Me sinto horrível. Sei que descontei todas as minhas frustrações em Ross, em Naya e em você. Sinto muito. Vocês não mereciam.

Will me olhava em silêncio, como se estivesse analisando tudo que eu lhe havia contado. Ele era um bom ouvinte.

– A verdade é que eu nunca tive que lidar com uma infidelidade, menos ainda com uma que tivesse a ver com meu melhor amigo – respondeu. – Mas não consigo nem imaginar como me sentiria se soubesse que a Naya e o Ross...

Fez uma pausa e torceu o nariz ao mesmo tempo que eu.

– A Naya e o Ross – repeti. – São quase como irmãos. Seria como... um incesto. Afe.

– Sim, eu também não consigo imaginar.

Os dois fizemos a mesma cara de nojo. Não. Definitivamente, isso não ia acontecer.

– Voltando ao que falamos antes – ele disse –, talvez você devesse tentar se desculpar com eles. A Naya e o Ross. Eles estão bastante confusos. Não sabem o que está acontecendo com você.

– Nem eu sei – murmurei.

– Você poderia fazer isso no sábado, na festa da Lana.

Olhei para ele por um momento, pensativa.

– Talvez você tenha razão.

– Como sempre – brincou.

– Está bem – sorri. – Vou à festa com vocês.

9

A FESTA DE LANA

– FALTA MUITO? – PERGUNTOU SUE, esmurrando a porta do banheiro.

– Um momento! – gritei como pude, enquanto passava um batom vermelho.

Eu me olhei um instante quando terminei. Estava com um vestido preto curto que tinha ganhado de presente de Monty. Fiquei surpresa de ele ter me dado uma coisa assim, levando em consideração sua maneira de ser. Aliás, ele tinha acabado de me mandar uma mensagem perguntando o que eu ia fazer essa noite e respondi dizendo que ficaria na cama. Não queria ter de lhe mandar uma foto toda arrumada para a festa e que ele me obrigasse a trocar de roupa.

Passei as mãos ao longo do vestido e alisei alguns amassados da parte de baixo. Também estava com minhas meias favoritas, pretas, bem escuras, e minhas botas de salto um pouco alto. Eu era um perigo usando salto alto. Esse era o limite do que eu podia usar sem me matar.

E a maquiagem... Bem, troquei umas três vezes de batom, cada vez mais insegura. Não estava inteiramente convencida desse que estava usando agora, mas duvidava que conseguisse trocá-lo sem que Sue viesse me matar por demorar demais. Soltei o cabelo e respirei fundo.

Estava pronta.

Insegura, fiz uma careta.

Por que me sentia tão horrível? Se nem estava tão mal...

Olhei para mim mesma e engoli em seco antes de jogar o batom na bolsa. Tínhamos que sair. Eu não podia continuar assim.

– Falta...?

Abri a porta de repente e olhei para ela. Sue não tinha se arrumado muito. Estava vestida como sempre, só havia prendido o cabelo. Disse que era para o caso de ter que vomitar. Ela era bastante prevenida.

– Pronta. – Sorri, apontando para mim mesma.

– Tanto tempo pra isso? – protestou.

– Ei, não estou bem?

– Olha, não está. – Ela revirou os olhos.

Ainda bem que eu tinha Sue para levantar meu astral quando me sentia mal comigo mesma.

Segui-a até a sala, com a bolsa no ombro. Will e Ross estavam no sofá, um mais entediado que o outro.

– Pra que apressar a Jenna? – perguntou Ross, sem olhar para nós. – Se a Naya vai fazer a gente chegar tarde do mesmo jeito.

– Porque quando a Naya perceber que estamos esperando por ela, vai se apressar. – Will sorriu, pondo-se de pé. – Uau, Jenna, você está ótima.

– Igualmente. – Dei uma palmadinha em seu braço. – A Naya vai ficar babando.

Will sorriu para mim como se soubesse de algo que eu não sabia, mas não disse nada. Especialmente porque Sue pigarreou exageradamente, cruzando os braços.

– Obrigado por dizer isso pra mim também.

– Pensei que você não ia gostar que eu falasse com você – disse Will, confuso. – Em geral você não gosta que as pessoas lhe dirijam a palavra.

– É isso mesmo – ela concordou, antes de se virar para Ross. – Posso saber o que você está esperando?

Ele tinha ficado sentado e encarava meu vestido. Quando Sue falou com ele, ele pestanejou, pigarreou e se pôs de pé a toda velocidade. Percebi que ele evitava meu olhar e franzi o cenho, confusa.

– Tudo bem com você? – Will perguntou, em tom de brincadeira.

Pelo olhar que Ross lhe devolveu, fiquei com a sensação de que estava chateado com ele, mas não lhe disse nada. Simplesmente passou ao meu lado e pegou as chaves, dando por encerrada a conversa.

Foi o primeiro a entrar no elevador, e acabei ficando ao lado dele. De forma instintiva, olhei em sua direção e contive a respiração ao ver que ele estava dando uma olhada em mim. Uma olhada bem grande. De cima a baixo.

– Vamos nos embebedar! – disse Will, distraindo-nos.

Ainda bem, Ross não percebeu que eu o havia flagrado.

– Vamos lá, para todo mundo se embebedar, menos eu, que tenho que dirigir – corrigiu Ross, com as chaves do carro na mão.

– A festa vai te parecer longa – eu disse.

Ele me olhou por um momento e pigarreou de novo.

– Duvido muito.

Ele passou ao meu lado, outra vez sem me olhar, e entrou no carro. Eu me sentei ao lado dele enquanto Will ligava para Naya, dizendo que já íamos passar para pegá-la. Mesmo assim, quando chegamos ao alojamento, Will ainda teve que subir até o quarto dela. Ficamos os três ouvindo música em silêncio até que, depois de um tempo, Sue suspirou.

– Chega – balbuciou. – Já se passaram mais de cinco minutos. Se eles estiverem trepando, vou matar os dois.

Ela saiu do carro furiosa e ouvi um gritinho de Chris dizendo a ela que não podia entrar antes de a porta se fechar outra vez.

E aí começou um silêncio tenso. Mas de um tipo diferente de tensão.

Do tipo que eu preferia não admitir que tinha com Ross.

Ultimamente tínhamos tido muitos silêncios como esse. Eram estranhos. Como se alguém quisesse falar algo, mas não o fizesse. Eu mesma sentia que tinha algo a lhe dizer, mas não sabia muito bem o que era, então normalmente eu me limitava a olhar para os meus próprios sapatos. E ele a olhar para mim.

Exatamente como estávamos fazendo agora.

Fiquei batucando os dedos nos joelhos quando percebi que Ross estava olhando para eles. Eu nem sequer tinha certeza de como sabia disso, mas era verdade. Quando me virei para comprovar, confirmei imediatamente. Dei um pequeno sorriso, ele olhou para os meus lábios e eu me virei outra vez, com o rosto em chamas. Ele pigarreou, eu passei a mão pelo pescoço, nervosa, e percebi seus olhos cravados na minha mão. Por um momento, imaginei que essa mão fosse a dele, como a que ele havia passado nas minhas costas. Eu me perguntei se essa noite voltaríamos a dormir assim, e o rubor do meu rosto se alastrou pelo pescoço.

Era coisa minha ou estava muito calor ali dentro?

– Você está com... o aquecimento ligado? – perguntei, com um fio de voz.

Por um momento, ele pareceu confuso.

– Não. Você está com frio? Quer que eu ligue?

– Não – falei, categoricamente demais.

Então o problema era comigo. Fechei os olhos e tentei me acalmar. O que estava acontecendo comigo?

– Quer pôr minha jaqueta? – ele ofereceu.

Vestir, naquele momento, uma roupa com o cheiro dele? Deixar que roçasse a minha pele algo que tinha acabado de roçar a dele? O calor ficou ainda pior e ainda por cima minha pulsação aumentou. Neguei com a cabeça, sem olhar para ele, mas podia sentir seus olhos cravados em meu perfil.

Por fim, não consegui me conter e também dei uma olhada nele. A verdade é que ele também estava muito bonito. Vestia uma jaqueta de couro que eu nunca tinha visto antes e que ficava perfeita nele. E seu cabelo estava ainda mais despenteado que o normal, mas de alguma forma ficava melhor assim. Era mais ele.

Meu olhar cruzou com o dele quando eu analisava seu rosto, e fiquei surpresa com a ternura que encontrei. De fato, aquilo me deixou em silêncio por alguns segundos antes de ser capaz de falar qualquer coisa.

– Parece que eles estão demorando – falei, afinal.

Ele deu um meio-sorriso e assentiu com a cabeça.

– É, parece.

Engoli em seco e voltei a olhar para a porta do alojamento, que continuava fechada. Tentei pensar em algo que pudesse falar, qualquer coisa. Mas todas estavam relacionadas com assuntos que deixariam a situação ainda mais desconfortável, se é que isso era possível.

Justo naquele momento Ross decidiu quebrar o silêncio por mim.

– Eu nunca tinha te visto de vestido.

Até que enfim, um assunto neutro. Eu me virei, visivelmente mais relaxada.

– Bom... o inverno não é a melhor época do ano pra usar vestido. – Sorri, nervosa, sem saber muito bem por quê. – A não ser que tenha uma festa, claro.

– Bem que podiam convidar a gente pra mais festas – brincou.

Fiquei olhando para ele por um momento e, pela primeira vez, me perguntei até que ponto essas brincadeiras eram... bem, brincadeiras. Porque eu estava nervosa. Muito nervosa. E sabia por quê. Mas ele não parecia estar nervoso. No entanto, não tinha desgrudado os olhos de mim desde que saímos de casa.

Esse pensamento fez meu estômago se retorcer de nervoso.

– Eu nunca tinha usado este – murmurei, tentando me distrair. – Foi um presente do Mo... da minha mãe. E eu nunca tinha te visto com uma jaqueta de couro.

– Eu usava muito quando estava no colégio. – Ele abriu um grande sorriso. – Tentava parecer um cara mau.

– O clássico cara mau, hein? – Sorri.

– Sim. Pra lá de clássico. Mas nunca sai de moda.

– E você era?

– O quê? – ele perguntou, confuso.

– Um cara mau.

Ross pensou por um momento, esboçando um sorriso maroto.

– Não quero que você fique com uma má impressão de mim – ele disse, por fim.

– Você me deixou entrar na sua casa e na sua cama sendo praticamente uma desconhecida. – Levantei uma sobrancelha. – Não fiquei com uma grande impressão sua.

– Quanta ingratidão!

– Vai, me conta do colégio. – Apoiei a cabeça no assento, olhando para ele. – Você detonava os professores? Saía com muitas garotas? Se metia em problemas? Em brigas?

– Eu não detonava os professores. – Ele sorriu como um anjinho.

– Quer dizer que você era um cara mau que saía com muitas garotas, se metia em problemas e também em brigas – enumerei, achando graça. – Não faz muito o seu estilo.

Isso sim pareceu realmente surpreendê-lo.

– Por que não?

– Não sei. Você parece tão...

Interrompi a mim mesma quando me dei conta da palavra que estive a ponto de usar. Aquele "perfeito" esteve a um segundo de escapar dos meus lábios, mas consegui parar a tempo. Menos mal.

– Tão o quê? – perguntou ele, curioso.

– Tão... tranquilo.

– Tranquilo? – Começou a rir.

– Não era?

– Na verdade, se você perguntasse para os meus pais como eu era no colégio, duvido que eles fossem usar a palavra "tranquilo" na resposta.

– Qual foi o seu pior castigo? – perguntei, chegando um pouco mais perto dele.

– O pior? – Ele teve que pensar por algum tempo. – Não teve nada a ver com o colégio, mas meu pai se estressou bastante quando arrebentei o carro ao bater num muro de pedra.

– O quê? – Arregalei os olhos. – Você se machucou?

– Eu não estava dentro do carro – ele esclareceu em seguida. – Tinha acabado de fazer dezesseis anos e queria impressionar meus amigos, então roubei o carro novo do meu pai, caríssimo, fui buscá-los e fomos até o alto de uma pequena colina. Estávamos do lado de fora do carro quando de repente vimos que ele começou a descer a toda velocidade pela encosta. Não pude fazer muita coisa para evitar o desastre.

– Você esqueceu de puxar o freio de mão? – perguntei, rindo.

– Sim. E o meu pai... bom, ficou louco. Me mandou pra uma colônia militar durante todo o verão.

– Uma colônia militar? Isso ainda existe?

– Te garanto que sim. – Revirou os olhos. – Um grupo de pequenos delinquentes com professores sociopatas que os obrigam a correr como idiotas com o sol a pino. Mas no fim do verão eu estava com o abdome sarado.

– E eu que pensei que meus pais tinham passado dos limites quando me deixaram sem celular durante um mês...

– O que você fez? – ele perguntou, esticando o braço para levantar a alça do meu vestido, que tinha saído do lugar.

Isso me deixou completamente pasma por algum tempo, justo antes de conseguir me recuperar e perceber que havia voltado a falar além da conta.

– Não... não foi nada muito importante... humm...

– Ah, vai, o que você fez?

– Eles não estão demorando demais...?

– O que você fez? – insistiu, se divertindo. – Eu já te contei o que aconteceu comigo. Igualdade de condições, lembra?

– É que, perto do que você fez, a minha história parece uma bobagem...

– E por que você ficou vermelha, pequeno gafanhoto?

Quando ele disse isso, fiquei ainda mais vermelha e, consequentemente, seu sorriso ficou ainda maior.

– Preciso saber o que você fez – falou. Seus olhos brilhavam de tanta curiosidade.

– Só vou te contar se você me prometer que nunca, nunca, nunca, jamais vai contar pra ninguém. – Apontei para ele com um dedo acusador.

– Eu juro. – Ele levou uma mão ao peito.

– E que não vai brincar com o assunto.

– Isso você não pode impedir. Sem brincadeiras, não seria eu.

– Tá – concedi. – Mas não ria.

Ele não disse nada, e assim eu soube que riria.

– Eu... – Respirei fundo. – Não posso acreditar que estou falando isso em voz alta.

– Isso está ficando interessante... – Ele sorriu, achando graça.

– Eu tinha uns... quinze anos. – Tentei não olhar para ele. Era constrangedor demais. – Eu gostava de um garoto mais velho que eu. Acho que ele tinha dezessete anos e era lindíssimo.

– Estou ficando com ciúme.

– Acontece que – olhei para Ross – eu queria fingir pra ele que era mais velha pra ele me achar... interessante de algum modo. E a Nel, minha melhor amiga... humm... pensou que... humm... como eu nunca tinha transado com ninguém e estava com medo de perder a virgindade... humm... eu podia tentar um método alternativo.

Ele parou de sorrir por um momento, levantando as sobrancelhas.

– Um método alternativo? – perguntou, confuso. – Diz que você não fez nada estranho.

– Não!

– Ok... – Ele pareceu quase decepcionado. – Então, o que você fez com esse lindíssimo garoto de dezessete anos?

– Eu... hã... – Respirei fundo. – Ele me mandou uma foto do...

Se o meu rosto já estava muito vermelho, agora tinha ficado ainda pior, porque apontei para... humm... aquilo... e ele esboçou um sorriso divertido.

– O quê? – perguntou, rindo. – Do pau?

– Sim... – murmurei.

O sorriso dele desapareceu aos poucos, até se transformar numa cara amarrada.

– Peraí... diz pra mim que você não mandou uma foto sua e ele mandou pra outras pessoas.

– Não! – garanti em seguida, e depois baixei a voz. – O Spencer me pegou no flagra antes que eu pudesse mandar qualquer coisa.

Ele não soube o que dizer. Eu já estava esperando que começasse a rir, mas ele se limitou a entreabrir os lábios, surpreso.

– Spencer? O seu irmão mais velho?

– Sim, ele mesmo. O único Spencer que eu conheço.

– E ele te pegou...? – Sua fisionomia voltou a ser de pura diversão, mas ele continuava perplexo. – Sem roupa?

– Mais ou menos. Sem sutiã – salientei, envergonhada. – Ele arrancou o celular da minha mão e começamos a gritar enquanto eu vestia uma camiseta a toda velocidade. Minha mãe ouviu, e o Spencer contou tudo pra ela, belo traidor. Fiquei um mês inteiro sem celular. E quando os meus irmãos gêmeos ficaram sabendo... bom, eles estavam na mesma sala daquele pobre rapaz. Acho que deixaram bem claro pra ele que não devia mais chegar perto de mim. E ele obedeceu, claro.

Depois de alguns instantes de silêncio, Ross começou a rir.

– Não consigo acreditar.

– Meu primeiro fracasso sentimental – falei.

– Agora minha história da colônia militar virou uma merda.

– Você está comparando uma mensagem de celular com um verão inteiro numa colônia?

– Na sua história você está sem sutiã. Isso conta pontos.

– Não conta...!

– É uma vitória avassaladora.

Fiz uma cara feia quando vi seu sorriso.

– Você prometeu não contar pra ninguém, Ross – lembrei a ele.

– Eu sei. – Ele continuava sorrindo.

Encostei um dedo em seu peito, bem séria.

– Se a Naya fizer uma única brincadeira sobre isso, vou saber que foi você que contou, porque você é o único daqui que sabe da história, e vou...

– Eu não vou contar! – Ele me agarrou pelo pulso, brincalhão. – Mas isso não quer dizer que eu não vá implicar com você usando essa história pelo resto da vida.

– Não tem graça! Meus peitos estiveram a ponto de se transformar num objeto público! O colégio inteiro poderia ter visto!

– Que pena que eu não estudava no mesmo colégio que você.

– Ross!

– Certamente teriam aparecido muitos outros pretendentes.

– Eu não queria mais pretendentes! – protestei. – Já tive um depois desse. E foi o pior de todos.

Eu tentei soltar a mão, mas ele não deixou, e sorriu ao ver que eu estava ficando meio irritada.

– O Mason? – perguntou, achando graça.

– O nome dele é Monty. E ele não é o pior – protestei, tentando libertar a mão outra vez, sem sucesso.

– Ok, o Marty não é o pior. Quem foi, então?

– Monty! – repeti. – O pior foi um garoto que conheci logo depois disso que acabei de te contar. Aos dezesseis anos. Meu primeiro beijo foi com ele e foi... bastante nojento. Parecia um caracol, com tanta baba... Não ria! Mas o pior não foram os beijos, foi o dia em que ele tentou passar a mão em mim e eu comecei a rir como uma histérica.

– Por quê? – ele perguntou, confuso, segurando minha mão outra vez quando tentei me soltar de novo.

– Porque eu sinto cócegas em... quase todo o corpo – murmurei. – Quando ele tentou tirar meu sutiã, acabou roçando nas minhas costas e... bom, eu comecei a rir e ele não gostou muito.

– Coitado do garoto. Com certeza ele ficou traumatizado.

– Eu não tenho culpa de sentir cócegas!

– Essa pobre criatura não deve ter sido capaz de tirar um sutiã nunca mais depois do que você fez, Jen.

– Mesmo que eu não tivesse sentido cócegas, não teria deixado ele tirar meu sutiã!

– Então, você ainda sente?

– Oi?

– Cócegas – ele disse, lentamente.

Comecei a entrar em pânico.

– Sim, m-mas não... – Quando vi que ele chegava mais perto de mim, tentei desesperadamente soltar a mão para fugir. Eu me contorci toda quando ele cravou um dedo em minhas costas. – Para, Ross! Para!!!

Começamos a nos debater. Eu estava entre o riso e o horror de tentar escapar dele no reduzido espaço do carro, enquanto Ross parecia estar simplesmente se divertindo muito.

– Para ou vou te dar um soco! – gritei.

Ele não me deu muita bola.

Consegui segurar seu punho com as duas mãos, mas ele ainda estava com a outra mão livre. Quando tentou passá-la entre minhas defesas, não consegui pensar em outra coisa senão erguer as pernas sobre o assento, grudando minhas costas na porta, enquanto ria e tentava me livrar dele como podia. Ele segurou minhas pernas e as colocou em cima das suas, ao mesmo tempo que conseguiu soltar a outra mão para continuar a me torturar.

– Para, por favor! – eu disse, já ofegante.

Ele parou, afinal, ainda sorrindo e achando graça.

– Então é verdade que você sente cócegas.

– Não diga, seu idiota!

– Não precisa me ofender, querida Jen. Eu só estava vendo se era verdade.

Ele continuava com uma mão na minha barriga e outra nos meus joelhos. Quando percebi que ele começou a mexer um pouco a primeira, com um sorrisinho, eu a segurei imediatamente com as mãos.

– Ross – supliquei com o olhar.

– Ok, ok.

– Pensei que eu pudesse confiar em você. Você falou que não ia rir de mim.

– Tecnicamente, eu não fiz isso. Foi você quem riu.

Enquanto ele falava, eu me desconectei completamente, porque me dei conta de que a mão que estava no meu joelho tinha começado a acariciar a barra do vestido, bem na metade da minha coxa. Na mesma hora fiquei arrepiada e ele percebeu, porque parou. Parecia que não tinha se dado conta do que estava fazendo.

Mesmo assim, senti que o silêncio voltava a nos envolver, mas dessa vez de uma maneira diferente. Acima de tudo porque eu continuava praticamente deitada em cima dele. Ele se virou para mim e houve um momento de silêncio em que nos olhamos e sustentamos o olhar. Eu já tinha quase me esquecido de que o resto do mundo existia quando ele se afastou de mim bruscamente.

Não entendi muito bem o que tinha acontecido – nem por que tinha ficado tão decepcionada – até que me virei e vi que os outros tinham acabado de se sentar no banco de trás e estavam nos encarando.

Tirei as pernas de cima dele em seguida e me sentei corretamente no assento. Limpei a garganta e arrumei o vestido, vermelha de vergonha.

– Estamos interrompendo algo? – Naya perguntou, com um sorrisinho maroto.

– Não – respondi imediatamente.

Vi que Ross sorriu para mim ao ligar o carro e dei um tapa em seu braço que não lhe causou absolutamente nada.

– Por que demoraram tanto? – perguntei, tentando mudar de assunto.

– Ela não sabia o que vestir – disse Sue, apontando para Naya com a cabeça.

– Gosto de ir bem bonita – replicou Naya, levantando o queixo. – Não estava gostando do vestido anterior.

– E deste sim? – perguntou Ross.

Naya se inclinou entre os dois assentos dianteiros e olhou para ele.

– Você quer que eu conte para a Jenna o que aconteceu com Terry no nosso terceiro ano no colégio, Ross?

Ele fez uma careta.

– Isso é jogar sujo.

– O que aconteceu? – perguntei, olhando para os dois.

– Nada – disse Ross, depressa.

– Aconteceu que... – Naya se deteve. – Não. É melhor guardar essa carta para mais adiante. E meu vestido é maravilhoso, não é?

– Você é maravilhosa – disse Will, sorrindo.

Naya segurou o queixo dele com uma mão e os dois começaram a se beijar. Sue fingiu vomitar.

Chegamos à fraternidade de Lana um pouco depois, sem que ninguém tivesse dito mais nada, e pus a cabeça para fora do carro, fazendo uma careta.

– Isso é uma fraternidade? – perguntei, incrédula.

– Sim. – Ross assentiu com a cabeça.

– Pensei que fosse um museu!

Era enorme, quase tão grande quanto o colégio da minha cidade. Tinha até um estacionamento privado. Fiquei de boca aberta quando Ross largou o carro e nos guiou até a entrada. Não havia pessoas do lado de fora, somente carros vazios. Não era como as outras festas a que eu tinha ido, nas quais os convidados se embebedavam na rua, com a música do carro no volume máximo.

Entramos no prédio e subimos uma escadaria de mármore depois de passar por um vestíbulo totalmente vazio. Foi aí que comecei a ouvir o barulho da música. Ross atravessou um corredor cheio de gente bebendo e rindo e entrou direto numa porta que levava ao que parecia ser um maldito e enorme salão de eventos. Estava cheio de gente. Como não dava para ouvir o barulho lá fora, imaginei que o salão tivesse isolamento acústico.

Olhei ao redor e vi que havia uma bancada com garçons. Tudo muito profissional. Talvez eu tivesse me incomodado menos com o fato de estar tão impressionada se a festa não fosse em homenagem a Lana.

Enquanto nos dirigíamos à bancada, Will e Ross cumprimentaram várias pessoas. Afinal, eles já frequentavam a universidade havia um ano. Sue já estudava lá havia dois anos, mas não era o tipo de pessoa que tivesse muitos conhecidos para cumprimentar.

Já com uma cerveja na mão, olhei mais uma vez ao redor, respirando fundo. Eu me sentia como se todo mundo soubesse que eu não pertencia àquele mundo, que minha roupa era barata e que eu não conhecia ninguém. Mas não ficaram olhando muito para mim.

Por que eu me sentia tão insegura?

– Você está procurando alguém pra quem você possa mandar fotos dos seus peitos? – perguntou Ross, brincalhão.

– E você? Está procurando Terry? – Olhei para ele de cara feia.

– Você não sabe o que aconteceu, então não tem o direito de usar isso contra mim.

– E o que aconteceu?

– Você nunca vai saber. – Sorriu.

– Fala sério, Ross!

– Meu bem! – O grito de Lana nos interrompeu.

"Meu bem"? Já ia começar? Tão cedo?

Ele sorriu levemente ao vê-la. Tive que me afastar quando ela se jogou – literalmente – sobre Ross e o abraçou com força. Os outros tinham sumido, então fiquei olhando para minha cerveja, constrangida, enquanto eles apertavam um ao outro.

Foi Ross quem se afastou primeiro, meio incomodado.

– Fico feliz que você veio – Lana disse a ele, sorrindo. – E está com a minha jaqueta favorita! Aquela que eu te dei de presente!

– Sim. – Ele olhou para si mesmo. – Foi por acaso, mas...

– Você sabe como eu gostava dessa jaqueta no colégio!

De repente, comecei a odiar as jaquetas de couro.

– Jenna! – Agora ela voltou a atenção para mim, abrindo um grande sorriso, e me deu um abraço mais contido. – Por um momento, pensei que você não viesse!

– Sou imprevisível – balbuciei.

Tinha me proposto a ser simpática com ela. Se eu queria morar com Ross, a veria com frequência. E ela nunca tinha me dado uma única demonstração de maldade. Não merecia que eu a odiasse tanto.

Mesmo assim, era difícil não a odiar.

– Estou vendo – ela falou, brincalhona. – Se quiserem beber algo mais, lembrem que é *open bar*. Podem pedir o que quiserem. Vocês são meus convidados!

– Você mora numa fraternidade enorme – comentei, tentando ser gentil.

– Depois de morar um tempo aqui, ela acaba parecendo pequena – ela respondeu, rindo. – Lá em cima tem outras coisas: uma biblioteca, uma sala de convivência, uma cozinha extra, uma sala de jogos... e no último andar ficam os quartos e todo o resto.

Ela falava como se isso fosse a coisa mais normal do mundo.

Maldita pobreza.

– Pena que hoje ninguém possa subir até lá – disse ela, dando de ombros. – Quase todas as portas estão fechadas a chave. Acho que o terraço não, mas vocês já sabem. São normas da casa, pras pessoas não subirem até lá bêbadas e começarem a destruir as coisas.

– Pessoas bêbadas fazem muitas bobagens. – Sorri.

Ela retribuiu o sorriso antes de olhar para Ross.

– Tem um montão de gente do colégio aqui! – ela falou, entusiasmada. – Eu disse que você viria e eles ficaram morrendo de vontade de ver a gente junto!

"Ver a gente junto"?

Não. Eu precisava parar. Gentileza.

Gentileza.

Gentil... Por que ela precisava abraçá-lo dessa maneira?

– Mas... – Ross se virou para mim, em dúvida.

– Eu vi algumas pessoas da minha turma, acho que vou cumprimentá-los – falei. – A gente se vê depois.

Não era verdade, claro, mas eu não queria que Ross se sentisse mal. Lana sorriu, entusiasmada, e o arrastou junto com ela.

E... surpresa! Eu tinha ficado sozinha.

Dei uma volta pela sala em que estávamos. Eu já tinha tomado metade da cerveja quando consegui chegar ao outro lado e me debruçar na janela. Havia uma escada que levava até um jardim gigante com uma piscina. Apesar do frio, havia gente nadando. Imaginei que fosse climatizada, embora isso não fizesse muito sentido, sendo uma piscina externa.

Coisas de gente com dinheiro. Você não entenderia.

Eu estava quase saindo dali em busca de algum conhecido quando senti uma mão no ombro. Eram Naya e Will.

– Vou pegar uma bebida – disse ele, me olhando significativamente.

Eu me lembrei: tinha ficado de pedir desculpas a Naya. Ela me olhava sorrindo.

– Não é incrível essa fraternidade? – ela teve que gritar, por causa da música alta.

– É maior que o meu antigo colégio!

Nós duas começamos a rir.

– Olha, Naya. – Fiz uma careta. – Preciso te dizer uma coisa.

– O que houve?

– Eu queria me desculpar por... bom... esta semana eu estava um pouco estranha com você e com os outros.

– Ah, isso. – Ela balançou a cabeça. – Já esqueci, Jenna.

– Não. Às vezes eu desconto minha raiva nas outras pessoas, e isso não é justo. Você não merecia.

– Você tinha motivos pra estar com raiva – ela garantiu. – Eu também teria me sentido isolada se aparecesse alguém como a Lana. A gente devia ter tentado te envolver mais no que estávamos fazendo.

– E eu devia ter tentado me integrar mais.

– Estamos de boa? – perguntou, me estendendo a mão.

Sorri.

– De boa.

– E continuo te devendo uma, por causa do soco aquela noite – ela lembrou.

– Você não me deve nada por isso, Naya.

– Sim, um pouco... Se você não tivesse ido até lá com o Ross, eu ainda estaria sem o colar.

Olhei para ela, na dúvida entre perguntar ou não.

– Essa garota que roubou o seu colar... por que ela te convidou pra festa?

– Hum, é... uma longa história.

– Eu tenho tempo. – Dei de ombros.

Naya sorriu levemente, olhando para a cerveja, antes de se concentrar em mim de novo.

– Quando estava no colégio, eu... bom, já te disse, éramos Will, Ross, Lana e eu. Sempre andávamos juntos. E... hum... tenho que admitir que ser amiga da Lana era meio complicado. Não é fácil andar sempre ao lado de alguém tão perfeito, sabe? Quer dizer... não é que eu não goste de andar com ela, mas...

– Eu te entendo – garanti a ela, que sorriu para mim.

– Sim, eu sei. Então é isso, às vezes era difícil ser amiga dela. Era como ficar à sombra dela. E um dia eu quis dar uma de esperta e sair com outro grupo de garotas que... bom, digamos que eram mais populares que nós. Entre elas estava essa que me convidou pra festa. Na verdade, foi ela que se aproveitou da situação. Me disseram que, se eu quisesse ser amiga dela, tinha que fazer tudo por ela, carregar seus livros, fazer os deveres de casa... coisas assim.

– Mas isso é horrível – murmurei, surpresa.

– Sim, mas eu permitia. Até que um dia essa garota jogou comida no lixo e me disse que eu tinha que pegar e comer aquilo se quisesse continuar a fazer parte do grupo. Obviamente, eu disse que não. A partir daí a relação mudou completamente. Começaram a implicar comigo, e o motivo principal das humilhações, em geral, era o divórcio dos meus pais.

– Você voltou a andar com o Will, o Ross e a Lana? – perguntei, ao ver que ela não continuava.

– Mais ou menos. O Will sempre me defendia. Tanto a mim quanto a Chris, que era mais velho, mas, na verdade, também sofria com as humilhações. O Ross também sempre defendia a gente. Mas a Lana... bom, ela sempre foi de pensar tanto em si mesma que acabava se esquecendo que os outros existiam.

Nós duas nos viramos para a pessoa em questão, que estava pendurada no braço de Ross enquanto conversavam com um grupo de pessoas. Naya suspirou.

– A garota do aniversário mudou de colégio antes de terminar o curso, então eu não soube mais dela até que recebi o convite. Quando fui à festa... admito que cheguei a pensar que ela quisesse se desculpar, mas não. Simplesmente tudo voltou a ser como era no tempo do colégio. E juro que me senti como se tivesse quinze anos outra vez e me obrigassem a fazer coisas estúpidas só para me ridicularizar.

Naya fez uma pausa e eu dei um leve apertão em seu braço. Ela me deu um pequeno sorriso de agradecimento.

– A única coisa boa que tirei disso tudo foi que troquei algumas disciplinas para não ter que cruzar com ela nem com as amigas dela e comecei a fazer uma aula de psicologia. Lembro que o primeiro tema abordado foi sobre crianças com famílias disfuncionais. Sei que parece bobagem, mas, como meus pais tinham se divorciado havia pouco tempo, eu me interessei bastante pelo assunto. De fato, me interessei tanto que comecei a fazer um curso relacionado a isso. Se tudo sair conforme planejado, no futuro vou me dedicar a ajudar essas famílias tanto quanto possível.

Esbocei um pequeno sorriso de orgulho ao olhar para ela, que piscou várias vezes.

– Não olha para mim desse jeito quando eu já bebi ou vai me fazer chorar – ela me alertou.

– É que sinto orgulho de você.

– Ah, cala a boca e me dá um abraço.

Abri um grande sorriso e lhe dei um abraço apertado. Ela o manteve por algum tempo antes de se afastar e me dar uma palmada na bunda.

– Agora que já te contei uma história trágica da minha triste vida, vamos beber até o sol raiar! Uhuuuuuu!

De fato, bebi com ela, mas não cheguei a me embebedar. Não gostava de fazer isso. Duas cervejas foram suficientes para me deixar alegre a ponto de ir com Naya até a pista de dança improvisada e dar tudo de mim, como se fosse uma idiota. Por sorte, havia tanta gente fazendo a mesma coisa que ninguém prestou atenção em mim. No fim das contas, me diverti muito com Naya, que parecia ter se esquecido completamente da triste história que tinha me contado. Além do mais, ela me apresentou para algumas de suas colegas de sala, com quem simpatizei muito.

Em suma, foi uma noite perfeita. Pelo menos até eu começar a sentir calor.

Havia tanta gente junta ali que o calor ficou insuportável. Deixei Naya dançando com Will e me afastei daquele grupo de pessoas, caminhando em direção às janelas abertas. Respirei fundo duas vezes, deixando que o ar batesse no meu rosto e no decote do vestido.

– Está com calor? – perguntou Lana, que tinha chegado ali sem que eu me desse conta.

– Fiquei quase duas horas metida ali. – Sorri, apontando para a multidão. – Isso faz qualquer uma ficar tonta.

– Eu tento não me meter nunca nessa confusão. Sou tão baixa que sempre levo alguma cotovelada ou sou pisoteada, porque não me veem.

Duvidava muito que alguém não a conseguisse ver. Ela chamava muito a atenção.

– Está gostando da festa? – ela perguntou.

– Ah, sim, está muito boa.

– Sim, está mesmo.

– Você deve se sentir ótima ao pensar que tudo isso é por sua causa.

– Bom, tecnicamente não é por minha causa. É só uma desculpa que arranjaram pra poderem beber. Não conheço nem metade das pessoas que me cumprimentaram.

Nós duas sorrimos. Afinal de contas, talvez pudéssemos ser amigas.

– Você se perdeu do Ross? – perguntei, olhando para ela.

– Ah, imagino que ele esteja fumando com o Will. – Revirou os olhos. – Ele sempre faz o que bem entende, né?

– Bom... – Eu não soube muito bem o que dizer. – Ele sempre me pareceu muito atencioso.

– Ah, sim, ele é. – Ela assentiu com a cabeça, suspirando.

Houve um momento de silêncio. Olhei para minhas botas, constrangida. Ela não parecia sentir o mesmo. Na verdade, sorriu para mim outra vez.

– Quando voltei, fiquei com um pouco de medo de te conhecer – confessou, finalmente.

Pestanejei, surpresa.

– Medo? De mim?

– A Naya tinha me dito que o Ross tinha enfiado uma garota na casa dele e que ela estava se dando bem com todo mundo. Especialmente com ele. Fiquei com um pouco de medo de você não gostar de mim.

– Eu gosto de todo mundo – menti.

Estava me sentindo a pior pessoa do mundo por tê-la julgado tão mal.

– Sim, bom... pra ser completamente honesta... também estava com medo de tudo que tem a ver com o Ross.

– Com o Ross? – perguntei, um pouco mais nervosa.

Estava com um pouco de medo de encontrar uma garota lindíssima dormindo com ele. – Ela sorriu gentilmente. – Mas... pode ficar tranquila. O medo sumiu.

Hesitei por um momento. Eu não tinha muita certeza do que ela acabara de dizer. Se aquilo tinha sido um insulto ou não. Acima de tudo porque seu tom de voz não havia mudado minimamente.

– Oi? – perguntei, finalmente, como uma idiota.

– A verdade é que não sei o que você está fazendo aqui – ela replicou. – Convidei você por educação. Não esperava que fosse aparecer assim, como se fosse minha amiga ou algo parecido.

Eu estava tão surpresa que não soube o que dizer.

Até seu tom de voz tinha mudado, agora estava mais grave. Era uma coisa tenebrosa, porque seu rosto continuava sendo de uma simpatia absoluta.

– Bem, suponho que isso não importe. – Deu de ombros. – Agora você já está aqui, não é? Não há nada a fazer.

Ela tomou um gole de sua taça com um sorriso angelical.

– Por que você está fazendo isso? – perguntei. – Até agora estava sendo muito simpática comigo. Por que...?

– Ah, claro que fui. – Ela revirou os olhos, perdendo a fachada de simpatia por um breve momento. – Não sei o que você fez para o Ross, mas ele está babando por você. Se eu tivesse te tratado mal, ele nem sequer teria me deixado entrar na casa. Mas, como ele viu que eu continuo a ser seu anjinho de sempre...

Eu continuava sem entender nada. Ou, se entendia, estava chocada demais para processar o que estava acontecendo.

– Mas – ela me olhou de cima a baixo –, como eu já disse, quando te conheci perdi todo o medo.

Houve um momento de silêncio.

– E pensar que um minuto atrás eu me arrependi de ter pensado mal de você – murmurei, negando com a cabeça.

– Você pode pensar o que quiser de mim, mas, quanto ao meu namorado...

– Ele não é seu namorado – salientei, furiosa. – Você deixou isso bem claro quando transou com o irmão dele.

Lana ficou me olhando por um momento, de cara feia, antes de voltar a sorrir.

– Olha, eu não quero ser cruel – ela chegou perto de mim, sorrindo como um anjinho –, mas... vamos combinar: olha pra mim e olha pra você. Se eu fosse você, iria embora antes de continuar a me humilhar. Você não sabe nada do Ross, te garanto. Absolutamente nada.

Fiquei olhando para ela por um momento. Aquilo tinha doído. Me fez lembrar de Nel. Senti um nó na garganta e tentei dar um passo para trás, mas bati em alguém que me abraçou pelos ombros, alguém que reconheci só pelo cheiro, sem precisar me virar.

– Olha só quem eu achei – disse Ross, esgueirando-se por cima dos meus ombros. – Sobre o que estavam falando?

Nem sequer seus lábios roçando minha orelha conseguiram fazer com que eu me concentrasse de novo.

Lana me olhou um instante antes de sorrir para ele.

– Eu estava dizendo para Jenna como ela ficou bem com esse vestido.

– Nunca vou me cansar de olhar para ele – garantiu Ross, sorrindo para mim.

Mas eu estava ocupada encarando Lana. Eu não conseguia acreditar, como ela podia ser tão falsa? Fechei a cara enquanto ela sorria para mim.

Eu não a suportava. Não podia ficar perto dela.

Tirei os braços de Ross de cima de mim. Ele me olhou, surpreso.

– Preciso ir – falei. – Mas não se preocupe, vou chamar um táxi.

Vi que ele se virou para Lana um pouco antes de sair correndo atrás de mim. Fiz o possível para ignorá-lo enquanto abria uma porta qualquer e chegava ao corredor principal. Como o prédio era enorme, eu não sabia nem por onde ir. Virei para a esquerda e andei pelo corredor até que Ross me alcançou.

– O que você está fazendo? – perguntou, caminhando de costas para poder me ver.

– Indo pra casa – falei, irritada e com vontade de chorar. – Não sei nem o que estou fazendo aqui.

– Mas... você não estava se divertindo com a Naya? Jen, para.

– Não.

– Para só um pouco. – Ele me segurou pelos ombros. – Eu vi você antes e parecia... parecia que você estava se divertindo.

– Eu *estava* me divertindo – frisei. – Com a Naya.

Ele franziu o cenho.

– O que foi que ela te disse? – perguntou, por fim, preocupado.

– A Naya?

– Não. A Lana.

– Não sei sobre o que você...

– Você sabe perfeitamente sobre o que estou falando. O que ela te disse? O que ela te fez?

Eu me afastei dele e continuei a caminhar pelo corredor. Eu não queria falar com Ross. Estava muito frustrada por ele estar tão cego.

– Por onde diabos a gente sai daqui?

– Duvido que você encontre a saída sem a minha ajuda. – Cruzou os braços.

– Como eu saio daqui, Ross?

– Conte pra mim o que ela fez pra deixar você irritada desse jeito e então eu te ajudo.

Revirei os olhos e continuei caminhando. Ele me seguiu sem dizer nada. Abri uma porta qualquer e me iludi achando que estava vendo a parte de fora do prédio, mas a ilusão evaporou quando constatei que era apenas um terraço tão grande quanto vazio, com espreguiçadeiras brancas.

Fui até uma delas, cansada, e larguei minha bolsa ali antes de me sentar. Ross ficou de pé à minha frente, depois de fechar a porta.

– Não quero atrapalhar o lance *de vocês* – falei, negando com a cabeça.

– Não tem nada *nosso*.

– E você já contou isso pra ela?

Ross suspirou.

– O que ela te disse? – repetiu, olhando para mim.

– Por que você me convidou pra vir se sabe como ela é? – perguntei, em voz baixa. – Será que isso diverte vocês ou algo assim?

– O quê? – Ross se abaixou e pôs as mãos nos meus joelhos, negando com a cabeça. – Não, claro que não. Não diga isso.

– Você não sabe como é uma garota que você conhece desde o colégio e com quem você namorou? – ironizei.

Ótimo. Eu estava chorando, que coisa patética. Sequei uma lágrima com raiva. Sempre tive muita vergonha de chorar em público. Chorar na frente de Ross era ainda mais humilhante. E o pior era que eu sabia que, no fundo, não era por causa de Ross ou de Lana – ou era, mas em menor parte –, mas por causa de Nel. Eu me lembrava dela e de Monty, e de tudo que se relacionava a eles. Por que eu sempre tinha de ser a segunda opção de todo mundo?

– Eu achei que... não sei. – Ross me trouxe de volta à realidade. – Que vocês podiam se dar bem. Que ela tinha mudado. Parecia que sim.

– Você acha mesmo que ela quer se dar bem comigo? – perguntei, incrédula. – Ross, ela acha que eu roubei a vida dela. E eu também estou começando a me sentir assim.

– Jen...

– Eu sou sua substituta barata.

– Você não é substituta de ninguém.

– Claro que sou. – Franzi o cenho, secando outra lágrima. Eu precisava parar de chorar. – Você estava sentindo falta dela, por isso me aceitou tão rápido.

– Foi isso que ela disse? – Ele franziu o cenho na mesma hora.

– Não preciso que ninguém me diga isso pra eu saber. Não sou idiota.

– Eu sei perfeitamente que você não é.

– Então é isso? – Se ele dissesse que sim, eu ia chorar de verdade. – Você estava com saudade dela? Por isso me convidou pra morar na sua casa?

Ele fez uma pausa e me olhou quase decepcionado.

– Não.

Bem que eu queria acreditar nele, mas era incapaz de fazê-lo.

– Não é verdade.

– Não estou mentindo.

– Ross...

– Eu não estou mentindo – insistiu, franzindo o cenho. – Nunca menti pra você, Jen.

Desviei o olhar e mais uma vez ele virou meu rosto em sua direção, pondo a mão no meu queixo.

– Você acha mesmo que eu poderia sentir falta de uma pessoa que transou com o meu irmão só para chamar minha atenção?

Gelei. Uma parte de mim achava que Ross jamais iria tocar nesse assunto, menos ainda de forma tão direta.

– Não precisa disfarçar, eu já imaginava que você soubesse. Todo mundo que conhece a gente sabe dessa história. – Ele balançou a cabeça. – Eu não gosto da Lana, nunca gostei. No colégio ela era uma garota legal e dava para passar momentos divertidos com ela, mas... namorar com ela foi um dos meus maiores enganos. Fiz isso porque sim. Nem sequer me importei quando fiquei sabendo do lance com Mike.

– Como não iria se importar? É seu irmão... e sua ex.

– Quero dizer que não fiquei com ciúme. Claro que me importei, porque... sim, ele é meu irmão, embora não tenha sido a primeira vez que fez algo assim. Mas com a Lana... foi diferente. Eu não sofri por causa dela, nem desejei ter feito as coisas de outra maneira. Não senti que tinha perdido nada que quisesse recuperar.

Baixei a cabeça, pensativa, e olhei para as mãos dele, mais uma vez nos meus joelhos.

– Se você dissesse isso para ela, talvez o ego dela diminuísse um pouco – tentei brincar.

Ele fez uma pausa.

– Não dê bola para a Lana.

– É difícil não fazer isso se ela fala comigo do jeito que falou.

– Não é.

– Sim, Ross, é.

– Então escute o que *eu* te digo.

Mordi o lábio inferior, pensativa. Eu nem sequer tinha o direito de reclamar dele, que era apenas meu amigo. E, no entanto, ele estava me contando tudo, como se eu fosse uma namorada ciumenta. Não gostei de constatar que isso, de alguma maneira, fez com que eu me sentisse melhor.

Fechei os olhos antes de olhar para ele de relance.

– Ela ainda sente alguma coisa por você. Está na cara.

– A Lana nunca sentiu nada por mim. – Negou com a cabeça. – Só está acostumada a todo mundo fazer o que ela quer.

Esbocei um sorrisinho que fez desaparecerem os últimos sinais de lágrimas.

– E você não gosta muito de obedecer ordens.

– Pois é, não gosto. – Deu um meio-sorriso. – Mas as suas eu obedeceria.

– Sério? – perguntei, brincalhona.

– Totalmente – falou, brincando.

– E se eu mandar você me dar o seu carro de presente?

– Dependendo do que você me oferecer em troca, não vou poder negar.

Empurrei-o levemente pelos ombros e ele sorriu. Parei de sorrir quando me lembrei do assunto da conversa que tinha nos levado até aquele terraço. Fechei a cara.

– É sério que a Lana consegue ser tão mesquinha apenas por causa disso? Pra conseguir o que ela quer?

Na verdade, eu sabia muito bem qual era a resposta. Ela me lembrava tanto Nel... a pior versão dela.

Ross vacilou por um momento, franzindo o cenho.

– Ela... bom... ela é assim.

– E como você conseguiu namorar alguém... assim?

– Não sei. Foi quase... obrigatório. Pela Naya. Ela insistiu tanto em me dizer que a Lana sentia algo por mim que acabei tentando me convencer de que também sentia algo por ela. Mas não era assim. Não chegou a haver amor entre nós. Só uma amizade... meio estranha. Por isso eu não gosto muito desse negócio de casal.

– Você... não gosta?

– Não muito. Mas talvez você pudesse me fazer mudar de opinião, pequeno gafanhoto.

– Pra você voltar a sair com outras garotas? – Levantei uma sobrancelha, de brincadeira. – Não quero que você dê a outras a atenção que dedica a mim.

– Pode ficar tranquila, você sempre vai ser a primeira.

– Deixa pra me dizer isso quando conhecer alguém de quem você gostar.

Depois de me dar uma olhada estranha, ele sorriu e negou com a cabeça.

– Não namorei mais ninguém desde que eu e a Lana terminamos.

– Sério? – Não pude evitar o tom de surpresa.

– Por que a surpresa?

– Não sei... olha pra você.

Ele levantou uma sobrancelha com uma expressão divertida no olhar.

– O que você está insinuando? Que sou bonito?

– Oi? – Notei que minhas bochechas estavam ficando vermelhas. – Eu?... Não! De jeito nenhum!

– Pode crer. Sou um bom partido? É isso?

– Você é simpático – eu o corrigi.

– Simpático – repetiu, rindo.

– Não é pra rir!

– Você acabou de me destruir.

– Ser simpático é uma coisa boa!

– Definitivamente não.

– É, sim. Eu te acho... simpático.

– Não quero ser só simpático pra você, Jen.

Fiquei calada por um momento, olhando para ele, e voltei a sentir o mesmo que havia sentido no carro. Engoli em seco e, impulsivamente, afastei uma mecha de cabelo grudada na testa dele por causa do vento. Quando olhei de novo em seus olhos, vi que estava com a mesma expressão calorosa que sempre me dedicava... até começarmos a discutir. Eu não tinha me dado conta de quanto sentira falta dela até aquele momento.

Quando tirei a mão de sua testa, fiquei com a impressão de que ele inclinou a cabeça para manter o contato por mais algum tempo.

– Você não consegue ver, né? – murmurou.

Na verdade eu conseguia, mas me negava a admitir.

– O quê?

– O motivo de ela estar tão irritada com você, Jen. O fato de eu a ignorar não é a única razão. Nem mesmo a principal.

– E qual é a principal? – perguntei. – Quebrei algum vaso dela sem me dar conta? Não seria a primeira vez...

– Não que eu saiba. – Ele sorriu, achando graça.

– E então? – perguntei, olhando para ele.

Ele hesitou um instante.

– Quando estávamos juntos, ela sempre me recriminava por não a amar o suficiente. Sempre. E toda vez que me dizia que eu não a olhava como se quisesse estar com ela, que não falava com ela como se quisesse ser parceiro dela... toda vez que ela se lembra disso, ela nota como eu olho pra você. Como eu falo com você. Exatamente como não fazia com ela.

Não consegui dizer nada, mas percebi que meu coração batia mais forte. Ele olhou para os meus lábios, depois voltou a olhar para os meus olhos.

– Ela não gosta que haja alguém à frente dela.

Houve um momento de silêncio absoluto em que nos limitamos a olhar um para o outro. Eu não sabia o que dizer, não sabia o que fazer. Minha garganta estava seca.

– Isso não é uma corrida, Ross.

Ele deu um meio-sorriso.

– Se fosse, você já teria vencido.

Essas poucas palavras fizeram desabar imediatamente todas as muralhas que eu havia erguido entre nós sem sequer perceber. Olhei para os lábios dele e vi que ele olhava para os meus. Meu coração bateu acelerado quando senti que ele apertava meus joelhos com os dedos, enviando uma descarga elétrica que chegou a cada fibra do meu corpo.

E, depois, não sei qual dos dois fez o primeiro movimento. A primeira coisa que percebi foi meu corpo ficar tenso ao sentir os lábios dele nos meus. Como se tivesse me deixado sem respirar. Estavam frios por causa do ar que nos rodeava, mas eu podia sentir a pele dele ardendo sob a roupa.

Quando ele se afastou um pouco para olhar para mim – meio assustado ao ver que eu não tinha me mexido –, senti minha cabeça girar.

Eu nunca tinha sentido isso. Nunca. Nem no meu primeiro beijo. Nem com Monty. Nunca.

E isso me deixou um pouco assustada.

Mas Ross estava tão perto de mim que eu não podia pensar nisso. Só conseguia ter consciência de que ele olhava para mim, dividido entre o temor de ter estragado tudo e a vontade de se jogar outra vez sobre mim.

Ao imaginar ele fazendo isso, meu coração bateu tão rápido que fiquei tonta de novo. Já não aguentava mais.

– Jen – começou –, eu não...

Ele se deteve quando eu avancei e pus minhas mãos geladas no seu pescoço. De fato, a pele dele ardia. Eu o vi entreabrir os lábios quando pus os dedos na parte de trás da cabeça dele e os afundei em seu cabelo. Sem saber o que mais fazer para prolongar aquele momento, avancei e o beijei suavemente.

Naquele instante, foi como se ele perdesse todo o autocontrole. Percebi que ele apertava seu peito contra o meu quando apoiou uma mão na espreguiçadeira para se inclinar sobre mim. Abriu a boca sobre a minha, e eu esqueci completamente que o resto do mundo existia quando o senti prender a mão na minha coxa para me agarrar bem no ponto em que começava a barra do meu vestido.

Eu o beijava como se isso fosse indispensável para respirar. Meu coração batia a toda velocidade. Minhas costas vibravam cada vez que ele se inclinava mais para a frente, enfiando uma perna entre as minhas e fazendo com que eu o puxasse para mim, encorajando-o a continuar.

Eu nunca tinha precisado tanto de alguém quanto precisava dele naquele momento. De repente, me dei conta de que estava esperando que isso acontecesse havia muito tempo. Tempo demais.

Sem saber o que estava fazendo, eu me afastei um pouco para tirar sua jaqueta, e ele a arrancou de uma só vez, como se estivesse incomodado por usá-la, antes de jogá-la no chão e se aproximar de mim de novo, dessa vez sem parar na barra do vestido, que levantou até praticamente o final das minhas pernas sem que eu percebesse. Sua mão também subiu, e isso, sim, eu percebi. Todo o meu corpo estava consciente daqueles cinco dedos sobre a minha pele.

Naquele momento, eu só precisava tocá-lo, beijá-lo... Precisava tê-lo perto de mim. Tão perto quanto possível.

A roupa que eu vestia deixava minhas costas descobertas, e, quando ele pôs uma mão na parte de baixo delas, todos os pelos do meu corpo se arrepiaram. Soltei um gemido ofegante que jamais tinha soltado, de que me envergonhei, mas que só serviu para atiçá-lo ainda mais.

Ross parou de beijar minha boca e eu abri os olhos ao sentir que ele beijava com urgência meu queixo, meu pescoço e meus ombros. Abracei-o com força, olhando para a cidade às suas costas. Não estava muito consciente de onde estávamos nem de que podiam nos flagrar a qualquer momento. Só sabia que ele estava diante de mim e que eu precisava dele muito mais do que seria capaz de admitir.

Percebi que seus dedos acariciavam a parte de dentro das minhas coxas, como se ele estivesse me tentando. Abri mais as pernas, fazendo com que ele se prendesse mais a mim, sem deixar nenhuma distância entre nossos corpos. Ele subiu a mão. Cravei os dedos em suas costas. Toda vez que ele movia a mão mais um milímetro, todo o meu sistema nervoso reagia e meu coração batia cada vez mais depressa.

E então a porta se abriu com um estrondo, quebrando a magia. Com o susto, Ross se afastou de mim e eu fechei as pernas de repente. Quando vi que o casal estava olhando para minha calcinha, fiquei vermelha como um tomate e abaixei a barra do vestido, totalmente sem jeito.

Era um casal da nossa idade, que eu nunca tinha visto na vida. Estavam rindo, bêbados. Ao nos ver, se desculparam e nos deixaram a sós outra vez. Ouvi as risadas ao longo do corredor enquanto meu coração retumbava nos tímpanos.

Olhei para Ross, que estava sentado no chão, passando uma mão no cabelo e respirando com dificuldade.

Foi aí que tomei consciência do que tinha acabado de acontecer.

Eu tinha beijado Ross.

Sim.

Tinha... beijado... Ross.

Isso!

Ross.

E adorou.

E não tinha gostado, nem um pouco.

Mentirosa.

Não tinha gostado!

Se até eu gostei!

Dei uma arrumada no cabelo em silêncio, vermelha de vergonha, enquanto ele olhava para qualquer coisa que não fosse eu. Pelo visto, nós dois estávamos igualmente desconfortáveis. Eu não conseguia acreditar que aquilo tinha acontecido.

E olha que eu ainda não tinha analisado a situação em profundidade. Por que diabos eu não tinha me afastado dele? Ou melhor, por que lamentava que tivessem nos interrompido?

Porque você gosta do Ross, idiota.

Ross se levantou e passou a mão na calça, tentando ganhar tempo antes de olhar para mim. Quando fez isso, eu não soube interpretar muito bem a expressão em seu rosto.

– P-podemos ir? – perguntei, pegando minha bolsa com uma certa aflição.

– Sim... humm... eu... – Ele pegou a jaqueta, pigarreando. – Vamos lá.

Eu me levantei e o segui até a porta. No caminho, não pude evitar e fiquei olhando suas costas com o coração na mão. Por que tínhamos feito o que acabáramos de fazer? A última coisa que eu queria era que as coisas ficassem desconfortáveis entre nós.

Então, quando estávamos na metade do corredor, Ross parou e me olhou. Abri a boca para dizer alguma coisa, mas não consegui. Quando ele baixou os olhos até os meus lábios, foi como se eu pudesse sentir os dele outra vez.

E realmente desejei senti-los outra vez.

– O que foi? – perguntei, com um fio de voz.

Quase tive um infarto ao ver que ele se aproximava de mim. Fiquei completamente quieta quando ele segurou meu queixo para passar um dedo sob o lábio inferior, embaixo dele, especificamente. Minha respiração estava acelerada outra vez. Então me dei conta de que ele estava apenas limpando o batom que tinha se espalhado pelo meu rosto. Ainda bem que ele não tinha o mesmo problema. Eu não teria sido capaz de tirar um batom do rosto dele sem babar.

Eu estava tão mergulhada nos meus pensamentos que não percebi que Ross não havia tirado o polegar da minha boca e que olhava para ela fixamente. Engoliu em seco e inconscientemente segurei seu braço. Eu podia ouvir meu próprio coração batendo com força.

– Ross, eu...

Ele não precisou de mais que isso para se inclinar sobre mim. Mas seus lábios não chegaram a tocar nos meus.

– A gente já vai?

Dessa vez fui eu quem se afastou, ao ver, por cima do ombro de Ross, Naya e Will, que estavam vestindo seus casacos. Ross não se virou até ter fechado os olhos por um momento, frustrado.

– Sim, vamos – Ross disse a eles, bem mais tenso do que de costume.

Sim, eu podia entender por quê.

Will e Naya trocaram um olhar quando eu o segui, ainda com calor e agora também cabisbaixa, mas não falaram nada.

Sue se juntou a nós no caminho, e também não falou absolutamente nada. Estava ocupada bebendo os últimos goles de sua cerveja.

Eu me sentei ao lado de Ross no carro e prendi o cinto de segurança enquanto os outros se acomodavam, sem pressa. Ross esperou que terminassem e vi que batia com os dedos no volante sem parar. Parecia tenso. Virou-se ao perceber que eu o encarava e sustentou meu olhar por um momento.

De novo, eu não soube como interpretar a expressão em seu rosto.

Eu só conseguia pensar em como ele me fazia sentir. Por um momento esqueci completamente que havia outras pessoas no carro, me esqueci inclusive que estava dentro de um carro. Eu me esqueci de tudo, só conseguia pensar em Ross. Engoli em seco e ele baixou os olhos. Depois os fechou e balançou a cabeça, virando-se para a frente, e, antes que alguém pudesse dizer alguma coisa, ligou o rádio e acelerou.

Não sei se os outros estavam bêbados demais para perceber qualquer coisa, mas nós dois estávamos mergulhados num silêncio sepulcral. Evitei olhar para ele de novo durante todo o caminho, enquanto ouvia Naya e Sue implicando uma com a outra e Will tentando, inutilmente, semear a paz entre elas.

As coisas não melhoraram muito no elevador. Eu estava decidida a não olhar para Ross. Não sabia por quê, mas, quando o fazia, me sentia como...

Não, não me sentia como nada. Precisava relaxar.

Tinha sido apenas um beijo.

Mas que beijo, hein?

Nem foi para tanto.

Certo?

Mantive o olhar fixo no chão o quanto pude, enquanto sentia seus olhos cravados em mim e sua presença exatamente ao meu lado. Não conseguia acreditar que manter o olhar fixo no chão pudesse ser algo tão difícil.

Meu corpo tremia e, de repente, encostei sem querer na mão dele. Minha respiração se alterou na mesma hora e percebi que ele ficou tenso.

Não consegui mais suportar aquela situação e levantei a cabeça bem devagar, passando os olhos pelo pescoço, pela boca e pelo nariz dele antes de encontrar seus olhos. Ele tocou na minha mão de novo, dessa vez com mais segurança, e entreabri os lábios involuntariamente quando ele se concentrou neles. Ao perceber que ele passava o polegar no meu pulso, não aguentei mais e me afastei, vermelha e acalorada.

O que estava acontecendo comigo? Por que estava sentindo pulsações em lugares de meu corpo que eu nem sequer sabia que existiam? Fechei os olhos por um momento, tentando me acalmar, e ao abri-los vi que Will me olhava de soslaio, com um meio-sorriso. Meu rosto ficou ainda mais vermelho.

Quando o elevador se abriu, eu me precipitei para a frente para abrir a porta e me afastar de todos eles. Enquanto eu tirava o casaco, Will e Naya passaram ao meu lado aos beijos e se trancaram no quarto, entre risos. Ross largou as chaves na bancada e Sue deixou a garrafa vazia ali ao lado.

– Bem – disse ela, meio bêbada. – Vou dormir e, talvez, vomitar. Boa noite, meus anjinhos. Comportem-se e tenham lindos sonhos.

Sue se enfiou em seu quarto, deixando-nos mergulhados no silêncio mais tenso e calorento que eu já tinha experimentado. Depois Ross se encaminhou para o quarto e eu o segui, inconscientemente. Já dentro do quarto, cada um se sentou em seu lado da cama, de costas para o outro. Tirei as botas e as larguei no chão. Talvez em outra ocasião eu tivesse dito que meus pés estavam doendo, mas não me atrevi a falar. Duvidava que conseguisse encontrar minha própria voz.

Deixei-o sozinho por um momento quando fui ao banheiro tirar a maquiagem. Bem, também fui me olhar no espelho e tentar relaxar. Nunca tinha visto aquela faceta de mim mesma. Eu estava ruborizada, despenteada, e meus olhos brilhavam com algo que eu não sabia identificar. Mas era óbvio que eu estava alterada. Não conseguia parar de tremer.

Desejei poder ficar ali por mais tempo, mas isso teria sido óbvio demais, então me obriguei a voltar para o quarto.

Ross já estava de pijama, mas ainda não tinha se deitado na cama. Estava de pé, de cara amarrada. Parei na porta, olhando para ele.

– Você está bem? – perguntei, com uma voz aguda demais.

– Sim, eu... – Ele suspirou e me olhou. – Olha, se você quiser que eu durma no sofá...

– O quê? Não!

Logo me dei conta de que havia dito aquilo precipitadamente e de como ele tinha parecido ficar surpreso.

– É... a sua cama – acrescentei, envergonhada.

– Não quero que você se sinta desconfortável.

– Eu nunca me senti desconfortável com você, Ross.

O problema era que eu *deveria* me sentir desconfortável, mas não me sentia. Estava me sentindo de uma maneira muito, mas muito diferente. E inadequada.

Nós nos olhamos por um momento antes que eu deixasse o vestido junto ao armário. Eu me aproximei da cama e tirei as lentes de contato. Hesitei por um momento e percebi que ele me olhava.

– Se... se você quiser, eu posso ir dormir no...

– Você realmente acha que eu estou desconfortável? – Ele quase começou a rir.

Neguei com a cabeça, sem saber o que fazer, e finalmente me meti na cama ao mesmo tempo que ele.

Já estávamos deitados havia alguns minutos, com a luz apagada, quando começamos a escutar os gritos de Naya do outro lado do corredor.

Será que as coisas podiam ficar ainda mais desconfortáveis?

Ficamos com os olhos cravados no teto enquanto ouvíamos a cama de Will bater contra a parede.

Ótimo.

Fechei os olhos por um momento.

Eu não conseguia parar de me lembrar do beijo. Não podia evitar. Por que eu tinha gostado tanto? Seria porque eu não beijava ninguém havia semanas? Talvez fosse isso, afinal.

Naya continuava gritando. Escutei Ross suspirar.

Será que ele podia estar sentindo o mesmo que eu? Ou estava arrependido? Talvez não quisesse dormir comigo e por isso tinha se oferecido para dormir no sofá. Talvez simplesmente estivesse arrependido mesmo.

Talvez eu estivesse analisando demais aquilo tudo.

Tê-lo tão perto depois daquilo era tão... estranho. Eu sentia que podia tocá-lo, mas ao mesmo tempo não, embora cada fibra do meu corpo desejasse fazê-lo. Eu não entendia aquele desejo tão repentino. Sentia necessidade de esticar o braço e pegar a mão dele, de estar mais perto dele. De que ele voltasse a passar o polegar pelo meu lábio inferior, de que ele voltasse a me beijar e a segurar minhas coxas com uma mão e as costas com a outra, enquanto me...

Não.

Eu não podia fazer isso com Monty.

Mesmo que fosse a única coisa em que eu conseguia pensar nesse momento... mesmo que fosse a única coisa que eu desejava fazer no mundo... não podia.

Mas... Você e Monty fizeram um trato, lembra?

Pensei nisso por um momento.

Bem... isso é verdade.

Tínhamos feito um trato.

Um trato pensado exatamente para uma situação como essa. Ele mesmo havia dito isso. Sem problemas, nem sequer rolou sexo. Foi só um beijo. Um beijo que eu tinha adorado, mas só um beijo.

Respirei fundo.

Eu me virei lentamente e olhei para Ross. Ele estava tenso, olhando para o teto.

– Ross? – chamei-o em voz baixa.

Ele me olhou imediatamente.

– Sim?

– O que aconteceu antes...

– Sim...?

Respirei fundo.

– Você lembra do que eu falei sobre o meu relacionamento?

– Sim.

Fiz uma pausa. Não conseguia acreditar que estivesse a ponto de dizer em voz alta o que ia dizer... Meu coração já batia mais acelerado. Meus lábios vibravam como se quisessem me dizer que também queriam que eu fosse adiante. Bem, meu corpo inteiro estava se comunicando comigo.

– Eu... t-te... te disse que não tem problema se tivermos alguém com quem... bem... alguém com quem fa-fazer... coisas...

– Sim...

– Bem... com relação ao que aconteceu antes... eu...

– Sim – ele me interrompeu.

Meu coração parou quando ele se virou e me pegou suavemente pela nuca, deitando-me de lado para olhar para ele. Senti sua perna roçando a minha e entreabri a boca. Isso foi suficiente para que ele esticasse o braço e passasse o dedo no meu lábio inferior. E também foi suficiente para que meu coração voltasse a bater com a mesma intensidade de antes.

Então ele se inclinou na minha direção e me beijou, dessa vez de maneira diferente, mais ousada. Como se estivesse se contendo até aquele momento. Inconscientemente, passei as mãos pelas suas costas até chegar aos ombros, abraçando-o e atraindo-o para mais perto de mim. Como se qualquer tipo de distância entre nós fosse intolerável. Senti seu peito e os quadris grudados em mim, uma perna sua entre as minhas... e seus lábios sobre os meus. Ele colocou uma mão nos meus quadris e senti que me apertava contra seu corpo.

Eu nunca tinha me sentido assim. Nunca. Minha cabeça girava, achei que fosse desmaiar a qualquer momento, mas não conseguia deixar de beijá-lo. Eu me arqueei em sua direção e o som de nossos beijos foi interrompido por sua respiração acelerada quando ele me pressionou com o corpo até me deixar de costas na cama, debaixo dele.

Quando chegou perto de mim outra vez, senti que pegava meu cabelo com uma mão, beijando o canto dos meus lábios, o queixo e o pescoço. Meu coração batia tão rápido que era impossível que ele não percebesse. Desci as mãos pelas suas costas e, sem saber muito bem o que estava fazendo, peguei a borda de sua fina camiseta e puxei-a para cima. Ele entendeu imediatamente e a arrancou do corpo com uma mão só.

Acariciei seus ombros, peito, barriga, costas, omoplatas... Sua pele ardia, e eu tive a impressão de que cada parte que meus dedos roçavam ardia ainda mais. Eu me concentrei na região em que ele tinha uma tatuagem e fiquei surpresa de ver que sua pele era um pouco mais áspera ali. Olhei para ele, que, ao perceber meu interesse pela tatuagem, me beijou, fazendo com que eu me esquecesse de qualquer pergunta que quisesse fazer.

Sufoquei um suspiro em seus lábios quando ele começou a me acariciar com a mão por cima da roupa, lentamente, sem pressa. Mas, ao mesmo tempo, podia sentir o desejo que ele transmitia com as carícias.

Quando ele se afastou um pouco para me olhar, seus olhos me queimavam na escuridão e as carícias tinham me transformado numa massa de tremores e suspiros. Eu já não aguentava mais. Vi a pergunta implícita em seu olhar quando ele agarrou suavemente a barra do meu moletom.

Ele estava me perguntando se eu tinha certeza de que queria fazer aquilo, mesmo que ele estivesse morrendo de vontade.

E isso só me confirmou que não havia outra coisa que eu pudesse querer mais do que ele.

Assenti com a cabeça e ele levantou meu moletom até tirá-lo por cima da cabeça junto com a camiseta de baixo, deixando-me totalmente exposta. Senti o ar frio na minha pele agora desprotegida, e o contraste com a mão quente acariciando bem devagar meu quadril fez com que eu sentisse um calafrio ao longo de toda a coluna. Eu me agarrei a ele, pondo uma mão em sua nuca quando os beijos desceram lentamente pelo meu pescoço. Com a outra mão, segurei com força a cabeceira da cama, soltando todo o ar dos pulmões e fechando os olhos para me deixar levar.

Minhas lembranças dessa noite se transformaram praticamente num tesouro que eu queria guardar a sete chaves. Eu lembrava da cabeça dele entre as minhas pernas, do jeito que soltou o ar entre os dentes quando coloquei minha mão entre as dele, do modo como rasgou o pacote da camisinha com os dedos antes de entrar em mim de uma vez, seu hálito no meu pescoço quando afundei as mãos no seu cabelo, sua maneira de me segurar pelos quadris e me virar bruscamente para que eu pudesse me apoiar com as mãos na cabeceira da cama, os suspiros e as carícias quando fiquei em cima dele, o sorriso quando apoiei minha testa na sua e meu corpo inteiro se retesou, a maneira como me acariciou desde as costas até os quadris ao terminar, me olhando de um jeito que fez com que eu voltasse a me jogar sobre ele... foi tudo perfeito. Tão perfeito que, quando ele adormeceu, tentei ficar acordada para que a noite não terminasse.

Mas, claro, no fim não consegui resistir e adormeci entre seus braços.

10

BASTANTE BEM

QUANDO ABRI OS OLHOS, DEMOREI UM POUCO para entender o que estava acontecendo. Pestanejei ao perceber que havia um braço ao meu redor e que meu rosto estava apoiado em alguém. Então, todas as lembranças da noite anterior me vieram à mente e meu pulso acelerou sem que eu pudesse evitar.

Olhei para Ross, que continuava a dormir placidamente. Estava com um braço sobre a parte de baixo das minhas costas e com uma mão afundada no meu cabelo. Eu podia sentir seus lábios roçando minha testa.

Eu nunca tinha dormido assim com ninguém, nem mesmo com Monty. E, estranhamente, me sentia mais confortável do que nunca.

Eu queria ficar ali mais tempo, para poder aproveitar um pouco mais, mas, ao mesmo tempo, queria me afastar um pouco para clarear minhas ideias. Estava muito confusa e sabia que não poderia me livrar dessa confusão se continuasse tão perto de Ross, mesmo que ele estivesse dormindo.

Eu me afastei com cuidado e ele murmurou algo, ainda dormindo. Depois, sem fazer barulho, me levantei da cama. Dormindo, ele parecia um verdadeiro anjinho. Fui até meu armário na ponta dos pés e vesti uma calcinha, um sutiã e minha roupa esportiva. Precisava sair para correr.

E olha que eu estava esgotada, embora por culpa de *outro* tipo de exercício.

Dei uma última olhada em Ross antes de sair do quarto e não pude deixar de sorrir. No entanto, deixei de fazê-lo para repreender a mim mesma.

Eu tinha que parar.

Aquilo tinha sido apenas um... humm... momento interessante... com... humm... com um amigo.

Sim, tinha sido exatamente isso.

Ah, faça-me o favor.

Definitivamente, eu precisava relaxar um pouco.

Não corri tanto quanto costumava, então tive tempo para comprar café para todos e um pote de pasta de amendoim para Sue. Ao entrar no prédio, percebi que o celular estava vibrando. Hesitei um pouco ao ver que era Monty.

Então, sem saber muito bem por quê, decidi não atender.

Ao entrar no apartamento, encontrei Sue vasculhando a geladeira. Ross bocejava na bancada – vestindo apenas uma calça de algodão – e, sem conseguir evitar, fiquei olhando para a águia que ele tinha tatuada nas costas. Naquela noite eu a tinha acariciado e beijado mais vezes do que gostaria de admitir. Fiquei vermelha só de me lembrar.

Então Will e Naya chegaram à cozinha com cara de sono e eu decidi me concentrar.

– Vejam o que eu trouxe. – Abri um grande sorriso, largando tudo em cima da bancada.

– Will, sinto muito, você já não é a pessoa que eu mais amo. – Naya se aproximou com um sorrisinho guloso.

– Vou superar.

Sue, por sua vez, só fez cara feia.

– Café?

– E um pote de pasta de amendoim para a senhorita – eu disse, tirando-o da sacola.

Seu olhar se iluminou quando ela pegou o pote e foi rapidamente atrás de uma colher. Olhei para Ross e lhe passei o café. Ele me deu um sorriso íntimo demais para poder usar em público e eu tirei a mão, constrangida, quando ele encostou nela de propósito. Ouvi sua risada enquanto eu me concentrava em meu café, ainda envergonhada.

– Sinto muito pelo barulho essa noite – disse Will, sentando-se ao lado de Ross. – É que a minha cama está quebrada e faz barulho sem motivo...

– Sem motivo? – repetiu Ross, olhando-o com uma sobrancelha levantada.

– Sem motivo – disse Naya. – Espero que não tenha incomodado vocês.

– Você sempre incomoda – murmurou Sue, já instalada na poltrona.

– A mim vocês não incomodaram – garanti.

– Nem a mim. – Ross sorriu. – Na verdade, dormi muito bem. Fazia muito tempo que não dormia tão bem, se é que alguma vez já o fiz. E você, Jen?

Ele sorria para mim abertamente. Fiquei vermelha pela terceira vez em dois minutos. Ele sabia muito bem o que essa pergunta significava. Como eu não sabia o que dizer, tomei um gole de café e ganhei algum tempo.

– Eu... hã... dormi bem, eu acho – disse, finalmente, limpando a garganta.

– Como? – Ele deu um pulo, olhando para mim. – Só bem?

Não pude deixar de sorrir ao ver sua cara de ofendido.

– Bastante bem – corrigi.

– Bastante? O que isso quer dizer?

– Que foi aprovado – disse, levantando o queixo. – E de raspão. Nota cinco.

– Cinco!

– Cinco e meio, quando muito.

– Fala sério. Foi excepcional, e você sabe.

– Não, não sei, porque não foi.

– Nota dez.

– Cinco.

– Nove vírgula noventa e nove.

– Sete.

– Nove vírgula noventa e oito. No mínimo.

Os outros trocaram uns olhares meio perdidos. Nem mesmo Will parecia nos acompanhar.

– Você dá nota para o seu sono? – perguntou Naya, confusa.

– É só um passatempo – respondeu Ross, sorrindo inocentemente.

– Merda – ouvi Sue dizer.

Nós quatro nos viramos para ela, que tinha ido outra vez até a cozinha.

– Está entupida – ela disse, olhando para a água acumulada na pia. – E é um bom momento para deixar claro que eu não vou consertar isso.

– Eu tenho que fazer umas coisas – disse Will, depois de Naya lhe dar uma cotovelada.

– Que coisas? – perguntou Ross, meio incomodado.

– Ficar comigo – esclareceu Naya.

Os dois ficaram olhando para Ross, que, depois de algum tempo, bufou ruidosamente.

– Estou começando a me encher de ser o garoto de recados.

Meia hora depois de tentar arrumar usando o desentupidor, Ross estava deitado no chão com a cabeça metida embaixo da pia, enquanto eu tratava de não perder um só detalhe, sentada na bancada. Comi um pedaço de torrada e olhei para as ferramentas ao lado dele.

– Como está aí embaixo? – perguntei, brincalhona.

– Você está se divertindo, né?

– Mais do que esperava – falei, tentando não olhar para seu torso nu, embora fosse uma oportunidade perfeita, pois ele não podia me ver.

Bem, talvez eu fizesse isso mesmo. Só um pouquinho.

– Chave inglesa – ele me pediu, estendendo a mão para mim.

– Quais são as palavrinhas mágicas, Ross?

– Me dá logo isso ou vou fazer aqui mesmo o que fiz com você à noite.

Fiquei vermelha como um tomate e logo lhe alcancei a chave inglesa. Vi que seu peito se sacudia quando ele começou a rir.

– Não eram essas as palavrinhas mágicas – frisei.

– Pode apostar que eram, pois serviram. E você certamente ficou vermelha.

– Claro que não.

Os músculos de sua barriga se retesavam quando ele fazia força. Dei outra mordida na torrada, saboreando aquele momento.

– Posso te perguntar uma coisa, Ross?

– Claro – falou ele, distraidamente.

– Pode me explicar como é que você sabe desentupir um cano, mas não sabe fazer compras?

– Veja bem, cada um tem as suas habilidades.

– Veja como você é estranho...

– Costumo usar mais o adjetivo maravilhoso – falou, como se estivesse fazendo força para desenroscar algo. – Porra, por que a gente não pode chamar um encanador? Eles costumam se encarregar dessas coisas, sabe? É o trabalho deles, basicamente. Eu mesmo pago. Não pode ser tão caro.

– Bem... a gente pode fazer isso...

Deixei a frase no ar, me divertindo, e vi que ele parou de fazer o que estava fazendo.

– Mas...? – perguntou.

– Mas... eu ia ficar bastante decepcionada, Ross, pra falar a verdade.

Ele suspirou e vi que voltou a se esticar ao fazer força de novo.

– O que a gente não faz por uma garota... – murmurou em voz baixa.

– Como vão as coisas aí? – perguntei, sorrindo.

– Estou com a cabeça enfiada embaixo de uma pia, como você acha que estão?

– Essa não é a atitude certa, Ross.

– Tenho a atitude certa para outras coisas, nas quais você só me aprova de raspão.

Envergonhada, não falei nada. Por que eu ficava com vergonha por ele falar do lance de ontem à noite tão abertamente?

– Você está desfrutando da vista? – perguntou.

Parei de olhar para ele imediatamente. Mesmo ele não conseguindo me ver.

– Como é que você sabe...?

– Acredite, posso sentir seus olhinhos castanhos brilhantes quando eles se cravam em mim.

Será que eu tinha olhos brilhantes? Desde quando?

– Ok, já chega. – Ele tirou a cabeça ali de baixo e bufou. – Que nojo.

Fiz o teste, me esticando e abrindo a torneira, que funcionou perfeitamente.

– O encanador da casa – cantarolei.

Ele limpou as mãos, me olhando de cara feia.

– E o garoto que foi aprovado de raspão.

– Ah, vai, não leve tão a sério.

– Por quê? Você não estava falando sério?

– Oi? Não... eu... hã...

– Como eu dizia... – continuou, sorrindo perversamente.

Ao perceber que ele voltava a ganhar terreno, decidi retomar o assunto da conversa anterior, para caçoar um pouco mais dele.

– Você não gostou de ser o faz-tudo da casa? – brinquei. – Você fez isso *bastante* bem.

– Estou começando a odiar a palavra "bastante".

– Você ainda não fez jus à palavra "muito".

– Algum conselho para que eu melhore, então? Posso tomar algumas notas para esta noite.

Ele aproveitou meu momento de perplexidade para segurar meu braço e virar minha pobre torrada. Então deu uma mordida tão grande na parte que eu já tinha mordido que me deixou com menos da metade.

– O quê...? Ross! É meu café da manhã!

– Eu fiz por merecer – disse ele, com a boca cheia, olhando de soslaio para Sue, que continuava concentrada em seu livro, de costas para nós.

De minha parte, eu estava indignada.

– Pois prepare o seu próprio café da manhã, não pegue o m...!

Ross me interrompeu ao segurar meu queixo e me dar um beijo na boca que teria me feito cair de bunda no chão se ele não tivesse se enfiado entre minhas pernas e me segurado exatamente pela bunda, sem vergonha alguma.

Quando se afastou, tinha um sorrisinho maroto nos lábios. Eu ainda tentava respirar.

– Isso foi *bastante* bom, Jen?

Enquanto ele sumia pelo corredor e eu me recuperava com uma mão no coração, vi que Sue espreitava por cima do sofá e me encarava.

– E então? – perguntou ela, revirando os olhos.

– O quê? – Olhei para ela, começando a entrar em pânico.

Ai, não.

– Como foi a noite?

Ai, não, não... Será que ela tinha ouvido...?

– Você puxou o cabelo da Lana ou não?

Ah, isso. Bem, tomara.

– Quase – garanti, me aproximando dela.

– Ela não é tão simpática quanto parece, não é?

– Não, não muito. E deixou isso bem claro para mim. – Franzi o cenho. – Por que você a odeia tanto, Sue?

– Eu odeio todo mundo.

– A mim também? – Fiz uma careta.

Ela me analisou por um momento, de cara feia.

– Em menor medida.

Isso era quase como se ela tivesse dito que me amava. Esbocei um grande sorriso.

– Se alguma vez eu for chegar a puxar o cabelo dela, te aviso antes.

– Ótimo. – Ela assentiu com a cabeça. – Estou pensando em criar um canal no YouTube. Esse poderia ser meu primeiro vídeo.

Sorri e me dirigi ao banheiro para tomar um bom e longo banho. Quando saí, enrolada numa toalha, não havia sinal de Ross.

De fato, fiquei o resto da manhã e a tarde toda estudando para minha próxima prova de francês – o que me fazia lembrar de Lana e me deixava de mau humor –, e não tive muito tempo para pensar em Ross. Ou era o que eu tentava dizer a mim mesma, porque não parava de olhar regularmente para a porta, me perguntando por que ele ainda não tinha chegado.

Só comecei a me preocupar realmente com isso na hora do jantar.

– Onde o Ross se meteu? – perguntei a Will, que estava olhando para seu notebook com cara de tédio.

– Não faço ideia – disse ele, pouco preocupado.

– É normal ele sair assim, de repente?

– Ele vai voltar quando ficar com sono – ele me garantiu. – Não suporta dormir em nenhum lugar que não seja a própria cama. E agora ele tem um incentivo para voltar, né?

Meu rosto levou exatamente dois segundos para se transformar numa obra-prima sobre a vergonha. Will começou a rir.

– Ficou tão evidente esta manhã... – ele disse.

– A Naya...?

– Só eu sei – ele garantiu, me tranquilizando.

Mesmo assim, não pude evitar pensar em Ross e no fato de que ele continuava sem aparecer. Will deve ter notado, porque atraiu minha atenção de novo.

– O que você quer jantar?

– Qualquer coisa.

– Quer que a gente faça algo rápido?

– Parece bom. – Sorri. – A Naya não vem?

– Hoje não. Estava cansada. E tem algumas provas esta semana.

– E a Sue?

– Ela me disse que hoje não é para pedir nada pra ela.

Nós nos metemos na cozinha, fizemos algo simples – mas que ficou com uma cara ótima – e assistimos juntos ao programa de reformas de casas enquanto nos queixávamos da baixa qualidade da casa reformada.

Já eram onze horas e Ross ainda não tinha aparecido. Will ficou de pé, bocejando.

– Vou dormir, Jenna.

– Boa noite.

Ele parou e sorriu para mim.

– Não tente esperar por ele acordada. Pelo menos não até muito tarde, hein?

– Não vou fazer isso – menti.

Will me deixou sozinha e eu ainda fiquei algum tempo olhando a casa reformada antes de desligar a televisão e ir para o quarto de Ross.

Essa ideia não tinha aparecido até aquele momento, mas... e se ele tivesse saído por causa do que havia acontecido? Talvez eu não devesse ter pedido a ele para fazermos fosse o que fosse. Talvez eu tenha me precipitado completamente. Merda. Devia ser isso. Tive vontade de bater em mim mesma enquanto olhava para meu estúpido pijama no espelho.

Eu me enfiei na cama e me propus a não dormir, mas não consegui. Fechei os olhos por um momento e, quando voltei a abri-los, vi que o quarto continuava às escuras, mas Ross estava sentado na cama, trocando de roupa. Esfreguei os olhos.

– Ross? – perguntei com voz rouca, meio dormindo.

– Te acordei? – Olhou para mim. – Sinto muito, tentei não fazer barulho.

– Onde você estava?

– Olha só quem ficou curiosa! – Sorriu. – Assuntos familiares maçantes.

Fiquei olhando para ele.

– Está tudo bem?

Ele assentiu com a cabeça, distraído.

– Sim, não se preocupe. Pode dormir, já é tarde.

Eu quis perguntar mais, mas estava muito cansada. Eu me acomodei um pouco melhor enquanto Ross trocava de camiseta e pude ver a tatuagem de novo. Ele percebeu e sorriu.

– O que você tanto olha, sua pervertida?

– Para onde você quer que eu olhe se você sempre troca de roupa na minha frente? – falei, emburrada.

– Ah, descobriu meu segredo. Eu faço isso de propósito.

Sorri quando ele se deitou na cama. Me surpreendeu um pouco que ele tenha simplesmente me puxado, me posicionando do jeito que tínhamos amanhecido hoje. Só que dessa vez estávamos vestidos. Não pude fazer outra coisa a não ser fechar os olhos quando percebi que ele passava os dedos pelo meu cabelo.

Suspirei e apoiei a mão em seu peito. Adormeci sentindo seu coração batendo compassadamente debaixo de meus dedos.

– Como vai a minha princesa?

Quase revirei os olhos quando Monty falou isso. Ele sabia perfeitamente que eu não suportava que me chamasse de princesa. Ou que usasse qualquer apelido carinhoso que aumentasse o nível de açúcar no meu sangue.

– Não sei, quem é essa?

– Acordou de mau humor, foi? – Monty parecia surpreendentemente animado. – Como vão as coisas?

Já era quarta-feira e parecia que uma vida inteira havia se passado desde o dia da festa. As coisas com Ross tinham voltado à normalidade. Não tínhamos contado nada para absolutamente ninguém, nem tínhamos dado nenhuma demonstração de afeto além das normais e de dormirmos abraçados. Sue e Naya nem sequer suspeitavam de nada.

Quanto a Lana... eu não a tinha encontrado de novo e esperava que continuasse assim.

– Outro dia fui a uma festa, mas só bebi duas cervejas – falei.

Eu tinha saído para comprar uma blusa, já que a outra tinha ficado destruída quando eu tentara beber cerveja com a lata virada de boca para baixo. Agora já havia anoitecido e eu estava subindo as escadas do prédio.

– Mas você não está acostumada a beber.

– Foram duas cervejas, Monty.

– Você sabe que eu não gosto que você beba quando não está comigo.

– Eu estava com amigos.

– Amigos? Amigos... homens?

– E mulheres.

– Quer dizer que havia homens.

– Sim, havia...

– E quem são eles?

– O namorado da minha colega de quarto.

– E os outros?

– Só tem mais um.

– E o outro, quem é? – insistiu.

Decidi retomar o assunto anterior antes que a coisa piorasse.

– E eu faço o quê? Não bebo nada até te encontrar de novo? Nem em festas?

– É uma opção.

Revirei os olhos, embora estivesse um pouco aliviada por ele não ter percebido que eu tinha ignorado sua pergunta.

– Você não pode simplesmente perguntar se estou bem?

– Hã... você está bem?

– Não, agora não vale.

– De acordo. – Quase consegui enxergar sua cara amarrada. – Eu estava de bom humor, mas você está conseguindo estragar isso, como sempre.

Eu não soube o que lhe dizer, então deixei que ele continuasse a conversa.

– Então, me conte algo que você tenha feito por esses dias.

Pronto, esse era o momento. Eu sabia que tínhamos um pacto, mas mesmo assim era estranho ter de falar com ele sobre isso.

– Isso... preciso falar com você sobre uma coisa, Monty. – Parei no meio das escadas para o segundo andar.

– O que houve? – Ele ficou tenso na mesma hora. – O que você fez?

– Não tem nada de mal – garanti, em seguida.

– E o que é? – Ele não parecia estar muito mais tranquilo.

Olhei para os meus sapatos, pensando rápido, enquanto girava a sacola com a blusa na outra mão. Por que era tão desconfortável falar sobre isso?

Porque você gostou. E muito.

Ah, xiu, consciência. Agora não é o momento.

– O que foi, Jenny? – Monty insistiu, impaciente.
– Eu transei com outro cara.

Falei em voz baixa, mas ele me ouviu perfeitamente. Ficou em silêncio por alguns segundos, embora tenham me parecido uma eternidade.

– Duas vezes – esclareci, falando mais depressa que o normal. – Bom... três. Mas... hã... foi tudo na mesma noite. Então conta como uma vez só, né?

Como ele continuava sem dizer nada, e eu, quando ficava nervosa, começava a divagar sem parar, continuei falando:

– Eu... queria te contar antes de... não sei, de você ficar sabendo... ficar sabendo de algum outro jeito. Além disso...

– Com quem? – ele me interrompeu.

– Nós não tínhamos combinado de não entrar em deta...?

– Com quem, Jennifer? – ele repetiu, dessa vez mais irritado.

Mordi os lábios, nervosa.

– Lembra daquele cara que eu te falei...?

– O amigo sem namorada que foi com você nessa merda dessa festa, sobre o qual você não queria falar até pouco tempo atrás? – ele disse, irritado.

Ai, não. Ele já estava começando a falar palavrões. Fechei os olhos um instante. Não queria que as coisas piorassem, mas já não podia voltar atrás.

– Eu não te falei muito sobre ele. O nome dele é Ross. Bom, Jack Ross, mas eu chamo ele de Ross, e...

– Ah, você chama ele de Ross – ele falou, com raiva. – E ele, como te chama? O que ele grita pra você enquanto vocês estão transando?

– Monty, todo mundo chama ele de Ross.

– E todo mundo transa com ele ou é só você mesmo?

– Você está exagerando – avisei. – Eu sei que...

– Você gostou? – ele me interrompeu.

– O quê? – Minha voz saiu estridente. – Monty, eu não acho...

– Sim ou não, porra! Você gostou de transar com outro? Sim ou não?

– N-não, não... quer dizer... claro que não...

– E por que diabos você transou com ele três vezes?

Fiquei sem saber o que dizer. Ai, não...

– Eu... Monty...

– Há quanto tempo você está aí? Sem dúvida você não demorou muito pra abrir as pernas!

– Você não tem nenhum direito de falar assim comigo! Lembra que isso foi ideia sua!

– E estou vendo que você gostou muito, não foi? Estava querendo que eu te propusesse isso ou o quê?

– Não é justo você fazer isso agora – falei, negando com a cabeça. – Ou você quer que eu acredite que você não fez nada?

Hesitei por um momento.

– Sim, eu fiz alguma coisa.

Fechei a cara.

– Com quem?

– Com a garota que te falei – respondeu.

– Mais de três vezes?

Ele hesitou, de novo.

– Sim.

– E ainda reclama de mim!

– Não estamos falando de mim.

– Estamos falando dos dois!

– Seja sincera comigo, Jenny – ele me interrompeu bruscamente. – Você gostou?

– E você?

– Me responde.

– Responde você!

Ele respirou fundo e eu quase consegui ver sua expressão. Eu estava brincando com a paciência dele, e isso não costumava acabar bem.

– Não gostei – eu disse, baixinho.

Monty pensou nisso por um momento.

– Bom – falou, um pouco mais calmo. – Então... tá bem.

Eu mentia tão mal que fiquei surpresa por ele não ter percebido na mesma hora.

O Ross te conhece melhor.

Xiu!

– E ele te...?

– Na verdade eu prefiro que a gente respeite a regra do "nada de detalhes" – interrompi.

– Como você quiser – ele respondeu, embora não parecesse muito convencido.

– Enfim, preciso desligar – eu disse. – Tenho que jantar.

– Sim, eu também. O que você vai comer?

– Acho que o Will deve ter comprado...

– Will? Quem é esse, porra?

– Relaxa! É o namorado da Naya. De vez em quando ele vem jantar com a gente no quarto – menti.

– Só ele?

– Sim. Só ele.

– Tem certeza?

– Sim, Monty!

– Bom, bom... E o que você vai jantar?

– Hambúrguer, eu acho.

– Hambúrguer, de novo? Você não está engordando?

Levantei uma sobrancelha na mesma hora.

– Eu saio pra correr toda manhã. E não se esqueça que, quando eu engordo, meus peitos aumentam.

– Sim, com certeza o Jack Ross gosta mais deles assim.

Eu estava subindo as escadas outra vez, mas parei de imediato.

– Monty... – avisei.

– O quê? – soltou.

– Não faça isso.

– Não estou fazendo nada de mau.

– Combinamos de não ficar com ciúme, lembra?

Ele hesitou um momento.

– Sim.

– Porque você continua sendo meu namorado, eu não esqueci.

– Bem, então quero te pedir um favor. Como namorado.

Ai, não.

– Que favor?

– Não quero que você transe de novo com esse sujeito.

Houve alguns instantes de silêncio, nos quais franzi o cenho.

– Você se esqueceu do...?

– O trato que vá à merda! Não quero que você volte a falar com ele.

– Você não é ninguém pra me dar ordens.

– Sou seu namorado.

– Exato, meu namorado, não meu dono.

– A troco de que isso agora? Foram seus novos amigos que te disseram isso? Porque você não falaria assim comigo.

– Não preciso que ninguém me diga nada pra eu fazer o que quiser.

– E se o que você quer prejudica o seu parceiro? Você já pensou sobre isso? Egoísta de merda.

– Não estou sendo egoísta, estou...

– Cala a boca, de uma vez por todas! Você só pensa em você mesma, não é?

– Isso é mentira!

– Ah, sério? Você já me agradeceu por eu ter levado você ao seu maldito alojamento, embora você não o use nem pra dormir?

– Eu te... te agradeci, sim!

– Pois estou cagando pro seu agradecimento. Quero que você pare de falar com esse cara. E estou falando muito sério, Jenny. Não me obrigue ir a te buscar ou juro que vai se arrepender.

Fiquei um momento em silêncio, pesando as palavras dele. Como um alarme, um calafrio percorreu meu corpo ao me lembrar das poucas vezes em que uma conversa nossa havia terminado assim.

– Não se irrite comigo – supliquei.

– Então deixe de ser uma vadia egoísta.

– Monty...

– Se eu souber que você voltou a falar com ele, acabou a nossa história. Você me entendeu? Você vai ficar sozinha, então pense bem no que você vai fazer. Não me obrigue a ir atrás de você ou já sabe o que vai acontecer.

Ele desligou antes que eu pudesse dizer qualquer coisa. Inconscientemente, levantei os olhos. Agnes tinha acabado de sair de seu apartamento com o saco de lixo. Ela me olhou por um momento e seu rosto logo assumiu uma expressão de alarme.

– Você está bem, querida?

– Sim. – Eu me recompus, rapidamente. – Sim, é que... acabei de ser reprovada numa prova.

Ela me observou com cuidado.

– Claro – murmurou.

Dei um pequeno sorriso e me apressei a passar ao seu lado para entrar em casa. No entanto, assim que peguei a chave, ela limpou a garganta e falou.

– Olhe, Jennifer... posso te dizer uma coisa?

– Claro.

Forcei um sorriso novamente, olhando para ela.

– Fui casada durante quarenta anos – ela começou, dando um passo na minha direção e me olhando como se soubesse exatamente o que eu estava pensando. – Não foi por amor, foi um casamento arranjado por nossos pais. E eu nunca me queixei. Mais que isso, eu gostei. No início ele era muito atencioso comigo. E cuidava muito bem de mim. O que mais eu poderia pedir?

Ela fez uma pausa. Assenti com a cabeça. Minhas mãos ainda estavam tremendo.

– Parece maravilhoso – falei.

– Ah, e era – ela garantiu. – Até eu fazer algo de que ele não gostasse. Ou ele achar que eu tinha feito algo de que ele não gostava. Aí ele já não era tão simpático. De fato, não era nem um pouco. Aprendi a me calar, a não sair de casa, a não fazer absolutamente nada... para que ele não se zangasse comigo. Fiz isso durante tanto tempo que acabei me esquecendo até mesmo das coisas que eu gostava de fazer, dos lugares aos quais gostava de ir e das pessoas com quem gostava de sair. Esqueci de quem eu era porque estava muito ocupada o satisfazendo. Você sabe do que estou falando, Jennifer, não sabe?

Eu sabia perfeitamente, mas neguei com a cabeça, me fazendo de inocente. Ela não engoliu essa mentira. Na verdade, chegou ainda mais perto de mim.

– Quando meu marido morreu, há dois anos, não me senti triste, me senti perdida – murmurou, botando a mão em meu braço. – Eu tinha me perdido tanto de mim mesma, por causa dele, que já nem sabia quem era. Eu me sentia abandonada, desprotegida... e, então, me lembrei de que gostava de ir à praia, e fui, com meus dois netos e minha nora. E depois me lembrei de que gostava de tomar um traguinho de vez em quando, e comecei a fazer isso. Reencontrei uma velha amiga e descobri que continuava pertencendo ao mesmo grupo, acredita? Agora nos vemos todas as quartas-feiras. São meus momentos favoritos da semana.

    Ela fez uma pausa, apertando meu braço com um olhar significativo.

    – Eu deixei que roubassem minha identidade e levei quarenta anos para recuperá-la, Jennifer. Não faça isso. Nunca se esqueça de você mesma. Por ninguém.

    Dito isso, ela me dedicou um último sorriso e foi até o elevador. Quando as portas se fecharam, senti um nó na garganta. De fato, demorei alguns segundos para me recompor e ter certeza de que não ia chorar. Felizmente, naquele exato momento minha irmã me mandou uma mensagem.

    Olha que pirata mais assustador. Vai ser o rei do Halloween.

    A foto em anexo era do meu sobrinho, Owen, um menino de sete anos que tinha herdado os olhos e os cabelos castanhos de nossa família. Estava vestido de pirata, com um olho fechado pintado de preto para simular um tapa-olho. Não consegui não rir.

    Diz pra ele que eu vou levar um pacote gigante de doces quando eu voltar.

    É melhor eu não dizer, ou ele vai ficar com mais vontade ainda que você volte.

    Ah, Owen... eu sentia muita falta dele, especialmente. Eu não sabia que gostava tanto de cuidar de crianças pequenas até ele nascer. Eu o adorava.

    Totalmente recuperada daquele baixo astral pontual, por fim abri a porta do apartamento.

    Na mesma hora chegou aos meus ouvidos o ruído do riso de alguém por quem eu não morria de amores. Lana.

    Bem, como diria meu irmão Steve... nunca é tarde para o dia piorar.

    Os cinco se viraram para mim ao mesmo tempo quando larguei a bolsa no chão e me aproximei deles.

    – A alegria da casa – disse Ross, com um sorriso, vendo minha cara já não tão alegre e abrindo os braços para eu me jogar sobre ele. Fechou os braços fazendo cara feia quando viu que eu não fiz isso.

– Crítica literária – me limitei a dizer, à guisa de explicação. – Isso tira a energia de qualquer um.

Mas minha cara azeda não se devia à disciplina de crítica literária. Era mais por causa daquela loira chata sentada na poltrona olhando para mim com um sorriso inocente e por causa do meu namorado, que tinha ficado com ciúme de mim apesar do trato que ele mesmo havia proposto.

Por um momento, eu me perguntei se não estaria cometendo um erro ao não ouvir o que ele me dizia e continuar nesse apartamento. Talvez fosse melhor voltar para casa para que Monty não se zangasse comigo. Eu não queria que ele se sentisse mal por culpa minha. Mas algo dentro de mim me impedia de fazer isso. Acho que foram justamente as palavras de Agnes. Ela tinha razão. Eu sempre fazia tudo em função dos outros. Já estava na hora de fazer algo de que eu gostasse. E eu gostava era de ficar com Ross.

Eu me sentei ao lado dele e ele me alcançou uma caixa com um hambúrguer intacto, que eu abri em seguida para começar a comer. Depois de todo aquele drama, eu tinha ficado com fome.

– Sobre o que vocês estavam falando? – perguntei, tirando o molho do canto dos lábios com a língua.

Vi que os olhos de Ross se voltaram por um momento para minha boca, mas ele logo os desviou, como se nada tivesse acontecido. E só isso me fez esquecer, por um momento, que não estávamos a sós, e me fez sorrir um pouco.

Mas, claro, a chata tinha que falar, só para que eu deixasse de sorrir.

– Você saiu da festa rápido demais no outro dia. – Lana sorriu, encantadora. – Eu estava perguntando ao pessoal por que você tinha feito isso. Senti sua falta.

Sue revirou os olhos.

– Eu queria ir embora. – Dei de ombros, disposta a não me irritar com suas bobagens de criança.

– Ah, você não gostou da festa?

– Não gosto muito de festas.

– Nem eu – disse Ross.

Lana franziu o cenho antes de olhar para mim.

– É uma pena. É muito difícil conseguir um táxi barato numa hora daquelas.

Hesitei por um segundo. Talvez eu devesse jogar o hambúrguer na cara dela e seguir com a minha vida. Mas não. Isso era o que ela queria, para ter a desculpa perfeita e continuar falando.

E o que eu queria era que ela calasse a boca de uma vez por todas.

– Pode ficar tranquila, o Ross se ofereceu pra me trazer. – Sorri com a mesma expressão inocente que ela tinha usado.

Lana fechou a cara.

Toma essa, dona perfeitinha.

– E o Ross perdeu a festa só por causa disso? – ela perguntou.

– Eu não perdi nada – garantiu Ross, e me olhou com uma cara que me fez apertar seu ombro contra o meu, brincalhona, me esquecendo por um momento de Lana, que nos fulminava com o olhar.

O resto do jantar transcorreu sem maiores incidentes. Depois de um tempo, Will e Ross foram até o terraço para fumar e Sue se enfiou no quarto, o que me deixou sozinha com Naya e Lana, que não tinha sequer olhado para mim desde que Ross a fizera se calar.

Até aquele momento.

– Ei, Naya – disse Lana, me interrompendo bem na hora em que eu falava com Naya sobre um assunto da faculdade. – Lembra do que eu te contei um dia desses?

Naya me olhou, confusa, e logo se virou para Lana.

– Hã... sim, acho que sim.

– Pois tenho novidades.

Ela deixou a coisa no ar, me olhando significativamente, como se quisesse que eu saísse da sala.

– É que... a Jenna estava falando comigo... – disse Naya.

– Eu sei, mas é que isso é muito importante. E muito particular – ela disse, enfatizando a última palavra.

– Não tem problema – eu disse a Naya, sorrindo. – Vou para o meu quarto.

– O quarto de Ross – esclareceu Lana.

Sorri para ela.

– Sim. Vou para o *nosso* quarto.

Não me virei para ver a expressão dela, apenas me dirigi ao corredor, suspirando e tentando ignorar que Lana existia.

Um pouco mais tarde, quando Ross abriu a porta do quarto, eu estava com os olhos grudados na tela do notebook. Senti o cheiro de cigarro impregnado em sua roupa antes mesmo que ele chegasse até a cama.

– O que está assistindo? – perguntou ele, espreitando.

– *Os vingadores*.

– Em que parte está?

– Faltam só dois minutos.

– Pena. Outro dia eu vejo, então.

Enquanto ele vestia o pijama, vi o final do filme e a cena pós-créditos, como ele havia me ensinado. Depois fechei o notebook e olhei para ele.

– Olha, não quero te incomodar com esse assunto, mas...

– Eu não sabia que ela vinha – ele me interrompeu, olhando para mim enquanto trocava de roupa.

– Oi?

– A Lana – ele esclareceu, adivinhando o que eu ia falar. – Sinto muito, não queria que fosse uma cilada. Se você se sentiu desconfortável...

– Não me senti desconfortável – garanti a ele, me arrependendo de ter tocado no assunto.

– E então? – ele perguntou, me olhando.

Hesitei por um momento.

– Posso... ver o que você tem tatuado nas costas? – mudei de assunto rapidamente.

Ross foi suficientemente respeitoso para fingir que não tinha se dado conta. Ele se virou e abaixou um pouco a gola da camiseta para que eu conseguisse ver, no meio das costas, a tatuagem da águia com as asas abertas, que chegava até seus ombros. Não pude deixar de passar o dedo por ela. Senti de novo aquela aspereza que eu sabia que se devia a alguma marca encoberta pela tinta.

– O que significa?

– Que um dia eu estava bêbado e tinha noventa dólares – ele respondeu, rindo.

– É muito bonita.

– Da primeira vez não ficou muito bonita. Era um pássaro feio e amorfo. Tive que ir a um tatuador profissional pra ele arrumar um pouco.

– O feio e amorfo combinava mais com você.

– Vou te perdoar por isso porque sei que, no fundo, você me adora. – Sorriu para mim. – E você? Não tem uma tatuagem em algum lugar secreto e oculto?

– Me surpreende que você não tenha visto no outro dia.

Ele deu um grande sorriso imediatamente.

– Tenho uma, mas não é grande coisa – acrescentei.

– É muito feia?

– Não é que seja feia, mas é muito pequena.

Eu me virei e afastei o cabelo para lhe mostrar a nuca, onde tinha tatuada uma pequena lua.

– Não é tão ruim – ele garantiu, passando o dedo por ela e me obrigando a limpar a garganta antes de falar.

– A Shanon me deu de presente quando fiz dezoito anos.

– Quando você faz aniversário?

– Em fevereiro, dia dezesseis. Sempre festejamos no quintal atrás de casa. Meu pai faz churrasco e meus irmãos se encarregam da música. E, às vezes, meu tio e meus avós aparecem.

– E seus amigos?

– Com eles eu comemoro à noite. – Fiz uma cara de quem não dá importância a isso.

Ele me olhou por um momento.

– Você sente falta deles?

– Dos meus amigos? Não muito.

– Da sua família – ele esclareceu, sorrindo.

– Ah, bom... sim. Quer dizer... sinto falta deles, mas... ao mesmo tempo, gosto de estar aqui, sabe? Não sinto falta deles a ponto de dizer "ai, meu Deus, preciso deles na minha vida ou vou morrer de tristeza", é mais como "sinto falta deles, mas estou bem onde estou e estou me divertindo".

Parei e fiz uma careta.

– Isso soou tão horrível assim?

– Só um pouco – brincou ele, voltando a arrumar meu cabelo e afastando a mecha rebelde de sempre. – Se servir de consolo, eu me senti exatamente como você no primeiro mês que passei fora de casa.

— E você nunca vê os seus pais?

— Bem mais do que eu gostaria. — Suspirou. — Embora eu evite ver meu pai tanto quanto possível.

— Você não se dá bem com ele? — Levantei as sobrancelhas, surpresa.

Parecia impossível imaginar Ross não se dando bem com alguém.

— Não temos muita coisa em comum. — Ele deu de ombros.

Percebi que seu sorriso tinha desaparecido ao falar do pai, então decidi mudar um pouco de assunto.

— E com sua mãe?

— Minha mãe é totalmente diferente. — Ele voltou a sorrir e eu soube que tinha acertado. — Há pouco tempo, passei um dia inteiro a ajudando a organizar uma exposição de pintura que abre amanhã à tarde em uma de suas galerias.

Mistério solucionado, Watson.

— E você não vai se encontrar com ela? — perguntei, me virando para olhar para ele.

— Na verdade... — Ele fez uma pausa, se acomodando na cama. — Eu ia perguntar se você não quer ir até lá comigo.

Ele viu que fiquei um momento em silêncio e pigarreou.

— Quer dizer, a Naya e o Will também vão. Talvez até o meu irmão apareça, se não estiver ocupado levando uma surra de alguma garota com quem discutiu, claro... Mas não se sinta obrigada, eu só estava...

— Você está brincando? Claro que quero ir!

Ele ergueu as sobrancelhas, surpreso com meu entusiasmo.

— Ah... é?

— Claro que sim! Eu nunca fui a uma exposição de arte. Adoro essas coisas, ainda mais sendo da sua mãe. Eu pintava, sabe? Eu podia procurar um significado nos quadros para me sentir intelectualmente superior.

— Na verdade, a maior parte da exposição é de arte abstrata. Você não vai entender nada. Nem ela entende.

— Melhor assim. Se não entendo o que vejo, não posso fazer o papel ridículo de criticar.

Ross começou a rir, olhando para mim.

— Ela vai te adorar — ele disse, balançando a cabeça.

Eu também estava rindo, mas meu sorriso murchou ao me lembrar de um pequeno problema loiro.

– A Lana também vai? – perguntei.

Ele estava com os olhos cravados na minha boca. Vi-o ficar tenso e depois voltar a me olhar nos olhos.

– Não sei, não perguntei – respondeu. – Por quê?

– Por nada – garanti.

Ele ergueu uma sobrancelha.

– Por que preciso te lembrar como você mente mal toda vez?

Com Monty isso não acontecia.

– É que não quero falar mal da sua amiga – esclareci.

– Ela é amiga da Naya, não minha. E eu sei perfeitamente que você não gosta dela, Jen – ele garantiu, sorrindo.

– Ela também não gosta de mim.

– E que importância tem isso?

Hesitei um momento.

– Aquele dia, na festa... acho que você estava enganado.

– Eu? Por quê?

– Ela gosta de você, Ross – falei. – Não acho que seja só uma questão de ela conseguir tudo que quer. Acho que ela gosta de você de verdade.

Ele não pareceu entusiasmado nem decepcionado. Simplesmente pestanejou.

– Ah – ele disse, pouco interessado na conversa.

– Você não se importa com isso?

– Não estou interessado na opinião dela – garantiu ele.

Como vi que ele ficou pensativo, decidi mudar de assunto.

– Como tenho que ir vestida amanhã?

– Oi?

– À exposição da sua mãe.

– Ah... normal – ele respondeu, confuso. – Eu vou com uma roupa normal.

– Mas as pessoas não se arrumam pra ir nesse tipo de coisa?

– Pra falar a verdade, nunca prestei atenção nisso.

– Assim você não me ajuda.

– Você vai ficar bem com qualquer roupa.

– Obrigada pela sua objetividade.

– De nada. – Ele me olhou. – Ponha uma roupa qualquer. Isso ajuda?

– Que pena. Estava pensando em ir nua.

– Acabo de mudar de opinião. Prefiro que você vá sem roupa.

Empurrei seu ombro, fazendo-o rir.

Peguei meu notebook e comecei a procurar outro filme, ele então se inclinou sobre mim com um sorriso. Estremeci um pouco quando ele me rodeou com um braço e começou a acariciar minhas costas.

– Humm... posso escolher? – perguntou.

– Não. O notebook é meu.

– E a cama é minha.

– E se eu ficar de pé?

– O quarto é meu. E a casa também. – Ele sorriu como um anjinho, me apertando um pouco mais contra seu corpo.

Tentei não prestar muita atenção na mão que percorria minhas costas, nos lábios dele no meu pescoço ou na sua perna grudada na minha, enquanto engolia em seco e continuava procurando um filme.

– Achei que você tinha me dito que era para eu me sentir em casa – frisei.

– Só quando me interessa.

Ele tirou o notebook das minhas mãos e começou a procurar um filme para ver. Senti frio nas partes de meu corpo que ele havia abandonado e me perguntei por que precisava que ele voltasse a acariciar minhas costas.

Acho que, naquele momento, me dei conta de que nunca sentiria algo assim com Monty, mas não me atrevi a investigar muito essa questão. Estava com medo da conclusão a que poderia chegar. E das represálias que poderia sofrer.

Enquanto Ross lia os títulos dos filmes para mim e respondia a si mesmo com os que queria ver, bocejei e tirei as lentes de contato. Fiquei olhando para a tela do notebook sem prestar muita atenção, porque sabia que a qualquer momento cairia no sono.

– Um de terror? Não, melhor não. Você já ficou traumatizada uma semana inteira – murmurou. – Uma comédia? Não. Essa não é pra rir, é de sentir vergonha alheia. Humm... um filme de guerra? Não, são deprimentes... prefiro te ver alegre e risonha que deprimida por causa do soldado Ryan.

Apoiei a cabeça no seu ombro, esfregando os olhos.

– Por que não podemos ver um filme romântico? – perguntei.

– Porque são uma merda – ele disse, como se fosse algo óbvio.

– Nem todos.

– Eu acho que são.

– Claro que não.

– Claro que sim.

– É matematicamente impossível que todos sejam ruins.

– Ok, então só noventa e nove por cento deles são ruins.

– Não acredito.

– Então me diga um só que não seja uma merda.

Hesitei por um momento.

– É que eu não vi nenhum.

– Às vezes eu esqueço que você vive num universo paralelo – ele respondeu.

Apesar disso, vi que começou a procurar filmes românticos. Abri um grande sorriso e envolvi seu pescoço com os braços, dando-lhe um beijo na bochecha. Fiquei surpresa com a naturalidade desse gesto. De fato, me senti tão confortável que mantive os braços assim e apoiei a cabeça na curva de seu pescoço, me aconchegando um pouco mais e roçando sua pele com o nariz. Ele cheirava bem. Como sempre.

– Se você continuar fazendo isso, vamos fazer de tudo menos ver um filme – ele me advertiu.

– É que eu estou confortável.

– E eu também. Esse é o problema.

Sorri e apontei para a tela.

– Podemos ver esse?

– *Uma linda mulher*. – Ross suspirou. – Não encontrou nenhum mais famoso?

– Ah, vai, quero muito ver esse.

– Eu já vi mil vezes. Na verdade, todo mundo, menos você, já viu esse filme mil vezes.

– Vai, Ross...

– Não.

– Anda, por fa...

– Não.

– Estou louca pra ver.

Ele hesitou por um momento, olhando para mim, e depois balançou a cabeça.

– Toda vez que penso que tenho o direito de escolher, você me faz lembrar que não tenho.

Voltei a beijar sua bochecha quando ele colocou o filme, a contragosto. Nós dois nos acomodamos melhor na cama e eu me aninhei nele. Não sei como, mas acabei brincando com a gola de sua camiseta, ainda com a cabeça apoiada em seu pescoço, enquanto ele passava um braço pelas minhas costas e assistia ao filme de cara amarrada. Não parou de reclamar de absolutamente tudo o que os personagens faziam, enquanto eu me limitava a sorrir e a tentar entender o que diziam.

Estávamos na metade do filme quando eu o olhei de soslaio.

– Não é tão ruim – eu disse. – Achei que seria muito pior.

– Pois eu não gosto.

– Como você é pouco romântico. – Suspirei.

– Não é realista.

– Como você pode saber? Neste exato momento pode haver no mundo uma Julia Roberts encontrando um sujeito milionário que vai dar um jeito na vida dela.

– A Julia Roberts não deveria precisar de um milionário pra dar um jeito na vida dela – disse Ross.

Fiquei olhando para ele.

– Quantas namoradas você teve?

– Uau, não vou negar que isso foi bastante repentino.

Dei uma pausa no filme e olhei para ele, curiosa. Ele suspirou mais uma vez.

– Duas – respondeu.

– Só duas? – Levantei as sobrancelhas. – Você disse que, no colégio... ah, está bem. Deixa pra lá.

Claro. Não tinham sido namoradas, mas algo muito mais efêmero.

– Posso perguntar por que você quer saber? – Ergueu uma sobrancelha.

– Curiosidade. – Dei de ombros.

– Curiosidade – repetiu ele, sorridente. – Sim, claro.

– É verdade!

– Claro que sim.

Empurrei-o, fazendo graça, e ele agarrou meu braço. Então me mexi um pouco para poder beijá-lo. Não sabia nem por que tinha feito isso, mas imediatamente me senti muito melhor. Especialmente quando ele pôs uma mão na parte de baixo de minhas costas, por baixo do moletom, e a outra na minha nuca, enredando meu cabelo com a mão.

Não foi como da primeira vez, nem como o beijo que ele me deu na cozinha, de manhã. Foi... terno. Ninguém jamais tinha me beijado com ternura. E logo descobri que eu adorava isso.

Ou, pelo menos, adorava que ele fizesse isso.

Segurei o rosto dele e beijei seus lábios antes de abrir minha boca sob a dele. E me surpreendeu um pouco seu jeito calmo e prazeroso de acariciar minhas costas com os dedos, de cima a baixo. Eu me afastei por um momento e ele esboçou um sorriso quando passei a mão em seu lábio inferior com o polegar.

Justo quando eu me inclinava outra vez sobre ele, alguém bateu à porta e vi que Lana entrou no quarto sem esperar resposta. Instintivamente, me afastei de Ross e olhei para o notebook, que tinha ficado abandonado por causa de nossa pequena sessão de beijos.

– Aconteceu alguma coisa? – Ross perguntou, claramente irritado.

– Não tenho como voltar pra casa – disse ela, sorrindo como um anjinho.

Tentei não revirar os olhos enquanto ele suspirava e se levantava. Evidentemente ele era incapaz de dizer não a alguém, nem mesmo a Lana. Olhou para mim depois de calçar os sapatos. Deve ter visto minha expressão de amor profundo pela loira à porta do quarto, porque ficou pensativo.

– Eu já volto – garantiu.

– Então vou dormir – falei, me ajeitando na cama, de mau humor.

Olhei para Lana de soslaio e não entendi muito bem sua expressão de horror. Ou melhor, não entendi até sentir Ross me segurar pelo queixo e virar meu rosto para ele. Senti seus lábios sobre os meus, pressionando-os, e o mundo se deteve mais uma vez. Ele se afastou alguns centímetros, olhando para mim.

– Dormir? – perguntou, baixinho. – Não acredito. Me espera acordada.

Fiquei tão perplexa quanto Lana quando Ross se levantou e saiu do quarto.

11

QUÍMICA INDISCUTÍVEL

– COMO É A MÃE DO ROSS? – perguntei a Will em voz baixa, saindo do carro.

Naya, Sue e Ross iam na frente, reclamando de alguma coisa. Bem, na verdade, eram só Naya e Ross que reclamavam. Sue se limitava a suspirar, como se não quisesse participar daquela conversa.

E eu, claro, estava bastante nervosa.

– Ela é muito simpática. – Will, ao meu lado, deu de ombros. – Nunca a vi ser antipática com ninguém.

Certamente, você será a primeira.

Obrigada pelo apoio, consciência.

– Está bem – murmurei, com um fio de voz.

Will sorriu, se divertindo.

– Relaxa – ele disse, pondo a mão em meu ombro. – Ela vai gostar de você.

– Você acha? – Quem dera eu não tivesse soado tão otimista.

– Mas é claro que sim. Tenho certeza.

De repente, me dei conta de seu sorriso achando graça e do quão pouco eu estava disfarçando minha ansiedade. Limpei a garganta, ainda mais nervosa do que antes.

– E por que eu devia querer que ela goste de mim? – perguntei, afoita.

Ele não deixou de sorrir, absolutamente.

– Porque ela é a mãe de seu *amigo*, não?

Tentei ignorar a ênfase na palavra "amigo".

– Ah, sim, claro – eu disse e assenti rapidamente com a cabeça. Ele então abriu um grande sorriso. – Meu amigo Ross, claro.

– Vocês vêm ou não? – protestou Naya, já na entrada da galeria.

Nós dois nos apressamos a alcançá-la. Naya abriu a porta, e eu aproveitei para ver o que ela tinha vestido. Eu tinha ficado mais tempo na frente do armário do que seria capaz de admitir – e continuava a me sentir meio deselegante –, enquanto ela, para surpresa de todos, tinha se arrumado em cinco minutos. E estava muito melhor do que eu, claro.

Naya tinha um talento especial para se vestir. Não importa a roupa que estivesse usando, sempre parecia estar bem-vestida. Eu era exatamente o contrário.

– Quanto tempo duram essas coisas? – perguntou Sue.

– Normalmente, até a comida acabar. – Ross sorriu e tomou a frente, entrando no prédio.

Eu o segui e a primeira coisa que vi foi dois homens de terno cumprimentando as pessoas que entravam. Imaginei que fossem ajudantes, ou algo assim, porque Ross não lhes deu atenção por muito tempo, apenas os cumprimentou com a cabeça.

A sala principal era grande, branca, e tinha quatro colunas nas quais havia vários quadros pendurados. As paredes também estavam repletas de quadros: coloridos, em preto e branco, com formas difusas, retratos... de mil maneiras. Havia outras duas salas. As pessoas andavam por ali e olhavam para os quadros segurando taças de vinho. Havia garçons carregando bandejas e oferecendo petiscos a todos os convidados. Logo localizei a mesa com a comida e fiquei tentada a lamber os lábios, coisa que faria se não tivesse passado batom neles.

– Você está com fome? – Ross me perguntou, brincando, vendo para onde eu estava olhando.

– Custei muito a passar batom. Não vou estragar isso tão rápido – falei.

– Eu poderia... – Ross interrompeu a si mesmo quando um homem se aproximou dele e começou a lhe falar sobre sua mãe e outros assuntos.

Os outros três tinham se espalhado pela sala e tentei ir atrás deles, mas me detive quando Ross me lançou um olhar significativo. Pobrezinho. Não ia deixá-lo sozinho.

Fiquei ao seu lado, sorrindo educadamente para o homem. Ross falava com ele com desenvoltura e, como sempre, sendo incrivelmente encantador.

Quando o homem se afastou, Ross se virou para mim de novo, suspirando.

– Você já o conhecia? – perguntei, curiosa.

– Não tenho a menor ideia de quem ele é.

Neguei com a cabeça, me divertindo, olhando ao redor.

– Ah, não... – Ross me pegou pela mão e começou a me arrastar com ele para a sala adjacente. – Anda, corre.

– Que foi...?

– Amigos de minha mãe, chatíssimos, que ainda não me viram – ele me disse rápido.

No entanto, assim que botamos os pés na outra parte da galeria, um casal atravessou nosso caminho. Dei um grande sorriso para Ross quando vi que a conversa ia ser demorada. Desta vez eu o deixei sozinho diante do perigo enquanto me dirigia à mesa de aperitivos. Precisava me livrar do nervosismo e, sinceramente, a comida parecia ser uma boa distração.

Com uma taça na mão, decidi passear pela sala principal. Os quadros me pareceram mais bonitos do que eu esperava, depois da descrição de Ross. Alguns me chamaram mais atenção do que outros, mas também havia alguns de que eu não gostei muito. Fiquei olhando quatro quadros com um carro azul, colocados juntos. Em cada um, o carro avançava pela tela até se perder no último deles.

Reconheço que estava um pouco entediada quando procurei Ross com o olhar outra vez. Vi que ele estava na entrada da sala, parecendo também estar me procurando, e fiz um gesto para que se aproximasse quando nossos olhares se encontraram, mas ele parou abruptamente porque três homens se interpuseram em seu caminho.

Então, sozinha mais uma vez, adentrei a sala que faltava ver. Nela, os quadros pareciam ser um pouco mais... nostálgicos. Mais tristes. Até mesmo as cores eram mais suaves. O que mais me chamou atenção foi o de uma menina, de costas, numa sacada. Era em preto e branco, e a única coisa colorida era o vestido amarelo dela. Fiquei olhando para o quadro por algum tempo.

Então, me virei e vi que Ross estava tentando não perder sua genuína simpatia enquanto falava com outro casal. Nossos olhares se cruzaram e pude ver que ele suplicava que eu o ajudasse. Me divertindo, tomei um gole de minha taça e me aproximei deles.

Fui maquinando minha estratégia no caminho. Tive que fazer muita força para não rir quando parei ao seu lado e ele me olhou com aquele sorriso simpático que dedicava a todo mundo.

No entanto, ele se adiantou quando viu que eu estava prestes a dizer algo e jogou meu plano na luxuosa lata de lixo que havia a poucos metros de nós.

– Querida! – exclamou alegremente, chegando perto de mim.

Meu Deus, parecia Lana.

O casal se voltou para mim com a mesma expressão de surpresa que havia em meu rosto, que se intensificou quando Ross parou ao meu lado e entrelaçou seus dedos nos meus. Inclusive me dando um suave beijo na boca.

Acho que meu rosto já estava tão vermelho quanto o carro do quadro ao nosso lado.

– Por que não me avisou que tinha chegado? – ele me perguntou. – Eu teria ido te buscar na porta.

– Hã... e-eu...

– Se me desculpam – disse Ross para o casal, amavelmente, apontando para mim com a cabeça –, há muito tempo que não vejo minha noiva. Vocês se importam...?

– Ah, claro que não.

A mulher e o homem se despediram de mim sorrindo gentilmente. Assim que saíram da sala, Ross suspirou, aliviado.

– Até que enfim. Achei que não fossem embora nunca.

– Noiva? – repeti, ainda vermelha de vergonha, soltando sua mão. – Foi a primeira coisa que te ocorreu?

– Sim. E até que deu pra acreditar. – Ele me deu um sorriso deslumbrante. – Nossa química é indiscutível.

– Não tem química nenhuma.

– Continue repetindo isso até acreditar.

Abri a boca para responder, mas apareceu outra mulher. Ross a cumprimentou com um gesto de cabeça e me pegou pelo braço, guiando-me rapidamente até a sala principal.

– Existe coisa pior do que encontrar amigos de seus pais que você não vê há anos? – ele perguntou, suspirando.

– Mas há quanto tempo você não vai a uma exposição da sua mãe?

– Faz dois meses. Eles vieram há três anos.

– Ah.

Sorriu.

– Sou um bom filho – ele disse, orgulhoso. – Às vezes. Quando não tenho nada melhor pra fazer.

– O filho do ano – eu disse, balançando a cabeça.

– Eu também poderia ser um bom noivo. Mas, como não temos química...

– Ah, cala a boca.

Peguei um canapé ao passar ao lado da mesa de comida e o enfiei na boca. Sim, eu ficava com muita fome quando estava nervosa.

– E por que Mike não veio? – perguntei. – Ela também é mãe dele.

– Você já tentou entrar em contato com ele alguma vez? – Ross revirou os olhos. – É mais fácil escapar da prisão de Guantánamo.

– Mas... se ele sempre está na sua casa...

– Sim, ele tem o dom de aparecer somente quando não preciso dele.

Neguei com a cabeça, olhando para um dos quadros, distraída. Quando me virei para Ross outra vez, vi que ele estava me observando com a cabeça inclinada e imediatamente voltei a ficar nervosa.

– O que foi? – perguntei em seguida.

– O que é que você tem hoje? Você está um pouco... diferente.

– Estou bem.

– Está nervosa porque vai conhecer minha mãe? – A ideia lhe pareceu engraçada.

– O quê? – Soltei um risinho nervoso. – O que você está dizendo? Claro que não. Isso seria muito infantil.

– Então você não está nervosa?

– Claro que não.

Dei um gole em minha bebida.

– Tem certeza?

– Sim.

– Não minta pra mim, Jen.

– Estou te dizendo!

– Tem certeza?

– Sim, seu chato!

– Beleza, então venha comigo que vou te apresentar a ela.

Eu me engasguei com a bebida e esperei um tempinho para não morrer afogada enquanto ele esboçava um sorrisinho maroto.

– O quê? – Pestanejei, tentando manter a compostura. – A-agora...?

– Podemos ir à meia-noite, mas não acho que ela vá gostar muito. Agora ela vai ser mais simpática.

– N-não, mas... não... eu... não quero incomodá-la. Talvez ela esteja falando com alguns convidados e...

– Não se preocupe com isso.

Hesitei um instante, deixando a taça sobre a mesa. Ele deve ter percebido minha hesitação porque pôs a mão na minha nuca e me obrigou a olhar para ele.

– Eu falei bem de você pra ela – esclareceu.

– Sério mesmo?

– Sim.

– E o que você disse a ela?

– Isso você nunca vai saber – ele me garantiu, brincalhão. – O que quero dizer é que ela já gosta de você.

Bom, isso era um alívio.

– Ok. – Assenti com a cabeça, como se fosse embarcar num navio de guerra. – Vamos lá.

– Já vou avisando que ela é um pouco estranha – ele disse, fazendo uma careta, e depois me guiou, ainda com a mão em minha nuca. – Um pouco... hippie e distraída.

– Hippie e distraída?

– Você já vai me entender.

Eu estava a ponto de responder quando vi que uma mão com as unhas pintadas de azul segurou Ross pelo ombro. Uma mulher de meia-idade, de cabelos longos e escuros e de olhos claros – cravados em mim, com certeza – apareceu, e fiquei com a impressão de que ela me escaneava dos pés à cabeça. Inconscientemente, fiquei firme.

– Ah, olá, mãe – disse Ross, sorridente.

Sua mãe me causou uma boa primeira impressão. Vestia uma calça cinza bem larga e uma camisa. Tinha uma trepadeira tatuada, que ia do pulso até o dedo mínimo. Não era a mulher formal que eu esperava encontrar, mas também não era a hippie que imaginei por conta da descrição de Ross. Era... uma mistura curiosa das duas coisas.

– Olá, Jackie, querido – disse ela, com uma voz arrastada, quase melodiosa.

Achei engraçado o jeito como ela me olhou. Era como se estivesse distraída, mas ao mesmo tempo me dava a impressão de que era uma pessoa muito observadora.

Eu estava começando a entender o que Ross tinha me dito.

– Esta é a Jennifer. Te falei sobre ela.

– Sim, eu vi vocês dois entrando juntos. – Sua mãe se afastou e olhou para mim com um sorriso gentil. – Como vai, querida?

Ela não esperou pela minha resposta. Me deu um abraço que me pegou tão desprevenida que quase não consegui retribuir. Felizmente, reagi a tempo e também lhe dei um abraço.

Assim que eu gosto.

Obrigada, consciência.

– É um prazer, sra. Ross – eu disse.

– Mary – ela me corrigiu. – Sra. Ross é minha sogra, e ela também não gosta que a chamem assim.

– Mary – eu me corrigi, ainda nervosa.

– Por falar na sua avó... – Ela olhou para Ross. – Faz tempo que não a vejo. Podíamos jantar com ela uma hora dessas.

Parecia que Ross ia dizer alguma coisa, mas sua mãe o ignorou completamente e passou um braço por cima dos meus ombros, afastando-me dele. Eu o olhei como pude e vi que ele revirou os olhos antes de nos seguir.

– O que está achando da exposição, Jennifer? – Mary me perguntou, atraindo minha atenção mais uma vez.

– Se você quer alguém que fique te bajulando, há muitos outros candidatos por aqui – disse-lhe Ross, atrás de nós.

– Jackie, meu bem. – Sua mãe olhou para ele. – Essa é uma conversa de meninas. Não incomode.

Sorri, achando graça, para Ross, que me fez uma careta.

Não pude deixar de perceber que a mãe de Ross falava com ele sempre com uma voz calma, como se estivesse nas nuvens.

– E então? Você gostou?

– Sim, sim, claro – eu disse, em seguida.

– Não vou me zangar se você disser que não gostou. Meu filho não gosta, e eu ainda não o deserdei por causa disso.

– Não é que eu não goste – replicou Ross. – É que não faz sentido.

– A arte é para aqueles que sabem compreendê-la, meu filho.

Ross fez uma cara feia outra vez, e eu tentei desesperadamente não rir.

– Eu... – limpei a garganta – eu costumava pintar quando estava no colégio. Um pouco.

– Ah, sério? – Ela sorriu antes de olhar para Ross. – Você não me disse nada.

– Não sabia que eu tinha que te passar a biografia completa de todos os meus colegas de apartamento antes de vir.

– Não de todos, só daqueles que você beija no meio da minha exposição.

De novo, me engasguei de maneira bem pouco elegante com minha bebida. Vi que Ross ficou muito quieto por um momento. Sua mãe, no entanto, esboçou um sorriso. Ela estava se divertindo muito.

– Isso foi... – ele tentou explicar.

– Prefiro não me meter nessa parte da sua vida – sua mãe o interrompeu. – É melhor você me poupar dos detalhes.

Eu continuava tentando não morrer afogada quando ela se virou para mim outra vez.

– De que quadro você mais gostou, querida?

Hesitei um momento, retomando a respiração. Quando Ross viu que eu não conseguia falar, apressou-se a fazê-lo em meu lugar.

– Todo mundo sempre escolhe o da bicicleta. É uma espécie de curinga.

– Isso é verdade – sua mãe concordou.

Eu tinha visto esse quadro, que estava na sala principal. Era uma bicicleta vermelha contra um fundo colorido. Sim, todo mundo parava para vê-lo.

– Bem... esse é bom... – eu disse torpemente.

– Mas...? – O olhar da mãe de Ross brilhava.

– Mas eu gostei mais daquele da menina na sacada.

Ela me olhou por um momento, e fiquei com a impressão de que havia passado num teste. A pressão sobre meus ombros – por causa dos meus nervos, não por causa de seu braço – diminuiu um pouco. Então ela sorriu e se afastou de mim.

– O da menina na sacada – ela repetiu. – Curiosamente, também é o meu favorito.

Primeiro teste da nossa nova sogra: aprovada.

– Não é meio estranho você dizer isso? – Ross lhe perguntou. – Não é pouco ético ou algo assim?

– É pouco ético se eu disser isso pra alguém que queira comprá-lo.

A mãe de Ross se virou e beliscou suas bochechas, sorrindo. Ele se afastou, mal-humorado.

– Não faça isso – disse ele, passando a mão no rosto. – Menos ainda em público.

– Ele ainda tem vergonha de mim – Mary me disse. – Você acha que isso está certo, Jennifer?

– Você não devia ter vergonha da sua mãe, Ross.

Ele me olhou de cara feia, enquanto sua mãe sorria.

– Bem, tenho muitos convidados para cumprimentar – acrescentou ela, suspirando. – Espero que, da próxima vez que nos encontrarmos, possamos conversar por mais tempo, querida.

Da próxima vez? Como podia ter tanta certeza de que teria uma próxima vez?

Até eu tenho certeza de que vai ter.

Ela se virou para seu filho e apertou os olhos.

– E você, veja se consegue aparecer mais em casa. Faz muito tempo que você não vai.

– Estou bem na minha casa – replicou Ross, um pouco mais seco que de costume.

– Isso não impede que você visite seus pais de vez em quando, Jackie. Você podia ir jantar um dia desses.

– Estou bem – ele repetiu.

Sua mãe pareceu hesitar, mas depois se virou para mim como se tivesse lhe ocorrido algo.

– E por que você também não vai, Jennifer? – ela sugeriu. – Seria um bom incentivo para que esse senhorzinho se digne a aparecer.

– Mamãe, não invente um compromisso pra Jen.

– Não tem problema – respondi. – Eu... hã... vou adorar ir à sua casa. Obrigada pelo convite.

– Você é um amor. Ah, Jackie, lembre-se de também avisar o seu irmão. Faz muito tempo que não o vejo. Como ele está?

– Como sempre. – Ross revirou os olhos.

– Já vi tudo. – Sua mãe sorriu um pouco menos animada e olhou para nós. – Bem, como já disse a vocês, ainda preciso cumprimentar muita gente entediante. Espero que gostem da exposição, crianças. Obrigada por terem vindo. Foi um prazer conhecê-la, Jennifer.

– Igualmente – eu disse timidamente.

Quando ela se foi, vi que Ross ainda estava me olhando de cara feia.

– O que foi? – perguntei.

– "Você não devia ter vergonha da sua mãe, Ross" – ele disse, imitando a minha voz.

Rindo, prendi seu braço no meu.

– Ora, vamos, foi engraçado.

– Acho que você gostou dela.

– Ela riu de você. Eu adorei ela!

– Que decepção. Pensei que você ia me defender quando ela começou a implicar comigo.

– Preciso lembrar que você passa o dia inteiro implicando comigo?

– Mas eu faço isso com carinho. Você faz com maldade.

Neguei com a cabeça e ele olhou para o celular.

– Enfim, está ficando tarde... Você viu o resto do pessoal?

– Na verdade, não.

Eu me virei para tentar localizá-los e vi que os três estavam perto da saída, procurando por nós. Naya foi a primeira a nos ver e fez uma cara alegre, como de costume. Eles saíram da galeria e eu levei Ross pelo braço até a porta.

Estávamos quase chegando na porta quando sua mãe reapareceu.

– Querido, quase me esqueci.

Ela beijou o rosto de Ross e ele pareceu ficar bastante envergonhado, o que me fez sorrir.

– Felicidades – acrescentou ela, tirando o batom do rosto de Ross com o dedo. – Divirta-se hoje, ok?

Ela apertou meu ombro amistosamente ao passar por nós para ir cumprimentar um grupo de pessoas no fundo da sala. Olhei para Ross, curiosa.

– Ela te desejou felicidades?

– É o que parece.

– Por quê?

– Porque é meu aniversário.

Já tínhamos saído da galeria, mas eu parei de repente para encará-lo, perplexa.

– O quê...? – Pisquei, reagindo. – É seu aniversário?

– Sim. – Ele deu de ombros.

– Hoje?

– Sim, por quê?

Empurrei seu peito e ele me olhou, surpreso.

– Por que você fez isso? – ele protestou.

– Você merece, por não ter me dito nada! – Franzi o cenho. – Você chegou a pensar em me contar, pelo menos?

– Claro que sim.

– Quando?

– À meia-noite. Para que você não pudesse me incomodar.

Eu me virei em busca de ajuda e vi que Naya e Sue esperavam perto de Will, que tinha acendido um cigarro. Fui diretamente até ele e ouvi Ross me seguindo.

– Você sabia que hoje é o aniversário dele? – perguntei a Will, em tom de acusação.

– Claro. – Will parecia confuso. – Você não?

– É o seu aniversário? – Naya arqueou as sobrancelhas.

– Eu tenho nojo de aniversários – murmurou Sue.

– Por que você dá tanta importância a isso? – perguntou Ross, confuso, enquanto acendia um cigarro. Não parecia muito preocupado.

– É o seu dia! – eu disse, tentando fazer com que ele reagisse. – Você deveria comemorar. Está fazendo dezenove anos.

– Vinte – ele me corrigiu.

Pestanejei, fazendo o cálculo rapidamente.

– Você tem dois anos a mais do que eu? – perguntei, confusa.

– Sim. – Ele sorriu. – Sou um tiozão, não é?

– Mas... você está apenas um ano à minha frente.

– Hã... sim. – Ele e Will trocaram um olhar rápido. – Eu tive um... probleminha no colégio. Com uma matéria.

– Você teve que repetir o ano?

– Não exatamente – disse Will, com ar divertido.

– E o que aconteceu?

Apesar de seu sorriso aparentemente despreocupado, vi que ele estava um pouco desconfortável.

– Não quero que você fique com uma má impressão de mim.

Olhei para Sue e Naya. Sue continuava comendo o que tinha conseguido roubar de comida na exposição, e Naya fingiu que não me via.

– Bem – como vi que ninguém ia me dizer nada, olhei para Ross –, então você não quer comemorar seu aniversário?

– O que posso dizer? Sou um homem simples.

– Ele nunca comemora o aniversário – Naya me esclareceu. – No máximo, saímos pra tomar uma cerveja.

– Então vamos fazer isso. – Balancei a cabeça. – Não consigo acreditar que você não quer fazer nada no seu aniversário.

– Na verdade, acho que vou pra casa – ele disse.

– Ross!

– Não estou com vontade de...

– Vamos, não seja chato.

Os outros também ficaram olhando para ele, aparentemente com vontade de sair para beber. Ross suspirou.

– Deixa eu terminar isso aqui – ele avisou, apontando para o cigarro.

Abri um grande sorriso. Até que enfim fariam algo que eu queria.

Enquanto esperávamos pelos rapazes no carro de Will, meu celular vibrou. Monty me ligara duas vezes e tinha acabado de me mandar uma mensagem.

Por que você não me responde?

Eu estava prestes a escrever alguma coisa quando recebi outra mensagem.

Com quem você está? Me manda uma foto.

Revirei os olhos e voltei a guardar o celular. Não ia passar por isso no dia do aniversário de Ross.

Na verdade, eu já tinha pensado bastante nesse assunto e estava cada vez mais segura de que não queria passar por isso nunca mais. Absolutamente. Embora tampouco fosse algo que eu pudesse decidir sem antes falar com Monty, claro.

Os rapazes apareceram pouco depois, e Will nos levou até o bar em que tínhamos visto Mike tocar daquela vez. Nos sentamos em uma das mesas perto das janelas e pedimos cerveja, menos Sue, que estava com sua inseparável garrafa de água.

– Continuo sem querer te dar água – ela me disse, ao ver que eu a olhava.

– Por que você não espera que ela peça pra dizer isso? – Ross me defendeu.

– Ei, você, cala a boca.

– Sue – eu disse. – É aniversário dele.

Ela hesitou por um momento.

– Então... ei, você, cala a boca... e muitas felicidades.

Ela se virou, dignamente.

Não sei quanto tempo ficamos ali. Bebi duas cervejas e meia, e isso já era suficiente para me deixar alegrinha, pois não estava acostumada a beber. Will foi o único a tomar uma só, fora Sue, que continuava com sua água. Afinal, ele tinha que dirigir.

Ross tomou cinco cervejas e continuava firme.

– Você nunca fica bêbado? – perguntei, confusa, vendo-o largar a garrafa vazia na mesa.

– Sou muito resistente. – Ele sorriu. – O que foi? Você já está bêbada?

– Não – murmurei. – Mas... hã... é melhor você terminar essa.

Divertindo-se, Ross pegou a meia cerveja que restava. Olhei-o de soslaio enquanto os outros falavam de algo que não me interessava e franzi o cenho.

– O que você quer? – Ross me perguntou diretamente.

– Como você sabe que eu quero alguma coisa?

– Puro instinto. O que houve?

Pensei um momento.

– O que aconteceu com você no colégio? – perguntei.

– E eu que pensei que você já não estava mais curiosa a respeito disso...

Apoiou o braço livre no espaldar da minha cadeira. Parecia um tanto desconfortável com o assunto, mas mesmo assim continuou falando.

– Tive um... hummm... problema com um colega.

– E repetiu o ano por causa disso?

– Tive um problema com ele e... bom, me expulsaram.

Fiquei olhando para ele fixamente.

– O quê?

– Já falei pra você que no colégio eu não era como sou agora.

– M-mas... o que você fez a ele?

– Isso eu não vou te contar.

– Ah, vai.

– Só vou falar que tive que repetir o ano. E olha que eu tirava notas bem boas. Eu era meio imbecil, mas estudava.

Queria saber mais, mas decidi esperar para ver se ele ficava bêbado para então perguntar de novo. E, apesar de ter bebido um pouco mais, não fez nada além de ficar olhando para os outros com pouco interesse.

Definitivamente, ele não ia ficar bêbado.

Por outro lado, não sabia bem por que, mas... cada vez que olhava para ele, eu o achava mais atraente. Provavelmente por causa das cervejas. Decidi tentar afastar esses pensamentos e me concentrar em outros que não me deixassem vermelha.

– Não consigo acreditar que você não me contou que hoje era seu aniversário – murmurei. – Não tenho nenhum presente.

– Não quero presente nenhum.

– Isso é o que todo mundo que quer ganhar presentes fala.

Apertei a boca ao perceber que meu celular vibrava por ter recebido outra mensagem. Com certeza era de Monty. Nem olhei.

– Não quero presentes, mesmo – ele garantiu. – Me conformo com que você não faça mais perguntas sobre o colégio.

– Eu não ia fazer – menti descaradamente.

– Como quiser.

– E o lance com Terry? – Sorri. – Naya te ameaçou dizendo que ia me contar. Por quê?

Ele terminou a cerveja e se pôs de pé.

– Vou fumar – ele disse, sorrindo. – Você pode vir, mas não vou te contar nada.

Os outros não prestaram muita atenção em nós quando saímos. Vesti o casaco, meio congelada. Ele acendeu um cigarro enquanto se sentava num dos bancos de pedra ao redor do estacionamento do bar.

– Você não devia fumar tanto – eu disse.

Ele suspirou.

– Começou...

– A longo prazo, isso pode provocar problemas cardiovasculares, doenças pulmonares, câncer de boca, de laringe e mil outras coisas... além de impotência sexual.

– Disse a médica...

– Procurei isso na internet pra te deixar informado!

– Bem, com essa última coisa eu ainda não percebi nenhum problema. – Deu um meio-sorriso. – Você percebeu?

– Hã? – Fiquei vermelha na mesma hora. – Eu? Não, eu não... Ora, vamos, estávamos falando dessa arma letal na sua boca.

– "Essa arma letal" – ele repetiu, rindo. – Como você é exagerada.

Olhei para ele de cara feia e ele logo parou de rir.

– Eu sei que faz mal – replicou. – Não preciso que você me lembre disso toda vez que acendo um, Jen.

– Ok, então vou te lembrar disso sem você precisar acender cigarro algum.

– Se eu o apagar, você tem que me prometer que vai parar de ver esses realities na TV. Esses sim são armas letais.

– Eu gosto dos meus realities!

– E eu gosto dos meus cigarros, Jen.

Fiz uma careta, mas acabei concordando. Ele sorriu e apagou o cigarro no chão.

– Pronto – disse ele, apontando para o cigarro. – Está contente?

– Depende. Quantos você ainda tem?

– Olha, acabei de sacrificar meio cigarro por sua causa – ele protestou. – Sei que isso é amor verdadeiro, mas vai devagar.

– Tá bem...

Esticou o braço, pegou minha mão e me puxou para perto de seu corpo. Fiquei de pé entre suas pernas e senti suas mãos em meus quadris. Apesar das várias camadas de roupa que eu estava usando, conseguia sentir perfeitamente todos e cada um de seus dedos.

– Não consigo acreditar que você não me contou que hoje era seu aniversário – repeti pela enésima vez.

– Não é que a minha vida vá mudar tanto assim só por fazer vinte anos – replicou. – Não acho que seja algo tão importante.

Naquele exato momento, percebi que o celular vibrou mais uma vez. Outra mensagem de Monty. Como o telefone estava em meu bolso e Ross estava passando a mão por ali, ele logo se deu conta.

– Você não vai ver quem é? – perguntou.

– Se fosse algo importante, me ligariam. – Dei de ombros.

Mesmo assim, não pude deixar de pensar no quanto Monty devia estar irritado e também que ele se irritaria muito mais se eu não lhe respondesse em seguida. Tentei tirar isso da minha cabeça. Monty havia me dito que, se eu falasse outra vez com Ross, nosso namoro estaria acabado. E eu estava falando com Ross. Mesmo que eu respondesse à sua mensagem, ele ficaria louco. Eu sairia perdendo de qualquer forma.

Sendo assim, preferia continuar desfrutando um pouco mais da companhia de Ross e me esquecer de Monty.

– Agora que me dei conta... – Apertei os olhos. – Você faz aniversário na véspera do Halloween?

– Sim. É fácil de lembrar. Certamente você já comprou uma fantasia, não?

Olhei para ele, confusa.

– Eu?

– Não, Jen. O garçom. O que é que você acha?

– Não comprei nenhuma fantasia... Por quê?

– Naya não te falou nada? Amanhã temos uma festa de Halloween. A desculpa perfeita pra gente encher a cara vestidos de criaturas malvadas.

– Ah, e onde vai ser?

Vi que seu rosto mudou de expressão quando limpou a garganta.

– Na fraternidade em que fizeram aquela outra festa.

– Ou seja... na fraternidade da Lana.

Quando tentei me afastar, Ross manteve suas mãos em meus quadris e se pôs de pé, me segurando.

– Não precisamos ir à festa – esclareceu.

– Não vou obrigar vocês todos a não irem à festa por minha causa, Ross. Mas eu não estou com vontade.

– E eu não estou com vontade de ir a festa nenhuma sem você. Podemos ficar em casa. Ou ir a outra festa.

Desviei o olhar e o ouvi suspirar.

– Olha, mesmo que fôssemos... duvido que vamos encontrar a Lana. E, se isso acontecer, posso pedir que ela te deixe em paz.

– Não quero colocar você numa situação desconfortável com sua amiga, Ross.

– Com minha amiga? – ele repetiu, incrédulo. – Não deixei bem claro pra você, dias atrás, qual era o lugar dela na minha vida?

– É... sim.

– Se você não quiser ir, não vamos, pronto. Mas não me diga que é por isso.

Pensei por um momento e levantei os olhos ao perceber que ele afastava a mecha de cabelo de minha testa sempre que ela escapava.

– Não tenho fantasia – murmurei.

– Podemos sair pra comprar uma.

Eu não tinha dinheiro e não ia pedir a ele que comprasse uma fantasia para mim. Isso estava fora de questão.

– No dia do Halloween? Já não vamos encontrar nenhuma.

– Bem, então Naya vai te emprestar uma. Ou vamos sem fantasia, qual é o problema?

Ross já estava com um sorrisinho de vitória nos lábios porque sabia que estava ganhando. Finalmente, suspirei e assenti com a cabeça. Seu sorriso ficou ainda maior.

– Está bem – concordei, apontando para ele. – Mas, se a Lana...

– Ela não vai chegar perto de você – ele garantiu.

– Por que você tem tanta certeza disso?

– Porque você vai estar ocupada comigo a noite inteira.

Então Ross me puxou para mais perto dele, com um sorriso diferente, que me deixou com a boca seca.

– Bem – ele murmurou –, até que eu tentei manter a compostura, mas a verdade é que já faz um bom tempo que quero arruinar o magnífico trabalho que você fez com esse batom.

Por algum motivo, só consegui dar um sorriso idiota.

– E está esperando o quê?

Senti os cabelinhos da minha nuca se arrepiarem quando ele se inclinou para a frente e me deu um beijo. Fechei os olhos e me deixei levar. Justo quando me preparava para abraçá-lo, o celular voltou a vibrar.

Desliguei sem olhar.

– Não estavam te...? – Ross começou a perguntar.

Fiz com que ele se calasse beijando-o outra vez. Ele não protestou.

Ficamos mais algum tempo nos beijando sem pressa alguma, mas me afastei rapidamente dele ao ouvir a porta do bar se abrir. Will e Sue estavam arrastando Naya, que tinha ficado bêbada ao tentar acompanhar o ritmo de Ross.

– Talvez a gente devesse voltar pra casa – sugeriu Will, olhando-a de soslaio.

Nós os ajudamos a entrar no carro, e vi que Will fez Naya se sentar na parte da frente. Sue, Ross e eu nos sentamos atrás, comigo no meio.

Por algum motivo, durante todo o trajeto fiquei tentada a me virar para Ross. Nossas pernas se tocavam, nossos braços também, mas isso parecia não ser suficiente. Eu sentia arrepios na ponta dos dedos toda vez que Will fazia uma curva e obrigava Ross a se encostar um pouco mais em mim. Respirei fundo.

Então senti que ele chegou ainda mais perto de mim. Meu coração parou um instante quando ele me beijou bem embaixo da orelha e depois apoiou a cabeça em meu ombro com a familiaridade de alguém que já havia feito isso mil vezes, apesar de, para nós, ter sido a primeira vez.

Por um momento, fiquei sem respirar, sem saber o que fazer. Por que estava tão alterada, se ele tinha apenas se apoiado em meu ombro? Mas eu estava nervosa. Ou melhor, tensa, no bom sentido. Ou no mau sentido. Dependia de como se olhasse para a situação.

Ross se afastou de mim quando chegamos ao prédio. Senti frio no pescoço quando ele saiu do carro e ficou esperando por mim. Will carregou Naya, que cambaleava, para o elevador e depois pelo corredor. Foram os primeiros a se fecharem no quarto. Sue também não demorou a sumir. Decidi imitá-los.

Estava tirando as botas quando Ross chegou no quarto, bocejando com vontade.

– Parabéns – eu disse a ele. – Afinal... eu ainda não tinha te dito isso.

Ele ficou me olhando por algum tempo, com sua mente perversa funcionando a mil.

– Obrigado. – Ele sorriu. – Embora na verdade eu possa pensar em mil maneiras melhores de ser parabenizado.

Pulei na cama e ele se deixou cair ao meu lado. Terminei de tirar as botas e me virei para olhá-lo. Estava com os braços cruzados atrás do pescoço.

– Não fiz nada e estou cansado – ele refletiu. – É surpreendente.

– Bem-vindo à minha vida.

– Você sai pra correr todo dia – ele murmurou, brincando distraidamente com os cordões do meu moletom. – Ou pra dar pulos pelo parque.

– Eu não dou pulos, eu corro como uma profissional. E durante uma hora e meia.

– Você gosta tanto assim de sofrer?

– Eu fazia atletismo – me defendi. – Sou boa nisso.

– Lembra quando eu perguntei o que você gostava de fazer e você disse "nada"? Pois já descobri que você gosta de pintar e de correr. Mentirosa.

– Eu não menti pra você! É que... bem, também não são coisas muito importantes.

Ele soltou o cordão e olhou para mim.

– Talvez eu devesse ir junto com você numa manhã dessas pra me certificar de que você não mente pra nós quando diz que vai correr.

– Você não ia conseguir acompanhar o meu ritmo, espertinho.

– Jen, você fica ofegante ao subir as escadas!

– Não é verdade! – Sim, era.

– Eu acho que você se limita a correr durante cinco minutos e logo para e vai tomar um café.

Ele riu quando tentei bater em sua cara com um travesseiro. Acabamos nos debatendo para ver quem ficava com o travesseiro, e de alguma maneira me vi deitada na cama aos beijos com Ross, mais uma vez. Fechei os olhos e o agarrei pela lapela da jaqueta, puxando seu corpo para mais perto de mim. Ele tirou meu moletom lentamente, me deixando apenas com a camiseta.

E então meu celular voltou a tocar.

Ross parou um momento quando tirei o telefone do bolso para deixá-lo sobre a mesinha de cabeceira, mas me detive ao ver que ele estava lendo o nome de Monty na tela.

– Ele é muito chato – eu disse. – Não dê muita importância.

Larguei o telefone em qualquer lugar, mas Ross ficou me olhando.

– Era ele quem estava te ligando antes?

– Hã... pode ser. Eu não vi.

Ross sustentou meu olhar por um momento e, honestamente, eu não soube muito bem como interpretar a expressão em seu rosto.

– Vocês brigaram?

– Sério mesmo que você quer falar sobre o Monty agora? – perguntei, frustrada.

Ele suspirou e se afastou de mim, depois ficou sentado na cama. Tirou a jaqueta e vi que ameaçou pegar seu pijama na cômoda. Eu o segurei pelo braço. Já tinha desligado o celular e o deixado em algum lugar.

– O que está fazendo?

– Indo dormir – ele disse, como se fosse evidente.

– M-mas... não...?

– Jen, não se ofenda, mas fica difícil eu me concentrar quando tem outro cara ligando pra você compulsivamente.

Ross soltou seu braço e se pôs de pé. Depois tirou a camiseta com uma mão e vi que ficou revirando as gavetas. A águia em suas costas parecia mais tensa do que de costume. Amaldiçoei Monty em voz baixa e me pus de pé, aproximando-me de Ross cautelosamente.

– Você ficou bravo comigo?

– Não – ele disse. E, realmente, ele não parecia bravo.

– Ross, é seu aniversário, não... não quero...

– Daqui a pouco já não será mais.

Olhei o relógio e vi que eram onze e quinze.

Suspirei e passei a mão no rosto. Não queria ir dormir assim, zangada com ele. Pensei em todas as vezes em que tinha ido dormir depois de ter discutido com Monty sem que isso causasse problema algum. Mas com Ross... não era a mesma coisa. Ross não era uma dessas pessoas com quem você queria ficar brava. Era uma dessas pessoas que você tinha vontade de abraçar.

Então foi isso que fiz.

Senti que ele ficou meio tenso quando envolvi sua cintura com os braços e lhe dei um beijo no centro da tatuagem. Depois apoiei meu rosto nele. Sua pele era aconchegante.

– Não fica bravo comigo – murmurei.

Senti a tensão de seu corpo diminuir quando suspirou e parou de remexer nas gavetas.

– Não estou bravo, já te disse.

– Mas também não está feliz.

Ele não disse nada e eu fechei os olhos.

– Ross... já faz algum tempo que as coisas com Monty não estão funcionando muito bem. Nós... hummm... discutimos quando contei a ele que você e eu... hã...

Parei de falar e pigarreei, incômoda. Ross tinha parado de mexer na cômoda e estava bem quieto, escutando.

– Eu... sei que faz pouco tempo que estou com o Monty – acrescentei, baixinho. – Faz só quatro meses, já sei. Mas... agora que me afastei um pouco dele... não sei. Sinto que estou melhor, sabe? Não é que ele me trate mal, mas acho que ele não me faz bem, nem eu a ele. Ross... quando começamos com essa história de relacionamento aberto, meu maior medo era que Monty gostasse mais de outra pessoa que de mim. E agora... agora estou com medo de que isso esteja acontecendo comigo.

Como Ross continuou sem dizer nada, me arrisquei e terminei dizendo a verdade.

– Tenho que falar com ele sobre isso, e estou com medo. Na verdade, nem sei se ainda estamos juntos. Estou tentando adiar o máximo possível essa conversa, por isso não atendi o celular. E é por isso que ele não para de ligar. Essa é... a estúpida verdade.

Ele ficou quieto por algum tempo e logo se virou, deixando que eu continuasse agarrada à sua cintura. Me olhou detidamente antes de esboçar um meio-sorriso.

– Quer ver algum filme?

Hesitei, surpresa.

– Agora?

– Você tem mais alguma coisa a dizer?

– Não, mas...

– Então isso é um sim?

Ok, eu não estava acostumada com isso. Em meu mundinho, as discussões sempre acabavam em gritos ou coisas piores, e não com as pessoas vendo filmes. Assenti com a cabeça, confusa.

– Sim... sim, claro.

– Show. Eu escolho.

– Hein? – Quando se afastou para pegar seu notebook, franzi o cenho, reagindo, afinal. – E por quê?

– Porque é meu aniversário.

– Mas...

– É meu aniversário – ele repetiu, muito digno.

Sorri e me deitei na cama ao seu lado. Ross já estava procurando um filme no enorme catálogo que tinha diante de si.

– Sinto muito por não ter falado antes com você sobre Monty – acrescentei, em voz baixa.

Ele se deteve por um momento para me olhar e balançou a cabeça.

– Vocês têm que resolver isso entre vocês, não comigo. Além do mais... eu já sabia que você tinha namorado.

– Tecnicamente, acho que ele já não é meu namorado.

– Por que não?

– Porque ele me disse que, se eu voltasse a falar com você, ele já não seria.

Ross franziu o cenho durante um segundo antes de sorrir para mim.

– Pois fico feliz por você não ter deixado de falar comigo. – Ele se virou e continuou a procurar um filme. – A verdade é que acho que meus dias sem nossas conversas sem sentido seriam muito vazios.

12

ANJOS E DEMÔNIOS

QUANDO A AULA ACABOU, FIZ UMA CARETA ao ver que estava chovendo. Parei em frente a uma das janelas da entrada e lembrei que estava sem guarda-chuva e sem dinheiro para o metrô. Pensei em esperar que parasse de chover ou, pelo menos, que a chuva ficasse mais fraca, mas nesse momento recebi uma mensagem de Naya:

Deixei a fantasia em cima da sua cama. <3

Balancei a cabeça, animada, e respondi:

Você acha que Will pode vir me buscar na faculdade?

Ele está em aula. Mas com certeza Ross vai adorar fazer isso.

Disquei o número de Ross depois de hesitar por alguns segundos e encostei o celular na orelha. No segundo toque, ele já respondeu.
– Se não é minha garota favorita!
– Ligando para seu garoto favorito – brinquei.
– Até que enfim você admitiu.
Revirei os olhos, achando graça.
– Em que posso ser útil neste dia tão agradável? – ele perguntou.
– Você está... fazendo algo importante?
– Mais importante do que você? Não acho.
– Ross, estou falando sério.
– O que houve? Está precisando de um motorista?

Olhei para minhas mãos, meio envergonhada.

– Bem... não seria nada mal. Quer dizer... se você puder. Esqueci a carteira e não posso pegar o metrô, e esperar não é...

– Jen, não precisa me explicar nada. Basta pedir.

Não pude deixar de esboçar um sorriso meio estúpido.

– Você pode vir me buscar?

– Já estou no carro – ele disse, animado.

Balancei a cabeça.

– Daqui a pouco nos vemos, então.

– Espero ganhar um beijo de agradecimento por isso.

– Vamos ver.

– Então há uma possibilidade.

– Quer desligar? Você não está dirigindo?

– Consigo fazer as duas coisas ao mesmo tempo.

– Ross, com essas imprudências ao volante, você vai acabar...!

– Está bem, mamãe – ele disse e desligou.

Enfiei o celular no bolso e olhei ao redor, esperando. Ross não ia demorar. Mesmo com mau tempo, dirigia como um louco. E Will me disse que Ross dirigia muito mais devagar quando eu estava no carro, não queria nem imaginar como o faria estando sozinho.

Decidi me concentrar no quadro de anúncios do saguão. Comecei a ler sem prestar muita atenção, mas passei a me concentrar mais quando notei que continha ofertas de emprego. Li todas elas e me fixei numa em que procuravam uma garçonete, com ou sem experiência. O salário era horrível e o horário era ainda pior, mas o lugar era perto da casa de Ross e eu ainda estava precisando do dinheiro do alojamento, antes que terminasse o prazo combinado. Mordi o lábio inferior, pensativa, e reli o anúncio.

Nesse exato momento, senti que alguém abraçava minha cintura por trás, grudando em minhas costas. Não precisei me virar para saber quem era.

– O que você está olhando, pequeno gafanhoto? – perguntou Ross, curioso.

– Como você conseguiu chegar tão rápido? – Olhei para ele por cima do ombro.

– Porque sou imprudente ao volante. O que é isso?

– Um anúncio de emprego. – Mostrei a ele.

Ele pegou o papel e vi sua cara se fechar quando o leu.

– E posso perguntar por que você se interessou?

– Ross, eu preciso trabalhar.

– Você não precisa trabalhar. – Ele fechou a cara ainda mais. – De modo algum.

– Na verdade, preciso.

– Você precisa é de dinheiro.

– Então... sim. Para isso existem os trabalhos.

– Esqueça esses trabalhos exploradores. De quanto você precisa?

Pisquei, surpresa, ao me dar conta da seriedade do que ele dizia.

– N-não... bem... não é que esteja precisando imediatamente. É pra pagar pelo alojamento quando voltar pra lá. Ou não terei mais um quarto.

– Então fique conosco.

– Sim, claro... – Sorri, brincalhona. – Para Sue me matar quando eu estiver dormindo.

– Sue gosta de você... surpreendentemente. E Will também gosta. E acho que não preciso te dizer o que sinto ao ver você perambulando pelo apartamento, não?

– De qualquer forma vou ficar com esse anúncio. – Tentei pegar o anúncio e Ross se afastou. – Ross!

– Não, esse não. Isso parece mais escravidão.

– São só algumas horas a mais.

– Nem sequer é algo legal. Você não devia nem colocar de volta no quadro.

– Ross, preciso de um emprego – disse a ele, desta vez séria.

– E por que você não pode, simplesmente, aceitar meu dinheiro?

– Porque não quero abusar de você e gostaria de ter meu próprio dinheiro.

Ele me olhou, mordendo o lábio como se estivesse pensando a toda velocidade. Eu cruzei os braços, amuada.

– Tá bem, mas não este emprego – ele concluiu. – Pelo menos procure um em que não vão te explorar.

– Não vou achar nada melhor.

– Claro que vai. Não diga bobagem.

Ele largou o anúncio no parapeito da janela e eu suspirei.

– Tá bem. Mas só aceito isso porque estou com fome e quero chegar logo em casa.

Seu olhar se iluminou quando me referi a seu apartamento como minha "casa". Nunca tinha feito isso antes, pelo menos não em voz alta. Limpei a garganta, meio envergonhada, e apontei para a saída.

– Você tem um guarda-chuva?

– Tenho algo melhor.

– O quê...?

Ele me pegou pela mão e me levou até a porta. Vi que vestiu o capuz da jaqueta e levantou um dos lados dela para me cobrir. Não tive outra opção a não ser me grudar em seu corpo para avançar até o carro. Quase me matei no caminho e ele começou a rir de mim, por isso o empurrei e acabei molhando meus tênis e minhas meias. Claro que ele continuou a rir com mais vontade ainda, inclusive depois de me deixar em meu assento e dar a volta no carro para se sentar no seu.

– Não tem graça, eu podia pegar um resfriado por sua culpa!

– Você é muito dramática. Tira os tênis e pronto!

– Minhas meias também estão molhadas – eu disse, zangada, cruzando os braços.

– Então tire as duas coisas.

– E vou descalça do carro até o prédio?

– Se você está insinuando que quer que eu te carregue nos braços, não vai precisar pedir duas vezes.

Sorri, com um ar divertido, enquanto tirava os tênis e as meias. Ross ligou o aquecimento do carro na mesma hora e pude sentir o ar quente nos meus pés descalços.

– Você já tem uma fantasia pra hoje à noite? – ele perguntou, me olhando de soslaio.

– Sim. – Sorri, empolgada, sem saber muito bem por quê. – Naya me emprestou uma.

– É uma fantasia de pequeno gafanhoto?

– Sinto muito, mas não.

– É de enfermeira sexy?

– Também não.

– É uma fantasia muito estranha?

– Talvez.

– O que é, afinal?

– Você vai ter que esperar essa noite pra ver.

Ele sorriu e balançou a cabeça.

– E você? – perguntei.

– Vou te contar só pra você ver que sou uma pessoa melhor do que você. Vou vestido como o assassino do filme *Halloween*. Michael Myers.

– Na versão sexy? – perguntei, rindo.

– Obviamente. Não podia deixar de ser assim, como você bem sabe.

– Talvez eu devesse me fantasiar como a protagonista desse filme.

– Talvez eu devesse te perseguir a noite inteira pra entrar no personagem.

Dei uma palmada em seu joelho e ele sorriu, inclinando-se para aumentar o volume do rádio.

Não falamos mais nada durante todo o caminho, e pude comprovar que, de fato, Ross dirigia mais devagar quando estava comigo. Levou quase o dobro do tempo para voltar para casa do que tinha levado para me buscar. Não sei por que, mas isso me fez sorrir para ele quando estacionou o carro. Ross logo percebeu e levantou uma sobrancelha, curioso.

– O que foi que eu perdi?

– Nada. Só o seu beijo de agradecimento.

Sem saber por que, soltei o cinto de segurança e me inclinei em sua direção para lhe dar um beijo na boca. No mesmo instante, soltei um gritinho de surpresa quando Ross me agarrou e me sentou em seu colo.

– Eita!

– Só queria facilitar o seu trabalho. – Ele sorriu como um anjinho.

Balancei a cabeça e me inclinei para a frente. Senti suas mãos dentro da minha blusa, em meus quadris, em minha pele. Então, pus as mãos em seu rosto para beijar seu lábio inferior, o superior e os cantos da boca, antes de me perder dentro dela.

– Sabe de uma coisa? Ainda temos uma chance de ficar em casa em vez de ir à festa – ele sugeriu. – Quer dizer, se fizermos isso... por mim, tudo bem.

– Não foi você que me convenceu a ir?

– Eu não sabia que você ia estar assim tão carinhosa!

– Eu sempre sou carinhosa!

– Que nada! Sou sempre eu quem tem que dar o primeiro passo. Estou farto de tanta pressão.

Sorri e me inclinei outra vez em sua direção. Desta vez, dei-lhe um beijo de verdade, levando as mãos ao seu pescoço e entrelaçando meus dedos ali. Desci um momento até o seu queixo, e sua barba rala espetou meus lábios.

– Você não gosta? – ele perguntou, ao se dar conta.

– Na verdade, sim.

– Quer que eu fale das coisas de que eu gosto em você?

Arregalei os olhos quando Ross agarrou minha bunda com as duas mãos, descaradamente. Ele sorriu ao ver minha cara de alarme.

– Juro que você tem a melhor bunda que eu já vi na vida.

– O q-quê...?

– Estou falando muito sério. Sempre faço você andar na minha frente pra poder vê-la melhor.

– Ross, não...!

Ele me interrompeu apertando minha bunda com as duas mãos e se inclinando para a frente para me dar um beijo que me deixou tonta.

Depois, sem aviso prévio, abriu a porta do carro e desceu, sem tirar a mão da minha bunda. Quando vi que, já dentro do prédio, nos dirigíamos até o elevador como se fosse muito normal ele me carregar nos braços, tentei descer.

– Quieta, fera – ele me disse, sorrindo.

– Alguém pode nos ver assim!

Ross me ignorou e entrou no elevador, apertando o botão do terceiro andar.

– E o que haveria de mau nisso? Só estou te segurando.

– Sim, pela bunda.

– Sim, pela sua bundinha perfeita.

– Ross... – eu disse, constrangida.

– Embora, na verdade, suas pernas e seus lábios também não sejam nada mal. Não sei do que gosto mais.

– Sério mesmo? Você só vai falar sobre o meu físico?

– Eu poderia ser piegas, mas prefiro permanecer pervertido. É mais divertido.

Abri a boca para responder e ele me interrompeu com um leve beijo embaixo da orelha. O tempo todo eu estivera agarrada a seus ombros, e meu primeiro impulso foi envolver seu pescoço com meus braços. Ele entendeu isso como um convite e, em seguida, me vi com as costas grudadas a uma das paredes do elevador, enquanto ele me beijava com vontade. Com muita vontade.

– Vocês estão precisando de mais alguém?

Quase tive uns dez infartos seguidos quando ouvi a voz de Mike na entrada do elevador. Ross ergueu a cabeça, mas não se separou de mim até que o empurrei, completamente vermelha de vergonha.

– Posso saber o que você está fazendo aqui? – Ross perguntou bruscamente ao irmão.

– Ei, não fica bravo comigo. Não queria cortar o seu barato, só estava me oferecendo pra melhorar a coisa.

– Sim, você está deixando tudo muito melhor – murmurei.

Ross revirou os olhos e me deu uma olhadinha enquanto eu ajeitava minha roupa. Chegou perto de mim para ajeitar meu cabelo e fiquei vermelha outra vez quando ele pôs sua mão em minhas costas para me levar até a porta do apartamento, ignorando a presença do irmão.

– Espera! – gritou Mike, indo atrás de nós. – Você tem comida? Estou morrendo de fome.

– Não tenho nada – disse Ross, sem nem olhar para ele.

– Ora, vamos, irmãozinho. Estou faminto e triste.

Suspirei e olhei para Ross antes de abrir a porta.

– Tem comida de sobra, tudo bem – eu disse, baixinho.

– Não quero que ele fique pra jantar.

– É uma pena, porque já estou aqui e minha cunhadinha me convidou – disse Mike alegremente.

O modo como ele se referiu a mim me fez abrir a porta para não ficar ainda mais vermelha. Se continuasse assim, meu rosto correria um sério risco de explodir.

Os outros, inclusive Will, estavam na sala. Olhei para Naya, estranhando aquilo – porque tinha me dito que não estava –, e ela me deu um sorriso angelical. Então ela só havia mentido em relação a Will para que Ross fosse me buscar.

Neguei com a cabeça e fui até o sofá com Ross me seguindo de perto. Mike tentou ir até uma das poltronas, mas se deteve ao ver a cara de ódio de Sue e optou por ficar ao meu lado no sofá.

– E aí, Mike? – perguntou Will. – Não sabia que você vinha.

– Eles também não. – E apontou para nós com a cabeça. – Peguei os dois no elevador se agarrando como dois macacos no cio.

Eu, que estava comendo minha primeira fatia de pizza, quase morri engasgada. Ross se virou para seu irmão com uma cara de assassino e os outros pararam, chocados.

– É brincadeira. – Mike revirou os olhos. – Vocês não têm senso de humor.

Quando todos pareciam estar convencidos, ele me deu uma cotovelada e piscou para mim.

– Posso perguntar por que você está descalça? – murmurou Sue depois de algum tempo, olhando para mim.

Baixei os olhos até meus pés descalços e, como não consegui dizer nada, Ross falou por mim.

– É uma longa história – limitou-se a dizer.

– Então não me contem. Credo, que preguiça!

Um pouco mais tarde, Naya me levou até o quarto de Ross e vi que tinha deixado a fantasia sobre a cama para mim. Fiz uma careta de horror quando a vi.

– Você não tinha me dito que era tão...

– Tão...? – ela perguntou, confusa.

– ... provocante.

– Isso não é nada! Você vai ver como as garotas vão a essa festa – ela respondeu e começou a rir. – Além do mais, Ross vai ficar louco quando te ver com essa saia.

– Não vou deixar ninguém louco.

– É verdade, ele já está louco por você.

Dei-lhe uma cotovelada e ela começou a rir, se divertindo, enquanto vestíamos nossas fantasias.

– Vamos ver, vocês parecem um casal – ela me disse.

– Mas não somos.

– E você não gostaria que fossem?

Parei, chocada.

– O quê?

– É uma pergunta inocente – ela acrescentou, rapidamente.

– Nem pensei no assunto – frisei, dando uns pulinhos para conseguir entrar na saia daquela fantasia. – Estou gorda demais pra isso.

– Você não está gorda. Eu bem que gostaria de ter uma bunda igual à sua.

O que deu em todo mundo para falarem da minha bunda hoje? Nem era para tanto. Olhei para ela no espelho do armário, fiz uma careta e continuei tentando vestir a saia. Naya me ajudou a prender a parte de trás e, por algum motivo, fiquei me perguntando se seria fácil de tirá-la mais tarde, com Ross.

Droga, eu realmente precisava falar com Monty o quanto antes.

– Will ficou sabendo da festa do soco – Naya me disse de repente, ajeitando seu cabelo se olhando no espelho. – Ficou chateado comigo.

– O quê? Como ele ficou sabendo?

– Um colega da aula dele estava na festa e me viu. – Naya fez uma careta. – Nós nos encontramos no bar, depois da exposição da mãe de Ross, e o idiota contou pro Will. Ainda bem que eu estava bêbada, senão Will teria ficado bravo comigo. Muito.

– Ainda não consigo imaginar Will bravo.

– Na verdade, geralmente sou eu quem fica brava – confessou, dando de ombros. – Tenho sorte de estar com Will. Quase ninguém consegue me aguentar, e ele não apenas me aguenta, ele gosta de mim! Quem diria?

Parei de vestir a fantasia e fiquei olhando para ela. Quando se deu conta, Naya também parou.

– Que foi? – perguntou, confusa.

– Não diga isso.

– Isso o quê?

– Isso de que ninguém te aguenta. Não é verdade. Eu te aguento, e também gosto de você. Não como Will – acrescentei rapidamente, o que a fez sorrir. – Você me entende. Se não fosse por você, eu estaria sozinha.

– Não acho que você estaria sozinha.

– Acho que sim. Se você não percebeu, minhas habilidades sociais são uma merda. Bem que eu gostaria de ser um pouco como você.

Naya esboçou um sorriso tímido. Era a primeira vez que agia assim desde que eu a conhecera.

– Você realmente acha isso?

– Claro que sim. – Joguei para ela a parte de cima da fantasia. – Anda, vista logo isso, antes que a conversa fique mais brega.

– Eu gosto que você seja brega comigo. – Ela piscou para mim. – E se nos juntarmos e esquecermos esses dois?

– Deixa eu tomar uma cerveja e te respondo. Olha como esse espartilho ficou bem em você!

– Ah, é mesmo? – Ela deu uma volta, feliz. – Pra você só ficou faltando a tiara de auréola.

– Ah, não. Sério?

– É o toque perfeito dessa fantasia!

Peguei o círculo de plástico branco e o pus na cabeça, prendendo-o com algumas mechas de cabelo. Naya aplaudiu, entusiasmada.

– Ah, não. – Joguei para ela uns pequenos chifres vermelhos. – Se eu usar a auréola, você tem que usar isso.

– É que não combinam com...

– Se eu usar a auréola, você tem que usar os chifres!

– Tá bem, tá bem.

Eu me olhei no espelho e mordi o lábio enquanto dava uma volta. Estava com um vestido branco de duas peças que parecia um sutiã com uma saia. Era surpreendentemente confortável e não mostrava nada que eu não quisesse mostrar, o que era um alívio. Também estava usando luvas brancas que pareciam de seda e que chegavam até os cotovelos. E botas brancas. E a auréola. E as asas, claro.

– Você está um perfeito anjinho! – exclamou Naya.

– Você acha? – Eu não estava muito convencida. – Espero não sujar sua fantasia. Ela é muito... branca.

– Não a uso há três anos. Por mim, pode ficar com ela. Enfim... você me ajuda com a minha fantasia? O zíper emperrou.

Assenti com a cabeça e lhe dei uma mão enquanto ela vestia sua fantasia de diabinha. Combinávamos perfeitamente uma com a outra, embora ela ficasse melhor com sua fantasia do que eu com a minha, claro. Naya vestia um macacão vermelho e preto com asas vermelhas e botas pretas de salto alto. Parecia uma modelo.

Eu não conseguia entender como é que alguém como Naya, que era um encanto em todos os aspectos possíveis, podia ter algum complexo.

Fomos até o banheiro para nos maquiar. Primeiro eu a ela, e depois ela a mim. A verdade é que eu me divertia muito com Naya. Me senti um pouco culpada por pensar que eu me dava muito melhor com ela do que com Nel. Com Naya eu sentia que podia ser eu mesma e falar sobre qualquer coisa, e que ela podia fazer o mesmo.

– Perfeito – ela disse depois de passar o rímel em mim. – Não passei demais. Afinal, é para se supor que você seja um ser inocente.

Sorri e me olhei no espelho. Estava com uma sombra rosa, os cílios meio escuros e os lábios cor-de-rosa, e só com isso já parecia perfeito. Naya era realmente boa nisso. Sua maquiagem era muito mais escura e sedutora, o que ela adorou.

É claro que, durante o tempo em que estivemos ocupadas no banheiro, os outros ficaram esperando por nós, já prontos. Todos menos Mike, que já tinha desaparecido de novo.

Naya entrou na sala dando uma volta espetacular e Will abriu um grande sorriso ao vê-la. Ele estava vestido de Drácula.

– Diabinha? – ele perguntou, olhando-a de cima a baixo várias vezes. – Você não tinha me contado.

– Era uma surpresa, vampiro sexy. Você gostou?

– Se eu gostei? Vem aqui.

E começaram a se beijar, como de costume.

Ross continuava sentado no sofá, esperando. Cheguei perto dele, que esboçou um sorrisinho ao ver minha fantasia.

– Um anjo? – Ele arqueou uma sobrancelha.

– O que foi? Não gostou da fantasia?

– Acho que gostei tanto que já quero que você a tire.

Ross se pôs de pé e o rosa do meu rosto fez um contraste perfeito com o branco da minha roupa. Ele esticou a mão e, curioso, passou os dedos pelas asinhas suaves que eu tinha nas costas.

Ele estava vestido como havia me dito: com um macacão de corpo inteiro azulado e manchado com sangue falso, botas pretas escondendo a barra das calças e uma faca de plástico no bolso da frente. Peguei a faca, sorrindo, e fingi que o ameaçava.

– Sou um anjo vingador.

– E eu sou um assassino apaixonado.

Devolvi-lhe a faca, me divertindo, e balancei a cabeça.

– Michael Myers andava por aí com o rosto descoberto?

– Na verdade, ele usava uma máscara, mas eu não queria te negar o prazer de ver minha cara.

Ross pôs a máscara e eu assenti com a cabeça.

– Com certeza você é uma versão melhorada de Michael Myers.

– Você não viu o original – ele disse, tirando a máscara.

– Nem preciso.

Ele esboçou um sorriso malicioso e se inclinou para me beijar, mas parou quando eu pus a mão em seu peito. Sue tinha acabado de entrar na sala e podia nos ver. Will e Naya não me preocupavam tanto. Estavam tão ocupados com seus beijos e suas risadas que era como se pertencessem a um universo paralelo.

Tive que segurar o riso ao ver que Sue estava vestida como a Wandinha da Família Addams e que isso lhe caía ridiculamente bem. Em todos os sentidos.

– Olha, Sue, era pra se fantasiar – esclareceu Ross.

– Como você é engraçado! – Sue revirou os olhos. – Podemos ir agora? Quero tomar todas.

Chegamos à festa pouco tempo depois, com Ross dirigindo a uma velocidade que ele considerava bastante razoável. Tive a impressão de que nesse dia havia mais gente do que o normal, talvez porque estivessem todos fantasiados. Quando vi as fantasias das garotas ao meu redor, imediatamente deixei de achar que a minha fosse provocante.

Estava puxando Ross pela mão entre as pessoas para ir até a cozinha quando vi que uma garota vestida de gatinha, com uma roupa diminuta, passou por nós e sorriu para Ross sem reparar que estávamos de mãos dadas. Dispensei a ela um olhar fuzilante que se transformou num olhar perplexo quando me virei e vi que Ross só olhava para mim. Ou, mais concretamente, para a saia que eu estava usando.

– Pelo amor de Deus, Jen, fantasie-se de anjo todos os dias, pelo resto de minha vida.

Comecei a rir, me esquecendo da garota-gata, e chegamos à cozinha. Os outros já tinham se perdido na festa, então peguei duas cervejas bem geladas e Ross as abriu com a mão. Nunca entendi como ele conseguia fazer isso sem se machucar. Dei um gole em minha cerveja e peguei sua mão outra vez, agora para guiá-lo até a festa.

Poucas vezes eu tive vontade de dançar, mas essa foi uma delas.

Além disso, encontramos nossos amigos assim que entramos na pista de dança improvisada. Passamos quase duas horas dançando com eles – bem, Sue apenas suspirava e mexia a cabeça –, rindo e bebendo. Eu já tinha tomado três cervejas e meia quando saí da pista e fui até o terraço, morrendo de calor. Ouvi Ross me seguir e me apoiei no gradil de pedra. Ele parou ao meu lado.

– Quer que eu termine isso? – ele perguntou, apontando para a cerveja na minha mão.

– Estou bem. – Revirei os olhos. – Descobri faz tempo que o meu limite, antes de ficar muito bêbada, é de quatro cervejas. E estou a meio caminho da quarta.

Fiz uma pausa e olhei para Ross de soslaio.

– Se bem que... pensando bem... é melhor que você beba. Vai que...

Ele começou a rir e aceitou a cerveja, recostando-se no gradil ao meu lado. Apoiou sua mão perto da minha, mas não fez nenhum movimento para me tocar enquanto bebia a cerveja. Mordi o lábio inferior, pensativa.

– Posso te perguntar uma coisa?

– Você já está perguntando... – ele observou, brincalhão, olhando para mim.

– Não... é outra coisa.

– Já me deixou curioso.

– Hã... por que você nunca leva garotas pra sua casa?

Ele ficou em silêncio por um momento, surpreso.

– Por que essa pergunta? – ele questionou, finalmente.

– Eu vi como as garotas olham pra você, Ross.

– Que garotas?

– Todas as que passaram por nós e sorriram pra você, tentando se aproximar.

– Honestamente, nem tinha percebido.

– Ah, fala sério! – Fiz uma careta para ele.

– Mas é sério! – insistiu.

– E você nunca levou uma garota pra sua casa?

– Levei você.

– Não desse jeito, Ross.

Ele suspirou e olhou para a garrafa de cerveja antes de se voltar para mim de novo.

– Sim, já levei garotas pro apartamento – ele disse, enfim.

Imediatamente, me senti como se tivesse levado um chute no estômago. Fechei a cara ao imaginar Ross fazendo com outra pessoa o que fazia comigo naquela cama. Quanto mais o imaginava, mais me afundava em meu próprio poço de autocomiseração. E isso não era justo. Ele estava falando de um tempo antes de nos conhecermos, antes de começar nossa... bem, seja lá o que for que houvesse entre nós.

– Jen, não faça essa cara, por favor.

– Não estou fazendo cara nenhuma – respondi, tentando falar no tom mais neutro possível.

Eu não tinha o direito de ficar chateada, nem mesmo se fosse sua namorada. E eu não era sua namorada.

Levantei a cabeça ao sentir que Ross pôs a mão na minha nuca para mexer carinhosamente no meu cabelo e ajeitar a auréola. Ele tinha ficado na minha frente, com os pés ao lado dos meus e uma mão apoiada no gradil, perto da minha cintura. A garrafa de cerveja agora estava abandonada sobre uma cadeira.

– Faz muito tempo que não faço isso – ele disse, baixinho, acariciando meu queixo.

– Eu não devia ter perguntado, você não tem por que me dar explicações.

Ele franziu o cenho e parou de me acariciar por um momento.

– Mas eu quero.

– Ross, é a sua vida, não...

– Estou te dizendo que não faço isso há muito tempo. E não quero fazer de novo.

Mordi o lábio e ele o puxou suavemente para soltá-lo. E não sei se foi por causa do álcool ou pelo momento em si, mas não pude deixar de perguntar:

– Quanto... quanto tempo faz que você não...?

– Desde que te conheci.

Devo ter feito uma cara de espanto absoluto, porque ele começou a rir.

– Você não acredita?

– Fala sério, Ross.

– É verdade.

– Você não pode mentir pra um anjo, sabia? Vai pro inferno imediatamente.

Ele voltou a rir, claro.

– Eu já disse que nunca menti pra você. Não tenho nenhuma intenção de começar agora.

Olhei para seus lábios, úmidos de cerveja. Engoli em seco, mas ainda tinha algumas perguntas para fazer.

– E... você não tem vontade de... voltar a fazer isso?

– Absolutamente não – ele disse, sorrindo.

– E por que não?

– Por que o faria?

– Não sei...

– Você quer fazer isso?

– Claro que não.

– Pois eu também não. Preciso te explicar por quê?

Eu estava nervosa ao lhe fazer essas perguntas, era como se tentasse me autossabotar. Por que não podia, simplesmente, desfrutar disso que havia entre nós, seja lá o que fosse? Gostaria de conseguir ser como Naya era com Will.

Eu precisava falar com Monty o quanto antes. Talvez fosse isso, não? Talvez fosse o sentimento de culpa. Eu duvidava que conseguisse me livrar disso, mesmo que rompesse com ele, mas... pelo menos seria sincera comigo mesma.

– Você tá bem? – Ross perguntou, ao perceber que eu continuava em silêncio.

Envolvi seu peito com os braços para me inclinar e esconder o rosto na curva de seu pescoço. Fiquei surpresa com a intimidade com que o fiz, como se ele realmente fosse meu companheiro. Isso era tão confuso e condenável que me deu vontade de chorar. Mas só por um momento, porque seu abraço era aconchegante demais para eu ficar triste. Fechei os olhos quando ele pegou a mecha de cabelo de sempre e a prendeu atrás da minha orelha.

— Você tá bem? — ele repetiu.

Assenti com a cabeça, sem me afastar dele.

— Podemos voltar pra casa? — perguntei.

Percebi que Ross hesitou por um momento.

— Vou avisar os outr...

— Só você e eu — esclareci.

Mais uma vez, Ross se deteve. Não me atrevi a olhar para ele, mas notei que se moveu e tirou o celular do bolso. Trocou algumas palavras com Will e se afastou para me olhar com o cenho franzido, segurando meu rosto.

— Tem certeza que tá bem?

Assenti mais uma vez, mas ele não pareceu muito convencido.

De qualquer maneira, me pegou pela mão e abriu caminho entre as pessoas para que pudéssemos sair dali. Assim que entramos no carro, voltou a me olhar preocupado.

— Jen, você tá...?

— Preciso que você me prometa uma coisa.

Meu tom grave o fez arregalar os olhos, precavido.

— Hã... sim, claro.

— Mas você ainda não sabe o que é, Ross.

— E o que é?

— Não quero que você se sinta mal por causa de Monty.

Ele quase caiu na risada.

— Não se ofenda, Jen, mas estou cagando pro seu namorado...

— Ele não é meu namorado. Pelo menos... não oficialmente. E não estou me referindo a isso. Eu... queria me convencer de que naquela primeira noite em que você e eu... hummm... você sabe... de que aquilo aconteceu por causa do trato que fiz com Monty, por isso é que te contei. Mas não é verdade. Eu... bem... eu já gostava de você. Não pense que tudo isso... é só por causa desse trato.

— Eu não acho isso, Jen — ele me garantiu, em voz baixa.

— Certo, mas... me prometa que, se algum dia você achar isso, vai me dizer.

— Já te disse que não...

— Ross, apenas... me prometa.

— Está bem — ele assentiu, finalmente. — Eu prometo. Mas não entendo...

Interrompi-o dando um beijo em seu pescoço, com a cabeça apoiada em seu ombro. Ele ficou quieto por algum tempo antes de ligar o carro e arrancar em direção à casa. Senti que ele estava um pouco tenso quando estendi a mão e acariciei seu joelho distraidamente, mas seu corpo logo relaxou. E, de fato, fiquei com a impressão de que ele dirigia mais devagar que de costume.

Quando chegamos ao estacionamento, meu humor tinha melhorado um pouco. Ou melhor, minha confusão tinha diminuído. Ele me olhou de soslaio quando me afastei dele e sorri.

– Acho que é a primeira vez que estou sozinha com você no apartamento.

– Suas mudanças de humor são meio difíceis de acompanhar, sabia?

– Meus irmãos também acham. Eles costumavam me chamar de histérica de um jeito muito carinhoso.

Ele começou a rir enquanto me seguia até o elevador. Logo que as portas se fecharam, o olhei de soslaio e vi que estava com os olhos grudados na parede ao meu lado, na qual tinha acontecido... aquilo... naquela mesma tarde.

Com um sorrisinho perverso, agarrei a parte da frente do seu macacão e dei um passo para trás, encostando-me na parede do elevador para trazê-lo até mim. Seu olhar se turvou quando se deu conta do que eu estava sugerindo.

Em menos de um segundo, ele se inclinou e me beijou, desfazendo-se de toda a ternura que havíamos mantido durante o caminho. Afundei as mãos no seu cabelo quando ele começou a acariciar minhas costas.

Tivemos de nos afastar para sair do elevador antes que ele fechasse outra vez, e não pude deixar de sorrir ao ver que ele abriu a porta do apartamento com muito mais pressa que o normal.

– Você está com pressa? – provoquei um pouco.

– Você não?

– Nem tanta.

– Mentirosa.

Sorri quando Ross me puxou pela mão e me fez entrar no apartamento junto com ele, indo direto para seu quarto. Assim que fechou a porta, começou a me beijar de novo.

Suspirei em sua boca, excitada, quando desabotoei os primeiros botões de seu macacão e o fiz cair pelos ombros, acariciando sua pele e deixando-a exposta até a altura dos quadris. Ele se afastou para tirar as botas e o macacão, ficando apenas com a roupa de baixo, enquanto eu jogava a auréola longe e tirava a saia. Tudo ia bem até eu tentar me livrar daquelas estúpidas asas e não conseguir. Ross se virou para mim dando pulinhos e voltas, tentando me ajudar, e começou a rir.

– Para de rir e me ajuda! – protestei.

Ele ainda ria quando chegou perto de mim e me beijou. Seus braços me envolveram e seus dedos desataram as asas rapidamente. Elas caíram no chão como um peso morto e eu as afastei com um chute, ficando na ponta dos pés para acariciar suas costas enquanto ele remexia em meu corpete.

Depois de alguns segundos, percebi que não estava conseguindo desamarrar os laços e comecei a rir no meio de um beijo. Ele sorriu e me deixou guiar sua mão até o primeiro laço, que foi desfeito, assim como o segundo. Mas ainda faltavam doze.

– Que se dane isso. Depois a gente compra outro pra Naya.

Comecei a rir quando Ross pegou o corpete e simplesmente o rasgou, deixando-o caído no chão.

E, naquele exato momento, meu celular tocou.

Ross levantou a cabeça e eu estiquei a mão para desligar o celular, sem sequer ver quem era. Ele sorriu malicioso e passou a mão por minhas costas para desabotoar o sutiã e jogá-lo para longe de mim. Justo quando ia se inclinar para beijar minha pele, agora descoberta, meu celular voltou a tocar.

– Porra – soltei, mal-educada, e mais uma vez desliguei o telefone sem ver quem estava ligando.

– Nunca tinha ouvido você dizer um palavrão – ele disse, achando graça.

– O momento pede.

Ele sorriu e se inclinou para me empurrar, brincalhão, em direção à cama...

... quando o maldito celular voltou a tocar.

– Não seria mais fácil atender? – ele perguntou, inclinando a cabeça.

– Ou colocar no silencioso.

– É outra opção, à qual não vou me opor.

Eu me virei e fiquei de barriga para baixo para pegar o celular. Sorri quando ele percorreu meus ombros com a boca, apoiando-se em meu corpo, por trás. Olhei a tela do celular e meu sorriso desapareceu na mesma hora.

Havia doze mensagens de Monty e mais de vinte ligações perdidas.

Por um momento, não consegui me mexer. Li rápido algumas das mensagens e vi que Monty estava paranoico, como sempre. Justo nesse momento, ele me ligou outra vez e eu quase não atendi. Quase.

– Eu... – não sabia como dizer aquilo. – Vou atender, tá bem? Só pra ele ficar quieto.

– Te espero aqui.

Dei um pequeno sorriso de agradecimento e, no caminho, recolhi e vesti a parte de cima de meu pijama. Cheguei à sala bem a tempo de atender à ligação, antes que Monty desligasse.

– Monty – eu disse simplesmente, meio irritada –, da última vez em que nos falamos, eu já...

– Jenny, eu sinto muito.

Parei de falar repentinamente.

– Você está... chorando?

– Jenny, me desculpa por tudo o que eu disse. Eu... não queria ter falado com você daquele jeito.

Minha vontade de lhe pedir que me deixasse em paz sumiu de uma hora para outra e fiquei em silêncio, pasma. Poucas vezes eu o tinha visto – ou ouvido, no caso – chorar.

– Monty... – comecei, hesitando.

– Sei que sou um imbecil – ele continuou. – Mas... Jenny, eu te amo. Esses dias em que você não atendeu minhas ligações foram horríveis. Eu não devia ter dito o que disse. Sinto muito. Eu estava... com ciúme. Achei que você ia me abandonar por causa desse cara. Sinto muito. Fui um babaca. Eu não mereço você.

Passei a mão no rosto e engoli em seco. De repente, fiquei com vergonha de admitir que essa ideia realmente havia passado pela minha cabeça. De fato, cheguei até a sugerir isso a Ross.

– Não é verdade – murmurei. – Você não é uma pessoa ruim, Monty, mas...

– Sim, já sei o que você vai me dizer sobre o trato. Você tinha razão. Pode continuar a encontrar esse cara quantas vezes você quiser. Eu... te amo, Jenny. Confio em você. Plenamente. Sei que você nunca vai me trair.

– Você me disse que, se eu o encontrasse outra vez, nosso namoro estaria terminado – lembrei a ele. – Voltei a falar com ele, Monty. E... outras coisas. Pensei que, assim, tivéssemos terminado.

– Retiro o que disse – ele respondeu, em seguida. – O que sinto por você é mais forte do que essa merda. Já disse, Jenny, confio em você. Sei que nunca faria isso comigo. Me perdoe. Vamos voltar, está bem? Eu... vou achar algum jeito de me redimir. Eu juro.

Fechei os olhos, com força. Fiquei com o coração partido ao ouvir que ele estava tão destroçado por minha causa. Me deixei cair no sofá e apoiei a testa numa das mãos.

– Você sempre diz a mesma coisa – murmurei.

– Mas dessa vez é verdade. Vamos, Jenny, quem é que vai gostar de você mais do eu? Estou te pedindo perdão porque me importo com o nosso relacionamento. Porque me importo com você. Estou de saco cheio de ficar mal. Eu só quero... continuar a nossa história. Seja quais forem as suas condições. Sério mesmo, não vou reagir mal outra vez. Juro pra você.

Fiquei em silêncio por uma eternidade, com vontade de chorar por causa da frustração que sentia por saber perfeitamente, assim como ele, desde o início dessa conversa, como ela iria acabar.

– Só mais uma chance – ele suplicou. – Uma última chance. É só o que eu te peço. Preciso de você.

Levantei a cabeça inconscientemente, e a vontade de chorar aumentou quando vi que Ross estava me olhando, com o ombro apoiado contra a parede do corredor. Pela expressão em seu rosto, deduzi que ele sabia o que estava acontecendo do outro lado da linha.

Durante um segundo, fiquei tentada a dizer não a Monty e fazer aquilo que realmente queria fazer, mas... só por um instante. A possibilidade de dizer não a Monty e partir seu coração fez eu me sentir tão desprezível... que não consegui fazer isso.

– Está bem – sussurrei, baixando os olhos. – Uma última chance.

Eu sabia que Ross estava olhando para mim, mas não fui capaz de retribuir o olhar. Sabia que não ia gostar do que veria. E também sabia que eu merecia isso.

– Obrigado, Jenny. – O alívio de Monty foi instantâneo. – Te amo. Você não sabe o quanto. Meu Deus, por um momento pensei que... Não importa. Te amo.

– Eu... preciso desligar, Monty.

– Te amo – repetiu, pela enésima vez.

– Boa noite.

Desliguei o celular lentamente, sem me atrever a erguer os olhos. De fato, não me atrevi a fazê-lo muitos segundos depois, quando senti que o silêncio ao meu redor se tornou tão tenso que ameaçava me sufocar.

Com efeito, Ross continuava a me encarar. E o que mais me doeu foi que ele não parecia estar bravo. Nem um pouco. Apenas decepcionado.

– Sinto muito – murmurei.

– Não sinta – ele disse, com uma voz monótona. – Ele é seu namorado, não é?

– Ross... não é tão fácil... Ele...

– Você não me deve nenhuma explicação – Ross me interrompeu.

Houve outro instante de silêncio quando olhamos um para o outro. Ele passou a mão nos cabelos, suspirou e deu um sorriso forçado.

– Acho que vou voltar pra festa, ficar um pouco mais.

– Ross, você não tem por que ir. Eu durmo no sofá.

– E por que você faria isso?

– Pra... pra não nos sentirmos desconfortáveis... não?

Ele me olhou por um momento, com a boca apertada, antes de dar de ombros.

– Por que eu iria me sentir desconfortável por dormir com uma amiga?

Não soube o que lhe dizer. A verdade é que eu merecia o que estava acontecendo. Ross desviou o olhar, balançou a cabeça e saiu. E eu me atirei no sofá me perguntando se tinha feito a coisa certa.

13

A LASANHA DA DISCÓRDIA

ROSS E EU NÃO NOS FALAMOS MUITO NO DIA SEGUINTE. A situação estava tensa. E eu também não tinha falado com Monty. Apesar de tudo, ele não voltou a me mandar mensagens nem a ligar, o que também não fiz. A verdade é que eu não queria ver nenhum dos dois, pelo menos por um dia. Isso soa um pouco egoísta, mas eu precisava clarear as ideias.

No entanto, quando Monty me ligou no fim da tarde, enquanto eu ainda estava no campus, decidi atender logo, para não piorar as coisas.

– Oi – murmurei.

Silêncio. Ah, não.

– Posso saber por que você não falou comigo o dia inteiro, Jenny?

Parei um momento ao perceber o tom agressivo que ele havia usado para me dizer isso. Eu conhecia bem demais aquele tom. Sabia o que viria a seguir.

– Relaxa – eu disse.

– Relaxar? Posso saber que merda a minha namorada andou fazendo pra não falar comigo o dia todo?

– Falei pra você relaxar.

– Ah, sim, pra você é fácil. Sempre sou eu que ligo pra você. É tão difícil assim ligar pra mim de vez em quando?

– Eu estava ocupada, ok?

– Ocupada com o quê? Com o pau de Jack Ross na boca?

Senti meu rosto ficar vermelho de indignação.

– Nem pense em falar comigo desse jeito! – reclamei. – Você está irritado, mas isso não te dá o direito de...!

– O que você estava fazendo? – ele me cortou, bruscamente.

– Nada!

— Então você não tem nenhuma desculpa pra ter sido uma namorada de merda durante todo o dia.

Tentei não ficar de mau humor – ou melhor, com um humor ainda pior – para não soltar os cachorros em cima dele. Respirei fundo e apertei o nariz. Quase podia enxergar sua expressão de fúria, e o único alívio que tive foi que, felizmente, ele não estava diante de mim e ia acabar descontando sua frustração no travesseiro.

— Olha, Monty – eu disse, lentamente –, você está irritado, e eu estou a ponto de me irritar... não acho que este seja o melhor momento para falarmos sobre isso.

— Falar sobre o quê? O que você fez?

— Eu não fiz nada!

— E por que está assim? Por que se sente culpada? – ele soava agitado. – O que você fez, Jennifer?

— Quando foi que eu disse que estava me sentindo culpada?

— É evidente! Que merda você andou fazendo?

— Meu Deus... – Esfreguei os olhos. – Sério, o que está acontecendo com você? Foi você quem fez alguma coisa e está com medo de que eu faça o mesmo?

— Eu não fiz nada, mas temo que você tenha feito.

— Pois não fiz, então você está de parabéns, pois está gritando comigo por nada!

— Tem certeza de que não fez nada?

— Preciso desligar – eu disse, cansada. – Depois nos falamos.

— A partir de agora, quero que você responda todas as minhas mensagens, ok?

— Eu não tenho que fazer o que você pede.

— Você não pode fazer o que eu te peço nem a porra de uma vez na vida, Jennifer?

— Eu sempre faço o que você pede porque você é um psicótico.

— Quer que eu diga o que você é?

— Monty...

— Quer que eu vá até aí pra dizer na sua cara o que você é?

Senti um nó na garganta e balancei a cabeça.

– Não – murmurei.

– Exatamente.

Meu tom submisso pareceu ter lhe agradado mais.

– Agora seja uma boa garota e prometa que vai responder minhas mensagens.

– Monty...

– Você está surda? Anda, promete pra mim.

Respirei fundo, tentando me acalmar um pouco.

– Prometo – eu disse baixinho.

– Assim é que eu gosto. Agora me diga o que você está vestindo.

– Uma blusa, calça...

– Que blusa?

– A verde, Monty.

– O que está fazendo? – perguntou. – Ou melhor, o que você vai fazer esta noite?

– Você está passando dos limites – avisei.

– Vai encontrar esse Jack Ross?

– Eu... não sei...

– Então há uma possibilidade de que você faça isso.

– Monty, não sei, estou te dizendo.

– Você é uma namorada de merda.

– Você me disse que eu podia fazer o que quisesse!

– E você gostou, não é? Te dei a desculpa perfeita pra você continuar sendo...

– Não vou continuar com essa conversa, Monty. Vou desligar.

– Se você desligar, te juro que vou atirar a merda desse telefone na parede.

– Adeus, Monty.

– Nem pens...

Desliguei e respirei fundo, tentando me acalmar.

Essas discussões me deixavam esgotada, e eram sempre iguais. Eu já estava farta delas. Por que Monty não conseguia mais ser aquele garoto encantador pelo qual eu tinha me apaixonado? Por que teve que se transformar nesse louco ciumento que não parava de dizer palavrões? Apenas um dia havia se passado, e ele já tinha descumprido a promessa de não ficar bravo comigo por qualquer besteira.

Estava a ponto de soltar um palavrão quando senti o celular vibrar.

Minha mão já estava preparada para jogá-lo dentro da bolsa, mas parei subitamente ao ver que era Ross. Hesitei um momento. Naquela manhã, nós mal tínhamos nos falado e agora... ele estava me ligando?

– Ross? – murmurei, ao atender.

– Você vai fazer alguma coisa esta noite? – ele perguntou, animado.

Pisquei, surpresa.

– Eu... hã... não. Por quê?

– Minha mãe nos convidou pra jantar. Will e Naya estarão lá. Posso confirmar sua presença na mesa presidencial?

Mal tínhamos nos falado e agora ele estava me convidando para ir à casa de seus pais. Genial. E depois eu é que era a pessoa difícil de entender.

– Hoje à noite? – repeti, saindo do prédio da faculdade.

– Sim – ele disse. – Se você quiser, posso passar aí pra te buscar.

Eu não disse nada por algum tempo. Não sabia o que pensar.

– Jen? – ele perguntou, confuso.

– Sim, tô aqui. – Voltei à realidade.

– O que houve?

– Eu... – hesitei um momento. – Nada. Só estou um pouco... confusa.

– Por quê?

– Por nada, só... Nada.

Houve um momento de silêncio.

– Você sabe que pode me contar o que quiser, né? – ele disse, carinhoso.

Por algum motivo, isso me deu vontade de chorar. Balancei a cabeça, embora ele não pudesse me ver.

– É só que... acabei de discutir com Monty – eu disse, com um fio de voz que havia tentado evitar com todas as minhas forças. – Mas não quero falar sobre isso. Mesmo.

Ross voltou a fazer uma pausa.

– Jen... eu...

Ele limpou a garganta.

– Se algum dia... se algum dia você sentir que não consegue mais lidar com ele, me diga. É só dizer.

– Isso não te afeta, Ross – falei, agora com mais vontade ainda de chorar.

– Claro que me afeta. Quando você deixa de sorrir por causa de um imbecil, isso me afeta.

Dessa vez fui eu que não soube o que dizer. Engoli em seco e desfiz o nó na garganta. Ross era extremamente doce quando queria, e acho que nem se dava conta disso. Isso só me fazia gostar ainda mais dele.

– Era pra você estar chateado comigo – eu disse, afinal.

Ele hesitou por alguns segundos.

– Pra mim é difícil ficar chateado com você, Jen.

Esbocei um sorriso e balancei a cabeça, um pouco mais animada.

– Não sei se eu devia ir a esse jantar – murmurei.

– E por que não? – ele perguntou, confuso.

Porque Monty ficaria bravo comigo. Porque eu continuaria a brincar com os sentimentos de Ross. Mas eu não me atrevia a dizer isso a ele, então falei apenas do terceiro motivo:

– Você devia me ver. Estou um lixo.

– Duvido muito.

– Pois vai deixar de duvidar quando me vir.

– Vamos na casa dos meus pais, não a um banquete real.

– Bem, então... não sei...

– Devo te avisar que minha mãe é ainda mais chata do que Naya quando quer alguma coisa – ele disse. – Se eu fosse você, iria.

– Tá bem – concordei finalmente, um pouco mais animada. – Então eu vou. Que horas...?

– Ótimo. Vou te buscar.

Ross desligou antes que eu pudesse responder. Olhei para a tela do celular com os olhos semicerrados.

De fato, seu carro surgiu na frente do prédio da faculdade cinco minutos mais tarde. Entrei no carro e ele me olhou de cima a baixo antes de revirar os olhos.

– O que foi? – Olhei para mim mesma, assustada, em busca de algum defeito que não tivesse percebido antes.

– E você ainda diz que está um lixo – ele murmurou, negando com a cabeça.

Ross ligou o rádio e dirigiu depressa até sua casa. Naya e Will estavam nos esperando na porta do prédio, falando alguma coisa sobre as aulas de Naya, então eu me desconectei rapidamente, assim como Ross.

– Onde seus pais moram? – perguntei, olhando pela janela do carro.

Estávamos nos afastando do centro da cidade.

– A uns dez minutos daqui – disse Ross. – Dirigindo rápido.

Eu não tinha certeza se devia ou não fazer uma piada, mas, afinal, não consegui me conter.

– Quer dizer que eles moram a vinte minutos daqui, mas, como é você que está dirigindo, levaremos apenas dez.

Ele deu um meio-sorriso.

Como era fácil fazer as pazes com Ross. Com Monty, ao contrário, era tudo tão difícil...

É que Ross é melhor.

Obrigada por sua imparcialidade, querida consciência.

– Vou tentar não encarar isso como um insulto às minhas habilidades de motorista – disse Ross, trazendo-me de volta à conversa.

– Até que você dirige bem, considerando a sua velocidade – admiti.

– Tenho bons reflexos.

– A polícia também acha isso?

– Se algum dia me pegarem, vou me lembrar de fazer essa pergunta por você.

De fato, dez minutos depois, vi que entrávamos num bairro residencial com casas grandes, amplos jardins e carros de luxo. Ou seja, a versão rica de meu antigo bairro.

Já era noite, então não consegui ver muitos detalhes antes de Ross chegar a uma casa consideravelmente grande, de cor marfim, com janelas e portas de madeira escura. Uma casa bem moderna. Parou o carro em frente a uma garagem, que se abriu alguns segundos depois. Era bastante grande, e seu carro entrou ali sem problemas, junto com outros que imaginei serem de seus pais.

Pensei na pobre garagem de meus pais, tristemente transformada na oficina de Steve e Sonny, meus dois irmãos.

Ross puxou o freio de mão. Vi que Will e Naya saíram do carro e fiz o mesmo, apressada. Estava nervosa e não sabia por quê. Não tanto como na galeria, mas ainda estava.

Fiquei surpresa por Ross ter me esperado antes de avançar em direção à casa.

– Nervosa? – ele perguntou.

Nossos amigos estavam a uma distância prudente, não podiam nos ouvir. Era um alívio. Assenti com a cabeça.

– Um pouco – admiti. – Quem vai estar aí? Sua mãe e nós?

– E Mike, certamente.

– Seu pai...?

– Não, ele não. – Seu semblante ficou tenso, então não insisti.

Naya e Will se aproximaram.

– Estou com fome – disse ela.

– Sinto cheiro de comida – murmurou ele.

– Sinto cheiro de lasanha – corrigiu Naya, com os olhos semicerrados, como se estivesse concentrada em farejar os arredores.

Ross abriu a porta da casa e eu fui a primeira a entrar. Por dentro, a casa era como por fora: simples, formal e suntuosa, mas bonita. E organizada. E muito limpa. Cheirava a perfeição e a dinheiro, se é que isso é possível.

Estávamos no hall de entrada. Dali passamos a uma sala de estar gigante, com uma lareira acesa e uma TV maior do que a nossa. Depois passamos da sala de estar à sala de jantar, onde havia uma longa mesa de vidro, já com os pratos e talheres postos. Fiquei olhando por algum tempo para uma enorme luminária que pendia sobre a mesa.

– Olá? Mãe? – perguntou Ross, enfiando a cabeça na cozinha ali ao lado.

A mãe de Ross levantou a cabeça quando nos ouviu chegar. Estava olhando o forno e sorriu, distraída, como já havia feito na galeria.

– Olá, queridos – ela disse alegremente. – Está frio, sentem-se na sala perto da lareira. Já está pronto.

– É uma lasanha? – perguntou Naya, aparecendo.

– Você tem bom olfato. – A mãe de Ross sorriu. – Vamos, andem. Meu marido e meu filho mais desastroso não vão demorar a chegar.

Naya e Will já tinham se afastado, mas eu parei de repente ao perceber que Ross não fazia o mesmo. Ele encarava a mãe.

– Papai está aqui? – Ele franziu o cenho.

Sua mãe o olhou com uma cara de quem pede desculpas.

– Chegou há uma hora, querido. Eu não sabia que ele voltaria tão cedo, ou teria te avisado.

Ross não disse nada, mas percebi que não havia gostado muito da surpresa. Ficou olhando para a mãe por mais algum tempo antes de se dar conta de que eu ainda estava ali. Parecia não saber o que fazer.

– Por que você não mostra a sala para Jennifer, querido? – sugeriu sua mãe.

Ele não disse nada, mas me pegou pela mão e me levou até a sala. Naya e Will já estavam sentados num dos sofás. De minha parte, reservei um momento para olhar ao redor. Havia várias estantes cheias de livros, assim como muitos quadros e fotografias, provavelmente de autoria de Mary. Havia também um enorme piano de cauda preto perto de uma janela.

Aquela casa cheirava a luxo. Que inveja.

– Posso perguntar algo bem óbvio? – Olhei para Ross.

Ele ergueu uma sobrancelha, curioso.

– Surpreenda-me.

– Por que diabos você mora naquele apartamento se tem uma casa como essa?

Ele sorriu, dando de ombros.

– Eu gosto daquele apartamento.

– Mas... aqui você tem tudo isso!

– E lá eu tenho você.

Fiquei quieta por um momento. Naya e Will trocaram um olhar quase na mesma hora, e vi que ela nem se preocupou em esconder um sorriso.

Mas não, isso não era legal. Eu tinha tomado uma decisão e não queria brincar com os sentimentos de Ross. Soltei sua mão sem pensar no que estava fazendo.

Então, antes de poder digerir o que acabara de acontecer, a porta principal se abriu e escutei um assobio. Aproveitei aquele momento para não olhar para Ross, mas para seu irmão, que apareceu com um enorme sorriso. De qualquer maneira, me sentei ao lado de Ross.

– Olá a todos – cumprimentou Mike, feliz, dando uma voltinha tipo Michael Jackson. – A festa acabou de chegar.

– Estava tudo bom demais... – murmurou Naya.

Mike pulou no sofá e se sentou entre nós dois, sorrindo descaradamente. Ross olhou para ele como se quisesse matá-lo.

– O outro sofá não era suficiente pra você? – perguntou a ele.

– Como vai, Jenna? – Mike perguntou, ignorando-o.

– Bem – eu disse, afastando-me para deixar espaço para os três. – Achava que você não viria.

– Sempre me inscrevo para comer grátis – ele disse, sorrindo. – Especialmente quando a companhia é agradável.

– A companhia não está interessada em você – murmurou Ross, sem olhar para ele.

Mike fingiu não ouvir.

– Estou com um material novo – Mike me disse, com um sorriso malévolo. – Se você estiver entediada, é só me ligar. E pode chamar aquela amargurada também. Não nos esqueçamos de que somos um time.

– Material novo? – perguntou Naya, confusa.

Justo enquanto Ross e Mike lutavam para encontrar lugar no sofá, vi que um homem de meia-idade descia pelas escadas em caracol a alguns metros dali. Tinha o cabelo perfeitamente penteado para trás, uma barba grisalha bem rala e óculos de armação preta. Fiquei surpresa com o quanto ele se parecia com seus dois filhos.

Mike e Ross eram muito parecidos de rosto, embora nenhum dos dois gostasse muito disso. Como seu pai, ambos tinham o queixo marcado, as maçãs do rosto altas e olhos castanho-claros. Ross, porém, era mais alto e magro, como sua mãe; enquanto Mike era mais baixo e musculoso, como seu pai.

– Rapazes – cumprimentou o pai de Ross, sem o sorriso que caracterizava sua mulher. Seu tom de voz era bem mais formal.

– Papai – cumprimentou-o Mike, com um sorriso.

Ele o ignorou e entrou na cozinha sem dizer mais nada. Aparentemente, só eu fiquei surpresa com isso, e não pude deixar de notar que Ross não o tinha cumprimentado.

Quando fomos para a mesa, acabei me sentando entre Ross e Mike, portanto a situação não era exatamente conveniente. Mas, claro, assim eu não ia me entediar. Will e Naya estavam do outro lado da mesa. Ela olhava para a lasanha como se fosse arrancá-la da mesa e sair correndo. Os pais de Ross se sentaram cada um numa ponta da mesa, sem olharem um para o outro.

Cinco minutos mais tarde, todos estavam concentrados no próprio prato. A mãe de Ross tentava sorrir para mim quando eu a olhava. O pai estava com uma expressão bastante séria. Ross parecia irritado por ele ter aparecido. Mike não parava de encher sua taça de vinho. Comíamos em silêncio, esperando que alguém dissesse alguma coisa.

Sim, tudo muito desconfortável. A situação ideal para que as luzes sejam apagadas e, ao se acenderem novamente, apareça algum morto.

– Bem... – O pai de Ross quebrou o silêncio afinal, e eu me encolhi ao perceber que ele focava sua atenção em mim. – Você deve ser Jennifer. É a única que não conheço.

– Sim, sou eu. – Sorri, constrangida. – É um prazer conhecê-lo.

Por que me sentia tão pressionada a passar uma boa impressão?

– Não sei se foi você o motivo, suponho que sim, mas queria te agradecer por ter convencido Jack a vir. Há meses que eu não jantava com ele.

Ele falou isso encarando Ross, que retribuiu o olhar com a mesma expressão, não muito amigável.

– Certamente você sentiu minha falta – ele replicou secamente.

Ao ver que a coisa estava ficando tensa, Mary sorriu para mim.

– Eu disse ao meu marido que você tem um olho bom para os quadros.

– Eu? – Olhei para ela, surpresa.

– Sim, você tem. – Seu tom de voz se tornou mais jovial. – Você gosta do mesmo que eu. Isso é ter bom gost...

– O que você estuda? – seu marido a interrompeu, olhando para mim.

Ele me dava a impressão de estar sempre calculando o valor das coisas, independente do que estivesse olhando. Justamente o que estava fazendo comigo agora. Pela sua cara, deduzi que o meu valor não devia ser muito alto.

– Filologia – murmurei.

– Filologia? – O sr. Ross balançou a cabeça. – Não. Você devia parar, isso não vai te levar a lugar nenhum. Se você tem um olho bom para a arte, devia...

– Querido – disse Mary, sorrindo docemente –, não comece. Estamos jantando.

— É só uma sugestão – ele respondeu, sem olhar para ela. – E com certeza Jennifer gosta de sugestões, não é mesmo?

— Hein? – Eu já começava a parecer uma idiota outra vez. – Ah, sim, claro... Parecia que ele ia dizer mais alguma coisa, mas Mike o interrompeu.

— Vocês sabiam que hoje eu tinha um show? – disse, com a boca cheia de lasanha. – Mas desmarquei, só para poder vir a esse jantar formidável. Espero que estejam contentes.

— É muita gentileza da sua parte – disse sua mãe, com um sorriso.

— Seus fãs devem estar chorando – murmurou Ross.

— Há algumas garotas que estão, com certeza. – Mike costumava ignorar as ironias de Ross. – Aquelas que estavam lá naquele dia. As que estavam com as camisetas justinhas e as calças apertadinhas, marcando...

— Acho que já conseguimos ter uma ideia, Michael – seu pai o interrompeu, secamente.

— Seu show foi bem legal – eu disse, tentando ser simpática. – Foi... muito divertido.

— Obrigado, cunhadinha.

Fiquei vermelha, mas, felizmente, Naya disfarçou, entrando na conversa.

— Foi bem legal? – Ela fechou a cara. – Você está com excesso de cera nos ouvidos ou...?

— Naya, tem mais lasanha – disse Will em seguida, antes de se virar para Mary. – A exposição também estava muito boa.

— Muito obrigada, querido. – A mãe de Ross sorriu para ele e logo voltou a olhar para Mike. – Pena que você perdeu.

— Eu dormi – disse ele, sem se importar.

— Então, você continua com essa... banda – balbuciou seu pai, olhando-o.

Sua expressão deixava bem claro o que ele pensava da banda de Mike. E a expressão do filho mais velho deixava claro o quão pouco lhe importava sua opinião.

— Não é uma banda qualquer – Mike disse, animado. – É a minha banda. E somos realmente bons, você devia ir nos ver e...

— E você ainda não pensou em conseguir um trabalho normal? – seu pai interrompeu. – Um trabalho em que você ganhe um salário mensal e que te dê alguma estabilidade, se possível.

– Não, isso não é pra mim. – Mike deu de ombros e continuou devorando sua lasanha.

Seu pai o olhou de um jeito que me fez lembrar de como meu pai tinha olhado para minha irmã quando ela lhe contou que estava grávida. Ross, por sua vez, continuava sem levantar a cabeça. Parecia tenso.

Inconscientemente, estiquei a mão e toquei na dele sob a mesa. Ele me olhou, surpreso, e eu sorri. Para meu espanto, ele relaxou bastante, então coloquei sua mão no meu colo e a acariciei distraidamente antes de me virar para Mary para quebrar aquele silêncio.

– A lasanha está muito boa. – Olhei para Will.

– Sim, está muito boa – ele concordou, solenemente, com um movimento de cabeça.

– Ah, obrigada, queridos. O truque é...

– Seus pais trabalham em quê, Jennifer? – o pai de Ross me perguntou, interrompendo bruscamente minha tentativa de ter uma conversa mais amena.

Hesitei um momento. Por algum motivo, falar sobre isso com ele parecia desmerecer seus trabalhos. Acariciei os dedos de Ross, que ainda estavam no meu colo.

– Minha mãe é enfermeira e meu pai era motorista de caminhão.

– Era?

– Teve um problema na coluna e já não pode trabalhar como caminhoneiro.

– E você tem irmãos?

– Quatro.

– Mais velhos ou mais novos?

– Mais velhos. Todos.

– Vocês devem ser uma família muito unida, seu olhar se iluminou ao falar neles. – Mary sorriu para mim, e percebi que logo depois olhou para seu marido como se quisesse que ele se calasse.

– Um salário de enfermeira é suficiente pra manter uma família tão numerosa? – O sr. Ross tomou um pouco de vinho, me encarando.

Franzi o cenho antes de tentar buscar as palavras adequadas. Não entendia por quê, mas me sentia constrangida.

Senti que a mão de Ross estava ficando tensa e continuei a acariciá-la, embora já não soubesse se era para relaxar a mim mesma ou a ele.

– Meu pai recebe uma pensão por causa da lesão – eu disse. – E minha irmã mais velha já não mora em casa, então, tecnicamente, eles só precisam sustentar...

– Por que ela não mora com vocês? Está estudando em outro país?

– Não... ela... teve um filho ainda muito jovem e agora mora com ele.

– Com que idade?

– Dezessete.

– Um acidente, suponho.

E com um professor do colégio, mas isso não era problema dele.

– Sim, um acidente. – Eu estava começando a soar um pouco na defensiva.

– Por que não abortou?

– Porque decidiu não fazer isso.

– Podia ter dado o bebê para adoção.

– Nós amamos muito Owen – eu disse, e dessa vez não pude evitar soar irritada. – Na verdade, minha irmã amadureceu muito desde que ele nasceu. E sei que ela nunca teria tomado uma decisão diferente.

Ele me observou durante alguns instantes antes de me oferecer um sorriso frívolo, de lábios apertados, e murmurar um:

– Estou vendo.

Continuava a me olhar com uma expressão que eu sabia interpretar muito bem. A última vez que a vi foi quando acompanhei Nel a uma perfumaria cara com minha roupa obviamente barata. A vendedora havia me olhado do mesmo jeito, e eu tinha me sentido tão mal quanto agora.

Quando Ross tentou tirar a mão do meu colo, irritado, entrelacei meus dedos nos seus. Seu pai continuou a falar como se nada tivesse acontecido.

– E seus irmãos? Trabalham em quê?

– Isso é um jantar – Ross falou, secamente. – Por que você sempre tem que transformar tudo num interrogatório?

– Se você não se importa, estou perguntando algo à *minha* convidada – disse seu pai, com cortesia, embora continuasse a me olhar com a mesma expressão. – Você trabalha, Jennifer?

Dessa vez parei de acariciar a mão de Ross. Percebi que ele fechava o punho, enquanto meu rosto ficava vermelho.

– Bem, não... mas... estou procurando emprego, e...

– E você mora com meu filho no apartamento dele?

Hesitei um momento, sem saber o que dizer.

– Hã... sim, mas... mas é temp...

– Você paga um aluguel?

– Jack – Mary falou secamente.

– É apenas curiosidade – ele disse, sem deixar de me olhar. – Você paga um aluguel, Jennifer?

Baixei a cabeça. Percebi que todo mundo me encarava.

– Eu... não – murmurei, em voz baixa.

O pai de Ross se virou para Will.

– William, você mora com meu filho, não?

Ele assentiu com a cabeça, depois de me dar um sorriso de desculpa. Dava para cortar aquela tensão com uma faca. Ross estava com a cara fechada. Tirou bruscamente a mão de meu colo. Parecia furioso.

– E você paga um aluguel pelo quarto? – o sr. Ross perguntou a Will.

Will me olhou por um momento e não disse nada. Somente assentiu com a cabeça, quase envergonhado.

– Estou vendo.

– Lembro a você que o apartamento é meu – frisou Ross bruscamente. – O que faço com ele é problema meu, não seu.

– Acho que tenho o direito de saber o que acontece na vida do meu filho para poder aconselhá-lo adequadamente. – Ele me olhou outra vez. – E por que você não paga aluguel, Jennifer?

– Eu... hã... – Não sabia o que dizer a ele. – É temporário, são só...

– Os aluguéis costumam ser temporários, por isso têm esse nome.

– Jack, já chega – disse a mãe de Ross, visivelmente irritada.

– Só quero saber por que essa garota pode morar de graça na casa do meu filho enquanto os outros têm que pagar aluguel.

– Isso não é problema seu – repetiu Ross.

– Você é namorada dele? É isso?

– Jenna tem namorado – replicou Naya, tentando me defender.

– Ah, então você tem namorado e mora com meu filho. Levando em conta que você seguramente dorme com Jack, tenho certeza de que seu namorado está muito feliz.

– É... é complic...

– Me diz, Jennifer, o que exatamente você faz com meu filho para poder morar de graça, às custas dele?

Fiquei olhando para ele de boca aberta antes de ouvir um ruído seco ao meu lado. Ross tinha se levantado, movendo a cadeira de um só golpe.

– Chega – disse ele. – Vamos embora, Jen.

Olhei para Will. Ainda estava confusa pelo que tinha acabado de acontecer. Ele também se levantou.

– Não seja infantil – disse o pai de Ross, balançando a cabeça.

Vi que Ross se virou para ele com uma cara que não me pareceu nada engraçada. Eu nunca o tinha visto tão zangado. Mike também não sorria, e isso não era muito comum para ele. Mary afundou o rosto nas mãos.

Então senti que Naya me puxava pelo braço. Mais uma vez, deixei que ela me guiasse através da sala enquanto escutava as vozes cada vez mais altas de Ross e de seu pai, além da de sua mãe, tentando acalmá-los. Preferi não ouvir o que diziam. Chegamos ao carro de Ross e nos sentamos em nossos lugares. Fiquei olhando minhas mãos, sozinha na frente do carro.

Não sabia nem o que pensar. Eu me sentia humilhada. E horrível por ter sido o motivo principal da discussão de Ross com seu pai.

– Não é culpa sua – disse Will, como se pudesse ler minha mente.

Olhei-o de soslaio.

– Teoricamente, não era para ele estar aqui hoje – acrescentou Naya. – Normalmente, a gente só vem quando ele está viajando. Ele não se dá bem com os filhos.

– Nem com todo mundo – acrescentou Will.

Esperamos mais uns minutos. Eu já cogitava ver se Ross estava bem quando a porta da garagem se abriu e ele apareceu. Sua cara não estava muito boa. Sentou-se no carro e bateu a porta com força. Ficamos todos em absoluto silêncio. Ross estava tão sério que dava medo.

Ele já tinha ligado o motor quando Mike apareceu. Como Ross não deu sinal de que ia baixar o vidro, eu o fiz, e Mike deu a volta no carro para enfiar a cara pela minha janela.

– Maninho – ele sorriu –, posso dormir na sua casa esta noite? Por motivos óbvios, não quero ficar aqui.

Ross ficou olhando o volante, de cara amarrada. Depois olhou para Will, que imediatamente abriu a porta para Mike.

E, girando o volante, saiu da garagem e acelerou.

Desta vez eu me agarrei dissimuladamente ao assento. Sabia que Ross não iria nos colocar em perigo por estar irritado, mas, quando dirigia depressa, dava um medo verdadeiro. Estava com uma expressão tensa, com a mão na alavanca de câmbio, a uma velocidade muito alta.

Por instinto, estendi a mão e a pus sobre a dele. Ele reduziu a velocidade bruscamente quando olhou para minha mão e depois para mim. Por fim, pareceu reagir e se acalmar um pouco. Voltou a uma velocidade normal, engolindo em seco, e eu acariciei o dorso de sua mão antes de entrelaçar meus dedos aos seus mais uma vez.

Quando chegamos ao apartamento, Ross jogou as chaves na bancada. Tínhamos deixado Naya no alojamento, então acabei ficando sozinha com os três rapazes. Mike tirou a jaqueta e a jogou na poltrona, com menos habilidade que seu irmão, fazendo com que caísse no chão com um barulho abafado.

– Suponho que fico com o sofá – ele disse, sorrindo e deixando-se cair nele.

Ross o ignorou completamente e se dirigiu ao seu quarto sem dizer uma palavra. Will suspirou.

– Ele continua não suportando o papai, hein? – Mike sorriu para nós. – Tem coisas que nunca mudam.

– Isso acontece sempre que eles se encontram? – perguntei, olhando para os dois.

– Quase sempre. – Will assentiu com a cabeça. – Discutem por qualquer coisa. Pelo menos hoje Ross tinha motivos para se irritar com ele.

Eu não disse nada. Na verdade... talvez não tivesse tantos motivos. Afinal de contas, ele não tinha dito nada que não fosse verdade.

Suspirei. Queria ir dormir de uma vez.

– Boa noite, rapazes – eu disse.

Will sorriu para mim e entrou em seu quarto, enquanto Mike ligava a TV.

Ao chegar ao quarto de Ross, fechei a porta. Ele estava trocando de roupa e continuava com uma cara de irritação. Hesitei um momento. Não sabia se Ross queria que eu falasse com ele ou se preferia que eu me limitasse a respeitar seu silêncio. Não conhecia esse lado dele.

Decidi vestir o pijama em silêncio e me enfiar na cama. Ele deu um tempo e, quando estava para se deitar na cama, vi que ficou sentado, de costas para mim.

Justo quando eu ia dizer algo, ele me interrompeu.

– Não sei se devia deixar que ficasse aqui.

Fiquei alguns segundos processando a informação antes de deduzir que ele estava falando de Mike.

Tentei continuar a conversa para cortar a tensão.

– Ele não tem casa?

– Sim, mas foi expulso.

– Por quê?

– Não sei. É sempre por motivos diferentes, prefiro nem perguntar. Antes ele ficava na casa dos meus pais, mas agora... só quer ficar lá pelo menor tempo possível. E isso eu entendo.

Pensei por um momento no que dizer, entrelaçando os dedos sobre a barriga.

– Se você não o tivesse deixado ficar aqui, agora talvez ele estivesse na rua. Acho que fez a coisa certa, Ross.

Ele não disse nada.

– Talvez ele devesse dormir na rua – ele murmurou, deitando-se na cama, por fim. – Isso o faria enxergar a realidade de vez.

Tirei os óculos e deixei-os sobre a mesa de cabeceira. Depois olhei para minhas mãos e me dei conta de que fazia muito isso quando ficava nervosa. E acho que percebi isso por causa da cara tensa de Ross ao notar o que eu fazia.

– Não sei no que você está pensando – ele me disse lentamente. – Mas pode esquecer.

– Eu não estava pensando em nada – menti.

– Ele não tem direito a opinar sobre este apartamento – disse. – É meu, e não dele. E nunca na vida ele pôs os pés aqui.

– Não é isso, Ross...

– E o que é?

Hesitei um momento.

– Daqui a dois dias vai fazer um mês que estou aqui.

Não me atrevi a olhar para ele, mas senti seus olhos cravados em mim.

– E o que você quer dizer com isso? – ele soou irritado, mas não estranhei.

O pobrezinho estava tendo uma noite horrível. E eu não a estava deixando muito melhor.

– Talvez... – procurei as palavras adequadas, olhando para ele – talvez seu pai não esteja tão equivocado.

– Jen...

– Não posso continuar morando aqui de graça – eu disse. – Sinto que estou me aproveitando de você. Não contribuo com nada, só incomodo.

– O quê...? Você contribui muito, Jen. Muitíssimo. Não diga isso.

– Eu... devia ligar para os meus pais e perguntar se eles já têm o dinheiro. Se não tiverem, vou ter que trabalhar, desta vez seriamente, e...

– Por que você quer ir embora? – Ross me perguntou, de cara amarrada.

– Não é que eu queira ir, Ross, é que...

– Pois me parece que sim – ele disse secamente. – Toda vez que eu toco nesse assunto da casa, você diz que quer ir embora.

Hesitei um momento.

– Você está irritado por causa da discussão com seu pai e está desc...

– Sim, estou irritado por causa da discussão com meu pai. – Ele se levantou da cama de repente e eu fiquei olhando para ele. – Porra, tomara que esse maldito dia acabe de uma vez.

Quando vi que ele ia em direção à porta, franzi o cenho.

– Aonde você vai? – perguntei, me erguendo na cama.

Não me respondeu. Pegou sua jaqueta sem olhar para mim.

– Ross! – insisti.

– Vou tomar um pouco de ar na sacada! – ele disse, bruscamente. – E fumar. E ficar sozinho. E se você está tão mal aqui, comigo, então... faça o que quiser. Estou farto de dizer que quero que você fique. E estou cagando para o seu dinheiro. Já não sei mais o que dizer. Você realmente acha que eu quero que você fique aqui por causa disso? Como pode continuar achando isso?

– Não, eu não...

– Não quero seu dinheiro. Quero que você more aqui comigo. E com Will. E com Sue. E sei que você também quer morar aqui, mas fica tentando convencer a si mesma do contrário. E eu não consigo entender por quê.

– Eu não fico tentando me convencer de nada – eu disse, defensivamente.

– Para de tentar mentir, Jen. Você não sabe fazer isso.

– Não estou mentindo!

– Então o que diabos você quer? – Ele largou sua jaqueta no chão. – Quer ficar? Quer ir embora? O que você quer? Porque eu estou tentando te entender, mas está muito difícil.

Fiquei em silêncio. Ele me intimidava quando me encarava. Baixei a cabeça.

– Não sei – admiti.

– Por que você continua a dar ouvidos a pessoas como meu pai, em vez de me ouvir? – ele perguntou, balançando a cabeça. – Não me importo com o que meu pai fala, e você também não devia se importar.

– Mas... eu me importo.

– Pois não devia. Tudo que ele diz e tudo que faz... é sempre para foder com os outros. Por isso eu queria que você fosse à minha casa num dia em que ele não estivesse. Eu sabia que ele tentaria estragar tudo. Como sempre.

– Não fale assim do seu pai.

– Você não o conhece, Jen.

– Talvez não, mas ele continua sendo seu pai.

Ele deu um sorriso amargo.

– Ele não foi meu pai durante muito tempo.

Eu não soube o que dizer. Quando vi que ele se virou para sair do quarto, me sentei na cama.

– Ross, você não pode sair assim toda vez que a gente tiver um problema.

– Claro que posso. Veja.

– Ross, já chega.

Eu me sentia frustrada. Me pus de pé. Ele se virou e olhou para mim, surpreso com meu tom de voz.

– Você já chegou a pensar que talvez eu me sinta uma inútil por ficar aqui sem te pagar nada? Que talvez eu não esteja te falando tudo isso para fazer você se sentir mal?

– Você tem tanta vontade assim de trabalhar? – Ross franziu o cenho.

– Não, não tenho vontade de trabalhar, tenho vontade de fazer alguma coisa direito! Você não entende? Estou cansada de todo mundo me ignorar ou de me olhar com pena ou como se eu fosse uma inútil.

– Eu nunca faria isso.

– Não, agora não, mas vai acabar fazendo isso se eu continuar a ser sustentada desse jeito, vivendo aqui de graça.

Houve um instante de silêncio, no qual ele se virou para mim por completo, com uma cara muito séria.

– Espera, é por isso? – perguntou, baixinho, aproximando-se de mim, de cara amarrada. – Tem medo que eu me canse de você?

Eu me senti tão exposta nesse momento que fiquei tentada a recuar, mas já não sabia como fazê-lo.

– Não – menti.

– Para de mentir – ele soltou, frustrado. – É isso. É disso que você sente tanto medo, não é? De que eu trate você como seu namorado te trata.

– Você não sabe nada sobre o meu namorado.

– Sei algumas coisas. Vejo como você se comporta quando está conosco e como se comporta quando fala com ele. Você tem medo dele, Jen.

– Não tenho!

– Sim, é claro que tem. Admita. Você tem medo de ficar com ele, mas também tem medo de deixá-lo. É óbvio. Por isso você voltou com ele naquele dia, não é? Porque prefere ficar com ele, mesmo se sentindo uma merda, do que tentar ficar comigo. Você tem medo de ficar comigo porque eu sim poderia te fazer mal se me comportasse como ele.

– Para de falar de mim como se...

– Porque é muito mais fácil aceitar que alguém que não dá bola pra você te trate mal do que aceitar que alguém que gosta de você de verdade faça a mesma coisa. Não é, Jen?

– Cala a boca!

– Não! Estou de saco cheio de ter que me calar. Sério mesmo que você vai deixar que aquele imbecil continue fazendo você se sentir assim? Porra, tenha um pouco de amor-próprio!

Essas últimas palavras ativaram algo dentro de mim. Um nível de frustração que vinha se acumulando durante muito tempo sem que eu soubesse, e que, de repente, explodiu contra Ross.

Empurrei Ross de modo tão repentino que ele recuou, chocado.

– Justo você vai me pedir pra eu ter um pouco de amor-próprio? – alfinetei, sem me importar que os outros pudessem me ouvir. – E você, Ross?

– O que é que tem?

– Eu te disse que tinha namorado e, mesmo assim, você deu em cima de mim. Te disse também que eu te usaria pra ter um pouco de sexo na ausência do meu namorado... e você aceitou!

– Porque eu sabia que não era verdade.

– Outro dia eu te deixei e fiquei com meu namorado... e você nem sequer ficou chateado comigo! Na casa da sua mãe, afastei sua mão e você nem reagiu! Reaja de uma vez, porra! Fique bravo comigo! Me expulse da sua cama e da sua maldita casa!

Quando tentei empurrá-lo de novo, ele se afastou, franzindo o cenho.

– Você está brava porque eu não estou bravo? Isso é uma piada?

– Não, não é uma piada. Reaja de uma vez, porra! – gritei, furiosa. – Eu estou sendo horrível com você, Ross! Por que diabos você não se irrita comigo?

– Sim, eu devia estar irritado com você.

– E por que diabos não está?! Por que não me manda à merda de uma vez por todas?!

– Não sei! – Ross se frustrou. – Não sei, Jen!

– Então não fique dizendo pra eu ter amor-próprio! Você também não tem!

– Ah, não. Não nos compare. Não nesse aspecto.

– E que diferença tem?

– É que eu estou confuso por sua causa, e só por isso – observou, chegando perto de mim. – Você está confusa com o mundo! Passou tanto tempo preocupada com o que os outros queriam que se esqueceu do que *você* quer!

– Isso não é verdade!

– Ah, sério mesmo? Das roupas que você tem, quantas você comprou porque realmente gostou delas e quantas comprou por causa da sua família ou do seu maldito namorado? Quantas coisas de que gosta você deixou de fazer porque eles deixaram de te apoiar ou porque simplesmente disseram que era pra você deixar de fazer? Quantas vezes você pensou naquilo que realmente queria em vez de pensar no que os outros queriam? Poucas, não é mesmo?

Eu ia dizer algo, ou melhor, queria dizer algo, mas não consegui dizer nada. Só conseguia encará-lo. Estava com os olhos cheios d'água, de tanta raiva.

– Você se acostumou tanto a ouvir os outros dizerem o que você tem que fazer que, quando tem um pouco de liberdade, fica sem ação – Ross continuou, em voz baixa.

De novo, queria dizer algo para ele, mas não consegui. Só conseguia segurar a vontade de chorar. E já não tinha tanta certeza se era por ele, por mim ou pelo que ele estava dizendo.

– E, sim, talvez eu esteja confuso – ele acrescentou, olhando para mim. – Mas eu sei o que quero. Quero ficar com você, e você sabe muito bem disso. E posso respeitar o fato de você não querer, mas você sabe que não é assim. Se não quisesse ficar comigo, não continuaria aqui. Não ficaria olhando pra mim o tempo todo. Não agiria como você age quando está perto de mim. Você pode se enganar o quanto quiser, mas não vai enganar a mim.

Ele fez uma pausa, balançando a cabeça.

– E entendo que você precise de tempo, te darei todo o tempo que você quiser, mas não nessas condições, Jen. Não volte pro seu namorado só porque ele é a sua zona de conforto ou porque você tem medo de ficar comigo. Pelo menos seja sincera consigo mesma e saia da sua maldita zona de conforto.

– Monty não é minha zona de conforto.

– Sim, é. E sua família também. E fazer tudo o que dizem pra você fazer. Tudo isso é sua zona de conforto. Nunca ter que opinar. Você ficou tanto tempo em sua zona de conforto que já não sabe como sair dela.

Abaixei a cabeça e não consegui mais segurar a vontade de chorar. Agradeci por ele não ter vindo me consolar, pois isso teria feito com que me sentisse ainda pior. Cobri o rosto com as mãos e tentei me acalmar. Felizmente, não cheguei a chorar tão intensamente, só deixei escapar algumas lágrimas. Mesmo assim, quando tirei as mãos do rosto, não me atrevi a olhar para Ross.

– Não quero ser assim – confessei, afinal. – Não... não gosto de ser assim.

Não tinha me dado conta do quanto isso era verdadeiro até dizê-lo em voz alta. Ross por fim se aproximou de mim e pôs a mão em meu ombro.

– Você não é assim.

– Sim, sou.

– Não, você não é assim, isso é somente aquilo em que algumas pessoas que não valem a pena tentaram te transformar. Sua personalidade, suas preferências... tudo isso depende apenas de você, Jen.

– Nem mesmo sei... nem mesmo sei como...

– Sim, você sabe – ele me garantiu, em voz baixa.

Ross disse isso com tanta segurança que quase conseguiu fazer com que eu acreditasse. Balancei a cabeça.

– Não quero brincar com os seus sentimentos – disse a ele, de todo coração.

– Sei disso.

– Mas... não quero magoar Monty.

– Jen... o que *você* quer fazer?

– Não quero magoá-lo – repeti.

– Caramba, Jen, esqueça esse idiota por um momento. O que é que *você* quer fazer? O que vai fazer você se sentir bem?

Pensei nisso por uns instantes. Me sentia um pouco insegura, como se estivesse diante de um mar de incertezas. Mas, no fundo, eu sabia o que faria me sentir bem.

– Não quero ficar com ele – murmurei.

Eu não estava olhando para Ross, mas de alguma forma soube que ele estava assentindo.

– Então já está na hora de começar a fazer o que você quer, não é?

– Acho que sim. – Dei um meio-sorriso um pouco triste e levantei a cabeça para olhar para ele. – Embora eu ainda ache que você devia estar chateado comigo.

– Ah, e estou. De fato, o que mais me incomoda é que não consigo ficar tão chateado com você quanto deveria. Você não imagina o quanto isso é frustrante.

– Sim, eu imagino, Jack.

Nós dois ficamos muito quietos por um momento. A expressão em seu rosto passou de frustrada a simplesmente pasma. Eu nunca o tinha chamado pelo nome antes, só pelo apelido que os outros usavam. Não sabia muito bem por que fizera isso agora. Foi sem pensar. Na verdade, foi algo tão natural que eu nem teria percebido, não fosse pelo fato de ele ter ficado surpreso.

Pigarreei, desconfortável, e cheguei perto dele.

– Não quero ir embora – garanti, em voz baixa. – Eu me sinto bem aqui, com você e com os outros, mas continuo achando que te devo alguma coisa.

– Você não me deve nada – ele murmurou, se recompondo.

– Por que você faz isso por mim? – Não pude deixar de perguntar.

– O quê?

– Por que faz isso? – perguntei – Não entendo.

– Porque... quero fazer – ele disse, confuso.

Eu não conseguia entendê-lo. Ninguém nunca havia feito algo por mim de maneira desinteressada. Nem mesmo meus irmãos.

– Você realmente quer continuar discutindo sobre isso? – ele perguntou.

– Não – admiti.

– Ainda bem. Porque eu já tive muitas discussões num dia só.

– Então volte pra cama comigo.

Estranhamente, isso também soou muito natural.

Ross suspirou e eu relaxei completamente quando ele recolheu sua jaqueta do chão e a pôs novamente na cadeira. Esperei por ele já na cama e, assim que se deitou ao meu lado, apagou a luz e o ouvi suspirar.

– Boa noite, Jen.

Fiquei tentada a chegar perto dele, mas me contive. Não. Dessa vez não. Primeiro eu precisava falar com Monty, resolver tudo. Depois me aproximaria de Ross.

Só me restava dizer uma coisa:

– Boa noite, Jack.

Revirei os olhos quando, ao sair da aula, vi que Monty voltou a me bombardear com mensagens, perguntando onde eu estava. De manhã eu tinha mandado uma mensagem dizendo que não queria continuar nosso namoro.

Foi uma covardia, eu sei, mas eu era covarde. Além disso, Ross tinha razão: eu tinha medo de Monty. Muito medo.

Voltando ao presente, decidi ligar para minha irmã enquanto atravessava o corredor da faculdade em direção à saída. Falei um pouco com meu sobrinho e depois de desligar me senti um pouco melhor. Nem é bom dizer isso, mas eles eram meus favoritos de toda a família e os que conseguiam fazer com que me sentisse melhor.

Eu me despedi de alguns colegas e saí do prédio. Eu estava esgotada. Só queria chegar em casa e tomar um banho.

– Jenna!

Eu me virei ao ouvir Mike me chamar animado. Ele estava com um pequeno gorro de lã rosa. Me arrancou um sorriso.

– Você está indo para a casa de Ross? – ele perguntou alegremente.

– Sim, como sempre.

– Ótimo, já tem companhia. – Sorriu.

– Bonito o gorrinho.

– Obrigado. É roubado.

– Mike!

– O que foi? Estava no guichê de objetos perdidos. Não acredito que vão sentir falta dele.

Balancei a cabeça.

– Você não tinha nenhuma garota para incomodar e por isso resolveu roubar gorrinhos cor-de-rosa?

– Talvez. Escute, você andou incomodando algum grandalhão ultimamente?

Parei e olhei para ele, confusa.

– Oi?

– Tem um andando aqui por perto e ele parece estar muuuuito irritado. Devo me colocar em modo defensivo? Ou ofensivo?

Eu me virei, achando graça, procurando com os olhos.

No entanto, meu sorriso congelou quando vi um sujeito alto, loiro e furioso vindo exatamente em nossa direção.

– Olá, Jennifer – ele me disse secamente, parando diante de mim.

Arregalei os olhos, olhando-o de cima a baixo para me certificar de que aquilo era verdade e que não estava tendo um pesadelo.

– Monty?

14

UM PEQUENO FAVOR

SENTI O SANGUE ABANDONAR MEU ROSTO, me deixando lívida. Se, em vez do meu ex-namorado, tivesse aparecido um fantasma à minha frente, certamente eu teria ficado com a mesma expressão de espanto.

Ele estava tenso, com os lábios cerrados e as mãos como punhos. Desviou o olhar para Mike, que parecia não estar entendendo nada.

– Quem é esse? – ele perguntou, bruscamente, e seu tom deixou claro quem ele não queria que fosse.

– Mike – disse ele, sorrindo. – Prazer. Seja você quem for.

Isso pareceu acalmá-lo, mas não muito, porque se virou para mim de novo, com a mesma expressão tensa.

– Até que enfim fiquei sabendo de você – alfinetou.

– O que...? – reagi, por fim. – O que você está fazendo aqui?

– Acho que você sabe muito bem.

Monty cravou os olhos em Mike.

– E você não tem nada melhor pra fazer do que ficar bisbilhotando por aqui? Por que não vai tomar no seu cu?

Mike franziu levemente o cenho e eu limpei a garganta ao ver que ele ia dizer algo.

– Mike, eu... É melhor você ir embora, tá bem? Apenas vá. Por favor.

Ele continuava a encarar Monty, sem ter muita certeza do que fazer. E acho que entendi o que o impedia de ir embora.

– Estou bem – esclareci.

Assentiu com a cabeça, ainda um pouco desconfiado.

– Você quer que eu fique um pouco mais? – ele perguntou, para minha surpresa, olhando desconfiado para Monty.

– E que merda faz você pensar que ela quer que você fique aqui? – atacou Monty bruscamente.

Pus a mão no braço do meu ex-namorado ao ver que ele estava ficando alterado e, com o olhar, supliquei a Mike que fosse embora.

– Em outro momento nós conversamos, ok?

Ele ainda não parecia muito convencido, mas deu de ombros.

– Como quiser. Nos vemos na casa do Ross.

Meu coração parou.

Ah, não.

Ah, não, não, não...

Senti Monty ficar completamente tenso enquanto Mike ia embora e eu fechava os olhos com força. Assim que Mike se afastou um pouco, Monty deu um puxão em seu braço, afastando-se de mim e me olhando fixamente. Ele estava furioso.

– Na casa do Ross? É esse Ross, não é? Com quem você está trepando.

– Monty, calma – pedi ao ver que estava levantando a voz e que as pessoas nos olhavam de soslaio.

– Você me pede calma? – Ele me pegou pelo braço. – O que foi aquela mensagem, Jennifer?

Olhei ao redor, igualmente envergonhada e assustada, mas me virei outra vez para Monty quando ele pegou meu braço com mais força, puxando-me para perto dele. Colocou o celular na frente do meu rosto e, por um momento, pensei que ia bater em mim com ele. Na tela aparecia a mensagem que eu havia enviado para ele de manhã.

– Que porra é essa? – balbuciou, apertando meu braço até começar a doer. – Quem você acha que é para me largar? Hein? Sua ingrata de merda.

– Me solta – eu disse em voz baixa, sem olhar para ele.

– Soltar você? Eu não devia te soltar, eu devia é...

– Tudo bem com você?

Nós nos viramos em direção a duas garotas desconhecidas que tinham se aproximado. Estavam preocupadas. Uma delas, a que tinha falado, olhava para mim. A outra estava com os olhos cravados em Monty e com o celular na mão, pronta para fazer uma ligação.

– Tudo bem com você? – a garota repetiu. – Quer que a gente chame a polícia?

– Chamar a polícia? – repetiu Monty, cada vez mais furioso.

– Eu estou bem – garanti a elas, em seguida.

– Tem certeza? – a outra me perguntou, apontando para o celular. – Se ele estiver te importunando...

– Você é surda? – disse Monty. Elas recuaram. – Não se metam onde não são chamadas. E você, venha comigo de uma vez.

Ele começou a me arrastar pelo campus até o estacionamento, enquanto eu tentava me libertar dele sem sucesso. Assim que vi seu carro, ele parou e me soltou, respirando fundo. Me afastei alguns passos dele, cautelosa.

– Você dirigiu até aqui só por causa de uma mensagem?

– Claro que sim, Jennifer! Ou você queria que eu não tivesse reação nenhuma?

– Monty... eu terminei com você.

– Não, você não fez isso.

– Sim, fiz. Leia a mensagem de novo e...

– Não dou a mínima pra sua mensagem, entendeu? Você não é ninguém. Ninguém. Não pode me largar, tire isso da cabeça de uma vez por todas.

Recuei, um pouco assustada. Isso pareceu irritá-lo ainda mais.

– Você não tem nada pra me dizer? – ele perguntou, me encarando. – Porque espero que você tenha uma boa desculpa.

– Eu... n-não... não tenho...

– Então você é apenas uma merda de namorada, é isso?

– Não quero ficar com você, Monty.

Parecia que ele ia me dizer algo muito ofensivo, mas se conteve.

– E posso saber por quê?

– Porque... olha só o que você está fazendo – me atrevi a chegar um pouco mais perto e colocar a mão em seu braço da maneira mais conciliadora possível para um momento de tanta tensão. – Você não pode... não pode se alterar desse jeito.

– Ah, não posso me alterar...? Você tentou me deixar! Eu! O seu namorado!

Ele parou e me lançou um olhar de advertência. Um daqueles que costumava me dar antes de as coisas saírem completamente de controle.

– Você é uma maldita egoísta, sabia?

– Eu? – perguntei, incrédula.

– Sim, você. Não se dá conta de que eu estava preocupado? As coisas não são como antes, Jenny. Você não está em casa, não posso vir te buscar pra ver se você está bem. Você está... a cinco malditas horas de casa. E com...

Ele se conteve mais uma vez, antes de soltar um palavrão.

Dei um passo em sua direção, suspirando. Ok, sim, talvez eu devesse ter atendido suas ligações. Agora estava me sentindo mal por tê-lo obrigado a vir até aqui.

Ainda um pouco desconfiada, estiquei a mão e a coloquei em seu ombro. Ele não se afastou. Longe disso, na verdade ele se adiantou e cravou uma das mãos em minha nuca para ficar mais perto de mim e tentar me beijar. Foi tão brusco que me assustou, e meu primeiro impulso foi me afastar dele, o que parece ter sido a gota d'água, porque seu rosto ficou vermelho de raiva.

– Você se afastou de mim?

– Monty – eu já não sabia como dizer aquilo –, eu te... te deixei.

– Venha cá.

– Não quero que você me beije, você não entendeu?

– Você sabe quantas coisas eu tinha pra fazer hoje e acabei deixando pela metade por sua causa? Por sua culpa? Por causa da porra daquela sua mensagem?

– Tem certeza de que foi por isso, Monty? – perguntei, fechando a cara. – Será que não foi para ver como é o Ross?

– Ah, sim, *Ross* – ele repetiu, enfatizando seu nome de forma desdenhosa. – Seu novo namorado.

– Ele não é meu namorado.

– Mas você abriu as pernas pra ele em menos de um mês.

– Eu mereço um pouco de respeito, Monty.

– Vou te respeitar quando você merecer.

– Para de agir assim comigo!

– É você que me obriga a agir assim! Você me conhece e sabe como costumo reagir, e mesmo assim não para de me provocar! A culpa é sua!

– Não... você não pode tentar me culpar por tudo!

– O que você ia fazer esta noite na casa do *Ross*?

Hesitei um momento com a mudança no rumo da conversa. Ele não sabia que eu estava morando com Ross, Will e Sue. Talvez achasse que eu o encontrava uma vez por semana, ou algo assim. Ao me ver vacilar, voltou a se aproximar de mim com o cenho franzido e eu me vi obrigada a improvisar a toda velocidade.

– Eu só ia... jantar com eles – eu disse, em voz baixa. – O que há de errado com isso?

Monty me encarou por alguns segundos, antes de me olhar de cima a baixo.

– Vestida desse jeito?

Olhei para mim mesma e percebi que estava passando o dedo pela gola em V do meu suéter.

– O que há de errado?

– Ah, você sabe muito bem. – Ele se aproximou e subiu o zíper de minha jaqueta, escondendo o pequeno e insignificante decote.

– Meu Deus, Monty, só dá pra ver o meu pescoço.

– Sim, eu sei.

– Você não pode ser tão...

– Me dá o seu celular. – Ele estendeu a mão para mim.

– Já fizemos isso antes – eu disse. – Não vou te dar.

– Por que não? Tem alguma coisa nele que eu não possa ver?

– N-nada... é só...

– Se você não tem nada a esconder, me dá o celular.

– Não tenho por que fazer isso!

– Me dá esse celular agora mesmo, Jenny!

– É o *meu* celular!

– E você é *minha* namorada!

– Não sou!

Ele fechou a cara e me segurou pela cintura para pegar o celular sem minha permissão. Nem me preocupei em tentar impedi-lo, já tinha experiência suficiente para saber que era inútil, que isso só pioraria as coisas. Monty examinou o telefone em silêncio e de cara amarrada, movendo rápido o dedo pela tela.

– Feliz? – Cruzei os braços.

– Não. De jeito nenhum.

– Então me devolv...

– Cadê? – ele perguntou, bruscamente.

– O quê?

– Jack Ross. Cadê o nome dele?

Então me lembrei que Ross tinha salvado seu número com o nome de "Garoto de recados". Nunca imaginei que isso iria me alegrar tanto. De novo, Ross salvando minha pele.

– Nem tenho o número dele – menti. – Quando quero encontrá-los, ligo pra Naya ou pro namorado dela.

Arranquei o celular das mãos de Monty, mas ele continuou a me olhar de cara feia.

– Nem você acredita nisso.

– Você encontrou o nome dele nos meus contatos? – perguntei, arqueando uma sobrancelha. – Não encontrou, certo?

– Não acredito em você, Jennifer – ele disse. – Já não acredito em nada.

Vi-o contornar o carro e, por um momento, achei que estava indo embora. Contudo, ele parou ao abrir a porta.

– Entra – ele ordenou.

– O quê?

– Mandei entrar no carro. Agora.

– Isso é ridículo – murmurei.

– Será que vou precisar repetir, Jennifer?

– Entre você no carro, porque nesse exato momento não tenho o menor interesse em ir com você seja onde for.

Ele apoiou com força uma mão sobre o carro, olhando para mim.

– Entra aí ou vou fazer você entrar – ele me alertou.

Cruzei os braços, tentando me manter onde estava sem demonstrar medo ou hesitação.

– Não.

– Jennifer...

– Já disse que não.

– E o que você vai fazer? Chamar seu namorado pra que ele venha te salvar? Ou você realmente não tem o número dele?

– Quem sabe eu ligo pra ele pra fazer outra coisa...

Por um momento ele apenas me olhou, furioso, e eu senti que o havia provocado demais. Monty se afastou bruscamente do carro e chegou perto de mim em dois tempos. Tentei me livrar dele quando me segurou pelo braço e me sentou no banco da frente, sem a menor consideração. Quando tentei sair, ele me puxou pelos ombros e fechou a porta do carro com um golpe tão violento que fez a janela tremer.

Ele parecia estar furioso quando se sentou ao meu lado.

– Você está sendo ridículo – murmurei, sem conseguir me conter.

– Fecha a porra dessa boca – ele ordenou, olhando para mim. – Estou falando muito sério, Jennifer. Cala a boca de uma vez por todas.

Abaixei a cabeça automaticamente. Ele soltou um palavrão em voz baixa, acelerou o carro e dirigiu até o alojamento sem dizer uma só palavra. De minha parte, tentava pensar em alguma desculpa para que Chris não achasse estranho me ver por lá, quando Monty estacionou diante do prédio.

– Vá buscar suas coisas – ele mandou.

Eu me virei para ele na mesma hora, esquecendo completamente de Chris.

– O quê?

– Você ouviu.

– Sim, mas acho que não entendi.

– Pois trate de entender agora mesmo, Jenny. Nós vamos pra casa.

Entreabri a boca e tentei abrir a porta, mas ela continuava trancada. Um arrepio de alarme percorreu minha espinha.

Abra a porta, Monty.

– Vou abrir quando você me disser que vai pegar suas coisas.

– Não estou pensando em ir embora daqui!

Ele fechou os olhos por um momento antes de cravar em mim um duro olhar.

– Você acha que era apenas uma sugestão?

– Não pretendo ir embora, Monty. Abre essa porta.

– Acho que você vai embora, sim.

– Não quero fazer isso!

– Ah, que peninha. Vá buscar suas coisas!

– Não!

– Você vai voltar pra casa!

– Já estou em casa!

– Não, não está, mas estará em poucas horas!

Não me mexi, fiquei olhando para a frente. Ele soltou um palavrão e desligou o motor.

– Não consigo acreditar que você esteja fazendo isso comigo – ele murmurou, passando as mãos no rosto.

– E o que estou fazendo com você? – perguntei. – Quero ficar aqui. Estou me divertindo aqui.

– Sim, exatamente. Sem mim.

– Pois é, isso mesmo, sem você – balbuciei, olhando para ele. – Eu te deixei, Monty. Porque você sempre se comporta assim.

– Eu não me comportaria assim se você não me obrigasse.

– Porque você acha que toda a minha vida gira ao redor do nosso relacionamento! Eu... tenho outras coisas com que me preocupar!

– Como, por exemplo, Jack Ross.

– Para agora mesmo com essa história de Ross! Ele não te fez nada!

– Ele transou com a minha namorada!

– Lembro a você que já não sou sua namorada, e que esse lance de relacionamento aberto foi ideia sua!

– Então eu retiro o que disse!

Fiquei olhando para ele por um momento.

– Hein?

– Não quero mais saber disso.

– Hein? – repeti, como uma idiota.

– Não quero mais saber dessa história de ter um relacionamento aberto. – Ele balançou a cabeça. – Porra, Jennifer, você não imagina o que eu passei nos últimos meses pensando que você... que...

Eu não soube o que fazer. Estava tão acostumada com seu lado babaca que vê-lo vulnerável me deixou completamente desorientada, como já havia acontecido na outra noite.

Uma voz dentro de mim gritava, alertando que Monty estava tentando me manipular, mas eu não sabia como me sentir em relação a isso.

– E se esquecermos isso tudo? – Ele me olhou. – Podíamos fingir que isso nunca aconteceu. Retomar nossa relação, bem normalzinha, fechada, só nós dois. Você não gostaria disso?

– Monty...

– Funcionava bem. – Ele pegou minha mão e a levou aos lábios antes de continuar falando. – Você sabe que estávamos indo bem. Tivemos nossos momentos ruins, mas... o importante é poder superá-los juntos, não é?

Abri a boca para responder, mas não sabia o que lhe dizer.

– Eu te amo, Jenny – ele disse. – Você sabe. Sabe o quanto te quero. Você não... não pode me culpar por reagir desse jeito. Você não faria o mesmo? Você também não se sentiu mal com tudo que está acontecendo?

– Bem, sim... mas...

– Então pronto. Vamos acabar com isso, vamos voltar a ser você e eu. Volte pra casa comigo. Esqueça esse... Ross, ou seja lá como se chame. A gente não era feliz juntos?

– Não posso voltar, Monty.

– Pode, mas não quer.

– Não, não quero – eu disse, pondo a mão em seu joelho. – Estou gostando daqui. Já fiz amigos e... não quero ir embora.

Ele abaixou a cabeça.

– Achei que você gostasse de mim.

– Eu...

– Achei que você se importava mais com a nossa história.

– Não diga isso.

– Então não me faça dizer.

– Monty...

– Você nem sequer me ama, não é?

Eu não disse nada.

– Eu sempre te digo isso, Jenny. Sempre digo que te amo. Você nunca me falou isso. Nem uma única vez. Ou será que você vai negar isso também?

– Bem, eu não fiz isso, mas...

– Então diga – insistiu. – Diga que me ama.

– Não posso.

– São três palavras, Jenny. É bem mais fácil do que parece.

– Isso não é justo.

– Sim, é. Diga.

– Não... me pressione – eu disse, aflita. – Você sempre faz isso, e eu não gosto, Monty.

– Então diga que me ama e eu paro de fazer isso.

– Vou te dizer quando...! – interrompi a mim mesma.

– ... quando você sentir isso – ele disse, por mim.

Houve um momento de silêncio absoluto e me senti obrigada a falar.

– Monty, não é tão fácil – repeti. – Não posso dizer que te amo se não sentir isso de verdade.

– Então você não me ama.

– Não é...! – Me afastei dele, levando as mãos ao rosto. – Não é que eu não me importe com você. Eu me importo, mas você não pode me obrigar a dizer isso. E... eu te deixei, você não pode...

– São só três palavras!

– Pois para mim elas têm um significado! Um grande significado! Eu nunca disse essas palavras pra ninguém que não fosse da minha família, então só quero fazê-lo quando sentir que realmente amo alguém! Eu odeio que você esteja se sentindo mal, mas não pode me obrigar a sentir algo que não sinto.

Respirei fundo enquanto ele me encarava.

– Muito bem – ele murmurou. – Não há mais nada pra discutir.

– Obrigada – balbuciei.

Ele ficou olhando para o volante, pensativo. Eu conhecia aquela cara, sabia que não estava planejando nada de bom, mas mesmo assim não disse nada.

– E você não vai me mostrar o seu quarto, pelo menos? – ele perguntou, tentando acalmar a situação, embora a tensão fosse evidente.

– Agora?

– Porra, Jenny, eu vim até aqui. É o mínimo que você pode fazer.

– Eu... – hesitei. – Tá bem.

Saímos do carro e entramos no prédio do alojamento. Chris levantou a cabeça e me olhou, confuso.

– Jenna? O que...?

— Este é meu ex-namorado — eu disse, depressa, lançando um olhar significativo para Chris. — Eu disse a ele que mostraria o *meu* quarto, se você não se importa.

Chris me olhou durante alguns segundos em completo silêncio. Vi que Monty estava ficando meio desconfiado. Eu estava a ponto de dizer algo quando, por fim, Chris reagiu.

— É o seu quarto, não o meu. — Ele sorriu, desconfortável.

Senti o ar voltar a meus pulmões, e em seguida levei Monty até o quarto. Fazia tanto tempo que eu não punha os pés ali que estava achando estranho fazer isso agora, acompanhada por Monty... e sem Naya. Ela devia estar na casa dos meninos.

Na sua casa.

Na casa de Ross.

Já dentro do minúsculo quarto, Monty olhou ao redor e se concentrou na minha metade do quarto.

— Veja. — Apontei para a foto em que eu aparecia junto com Monty, Nel e seu amigo. — Que lindos estamos, hein?

Ele assentiu sem dizer nada. A tensão no ambiente era óbvia. Fiquei batucando com os dedos na cômoda, nervosa.

— E o seu notebook? — ele perguntou, sem me olhar.

— Hã... — Eu precisava improvisar. — Tive que deixá-lo com Naya. Ela ainda deve estar na biblioteca com ele.

— Humm.

Monty não falou mais nada. Comecei a ficar nervosa de verdade quando ele achou meus óculos sobressalentes.

— E os seus óculos? — ele perguntou.

— Estão na sua mão. — Me sentei na cama, rindo nervosamente. — Vem sentar aqui comigo.

— Estou falando dos óculos que você usa sempre. E as lentes de contato? E os seus sapatos?

— Hã... estão no armário. — Empalideci quando vi que Monty ia abrir o armário. — Ei, isso é particular!

Por um momento ele pareceu desistir, mas logo mudou de ideia e abriu todas as portas. Meu coração parou quando percebi que nós dois olhávamos para a pouca roupa que eu tinha deixado no armário. Quase só havia camisetas de manga curta e vestidos. E estávamos em pleno outono.

– Está meio frio pra vestir só esse tipo de coisa – ele disse, levantando uma sobrancelha.

– É que... – Eu estava tentando pensar, mas era difícil, com tanta pressão. – Tenho roupa na...

– Você também deixou suas roupas com Naya? – Pegou uma das camisetas. – Parece que essa é a única desculpa em que você pensou, não é?

– Se acalme, Monty.

– Você não está morando aqui – ele disse, me olhando fixamente.

– O que é que você está dizendo? – Fingi um sorriso de incredulidade.

– Você acha que eu sou idiota? – Parecia que ia dizer algo mais, mas fechou a cara. – Não me diga que...

Ele parou a frase no meio e se virou, olhando para o armário quase vazio. Levei uma mão à cabeça. Meu coração batia a toda velocidade.

– Não quero que você pense que...

Parei subitamente quando ele se virou e jogou a camiseta na minha cara. Consegui pegá-la ainda no ar, chocada.

– O que...? – Fiquei olhando para ele de boca aberta. – O que você está fazendo?

– Você deixou algumas roupas aqui – ele disse, me atirando outra camiseta. – Talvez você queira levá-las pra sua casa nova. Com seu namorado.

– Monty! Para!

Eu me levantei da cama ao ver que ele começou a jogar minha roupa no chão, sem um pingo de educação. Quando tentei me aproximar dele, me empurrou com força, sem sequer pestanejar.

– Você está morando com ele, não está? – ele falou, tirando uma gaveta do lugar e a jogando no outro lado do quarto. – Só quero te ajudar a fazer a porra da mala.

– Para com isso de uma vez! – gritei, pegando a gaveta que ele tentava abrir.

– Esse fui eu que te dei – ele disse, pegando o vestido preto que eu tinha usado na festa da Lana. – Mas acho que você já não precisa dele.

– O quê...? Não!

Fiquei muda ao vê-lo rasgar o vestido com um puxão. Eu estava carregando um monte de roupa para colocar de volta no armário, mas larguei tudo no chão quando vi que Monty começou a rasgar tudo o que ainda estava dentro do armário.

– Solta isso! – eu disse, furiosa. – Isso é meu! Você não tem o direito de...!

Ele me empurrou outra vez, mas eu já estava furiosa e o empurrei também, fazendo com que se chocasse contra o armário, que balançou perigosamente.

Durante um momento, ficamos olhando um para o outro. Ele já havia me empurrado uma vez, mas eu nunca o tinha confrontado. Dei um passo para trás, apavorada, quando vi seu rosto se crispar.

Monty pegou meus óculos sobressalentes e, por um breve e assustador segundo, pensei que ia jogá-los em mim, mas ele se limitou a jogá-los no chão e esmagá-los. Escutei o barulho do vidro se quebrando e meu mundo caiu. Nós dois sabíamos o quanto custavam óculos novos. E sabíamos que meus pais não podiam pagar, pois já tinham precisado economizar muito para comprar esses...

– Isso aqui... – aproveitando que eu olhava para os meus óculos, petrificada, pegou uma camiseta que eu tinha comprado junto com ele e a rasgou – é lixo, como tudo que há nesse quarto. Como você.

Eu não sabia o que dizer, ou o que fazer. Nunca tinha estado numa situação como essa. Nem sequer fui capaz de impedir que ele continuasse rasgando a roupa toda. Eu estava paralisada.

– Seu novo namorado que compre isso tudo pra você – ele provocou, furioso.

Eu não disse nada. Ele então jogou no chão todas as fotos, com moldura e tudo. Os fragmentos de vidro rolaram pelo chão até chegarem aos meus pés. Eu continuava incapaz de reagir.

Ao ver que eu não dizia nada, ele se irritou ainda mais, pegou uma das únicas molduras ainda inteiras e a atirou na minha cara, sem titubear. Não sei bem como, mas consegui me esquivar. Foi como se o meu cérebro, por fim, me fizesse voltar à realidade.

– O que está acontecendo com você?! – gritei, furiosa. – Você tem ideia do quanto poderia ter me machucado se essa moldura chegasse a...?!

– E você tem ideia do quanto me machucou?!

– Essas coisas são minhas! Você acha que tem algum direito de mexer nelas?

– A maioria delas fui eu que comprei pra você, porque você não tem dinheiro!

– Não sabia que você tinha virado milionário durante minha ausência! – ironizei. Ele fechou a cara, olhando para mim.

– Peça pro seu namorado pagar essas coisas pra você a partir de agora – ele disse. – Porque eu não quero gastar nem mais um segundo da minha vida com alguém como você.

– Alguém como eu? – Eu ri, embora tivesse vontade de chorar. – E o que foi que eu fiz? Desde que começamos a namorar, tudo que fiz foi ficar presa a você e suas loucuras. No seu ciúme possesivo. No fato de a gente sempre fazer o que você queria. E no fato de que, no início da nossa relação, você transava com a minha melhor amiga!

– Tenha cuidado, Jennifer.

– Estou tendo o mesmo cuidado que você teve!

– Você sabe perfeitamente que eu não gosto que você toque nesse assunto!

– Pois eu quero tocar nesse assunto, portanto cala a boca e me escuta pelo menos uma vez na vida!

Monty pareceu surpreso por me ver falar assim com ele, e eu aproveitei para continuar falando.

– Eu tive que aguentar tudo isso por causa de... um maldito vestido? Só por isso?

– Um maldito vestido já é muito mais do que você merece.

– Ah, é? Você quer que eu conte pra você o que fiz quando usei esse vestido?

Houve um momento de silêncio absoluto ao me dar conta do que eu tinha acabado de falar.

Meu cérebro tentava me avisar que dizer tudo isso a ele num momento assim talvez não fosse a coisa mais inteligente do mundo, mas não pude evitar. Eu só queria magoá-lo, assim como ele tinha feito comigo.

E, no exato momento em que Monty dava um passo em minha direção com o punho cerrado, a porta se abriu e Chris surgiu com um sorriso constrangedor.

– Crianças, já reclamaram do barulho que vocês estão fazendo e... – Ele parou subitamente ao ver o estado em que se encontrava o quarto. – O que...?

Monty parou de me olhar, pegou sua jaqueta em cima da cama e se aproximou de Chris. Ao passar, empurrou-o bruscamente contra a porta. Fiquei olhando para aquele desastre e senti meus olhos se encherem de lágrimas.

– Você está bem? – ouvi Chris me perguntar.

– Sim. – Minha voz soou surpreendentemente segura, porque eu estava tudo, menos bem.

– Quer que eu chame alguém?

– Não – eu disse em seguida, olhando para ele. – Só... me dê um tempinho pra poder limpar isso e eu já volto pra casa.

– Está bem... Precisa de ajuda?

– Não, não se preocupe. Mas, obrigada – hesitei. – Eu... sinto muito pelo transtorno, peça perdão por mim às meninas que reclamaram, por favor.

Para minha surpresa, ele não disse mais nada e me deixou sozinha.

Minhas roupas estavam rasgadas, amontoadas, amassadas... Peguei minha camiseta favorita e tive vontade de chorar ao ver que estava com um rasgão na parte da frente. Eu a tinha há tantos anos... e agora... No entanto, só quis chorar de verdade mesmo ao ver meus óculos quebrados. E chorei, sentindo as lágrimas quentes escorrerem. Aqueles óculos tinham custado uma fortuna para os meus pais, e eu sempre tive muito cuidado com eles. E agora... estavam quebrados. Tudo por causa do ciúme obsessivo de Monty.

Passei a mão no rosto e me sentei no chão, olhando aquele desastre. Então a porta se abriu outra vez, mas não era Chris. Era Ross. Ele olhou para mim, depois para as roupas jogadas no chão, e eu vi que seu rosto passava da confusão à preocupação.

– Quando eu encontrar o Chris, vou agradecer por ele não ter chamado ninguém – balbuciei, limpando minhas lágrimas.

Ross deu um passo em minha direção, fechando a porta. Continuava sem dizer nada. Ficou olhando para os óculos quebrados na minha mão.

– O que aconteceu? – ele perguntou finalmente, agachando-se ao meu lado.

– Monty – falei. – Foi isso que aconteceu.

Ele olhou para minha camiseta favorita destruída e fechou a cara.

– Ele fez alguma coisa com você? – ele me perguntou, em voz baixa.

– Sim, se você não percebeu, ele andou dando uma voltinha nesse maldito quarto.

– Não estou me referindo a isso – ele disse, olhando para mim. – Ele fez algo a você?

– Não – eu disse, negando com a cabeça.

Ross não falou nada enquanto dava voltas ao meu redor, começando a juntar as roupas imprestáveis. Depois me ajudou, juntando as camisetas rasgadas num monte e as poucas que ainda estavam inteiras em outro. Ele não falou absolutamente nada durante os quinze minutos que levamos para recolher tudo.

Minhas fotos estavam espalhadas pelo chão. Eu as recolhi e as deixei na cômoda, junto com os óculos quebrados, que apertei entre os dedos. Ross me olhava em silêncio. Tudo em silêncio. Eu odiava quando ele ficava em silêncio, porque aí eu tinha vontade de falar com ele e, naquele momento, eu sabia que, se falasse, começaria a chorar.

Quando me virei, vi que ele ainda me olhava sem dizer nada, mas, pela expressão em seu rosto, eu sabia perfeitamente no que ele estava pensando.

– Sou uma idiota – eu disse, negando com a cabeça.

– Isso não foi culpa sua, o único responsável foi ele.

– Sim, a culpa é minha. – Me aproximei do monte de roupas rasgadas, peguei uma mala pequena guardada embaixo da cama e comecei a meter tudo dentro dela, raivosamente. – Se eu tivesse terminado com ele antes, isso não teria acontecido. Sou uma tremenda idiota.

Ross se aproximou de mim e eu o ouvi suspirar.

– Você não tinha como saber que iria acontecer uma coisa dessas.

– Sim, eu tinha. – Olhei para ele e soube que ia começar a chorar. – Acontece sempre a mesma coisa. Eu digo a todo mundo que nós não brigamos, mas não é verdade. Estamos bem felizes, ele me enche de presentes e de repente se irrita com alguma coisa que não tem necessariamente a ver comigo e começa a... a destruir tudo. Mas nunca havia feito isso. Normalmente, rasga uma camiseta minha e depois me pede perdão. Mas hoje...

Fechei a mala e a joguei em cima da cama, arrumando a maldita mecha de cabelo que sempre escapava detrás da orelha.

– Obrigada por me ajudar – disse a Ross, em voz baixa.

Ross apertou os lábios e olhou para a mala.

– O que você vai fazer com isso?

– Jogar no lixo. – Dei de ombros, apertando os lábios para não chorar. – Já não dá pra usar, nem mesmo posso doar essas roupas.

Percebi que ele me olhava e fiquei com tanta vergonha que ele estivesse vendo tudo aquilo que comecei a choramingar. Ross pôs uma mão em meu ombro e me puxou para junto dele, me abraçando. Eu me deixei abraçar, agradecida por receber algo que não fosse um empurrão ou uma camiseta na cara.

– São só roupas – ele me disse. – Posso ir com você comprar outras.

– Eu não devia ter que comprar outras. – Me afastei dele, passando as mãos embaixo dos olhos. Não queria chorar mais. E menos ainda por causa de Monty. – Só quero... me livrar de tudo isso.

– Da mala também? – ele perguntou, surpreso.

– Foi ele que me deu, não quero nem olhar pra ela. – Olhei para Ross. – Você pode me ajudar?

Ross pegou a mala sem dizer nada e eu enfiei o resto das coisas no armário de qualquer jeito. Quando descemos as escadas, vi que algumas garotas ficaram me olhando – certamente tinham ouvido toda a discussão. Chris também ficou me observando, cauteloso, como se esperasse que eu fosse me irritar por ele ter chamado Ross, mas eu não disse nada. Só queria sair dali. Além do mais, no fundo eu tinha gostado que ele tivesse feito isso.

No carro, senti o celular vibrar no bolso e estive a ponto de desligá-lo, pensando que podia ser Monty, mas me detive ao ver que era Shanon.

– É ele? – O rosto de Ross assumiu uma expressão dura.

– Não, é minha irmã – murmurei. – Você se importa...?

Ele balançou a cabeça e eu atendi o celular.

– Olá, olá – Shanon me cumprimentou, alegremente. – Adivinhe quem achou uma nota de vinte na rua?

– Shanon...

– Sei que isso é moralmente reprovável e essa coisa toda, mas... olha, só se vive uma vez. Eu ia comprar comida, mas resolvi ceder a um pequeno capricho. Você devia ver os sapatos que...

– Monty veio me ver.

Ela parou bruscamente.

– O quê? – ela perguntou. – Monty? O idiota?

– Sim, ele mesmo.

– Na casa do seu amigo?

– Não. Ele apareceu na frente da minha faculdade – falei. – Fez aquele maldito número de namorado ciumento na frente de todo mundo.

Ross não dizia nada, mas eu sabia que ele conseguia ouvir tudo. Teve o bom senso de fingir que não estava prestando atenção em mim.

– Ele voltou a rasgar alguma coisa? – Shanon perguntou em seguida.

– Alguma coisa? – Soltei um riso amargo. – Todo o maldito armário. Fiquei praticamente sem camisetas.

– Não posso acreditar.

– E rasgou minhas fotos, e quebrou os meus óculos... – Tentei me conter, para não chorar. – Você lembra deles? Custou um dinheirão ao papai.

– Me diga que pelo menos você deu um pontapé nele, você sabe onde...

– Não tive muito tempo pra reagir – admiti.

– Mas você está bem? Ele só tocou nas suas coisas?

– Sim, estou bem. Estou com Ross – eu disse, olhando-o de soslaio.

– Isso significa que nunca mais vou ter de me preocupar com esse cara? – ela perguntou. – Menos quando ele voltar, claro, porque estou pensando em aparecer na casa dele com uma espingarda.

– Shanon!

– Alguém tem que defender a honra dessa família, Jenny. Você está muito quieta.

– Não estou pensando em ligar pra ele, se é disso que você está falando.

– É que, se eu souber que você voltou a ligar pra alguém que destruiu o seu quarto, vou aparecer aí pra te dar um sermão.

– Muito obrigada pela sua compreensão, Shanon.

– Deixa eu falar com Ross.

Parei por um momento, confusa.

– Oi?

– Você me ouviu.

– Mas... para quê...?

– Só passa o telefone e cala a boca.

Afastei o celular da orelha, confusa. Ross me olhou de soslaio quando o passei para ele.

– Ela quer falar com você – murmurei.

Ele pegou o celular e o encostou na orelha, sem titubear. Cumprimentou Shanon e vi que ficou ouvindo-a falar durante alguns segundos, durante os quais tentei não me aproximar para ouvir o que ela estava dizendo. Ross não mudou de expressão até o final, quando esboçou um pequeno sorriso engraçadinho.

– Muito bem – ele disse. – Não... ou não que eu saiba... Claro que sim.

– Do que vocês estão falando? – perguntei, curiosa.

– Não. – Ele me ignorou. – Sim, pode ficar tranquila.

Ross disse algumas outras bobagens que não cheguei a entender e me devolveu o celular. Minha irmã havia desligado. Fiquei olhando para ele com uma sobrancelha levantada.

– Do que vocês estavam falando?

– Ela não te disse?

– Não.

– Então você vai continuar sem saber. Não sou um dedo-duro.

Guardei o celular no bolso mais uma vez, fazendo uma careta.

Um pouco mais tarde, paramos para jogar a mala no lixo. Não ia vê-la nunca mais. Não pensei que fosse me sentir tão bem ao fazer uma bobagem como essa. Quando voltei para o carro, fechei os olhos um instante, suspirando pesadamente.

– O que houve? – perguntou Ross, que parou e não ligou o motor.

– Precisamos voltar? – perguntei.

– Para o alojamento? Claro que não.

– Para o seu apartamento – esclareci.

Ross pensou por um momento.

– Se você não quiser, não precisamos voltar.

– Será que podíamos... – pensei por um momento. – Ir ao cinema?

Ele sorriu.

– Você sabe direitinho como me conquistar.

Ele arrancou e deu a volta para ir ao shopping.

– Mas eu escolho o filme – eu disse em seguida.

– Ah, não. Nada disso.

– Eu é que estou deprimida.

– E o carro é meu.

– Mas o cinema não é, lembra?

Ele fechou a cara.

– Se algum dia eu ficar rico, juro que a primeira coisa que vou fazer é comprar esse cinema.

Sorri, balançando a cabeça.

– Só pra passar filmes de terror ou de super-heróis.

– E o que há de errado nisso? – ele perguntou, ofendido.

– Nada, nada.

– Não, agora diga.

– Nada – garanti, me divertindo. – Mas acho que você vai ter pouco público.

– E daí? Eu vou ser rico. Que se dane o público.

– Teríamos a sala toda só pra nós – brinquei.

– Além de pipoca e refrigerantes à vontade.

Sorri, olhando pela janela, e me dei conta de que tinha me esquecido de Monty por um tempo. Ross tinha esse poder.

Ouvimos música durante o restante do caminho. Como era dia útil e já havia escurecido, ele conseguiu estacionar facilmente perto da entrada. Ficamos um bom tempo discutindo sobre qual filme veríamos – ele queria ver um que tinha um cartaz em que havia sangue, eu queria ver uma comédia. No fim, nenhum dos dois ganhou a discussão e acabamos vendo um filme de mistério que estava prestes a começar, então nem tivemos tempo de comprar pipoca.

O filme não era tão ruim. Éramos praticamente os únicos na sala.

Havia momentos de tensão nos quais eu me agarrava ao seu braço, mas, fora isso, não aconteceu nada...

... até que chegou a cena de sexo.

Assim que vi os dois protagonistas começarem a se beijar com vontade, instintivamente quis me virar para Ross, que não deu nenhum sinal de perceber. O negócio começou a esquentar. Na tela, os dois aumentaram o nível da coisa, e eu comecei a ficar ansiosa, sem saber bem por quê. Engoli em seco e não pude evitar de me virar para Ross.

Ele estava olhando para a tela, mas se virou para mim ao perceber que meus olhos estavam grudados nele. Olhei para a frente novamente na mesma hora, envergonhada, mas continuei sentindo seus olhos voltados para mim. Não me virar foi uma das coisas mais difíceis que já fiz na vida.

Batuquei com os dedos nos joelhos e ele limpou a garganta. Por que eu estava tão nervosa?

Não falamos um com o outro durante o restante do filme. Eu me limitei a tentar não olhar para ele, o que era difícil. Também tentei disfarçar o quanto eu estava nervosa, e isso era ainda mais difícil.

Quando saímos do cinema, Ross me convidou para jantar fora, e eu aceitei. Por um momento, fiquei com certo receio de que ele fosse me levar a um lugar caro, mas não pude deixar de sorrir dissimuladamente ao vê-lo parar em frente a um restaurante velho, de beira de estrada, perto da saída da cidade, que parecia mais uma lanchonete do que um restaurante.

Como estava chovendo, tivemos que correr até a entrada. O interior cheirava a café, a móveis velhos e a comida fresca. Era uma mistura estranha. As mesas, as cadeiras, o que estava pendurado nas paredes, tudo parecia muito velho. Havia pessoas sozinhas e também grupos de amigos sentados nas mesas. Só havia outro... quer dizer, *um* casal... do outro lado do restaurante.

Ross parou ao lado de uma das mesas que ficavam perto da entrada e eu me sentei em frente a ele.

– Não sei por quê – murmurei, tirando o casaco –, mas tenho a impressão de que seus pais não te traziam aqui quando você era pequeno.

– Como é que você percebeu? – ele brincou. – Quem me trazia aqui era minha avó Agnes. Dizia que aqui faziam os melhores hambúrgueres da cidade. Acho que o cozinheiro se chama Johnny. Ele às vezes ouve Spice Girls ou Britney Spears enquanto cozinha. Acho que elas o inspiram, porque os hambúrgueres são incríveis.

– Que bom, porque estou com fome.

A garçonete, uma mulher de uns trinta anos com cara de cansada, veio até a mesa e cada um pediu seu prato. Até nisso eu não conseguia deixar de comparar Ross com Monty, que sempre escolhia pelos dois, sem me perguntar o que eu queria, ao contrário de Ross.

Ok, eu precisava parar de pensar em Monty. Ele não merecia. Já não era meu namorado. Finalmente eu tinha me livrado dele.

Levaram literalmente dois minutos para trazer os hambúrgueres. A garçonete os deixou na mesa, sem muito entusiasmo, junto com as bebidas. Ao dar a primeira mordida, soube que tínhamos feito bem em ir até lá.

Já tinha comido metade do hambúrguer quando olhei para Ross, que já tinha quase terminado de comer.

– Sabe de uma coisa? – Larguei o hambúrguer e comi uma batata frita. – Às vezes, tenho a sensação de que você nunca me fala sobre você.

– Você mora comigo – ele disse, confuso. – Acho que me conhece bastante.

– Sim, quer dizer... conheço você, mas não o seu contexto. – Franzi o cenho. – Estou me explicando mal?

– Não. – Ele parecia estar se divertindo. – O que quer saber?

Pensei por um momento. Eu sabia o que queria que ele me contasse: por que se dava tão mal com seu pai? Mas não queria abordar esse assunto agora.

– Me fala da sua infância. – Estreitei os olhos. – Foi feliz? Triste? Você era uma criança solitária e esquisita ou risonha e extrovertida?

– Estava mais para o primeiro tipo. – Ele sorriu.

Eita, essa não era a resposta que eu esperava.

– Você? Solitário e esquisito?

– Meu irmão era muito simpático e eu precisava compensar. – Deu de ombros. – Eu não tinha muitos amigos, mas me divertia estando sozinho.

– Que triste.

– Eu me divertia mesmo – ele protestou. – Depois, com a chegada da puberdade e essas coisas... as pessoas começaram a achar legal essa história, e então eu comecei a fazer amigos. E amigas.

– Foi então que você conheceu sua primeira namorada?

– Sim. – Assentiu com a cabeça.

– Como ela se chamava?

Ross me olhou, achando estranho, mas se divertindo.

– Por que estou com a sensação de que você está me fazendo um interrogatório?

– Ah, vamos lá! Você sabe até que tipo de calcinha eu uso quando fico menstruada – protestei, antes de ficar vermelha. – Quer dizer...

– Ela se chamava Alanna – ele disse, me salvando da minha própria vergonha.

– Alanna – repeti. – É bem parecido com Lana.

– Eu reparei na Lana porque os nomes eram parecidos.

Ah, sim, Will tinha me dito isso. Não pude deixar de comparar esses nomes com o meu e perceber que não se pareciam em nada.

– E como foram as coisas com Alanna?
– Que parte? – Ross deu um meio-sorriso.
– Não quero saber dos detalhes – protestei, envergonhada. – Seu pervertido.
– É você quem está perguntando.
– Quanto tempo vocês namoraram?
– Humm... – ele pensou por um momento. – Não chegamos nem a três meses.
– Por quê?
– Porque... – Ele desviou o olhar. – Fiquei sabendo que ela tinha transado com Mike.

Parei subitamente.

– Ah... – Eu não sabia o que lhe dizer. Na verdade, já tinham me contado isso, mas não achei que Ross fosse falar assim tão tranquilamente.
– Mas eu também não estava muito apaixonado – ele replicou, dando de ombros. – Então não foi um término muito doloroso.

O mesmo que havia acontecido com Lana. Mike podia parecer um bom garoto, mas, nesse sentido...

– E quanto a você? – Ele me olhou. – Fora o pervertido das fotos e o das cócegas... houve algum outro galã na sua vida?
– Uma vez tive que beijar um garoto numa festa, mas foi bem nojento. Não sei o que ele tinha bebido, mas o sabor era horrível. – Olhei para ele. – Sua vez. Que idade você tinha quando deu seu primeiro beijo?
– Beijo básico ou completo?
– O que é um beijo completo?
– O que inclui... – Ele fez um gesto bastante claro.
– Beijo básico – eu disse, tentando não ficar vermelha.
– Aos catorze – ele disse. – Na frente da minha casa. Nem sabia o que estava fazendo. Nunca mais falei com a menina. Sua vez.
– Aos dezesseis. – Pensei um pouco antes de entrar em detalhes. – Foi bem... sangrento.

Ele ia dar um gole na cerveja, mas parou, fazendo uma careta.

– Do que é que você está falando?
– Ele era um ano mais velho que eu, então tomou a iniciativa. Mas ele usava aparelho, então, cada vez que eu tentava dar um beijo nele, como fazia isso

muito mal, eu acabava cortando o lábio. Fiz três cortes em um mês e decidimos não voltar a nos encontrar.

Ross balançou a cabeça, se divertindo.

– Com que idade você perdeu a virgindade? – perguntei, morta de curiosidade.

Ele sorriu, enigmático. Parecia meio surpreso com a minha ousadia repentina.

– E você, Jen?

Eu me agitei, desconfortável.

– Você primeiro.

– Você acha que vou rir de você?

– Ah, tenho certeza disso. Mas você primeiro.

– Aos quinze.

Arqueei as sobrancelhas.

– Você perdeu a virgindade cedo.

– Sua vez – ele me lembrou.

– Hã... – Pensei por um momento.

– Não se lembra? – ele perguntou, brincalhão. – Faz tanto tempo assim?

– Humm... não. – Soltei uma risadinha nervosa. – Em que dia abriram meu alojamento?

A pergunta o pegou de surpresa.

– Seu alojamento?

– Sim. Quanto tempo faz isso?

– Faz quase dois meses.

– Então... faz quase dois meses e uma semana.

Ele estava batendo com os dedos sobre a mesa, distraído, mas parou de repente, me encarando.

– O quê...? – Ele pareceu não entender totalmente. – Há quanto tempo você estava com seu namorado?

– Há quatro meses, mais ou menos... mas eu estava muito nervosa por causa dessa história de termos que transar. – Balancei a cabeça. – Além do mais, ele era tão bruto que... bem, não me inspirava muita confiança.

Bem, se até agora eu ainda não tinha atraído toda a sua atenção... acabava de ganhá-la. Ele me encarava, com a boca entreaberta. E não parecia querer dizer nada, então continuei a falar.

– Mas, uma semana antes de vir para cá, ele me convenceu de que eu me arrependeria se viajasse sem fazer.

Fiz uma pausa.

– Então nós transamos e... na verdade, me pareceu que sexo era algo superestimado. Quer dizer, não foi ruim nem nada, também não doeu, mas não era a grande coisa que eu tinha imaginado. E depois... hã... bem, depois eu te conheci e...

– E eu fiz você mudar de opinião. – Ele deu um grande sorriso, encantado com a ideia.

– Eu não disse isso, seu convencido.

– Não preciso que você diga. – Ele deu um gole em sua bebida e depois balançou a cabeça. – Mas devo dizer que não parecia. Não parecia mesmo.

– Cala a boca.

– É verdade. Parecia que você praticava há muito tempo.

– Para! – protestei, envergonhada, enquanto ele ria de mim.

Depois disso, decidi parar de fazer perguntas e voltamos para o carro. Durante o trajeto, fiquei olhando de soslaio para Ross por um bom tempo. Ele nem sequer se deu conta. Estava me contando umas curiosidades sobre o grupo musical que ouvíamos no rádio. O grupo se chamava Brainstorm, ou algo assim. Ele se empolgava muito quando falava sobre essas coisas. Seus olhos brilhavam.

Eu estava com a imagem de Monty na cabeça. Pensei em tudo que havia acontecido nas últimas horas e que, de alguma forma, isso havia me levado até Ross.

Quando percebeu que eu não lhe respondia, ele me olhou por um momento.

– O que foi? – perguntou.

– Nada. – Sorri, me virando para a frente outra vez.

Apesar de tudo, deixar Monty talvez tenha sido um pequeno passo na direção certa.

15

UM A MAIS

EU ESTAVA SOZINHA NA SALA, tomando uma cerveja e revisando minhas anotações de linguística, tão concentrada nisso que não ouvi Ross se aproximar tranquilamente, vindo do corredor.

– Quando você se concentra muito, aparece uma ruga na sua testa.

Na mesma hora levei uma mão à testa e ele começou a rir.

– É brincadeira. – Ele sorriu, inocente. – Mas valeu a pena só de ver a cara que você fez.

– Muito engraçadinho você!

Ele se sentou ao meu lado e roubou minha cerveja sem titubear.

– O que está fazendo?

– Estudando linguística – murmurei, suspirando. – Tenho uma prova daqui a dois dias e não sei quase nada.

– Quem sabe se você começar a estudar antes... – ele insinuou, se divertindo, sabendo perfeitamente que esse assunto ia me incomodar.

– Obrigada pelo conselho, papai.

– Estão te ligando.

Suspirei e virei o celular para não ver o nome de Monty, que durante a semana posterior à discussão ficou ligando para mim feito um louco. Eu não tinha atendido nenhuma das ligações, claro.

Ross não havia tocado nesse assunto em momento algum, coisa pela qual eu lhe agradecia muito, embora eu tivesse a impressão de que nesse instante isso seria inevitável.

– Você não pode deixar que isso continue assim – ele disse, confirmando minhas suspeitas.

– E o que você quer que eu faça?

– Você quer que *eu* faça alguma coisa?

– Não precisa, Ross...

– Já pensou em bloqueá-lo? – ele sugeriu.

– Se ele não conseguir se entreter ligando pra mim, talvez tenha outro ataque de imbecilidade e apareça aqui – murmurei, fechando o notebook.

– Eu defenderia a sua honra. – Ross abriu um grande sorriso.

– Vamos tentar fazer com que isso não seja necessário.

Vi que ele ficou em silêncio, pensativo, e olhei para ele de soslaio.

– O que houve?

– Nada, só... – Ele parecia tenso quando passou um braço pelo espaldar do sofá, atrás de mim. – Você tem certeza de que ele não te fez nada?

Abri e fechei a boca, depois balancei a cabeça. Uma sensação de desconforto se instalou no meu corpo.

– Não, claro que não – murmurei.

– Jen...

– Já falei que não – eu disse, de modo um pouco mais brusco.

Eu me arrependi na mesma hora de falar assim com Ross, mas ele não pareceu ter ficado muito ofendido. De fato, apenas deu de ombros.

– Muito bem.

O silêncio que se seguiu a essas palavras me fez limpar a garganta e tentar mudar de assunto rapidamente.

– Estou farta de filologia, de linguística... e do mundo – murmurei.

Ele achou engraçado quando cruzei os braços.

– O que eu não entendo é por que você continua a fazer esse curso se não está gostando.

– Porque já está pago – falei. – Então, pelo menos, faço um semestre. Embora tenha que sofrer com as estúpidas letras.

– As letras não são estúpidas.

– Muito bem, então são apenas complicadas.

– Está precisando de distração? – ele perguntou, levantando e baixando as sobrancelhas.

Fechei a cara quando senti que ia dar um sorriso.

– Por que você sempre faz tudo soar tão... sexual?

– Prefiro chamar de *interessante*.

Comecei a rir, já sem poder evitar, olhando para ele.

– Pois te garanto que você é muito *interessante*.

Ele pareceu surpreso.

– Eu?

– Sim, você.

– Você está me chamando de sexy de um jeito meio estranho? – Ross fez uma careta.

– Não. Estou te chamando de pervertido. Simplesmente.

Desta vez foi ele quem riu. Eu ia fazer o mesmo, mas dei um pulo quando ele se inclinou para a frente e passou os dedos pela minha barriga. Ah, não! Cócegas!

– Ei, eu não disse nada de mais! – protestei, recuando como pude no sofá.

– Você me chamou de pervertido!

– Porque você é!

Comecei a rir. Ele tinha segurado meu tornozelo e me trazido para mais perto dele sem muito esforço. Agora eu já estava deitada debaixo de seu corpo, fazendo força para tentar escapar.

Ou... bem, talvez eu não quisesse realmente escapar, especialmente ao sentir sua boca em meu pescoço. Parei de rir imediatamente e comecei a respirar com alguma dificuldade quando ele se grudou em mim completamente.

– Está vendo como você é um perv...?

Ele me interrompeu beijando minha boca com uma intensidade que me pegou desprevenida. Eu estava apoiada nos cotovelos, mas me deixei cair até ficar deitada e ele me seguiu, passando uma mão por minhas costas e agarrando minha bunda descaradamente, levantando meus quadris até minha barriga ficar grudada na dele.

– Meu Deus, vocês realmente não sabem disfarçar, hein?

Dei um pulo e olhei para Will, assustada. Da cozinha, ele nos olhava com um ar divertido. Ross olhou para ele com cara de poucos amigos.

– O que foi? – ele perguntou, bem pouco simpático.

– Não queria interromper o intercâmbio salival, mas achei que era um bom momento para avisá-los que Naya está subindo.

– E daí? – Ross franziu o cenho, confuso.

– Ah, droga, saia daí – murmurei.

Ross suspirou pesadamente quando o empurrei pelos ombros e voltamos a nos sentar cada um em seu lugar. Arrumei o cabelo de qualquer jeito e rezei para não estar com o rosto muito vermelho. Ele me olhou de soslaio enquanto Will se dirigia tranquilamente até a porta. Pouco depois, Naya entrou com ele, sorridente.

– Ross não está gritando pela casa? – ela perguntou. – Morreu alguém?

– O seu senso de humor. – Sorri, brincando.

Ross começou a gargalhar, e Naya me mostrou o dedo do meio. Ross e eu fizemos um "toca aqui", e ele não conseguia parar de rir.

– Bem... – Will pegou seu celular, sentando-se no sofá. – Vamos jantar? Estou com fome.

– Podemos pedir alguma coisa – sugeriu Ross, acalmando-se, afinal. – O que querem?

– Vocês eu não sei, mas Jenna e eu estamos de dieta – disse Naya.

Fiquei olhando para ela, confusa.

A palavra "dieta" não fazia parte do meu vocabulário.

– Dieta? Eu?

– Sim. É que eu decidi que quero emagrecer, e o trabalho em equipe torna essas coisas mais fáceis, você não acha?

Olhei para mim mesma. Era verdade que havia engordado um pouquinho nas últimas semanas. Era difícil seguir o ritmo de Ross sem engordar. Nem todo mundo tem a sorte de poder comer o que quiser sem ganhar peso. Eu ainda conseguia me manter no tamanho quarenta, mas estava começando a me sentir um pouco mais flácida que de costume.

– Sim, tá bem – eu disse. – Estamos de dieta. Oficialmente.

Naya aplaudiu, entusiasmada.

Os meninos ficaram um momento em silêncio, olhando para mim com a mesma cara que teriam feito se eu tivesse lhes contado que era uma espiã russa.

– Dieta? – repetiu Will. – Por quê?

– Pra emagrecer, obviamente – eu disse.

Sue tinha saído do quarto e se sentou na poltrona, arqueando uma sobrancelha.

– Eu ouvi a palavra "dieta"? – ela perguntou, achando estranho.

– Naya e eu estamos de dieta – informei a ela.

Sue começou a rir ironicamente, e Naya fez uma cara feia para ela.

– Se minha humilde opinião te interessa – me disse Ross –, gosto de você exatamente como está agora.

– Mas a sua opinião não conta – disse Naya, revirando os olhos.

– E por que não? – Ross franziu o cenho.

– É como a opinião de uma mãe. Não é objetiva.

– E por que não? – ele repetiu.

Naya esboçou um sorrisinho malvado.

– Você vai me obrigar a falar?

Ao ver minha cara, Will se apressou a interromper.

– Bem – ele limpou a garganta, ruidosamente –, então o que vocês vão comer?

– Salada com frango grelhado – disse Naya.

– Sério? – Suspirei.

Aquela salada que Agnes tinha preparado para mim na outra noite estava bem boa, mas... para ser sincera, a nossa não sairia assim tão boa. Na verdade, eu não estava com muita vontade de comer isso.

É claro que Sue e Ross riam de mim, dissimulados.

– Você ainda pode desistir – Will me lembrou.

– Não. – Cruzei os braços. – Estou de dieta. Quero que isso dure pelo menos uma semana.

– Pois eu vou pedir uma pizza – disse Ross, animado. – Meu organismo não consegue se manter vivo à base de salada e frango grelhado.

Meia hora mais tarde, eu babava olhando para as pizzas sobre a mesa, enquanto preparava meu prato saudável na cozinha. Era uma cena muito triste.

Como Will tinha se deitado e Sue ocupava uma das poltronas, minha única opção era me sentar no chão, porque Naya e Ross estavam no outro sofá. Ele deve ter percebido meu dilema, porque deu um sorriso maroto enquanto dava umas palmadinhas em seu colo. Me sentei em cima dele e me ajeitei. Ross bufou um pouco e eu o olhei, confusa.

– O que foi?

– Ainda bem que você está de dieta, você quase me esmagou.

Dei uma cotovelada nele, com vontade, e ele começou a rir.

– Estou brincando, pequeno gafanhoto. De qualquer maneira, meus sentimentos não mudariam nem se você engordasse quinhentos quilos.

– Como você é romântico, Ross – murmurou Sue, balançando a cabeça.

Fiquei vendo o programa de reforma de casas enquanto comia a salada com pouco entusiasmo. Cada vez que Ross pegava uma fatia de pizza para comer e a passava ao lado do meu rosto, eu tinha vontade de me atirar pela janela.

E não fazia nem uma hora que estava de dieta.

Isso não ia durar nem uma semana. Era impossível.

– Ter certeza de que não quer um pedaço? – ele me perguntou, passando a fatia de pizza na frente do meu nariz.

– Não. – Fitei o meu frango, tentando ignorar o cheiro agradável que invadiu meu nariz.

– Está muito boa, eu te garanto – ele cantarolou, dando uma mordida.

– Eu te odeio.

Ele riu e continuou a comer. Enquanto isso, Sue revirava os olhos mais uma vez.

Nós todos tínhamos jantado e Sue já havia se fechado em seu quarto quando vi que meu celular vibrava em cima da mesa. Não estava com a menor vontade de ver o nome de Monty outra vez. Porém, quando peguei o celular, vi que não era ele.

Era alguém muito, muito, muito pior.

Minha mãe.

Oh, oh.

– Ora veja, se não é a minha sogra – me disse Ross.

– Ah, não – soltei, ficando de pé bruscamente. – Ah, não.

– O que houve? – Will se virou, surpreso.

Os três me encararam, confusos. Eu parei, levando uma mão ao rosto.

– Nada... eu... nada.

– Você ficou branca, Jen. – Ross já não estava sorrindo.

– Não é... – interrompi a mim mesma, olhando para o telefone. – Ela vai ficar brava comigo. Muito.

– Por quê? – Naya me perguntou.

– Porque... – A ligação estava quase caindo, eu precisava atender. – Ah, não. Eu... Ah, não.

Levei o celular à orelha, lentamente, com cara de terror.

– Olá, mam...

– Jennifer Michelle Brown!!!

Com o susto, quase deixei o telefone escapar da mão. Vi que Naya arregalava os olhos, enquanto Will sorria e Ross começava a rir descaradamente.

– Michelle? – ele perguntou, rindo tanto que quase caiu do sofá.

– Cala a boca – falei, beliscando seu ombro.

– Ei! – ele protestou, fingindo sentir dor.

– Você está me escutando?! – mamãe gritou.

Voltei a me concentrar na ligação.

– Claro que sim, mãe, é que...

– Você está morando com um rapaz há mais de um mês e não me falou nada?!

Obviamente, eles estavam ouvindo tudo. Também, com aqueles gritos...

– Esse rapaz sou eu? – perguntou Ross, olhando para mim.

– Não acho que seja eu – disse Will, tirando onda.

Tentei ir para o quarto, mas Naya me deteve.

– Só tem cobertura na sala – ela me lembrou, com um sorrisinho malévolo.

Ótimo. Eles iam ouvir tudo. Era só o que me faltava.

– Eu ia te contar, mamãe – garanti, em seguida. – É que me esqueci, com toda essa confusão de aulas e...

– Você se esqueceu!!! – ela berrou, irritada. – Você já não se lembra de contar nada pra sua pobre mãe, que você deixou abandonada à própria sorte, junto com os idiotas dos seus irmãos!

Escutei alguns protestos ao fundo.

– Calem a boca! – ela lhes disse, antes de se concentrar em mim outra vez. – Você já não me conta nada. Sinto como se você fosse uma completa desconhecida.

– Mãe, por favor...

Will, Ross e Naya continuavam a me olhar descaradamente. Fiz uma cara feia para eles, que riram de mim quando comecei a dar voltas por trás dos sofás, nervosa.

– Se você me deixar explicar... – tentei dizer.

– Não há nada que explicar! E fique sabendo que seu pai também está muito irritado!

— Mas papai nunca se irrita comigo... — Franzi o cenho.

— Pois agora se irritou!

— Não é verdade!

— Ok, não é verdade! Mas devia ser!

— Hoje mesmo eu ia ligar pra te contar — menti, com pressa.

— Jennifer Michelle, eu pari você, acha mesmo que eu não sei quando está mentindo?

Soltei um palavrão entre os dentes que, por sorte, ela não escutou. Ross sim, porque continuava a rir.

— E posso saber quem é esse rapaz?

— É um amigo.

— Um amigo — repetiu Ross, balançando a cabeça.

— Humm... — Minha mãe já tinha adotado aquele seu velho tom de detetive particular. — E é um bom rapaz?

Fiquei olhando para Ross por um momento, pensando. Ele sorriu inocente.

— Fale bem de mim pra ela, hein?

— Ele é meio chato, mas até que é legal.

— Quanta gratidão com quem abriu as portas de casa pra você, Michelle — ele me disse, sorrindo.

Tapei o celular com a mão e fiquei olhando para ele.

— Volte a me chamar de Michelle e eu queimo todos os maços de cigarro que você ainda tiver.

— Não brinque com meus cigarros!

— E você não brinque com meu nome, seu chato!

— Jennifer! — berrou minha mãe.

— Perdão — eu disse, voltando a falar com ela imediatamente.

— Então, ele é um amigo seu?

— Não — eu disse, rindo, mas parei subitamente. — Quer dizer... sim, claro que... sim... eu acho.

— É ou não é?

— Sim... bem... mais ou menos.

Eu a ouvi sufocar um grito e fiquei vermelha como um tomate porque sabia o que estava por vir. Tentei não olhar para Ross, que ria cada vez mais.

– Será que não é seu namorado? – ela perguntou, e sua voz ficou aguda por causa da emoção. – Você largou o Monty?!

– O quê? Mamãe, não é...

– Até que enfim! – ela suspirou. – Querida, eu sei que você gostava muito dele, mas eu nunca achei que ele fosse bom pra você. Ele sempre foi muito pouca coisa.

– Mamãe, não...

– Com tanto treino e tanta bobagem... Ele não conseguia se concentrar na relação de vocês! Não, eu não gostava nada dele com você. Espero que o novo namorado não fique o dia inteiro treinando, ou teremos o mesmo problema mais uma vez.

– Mãe...

– Isso pra não falar daqueles ataques de fúria que ele tinha. Ele era meio louco, não? Teve sorte de encontrar você, que tem tanta paciência. Se eu o pegasse...

– Mãe!

– E como é esse rapaz? Por que não me falou dele até agora? Há quanto tempo estão juntos?

– Dá pra você me ouvir e parar de viajar?!

Eu estava vermelha como um tomate, enquanto eles continuavam a rir.

– Se quiser, me passa o celular que eu me apresento – Ross se ofereceu.

Peguei uma almofada e a atirei na cabeça dele.

– Sim, Monty e eu terminamos – eu disse à minha mãe. – Outro dia eu mandei uma mensagem, de manhã, dizendo que não queria continuar com ele. E ele apareceu aqui... bastante irritado... pra me pedir explicações.

– Você deixou as coisas bem claras pra aquele orangotango?

– Mãe...

– Monty já é passado? Você não vai voltar com ele, né?

– Não. Te garanto que não.

Houve um momento de silêncio e eu levantei uma sobrancelha.

– Espero que não esteja sorrindo, mãe.

– Não – ela disse, e eu soube que estava realmente sorrindo com malícia.

– Mãe!

– Sinto muito, querida, mas você sempre teve muito mau gosto no que se refere a namorados...

– Não é verdade!

– Até onde eu sei, é verdade sim – me disse Naya.

Fiz uma cara feia para ela. Minha mãe suspirou do outro lado da linha.

– Bem, logo vamos conversar, quando você vier para o meu aniversário.

Fiquei paralisada, sem saber o que lhe dizer. Ela percebeu, porque em seguida emitiu um som dramático, parecido com um suspiro.

– Você não vem, não é?

– Eu...

– Eu sabia! Você sai de casa e se esquece da sua pobre mãe. Sempre a mesma história! Agora que você cresceu e não precisa mais de mim, me deixa aqui, abandonada e sozinha, como um brinquedo quebrado. Como um par de sapatos velhos. Como um balão furado. Sempre a mesma história. Já me aconteceu isso com Shanon e...

– Mãe, você sabe que eu gostaria de ir, mas... – abaixei o tom de voz e dei as costas àqueles três, me afastando tanto quanto pude – nesse momento, não sei como eu conseguiria pagar essa viagem.

Sinceramente, eu tinha procurado emprego, algum que me permitisse estudar e trabalhar, se possível. Mas, em todos eles, exigiam experiência prévia – coisa que eu não tinha – ou um horário incompatível com as aulas. No fim, acabei indo atrás desses últimos, mas nem assim me aceitaram. Então, não, eu não tinha dinheiro.

– Então nós pagamos a viagem pra você – insistiu ela.

– Sei bem como estão as contas de vocês. Não podem pagar essa viagem.

– Podíamos pedir dinheiro pra...

– Mãe, não.

Ela suspirou.

– E de carro?

– São cinco horas pra ir e mais cinco pra voltar – falei. – Nem sequer tenho carteira de motorista.

– Talvez se Spencer fosse te buscar... – começou, mas nós duas sabíamos que isso não iria funcionar de jeito nenhum.

Ela respirou fundo e percebi que estava quase chorando para que eu ficasse com pena e fosse para casa.

– Mãe, para, não fica assim – eu disse, em voz baixa.

Se ela começasse a chorar, eu também começaria.

– Não, eu entendo – ela murmurou. – Vou fazer sessenta anos, mas você não tem dinheiro pra vir comemorar comigo. Eu entendo.

– Prometo que logo vou arranjar um emprego e comprar algo pra compensar, está bem?

– Eu não quero um presente, Jennifer. Quero ver você.

– Sei disso, mãe, mas...

Gelei ao sentir que alguém tirava o telefone da minha mão. Levantei a cabeça e olhei horrorizada para Ross, que o levou tranquilamente à orelha.

Agora vai começar a ficar interessante.

– Sra. Brown? – ele perguntou, com sua voz de garoto encantador.

– O que está fazendo?! – Minha voz subiu uns dez decibéis.

Eu me joguei sobre ele, tentando desesperadamente arrancar o celular de suas mãos. Ele me afastou esticando o braço sem piscar, enquanto eu fazia força como uma louca para que ele me devolvesse o telefone.

– Ross, eu não estou brincando, me devolve o celular!

– Não, eu sou o dono do apartamento – ele se apresentou tranquilamente, sem que desse para perceber que me empurrava para impedir que eu recuperasse o celular. – Jack Ross. Sim, aquele amigo. Sim... bem, não está muito claro se somos apenas amigos. Sua filha não se decide nunca.

– Ross!

– Não se preocupe – ele disse, com um sorriso encantador. – Na verdade, não. Olha, se minha mãe fizesse sessenta anos e eu não fosse à sua festa, ela ficaria muito, muito triste... e não posso deixar que isso aconteça com a senhora.

– Que puxa-saco! – murmurou Will, rindo.

– O que está dizendo? – perguntei, horrorizada. – Desligue já!

– Não, claro. – Ele sorriu, me ignorando. – Sim, não se preocupe. Sim, de verdade, claro. Pode me pagar quando puder. Não há pressa.

Ouvi minha mãe balbuciar agradecimentos precipitadamente, e me calei para escutar melhor a conversa. Ross deixou de lutar comigo e voltou a sorrir de modo encantador, me empurrando com um dedo na testa. Pronunciou a palavra "bisbilhoteira" bem baixinho. Eu fechei a cara.

– O prazer foi meu – ele disse à minha mãe. – Sim... ah, seria um prazer. Sim, claro. Quer falar com a sua filha?

Ele me ofereceu o celular, sorrindo.

– É a sua mãe.

Eu continuava sem saber o que fazer. Peguei o telefone rapidamente, enquanto ele me observava, achando graça.

– O que...? – comecei a perguntar.

– Graças a Deus que você largou Monty! – ela gritou, entusiasmada.

– Mãe! – protestei, quando Ross começou a rir.

– Parece mentira que você continuava com aquele garoto tendo este outro – ela me disse, indignada. – Adorei ele, Jenny! Agarre ele já!

– Agarrar? Mamãe, por Deus, volte para o século XXI...

– Nesse momento eu nem me importo que você fique implicando comigo! Estou feliz demais! Seu novo namorado se ofereceu pra pagar sua viagem!

– Ele não é meu... – hesitei, e cravei os olhos em Ross. – Espere aí, o quê?

– Ele é um encanto!

– Mas... não... mas...

Ele tinha se sentado tranquilamente no sofá outra vez, enquanto eu entrava em colapso.

– Nem pense em dizer que não – minha mãe alertou. – Eu mesma vou devolver o dinheiro a ele.

– Mãe, não...

– Como estou feliz! – ela gritou. – Estaremos todos reunidos! Até que enfim!

– Mãe!

– Vou desligar, querida, porque seu irmão está me chamando.

– Não, espera...!

– Mande um beijinho pro seu namorado!

Ela desligou antes que eu pudesse dizer qualquer coisa. Fiquei olhando para o celular e em seguida me virei lentamente para Ross.

– Bem – Naya se levantou –, acho que é melhor irmos para o quarto, meu amor.

– Concordo totalmente – disse Will.

Os dois saíram, me deixando a sós com Ross, que se virou para me olhar, sorrindo.

– O que foi? – ele perguntou, inocente.

– Posso saber o que se passa na sua cabeça? – perguntei, apontando para o celular.

– Muitas coisas – ele respondeu. – E quase todas envolvem você.

– Ross! Estou falando sério! Já moro aqui de graça, não posso deixar que você pague tudo pra mim!

– Eu não estou pagando tudo.

– Me diga alguma coisa que você não esteja pagando!

Ele pensou nisso por um momento.

– Você pagou a universidade antes de me conhecer. – Ele deu de ombros.

Olhei para ele, furiosa, e ele ergueu as mãos em sinal de rendição, brincalhão.

– Encare isso como um presente de Natal adiantado.

– Um presente de Natal é um perfume, ou algo assim, não uma viagem!

– Olha, esse negócio de perfume é muito particular. Não quero me meter nessa parte da sua vida.

– Você pode me levar a sério pelo menos uma vez na vida?

Ele parou de sorrir, meio confuso.

– Eu sempre te levo a sério, Jen.

– Não, não leva! Eu não estou brincando, então para de agir assim!

Ele pestanejou, chocado com meu repentino chilique. Mais do que arrependido, ele parecia não saber o que havia originado aquele acesso de raiva.

– Você não quer ir encontrar sua família?

Olhei para ele fixamente. Como podia não entender?

– Não é isso – murmurei, mais calma.

– Então? Quer ir?

– Sim, claro que quero ir, mas...

– Então você vai. – Ele apontou para o sofá. – Agora vamos esquecer isso tudo e...

– Não, não vou esquecer. Não vê que estou te devendo um monte de dinheiro, Ross?

– Ih, começou de novo... – ele bufou, passando a mão no rosto. – Você é muito materialista, querida Michelle.

– Não sou materialista, sou pobre! Você acha mesmo que vou conseguir te devolver essa grana?

– Você acha mesmo que eu vou pedir que você faça isso? – ele perguntou, totalmente ofendido.

– Minha nossa... – Balancei a cabeça. – Que lindo deve ser ter tanto dinheiro a ponto de não se preocupar quando o dá a qualquer um.

– Você não é qualquer um.

– Tanto faz...

– Por que você sempre se preocupa tanto com dinheiro? – Ele franziu o cenho.

– E por que você sempre se preocupa tão pouco?

– Há coisas mais importantes na vida.

– Como o quê? A felicidade?

– Por exemplo.

– A verdade é que eu preferiria chorar num iate do que ser feliz num banco de parque.

Ele sorriu, achando graça, mas parou imediatamente quando cravei nele meu olhar acusador.

– Continuo não me sentindo bem com isso, Ross.

Ele refletiu um pouco e depois suspirou.

– Olha, todo mês eu recebo mais de três mil dólares, que não uso pra nada além de pagar por este apartamento. E vou guardando esse dinheiro, porque não tenho tantos caprichos.

– Três mil...? – Escancarei a boca.

– Não gasto esse dinheiro com nada. A última coisa que comprei foi um moletom de vinte dólares, e acho que já faz mais de um ano. Agora que tenho um bom motivo pra gastar esse dinheiro, e quero fazer isso, e faço... Qual é o problema?

Dito dessa forma, até eu fiquei me perguntando qual era o problema. Mas a verdade é que meu cérebro continuava sem processar direito a primeira parte.

– Seus pais te dão três mil dólares todo mês? – perguntei, atônita.

– Meus pais? – Ele riu. – Não, claro que não. Esse é o dinheiro que recebo por alguns curtas-metragens que fiz no ano passado. Há anos que não peço dinheiro pros meus pais.

E ele dizia isso tranquilamente. Pisquei, voltando à realidade.

– Não... não posso aceitar, Ross.

– Claro que pode.

– Estou falando sério. Sinto que estou me aproveitando de você.

– Pode se aproveitar de mim o quanto quiser – ele disse, sorridente. – Nada me faria mais feliz.

– Jack...

– Além do mais, pensa na sua mãe, no quanto ela vai ficar feliz quando você aparecer.

– Sim, mas...

– Vamos lá, esqueça esse dinheiro, vem aqui.

Eu continuava sem entender direito o que havia acontecido quando me sentei ao seu lado e ele mudou de canal até encontrar um filme de que gostou.

– Alguns curtas-metragens? – perguntei. – Quando foi que você fez esses curtas?

– No ano passado eu colaborei com a edição de alguns. E dirigi.

– E pagam todo esse dinheiro?

– Não é tanto assim. Os curtas ficaram bem famosos. Tirei dez nessa matéria.

– E por que não me falou disso antes?

Ele estava comendo um pedaço de tomate da minha salada. Pensou por um momento e depois deu de ombros.

– Não sei. Você não tinha me perguntado.

– Perdão por não pensar que você podia estar ganhando dinheiro com uns curtas que fez no ano passado. Como foi que não pensei nisso?

Ele sorriu, se divertindo, assistindo ao filme.

Naquele momento me dei conta de que, em duas semanas, passaria um fim de semana com minha família, o que me fez sorrir um pouco. Encontraria Shanon e meu sobrinho, meus irmãos mais velhos e meus pais. Talvez até encontrasse meus avós.

E Monty, e Nel... e os outros. Embora isso já não me entusiasmasse tanto, por isso os afastei da mente.

– Vou pra casa – murmurei.

– Só agora que você se deu conta? – Ross perguntou. – Estamos falando sobre isso há um bom tempo.

– Vou ver minha família! – eu disse, entusiasmada.

– Fico feliz de te ver tão contente – ele comentou, rindo.

Abracei-o com força pelo pescoço e comecei a beijar seu rosto. Ele riu, tentando não deixar cair o prato de salada.

– Você é o maior! – garanti, o beijando.

– Aí já ficou melhor – ele brincou.

– Mas – me afastei e olhei para ele, muito séria – prometa que não vai me pagar mais nada.

– Não estou pensando em te prometer isso.

– Estou falando sério. Pelo menos espera eu te devolver o dinheiro da viagem.

– Se você me devolver algum dinheiro, eu juro que compro uma mansão em Las Vegas pra você.

Balancei a cabeça. Mas eu estava feliz, então o abracei como um coala. Normalmente, eu era pouco carinhosa, mas nesses momentos não conseguia evitar. E ele parecia estar adorando a situação.

– Não que eu queira me gabar, mas acho que sua mãe já gosta mais de mim do que de você – ele disse.

"Mais do que de Monty, com certeza", pensei.

Ele se virou para mim quando percebeu que eu o encarava.

– O que foi? – ele perguntou, largando o prato de salada na mesa.

Até aquele momento, eu também não tinha percebido que fiquei encarando-o. Desviei o olhar, incomodada.

– Nada.

Mas eu sabia muito bem o que tinha me vindo à cabeça.

– Você está... com sono? – perguntei.

Ele hesitou um momento, antes de começar a rir.

– O que você tem nessa cabecinha maligna?

– Nada – respondi.

Um momento de silêncio.

– Você está muito cansado?

– Não pra você.

Levantei a cabeça e o puxei para perto de mim. Realmente, nem precisaria ter feito isso, porque ele mesmo já tinha se inclinado. Fechei os olhos para esperar pelo beijo, mas os abri de novo ao perceber que não ia chegar.

É que Ross estava olhando para o corredor, segurando um sorriso. Sue estava ali, de pé, olhando para nós com o que parecia ser uma cara de horror.

– Ah, não. – Ela suspirou dramaticamente. – Mais casais não, por favor.

– Em que podemos ajudar? – perguntei, depois de limpar a garganta.

– Eu ia limpar isso, mas não vou conseguir me concentrar se vocês ficarem aí se beijando. Me dá vontade de vomitar.

Ela cruzou os braços, esperando pacientemente. Sorri ao passar ao seu lado, indo para o quarto de Ross. Ele se apressou a me seguir, alegremente, e eu ouvi Sue bufar.

Eu ainda não tinha dormido, mas já era muito tarde. Continuava deitada, com a cabeça de Ross em meu peito. Ele estava de olhos fechados, respirando normalmente. Tinha adormecido há algum tempo. Continuei a passar a mão em seu rosto e em seus cabelos, distraída.

Não pude deixar de perceber que ultimamente eu tinha tido vontade de dormir assim muitas vezes. E para mim não era um problema, claro.

Passei a mão em seu queixo, depois subi até seus lábios, que eram muito bonitos, muito... "beijáveis", se é que essa palavra existe. O superior tinha a forma de um meio coração e o inferior era um pouco mais grosso.

Subi até seu nariz reto, para logo depois passar o dedo entre suas sobrancelhas escuras e seus olhos fechados. Ross tinha olhos lindos: castanhos, com a parte mais perto da íris meio verde, com tons amarelos. Me perguntei se algum dia alguém já tinha dito isso a ele. Fora eu, e estando chapada, claro.

Finalmente, afundei a mão em seu cabelo e ele suspirou. Sorri e continuei a acariciá-lo na nuca e nos ombros, fechando os olhos para tentar adormecer.

No entanto, alguma coisa fez com que eu os abrisse outra vez. Que barulho era aquele? Era na porta do apartamento? Talvez fosse apenas minha imaginação.

Fechei os olhos mais uma vez, mas o barulho se repetiu, e dessa vez eu tive certeza de que era de verdade. Tentei me erguer e Ross me abraçou mais forte, murmurando palavras incompreensíveis, em sonhos.

– Ross – sussurrei, cutucando seu ombro. – Ross, acorda...

– Humm...? – ele perguntou, sonolento.

– Acorda, vamos – insisti.

– Vou precisar dormir um pouco mais antes de partir para o terceiro round – ele murmurou.

– Não é isso, idiota! Acho que tem alguém na porta.

Ele suspirou e se aninhou um pouco mais, apoiando o rosto bem em cima do meu coração.

– Você não pode continuar me acariciando?

– Você está me ouvindo? – protestei.

Quando vi que Ross tinha voltado a dormir, bati em seu ombro, obrigando-o a reagir.

– Estou falando sério, Ross, acorda!

– Agora sou Ross de novo?

Fiz uma cara feia.

– Você vai prestar mais atenção se eu te chamar pelo nome?

– Talvez.

– Então acorde de uma vez, que droga, Jack.

Ele sorriu e me olhou.

– É só um barulho. Deve ser Will, ou Sue. Qual é o problema?

– Não. Era um barulho de fechadura. E eles já estão dentro do apartamento.

– Deve ser o vizinho, que sempre reclama do barulho que faz...

– Não é o vizinho!

Ele me olhou com ar brincalhão.

– O que houve? Você está com medo?

– Sim, estou. Talvez tenham entrado para roubar.

– Então que levem seus saquinhos de salada.

– Jack!

– Ok, ok...

Ross se espreguiçou, depois se levantou lentamente e vestiu calças de algodão. Não parecia estar muito preocupado. Com efeito, voltou a se espreguiçar, bocejando.

– Jack! – Perdi a paciência. – Podem estar roubando!

– E eu estou apavorado – ele ironizou.

Suspirei.

– Me dá a calcinha.

– Pra quê?

– Pra poder ir com você.

– Eu prefiro que você vá como está agora. – Ele abriu um grande sorriso.

Olhei para ele de cara feia e passei ao seu lado. Meu rosto ficou vermelho quando ele me olhou de cima a baixo ao me agachar para pegar a calcinha. Enquanto eu a vestia, prendi a respiração ao sentir que Ross encostava seu peito em minhas costas e me agarrava pela cintura.

– Acho que pensei em algo melhor que sair para caçar ladrões.

– Jack, pega a minha camiseta.

– Quero é tirar o que você está vestindo, e não que você ponha mais roupa.

– Não estou brincando! Estou com medo!

– E o que você vai fazer se for até lá? – ele perguntou, me zoando. – Matar o ladrão com um soco? Fulminá-lo com o olhar?

– Vou te usar como escudo humano e sair correndo.

– E se deixarmos que roubem tudo e a gente...?

Justo naquele momento, fizeram barulho outra vez, agora mais forte. Ross parou de sorrir imediatamente, levantando a cabeça.

– Está vendo? – falei.

– Fique aqui – ele disse, completamente sério.

– Mas...!

– Jen, fique aqui.

Cruzei os braços, amuada, quando ele resolveu sair do quarto. Passei a camiseta a ele e me apressei em segui-lo. Não tinha chegado à porta quando sentiu que eu me escondia atrás dele.

– Nem pensar – ele murmurou.

– Não vou ficar aqui esperando – respondi.

– Você também quer ir na frente, ou será que posso fazer isso?

– Não, é melhor *você* fazer isso.

Ele sorriu, balançando a cabeça.

Chegamos à porta principal. De fato, havia alguém tentando abri-la. Fiquei no limiar da sala, vendo como Ross abria a porta de supetão, de cara amarrada. Fiquei completamente tensa.

Mas, para minha surpresa, ele só revirou os olhos e soltou um palavrão.

– Posso saber o que você está fazendo aqui? – ele perguntou.

– Olá pra você também – disse Mike, finalmente abrindo a porta.

Ele entrou cambaleando e ficou olhando para mim. Acho que só nessa hora é que me dei conta de minha aparência. Estava despenteada, de calcinha e com uma camiseta do irmão dele.

– Estou interrompendo alguma coisa?

– O que você estava fazendo com as chaves? – Ross perguntou, irritado.

– Não sei qual é a do seu apartamento, estava tentando abrir com todas. – Ele enfiou a cara para poder me olhar outra vez. – É sempre um prazer te ver, Jenna.

– Claro, Mike. – Balancei a cabeça.

Olhei para Ross, que pareceu se incomodar por seu irmão falar comigo. Como sempre.

– O que está fazendo aqui? – Ross perguntou, irritado.

Mike sorriu para mim mais um pouco antes de entrar na sala e largar seu casaco na poltrona. Olhou ao redor e, por fim, virou-se para seu irmão.

– Tive uma discussão com a minha agora ex-namorada e achei que você não se importaria se eu ficasse aqui por uns dias.

– Pois eu me importo.

– Vamos, Ross, sou seu irmão mais velho.

Eu não estranhava que Ross não quisesse que Mike ficasse, pois ele não parava de sorrir para mim e, toda vez que o fazia, parecia que as veias do pescoço de Ross ficavam mais inchadas. Se não parasse logo, elas iam explodir.

– Então... já é oficial, meninos? – ele perguntou, olhando para nós.

– Hã...

Eu não sabia o que dizer.

– Isso quer dizer que não temos nenhuma chance, Jenna? Eu também posso te emprestar minhas camisetas, se você quiser.

Meu rosto ficou vermelho e a veia do pescoço de Ross começou a palpitar perigosamente.

– Você precisa ir embora – Ross alfinetou seu irmão.

– Você vai me deixar na rua?

– Você não pode ficar aqui. Não tem lugar.

– Bem, eu já imaginava que você não ia querer que eu dormisse com vocês.

– Pois é, Mike, não quero.

– Mas deve ter algum lugar para o seu irmãozinho, não?

– O sofá continua aí – comentei.

No momento em que Ross me olhou, eu me arrependi de ter aberto a boca.

– Ela quer que eu fique – disse Mike, contente, apontando para mim.

– Eu não quero nada – garanti, em seguida.

Ross fechou os olhos por um momento e depois olhou para seu irmão.

– Só por essa noite – ele disse. – Amanhã de manhã você vai embora. Não me interessa pra onde.

– Claro, claro. – Mike tirou os sapatos e se deixou cair no sofá, sorrindo. – Não vai ficar aqui um pouquinho pra me fazer companhia?

– Não – Ross disse, secamente, indo em direção ao corredor.

– Eu estava falando com ela.

Ross se deteve no meio do corredor e voltou para me pegar pelo braço.

– Para de incomodá-la – ele avisou, bruscamente.

– Não estou incomodando! Não é mesmo, Jenna?

– Eu... não...

Não sabia o que dizer.

– Mais um comentário desse tipo e você vai pra rua, entendeu?

Mike levantou as mãos em sinal de rendição, mas ainda parecia estar se divertindo.

Ross me levou pelo corredor e eu me deixei arrastar vendo como seu irmão me seguia com o olhar. Quando ficamos a sós, olhei para minhas mãos, incomodada.

– Eu... hã... talvez não devesse ter dito nada, né?

– Não importa – ele assegurou.

– É que...

– Tudo bem – disse Ross, e pareceu relaxar. – É que... fico de mau humor quando ele está por perto. De uma maneira ou de outra, ele sempre acaba me arranjando problemas.

Ele se sentou na cama e passou a mão no cabelo. Não pude deixar de me sentir mal por ele, e me aproximei, sentando-me em seu colo e envolvendo seu pescoço com os braços.

– Que diferença faz? É só um dia – eu disse, olhando para ele. – Nem isso. Só uma noite. Amanhã ele vai embora.

Ross sorriu amargamente.

– Dá pra ver que você não o conhece. Ele não vai embora tão cedo.

– E se ele fizer as pazes com a namorada?

– Ele tem mais namoradas que tempo, Jen. Não vai voltar com essa.

Mordi o lábio, pensativa. Queria que Ross se sentisse melhor. Me encaixei melhor em cima dele e beijei a ponta do seu nariz.

– Vamos lá – sussurrei. – Posso fazer você esquecer de todo mundo que está nesse apartamento.

Isso pareceu agradá-lo, porque esboçou um pequeno sorriso.

– Ah, é?

– Aham.

Eu me esfreguei nele e sorri ao receber uma resposta.

– É um método bastante convincente.

– Estou morrendo de vontade de ver – ele disse, ao me abraçar.

Sorri e o beijei, fazendo com que ele se deitasse até ficarmos abraçados, aos beijos e carícias. Apesar de tudo, ele não quis fazer mais nada, nem sequer tiramos a pouca roupa que estávamos vestindo. Ele fazia isso com frequência e, às vezes, eu tinha a sensação de que só precisava que alguém o acariciasse e lhe dissesse coisas bonitas em voz baixa, entre beijos e sussurros, por mais brega que isso soe. E eu não tinha problema algum em ocupar esse lugar.

Quando abri os olhos de manhã, vi que Ross ainda dormia, então vesti minha roupa esportiva e saí do quarto na ponta dos pés. Seu irmão também dormia, no sofá, quase na mesma posição. Não pude deixar de sorrir. Os dois até podiam não se dar bem, mas eram incrivelmente parecidos.

Corri por um bom tempo. Também falei com Spencer, meu irmão, voltando para casa com um café comprado no caminho. Entrei no elevador e cumprimentei um vizinho que já tinha encontrado outras vezes, voltando igualmente de seu exercício matinal. Quando entrei em casa, a primeira coisa que escutei foi um assovio de aprovação procedente da cozinha. Me virei, sorrindo, esperando ver Ross, mas meu sorriso se apagou instantaneamente ao ver que se tratava de Mike.

– Como você é ativa de manhã, cunhadinha – ele comentou, olhando para mim de cima a baixo.

– Você sempre foi chato assim, Mike? – perguntei. – Porque eu me lembrava de você um pouquinho melhor.

– É que sempre que eu te vejo estou com uma namorada, ou tentando namorar alguém. É a primeira vez que você me vê solteiro e inteiro. Todinho pra você.

Will saiu de seu quarto naquele exato momento. Ele bocejava, mas parou quando viu Mike.

– Olá, Will – disse Mike, sem deixar de olhar para mim, o que já estava começando a me incomodar.

– Mike? – disse Will, olhando para mim em busca de uma explicação.

– Ele apareceu ontem à noite. Pergunte ao Jack.

Ops. Jack. Saiu assim, naturalmente.

– Jack – repetiu Mike, zoando. – Você não o chama de Ross? Isso é claramente uma relação séria e consolidada.

– Vejo que você não mudou nada – comentou Will, abrindo a geladeira e pegando uma garrafa de leite. – Quando é que você vai embora?

– Não sei. Acho que só quando começar a me entediar.

– Você disse ao seu irmão que ia embora hoje de manhã. – Franzi o cenho.

– E meu irmão não te disse que costumo mudar de opinião facilmente, cunhada?

Fiz uma careta.

– Vou tomar um banho – disse aos dois, cortando a conversa.

Fechei a porta do banheiro, me despi e me enfiei debaixo do chuveiro, fechando a porta do box. Estava lavando o cabelo quando escutei alguém abrir a porta bruscamente. Com o susto, dei um grito e cobri a boca, envergonhada.

Quando espiei com cuidado para que só conseguissem ver minha cabeça, vi que Mike estava mijando, como se não houvesse nada de mais.

– Posso saber o que está fazendo?! – falei, assustada. – Estou tomando banho!

– Calma, é só um instante. E também não dá pra ver nada.

Isso era verdade, a porta do box não era transparente, mas ainda assim eu queria que ele saísse dali.

– Sai daqui! – gritei.

– Já vou, já vou. Que mina chata.

Fechou o zíper da calça lentamente e eu senti que estava ficando vermelha por causa de uma estranha mistura de raiva e vergonha.

– Olha – ele disse, lavando as mãos –, você pode continuar com seu banho, se quiser, isso não vai me incomodar.

– Sai já daqui!

Ross deve ter me ouvido gritar, porque apareceu no banheiro de cara amarrada e ficou olhando para o irmão com cara de que ia matar alguém.

– Posso saber o que você acha que está fazendo? – ele questionou, mal-educado.

– Fique calmo, maninho, eu só...

Ross não deixou que Mike terminasse de falar, agarrou-o pela gola da camiseta e o tirou do banheiro com um puxão, fechando a porta em sua cara. Vi que ele passou a mão no cabelo.

– Sinto muito – ele disse, olhando para mim. – Ele é um imbecil.

– Tudo bem. Mas, se ele voltar a fazer isso, vou jogar o frasco de xampu na cara dele.

– Eu pagaria pra ver isso. – Ele sorriu.

Vi que Ross não se mexia e arqueei uma sobrancelha.

– O que foi? – perguntei.

Ele sorriu.

– Tem lugar pra mais um aí dentro?

– Só se esse mais um for o Mike.

Quando vi sua expressão amarga, comecei a rir e fiz um gesto para que se aproximasse. A amargura sumiu no instante em que ele chegou perto de mim, tirando a roupa pelo caminho com um sorriso nos lábios.

Vantagens de tomar banho com o Ross? As risadas, o fato de ele me ensaboar fazendo massagem, de abrir a torneira para que não desse para ouvir os barulhos daquilo que estávamos fazendo, de abrir um grande sorriso quando era atingido por um jato de água, e fingir que não queria que ele chegasse perto de mim...

Desvantagens de tomar banho com o Ross? A bronca que levei por ter chegado meia hora atrasada à aula.

16

A LENDÁRIA DAISY

NAYA E WILL TINHAM IDO PARA A CASA dos pais dela por dois dias, e Sue estava na casa de não sei quem, então todos deram um jeito de desaparecer justamente um dia antes da minha viagem para passar o fim de semana na casa dos meus pais. Eu esperava pelo menos poder encontrá-los no dia seguinte, antes de sair.

O bom disso é que eu poderia ficar sozinha com o Ross a noite inteira, pela primeira vez.

Só havia um pequeno problema: Mike.

Naquele momento, ele andava pela sala, frenético. Eu estava olhando para ele, do corredor, meio confusa, quando ele revirou os bolsos de seu casaco e o atirou no chão, frustrado.

– O que está fazendo?

Quando ele se virou, percebi que estava mais pálido que o normal. Nem sequer sorria. Esse não era o Mike que eu costumava ver.

– Eu... hummm... – Ele me olhou por um momento. – Não acho minha carteira.

– Ah.

Fiquei calada por um momento.

– Eu te ajudaria, mas...

– Você tem dinheiro?

"Quem mandou falar nisso", pensei.

– Você precisa agora mesmo? – perguntei, confusa.

– Sim. É urgente. Você tem dinheiro ou não?

Meu instinto me dizia para não lhe dar dinheiro, mas ele estava com cara de quem realmente precisava. Quase fui pegar minha carteira, mas acabei não fazendo isso.

– Estou sem dinheiro – menti. – Se quiser, posso ligar pro Ross e...

– Não! – ele logo me deteve. – Tanto faz. Deixa pra lá.

Eu o observei enquanto fechava a gaveta e se sentava na poltrona, passando a mão no rosto.

– Eu te ajudaria a procurar a carteira, mas tenho que ir à aula... Ontem já cheguei atrasada, não posso fazer isso de novo. Espero que você a encontre logo. Se não, certamente Ross vai te emprestar o que você precisar. Ou eu.

Ele não respondeu. Imaginei que queria ficar sozinho, então peguei minhas coisas e saí. Porém, ao descer do elevador, resolvi mandar uma mensagem para Ross.

Mike estava muito estranho. Acho que está precisando de dinheiro. Talvez você devesse ligar pra ele.

Não esperei que me respondesse porque, como já disse, estava atrasada para minha aula, então guardei o celular na bolsa e comecei a correr até a estação do metrô.

Quando saí da aula, estava com cara de cansaço, entre outras coisas porque naquela noite eu não tinha dormido tanto como gostaria. Além disso, a aula tinha terminado muito tarde e eu estava com fome. Estava descendo as escadas da entrada da faculdade meio sem vontade quando achei ter ouvido meu nome. Olhei ao redor e meu olhar se deteve numa mulher que vinha em minha direção.

A mãe de Ross.

– Mary? – perguntei, surpresa.

– Olá, querida – ela me cumprimentou com o sorriso de sempre, embora parecesse estar um pouco preocupada.

Terminei de descer as escadas e parei diante dela.

– Aconteceu alguma coisa? – perguntei.

Ela demorou um pouco a me responder, e senti que meu coração começou a bater mais rápido.

– Ah, não – ela garantiu, embora seus olhos não estivessem sorrindo. – É que decidimos jantar na minha casa e Jackie não podia vir te buscar.

– Não? – perguntei, confusa, seguindo-a até o estacionamento. Não era muito comum que Ross não pudesse me buscar na faculdade.

– Ele foi buscar Mike. – Essa foi toda sua explicação.

Seu carro era um Audi azul-brilhante. Certamente era mais caro que minha casa inteira. O interior cheirava muito bem e estava muito limpo, quase tive pena de sujar o imaculado tapetinho com minhas botas velhas e úmidas.

Mary me deu um pequeno sorriso antes de arrancar.

– Jackie me disse que você vai encontrar sua mãe daqui a pouco.

Jackie tinha omitido o detalhe de que iria pagar minha viagem.

– Sim. É aniversário dela.

– Dê os parabéns por mim. – Ela sorriu.

Será que ela sabia que espécie de relação havia realmente entre mim e Ross? Bem, nem eu mesma tinha muita certeza de como classificá-la. Mas garanti a ela que transmitiria seus cumprimentos.

– Ross está bem? – perguntei, depois de alguns momentos de silêncio.

– Sim, claro – ela disse. – Por que a pergunta?

– Porque é a primeira vez, desde que o conheço, que não conseguiu buscar alguém.

– Bem... ele anda meio ocupado por esses dias – ela disse. – Por causa desse curta...

Ele tinha mencionado algo sobre um curta, mas sem maiores detalhes. Eu só sabia que ele estava trabalhando num novo e que por isso passava muito pouco tempo em casa. Ross não gostava de falar sobre seu trabalho, então eu não lhe fazia muitas perguntas sobre isso.

– Sim – murmurei –, sinto falta dele em casa...

Não me dei conta do que disse até que o fiz. Ela ignorou o quanto eu tinha ficado vermelha e sorriu.

– Além do mais, ele deve estar preocupado se vão aceitá-lo ou não naquela escola... – ela concluiu.

Espere aí. Isso ele não tinha me contado.

– Que escola? – perguntei, confusa.

– Ah, ele enviou um requerimento há um ano – ela me disse, fazendo um gesto com a mão para me acalmar. – É normal que não tenha te dito nada. Certamente já nem se lembra de ter feito isso. Ele é tão desligado...

Eu estava morrendo de curiosidade, mas queria disfarçar.

– É uma escola de... audiovisual, ou algo assim?

– Ah, sim. Uma das melhores da Europa. É francesa. Ele sempre quis estudar lá, mas... vai saber. Jackie... não é muito previsível. Pode ser que o aceitem e ele já nem queira mais ir.

Sorri. Aí sim.

Não sei como, mas ela acabou me contando umas histórias engraçadas sobre a infância de Ross e Mike. Estava acabando de me contar uma delas ao entrar com o carro na garagem de sua casa. Mike e Ross ainda não tinham chegado e eu me tranquilizei ao ver que não havia sinal de seu pai.

Mary deve ter percebido isso, porque me deu um pequeno sorriso enquanto se dirigia à cozinha e eu a seguia.

– Tento fazer com que meu marido e meus filhos não se encontrem nunca – ela disse, abrindo a geladeira e examinando um gaspacho que me fez babar de fome. – Eles não se dão muito bem, como você já pôde comprovar.

– É, eu percebi alguma coisa – murmurei, e logo levantei a cabeça para ter certeza de que ela não havia se irritado. Longe disso: ela sorria para mim, com um ar divertido.

– Bom, só nos resta esperar que esses meus dois filhos desastrados cheguem – ela disse, e vi que tinha pegado uma garrafa de vinho. – Você quer?

– Não gosto de vinho.

Ela sorriu e pegou uma garrafa de cerveja.

– Você teve sorte. Quando Mike vem, elas tendem a desaparecer magicamente.

Quando vi que Mary ia para a sala, abri a garrafa e fui atrás dela. Me sentia como uma criança, não sabia o que fazer ou dizer. De alguma maneira eu queria impressioná-la, mas também não tinha muitas armas secretas para impressionar ninguém. Na verdade, eu sempre tinha sido muito melhor em me deixar numa situação ridícula.

– Sente-se, se quiser – ela disse, dando uma palmadinha no sofá ao seu lado.

"Ah, não. A inspeção fatal", pensei.

Eu sabia que não estava namorando Ross, mas me senti como quando conheci a mãe de Monty, que não achou muita graça em conhecer uma garota que poderia roubar o amor de seu mimado filho único.

– Como vão as coisas com seu namorado? – Mary me perguntou, de repente.

Ótimo.

Começamos bem.

Tinha me esquecido de que, no jantar com o pai de Ross, alguém falou que eu tinha um namorado...

– Agnes me conta quase tudo – ela me disse, lendo a pergunta implícita em meus olhos.

– Ah, então... não estou mais com ele.

– Ah, sinto muito.

– Eu não – falei, do fundo da alma, mas me corrigi em seguida. – Quer dizer... hã... Eu terminei há algumas semanas, mas já fazia tempo que sentia como se não estivéssemos juntos. Especialmente depois de conhecer Ro... Quando cheguei aqui.

Eu já estava vermelha. Perfeito.

Mary tomou um pouco de vinho, me encarando. Eu me sentia como se estivesse num interrogatório, apesar de ela realmente estar sendo muito amável comigo. Eu estava afundando sozinha, sem precisar de ajuda.

– Bom... me fale de você – ela disse, sem deixar de me olhar. – Você disse que estava estudando filologia, não é?

– Sim...

– E o que está achando?

– Hummm...

– Entendi.

Ela sorriu, se divertindo, como se tivesse me entendido perfeitamente.

– Não pensou em trocar de curso?

– É que... também não há muita coisa de que eu realmente goste...

– Deve haver algo. O que você faz no seu tempo livre?

– No momento, não faço grande coisa. Antes, eu fazia atletismo. Principalmente porque meu irmão mais velho me obrigava. Mas eu acabei gostando. Depois fiquei um tempo treinando o time de beisebol do meu sobrinho. Foi... interessante. Ganhamos um campeonato infantil. Mas não muito mais do que isso.

– Deve haver algo mais.

– Bem...

Ao ver que eu estava com vergonha de falar, seus olhos brilharam de curiosidade.

– Eu gostava de... pintar – murmurei, tentando não ficar vermelha. – Acho que cheguei a mencionar isso na galeria. Mas, obviamente, eu não era boa...

– O que você pintava?

– Bobagens – falei, sem dar importância. – Meus amigos gostavam que eu pintasse retratos.

– Retratos?

– Sim, mas eram muito ruins.

– Não deviam ser tão ruins se seus amigos te pediam pra pintar.

– Ok, talvez não fossem horríveis, mas... – Dei de ombros. – Também não eram grande coisa.

– Eu também comecei pintando retratos – ela me disse, sorrindo. – Então, acredite, você não vai me dizer nada que eu já não saiba.

Sorri um pouco, e meu nervosismo diminuiu.

Justo naquele momento, a porta de entrada se abriu. Nem precisaram dizer quem eram. Suas vozes chegaram muito antes de podermos vê-los.

– ... sempre a mesma coisa! – gritou Ross.

– Também não aconteceu nada, relaxa.

Mary revirou os olhos.

– Crianças...

Ela suspirou, como se estivesse acostumada demais a esse tipo de discussões.

Ross foi o primeiro a entrar na sala, e estava tão irritado que nem nos viu. Tirou o casaco e o atirou no sofá ao lado. Mike andava atrás dele com um sorriso despreocupado, como sempre. Ele logo me viu.

– Olá, Jenna – ele disse, me cumprimentando no tom de sempre.

Então Ross se virou. Pareceu relaxar ao nos ver ali sentadas. Ou, pelo menos, fingiu relaxar.

– O que aconteceu? – perguntei, surpresa.

– Nada – disse Mike, com um sorriso.

– Aconteceu que este idiota estava na delegacia – Ross falou, olhando para Mike como se fosse assassiná-lo. – Pelas coisas de sempre.

– As coisas de sempre?

– Vamos ver, eu tentei me afastar – começou Mike, sentando-se numa das poltronas. – Mas tinha um cara no meio do meu caminho e, bem, aconteceu o que tinha de acontecer.

– O que você fez? – perguntou Mary, séria.

– Dei um empurrãozinho nele.

– Ele quebrou a porra do nariz do cara. – Ross negou com a cabeça, sentando-se ao meu lado. – E foi idiota o suficiente pra não sair correndo depois.

– Sou um bom cidadão. Assumo as consequências dos meus atos.

– Ai, Michael... – Mary suspirou.

Ross continuava a encará-lo.

– O que foi? – perguntou Mike, confuso.

– Você acha que ir te buscar numa delegacia na outra ponta da cidade é o meu sonho? – Ross perguntou, franzindo o cenho. – Eu tinha outros planos pra esta noite.

– Ah... – Mike sorriu para nós, zoando. – Vocês tinham um encontro?

– Isso não é problema seu – cortou Ross. – Pelo menos você poderia se desculpar.

– Sinto muito, maninho.

– Não comigo.

Mike suspirou profundamente e olhou para mim. Não pude deixar de me sentir um pouco desconfortável.

– Sinto muito, cunhada.

Essa última palavrinha... Mary esboçou um sorriso divertido. Ross revirou os olhos.

– Vocês já jantaram? – ela perguntou.

– Não, ainda não.

– O gaspacho está na geladeira – Mary informou.

– Gaspacho! – Mike deu um pulo e se perdeu na cozinha.

Ross suspirou e o seguiu, deixando-me outra vez sozinha com sua mãe.

– Onde fica o banheiro? – perguntei.

– Suba as escadas. Todos os quartos têm seu próprio banheiro. O de Jackie é o último à direita.

– E ele não vai se importar...? – Ao ver como ela olhava para mim, me calei e assenti com a cabeça. – Ok.

Subi as escadas de metal e vidro e senti minhas botas ressoarem no enorme corredor do piso superior. O tapete que cobria o chão parecia limpo demais para ser pisado por mim, por mais ridículo que isso soe. Olhei para as portas. Eram todas de madeira perfeitamente lustrada. E tudo cheirava a limpeza, ao contrário da minha casa. Cada vez que a gente limpava alguma coisa em casa, aparecia alguém para sujar de novo.

Parei no lugar que Mary havia me indicado e esbocei um sorriso ao ver um símbolo de radioatividade na porta. Sim, definitivamente, esse era o quarto de Ross.

Abri a porta e procurei o interruptor de luz até que o quarto se iluminou. Era bem maior do que o noss... do que o seu quarto atual. Era perfeitamente quadrado, com um tapete enorme e macio, uma cama gigante com lençóis azuis, muitas almofadas e vários móveis, todos combinando. O armário era embutido e ao seu lado havia um grande espelho de corpo inteiro, mas mal pude me ver nele porque estava coberto de adesivos de videogames e filmes variados.

Havia toda uma prateleira só para os discos de vinil. Me perguntei se ele teria um daqueles antigos toca-discos que eu só tinha visto em fotos ou em filmes. Ao lado dessa prateleira havia outra ainda maior, só com filmes e séries, e, embaixo dela, outra com HQS e livros variados.

Isso era tão... ele.

Eu gostaria de ter investigado mais, mas estava apertada para fazer xixi. Entrei no banheiro, que também era muito grande, bem maior que o da nossa casa. Eu continuava sem entender o que Ross fazia morando lá quando podia ficar nessa magnífica mansão.

Quando abri a porta, distraída, quase tive um infarto ao ver que Ross estava deitado tranquilamente em sua cama. Estava com os braços cruzados atrás da cabeça. Ele se virou para me olhar com os olhos entreabertos.

– Você perdeu o celular?

– Oi?

– Tentei avisar várias vezes que a minha mãe ia te buscar, mas você não atendeu.

– Ah, bem... – Sorri inocentemente. – Joguei o celular na bolsa e não olhei mais.

Ele não deu muita importância a isso, o que me surpreendeu, pois eu estava tão pouco acostumada a não discutir por qualquer besteira...

– Mike estava bem? – perguntei, olhando distraidamente para sua prateleira de filmes.

– Na cela? – Ele esboçou um sorriso. – Perfeitamente.

– Não, quando te mandei a mensagem. Ele parecia estar realmente mal.

– Ah, isso... – Ross suspirou enquanto eu me virava para ele.

Esperei um pouco para ver se ele ia dizer alguma coisa, mas não o fez.

Quando abri a boca para falar, ele finalmente disse algo.

– Mike teve problemas com drogas um tempo atrás – ele explicou. – Faz um ano que ele não usa nada... Nada muito forte, pelo menos. No máximo um pouco de maconha, que, bem... também não chega a ser uma dádiva, mas é melhor do que o que ele usava antes. Hoje ele quase teve uma recaída.

– Uma... recaída?

– Sim, isso acontece quando ele se estressa muito. Antes ele costumava roubar dinheiro ou qualquer coisa que pudesse vender pra continuar se drogando. Pelo menos ele extravasou batendo naquele pobre homem. Senão, provavelmente teria feito algo pior.

Eu não soube o que dizer. Ele falava disso com tanta naturalidade...

Baixei os olhos, desconfortável.

– Ele me pediu dinheiro e eu não dei – admiti.

– Você fez bem, Jen.

Assenti com a cabeça, olhando-o de soslaio. Ele estava com cara de quem queria mudar de assunto.

– Então, esta era a antiga morada do lobo – brinquei, sorrindo e batendo com os dedos na estante.

Ele revirou os olhos, mas parecia estar achando graça. E também aliviado com o novo rumo da conversa.

– No meu coração, continua a ser. Aqui estão minhas coisas da juventude.

– Você tem vinte anos, não oitenta.

– Sou um velho.

Ele se ergueu, sorrindo, e depois começou a remexer na mesinha de cabeceira. Abriu uma gaveta e me aproximei, curiosa. A primeira coisa que vi foi um pacote de camisinhas. Peguei o pacote, arqueando uma sobrancelha, e ele me deu um sorriso angelical.

– É um pacote com dez – eu disse, quase rindo. – E só restam duas.

– Você deve agradecer por ter encontrado alguma.

Continuou a remexer na gaveta e, afinal, pareceu encontrar o que queria, bem no fundo.

– A lendária Daisy! – anunciou.

Era uma espécie de recipiente de vidro com uma parte sobressalente. Franzi o cenho.

– O que é isso?

– *Isso*, sua mal-educada, se chama Daisy. Mais respeito.

– Mas o que é?

– Nunca tinha visto uma antes? – perguntou, quase a ponto de rir.

– Oi? – Logo fiquei envergonhada. – Sim, claro que... sim.

– E o que é?

Hesitei um momento.

– É... um... hãã... um brinquedo.

– Bem, com ela era diversão garantida – brincou. – É um narguilé, um cachimbo... ou como queira chamá-lo. Mas, em meu coração, é Daisy.

– Então serve pra fumar.

Levantei uma sobrancelha.

– Olha, eu passei muitas tardes tristes e solitárias tendo Daisy como única companhia.

– Você ainda usa? – perguntei, sentando-me ao seu lado e segurando-a com cuidado para que não caísse, pois era mais pesada do que parecia.

– Não. Já não sou como antes.

– Antes você era um fora da lei – brinquei, olhando para ele.

– Bem... as coisas provavelmente teriam sido diferentes entre nós se eu tivesse te conhecido quando estava no colégio.

– Você nem teria me dado bola – eu disse, deixando que ele guardasse Daisy de volta na gaveta.

– O quê?

– Você era o cara durão do colégio, não é? Isso num romance fica muito bem, mas, na vida real, é outra coisa. Eu era a quietinha da turma. Nunca que você teria me dado bola.

– Acho que teria, sim. – Ele deu um meio-sorriso. – É difícil ignorar essa bunda.

– Jack!

– Mas não é disso que estou falando – ele acrescentou.

– Do que é, então?

– Se o meu eu do colégio estivesse aqui, a situação seria bastante diferente.

– Em que sentido?

– Pra começar, você não estaria com tanta roupa.

Não soube o que dizer. Ele sorriu. Estava se divertindo.

– Uma pena que tenha mudado tanto e que este aqui seja tão entediante – ele disse.

Então ficou me olhando com ar pensativo. Franzi os olhos na mesma hora.

– O que foi? – perguntei, desconfiada.

– Will e Naya não estão em casa – ele disse.

– Eu sei. Falaram isso outro dia.

– E Sue também não.

Ele arqueou uma sobrancelha, como se esperasse que eu reagisse. Mas eu não fiz nada.

– É a primeira vez que estamos com a casa vazia – ele disse, balançando a cabeça. – Um oásis de paz. Até que enfim.

Ross me pegou pela mão e começou a me arrastar em direção à porta antes que eu pudesse fazer qualquer coisa. Ele parecia feliz só pela ideia de que ficaríamos a sós.

– Jack, nós não jantamos.

– Podemos jantar em casa.

Quando descemos as escadas, vi que Mike tinha posto o casaco. O sorriso de Ross sumiu na mesma hora.

– Não – ele disse a seu irmão, antes que ele dissesse algo.

– Mas... – começou Mike.

– Dorme aqui – Ross o interrompeu, franzindo o cenho.

– Papai vai chegar amanhã de manhã e vou ter que cruzar com ele!

– Ah, veja como estou chorando por você.

E, mesmo eles tendo discutido por algum tempo, Mike acabou indo conosco. No carro, ele não parava de falar. Rindo, eu olhava para Ross, que parecia bastante irritado.

Já no apartamento, nós três começamos a ver um filme e jantamos algo rápido. Ross tentou passar um braço por cima do meu ombro quando Mike começou a fazer muito barulho ao tentar abrir um pacote de guloseimas. Ao ver que nós dois o encarávamos, ele sorriu. Ross suspirou de maneira exagerada e eu fiquei olhando para a tela com um sorriso divertido. Mas então me lembrei de que aquela era minha última noite em casa antes de ir visitar meus pais. Era minha última noite com Ross até segunda-feira.

De repente, aquele fim de semana me pareceu uma eternidade.

Olhei de soslaio para Ross, que parecia estar de mau humor. Mike continuava a mastigar ruidosamente suas guloseimas. Ao ver que eu olhava para ele, me ofereceu o pacote com um sorriso e eu recusei, educadamente.

Então, sem saber muito bem por quê, estiquei a mão para Ross e entrelacei meus dedos nos dele. Nunca tinha me aproximado dele com mais alguém por perto. Nenhum dos nossos amigos tinha nos visto aos beijos. Bem, Will nos viu uma vez, mas isso não contava. Ele nem sequer falou com Naya sobre o que rolava entre nós.

Ross deve ter pensado o mesmo, porque senti sua mão ficar tensa, antes de voltar a relaxar. De repente, parecia que o barulho que seu irmão fazia não o incomodava nada. Instintivamente, comecei a traçar círculos no dorso de sua mão com meu polegar. Eu nunca tinha feito isso com ninguém.

E me senti... estranhamente bem com isso.

O filme já estava quase terminando, mas eu mal havia prestado atenção nele. Estava mais focada na mão de Ross. Ele também parecia pensar o mesmo.

– Eu... acho que vou dormir – eu disse, limpando a garganta e me levantando.

Mike não respondeu, estava com os olhos grudados na tela. Porém, quando estava chegando na porta do quarto, ouvi Ross dizer que também ia deitar, e fiquei esperando por ele.

Assim que entrou, ele fechou a porta e ficamos nos olhando por um momento. Eu sempre tinha me sentido atraída por ele, mas agora era diferente.

Era outro tipo de atração. Quando olhava para ele, eu não tinha vontade de fazer as coisas só por fazer, mas simplesmente para tê-lo perto de mim.

Era uma sensação estranha. Nunca havia me sentido assim com ninguém, embora também não tenha me sentido atraída por muita gente.

Sinceramente, com Ross era tudo diferente.

– Você não devia arrumar as coisas pra amanhã? – Ele me tirou daquele fluxo de pensamentos.

– Sim... – murmurei. – Bom, já estou com a mochila pronta, e não preciso levar muita coisa. Serão só dois dias e meio.

– Dois dias e meio podem ser bem longos – ele murmurou, aproximando-se da cômoda.

– Além disso, ainda tenho algumas roupas em casa... – Suspirei, animada. – Finalmente vou poder encontrar minha família. Senti falta deles.

– E seus amigos.

– Sim, vou fazer algumas perguntas a Nel. Como, por exemplo, por que diabos ela não atendeu nenhuma das minhas ligações?

– Serão dois dias e meio interessantes – ele brincou.

– Sim, mas depois tudo voltará ao normal.

Ele ficou quieto por um momento e, de alguma forma, naquele instante eu soube que ele não iria me tocar, nem chegar perto de mim. Me deu as costas ao trocar de camiseta e eu fiquei olhando para sua tatuagem. Essa repentina mudança de atitude me pegou de surpresa.

Às vezes eu queria poder entrar na cabeça dele...

Decidi pôr o pijama. Ross estava sentado na cama, de costas para mim, enquanto eu tirava as lentes de contato. Nem pensei em pegar os óculos. Me enfiei embaixo das cobertas e fiquei olhando para ele por um momento.

– Você tá bem? – perguntei.

– Sim.

Ele pareceu voltar à realidade, mas não olhou para mim.

– Vamos, Ross...

– Eu gostava mais quando você me chamava de Jack.

Hesitei um momento. Estava retorcendo os dedos. Sempre ficava nervosa quando estávamos a sós.

– O que houve? – perguntei, baixinho.

– Não quero que você se preocupe com isso agora.

– Pois eu quero que você me deixe preocupada com isso, seja o que for.

Ele não respondeu. Vi que olhava para as próprias mãos, de cara amarrada. Eu não estava gostando daquilo. Estava com um mau pressentimento.

– Jack. – Minha voz soou preocupada.

– É que vou sentir sua falta – ele disse, se virando para mim. – Mesmo que seja por pouco tempo.

No momento em que ele falou isso, eu soube perfeitamente que não era esse o verdadeiro motivo do seu comportamento. Mesmo assim, eu não disse nada quando ele chegou perto de mim e passou a mão no meu queixo.

– Minha mãe vai ficar me fazendo perguntas sobre você o tempo inteiro – eu disse, decidindo fingir que tinha acreditado no que ele tinha dito.

– Espero que ela fique com uma boa impressão de mim – ele brincou.

Eu ia dizer algo, mas ele me interrompeu inclinando-se para a frente. Nunca tinha me beijado assim. Me pareceu estranho. Ele me beijou... muito devagar. Parecia quase triste. Franzi o cenho quando ele se afastou e suspirou.

– Vamos dormir – ele murmurou, me puxando pelo braço para me ter mais perto.

Ele se acomodou exatamente como na primeira noite em que tínhamos dormido abraçados, e eu, um pouco confusa, deixei que o fizesse. Finalmente, adormeci, sentindo que ele continuava tenso, olhando para o teto.

17

A TERRORISTA DAS ALMÔNDEGAS

EU NÃO CONSEGUIA ACREDITAR que estivéssemos todos com caras tristes quando chegamos ao aeroporto. Naya chegou até a levar um pacote de lenços de papel. Perto da entrada, me virei e olhei para eles.

– São só dois dias – eu disse, vendo que seu lábio inferior começava a tremer.

– Dois dias e meio!

Deixei que me abraçasse, ao mesmo tempo contente e surpresa. Não estava acostumada a ouvir alguém dizer tão abertamente que sentiria minha falta. Alguém que não fosse minha mãe, é claro.

– Divirta-se. – Will me deu um sorriso gentil e uma palmadinha nas costas.

Sue parecia desconfortável. Quando olhei para ela, fez uma cara estranha e depois assentiu com a cabeça. Isso, para ela, já era muito.

Hesitei um momento ao olhar para Ross. Ele parecia estar esperando que eu fizesse o que quisesse. Uma vozinha dentro de mim me disse que ele não ia fazer nada – como me beijar, por exemplo – porque não sabia como eu encararia isso.

Eu nunca o tinha beijado em público. Talvez fosse o momento. Estive a ponto de fazer isso, mas me acovardei e me limitei a abraçá-lo pela cintura. Se ele ficou decepcionado com isso, não demonstrou. Limitou-se a sorrir e a me desejar uma boa viagem.

"Ai, Ross... você é bom demais", pensei.

Desci do avião com um nó no estômago. Assim que cheguei à saída, meu coração parou ao ver meus pais e Spencer, meu irmão mais velho, que segurava um cartaz dizendo "Bem-vinda ao lar". Não pude deixar de sorrir, com os olhos cheios de lágrimas. Não podia acreditar que havia sentido tanta falta deles em tão poucos meses.

    Meu pai continuava baixo, com seu cavanhaque branco e camisa polo. Mamãe, ao seu lado, tinha feito um coque com seu cabelo castanho e já estava com um pacote de lenços de papel na mão, pronta para o drama, o que me fez lembrar de Naya. Meu irmão, muito mais alto do que eu, tinha cabelos castanhos curtos e a tatuagem de uma mulher pirata no braço. Ele foi o primeiro a me ver, mas foi minha mãe quem soltou um grito, fazendo com que metade das pessoas no aeroporto se virasse para nós.

– Ai, meu amor! – Ela começou a beijar meu rosto. – Você não sabe o quanto senti sua falta! Você está aqui, finalmente! Também sentiu minha falta?

– Você sabe que sim, mamãe.

Eu ri e deixei que ela me beijasse e me apertasse. Meu pai chegou perto de mim e sorriu. Ele não gostava de abraços.

– Você está mais magra? – ele perguntou, franzindo o cenho.

– Não está comendo direito?! – gritou mamãe.

– Como muito bem. É que voltei a correr de manhã.

– Certamente você continua não sendo tão rápida quanto eu – disse Spencer, sorrindo, e me deu um abraço de urso, me levantando do chão e me apertando. Retribuí o abraço com vontade, antes que ele me pusesse de volta no chão. – Olha pra você, está uma mulherzinha – ele brincou, mexendo em meu cabelo.

– Para de me despentear!

– Cada vez que te vejo, você parece mais baixa.

– E você parece cada vez mais velho.

Começamos a nos empurrar, enquanto ele sorria malevolamente.

– Crianças, não comecem.

Minha mãe já estava usando um lencinho, bem dramática.

– Bem, vamos pra casa? – perguntou papai, incomodado, ao ver que todo mundo estava olhando para nós.

Estava fazendo muito mais frio lá. Eu me abracei, seguindo-os. Deixei a mala no carro de Spencer e entrei na parte de trás com minha mãe, que ficou o caminho todo me fazendo perguntas sobre a universidade, sobre meus novos amigos... e, naturalmente, sobre Ross.

– Não a sufoque – protestou meu pai.

– Tudo bem – garanti.

Quando vi que entramos na minha rua, sorri e olhei pela janela. Nossa casa ficava no fim da rua, com vista para o mar. Nessas horas, porém, nem dava vontade de ficar olhando para ele, por causa do frio. Além do mais, a praia estava sempre suja por causa das pessoas que iam até lá à noite para beber e deixavam as garrafas na areia. Era melhor ir até a zona dos hotéis, um pouco mais a leste.

Spencer deixou o carro perto da porta da garagem e me ajudou a carregar a mala. Ao entrar, o cheiro familiar da casa invadiu minhas narinas. Eu nem me lembrava que a casa tivesse um cheiro particular, mas acabara de descobrir que eu o adorava. Passei pela cozinha e me abaixei quando uma enorme bola de pelo se aproximou de mim correndo.

– Biscuit! – exclamei, deixando que o cachorro lambesse minha cara.

Fiquei um bom tempo acariciando suas costas e cabeça, enquanto ele, feliz, lambia minhas mãos. Depois parei na sala de estar, onde meus outros dois irmãos, Steve e Sonny, discutiam algo sobre um jogo que estavam vendo.

– Oi! – cumprimentei-os, contente.

Os dois me olharam e fizeram cara feia ao mesmo tempo.

– Ah, não, ela já tá aqui de novo – murmurou Steve.

– Demorou muito pra voltar – disse Sonny, assentindo com a cabeça.

– Em quanto estava a aposta?

– Eu disse que duraria duas semanas; você, um mês; Spencer, três meses; e Shanon disse que ela não voltaria nunca mais.

– Então ninguém ganhou. – Cruzei os braços. – Vocês podiam pelo menos fingir que sentiram minha falta!

– Tínhamos um banheiro só pra nós.

Steve me olhou como se eu fosse culpada por todos os seus problemas.

– Sim, acabou a paz nesta casa.

– Eu também amo vocês, seus idiotas!

Eu me atirei sobre eles e os abracei, enquanto os dois protestavam. Por que era tão divertido incomodá-los? Como se não bastasse, Biscuit se animou e se somou à festa, se jogando sobre mim, então nós dois estávamos como pesos mortos em cima dos garotos.

Eram meus famosos irmãos da oficina mecânica. Por culpa deles, fiquei sem o dinheiro para continuar no alojamento. Não tinha certeza se estava irritada ou agradecida por isso. Afinal, acabaram fazendo com que eu fosse morar com Will, Sue e... Ross.

A mais velha de todos era Shanon, que morava com seu filho a algumas quadras da casa dos meus pais. Depois vinha Spencer, que agora era professor de educação física no colégio local, e em seguida Steve e Sonny, os gêmeos. Eu era a mais nova, a mais baixa e o objeto de quase todas as suas brincadeiras pesadas, que eram frequentes.

– Abracem a irmã de vocês – meu pai mandou, ao passar ao nosso lado e ver que eles tentavam me afastar.

– Sai – protestou Sonny. – A gente estava fazendo coisas importantes.

Sorri e pus o gorro ao contrário, algo que eu sabia que os deixava loucos.

Na cozinha, minha mãe voltou a choramingar.

– Você não pode ficar? – ela me perguntou.

– Mãe, não comece – disse Spencer, revirando os olhos e largando minha mala no chão.

– E meu quarto...? – perguntei.

– Não toquei em nada – minha mãe me garantiu.

– Eu tentei me mudar pro seu quarto, mas ela não deixou – protestou Steve.

– Pois é, você não tinha ido morar com seu novo namorado? – Sonny me perguntou, de má vontade.

– Ele não é meu namorado.

Sem querer, fiquei vermelha.

Ah, não! Isso tinha sido um grande erro.

Pela sua cara, soube que a tortura havia começado.

– Ela ficou vermelha! – Steve abriu um grande sorriso.

– Mãe, Jenny tem namorado!

– Ele não é meu namorado, idiotas!

– Sim, agora ela mora com ele – continuou Sonny, tentando me irritar ainda mais.

– Com seu novo namorado – repetiu Steve.

– Ah, calem a boca, por favor!

– Por que ele não veio com você? O que há de errado com isso? – Sonny me perguntou.

– Não há nada de errado.

– Ah, deve haver.

– Sim, não vamos esquecer que ele está namorando você, Jenny.

– E por que isso significa que tem algo errado?

– Então você e ele estão namorando!

Atirei duas almofadas neles, enquanto riam abertamente de mim.

– Meu quarto continua a ser meu – avisei, voltando ao assunto.

– Isso é o que você pensa – murmurou Sonny.

– Quando você vai embora de novo?

– Podíamos botar nossas coisas lá sem a mamãe ficar sabendo.

Eu teria que esconder a chave do quarto, com certeza.

Subi as escadas e parei na terceira porta à esquerda. Um carrossel de emoções tomou conta do meu corpo quando abri a porta, sorrindo. Parecia que não fazia aquilo há uma eternidade.

De fato, tudo estava do jeito que eu tinha deixado da última vez que abrira aquela porta. A cama de solteira entre as duas janelas da parede da frente, uma escrivaninha que obriguei Steve a pintar de rosa – e que agora eu odiava –, meu armário agora quase vazio e o tapete branco sobre o qual eu passei tantas tardes estudando com Nel.

Olhei para minha coleção de discos e sorri. Eu a ganhei de presente da minha tia quando era mais nova, mas nunca tinha escutado aqueles discos. Quem dera Ross pudesse tê-los visto – ele certamente conhecia todos eles.

Passei a tarde com a minha família, ajudando meu pai – o cozinheiro oficial da casa – a fazer torta para festejar o aniversário da minha mãe no dia seguinte. Era sua torta favorita, de chocolate e bolacha, ideal para minha dieta. Joguei um pedaço de bolacha para Biscuit enquanto imaginava, me divertindo, a cara que Naya faria se pudesse me ver rodeada de tantas calorias.

Nesse dia não consegui sair de casa por falta de tempo, mas não me importei. Também não estava com vontade de ver ninguém a não ser meus pais e meus irmãos. Assisti ao jogo de futebol com os meninos, torcendo para o time de que eles não gostavam, só para irritá-los. Minha mãe se juntou a nós. Parecia realmente contente por me ter de volta em casa. Eu conseguia entendê-la, pois morar com aqueles quatro devia ser cansativo.

Depois de jantar, embora tecnicamente eu fosse uma convidada, meus irmãos insistiram que, por terem posto a mesa, eu deveria lavar a louça. Assim, lá estava eu lavando um prato, com pouca vontade, quando Spencer apareceu, comendo uma tigela de cereais de chocolate, logo depois de ter jantado. A imagem viva de uma dieta equilibrada.

– Ué, achei que os professores de educação física só comiam comida saudável – eu disse, afastando do meu rosto, com um sopro, aquela eterna mecha de cabelo.

– Alguma vez você já viu um professor de educação física correndo?

– Não.

– Porque não fazemos isso. – Ele sorriu. – Essa história de pregar através do exemplo não é com a gente.

Ele deu uma última colherada nos cereais, largou a tigela em cima daquele monte de pratos sujos e depois se sentou na bancada, olhando para mim.

– Bem – ele falou –, é verdade que você largou aquele cara? O do time de basquete?

– Foi a mamãe que te contou? – Revirei os olhos.

– Não, foi a Shanon. Ela veio aqui ontem pra me pedir que fingisse que não sabia, caso você me contasse.

– Parabéns, Spencer, você fingiu muito bem.

– Eu estava com muita preguiça. – Ele deu de ombros.

– Vocês são os mais velhos, mas são os piores – protestei.

– Então é verdade?

Pensei no assunto por um momento.

– Sim. Faz pouco tempo.

– Por quê?

Pensei um pouco mais. Se eu contasse a Spencer o que tinha acontecido, sabia perfeitamente que sua reação seria sair e dar um soco em Monty. Ou algo pior. Não era exatamente o que eu queria que ele fizesse. Eu só queria ficar o mais longe possível de qualquer coisa relacionada a Monty.

– Jenny?

Sua cara passou de uma expressão de curiosidade para uma de cautela.

– Não sei. Bobagens. O de sempre, acho. Tanto faz. – Dei de ombros. – Já não estou com ele, nem vou estar outra vez.

– Jenny, você sabe como é esse cara.

– Sim, sei muito bem... – falei, tentando me concentrar no prato que estava lavando.

– Você já pensou que ele podia aparecer sem avisar nesse apartamento em que você está morando?

– Não tem problema, eu tenho praticado bastante esse negócio de corrida – brinquei.

– Jenny...

Ele não parecia querer brincar.

– Ele não vai fazer isso.

– Não sei se gosto da ideia de que ele pode ir até lá te procurar.

– Se ele fizer isso, Ross, Will, Sue e Naya vão mostrar a saída pra ele, no caso de eu mesma não conseguir. Está melhor assim?

Ele pensou por um momento.

– Não chega a ser perfeito, mas é melhor, sim.

– Pois então...

– Ross é o seu namorado?

A pergunta me pegou desprevenida. O prato escorregou das minhas mãos cheias de sabão, caiu na pia e fez respingar água na minha camiseta. Fiz uma cara feia para Spencer, que ria às gargalhadas.

– Vou tomar isso como um sim.

– Eu não disse que sim!

– Nem precisa.

Ele sorriu, se divertindo. Parecia que ia dizer algo mais, mas quando escutou que alguém tinha feito um gol no jogo e meus irmãos soltaram gritos de protesto, saiu correndo, me deixando sozinha.

Quando me deitei na cama – *minha* cama, não a que eu dividia com Ross (que estranho tudo isso...) –, fechei os olhos e suspirei. Era estranho estar sozinha. Tinha muito espaço, a cama era grande demais, e olha que era uma cama de solteira.

Ok, eu precisava parar de pensar neles. Especialmente em Ross.

Como se tivesse lido minha mente e quisesse fazer o contrário do que eu queria, Naya me enviou uma mensagem, em nome de todos, perguntando como eu estava. Mandei para ela uma foto do meu pijama de ovelhinhas e ela me respondeu com emojis risonhos.

Eu estava fora há poucas horas e já estava sentindo falta dela. O que estava acontecendo comigo? Deixei o celular em cima da barriga e passei as mãos pelo rosto. De repente, a vontade de ligar para Jack aumentou e...

Espera aí.

Eu tinha acabado de pensar nele como Jack? Mentalmente, sempre me referia a ele como Ross. E, por algum motivo estúpido, fiquei vermelha. Ainda bem que estava sozinha.

A tentação quase me fez ligar para ele duas vezes, mas resisti. Não sei por quê. Na terceira vez, acabei ligando, também sem saber muito bem por quê. Ou talvez soubesse bem demais.

Ele atendeu no primeiro toque, e eu comecei a brincar com a bainha do pijama, nervosa. Por que estava tão nervosa por falar com Ja... com Ross? Se eu fazia isso todos os dias. Literalmente.

– Você não tinha que estar dormindo? – ele perguntou, assim que atendeu.

– Olá pra você também – brinquei, e minha voz soou um pouco aguda. – Estou bem, obrigada por perguntar.

– Já passou da meia-noite – ele respondeu.

– Estou sem sono.

– Você acordou às seis horas, Jen.

– Minha energia me mantém.

– E você só vai dormir às quatro da manhã, não é?

– Quando estou aí, você não parece se importar com o fato de eu dormir tarde.

Aquilo me saiu do fundo da alma. Fiquei vermelha na mesma hora, mais uma vez. Ele não disse nada, pelo menos durante alguns segundos. Depois ouvi uma risada leve do outro lado da linha.

– Então é uma pena que você não esteja aqui comigo.

Eu já estava outra vez com aquele sorriso estúpido. Quase dei uma bofetada em mim mesma, a título de advertência, para arrancar aquele sorriso do rosto. Precisava me concentrar um pouco.

Era coisa minha ou a voz dele soava ainda mais sexy por telefone?

E minha consciência não ajudava muito com sua nula imparcialidade, claro.

– Como está a sua família? – ele perguntou, mudando de assunto.

– Minha mãe choraminga, meu pai reclama, e meus irmãos continuam não querendo que eu os abrace. Ah, e todos pegam no meu pé, claro. Tudo continua bem.

Ross começou a rir e imediatamente me deu vontade de estar com ele.

Vamos lá, mente fria, por favor. Concentração.

– Fico feliz que todos estejam bem – ele disse, com sinceridade.

– O que você está fazendo? – perguntei, olhando sem querer para o lado vazio da minha cama.

– Estava vendo um filme no quarto.

– Sem mim? – Meu tom foi de absoluta desilusão.

– Não é a mesma coisa – quase pude ver seu sorriso –, mas preciso passar o tempo de alguma forma durante sua curta ausência.

Sorri e olhei para as mãos.

– Me sinto traída igual.

– Prometo te compensar quando você voltar.

Ah, não, de novo. Como ele conseguia me deixar vermelha sem nem estar presente?

– Como vocês estão?

– Você está fora há literalmente dez horas, Jen. Estamos do mesmo jeito que estávamos quando você saiu.

Suspirei.

– Você é bem frio quando quer...

Agora foi sua vez de suspirar.

– Sue está como sempre, mas Naya não para de reclamar que ninguém a entende, andando de um lado pro outro no apartamento. É um pesadelo. Ela conseguiu deixar até Will nervoso.

– Will? – Eu ri. – Acho que nunca o vi nervoso.

– Eu o conheço a vida inteira e só o vi assim umas poucas vezes – ele disse, com um ar divertido. – Embora eu consiga entender Naya.

Ele fez uma pausa. Eu soube perfeitamente o que ele ia me perguntar.

– Já encontrou seus amigos?

– Não. – Tentei mudar de assunto em seguida. – Você devia ver o que estou vendo aqui.

Ele teve a gentileza de fingir que não se deu conta da mudança de rumo que dei à conversa.

– E o que é?

– Minha coleção completa de discos.

Ele sufocou um grito, dramaticamente, e eu comecei a rir.

– É melhor do que você pensa! – protestei.

– Se é sua, dona *não-escuto-muita-música*, não tenho grandes ilusões.

– Não é minha, seu espertinho. Foi um presente da minha tia. E tem um montão de bandas diferentes.

– Você não pode me dizer isso e não me mandar uma foto.

– Prometo que mando depois. – Sorri. – Você deve conhecer todas elas.

– Se eu não conhecesse, teria falhado como candidato a namorado.

Bum. Vermelha outra vez. Maldição!

– Cala a boca – falei.

– Depois eu é que sou frio...

E assim falamos um pouco mais de música. Bem, para mim pareceu pouco, mas, quando olhei o relógio, vi que eram quase duas da manhã. Tinha ficado duas horas conversando com Ross.

Era ridículo. Eu não queria me despedir dele, sabia que precisava, mas realmente não queria. Me sentia como se estivesse indo para a guerra, só pelo fato de desligar. E olha que nos veríamos em dois dias!

Somente dois dias e eu já fazia esse drama. O que estava acontecendo comigo?

– Preciso dormir – eu disse, a contragosto. – Amanhã tenho que ajudar meu pai na cozinha. E aguentar a manada de familiares com um sorriso educado.

– Durma bem – ele desejou, contente. – E boa sorte.

– Boa noite.

– Boa noite, Jen.

Desliguei o celular e o deixei sobre o peito. Por um momento, achei que estava com vontade de lhe dizer algo, mas não sabia o quê. Virei a tela do celular e mordi o lábio inferior, pensando em lhe enviar uma mensagem.

Não, qual é? Eu precisava me acalmar um pouco. Eram apenas dois dias.

Deixei o celular na mesinha de cabeceira e me virei, fechando os olhos para tentar dormir.

Depois de passar a manhã inteira com meu pai na cozinha, enfim os convidados começaram a chegar. Vieram meus avós, meus tios e tias, minha irmã mais velha com Owen – que me abraçou e começou a gritar "Titia!", me esmagando –, a namorada de Spencer, uma fútil que nenhum dos meus outros irmãos suportava, e uma prima pequena, que ficou o tempo todo mexendo no celular.

A verdade é que me diverti, e minha mãe também, que era o que mais me interessava, já que era seu aniversário. Além disso, aproveitei e comi tudo o que não tinha conseguido comer nos últimos dias por causa da dieta de Naya. Apesar da distância, eu quase conseguia vê-la se sentindo traída.

Meu pai fez sinal para que eu entrasse na cozinha, acendemos as velinhas da torta de chocolate e depois começamos a cantar parabéns para minha mãe, enquanto minha avó tirava fotos como louca, para registrar o momento. No fim das contas, só uma foto ficou boa, porque, em todas as outras, aparecia o seu dedo na frente da câmera.

Ela não era realmente minha avó, mas a irmã dela. A verdadeira avó tinha morrido antes de eu nascer, assim como seu marido, mas essa tia-avó sempre nos tratou como se fôssemos seus netos, especialmente a mim. Era uma dessas mulheres que não tinham tido uma vida fácil, que desde pequenas tiveram que se virar trabalhando de sol a sol, e que, apesar de parecerem um pouco duras, no fundo eram as mais carinhosas. Só era preciso saber ver além do que elas queriam mostrar. Naquele momento, ela estava cortando a torta e colocando as fatias nos pratos para depois distribuir.

– Não deem a faca pra Jenny! – exclamou Steve, rindo.

Sonny também começou a rir.

– Sim, ela vai acabar apunhalando alguém.

A única que não riu foi minha avó, que apontou para eles com a faca.

– Mais uma brincadeira dessa e a faca vai voar na cabeça de vocês, entenderam?

Sim, ela também era a única que me defendia quando meus irmãos zombavam de mim. Ela apertou meu ombro, sorrindo, e deixou bem na minha frente a maior fatia de torta que havia cortado.

À tarde, Shanon teve a magnífica ideia de irmos às compras com Spencer. Eu sabia que não era bom pensar assim, mas era muito mais fácil estar com eles que com os outros. Steve e Sonny sempre tinham sido uma dupla inseparável, companheiros do mal. Era difícil me relacionar com eles sem que acabassem me zoando.

Spencer me comprou um milk-shake que fui tomando contente enquanto os dois falavam não sei o quê sobre suas aulas de educação física. Às vezes, quando estava com eles, eu tinha a sensação de ter dez anos outra vez. Sempre falavam sobre assuntos... muito adultos. E eu me limitava a tomar milk-shakes e ir atrás deles.

Spencer se afastou de nós para cumprimentar uns amigos, e Shanon aproveitou a oportunidade para pegar meu milk-shake e jogá-lo no lixo.

– Ei! – protestei.

– Vem cá.

Ela entrou na primeira loja que viu, de roupa íntima. Fingiu que olhava alguma coisa, mas na verdade só queria ficar a sós para falar comigo.

– Precisava ter jogado meu milk-shake no lixo?

– Sim. Teriam nos tirado da loja se a gente tivesse entrado com comida ou bebida, espertinha.

– Sei... – Suspirei. – O que houve?

– Eu me contive o dia inteiro. – Ela arqueou uma sobrancelha.

Olhei distraidamente para um sutiã, me fazendo de inocente.

– Ok.

– Ok? Você sabe perfeitamente o que eu quero perguntar.

– Não faço ideia.

Sorri para ela como um anjinho.

– Fala sério. Você está namorando um rapaz bonito, da sua idade, que é bom pra você, que tem dinheiro...

– O dinheiro é o menos importante, Shanon...

– ... e que, ainda por cima, gosta de você! Que é o mais importante, afinal de contas.

– Da próxima vez, você podia tentar soar menos surpresa.

– É que, depois de Monty, achei que qualquer coisa ia me parecer boa. – Ela sorriu. – Mas você me surpreendeu positivamente. Quando vai me apresentar a ele?

– Nós não estamos namorando.

Não sei por quê, mas naquele momento me lembrei que não tinha chegado a perguntar para Ross o que ele tinha na noite anterior à minha viagem. E era claro que algo estava acontecendo com ele.

– Por enquanto – replicou Shanon, devolvendo-me à realidade.

– Isso você não sabe.

– Ah, sei, sim. – Ela suspirou. – Bom, parece que Spencer já está começando a suspeitar. Compramos algo?

– Oi?

Ela pegou o conjunto para o qual eu estava olhando sem maior interesse e o mostrou para mim.

– É do seu tamanho.

Ela sorriu, levantando e baixando as sobrancelhas.

– Eu nunca usei algo assim!

– Ah, vai, não seja tão santinha! – Ela o jogou para mim, e tive que pegá-lo. – Vai, experimenta.

– Mas quanto custa?

– Vai experimentar! Pode deixar que eu pago.

Meia hora mais tarde, saí da loja com uma sacola na mão. Dentro dela havia um conjunto rosa-chá, de que Shanon havia gostado mais que o primeiro. E eu também, embora nunca fosse admitir.

Spencer nos esperava junto à fonte, mexendo no celular. Ele passou um braço por cima do meu ombro enquanto nos encaminhávamos para o carro. Mamãe já tinha ligado exigindo que voltássemos para casa para poder passar mais tempo comigo.

E tudo estava perfeito até que a voz espantada de Spencer me fez ficar tensa.

– Aquele não é o seu ex, Jenny?

Ah, não.

Meu olhar se voltou para um dos cafés que eu costumava frequentar com meus amigos quando morava aqui. Mais especificamente, meu olhar se deteve na figura de Monty, que estava sentado com... Nel.

Uma parte de mim simplesmente não se surpreendeu, mas a outra sentiu o coração parar por um momento. Os dois conversavam tranquilamente, sem parecer que estivesse acontecendo algo mais, mas eu conhecia Nel. Conhecia muito bem e sabia como ela se vestia quando queria conquistar alguém. Conhecia as caras que ela fazia e o jeito como falava. Era óbvio que os dois estavam juntos.

Tão óbvio que foi como se eu tivesse levado uma bofetada de realidade.

– Não posso acreditar. – Shanon negou com a cabeça.

Eu sabia que não estava mais namorando Monty, mas de qualquer maneira aquilo caiu sobre mim como um balde de água fria. Não que tivesse partido meu coração, mas... Nel? Sério?

Por isso que ela não atendia minhas ligações há meses? Por causa do Monty? Há quanto tempo estavam juntos? Ele me traiu de novo? A garota de quem ele havia me falado, com quem tinha transado, era Nel?

E eu achando que podia confiar nela e em Monty outra vez...

Senti um nó se formar na garganta. Idiotas. Eles e eu. Os três.

– Deixa eu ir até ali matar os dois – balbuciou Shanon.

– Calma, fera. – Spencer a deteve e me olhou, preocupado. – Jenny, você está bem?

Neguei com a cabeça. Não, eu não estava bem. Durante mais de meio ano fiquei achando que podia confiar naqueles dois, e agora estavam aí. Eu me sentia tão... estúpida. Tão traída. Tão ingênua.

– Vamos embora – Spencer disse para Shanon.

– Tá brincando? Vamos dar com uma cadeira na cabeça deles!

– Realmente não acho que seja o momento pra fazer isso.

Por fim, minha irmã nos seguiu até o carro enquanto Spencer envolveu meus ombros com o braço, tentando me dar um pouco de apoio. Mas eu só conseguia pensar no quanto tinha sido ridícula, provavelmente durante meses.

Já no carro, o clima era péssimo. Spencer demorou um pouco a arrancar, e Shanon, ao seu lado, lhe chamava de tudo por não a ter deixado ir matar Nel. Ou Monty. Ou os dois. Eu estava quase chorando.

O pobre Spencer não sabia o que fazer.

– Shanon! – ele gritou, perdendo a paciência. – Cala a boca!

– Se você tivesse me deixado fazer meu trabalho, agora os dois estariam com a cabeça enfiada na fonte!

– Quer se acalmar de uma vez, sua histérica?

Spencer arrancou e os dois continuaram discutindo enquanto eu, no banco de trás, percebi que meus olhos começaram a se encher de lágrimas. Então não aguentei mais e comecei a choramingar. Ao me ouvirem, os dois pararam de discutir na mesma hora, e Shanon se virou para mim.

– Ora, vamos, não chora por causa desses idiotas – ela me disse, relutante.

A sensibilidade personificada.

Mas eu não conseguia parar de chorar. Shanon suspirou e se virou para a frente. Spencer não sabia o que dizer, mas eu sabia com quem queria falar. Peguei o celular e procurei o nome de Naya. Ela me atendeu quase imediatamente.

– Olá, estranha! – ela me cumprimentou, alegremente, e depois ouvi que afastou o celular do ouvido. – É Jenna. Não, agora ela quer falar comigo, Ross. Quando ela quiser falar com você, ela liga pra você. Não seja chato.

– Naya? – perguntei, tentando não soar muito chorosa.

Mas, claro, era difícil que ela não notasse.

– Não, espere. – Voltou a falar comigo. – Como vão as coisas aí?

– Mal – falei, sem rodeios.

– Mal? – ela repetiu, surpresa.

– Preciso falar com você. Só com você, entende?

A última coisa de que eu precisava era deixar Ross preocupado. O doido seria capaz de vir até aqui de carro só para ter certeza de que eu estava bem. Naya, disfarçando mal, como sempre, soltou um gritinho de alerta e eu ouvi a voz de Will perguntando a ela o que estava acontecendo.

– Eu já volto, não incomode – ela disse a alguém, afastando o telefone. – Não, Ross. É particular. Particular!

Finalmente, ela retomou a conversa.

– Tudo bem, estou no quarto do Will. Me conte tudo antes que Ross venha roubar meu celular.

– O sinal pega no quarto do Will?

– Sim, num canto do quarto pega, descobri há alguns... – Ela parou. – Por que diabos estamos falando de sinal? Conta de uma vez o que aconteceu!

– Você se lembra de Nel?

– Sim, sua amiga. A que não respondia suas mensagens.

– E de Monty?

– Aquele ex-namorado idiota que você largou.

– Pois acabo de ver *minha amiga* e meu ex-namorado idiota juntos num café.

Houve um momento de silêncio. Ela entendeu perfeitamente o que eu queria dizer.

– Sério?

– Nem sei o que pensar.

– Mas que babacas! – Fiquei pasma de ouvir essa palavra da boca dela. – Não posso acreditar!

– Não sei o que fazer.

– Não faça nada! Estou pensando em ir até aí e... Qual é, sai daqui!

Ela fez uma pausa. Eu franzi o cenho.

– Naya?

– Ross, sai daqui! Não, ela não quer falar com você, quer falar comigo porque sou sua melhor amiga. Me deixa em... EI!

– O que aconteceu? – Ross me perguntou, enquanto eu ouvia Naya reclamar.

– Nada – eu disse. Ele era a última pessoa com quem eu queria falar sobre esse assunto. – Me passa pra Naya.

– Não – ele disse, firme. – O que aconteceu?

– Não é nada grave, Jack.

Mesmo naquela situação tensa, meus irmãos se olharam no instante em que ouviram aquele nome. Shanon esboçou um sorriso perverso.

Ross pensou por um momento.

– Não vou desligar até você me dizer o que aconteceu.

Suspirei, pensando nas palavras adequadas.

– Eu vi Monty – balbuciei.

Houve um momento de silêncio.

– O que ele te fez? – Ross perguntou, em voz baixa.

– Nada – garanti. – Ele não me viu. Estava com Nel... Estavam juntos.

De novo, houve um momento de silêncio. Foi então que percebi que o havia chamado de Jack, em vez de Ross. Outra coisa que costumava fazer só entre nós.

– Pelo menos agora você sabe a verdade – ele disse.

– É que... – eu não conseguia mais evitar, comecei a chorar de novo –, achei que... não sei... achei que ela era minha amiga. Tentei me convencer de que era... de que tudo podia voltar a ser como antes, que ela... ela e Monty...

– Não chora, Jen, por favor.

– Não consigo evitar – choraminguei. – Me sinto uma idiota.

– Se você continuar chorando, vou aí te buscar – alertou.

– Sim, num avião particular – falei, passando a mão sob os olhos.

– Eu não preciso de um avião particular, só de um carro.

Fiquei em silêncio por um momento.

– Tá falando sério? – perguntei, surpresa.

– Claro que sim. – Ele pareceu quase ofendido.

– Você viria me buscar? Só... porque estou chorando?

– Não posso continuar aqui de braços cruzados sabendo que você está mal assim.

Fiquei em silêncio por um momento. Tinha me dado um branco. Shanon me olhou de soslaio, mas eu a ignorei. Já não estava chorando, mas ainda tinha um nó na garganta.

– Jen? – ele perguntou. Soava preocupado. – Ainda está aí?

– Sim – balbuciei.

– E está bem?

– Não estou tão mal – garanti a ele, baixinho.

Mas não queria dizer isso a ele. Queria dizer algo bem diferente, mas não sabia muito bem o que era.

– Tem certeza?

– Não, mas estou com dois guarda-costas no carro – eu disse, um pouco mais animada. – Acho que não vão deixar ninguém chegar perto de mim.

– Isso me tranquiliza bastante – ele respondeu.

– É isso que somos – brincou Shanon, batendo no ombro de Spencer. – Os guarda-costas.

– Tem certeza de que você tá bem? – insistiu Jack, do outro lado da linha.

– Sim, estou bem, seu chato.

– Então tá, sua chata.

Sorri, balançando a cabeça. Ross era o único capaz de me arrancar um sorriso num momento como esse.

– Posso falar com a Naya agora? Ela deve estar querendo te matar.

– Ela realmente está com cara de quem quer fazer isso.

– Então me deixa falar com ela. Não quero voltar e não te encontrar.

Houve um momento de silêncio. Depois ele devolveu o celular para Naya, que tinha ouvido tudo.

– Que carinhoso ele é quando se preocupa com você – ela cantarolou alegremente.

E, a partir daí, ela passou a insultar Monty e Nel e a me contar de sua vida, antes que resolvêssemos desligar.

Nenhum dos três falou nada sobre o assunto em casa, e eu fiquei grata por isso. Jantamos todos juntos, o que deixou minha mãe entusiasmada. Depois assistimos a um daqueles programas de pesca do meu pai, dos quais só ele gostava, e, assim que ele começou a roncar em sua poltrona, mudamos para um programa mais interessante.

Minha irmã e Owen já tinham ido embora, então deitei a cabeça no colo de Spencer enquanto Steve mudava de canal com cara de tédio. Foi então que percebi que meu celular estava vibrando. Meu coração palpitou com força ao pensar que podia ser Jack, mas era Monty.

Um momento... era Monty.

Ah, eu não queria falar com ele.

Mas a curiosidade era forte. Olhei sua mensagem, de cara feia.

Estou aqui fora. Saia pra falar comigo.

Hesitei um momento. Como ele sabia que eu estava em casa? Deve ter me visto, afinal de contas.

E eu não queria vê-lo. Mas... uma hora isso teria que acontecer. Disse a meus irmãos que logo estaria de volta, peguei uma blusa e desci os degraus da entrada da casa para me encontrar com Monty. Ele parecia ter emagrecido um pouco. Durante um tempo, nos olhamos em silêncio. Era estranho vê-lo. Como se agora ele já fosse um completo desconhecido. Embora, naquele momento, o que senti foi que nunca cheguei a conhecê-lo totalmente.

– Oi – ele murmurou.

– Como você sabia que eu estava aqui? – Minha voz não soou muito gentil.

– Eu vi você... no shopping.

Pausa. Apertei fortemente os lábios.

– Quer dizer que agora vocês estão juntos.

– O quê? Não. – Ele negou com a cabeça.

– Eu não sou burra, Monty.

– Não estou namorando a Nel, Jenny. Eu não a via há... há meses. Desde quando você ficou sabendo.

– Então, o que estava fazendo com ela?

– Nel... – Ele suspirou. – Ela insistiu muito pra me encontrar.

– Pra te encontrar?

– Você sabe a que me refiro.

Quando ele viu minha expressão, deu um passo em minha direção e eu logo recuei.

– Eu disse não a ela todas as vezes em que pediu pra me encontrar – ele garantiu.

– E por que eu devo acreditar nisso?

– Porque é a verdade.

– Tão verdadeiro quanto o que vocês faziam quando começamos a namorar?

Ele suspirou. Eu sabia que esse assunto o irritava. Ele apertou os lábios, mas não demonstrou qualquer irritação.

– Não fiquei com ninguém nos últimos meses – ele assegurou. – Só com a garota de quem te falei. Mas não era a Nel. Não gosto da Nel.

– E por que ela continua insistindo em te encontrar?

– Não sei!

Na verdade, eu não ficaria muito surpresa se isso fosse verdade. Conhecendo Nel... Mas doía do mesmo jeito.

Ele desviou o olhar quando viu que minha expressão mudou.

– Foi ela que pediu? – perguntei, baixinho. – Naquela primeira vez.

Ele hesitou um pouco antes de assentir com a cabeça.

E, por algum motivo, eu soube que era verdade.

– Por que você não me contou? – Eu não conseguia entendê-lo. – Joguei toda a culpa em você, Monty.

– Eu sei.

– Você podia ter me dito que foi ela que te procurou.

– Eu sei – ele repetiu.

Balancei a cabeça, confusa.

– Por que não fez isso?

– Não sei – ele disse. – Porque... porque era sua amiga. Não queria que você sofresse.

Eu não sabia o que lhe dizer. Tinha construído uma imagem tão malvada de Monty em minha cabeça nos últimos dias, que era difícil acreditar que ele tivesse feito algo de bom por mim.

– Ah, Monty...

Como não sabia o que fazer, decidi lhe dar um abraço. Pareceu estranho: não havia mais cumplicidade entre nós. Provavelmente, nunca mais haveria. Ele também me abraçou e, por alguns segundos, não dissemos nada.

Então percebi que ele afastava do meu rosto a mecha rebelde de sempre.

– Volta pra mim – ele pediu, baixinho.

Suspirei e tentei me afastar, mas ele me segurava com firmeza pela cintura. Acabei jogando a cabeça para trás para manter a distância entre nós.

– Monty, me solta.

Por favor. Eu te amo.

Consegui me afastar dele e neguei com a cabeça.

– Não posso.

– Por que não? – insistiu. – A gente estava indo bem.

– Não estava. E você sabe disso.

– A gente estava indo perfeitamente bem! Nunca senti por ninguém o que sinto por você, Jenny.

Monty voltou a se aproximar, e desta vez não deixou que eu me afastasse ao me segurar pela cintura com os braços. Inclinou-se para a frente e, quando percebi que ia me beijar, virei a cabeça e seus lábios deram em minha bochecha. Eu o ouvi suspirar, frustrado.

– Por que você faz isso comigo? – ele perguntou, em voz baixa.

– Você destruiu minhas coisas – lembrei a ele.

– Porque você foi morar com outro!

– Eu nunca toquei ou quebrei nada seu. Estraguei tudo por não ter te contado que morava com Ross, mas isso não significa que você tinha o direito de fazer o que fez.

Monty respirou fundo, tentando se acalmar.

– Volta pra mim – ele repetiu, segurando minha mão entre as dele quando consegui me afastar. – Por favor, Jenny.

– Não posso.

– Pode, sim. É só dizer que sim.

– Monty...

– Prometo que nunca mais vou te magoar. Nunca mais.

– Não posso voltar pra você – tentei soar o mais calma possível, mas estava começando a me sentir bastante incomodada.

Ele soltou a minha mão, de cara amarrada.

– Por quê? Porque você gosta desse cara? Do Jack Ross?

– Sim, por isso.

E, ao dizer isso, me dei conta do quanto era verdade. Eu gostava do Jack. Muito. Muitíssimo. E não era de agora. Fazia muito tempo que sentia algo por ele, mas até aquele momento não tinha conseguido dizer em voz alta, como se isso tornasse tudo menos real.

Mas era bem real. Tão real que dava medo.

– Eu gosto do Jack – repeti, mais para mim mesma do que para ele.

Monty ficou me olhando por um momento, confuso. Depois sua expressão se tornou sombria. E eu me afastei dele.

– Ficamos muito tempo juntos – ele me disse, bruscamente.

– Eu sei.

– E agora aparece um idiota qualquer na sua vida e você fica com ele? Sério?

– Ele não é um idiota. E te garanto que não é qualquer um.

– O que ele tem que eu não tenho?

– Monty...

– Fala!

— Eu gosto dele! — Perdi a paciência. — Muito mais do que cheguei a gostar de você.

Por um momento, fui tola por pensar que ele aceitaria isso. Sua expressão foi de surpresa, como se tivesse levado um empurrão.

Porém, um segundo depois, ele voltou a ser o Monty de sempre. Voltou a ser o idiota impulsivo que tinha destruído minhas coisas. Chegou perto de mim tão rápido que recuei em seguida, batendo com as costas no corrimão da escada. Ele agarrou a gola de minha blusa e me puxou para perto dele. Tentou me beijar com tanta violência que minha resposta foi... mais violenta. Antes de conseguir pensar no que estava fazendo, estiquei o braço e lhe dei um tapa na cara.

Ele se afastou, surpreso, e eu fiquei parada no lugar, congelada. Nunca tinha dado um tapa em ninguém. Bem, é verdade que tinha dado um soco no garoto que se meteu com Naya naquela festa, mas isso não contava. Quanto a Monty, o máximo que tinha chegado a fazer com ele foi empurrá-lo para que se afastasse de mim.

Ele levou a mão ao rosto. Eu duvidava muito que o tivesse machucado, mas sua cara me dava uma ideia do quão irritado ele estava. Fiquei olhando para ele, com o coração batendo a toda velocidade.

Ele ia retribuir o tapa, eu sabia. Podia sentir a adrenalina e o terror fluindo por minhas veias. Já tinha visto aquele olhar antes.

Então, quando ele veio em minha direção, me joguei para trás desajeitadamente e caí de bunda na escada. Ele me puxou pela gola da blusa outra vez, e ouvi um barulho de tecido rasgando que não me agradou nem um pouco, enquanto tentava me levantar bruscamente. Tentei me livrar dele empurrando seus antebraços, mas era óbvio que ele tinha muito mais força do que eu. A gola da minha blusa tensionava minha nuca, me imobilizando, e estava começando a doer de verdade.

— Me solta! — gritei, irritada, mas ele não me deu atenção. Estava fora de si.

Então, dando uns passos para trás, consegui fazer com que ele me soltasse. Relaxei um momento, respirando acelerado. Ele aproveitou esse instante para tentar me agarrar de novo. Bati com o calcanhar na escada e quase saí correndo para chamar Spencer. Não podia enfrentar Monty sozinha. Por mais que meus irmãos tivessem me ensinado a dar socos.

Mas ele não me deu tempo para pensar, porque me deu um soco nas costas.

Nunca tinham me dado um soco, nunca. Fiquei tão surpresa que me sentei na escada, tentando retomar a respiração. Sentia como se ele tivesse me batido diretamente nos pulmões. Quando ergui os olhos, ele tinha desaparecido.

Eu apertava minhas costas, porque estavam doendo, e muito. Como se fosse explodir. Consegui me levantar, fazendo uma careta de dor.

Levantei minha blusa ao sentir que a dor tinha diminuído. Estava com uma área vermelha sob as costelas, ao lado do umbigo. Só esperava que não ficasse com uma marca ali.

Mas pelo menos eu podia esquecer Monty de uma vez por todas. Duvidava que ele se atreveria a chegar perto de mim outra vez depois disso.

Pensei em contar para Spencer. Sabia que ele, Sonny, Steve, Shanon, e inclusive meus pais, iriam atrás de Monty assim que eu contasse o que tinha acontecido. Shanon seria a primeira. Com uma espingarda, se necessário. Ela podia ser muito violenta para defender as pessoas de que gostava.

Mas eu só queria esquecer Monty... Por que ele não conseguia simplesmente me deixar em paz? Além do mais, eu precisava aprender a lutar minhas próprias batalhas. E até que tinha conseguido me defender, não? Duvidava que ele voltasse a me incomodar tão cedo.

Hesitei um momento antes de tomar uma decisão. Esperava que fosse a decisão certa.

Eu me levantei e entrei em casa com uma expressão tranquila, como se nada tivesse acontecido. Quando meus irmãos me perguntaram o que eu estava fazendo, disse a eles que havia saído para falar no telefone, e eles acreditaram. Me deixei cair no sofá e agradeci pelo fato de Biscuit ter se aproximado e se aconchegado no meu colo, olhando para mim como se quisesse me consolar.

Ao me levantar, a primeira coisa que fiz foi olhar como estavam minhas costas. Tinha uma pequena área roxa, cercada por um vermelho intenso, que me fez ficar um pouco enjoada. Já não doía ao tocar, mas...

Eu não tinha dito nada a ninguém, nem mesmo a Shanon. Mas, quando pus um moletom, senti que a dor se estendia até o braço, embora o hematoma em si não fosse tão grande. Cada vez que me esticava, eu o sentia pulsar nas costas. Não queria nem imaginar a dor que os boxeadores deviam sentir depois de uma luta.

E minha blusa estava rasgada, claro. Ele tinha dado um puxão tão forte que a gola rasgou, e não parecia ter conserto. Eu estava começando a me cansar de ficar sem roupa por causa de Monty.

Mas eu só tinha mais um dia para ficar com minha família, não podia ficar pensando nisso. Tinha que pegar um avião às oito da noite, então ainda tinha algumas horas para ficar com eles. Passei o restante da manhã com meus pais. Acompanhei-os ao shopping – onde, felizmente, não encontrei ninguém – e ajudei meus irmãos na oficina, embora o máximo que fiz tenha sido mudar a estação de rádio enquanto limpava as mãos sujas de graxa e eles reclamavam porque minha presença os incomodava, como sempre.

Spencer tinha saído com sua namorada para comer, e Steve e Sonny tinham sumido, então fiquei sozinha com meus pais, ajudando-os a retirar os pratos da mesa. Por um momento, foi como se tudo tivesse voltado a ser como antes.

Então meu olhar focou a casa da árvore que havia no quintal dos fundos. Da cozinha só era possível ver a parte de trás dela, a única sem janelas.

– Ninguém subiu ali desde que você foi embora.

Mamãe sorriu para mim.

– Ninguém?

– Você teria nos matado se tivéssemos deixado alguém subir ali – disse meu pai, revirando os olhos.

Era verdade. Meus avós a tinham construído para meus irmãos e para mim quando eu era pequena, mas só eu acabei a usando, pois eles diziam que era para pirralhos. Mas eu nunca deixava ninguém entrar. A única exceção foi uma vez que deixei que Nel subisse comigo, coisa que não se repetiu porque ela deixou cair refrigerante em cima do meu cobertor favorito.

Ah, Nel... Continuava a me doer cada vez que pensava no que havia acontecido. Não tinha feito contato com ela de nenhuma maneira, não queria vê-la, não queria saber dela, embora eu soubesse perfeitamente que, em algum momento, teríamos que nos confrontar. Mas não seria agora. Já era mais do que suficiente o que tinha acontecido com Monty.

Fui até o quintal e Biscuit me seguiu dando voltas ao meu redor. Quando comecei a subir os degraus de madeira, ele ficou me olhando lá de baixo, curioso. Empurrei o alçapão e enfiei a cabeça dentro da cabaninha. Estava cheia de pó.

Então me dei conta de que tinha parado de subir na casa da árvore desde que comecei a namorar Monty. Era estranho. Como se, durante nosso relacionamento, eu tivesse me separado daquilo que eu realmente era e nem tivesse percebido.

Naquele instante, porém, eu precisava reencontrar minha verdadeira essência.

Como não tinha muito mais o que fazer e queria ficar sozinha, abri as janelinhas que davam para o mar – embora ainda ficasse um pouco longe – e passei uma hora tirando o pó.

Ali estavam meus primeiros jogos de tabuleiro, minhas bonecas favoritas, uns carrinhos coloridos, minha mochila vermelha, um tapete felpudo de que sempre gostei, uma pequena colcha que não era muito confortável – mas que eu adorava – e uma mesinha cheia de revistas que eu costumava ler quando era menor. Para não falar dos recortes de revistas com fotos de garotos bonitos sem camiseta que, embora tivessem me encantado naquele tempo, agora me pareciam apenas uns moleques comparados com...

Com meu Jackie.

Minha consciência, às vezes, precisava de um balde de água fria.

Quando entrei em casa de novo, Shanon e Owen tinham vindo nos visitar. Meu sobrinho me deu um abraço forte e passei um bom tempo jogando com ele no console dos meus irmãos, só para atrapalhar suas estatísticas.

– Quando é que você vai voltar pra cá, titia? – ele me perguntou, quando desligamos o videogame.

– Não sei – confessei.

– Mamãe disse que talvez você volte em dezembro.

Suspirei. Me dava pena não poder lhe dizer que ficaria com ele todo o tempo que quisesse.

– Vou voltar mais cedo do que você pensa. Você vai até enjoar de mim.

Ele não pareceu muito convencido, mas tampouco protestou.

E, finalmente, chegou a hora de ir para o aeroporto.

Como eu já tinha imaginado, minha mãe começou a chorar, minha irmã revirou os olhos e meu pai falou que ele mesmo me levaria. Como Spencer já tinha ido me buscar e meus outros dois irmãos não pareciam estar muito dispostos a fazer isso, aceitei sua oferta.

– Então vamos – ele disse, pegando as chaves do carro.

Mamãe se aproximou e me deu um abraço tão forte que quase me deixou tonta.

– O abraço da mamãe urso – brincou Spencer.

– Mãe, eu preciso respirar – protestei.

Ela se afastou e fungou, segurando meu rosto.

– Vê se come direito – ela disse, dramaticamente –, está me ouvindo? E se agasalhe bem. Se eu ficar sabendo que você anda por aí sem casaco...

– Jack Ross vai lembrar ela – disse Sonny, sorrindo com malícia.

– Eu acho que ele vai preferir que ela tire o casaco – acrescentou Steve, e os dois começaram a rir.

Spencer suspirou e lhes deu uns cascudos. Os dois pararam de rir e olharam para ele de cara feia.

– Coloquei um pouco de comida na sua mochila – mamãe disse, os ignorando –, e recebi meu salário ontem. Depositei o dinheiro da viagem em sua conta pra que você devolva ao seu namorado.

– Certo, mãe...

Era inútil repetir que Ross não era meu namorado, todos continuavam insistindo nisso. Hesitei um momento.

– Será que vão me deixar passar com comida no aeroporto?

– Vão pensar que você é uma terrorista – disse Steve.

– A terrorista das almôndegas – acrescentou Sonny, e os dois começaram a gargalhar outra vez.

Spencer suspirou, aceitando a evidência de que eram dois idiotas.

– Eu é que não gostaria de ver como vão tentar impedi-la. – Papai sorriu, achando graça. – Certamente não gostariam que sua mãe os fizesse mudar de opinião.

Mamãe se afastou de mim e Shanon me deu um rápido abraço, como de costume. Era sempre dela que eu mais sentia falta. No fundo, era como se fosse minha melhor amiga.

– Me ligue sempre e me mantenha atualizada.

Ela sorriu um pouco.

Owen se agarrou às minhas pernas, como se não quisesse que eu já fosse embora.

Spencer também se despediu de mim com um abraço de urso e Biscuit lambeu minhas mãos, como sempre. Mamãe teve que obrigar Steve e Sonny a se despedirem de mim, mas eles estavam ocupados gritando comigo depois que ligaram seu console e viram que suas estatísticas tinham virado pó. Saí de casa mostrando a língua para eles, me divertindo.

Já no carro, coloquei o cinto de segurança e suspirei. Estava nervosa. E ansiosa. Queria voltar para casa.

Quer dizer... para a casa do Jack. Não era minha casa.

Meu pai não falava muito. Era uma das coisas de que eu sempre gostei nele. Porém, naquele momento, eu tive a impressão de que precisávamos falar sobre algo e não o fazíamos, então o silêncio não foi muito agradável.

O caminho até o aeroporto não era muito longo, mas assim me pareceu, ao ver meu bairro desaparecendo pouco a pouco pela janela do carro. A praia era um dos meus lugares favoritos. No primeiro dia de inverno, a cada ano, era uma tradição que os alunos do último ano do colégio se jogassem com roupa na água. Eu não tinha me atrevido a fazer isso, ao contrário dos meus irmãos, claro, então eles continuavam a esfregar isso na minha cara até hoje. "Cagona" era a palavra que costumavam usar.

Finalmente, papai falou, me trazendo ao mundo real.

– Com quem você estava falando ontem à noite?

Oh, oh.

Eu odiava que ele fizesse isso. Como me conhecia tão bem?

Eu nem precisava falar. Se ele estava me perguntando, é porque já imaginava o que tinha acontecido.

– Não está doendo – menti.

– Onde ele te bateu?

– Nas costas.

Ele fechou a cara. Às vezes, eu me surpreendia com sua integridade.

– Sua mãe sabe?

– Não, claro que não. Ela teria ido matar ele. Como Shanon e os outros.

– Sei.

Ele não. Papai era diferente, nesse sentido. Nunca tinha tentado solucionar meus problemas. Sempre optou por me ensinar como resolver por mim mesma. E tinha feito isso muito bem, mas... dessa vez eu tinha deixado Monty escapar impune.

Ao ver sua cara, soube que ele estava pensando o mesmo que eu.

– O que houve? – perguntei, afinal, impaciente.

– Nada. Só queria ter certeza de que você está bem.

– Estou bem.

– Ok.

Suspirei quando ele ficou em silêncio outra vez.

– O quê? – perguntei.

– Você sabe.

– Sim, eu sei. Eu devia ter terminado com ele muito antes – falei, na defensiva. – Está feliz agora?

– Não sei. Você está?

– Odeio quando você faz isso.

– Não estou fazendo nada.

Suspirei.

– Foi por culpa minha que ele me deu um soco, não é? – perguntei, cruzando os braços.

– Eu não disse isso – ele respondeu em seguida, muito sério.

– E então?

– Jennifer, nós dois sabemos que o fato de ele ter te machucado não foi exatamente uma surpresa.

– Você acha que eu já sabia que ele faria isso?

– Acho que faz tempo que você sabia que isso acabaria mal – ele me corrigiu.

– E mesmo assim você não nos disse nada.

– E o que você queria que eu dissesse? "Olá, papai e mamãe, meu namorado me deu um soco nas costas, vocês querem ir ao shopping amanhã?"

– Não diminua a importância do que aconteceu – ele advertiu.

Meu pai não se irritava com muita frequência, mas, quando o fazia... o inferno tremia.

– Pelo amor de Deus, Jennifer... – Ele balançou a cabeça, trocando de marcha com violência. – Você acha que eu sou cego? Talvez sua mãe não tenha notado, mas eu vi que você estava com uma marca no braço há alguns meses.

– Isso não é...

– E, algumas semanas antes, eu tinha visto outra marca no seu ombro.

– Papai...

– Isso pra não falar do que eu não vi. Prefiro nem ficar sabendo.

– Não há nenhuma outra.

– Não minta para o seu pai – ele me cortou, secamente.

Apertei os lábios. Ele sempre fazia eu me sentir como uma garotinha.

Eu tinha vergonha de falar sobre isso com ele porque sabia que ele tinha razão. Quando Monty se enfurecia, costumava me agarrar com força, e, algumas vezes, tinha deixado a marca dos seus dedos em mim, mas nada além disso. Ele nunca tinha me dado um soco antes. No entanto, sempre fazia eu me sentir uma merda.

– Foi isso que nós te ensinamos? – ele perguntou. – Você acha que esse garoto era o melhor que você podia conseguir?

Eu queria defender Monty, nem sei por quê, mas queria.

– Monty não era... não é tão má pessoa.

– Não, claro. Ele só transava com sua melhor amiga e batia em você.

– Ele só bateu em mim uma vez.

– Eu já te falei isso duas vezes, Jennifer, mas não vai haver uma terceira. Não minta pra mim.

– Ele só me bateu em outra ocasião... Mas não foi nem um soco, foi só um tapa – admiti, finalmente. – E eu o provoquei.

– Você não percebe que existe um problema sério quando você atribui a si mesma a culpa pelo fato de outra pessoa te bater? – Ele suspirou. – Jennifer, é sério, para de tentar defendê-lo. Ele já não faz parte da sua vida. Pensa um pouco em você mesma.

Olhei para ele, surpresa.

– Eu faço isso – murmurei.

– Não, não faz.

– Faço, sim.

– Se fizesse, ontem à noite você teria retribuído o golpe e o teria deixado deitado no chão.

– Papai, ele mede mais de...

– Seus irmãos e eu te ensinamos a se defender de coisas piores do que um imbecil de mão frouxa – ele me cortou.

Apertei os dentes.

– Nem sempre a violência é a melhor solução.

– Talvez não seja, mas quando alguém te agride desse jeito, você tem o direito de esquecer essas bobagens e quebrar o nariz dele.

Estive a ponto de rir, mas a situação era tensa. Sempre que me deixava envergonhada, eu me sentia tão mal comigo mesma que me irritava com ele.

– É isso que você quer que eu seja? Alguém que só sabe responder com violência?

– Não. O que eu quero é que seja você mesma. Minha filha. Porque eu não criei uma garota pra ela namorar alguém que não gosta dela, deixar que batam nela, não se defender e, ainda por cima, jogar a culpa em si mesma, quando o problema não é ela.

Fiquei calada, olhando pela janela do carro. Meu pai tinha o dom de fazer com que eu me sentisse mal sem sequer levantar a voz. Tentei pensar em algo espirituoso para dizer a ele, mas não consegui pensar em nada.

– Pelo menos estou vendo que esses meses fora de casa abriram um pouco os seus olhos. Quando você morava aqui, tratava esse sujeito como se ele tivesse caído do céu.

Nisso ele tinha razão, eu precisava admitir. Monty nunca tinha sido exatamente um namorado exemplar, mas eu sempre o tratava como se fosse.

– Ainda tenho mais um mês na faculdade – murmurei.

– E você já sabe o que vai fazer depois?

– Oi?

– Você disse pra sua mãe que ficaria até dezembro e que depois decidiria se ia continuar ou não – ele esclareceu. – Já pensou sobre isso?

Neguei com a cabeça.

– Não, na verdade não.

– Bom, a decisão é sua, minha filha. Já sabe que, se quiser voltar pra casa, eu vou adorar, mas...

– Mas... você prefere que eu continue estudando na faculdade – completei a frase por ele.

– Estou achando você muito mais feliz do que quando saiu daqui. Não sou nenhum expert, mas, se o que te faz feliz é passar mais alguns meses fora de casa... então, que assim seja.

Ele fez uma pausa.

– Embora eu não ache que a sua felicidade se deva ao fato de estar fora de casa – ele acrescentou, num tom mais relaxado.

Olhei para ele de soslaio e fiquei vermelha ao ver seu sorrisinho significativo.

– Esse... Jack Ross... parece ser um rapaz interessante – ele disse.

E, só com isso, já soube aonde ele queria chegar. Às vezes era incrível o quanto conseguíamos nos entender só com o olhar.

– Você quer conhecê-lo? – perguntei, surpresa. – Você nunca demonstrou grande interesse pela vida amorosa dos seus filhos.

– Esse rapaz fez muitas coisas por você, Jennifer. Quero agradecer a ele.

– Pai...

– Sem discussão. Quero conhecê-lo.

Ele parecia ter falado isso meio irritado, mas, quando nos olhamos, esboçamos um sorriso cúmplice.

Ai... eu tinha sentido tanto a sua falta!

– Espera. – Dei um pulo e olhei ao redor. – O que está fazendo?

– Dirigindo.

– Não. Aonde você está indo?

– Estou indo à delegacia. – Ele nem titubeou. – Você vai mostrar à polícia onde foi que ele te bateu e vai denunciar esse sujeito, Jennifer. Não quero que ele chegue perto de você outra vez.

Acho que ele esperava que eu fosse reclamar, mas não reclamei. Na verdade, apenas assenti uma vez com a cabeça e me acomodei no assento.

Duas horas mais tarde, quando entrei no avião, fechei os olhos por um momento. Mal podia esperar para ver meus amigos... e Jack.

Olhei pela janelinha. Estava muito nervosa. Muito ansiosa.

Mas estava voltando para casa.

18

ORIGINAL

QUANDO CHEGUEI À PORTA DE SAÍDA, estava com o coração na mão. Não sabia muito bem por que estava tão nervosa, mas estava. Minhas pernas tremiam. Mordi o lábio inferior e segui os demais passageiros até a saída, e procurei meus amigos no meio das pessoas que esperavam. Só havia praticamente famílias com filhos que se reencontravam com seus pais. Meu caso era bem diferente.

Então enxerguei Naya, que abria caminho com maus modos entre as pessoas, procurando por mim. Will a olhava, envergonhado, sobretudo quando ela pediu a um homem, de forma meio brusca, que saísse de seu caminho.

Sue estava ao lado dela, comendo um doce qualquer, com cara de tédio. O simples fato de ela ter ido até lá fez meu coração se derreter um pouco. Talvez tivesse se afeiçoado a mim, no fim das contas.

Jack estava olhando para a porta com o cenho franzido. Parecia estar muito tranquilo, mas eu quase podia sentir seu nervosismo. Ele não parava de espichar o pescoço para ver quem saía.

Então Naya se virou, me viu e deu um gritinho de emoção. Com o susto, os outros três deram um pulo, e metade das pessoas ali perto ficou olhando para ela. Eu estava começando a me acostumar a que as pessoas nos aeroportos se virassem para me olhar de cara feia.

Ela se atirou sobre mim e me abraçou com força, quase me esmagando. Não tive muito tempo para me preocupar com os outros.

– Até que enfim! – ela berrou, olhando para mim. – Você não sabe como tudo fica difícil sem você! Eram três contra um, tudo muito cansativo! Se com você já é difícil aguentar eles, imagina sozinha. Sozinha diante do perigo!

– Sinto muito – falei, achando graça.

– Espero que, pelo menos, você tenha chegado de bom humor! Vamos ter que fazer muitas brincadeiras com eles, pra ficarmos quites.

Sorri, balançando a cabeça.

– Bom, já terminou? – A voz de Jack me fez voltar à realidade. – Você não é a única que quer cumprimentá-la.

– Não terminei – protestou Naya.

– Sim, terminou. – Will a pegou pelo braço e a colocou ao seu lado.

Jack ficou me olhando e foi neste exato momento que me dei conta do quanto havia sentido sua falta, num nível que eu ainda não entendia. Como se houvesse passado uma eternidade.

Não é que precisasse dele para respirar, mas eu definitivamente havia sentido sua ausência em muitas situações. Ao dormir sozinha, ao andar pela cozinha sem sentir seu olhar sobre mim, ao me sentar no sofá sem que ele estivesse deitado ao meu lado, ao ver um filme sem ouvir seus comentários... Sim, em muitas situações.

E isso me deixava assustada e encantada em partes iguais. Me dava medo porque nunca havia me sentido assim, tão aberta emocionalmente para alguém, como se estivesse me expondo um pouco mais que o normal.

Parecia que ele ia dizer alguma coisa, mas não era preciso, eu não precisava ouvi-lo. Puxei-o para perto de mim pelos cordões do seu moletom. Seu corpo ficou tenso quando grudei meus lábios nos seus, e, ao me afastar dele, não me atrevi a olhá-lo, então o abracei com força e escondi meu rosto em seu pescoço. Tinha sentido falta até do seu cheiro. Minha nossa, o que estava acontecendo comigo?

Sorri para Will por cima de seu ombro, e ele mexeu no meu cabelo bem na hora em que Jack retribuía o abraço.

Naya, aliás, estava de boca aberta.

Will sorriu para mim e nós dois assentimos com a cabeça. Ele às vezes me lembrava tanto Spencer... Bem, uma versão melhorada de Spencer, que não atirava cereais de chocolate no meu cabelo quando se zangava comigo.

– Como estavam seus pais? – Will me perguntou, enquanto Jack se afastava de mim para me deixar falar com eles.

Por sinal, eu continuava sem me atrever a prestar atenção na reação dele.

– Muito bem. – Sorri. – Eles me trataram melhor nesses dois dias e meio que durante minha vida toda.

– Isso é porque sentiram sua falta – disse Sue.

– Obrigada por ter vindo – eu disse, sorrindo para ela.

Ela me olhou, desconfortável, e franziu o cenho. Não estava acostumada a que lhe agradecessem por coisa alguma.

– Bom... – Jack esfregou as mãos – vamos para casa?

– Por favor – murmurei. – As lentes de contato estão me matando.

Eles tinham vindo no carro de Jack. Olhei para os adesivos com um sorriso e me sentei no banco da frente enquanto tirava o casaco. Ele parecia genuinamente feliz ao ligar o motor. Olhou para mim, sorriu e acelerou.

– E o que andaram fazendo nesses últimos dias? – perguntei a todos.

– Meu pai veio me visitar – disse Naya, sorridente. – Queria ver onde estou estudando, essas coisas. Will e eu jantamos com ele, junto com o Chris.

– Também fomos a uma exposição da mãe do Ross – disse Will.

– Sim, e a primeira coisa que ela fez ao ver o Ross foi perguntar onde você estava – disse Naya, animada.

– Antes ela só perguntava por mim – protestou ele. – Sinto que fui substituído.

– Se servir de consolo – olhei para ele –, minha família me perguntou mais sobre você que sobre mim.

Um sorriso petulante iluminou seu rosto.

– Sério?

– Eu gostaria de ter ido à exposição – eu disse, desviando do assunto de novo. Tinha vergonha de admitir que fiquei falando dele com minha família.

– Logo você poderá ir às outras cinquenta que ela organiza – Jack me garantiu. – Uma mais entediante que a outra.

– E você, o que andou fazendo em seu doce lar? – Naya sorriu para mim. – Algo interessante?

– Passei a maior parte do tempo com meus pais e meus irmãos.

Eu continuava sem falar de Monty. Não queria fazer isso. Eles pareceram não se dar conta da omissão, exceto Jack, que me olhou de soslaio.

Não sei se gosto ou não do fato de que ele nos conheça tão bem, Jenny.

Já no prédio, encontramos Agnes, que me cumprimentou e perguntou como tinha sido minha viagem, se meus pais estavam bem, enfim, o de sempre. Como de costume, ela foi muito simpática comigo. Despediu-se de nós e disse que Mike tinha acabado de chegar em casa.

De fato, ele estava sentado no sofá, bocejando. Quando ouviu que estávamos chegando, se levantou e, para meu assombro, veio me abraçar, levantando-me do chão. Eu estava tão surpresa que não consegui retribuir o abraço. Jack olhava para ele de cara feia.

– Até que enfim – ele suspirou, afastando-se de mim e me colocando no chão. – A pacificadora.

– A... o quê?

– Eu percebi que o humor do seu namorado varia muito se você está aqui com ele ou não. – Ele abriu um sorriso. – Agora, pelo menos, ele não vai mais querer matar todo mundo.

Fiquei vermelha, sem saber muito bem por quê. Jack suspirou e o empurrou levemente para o sofá, pedindo que deixasse de bobagens.

Entrei no quarto e troquei de roupa. Colocar meu pijama – quer dizer, a roupa do Jack – e meus óculos fez com que eu me sentisse no paraíso. Que alívio... Eu estava tão contente... Mas minha felicidade foi interrompida ao sair do quarto e ver que Lana tinha aparecido por lá.

Ela me olhou de soslaio, mas eu não disse nada, não queria ficar de mal com ela. Não nessa noite, pelo menos. Só queria estar bem com todo mundo, e isso a incluía. Especialmente se ela era amiga do Jack, porque isso significava que teria que vê-la com frequência e não queria que ele se sentisse desconfortável.

– Agora que me lembrei... – eu disse, quando ia me sentar. – Tenho uma surpresa pra vocês.

– É comida caseira? – perguntou Sue, lambendo os lábios.

– Isso mesmo!

Sorri, mostrando duas vasilhas que minha mãe tinha enfiado na mochila.

– Biscoitos feitos pelo meu pai, com sua receita especial. E... meu Deus, quantas coisas mais ela enfiou aqui dentro?

Nem tinha acabado de falar quando Jack me arrancou das mãos a vasilha com os biscoitos. Todos se atiraram sobre eles como esfomeados. Will foi o único que, depois de uns cinco minutos de discussão, tirou a vasilha dele e me devolveu.

— Os biscoitos são da Jenna – ele disse, como se estivesse falando com crianças.

— São de todos! – protestou Mike.

— Isso! – disse Sue.

Will os ignorou e me passou a vasilha.

— O único cavalheiro que temos por aqui – eu disse, encarando os dois irmãos, que brigavam por um lugar no sofá. Os dois pararam para fazer cara feia para mim, ofendidos.

— Olha, eu também sou um cavalheiro – protestou Mike.

— E eu também – disse Jack, absolutamente indignado.

— Não posso acreditar. – Naya levou uma mão ao coração. – É a primeira vez em muitos anos que os dois concordam em alguma coisa.

Os dois hesitaram por um momento, se olharam e foram cada um para um canto do sofá, incomodados. Sorri e me sentei no meio deles. Deixei a vasilha sobre a mesa e todo mundo comeu os biscoitos. Já estavam na metade quando percebi que Lana não tinha comido nenhum, só olhava para os outros com o cenho franzido.

— Não vai querer? – perguntei.

Ela me olhou, meio desconfiada.

— Se eu comer isso, vou engordar uns cem quilos.

— São integrais – garanti. – Minha mãe está de dieta, ou tenta, pelo menos. Ela obriga meu pai a não cozinhar nada com muitas calorias.

Ofereci-lhe a vasilha.

Eu não sabia ao certo por que estava sendo tão gentil com ela. Afinal, ela não havia sido muito gentil comigo. No entanto, senti que era inútil nos darmos mal. Não estava pensando em me comportar como uma menininha de dez anos.

Ela hesitou, visivelmente. Depois, como se tivéssemos assinado um acordo de paz temporário, sorriu para mim – o primeiro sorriso verdadeiro que eu tinha visto em seu rosto – e pegou um biscoito.

— Agora que me lembrei – disse Naya, olhando seu biscoito –, nós não estávamos de dieta, Jenna?

— Estavam, no passado – disse Jack.

— Ah, não... não me diga que você burlou a dieta nesses dois dias e meio!

Hesitei um momento, ao ver que todo mundo me olhava.

– Hã...

– Não posso acreditar!

– Mas você está comendo biscoitos! – Jack disse a ela, franzindo o cenho.

– Integrais!

– E só por isso você acha que não engordam?

– Não a defenda, Ross, ela não merece defensores!

– Era o aniversário da minha mãe! – tentei me justificar, sem jeito.

– Que traição – ela disse, fazendo cara feia para mim.

– Sinto muito, Naya, mas sou fraca. – Suspirei. – Me declaro oficialmente fora da dieta.

– Bem-vinda mais uma vez ao mundo da felicidade. – Jack sorriu para mim.

– Isso quer dizer que não terei mais que ver pacotes de salada quando abrir a geladeira? – perguntou Sue. – Eles estavam me deixando bem deprimida.

– Mas só estávamos de dieta há umas poucas semanas, sua traidora!

– Na real, me surpreende que isso tenha durado mais de uma hora – confessei.

– Mas... – Will olhou para ela – nós não comemos hambúrgueres ontem, Naya?

Ela pensou nisso por um momento. Depois de algum tempo, sua expressão passou da indignação total para um sorriso inocente.

– Ah, bem, sobre isso... sim, acho que está na hora de acabar com essa dieta.

Atirei um biscoito na sua cara, que quicou no colo de Mike enquanto ela protestava. Mike comeu o biscoito tranquilamente, nos ignorando.

Passamos quase uma hora experimentando a comida que meus pais tinham enfiado na minha mala. Fui a primeira a parar de comer, afinal tinha passado três dias com eles e já tinha comido o suficiente, os outros também tinham o direito de aproveitar. Lana foi uma das que mais comeu, chegou a lamber os beiços. Jack e Mike vinham logo atrás, eram como dois poços sem fundo. E nenhum dos dois engordava, por mais que eles comessem. Essa era outra coisa que tinham em comum, entre tantas outras, embora não quisessem admitir.

Na hora de dormir, Naya decidiu voltar para o alojamento. Mike continuou no sofá enquanto os outros se despediam de Lana. Ela, como sempre, abraçou a todos, menos Sue e Mike. No entanto, quando se aproximou de mim, também me abraçou. Ela nunca tinha feito isso. Fiquei tão surpresa que não retribuí imediatamente e acabei dando uma palmadinha em suas costas, confusa.

Era um plano maligno ou ela tinha acordado de bom humor? Que mistério! *Os biscoitos do seu pai fazem milagres.*

— Então... — Will se espreguiçou depois que Lana e Naya foram embora. — Acho que vou pra cama.

— Sim, saiam — murmurou Mike. — Porque quero ligar para uma amiga e vocês estão me atrapalhando.

— Não traga ninguém na minha casa — Jack o alertou. — Menos ainda no meu sofá.

— Eu disse que queria *ligar* — Mike falou, indignado. — Quem você pensa que eu sou?

— Sei quem você é, por isso estou dizendo isso.

Houve um momento de silêncio. Mike olhou para o celular com uma expressão inocente.

— Ok, ok, não vou trazer ninguém aqui.

— Assim é que eu gosto.

— Isso é injusto, por que você pode fazer o que quiser com a Jenna no seu quarto e eu não posso trazer uma garota para o sofá?

Tentei recuar até o corredor, constrangida. Jack se limitou a ignorar seu irmão enquanto me seguia até o quarto. Ali, a vergonha que Mike havia me causado passou assim que me deixei cair na cama. Era tão confortável...

— Você riria de mim se eu dissesse que me acostumei tanto a dormir aqui que me senti estranha na minha própria cama? — falei, olhando para Jack.

Ele deu um meio-sorriso, mas não disse nada.

— Ah, já ia esquecendo.

Eu me levantei rapidamente.

— Trouxe o dinheiro que você me emprestou.

— Não me devolva o dinheiro.

— Mas...

— É um presente de Natal adiantado.

— Outro? — Arqueei uma sobrancelha.

— É muito mal-educado recusar um presente, Michelle.

Joguei um travesseiro na sua cabeça na mesma hora, fazendo com que ele começasse a rir abertamente de mim.

– Não me chame assim outra vez.

– Ok, Mich... Tá certo! – Ele levantou as mãos em sinal de rendição quando ameacei jogar meu telefone nele. – Você deve mesmo odiar esse nome, estava até disposta a sacrificar o seu celular. Por que não gosta dele?

– Ah, você gosta?

– É original. – Ele deu de ombros.

Hesitei por um momento. Seus olhos brilharam de curiosidade, como sempre que eu ficava em silêncio.

– Por acaso há alguma história humilhante, profunda e divertida por trás desse nome, Michelle?

– Se você me chamar assim outra vez...

– Ok, ok, mas quero ouvir essa história.

Ele esperou pacientemente, como uma criança espera por um doce. Batuquei com os dedos na barriga, meio envergonhada.

– Quando eu era pequena, tinha vergonha de tudo. E quando digo *tudo*, quero dizer que meu rosto ficava totalmente vermelho, principalmente quando os professores me chamavam em aula. Sempre usavam meu nome completo. Sempre. O fato é que um dia estávamos falando do filme *Mulan*, da garota que entrou no exército para...

– Eu sei quem é Mulan.

Revirei os olhos.

– Bem, o professor se enganou e me chamou de Mushu, em vez de Michelle. Desde então, todo mundo começou a me chamar assim quando ficava vermelha.

Jack olhou para mim por algum tempo e pude ver em seus olhos a risada que ele tentava reprimir.

– Não tem graça! – protestei.

– Mushu é um personagem adorável, Michelle, não há por que se enverg...

– Me chame de Michelle outra vez e...

– E o que você vai fazer, Michelle?

– Vou dormir com seu irmão.

Ele parou instantaneamente, levantando as mãos em sinal de rendição.

– Ok, ok. – Apertou os lábios, tentando não rir. – Não fique assim. Eu não estava rindo.

Suspirei e me levantei, indo até a mala.

– Eu não estava rindo! – ele protestou, ofendido.

– Não é isso, seu tolo.

– "Tolo" – repetiu, e desta vez, sim, ele riu. – Olha que já me chamaram de algumas coisas, mas nunca de tolo.

– Pois você é um tolo.

– Que madura, Mich...

Parou subitamente quando olhei para ele.

– Não sei se devo ou não me sentir ofendido por você ter me chamado de tolo – disse ele, voltando ao assunto.

– Pois toda vez que você me chamar de Michelle, vou te chamar de tolo.

Peguei a sacola que estava procurando na minha mala.

– Tenho uma coisa pra você – eu disse, com um sorrisinho.

Ele semicerrou os olhos quando me viu escondendo algo atrás das costas.

– Espero que não seja uma bomba por ter te chamado de Michelle.

– Não é uma bomba.

Revirei os olhos.

– Certo, não é uma bomba. – Ele ergueu o corpo e ficou sentado na beira da cama. – O que é? Um conjunto sexy?

– Oi?

Sério mesmo que eu já estava ficando vermelha outra vez?

– Não!

– Então já não estou com muita vontade de ver o que é.

Suspirei e lhe mostrei a sacola. Ele pareceu ficar confuso enquanto a pegava e examinava com atenção.

– Um presente? – perguntou, confuso, vendo o papel prateado da embalagem.

– Não te dei nenhum presente de aniversário – lembrei a ele.

– Ah, sim, você deu.

Sorriu perversamente.

– Jack!

– O melhor presente da minha vida.

– Abre logo!

Ele pareceu bem entusiasmado ao destruir o embrulho que tinha me dado tanto trabalho. Quando acabou de fazer isso, segurou seu presente no alto. Durante um segundo, não entendeu nada. Depois entreabriu os lábios.

– É...?

Ele estava tão surpreso que não terminou a pergunta.

– Uma primeira edição de uma HQ do Thor. – Sorri, nervosa. – Você me disse que gostava do Thor, não?

Ele me olhava, ao mesmo tempo confuso e admirado. Meu sorriso começou a desaparecer.

– Você não gosta? – perguntei, meio desiludida.

– D-de onde você tirou isso?

Até que enfim era ele quem gaguejava!

– Meus irmãos mais velhos gostam de HQs, já te disse isso. Spencer tinha essa revista no quarto dele. Tive que lavar o carro pra ele, mas valeu a pena. Ele me disse que preferia que ela ficasse com alguém que saberia apreciá-la.

Jack estava folheando a revista, ainda com a boca entreaberta.

– Posso trocar de presente se você não gostou – acrescentei, confusa.

Com o tanto que tinha me custado lavar aquele maldito carro...

– Claro que eu gostei. – Afinal reagiu e me olhou. – Me sinto lisonjeado. Você lavou um carro pra me fazer feliz. Essa é a coisa mais romântica que já fizeram por mim.

– Vejo que fizeram poucas coisas românticas por você...

Sorri, me divertindo.

– Não costumo receber muitos presentes – ele disse, fechando a revista de novo.

– Nem no Natal?

– Ah, sim, dos meus pais, mas eles não me conhecem tão bem a ponto de me darem um presente de que eu goste.

– E o que eles te dão? – perguntei, confusa.

– Uma vez me deram um carro – murmurou, deixando a HQ na mesinha de cabeceira. Quando se virou e me viu de boca aberta, pareceu achar engraçado. – O que foi?

– Um carro é pouca coisa? – perguntei, com voz aguda.

– Não que eu não tenha gostado, mas...

– "Mas"? Eles te deram um carro de presente! Um maldito carro! Eu só ganho meias! E, ainda por cima, feias!

– Não se trata do preço do presente, mas da implicação emocional.

Aquilo me deixou desorientada por um momento. Nunca tinha parado para pensar no possível impacto emocional que um presente dos meus pais pudesse ter.

Ele me devolveu à realidade quando estendeu a mão em minha direção. Eu a aceitei e deixei que me puxasse para perto dele.

– Então, rolou um beijo em público. – Ele sorriu perversamente. – Não sei se eu estava preparado pra você me tirar do armário.

– Ah, vamos, você não estava em armário nenhum.

– Claro, dona Ross-em-público-Jack-em-particular.

Apertei os lábios, mas ele parecia estar de bom humor.

– Te chamei de Jack e te beijei na frente de todo mundo. Agora supere isso.

– Ah, vai me custar muito superar isso, te garanto.

Ele fez uma pausa para me envolver em seus braços e me sentar em seu colo, com uma expressão brincalhona. Fiquei sentada sobre ele.

– Isso significa que já não preciso me conter em público?

Não lhe respondi. Não estava com vontade de continuar conversando. Estava com vontade de fazer... hummm... outras coisas.

Eu me inclinei em sua direção e segurei seu rosto com as mãos. Ele logo me beijou. Eu gostava dos beijos dele, eram sempre diferentes. Esse, concretamente, foi mais profundo que de costume. Apesar de ter feito brincadeiras o tempo inteiro, talvez ele realmente tenha sentido minha falta.

Senti seus lábios perto da minha boca, descendo pela garganta, e suas mãos percorrendo minhas costas. Quando chegou ao sutiã, senti no torso inteiro a mesma dor que havia sentido de manhã, apesar de ele nem ter tocado a área em que levei o soco. Era como se meu próprio corpo me lembrasse do que tinha acontecido.

Claro que ele notou minha tensão. Afastou-se um pouco, confuso.

– O que houve? – perguntou.

O soco. Eu tinha esquecido dele. A marca não era muito grande, mas dava para ver. Não sabia muito bem como iria explicar aquilo.

– Nada – menti. – É que estou menstruada.

Ele me observou por um momento. Obviamente, sabia que eu estava mentindo, sempre sabia. Era pior que minha irmã.

– O que está acontecendo, Jen? – ele repetiu, e seu tom de voz se tornou menos tranquilo.

Suspirei. Eu devia treinar mais, para aprender a mentir sem ninguém notar.

– É uma bobagem... – comecei a dizer, tentando beijá-lo de novo, mas ele me deteve, recuando um pouco.

Nossa primeira cobra assassina.

– Que bobagem?

– Nenhuma. Esquece.

– Por que você não quer tirar a blusa? – ele perguntou, semicerrando os olhos.

– Fiz uma tatuagem do seu rosto – brinquei.

– Jen...

Ele não achou muita graça. Mas como podia saber que era algo ruim? Se eu estava disfarçando tão bem?

Não, querida, você não está disfarçando bem.

– E então? – perguntou.

– Para – alertei, na defensiva.

Ele franziu o cenho quando me levantei. Não queria lhe mostrar a marca do soco. Não queria voltar a pensar em Monty, nem em Nel, nem em nada que tivesse a ver com eles. E não queria descontar em Jack.

– Então é algo ruim – ele concluiu por mim, sem se mexer.

– Não! – soltei, bruscamente.

– Jen...

– Não é problema seu, ok?

– *Você* é problema meu.

Suspirei. Como Jack fazia para parecer carinhoso até num momento como esse? E como eu conseguia ser uma imbecil quando ele se comportava tão bem comigo? Me irritei comigo mesma.

– Me mostra – ele pediu, baixinho.

Olhei para ele, hesitando, e logo pensei que em algum momento ele acabaria vendo a marca do soco, então subi a blusa até a altura do sutiã. Ali, logo abaixo das costelas, dava para ver uma área vermelho-azulada. Me pareceu maior do que da última vez em que a vira, talvez pela expressão de Jack, que se tornara sombria.

– Está contente?

Baixei a blusa outra vez, constrangida e irritada ao mesmo tempo.

– Estou com cara de estar contente?

– Também não é pra tanto – eu disse, revirando os olhos.

Ele me olhou de um jeito que provavelmente teria me assassinado, se isso fosse possível. Nunca tinha olhado para mim assim. Não gostei do que senti. Queria que ele me olhasse como sempre, mesmo que eu não merecesse.

– Ah, não é pra tanto que tenham te dado um soco? – perguntou, baixinho.

– Como é que você sabe...?

– Já vi um número suficiente de lesões causadas por socos pra saber que você levou um – ele me cortou.

– Eu também bati nele. Dei-lhe uma bofetada.

– Por quê? – Ele arqueou uma sobrancelha.

Hesitei um momento, engolindo em seco.

– Ele tentou me beijar – falei.

Por que me sentia como se estivesse num interrogatório? Engoli em seco outra vez. Eu já estava começando a sentir um nó na garganta.

– Eu também bati nele – repeti, vendo que sua expressão não mudava.

Talvez isso tenha sido como apertar um botão que o fizesse perder a paciência, porque ele baixou a cabeça apertando os lábios e, quando a levantou outra vez, pude ver sua irritação aumentar lentamente.

– Por que diabos você continua a defender ele? – Jack me perguntou, pondo-se de pé. – Ele destruiu suas coisas, te deu um soco e... nem quero saber o que mais ele fez. O que mais você precisa pra ver que ele é um escroto do caralho?

Pestanejei, surpresa.

Ele nunca tinha usado palavrões desse jeito. Dei um passo para trás, intimidada, como costumava fazer com Monty. Mas ele não era Monty. Não chegou perto de mim em nenhum momento. Só me olhava, irritado.

– Todo mundo já fez besteira alguma vez – murmurei.

– Fala sério, Jen. Isso não é fazer besteira, isso é ser um... – ele interrompeu a si mesmo. – Não posso acreditar que você continua defendendo ele.

– Eu não estou defendendo! – eu disse, indignada, lembrando que meu pai tinha me dito exatamente a mesma coisa.

– Você está justificando o fato de ele ter te batido! – ele me disse, furioso. – Você não se dá conta do quanto isso é doentio?

– Mas...

– Não tem justificativa possível! Não tem! Ele bateu em você! E você continua sem entender o quanto isso é grave!

– Não é...!

– Não me diga que não é tão grave! – Ele fechou os olhos por um momento. – E você não pensou em pedir ajuda a alguém? Estava sozinha com ele?

– Sim...

– E por que diabos você estava sozinha com ele sabendo como ele é?

– Porque eu posso me defender sozinha! Eu sei... sei dar socos!

– Você pode saber fazer movimentos perfeitos de karatê sem que isso sirva pra nada, porque, na hora da verdade, acaba não usando!

– Posso me defender sozinha! – repeti, furiosa.

– Não, não pode! Pelo menos não dele! Você se esconde atrás dessa fachada de garota durona, mas, na verdade, quando ele te trata mal, você se transforma numa submissa!

– Não diga que eu sou submissa, Jack.

– Então não se comporte como se fosse! Você estava num relacionamento tóxico, por Deus! Você precisa se dar conta disso de uma vez por todas!

– Não era um relacionamento tóxico!

– Você já procurou a definição de relacionamento tóxico, Jen? Acho que isso podia esclarecer bastante as coisas pra você.

O fato de ele ter dito isso como se eu fosse uma idiota me deixou ainda mais envergonhada e irritada.

– Lembro a você que era o *meu* relacionamento, Ross, não o seu.

– Ah, agora sou Ross outra vez?

– Sim!

– Por quê? Por tentar abrir os seus olhos?

– Não preciso que você me abra os olhos, não sou uma idiota!

– Não, não é, mas quando fala do Monty, você se comporta como se fosse!

– Por quê? Porque você fica com ciúme?

As palavras saíram da minha boca antes que eu pudesse detê-las. Eu me arrependi imediatamente.

Ele me olhou em silêncio por algum tempo e eu senti minha boca ficar seca. Eu odiava que ele me olhasse desse jeito. Aquele olhar de decepção e irritação fez com que eu me sentisse pior do que se tivesse recebido mil socos do Monty.

– Sinto muito, não queria dizer...

– Sim, claro – ele me interrompeu. – É exatamente por isso.

Fiquei muda por um momento. Ele me olhava fixamente, sem pestanejar.

E senti meu coração começar a palpitar acelerado.

– Eu gosto de você, isso você já sabe. – Ele suspirou. – Por isso não suporto ver você assim. Antes eu achava que era pelo simples fato de te ver com ele, mas não é isso, é muito mais do que isso. Eu conseguiria viver sabendo que você está com alguém que te faz feliz, mas isso... eu não consigo, Jen. Você não pode me obrigar a ficar vendo o que você faz a si própria... o que deixa que façam com você... e fingir que não me importo com isso.

Durante um momento fiquei sem fala, mas a última frase me fez reagir.

– O que eu deixo que façam comigo? – repeti, em voz baixa.

– Deixar que ele te trate assim. – Ele balançou a cabeça. – Por que você deixa que ele faça isso?

Hesitei um momento. Eu estava com um nó na garganta. Ah, não.

– Não sei – admiti, em voz baixa, e me dei conta de que era verdade.

Por que eu continuava a defender Monty? Por que não havia me defendido? Poderia tê-lo feito, mas não o fiz.

– Você acha que isso é o melhor que pode conseguir? – ele perguntou, dando um passo em minha direção. – Não é assim. Você não merece ser maltratada. Ninguém merece.

– Eu não estou mais com o Monty – murmurei, um pouco confusa.

– E se ele viesse até aqui, batesse na porta e começasse a chorar e a pedir que você o perdoasse... o que você faria? Não voltaria pra ele?

– Não. – Nem sequer pensei ao dizer isso.

– Fala sério, Jen.

– É verdade!

– Imagina que ele tivesse vindo aqui um mês atrás e fizesse isso, você não teria voltado a namorá-lo em seguida?

– Não sei o que eu teria feito um mês atrás, mas sei o que faria agora. E agora eu diria não a ele.

– E como é que você sabe?

– Porque ele já me pediu isso! Já tentou fazer com que eu voltasse com ele. E eu disse que não.

Jack ficou olhando para mim.

– Porque... eu gosto é de você, e não dele – acrescentei, baixinho.

Não me atrevi a levantar a cabeça.

Eu já havia gostado de um ou outro garoto em minha vida, mas nunca me atrevi a dizer isso a ninguém. Jamais. Era minha primeira declaração de amor.

Se isso não der certo, o trauma vai ser lindo.

Olhei para ele depois de alguns segundos sem que nenhum dos dois tivesse dito nada. Ele me observava e, ao mesmo tempo, não me via. Certamente, estava pensando a toda velocidade, como sempre. E, também, como sempre, eu não conseguia decifrar sua expressão. Era estranho que ele fosse tão aberto para algumas coisas, e, para outras... fosse tão difícil de ler.

– Você disse isso a ele? – Seu tom de voz culpado me surpreendeu.

– Como?

– Ele te bateu porque você disse que gostava de mim?

Ah, não. Meu coração se derreteu. Ele estava se sentindo culpado. Não, não era culpa dele. Não tinha nada a ver.

– Jack...

– Está doendo? – ele me interrompeu.

Neguei com a cabeça. De manhã tinha deixado de doer.

– Quer que eu faça algo? – ele perguntou. – Se me disser que não, tentarei não fazer, mas se me disser que sim...

– Só quero esquecer o Monty. Já fiz uma denúncia na delegacia, junto com meu pai, antes de pegar o avião. Assim que viram a marca do soco, acreditaram em tudo. E me disseram que ele já tinha antecedentes por causa de brigas. No fim... bem, basicamente me disseram que precisava esperar um pouco, mas que eu podia ter certeza de que um juiz emitiria uma ordem de restrição contra ele. O que é um alívio.

Jack assentiu com a cabeça. Eu achava estranho que alguém que não fosse da minha família tentasse me proteger. Era uma sensação... agradável.

– E, sim, era um relacionamento tóxico – admiti, a contragosto. – Está contente? Pronto, falei.

– Sim, estou contente.

Sorriu um pouco.

– Sinto muito por ter defendido Monty – balbuciei.

– Tudo bem.

– E sinto muito por ter te chamado de Ross.

Nunca pensei que fosse pedir desculpas a ele por causa disso.

– Sinto muito por ter gritado com você – ele resmungou.

– Até que eu mereci, assim você me fez reagir.

Ele não negou, embora já não parecesse estar irritado.

– Vamos, você devia pôr um gelo aí – ele me disse, depois de suspirar.

– Não está mais doendo.

– Quantas vezes ainda tenho que dizer que você mente muito mal pra que você pare de mentir?

– Quantas vezes você vai me dizer isso, seu chato?

– Quantas forem necessárias.

Ele sumiu por um momento e, ao voltar, trouxe um pouco de gelo envolvido num pano. Olhou para mim, esperando pacientemente, e eu tirei a blusa, ficando só de sutiã. A essa altura, ele provavelmente conhecia meu corpo melhor que eu. Eu já nem ficava com vergonha. Ele botou com cuidado o pano com gelo sobre a marca do soco e eu estremeci.

– Ai, está muito gelado – reclamei, segurando-o.

– Ora, ora, e eu que achava que o gelo estava quente, Mushu...

Olhei para ele de cara feia.

– Você me chamou de quê, Jack Ross?

– Você merecia que eu te chamasse assim pelo menos uma vez.

– A última! – exigi.

– Como quiser – ele concordou, se divertindo, mas nós dois sabíamos que não era verdade.

E, assim, tudo voltou ao normal. Era tão fácil fazer as pazes com ele...

Eu me deitei na cama e ele se deitou ao meu lado. Por um momento, ficamos os dois olhando para o teto. Depois senti que ele passou o braço por cima do meu ombro e me aconcheguei contra ele, segurando o pano com gelo. Ele beijou meu cabelo. Me lembrei da primeira vez que dormimos abraçados.

– Mushu – ele refletiu em voz alta. – Seus colegas da escola não eram muito originais.

– Bom... ele é vermelho e eu ficava vermelha...

– Só um gênio poderia chegar a essa conclusão.

Eu me ergui um pouco para olhar para ele com os olhos semicerrados.

– E você é mais original do que eles na hora de inventar apelidos?

– Talvez não seja mais original, mas sou melhor.

– Muito bem, como você me chamaria?

– Minha namorada.

Meu coração parou.

Ele acabou de...?

Sim, ele fez isso.

Não, não... ele não fez isso, não é possível...

Estou te dizendo que fez!

Mas...

Responda logo!

– Bom – ele sorriu –, eu não esperava um sim instantâneo... mas tampouco um silêncio absoluto acompanhado de uma cara de horror.

– Eu...

Eu tinha emudecido. Fechei os olhos por um momento, voltando à realidade.

– Um sim instantâneo? – Eu precisava que ele confirmasse. – A quê, exatamente?

– Você sabe a quê.

Eu pestanejei, ele suspirou.

– Olha, não precisa me responder isso agora. Pode ser que eu tenha me precipitado.

– Jack...

– Quero dizer... que temos tempo de sobra. Nós nos vemos literalmente todos os dias.

– Jack, escuta...

– E você acabou de sair de um relacionamento. Se não estiver preparada, eu entendo. Quer dizer... hã... Sim, eu me precipitei...

– Jack. – Segurei-o pelo queixo, atraindo sua atenção. – Cala a boca. Sim.

Sua expressão foi de pasmo total e absoluto durante alguns segundos.

– Sim?

– Sim – repeti, e acabei sorrindo sem querer. – Claro que sim, tolinho.

Eu me inclinei sobre ele e uni nossos lábios. O pano com gelo ficou jogado num canto. Ele afundou uma mão em meu cabelo enquanto eu me deixava levar lentamente.

Quando me afastei, ele abriu um enorme sorriso de felicidade absoluta.

– Essa é a terceira melhor coisa que me aconteceu hoje.

– A terceira? – Arqueei violentamente uma das sobrancelhas.

– Tomei uma cerveja e passei numa prova – ele me disse, bem sério. – Existem coisas na vida difíceis de serem superadas, Mushu.

Quando fiz uma careta para ele, começou a rir.

– Você disse que seria a última vez!

– Ok, esta vez foi a última.

– Você promete?

– Claro que não.

19

O CAMPEÃO DE JIU-JÍTSU

— ENTÃO... JÁ É OFICIAL, né?

Mordi a torrada para ganhar tempo e não ter que responder de imediato. Os olhares de Mike, Sue, Naya e Will estavam grudados em mim.

— Hããã... — Limpei a garganta ruidosamente, envergonhada. — Bem, acho que... sim.

Naya soltou um berro de emoção que quase fez Sue cair de bunda no chão.

— Não grita, sua louca! — ela reclamou, irritada.

— Até que enfim! — Naya deu uma palmada em Will, emocionada. — Você se lembra de quando eu os apresentei e te disse que acabariam juntos? Eu tinha razão!

Ele franziu o nariz.

— Fui eu quem disse isso. Você tinha medo de que Ross a assustasse.

— Cala a boca. — Naya sorriu para mim. — Fui eu que disse.

— Sim, claro. — Balancei a cabeça, me divertindo.

— Então... — Mike apontou para mim com uma torrada — já é oficial, somos cunhados.

— É, eu diria que sim.

— Que pena. Nosso romance nunca poderá acontecer.

— Não tinha romance nenhum — replicou Jack, aparecendo no corredor, com cara de sono.

Mike olhou para ele de cara feia.

— Isso é o que ela te diz pra você não chorar. Mas tinha química.

Jack o ignorou e eu fiquei vermelha quando ele chegou por trás de mim e me envolveu em seus braços para me beijar bem embaixo da orelha. Eu ainda estava vestida com roupas esportivas, e sentir suas mãos na minha barriga quase me fez engasgar com a torrada.

Olhei para os outros, constrangida, e vi que todos estavam voltados para nós. Naya sorria de orelha a orelha, enquanto Sue fazia uma careta de nojo.

– Finalmente nosso querido Ross sossegou – cantarolou Naya, feliz. – Nunca pensei que viveria pra ver este dia milagroso.

– Cala a boca – disse Jack, revirando os olhos, e depois pegou algo para comer.

– Não devíamos comemorar isso? – sugeriu Naya, olhando para Will. – Podíamos ir ao cinema, ou sair pra jantar, ou...

– Ir ao cinema? – Sue fez cara de horror. – Deixem de besteira, vamos sair pra beber.

– Sempre pensando em pecado... – Mike negou com a cabeça.

– Como se você não fizesse isso.

Ele abriu um grande sorriso.

– Sim, a verdade é que faço.

– Bom, na fraternidade da Lana tem festa todas as semanas – disse Will, hesitando. – Mas não sei se é...

– É o plano perfeito – Mike o cortou. – Ali eu sempre encontro alguém pra dar uns amassos.

– Que romântico. – Naya fez uma cara feia para ele.

Eles começaram a conversar entre si e percebi que Jack me olhava de soslaio.

– Você quer ir? – ele perguntou.

– Sim, claro. Por que não?

Mas ele imediatamente conseguiu notar a hesitação em minha voz. Parou de comer e franziu o cenho, examinando meu rosto.

– O que foi?

– Nada, é que... você acha que a Lana vai gostar de saber que... hummm...?

– Que estamos namorando? – Ele arqueou uma sobrancelha, sorrindo.

– Sim, isso.

– Sinceramente? Não dou a mínima.

– Mas...

– Além do mais, outro dia eu vi que vocês duas nem tentaram se matar. Isso não significa que já estão se dando bem?

– Bem, eu ofereci a ela os biscoitos do meu pai. Não há melhor oferta de paz.

– Então, tudo bem. – Ele me deu outro beijo embaixo da orelha. – Vai tomar banho que eu te deixo na faculdade.

Eu estava achando as aulas meio entediantes, mas pelo menos tinha conseguido me enturmar com alguns colegas de quem gostava. Especialmente com um chamado Curtis – o mesmo que uma vez usei como desculpa –, que se divertia muito falando da bunda do nosso professor de Técnicas de Expressão. De fato, ainda estava falando dele ao nos despedirmos na saída do prédio. Mais uma vez, chovia.

Hesitei um momento, pensando em ligar para alguém, quando de repente reconheci o carro de Jack do outro lado da rua. Abri um grande sorriso, me aproximei correndo e me sentei ao seu lado. Ele já tinha ligado o aquecedor.

E... chegou o momento da verdade. Agora estávamos namorando, e os casais de namorados devem se beijar ao se encontrarem... não?

Eu me enchi de coragem, inclinando para a frente, e dei um beijo no canto da boca dele. Ele esboçou um sorrisinho divertido.

– Também estou feliz por te ver, Jen. Como foi o seu dia?

– Um saco – murmurei. – Como você foi na prova?

Se bem lembrava, hoje ele ia ficar sabendo qual tinha sido sua nota numa prova importante.

Ele esboçou um sorrisinho pedante.

– Precisa mesmo perguntar?

– Eu odeio você nessas horas...

– Vou sobreviver.

Jack arrancou e eu olhei meu celular. Shanon tinha me mandado uma mensagem pedindo atualizações. Sorri e contei a ela o que havia acontecido na última noite. Bem, apenas os detalhes que eu queria que ela soubesse, isso de ter um namorado e tudo o mais. Quanto aos outros detalhes, era melhor nem contar a minha irmã. Que vergonha.

– Você tem certeza de que quer ir à festa mais tarde? – Jack perguntou, me arrancando dos meus devaneios.

– Você não quer?

– Na verdade, pra mim não faz diferença.

– Que surpresa – ironizei.

Ele sorriu e decidiu mudar de assunto.

– Will me pediu pra levar alguma coisa pra jantar. O que você quer comer?

– Hummm... quero...

– Qualquer coisa menos pizza de churrasco, já vou avisando.

Fiz cara feia.

– O que você tem contra essa pizza? É ótima.

– É nojenta.

– Pois é a minha favorita!

– Eu sei. Ninguém é perfeito.

Jack sorriu ao parar o carro em frente a uma pizzaria. Pediu que eu esperasse por ele ali e não demorou a entrar no restaurante. Assim que ele desapareceu, disquei o número da Shanon.

– Imagino que agora você esteja sozinha – ela me disse, assim que atendeu.

– Dá pra ver que você me conhece.

– Bem, e daí? Já está de namorado novo?

– Eu não estava namorando Monty há algum tempo.

– Você me entendeu.

Fiz um pouco de suspense, brincando.

– Jenny! – ela protestou.

– Sim, estou namorando o Jack – eu disse, finalmente.

– Oficialmente?

– Oficialmente.

– MÃE!

Dei um pulo quando ela gritou, fora do celular.

– Sua filha e aquele rapaz já são oficialmente namorados!

Escutei o gritinho emocionado da minha mãe e fiz cara feia.

– Shanon!

– Sinto muito, eu me comprometi a mantê-la informada.

– Pelo menos podia ter esperado eu desligar!

– A pobre mulher estava que não se aguentava de ansiedade, Jenny! E Spencer e papai também queriam saber.

– E por que nunca perguntam pra mim?

Ela suspirou e eu soube que ia me dizer algo que eu não ia gostar de ouvir.

– O que foi? – me irritei.

– Não se ofenda, maninha, mas você é mais complicada que um exercício de matemática.

– Há exercícios de matemática bem fáceis – falei, emburrada.

– Então você é um desses que o professor manda fazer como dever de casa porque não consegue resolver em aula.

– Ah, muito obrigada.

– Então, não vai me contar mais detalhes?

– Ué, eu não sou complicada?

– Vamos, não seja rancorosa. – Quase pude ver seu sorriso divertido. – Esperei vinte e quatro horas antes de te ligar pra te dar um tempo, mas não aguento mais. Preciso de todos os detalhes.

– Como o quê?

– Ele te deu boas-vindas direitinho? Você me entendeu...

Fiquei vermelha até a medula quando Jack voltou ao carro e deixou as pizzas no banco traseiro. Ele me olhou com curiosidade ao ver meu rosto enrubescido.

– É a sua irmã? – ele perguntou.

Assenti com a cabeça.

– Não vou falar disso com você – eu disse a Shanon, baixinho.

– Vamos, não seja chata. Quer que eu te conte como era o pai do Owen?

– Não! E pode mudar de assunto, sua chata.

– Ah, ele está aí?

Olhei para Jack de soslaio. Ele dirigia como se não estivesse nem aí, mas estava ouvindo cada palavra de nossa conversa.

– Sim – balbuciei.

– Então, se eu começar a dizer obscenidades, ele vai ouvir.

– Shanon!

– Ok, ok – ela me disse, rindo. – Vou poupar ele. Mas fique sabendo que papai e mamãe querem dar aquela examinada no seu namorado. Você devia trazê-lo aqui algum dia.

– Estamos há um dia juntos, literalmente.

– Eu diria que, de alguma forma, estamos juntos há vários meses, pequeno gafanhoto – murmurou Jack, distraidamente.

– Ei, você, para de escutar! – protestei, antes de me concentrar em Shanon. – Cansei de conversar. Vou desligar.

– Está bem, sua rabugenta. Divirta-se com seu novo namorado.

Balancei a cabeça e desliguei. Jack estava com um sorrisinho maroto nos lábios.

– O que foi? – perguntei, semicerrando os olhos.

– Nada.

– Comprou minha pizza de churrasco?

– Sim. É a que fede.

Abri um grande sorriso.

– Você é o maior.

– Sim, mas isso a gente já sabia.

Não demoramos a chegar ao apartamento. Tive que jantar rapidamente para ajudar Naya a escolher o que ia vestir. Como sempre, ela experimentou mil coisas antes de se decidir pela primeira que havia pegado. Quando terminei, fui ao quarto do Jack e escolhi uma roupa qualquer. Estava sentada na cama, terminando de amarrar as botas, quando ele entrou e se deixou cair ao meu lado.

– Sue está começando a hiperventilar porque diz que você está demorando muito. – Ele esboçou um sorriso divertido. – Essa mulher não vai poder ter filhos.

– Eu estava ajudando a Naya! Normalmente, não demoro tanto pra me vestir...

Quando me abaixei para amarrar a outra bota, senti que Jack percorria minha espinha com um dedo. Olhei-o de soslaio e percebi seu sorriso.

– O que foi? – Arqueei uma sobrancelha.

– E se a gente fizer eles esperarem um pouco mais? Você hoje está muito bonita, Michelle...

– Primeiro: se voltar a me chamar de Michelle, vou tirar essa linda bota e dar com ela na sua cara.

– Na verdade prefiro que você tire essa linda saia.

– Segundo: Sue vai te matar se ficar sabendo que você está me enrolando para que demore mais.

– A recompensa vale a pena – ele disse, levantando e baixando as sobrancelhas.

Eu ia protestar, mas ele me puxou e, em menos de um segundo, me vi deitada de lado com uma mão sua na curva de minha cintura e seus lábios grudados nos meus. Tentei me afastar, me divertindo, mas ele me segurou com o outro braço.

– Jack, para.

Por fim, consegui me livrar.

– Não quero que te matem tão cedo. Pelo menos espero que passemos alguns meses juntos.

Ele suspirou.

– Maldita Sue. – Ele se levantou num pulo só. – Bem, tá certo. Vamos logo pra essa festa.

Nessa noite quem dirigiu foi Will. Eu me sentei entre Sue e Jack no banco de trás. Durante todo o trajeto, nós três ficamos olhando para direções diferentes enquanto Naya não parava de tagarelar no banco da frente e Will fingia que a escutava, embora eu tenha ficado com a impressão de que ele já tinha se desconectado havia um bom tempo.

A festa não era muito diferente das outras a que eu tinha ido. De fato, a única diferença era que havia menos gente que de costume.

Fomos todos para a cozinha e Naya serviu algumas bebidas para Sue e para mim. Will e Jack tinham sumido com suas cervejas.

Eu estava com as duas quando percebi que alguém vinha em nossa direção: era Lana, radiante como sempre. Tentei não ficar nervosa.

– Que estranho ver vocês aqui. – Ela sorriu. – Fico feliz de te ver, Sue.

Sue lhe dedicou um olhar azedo.

– Pois eu não.

Lana balançou a cabeça, sem dar muita bola, e me olhou de soslaio.

– Ouvi dizer que... que vocês estão oficialmente namorando.

– É verdade – confirmou Naya.

Tomei um gole da minha bebida. Precisava ganhar tempo para pensar e não falar alguma estupidez.

No entanto, ela se adiantou.

– Fico feliz por vocês. – Ela sorriu para mim de um modo tão sincero que me deixou paralisada como uma pedra. – É óbvio que Ross é feliz com você. Fico contente que estejam tão bem.

E, depois de dizer isso, nos convidou para beber mais uma taça. Eu estava tão desconcertada que Sue teve que me dar uma cotovelada para que eu reagisse e fosse atrás delas.

Passei boa parte da noite com elas. Só vi Jack e Will umas poucas vezes, junto com alguns amigos. E a verdade é que tudo foi bem mais divertido do que eu esperava.

E, bem, talvez eu tenha bebido um pouco mais do que devia.

Quando Naya e Lana se afastaram para conversar, fiquei dançando com Sue um pouco mais, antes que ela me seguisse até a cozinha.

– Que nojo que eu tenho de suor de gente – ela protestou, enquanto eu me servia de outra bebida. – Parecem macacos no cio.

– Quem?

– Todos, menos você e eu.

Comecei a rir, mas depois prestei atenção e vi que ela não estava tão equivocada. A alguns metros dali, havia pelo menos cinco casais se esfregando enquanto dançavam.

– Você nunca dançou assim com ninguém? – perguntei, curiosa.

– Tenho cara de quem faz isso?

– Não muito, mas... quem sabe?

– Pois não, nunca fiz isso.

– Eu também não.

– Já imaginava – ela replicou, revirando os olhos.

Pestanejei, surpresa.

– Por quê?

– Ora, Jenna.

– O quê?

– Nós duas sabemos que você é metida a santinha.

Ela usou a mesma palavra que minha irmã tinha usado! Cruzei os braços tão rapidamente que quase deixei minha bebida cair.

– Eu não sou santinha!

– Tanto faz...

– Não s...!

– Olá.

Dei um pulo quando um garoto parou ao meu lado. Não o tinha visto chegar. Que susto ele me deu.

– Oi – eu disse, um pouco confusa, me certificando de que não precisava me apoiar num barril de cerveja ou algo assim.

– Como você se chama?

Foi aí que me dei conta de que ele não estava ali para me tirar da festa, mas para flertar comigo. Que ótimo, era a primeira vez na vida que flertava com alguém e tinha que ser justamente um dia depois de começar a namorar Jack. Olhei para Sue em busca de ajuda, mas ela só sorria, se divertindo horrores com a situação.

– Ela se chama Jenna – disse Sue.

Eu a crucifiquei com o olhar e seu sorriso aumentou ainda mais.

– Jenna – ele repetiu. – É um prazer.

– Igualmente – murmurei, estendendo a mão só por educação.

– Vocês vieram sozinhas?

– Na verdade...

– Sim – Sue me interrompeu, com malícia. – Estamos sozinhas e entediadas, você tem alguma sugestão pra remediar isso?

– Sue!

– Algumas. – o garoto olhou para mim. – Tenho um amigo que poderia se interessar por sua amiga, se você vier comigo.

– É que eu não...

– Quanto a mim, pode me deixar em paz – disse Sue, bruscamente.

– Bem, então somos só você e eu. – O garoto deu um passo em minha direção. – O que acha?

Limpei a garganta, incomodada e emburrada por causa da risadinha de Sue, e me afastei do garoto, cambaleando. Não lembrava de estar bêbada a ponto de não conseguir ficar em pé.

– Olha, tenho certeza que você é um cara encantador... – comecei.

– Obrigado. – Ele abriu um sorriso.

– Mas é que eu não vim sozinha.

– Mas sua amiga falou...

– Não, não estou falando da minha amiga. Estou falando do meu namorado.

Seu sorriso sumiu instantaneamente.

– Você tem namorado? E onde ele está?

– Sei lá. Dançando por aí.

– Se não está com você é porque não está muito interessado.

Sue já ria abertamente, enquanto eu tentava resolver a situação sem destruir a autoestima do pobre garoto.

– Não está comigo porque está com o amigo dele – respondi.

– E ele está mais interessado no amigo do que em você?

– Ah, para. – Sue fez um sinal para ele. – Isso estava divertido, mas já começou a me entediar. Vai procurar outra garota.

Mas ele a ignorou. Suspirei e procurei Jack com o olhar quando o garoto deu um passo em minha direção.

– Qual é o seu problema? – ele me questionou.

Olhei para Sue e vi que ela também parecia confusa.

– Problema? – repeti.

– Sim. Se você tem namorado, por que fica flertando com outros?

– Quando foi que eu flertei com você? Eu estava aqui, bem tranquila, bebendo mi...

– Vadia.

Eu me virei, chocada. Se eu não estivesse tão bêbada, talvez não tivesse achado graça, mas, naquele momento, achei. Soltei uma risadinha entre os dentes que fez Sue tentar não sorrir com todas as suas forças e fez o garoto ficar vermelho de raiva.

– Você ri? – ele perguntou, subindo o tom da voz.

– Um pouquinho, hehehe...

Eu não conseguia evitar.

– Mas o que...?

– O que houve?

A voz de Will me distraiu. Ele apareceu do nada. Eu me apoiei em seu braço, ainda rindo e apontando para o pobre garoto que tinha vindo falar comigo.

– Olha, Will, ele me chamou de vadia, hehehe...

Ele arregalou os olhos, surpreso. Eu olhei para o garoto.

– Este é meu grande amigo Will. Ele é campeão de jiu-jítsu. Não aconselho que você se meta com ele.

Sue tentava não rir, enquanto Will franzia o nariz e o garoto o examinava dos pés à cabeça, tentando saber se eu tinha dito a verdade.

– Jenna, o que...? – Will tentou perguntar.

– Ouça, Willy – eu estava chorando de tanto rir –, por que não dá uma chave de jiu-jítsu nele?

– Ele já foi embora – Will observou, arqueando uma sobrancelha.

Eu me virei, surpresa, e vi que o garoto se afastava de nós, balançando a cabeça. Sue continuava rindo quando Will segurou meu rosto com a mão e suspirou.

– Quanto você já bebeu?

– Não tanto pra você fazer essa cara – protestei.

– Você não comeu nada?

– É que Mike comeu minha parte da pizza.

Ele olhou para Sue e viu que ela estava perfeitamente sóbria, a única bêbada era eu.

– Venha. – Me fez um sinal. – Vamos procurar seu namorado antes que ele me mate por não o avisar.

– Olha, eu não preciso de uma babá.

– Jenna, vamos...

– Estou muito bem aqui com a Sue, espantando os pretendentes.

Ele passou a mão no rosto.

– Você quer que o Ross venha te buscar à força ou quer que eu te ajude a sair da festa?

Pensei nisso por um momento.

– Já estamos indo embora?

– Sim. São cinco horas da manhã.

– Já? Como o tempo passa... ainda ontem brincávamos de boneca sem saber que a vida é dura e hoje nos embebed...

– Jenna, venha, deixa eu te ajudar.

Suspirei pesadamente e deixei que ele passasse um braço por cima dos meus ombros, para que eu não caísse no caminho. Sue nos seguiu tranquilamente quando Will começou a abrir caminho entre as pessoas, que continuavam a mil na pista de dança. Já estava começando a ficar enjoada quando, de repente, ouvi uma voz familiar.

– O que aconteceu?

Ah, era o Jackie.

– Por que ela está assim? O que houve?

– Ela ficou bêbada.

Senti que o braço desapareceu e foi substituído por outro mais acolhedor. Mais conhecido. Levantei a cabeça quando Jack me obrigou a olhar para ele, pondo dois dedos em meu queixo. Pestanejei algumas vezes para focar bem o seu rosto. Ele estava de cara amarrada.

– Olá, Jackie – cantarolei. – Como vai?

– Que diabos você bebeu? – ele perguntou, quase rindo.

– Não sei. Foi Naya quem me deu. A culpa é dela.

– Ei! – ouvi sua voz.

– Quando foi que você achou que era uma boa ideia deixar que Naya te desse todo o álcool que você quisesse? – Jack revirou os olhos.

– Não sei. Eu estava me divert... Ai... o mundo está ao contrário.

Senti que o sangue me subia ao cérebro quando ele me colocou, sem maiores problemas, sobre seus ombros. Vi que algumas pessoas nos olhavam no corredor, e também enquanto descíamos as escadas. Soltei uma risada divertida ao ver meu cabelo caindo à minha frente, antes de me lembrar de um pequeno detalhe.

– Jack, espera, me ponha no chão!

– O que houve? – ele perguntou, surpreso, quando comecei a me contorcer.

– Eu estou de saia! Me ponha no chão ou então vão ver até a minha alma!

– Não se preocupe, não dá pra ver nada.

– Tem certeza?

– Você acha que eu ia deixar que vissem sua calcinha, Jen?

– Ah, vai saber? Você é bem esquisitinho.

Deixei a cabeça cair para a frente outra vez e me deixei transportar, bocejando, para o carro de Will. Quando finalmente chegamos, Jack me colocou no banco de trás e se sentou ao meu lado. Pouco depois, me espreguicei com as pernas em cima de Sue e a cabeça em cima de Jack, que revirou os olhos quando espetei sua bochecha com o dedo.

– Se não tirar as pernas de cima de mim, vamos ter um problema – Sue avisou.

– Ah, vamos, não seja tão rabugenta – eu disse. – Estou muito confortável.

– E por que eu não posso ficar confortável?

Decidi ignorá-la para ver se me deixava ficar assim, e, no fim, funcionou. Olhei outra vez para Jack, que continuava balançando a cabeça, como se eu fosse uma decepção ambulante.

– Olha, Jackie...

– Não sei se gosto muito que você me chame assim.

– Sabia que um garoto tentou flertar comigo?

Ele arqueou uma sobrancelha.

– Como?

– Mas eu consegui espantá-lo.

– Menos mal.

– Disse a ele que Will sabia jiu-jítsu e ele se assustou.

– E ele acreditou nisso? – perguntou Naya, surpresa.

Escutei uma palmada, uma risada e um som de beijo antes de o carro partir. Jack me segurou pela cintura para que eu não saísse voando em cada curva.

No caminho, continuei implicando com ele por um bom tempo, mas de nada adiantou, e no final optei por fazer isso com Sue, mas acabei sentada em meu lugar porque ela tirou minhas pernas de cima dela bruscamente.

Já no apartamento, Jack conseguiu me arrastar até o banheiro para tirar minha maquiagem como foi possível. Ainda bem que eu mesma consegui tirar as lentes de contato. Não estava enxergando quase nada quando ele me carregou nos braços até o quarto. Ao me largar na cama, saltitei e soltei uma risada divertida.

– O que você vai fazer agora? – perguntei, me espreguiçando.

– Pôr o pijama em você.

Fiz uma careta de desgosto quando Jack começou a tirar minhas botas. Ele as jogou no chão e eu cruzei os braços.

– Era isso? Essa é nossa primeira noite como um casal oficial!

– E você viu como você está?

– Não estou tão bêbada, seu exagerado.

– Como quiser, mas hoje não teremos ação, pequeno gafanhoto.

Fiz cara feia quando ele tirou minha saia e me deixou só de calcinha.

– Quer dizer que, agora que estamos oficialmente juntos, você vai começar a me tratar mal.

Suspirei dramaticamente.

– Te tratar mal? – Ele parou e me olhou, de cara amarrada. – Nesse exato momento estou cuidando de você.

– Não do jeito que eu gostaria.

– Logo vamos ter tempo pra isso – ele replicou, sorrindo. – Levanta os braços.

– Não quero.

– Jen, levanta os braços.

Suspirei e fiz o que ele pediu. A blusa desapareceu, nem percebi que ele já tinha tirado meu casaco. Caí de costas na cama mais uma vez quando ele tirou meu sutiã e foi remexer no armário para procurar algo com que me vestir.

– Você é o pior namorado do mundo.

– Tanto faz – ele murmurou, um pouco ofendido.

– Que tipo de garoto deixa sua namorada na cama, sem sutiã, e vai buscar um pijama pra ela?

– O tipo de garoto que não quer abusar da sua namorada bêbada.

– Chato.

Ele sorriu e chegou perto de mim. Segurou minhas costas para me manter erguida enquanto me vestia com uma camiseta de manga curta e um de seus moletons.

– Eu nunca usei esse moletom – falei, enquanto ele me vestia uma calça curta de algodão.

– Como é que você sabe? – Ele parou, surpreso. – Você nem sequer deu uma olhada nele.

– É por causa do cheiro. Tem o seu cheiro, bem forte.

– E isso é ruim?

– Não. Eu gosto.

Fechei os olhos, já deitada, e senti que ele estava terminando de me vestir o "pijama". Depois me ergui um pouco do colchão e senti que ele voltou a me deixar deitada na cama, desta vez com a cabeça no travesseiro. Bocejei e me aconcheguei, procurando, com meu braço, sua companhia, mas não a encontrei. Abri os olhos e vi que ele estava trocando de roupa. Meu olhar se deteve em sua tatuagem por alguns segundos.

– O que essa tatuagem está encobrindo? – perguntei, quase dormindo.

Ele se deteve um momento e vi que seus ombros ficaram tensos.

– Dorme, Jen.

– Eu quero saber, vamos...

– O mais provável é que amanhã você nem se lembre dessa conversa.

– Por isso mesmo, qual é o problema de me contar?

Ele suspirou e terminou de vestir a camiseta. Aproximou-se de mim e se enfiou na cama ao meu lado. Senti que me puxava para perto dele até deixar minha cabeça apoiada em seu peito. Quando tentei me mexer para olhar para ele, voltou a me deixar deitada na cama.

– É pra dormir, sua chata – protestou.

– Você não vai me contar?

– Não.

Suspirei sonoramente, mas deixei que ele afastasse o cabelo do meu rosto. Eu estava muito confortável, e muito cansada. Fechei os olhos.

– É uma cicatriz.

Voltei lentamente a abrir os olhos.

– Uma cicatriz?

– É o que tem embaixo da tatuagem – ele esclareceu.

Pensei nisso por algum tempo. Era como se meu cérebro funcionasse em câmera lenta.

– Como foi que você arranjou essa cicatriz?

– Não vou te contar isso agora, Jen.

Assenti lentamente com a cabeça e bocejei ruidosamente. Ele suspirou e se mexeu para que eu pudesse me acomodar melhor sobre seu corpo.

– Boa noite – ele murmurou, e adormeci em seguida.

20

O TUBARÃO INTERIOR

AO ACORDAR, SENTI COMO SE ALGUÉM tivesse ficado martelando minha cabeça durante a noite toda.

Como sempre, Jack continuava dormindo profundamente. Pensei em ficar ali com ele em vez de sair para correr, ainda que fosse apenas por uma manhã. Enfim, porém, decidi ser disciplinada, me levantei e vesti a roupa de ginástica para sair de casa.

Mike estava falando ao telefone quando voltei ao apartamento, uma hora e meia mais tarde. Não queria ser bisbilhoteira, mas tirei os fones de ouvido para poder ouvir melhor o que ele dizia. Falava baixo, do outro lado da sala, e parecia irritado. Que estranho. Acho que nunca o tinha visto irritado. Do balcão, Will, Sue e Jack o encaravam.

Quando cheguei perto de Jack, ele me agarrou pela cintura com um sorrisinho malicioso e me deu um beijo na boca que quase me deixou sem ar. Ao me afastar dele, estava com o rosto vermelho. Teria que me acostumar a isso, pois estava claro que não seria a última vez que ele agiria assim.

Will nos deu um pequeno sorriso enquanto Sue suspirava e passava a mão no rosto.

– O que foi? – perguntei, surpresa.

– Acabo de me dar conta de que sou a única solteira morando aqui. É deprimente.

Mike voltou com um enorme sorriso, como se não estivesse discutindo pelo telefone segundos antes.

– Eu também estou solteiro – ele disse a Sue, animado.

– Ok, então sou a única solteira, sem contar o parasita.

– Não te vi entrar – ele me disse, a ignorando. – É uma pena. Você está muito bem, cunhada. Muito sexy.

Suspirei, enquanto Jack parou o que estava fazendo para fulminá-lo com o olhar.

– Mike... – supliquei, para que não começasse.

– Era uma opinião objetiva.

Levantou as mãos em sinal de rendição.

– Ninguém pediu a sua opinião objetiva – disse Jack.

– Então não escute.

Houve um momento de silêncio. Fiquei surpresa por ninguém ter perguntado a Mike sobre o telefonema, e estava claro que aquilo o tinha afetado um pouco.

Por fim, eu mesma decidi perguntar.

– Você tá bem?

– Sim – garantiu ele, antes de olhar de soslaio para o irmão –, mas não acho que seu namorado vai continuar bem por muito tempo.

Então rolou uma conexão fraterna extrassensorial. Apesar de não se darem bem, continuavam sendo irmãos e tinham sido criado juntos. Bastou um olhar para que os dois se entendessem perfeitamente.

– Ah, não – disse Jack, com cara de horror.

– Ah, sim. – Mike abriu um grande sorriso.

Will parecia tão confuso quanto eu, o que me surpreendeu, pois ele costumava entender essas coisas. Sue os olhava com uma sobrancelha erguida enquanto tomava seu sorvete tranquilamente.

– Quero isso tanto quanto você, se servir de consolo – murmurou Mike, pegando uma das torradas de Jack.

– Achei que este ano ele desistiria de fazer isso – Jack protestou, recuperando sua torrada.

– Eu também. – Mike fez cara feia quando tentou roubar outra torrada e recebeu um tapa. – Mas dá pra ver que ele adora as tradições. E que nos ama incondicionalmente, claro.

– Posso saber do que estão falando? – eu disse, confusa.

– Sim, aqui falta informação – Will me apoiou.

Jack se virou para nós com cara de irritação.

– Todo ano meu pai insiste em nos convidar pra ir à casa do lago pra comemorar seu aniversário.

– É aniversário dele? – perguntou Will, arqueando as sobrancelhas.

– Vocês têm uma casa no lago? – perguntei, também arqueando as sobrancelhas.

– Sim, temos. E, sim, o aniversário dele está próximo. – Jack não parecia muito entusiasmado com a ideia. – Daqui a três dias.

– E vocês não querem ir? – perguntei.

– Você é craque em ler as expressões das pessoas. – Mike sorriu para mim, achando graça.

– Ei – Jack apontou para ele com a torrada –, só eu posso zombar dela.

– Ok, ok. – Mike continuava a achar graça. – O negócio é que, a qualquer momento...

Ele não tinha nem terminado de falar quando bateram à porta. Jack soltou um palavrão, enquanto seu irmão se levantou, sorridente, para abrir a porta. Quando voltou, estava com Mary.

Era bem divertido ver como a cara do meu namorado ficava cada vez mais lúgubre enquanto a de Mike se iluminava progressivamente.

– Bom dia, crianças – ela nos cumprimentou gentilmente.

Mary estava sempre tão bem-vestida que me senti uma ogra por estar com roupa de ginástica. No entanto, seu sorriso se manteve impecável mesmo depois de ver meu look horrível.

– Não faça essa cara, Jackie – sua mãe o repreendeu, ao vê-lo.

– Posso mudar de cara, dependendo do que você disser.

Ela o ignorou e olhou para mim. Fiquei tensa na mesma hora.

Oh, oh.

– Mike falou pra você sobre a casa do lago?

Assenti devagar com a cabeça, precavida.

– Bem, meu marido quer que você vá. – Ela sorriu. – Ele gostaria muito.

– Nem fodendo – Jack soltou, mal-educado.

Dei uma cotovelada nele, surpresa. Ele fingiu não perceber.

– Que linguagem é essa? – disse sua mãe, cravando os olhos nele.

– Depois do que fez com ela da última vez, ele ainda espera que ela vá ao aniversário dele? – Ele balançou a cabeça. – Ele que deixe Jen em paz.

– Bem, felizmente eu estava perguntando a Jennifer e não a você, meu filho.

– Pois eu te digo que não queremos ir.

– Já está falando por ela? – zombou Mike.

– Não me provoque – Jack disse, olhando para o irmão.

– Mas não seria uma grande gentileza que Jackie te apresentasse à sociedade, cunhada?

– Cala a boca, Mike – nós dois falamos ao mesmo tempo.

Mary suspirou e retomou a conversa, olhando para Jack.

– Querido, seu pai quer conhecer sua namorada. É normal.

– Ele já conhece. E se esforçou bem para dar a ela a pior impressão possível da nossa família.

– Pera aí. – Arqueei uma sobrancelha. – Como é que seu pai sabe que estamos namorando?

Nós dois nos voltamos lentamente para Mike, que tomou um gole de leite, com uma expressão inocente.

– Fofoqueiro – disse Jack, o fulminando com o olhar.

– Era meu dever, como um bom filho – ele protestou.

– Eu estava perguntando se você quer ir, querida – Mary me lembrou, suavemente. – O que me diz?

– Eu... – balbuciei, em dúvida.

Olhei de soslaio para Jack, que negou com a cabeça.

– Ele vai de qualquer maneira – sua mãe me garantiu. – É o aniversário do seu pai, querido, não faça essa cara. Você vai.

– Mas... sua família inteira vai? – perguntei, um pouco nervosa com essa perspectiva.

– Só nós quatro – me disse Mike. – Ah, e vovó Agnes. Às vezes ela bate no papai com a bengala. É hilário. Diversão garantida.

– E uma vez Mike levou uma garota – disse Jack.

Pela cara de Mary, imaginei que aquilo não tivesse acabado muito bem.

– E foi a última vez que convidamos uma garota pra ir lá em casa – acrescentou meu namorado.

– Até agora. – Mary me deu um sorriso deslumbrante. – Se quiser ir, vamos amanhã de manhã. A casa fica a menos de uma hora daqui, de carro.

– Ou a meia hora daqui, se você dirigir como um louco – eu disse, olhando para Jack com um sorriso zombeteiro.

Ele me deu um sorriso azedo, o que me fez sorrir ainda mais.

– Ah, e lembre-se de levar roupa de banho – me disse Mary.

– Em pleno inverno?

– Para a banheira de hidromassagem – esclareceu Mike.

– Hidro... massagem?

Era como se estivesse falando em outra língua.

– Com certeza Agnes também vai gostar muito que você vá – acrescentou Mary.

– Não sei... – hesitei.

– E eu me sentiria muito mal se você dissesse que não – ela me disse, levando uma mão ao coração.

– Isso é jogo sujo – replicou Jack, indignado.

– Deixe sua namorada responder.

E assim todos cravaram os olhos em mim, e me senti pequena.

Olhei para ele. Olhei para ela. Olhei para ele. Olhei para ela.

Hummm...

Eu quero entrar em uma banheira de hidromassagem, Jenny.

Não sei, consciência...

Vamos lá, quero experimentar pelo menos uma vez em minha vida de pobre!

– Tá bom. – Ouvi a mim mesma dizer.

– O quê?! – Jack se virou para mim.

– Perfeito. – Mary me deu um sorriso radiante. – Vocês vão conosco ou no seu carro?

– Vamos com o Ross – Mike falou por ele.

Jack continuava me encarando, de boca aberta. Senti as bochechas ficarem quentes quando me apressei a comer algo para não ter que dizer nada.

– Então nos vemos antes do almoço, na casa do lago. – Mary ajeitou seu casaco, que não tinha chegado a tirar. – Tenho que trabalhar. Passem bem, queridos.

E, depois de ter semeado aquele pequeno caos, foi embora sorrindo.

Houve um momento de silêncio sepulcral enquanto Jack continuava a me encarar e os outros analisavam a situação com cautela.

– Bem... – Mike abriu um grande sorriso. – Acho que tá na hora do meu banho matinal.

– Sim, eu também tenho coisas a fazer – disse Sue, que saiu quase correndo.

– Eu também. – Will sorriu brevemente e saiu.

Ótimo. Ninguém queria ver a discussão.

Olhei para Jack, que não tinha mudado de expressão.

– Não me olhe como se eu tivesse matado seu cachorro – tentei brincar.

– Por que você disse que sim? – ele perguntou, de cara amarrada.

– Achei que seria uma grosseria dizer não.

– E você não achou uma grosseria tudo o que o idiota te disse naquele jantar?

– O idiota? Ele é seu pai, Jack...

– Sim, todo mundo sabe que família a gente não escolhe. Porque ele é um maldito idiota.

– Talvez ele queira se desculpar, não?

– Sim, claro.

– Se não dermos uma oportunidade a ele, será impossível saber.

– Você não devia dar uma oportunidade a ele – Jack disse, largando o prato na pia com um pouco mais de força que o necessário. – Ele não merece.

Num impulso, eu o segurei pela mão. Me surpreendeu ver que sua reação foi imediata, ficando diante de mim como se isso fosse a coisa mais natural do mundo. Suspirei e o puxei, deixando-o mais próximo de mim.

– Vamos nos divertir – murmurei. – Quero conhecer a casa. E usar a banheira de hidromassagem.

– Não é tudo isso – ele garantiu.

– E o seu quarto também.

Sua expressão mudou em seguida. Agora ele sorria.

– Pra quê, pequena pervertida?

– Pra ver como é, pequeno pervertido.

– Só pode ser pra isso.

– Sim. – Sorri quando ele me agarrou pela cintura. – Está vendo? Já não parece tão ruim. Você é um exagerado.

– "Você é um exagerado" – ele disse, imitando minha voz.

– Eu não falo assim.

– "Eu não falo assim" – me imitou outra vez.

Dei um empurrão em seu peito, rindo, enquanto ele dava um jeito de me beijar.

– ... então, o assassino conseguiu agarrar ela pelo pé e... pum! Morta. E, claro, como ela foi a última, quando a polícia chegou, ninguém sabia o que tinha acontecido. E... o assassino escapou impune! Bum! Incrível! Não é? Não é, cunhada? Hein? HEIN? NÃO É?

Durante todo o caminho até a casa do lago, Mike foi nos contando um filme cheio de sangue, vísceras e assassinatos, e foi aumentando o volume da narração pouco a pouco. Naquele momento, já estava gritando. Jack estava de óculos escuros e prestava atenção na estrada, mas era óbvio que queria fazer com Mike o mesmo que o assassino do filme fazia com suas vítimas.

– Não é? – insistiu Mike, entusiasmado.

Como vi que seu irmão não tinha intenção de falar coisa alguma, assenti com a cabeça.

– Incrível – eu disse, sorrindo.

– Ainda bem que você me escuta, cunhada – Mike falou, fazendo uma careta e olhando de soslaio para o irmão. – O que há com ele? Não deram aquela transadinha matinal?

– O que há é que estou com a cabeça explodindo de tanto ouvir a sua voz – disse Jack, sem se alterar.

– Talvez não tenha dormido bem. – Dei de ombros.

– Eu dormi bem – Jack protestou.

Ele tinha conseguido manter o bom humor durante o dia anterior, mas, desde o momento em que entramos no carro, havia voltado a ser aquele Jack irritado que não queria ir à casa dos pais para passar o fim de semana.

Decidi quebrar o silêncio, que já durava mais de cinco minutos.

– Vocês compraram alguma coisa para o pai de vocês? – perguntei, com um grande sorriso.

Jack se virou para mim e Mike enfiou a cara entre os bancos da frente para me olhar, os dois com a mesma expressão de perplexidade.

– É... o que se costuma fazer nos aniversários, não é?

Ambos voltaram a me olhar com a mesma expressão de perplexidade. Sério, às vezes até dava medo de pensar no quanto eram parecidos.

– Vocês não gostariam de ganhar algum presente? – protestei.

Silêncio incrédulo.

– Oi?

Mais silêncio incrédulo.

– Ok – resmunguei, cruzando os braços. – Pois se querem ficar em silêncio absoluto durante o resto do caminho, fiquem à vontade.

Jack tinha passado o tempo todo com o cotovelo apoiado na janela, mas, quando terminei de falar, ele suspirou e se endireitou. Tentei com todas as minhas forças não esboçar um sorrisinho de triunfo quando vi que ele limpava a garganta para falar.

– Esse filme de que você estava falando... – ele disse a Mike –, tem uma segunda parte? Acho que eu vi.

E assim começaram a conversar de novo. Por um momento até parecia que estavam se entendendo, mas Mike falou mal de um filme de Tarantino e Jack ameaçou expulsá-lo do carro a pontapés. Então resolvi deixar que o silêncio reinasse outra vez. Bem, no final acabamos ouvindo música. O rádio parecia uma opção melhor do que uma discussão entre irmãos.

Tínhamos saído da cidade rumo ao oeste, a zona mais quente do estado. As casas foram rareando à medida que avançávamos, até restar apenas uma estrada vazia com alguns terrenos grandes com plantações e gado. Olhei pela janela, distraidamente, quando Jack dobrou num cruzamento e se enfiou numa estrada menor que cruzava o bosque.

Cinco minutos depois, o carro começou a diminuir a velocidade e paramos em frente a uma cerca gradeada de cor cinza, recém-pintada. Jack nem precisou tocar a campainha, pois a cerca se abriu imediatamente. O caminho da entrada era feito de cascalho e se dividia em dois: um deles levava à casa principal e o outro a uma casa igualmente grande, mas um pouco mais afastada.

A casa principal não tinha garagem, mas vi que havia um carro estacionado na parte lateral, sob um pequeno telhado, num lugar destinado aos veículos. Jack estacionou ao lado daquele carro e, depois que ele e Mike desceram, me apressei a fazer o mesmo.

A casa era gigante, maior até do que a que eles tinham na cidade, e era feita de madeira de carvalho, mármore e pedra lapidada. O caminho até a entrada era de grama recém-cortada, com pedras lisas.

Jack e Mike, claro, não levaram nenhuma mochila, já tinham muitas coisas ali, os espertinhos. Jack pegou minha mochila e a pendurou em seu ombro, sem sequer me consultar.

– Não está fazendo calor? – perguntei, confusa.

– Se você quiser começar a tirar a roupa, não sou eu que vou te impedir.

Sorriu quando olhei para ele. Mas, sim, estava fazendo calor. Eu não precisava estar usando aquela jaqueta.

– Estou falando sério.

– Espero só chegar à tarde. À noite faz muito frio, mas, de dia... Por isso que eu te disse que não era pra botar só blusas nessa mochilinha – ele parecia estar zombando da minha mochila rosa-choque.

– Não diga "mochilinha" desse jeito – protestei.

– Agora você tem carinho por uma mochila?

– Ela me acompanhou em muitos momentos cruciais da minha vida!

Ele pareceu estar se divertindo ao me oferecer a mão.

– Está bem, venha.

Aceitei sua mão, que estava morna por ter ficado tanto tempo ao volante. Ele me levou suavemente pelo caminho de entrada. O alpendre era de madeira, com degraus estreitos, mas resistentes. Havia várias cadeiras com almofadas e um balanço. A porta era dupla e grande, com vidro na parte de cima. Mike tinha acabado de tocar a campainha.

Então, uma mulher de meia-idade abriu a porta, sorrindo. Eu não lembrava de tê-la visto antes. Não era para ser apenas a família e eu?

– Olá, meninos – ela os cumprimentou, amavelmente.

– Lorna – disse Jack, sorrindo.

Fiquei com a impressão de que ela arqueou as sobrancelhas ao ver que estávamos de mãos dadas, mas voltou a sorrir tão rapidamente que não tive certeza. Ela se afastou da porta e nos deixou entrar.

O interior da casa cheirava a comida recém-feita, o que abriu meu apetite. O hall de entrada era gigante, com várias poltronas e estantes. Havia um marco de porta à nossa frente que dava para uma sala ainda maior, tudo em tons de marrom e vermelho. E tudo caro, evidentemente. Quase todas as paredes eram janelões que, se não davam para o lago do outro lado da casa, davam para o bosque que a cercava.

Era divina.

Jack deve ter percebido que eu estava deslumbrada, porque vi que esboçou um pequeno sorriso. Mike, por sua vez, foi direto para a sala e se jogou num dos sofás com um sonoro *ploft*.

– Merda – balbuciou. – Tinha esquecido que aqui não tem televisão.

– Mas tem internet – lembrou Jack.

Fui até a cozinha, morta de curiosidade, empurrando a porta corrediça. Era maior que metade da minha casa. E cheirava tão bem...

– Jen? – ouvi Jack me chamar. – Vamos guardar suas coisas.

Assenti com a cabeça e o segui pelo salão, ao lado havia uma sala de jantar com cadeiras com encosto alto. As escadas também eram de madeira, mas não rangeram enquanto Jack me guiava por elas. Havia outro trecho com escadas, mas ele parou no primeiro andar, atravessou o pequeno corredor que dava para uma sala redonda com poltronas e um piano, e se deteve em frente à penúltima porta à direita.

– Você prefere escolher outro quarto? – ele me perguntou, hesitando um pouco. – Há quartos de sobra.

– Tanto faz – respondi.

Ele sorriu e abriu a porta. A primeira coisa que vi foi que o teto era inclinado, formando um suave declive em direção ao chão. Havia uma janela que chegava aos dois extremos do quarto e que ficava curvada. A parede de fundo era de tijolos, mas o resto era de madeira. Ela estava coberta por uma estante cheia de livros, filmes e outras mil coisas que não tive tempo de examinar. Nas janelas havia cortinas de cor creme e, sob a gigante cama cinza, um tapete em diferentes tons de bege.

Pestanejei quando Jack largou a mochila no chão e se sentou na cama, suspirando.

– Meu Deus, que preguiça – falou.

– Da casa? – perguntei, pasma. Será que ele estava mal da cabeça?

– Do meu pai – esclareceu, com um ar divertido. – A casa é incrível, não é?

– Muita madeira – brinquei. – Imagine isso pegando fogo.

– Acredite, meu pai é um fanático por segurança. É mais fácil a gente pegar fogo do que a casa.

– Isso é um grande alívio.

Eu me aproximei da janela, que dava para o lago, e vi que havia um pequeno cais. No alpendre traseiro havia várias poltronas, sofás, um balcão americano, uma churrasqueira e uma mesa de jantar.

– Por que você não mora aqui? – perguntei. – Acho que eu podia morrer agora mesmo nessa casa e seria feliz.

– Exagerada.

– Responde, anda.

Ele deu de ombros, olhando para mim.

– Meu pai não gosta muito dela.

– Não foi ele que teve a ideia de virmos pra cá?

– Corrigindo: ele gosta, mas só de vez em quando. Ela fica muito afastada de tudo.

– E isso é ruim? – perguntei, chegando perto dele.

– Não sei.

Enquanto ele falava, tirei seus óculos de sol.

– Tem suas vantagens. Se você gritar, ninguém vai te ouvir. Como no espaço.

– Isso é uma ameaça? – Arqueei uma sobrancelha, botando seus óculos.

– Você roubou os meus óculos?

– Eles ficam melhor em mim – brinquei.

– Isso é verdade.

Ele abriu um grande sorriso, me pegou pelo braço e me puxou para si até eu ficar em cima dele. Me abraçou e me beijou num ponto abaixo da orelha que me deixava arrepiada. Eu adorava que ele fizesse essas coisas. Estava tão pouco acostumada...

– Quem é aquela mulher lá embaixo? – perguntei, me endireitando um pouco para olhar para ele.

Ele pegou os óculos e os deixou de lado.

– Lorna – ele disse. – Ela e Ray, seu marido, cuidam da casa quando não estamos.

– Ou seja, no resto do ano.

– Bem, eles não moram aqui, mas perto. Também cuidam da casa dos vizinhos, essa aqui ao lado.

– Vizinhos?

– Uns amigos dos meus pais, que também não moram aqui. É a casa de veraneio deles.

– Ah.

– Ray e Lorna cuidam para que tudo esteja bem. A manutenção do jardim, a limpeza da casa, tudo isso. Acho que não os veremos mais.

– Ser pobre dá nojo – falei.

Ele sorriu, negando com a cabeça.

– Não diga...

– Jackie? – A voz de Agnes ressoou no andar de baixo.

Quando descemos as escadas, vimos que ela havia chegado junto com os pais de Jack. Agnes sempre parecia contente em me ver, mas ficava ainda mais contente ao beliscar as bochechas de Jack, que sempre reclamava, como fazia com sua mãe.

– Como vai? – Mary se aproximou e me deu um abraço, como sempre. – Fico muito feliz que tenha vindo, querida.

– Sim, é sempre um prazer ver caras novas por aqui. – Jack parou de sorrir quando seu pai falou isso, chegando perto de mim. – Espero que a casa seja do seu agrado, Jennifer.

Não soube muito bem como interpretar essa frase. Eu só o tinha visto uma vez, mas ele não tinha sido gentil comigo em momento algum. Me limitei a sorrir.

– É uma casa maravilhosa. – Olhei para meu namorado. – Acabei de dizer isso para o Jack.

Me pareceu que Agnes sorriu ainda mais ao me ouvir chamá-lo pelo nome.

– Você não ofereceu uma bebida à sua convidada? – o pai de Jack perguntou a ele, secamente, fazendo-o fechar a cara.

– Sim, ofereceu, mas estou bem – menti.

Embora parecesse haver uma certa tensão, o sr. Ross foi deixar suas coisas no dormitório principal, enquanto Jack foi procurar Mike para que ele viesse cumprimentar seus pais e sua avó. Fiquei com Agnes e Mary na sala.

– Parece que tudo vai bem – comentou Mary, cruzando as pernas. – Pelo menos ainda não começaram a gritar um com o outro.

– Dê um tempo a eles. – Agnes suspirou.

– Por que eles se dão tão mal? – eu disse, sem conseguir evitar a pergunta.

Elas trocaram um olhar. Talvez eu tenha ultrapassado algum limite.

– Os dois têm personalidades muito diferentes – Mary se limitou a dizer, sorrindo.

Eu continuava achando que havia algo mais profundo nessa história, mas não insisti. Não queria ser mal-educada.

Jack voltou pouco depois, com o irmão. O sr. Ross não desceu, o que achei estranho.

No fim das contas, ficamos os cinco juntos ali por um bom tempo, conversando e rindo. Depois Mary e Agnes foram até a cozinha para ver o que Lorna tinha preparado para comer. Fiquei com a impressão de que era uma desculpa para que pudessem falar a sós, então fiquei com os rapazes.

Estávamos jogando cartas, e, como Jack havia perdido, agora eu jogava sozinha contra Mike. Tínhamos apostado dinheiro... Bem, o que eu pude apostar, não mais que vinte dólares. Ganhava o jogo o primeiro que batesse com o ás de paus. Nós dois tirávamos as cartas lentamente, aumentando a tensão.

– Vamos, Jen – Jack me animava, sentado ao meu lado e se inclinando sobre meu ombro. – Eu o distraio, você tem que ganhar.

– Isso, sem pressão – eu disse, sem deixar de olhar para as cartas.

– Cala a boca, Ross – disse Mike, mordendo o lábio inferior, concentrado. – Esta partida sou eu que vou ganhar.

– Com vinte dólares em jogo? – falei. – Você é que pensa.

Fez-se um silêncio absoluto. Então, como se tivesse caído do céu, apareceu a carta. Jack estava falando com Mike, então aproveitei a distração e bati na carta com vontade, rindo.

– Siiiiim! – exclamei, feliz.

– Hein? – Mike me olhou. – Não, espere!

– Trabalho em equipe! – Jack passou o braço por cima do meu ombro e me deu um beijo na boca, assim, do nada. – Sinto como se tivesse te ajudado a ganhar as Olimpíadas.

– Ainda mais porque eu que sempre ganho esse jogo.

Mike parecia mal-humorado.

– Parece que ocupei seu lugar no pódio, então – brinquei, fazendo Jack rir ainda mais às custas do irmão.

Então, senti que a coisa estava ficando tensa e, inconscientemente, me virei. Seu pai nos olhava com uma expressão indecifrável, do alto da escada. Até mesmo Mike perdia o bom humor quando o via.

– Não parem de jogar por minha causa. – Ele se sentou numa poltrona para poder nos encarar com aquela cara de "sou rico e sei disso". – É raro ver meus dois filhos se divertindo assim, para variar. Suponho que devo isso a você, Jennifer.

Sorri, envergonhada e agradecida ao mesmo tempo, mas meu sorriso vacilou quando senti que Jack aumentava a pressão de seus dedos em meu ombro. Ele encarava seu pai. Eu não o entendia, afinal ele não estava sendo gentil comigo? Era tudo muito confuso.

Seu pai pareceu não se dar conta da tensão enquanto Mike recolhia as cartas, em completo silêncio. Talvez nem tivesse sido sua intenção, mas o sr. Ross tinha arruinado a diversão daquele momento.

– Jack... – Ele deu um sorriso frio. – Quando puder, gostaria de falar com você em particular.

Talvez tivesse que lhe dizer algo ruim, porque senti Jack ficando ainda mais tenso.

– Agora é um bom momento – acrescentou o sr. Ross. – A não ser que você queira que falemos aqui, na frente de todos.

Jack me olhou, crispado, antes de se levantar. Vi os dois desaparecerem no quintal ao fundo. Assim que a porta de vidro se fechou, Mike bufou.

– Eles vão discutir? – perguntei, vendo sua expressão.

– Talvez. – Mike deu de ombros. – Se não respingar em mim...

– Posso te perguntar por que vocês se dão tão mal com ele?

Ele sorriu, de modo zombeteiro.

– Tem certeza de que quer saber? Você não parece muito convencida disso.

– Hummm...

Observei pai e filho, lá fora, através do vidro. Jack não olhava para o pai enquanto este falava com ele.

– Talvez eu não queira saber – eu disse, finalmente.

– Sábia decisão. – Ele se levantou. – Estou sentindo cheiro de purê de batatas?

No jantar, pelo menos, o clima estava mais ameno. O sr. Ross não falou quase nada, e Agnes e Mary foram "a alma da festa". Além do mais, a comida toda estava deliciosa.

– Como estavam seus pais, aliás? – Mary me perguntou, num dado momento.

– Ah, muito bem. – Voltei à vida depois de engolir tudo o que tinha na boca. – Eles sentem minha falta, nos dias que passei lá me trataram melhor do que jamais fizeram em toda a minha vida.

– Eu também fiquei com a impressão de que amava mais esses dois desastres quando saíram de casa.

– Obrigado pelo amor incondicional, mãe. – disse Jack, olhando para ela.

– Sim, mãe, muito obrigado.

– Vocês só concordam quando precisam implicar com alguém? – brinquei, sorrindo, mas parei quando os dois me olharam de cara feia.

Sério mesmo, dava até medo ver o quanto eles se pareciam.

O jantar transcorreu tranquilamente e fiquei um pouco confusa ao ver que o sr. Ross continuava sem falar absolutamente nada. Ele foi o primeiro a se levantar da mesa. Jack o olhou de soslaio, mas não fez nenhum comentário.

Então, Agnes apareceu com uma garrafa de uma bebida escura e um sorriso malicioso.

– Ah, não... – Jack jogou a cabeça para trás.

– Chegou a hora da diversão. – Mary esfregou as mãos.

– Me passe o seu copo, Jennifer, querida.

Tentei fazer isso, mas Jack pôs sua mão em cima do copo, olhando para elas.

– Não vim aqui pra vocês deixarem minha namorada bêbada.

"Minha namorada." Ainda soava estranho, embora correto.

– Vai, quero experimentar – protestei.

– Você já bebeu absinto negro?

Hesitei por um momento.

– Não...

– Então me ouça e continue assim.

– Não seja chato. – Tirei sua mão de cima do copo com um grande sorriso.

– Isso mesmo, Jackie, não seja chato – disse Agnes, enchendo meu pequeno copo. – Beba, ande.

Depois ela encheu os outros copos. Jack foi o único que não quis beber.

– Não me deixem numa situação ridícula, por favor – ele murmurou, quando todos terminamos a primeira rodada, num gole só.

O sabor da bebida imediatamente me deixou com cara de nojo. Minha nossa, como aquilo fazia a garganta arder. Não consegui evitar e comecei a tossir. Todos riram de mim, menos Jack, que estava de cenho franzido.

– Não deem mais bebida pra ela – ele protestou.

– Eu estou bem – garanti, apesar da cara de nojo. – Que gosto ruim.

– Mas como sobe rápido. – Mike abriu um sorriso.

– Vovó... – Jack protestou quando ela tentou encher meu copo outra vez.

– Quieto.

Um tempo depois, eu já estava um pouco... bem... bastante tonta. Mas a melhor era Agnes, que não parava de se meter com tudo que via. Eu não conseguia parar de rir, às gargalhadas, minha barriga chegava a doer. Mary também ria. Mike, sentado ao meu lado, tinha tomado conta da garrafa. Então, flagrei Jack me olhando de soslaio. Me virei para ele sorrindo.

– O que está olhando, seu assediador?

– Gosto de ver você rir.

Eu me aproximei dele, disfarçadamente.

– Pois você costuma ser a pessoa que mais me faz rir – eu disse, baixinho, aproveitando que os outros estavam falando com Agnes.

– E eu só te faço rir? – ele falou numa voz suficientemente baixa para que ninguém mais pudesse escutar.

– Até essa altura da noite, sim.

– A noite é longa. Isso pode mudar.

Ele deu um meio-sorriso e eu não pude evitar de lhe dar um beijo no canto dos lábios, o que fez seu sorriso aumentar. Foi aí que percebi que todo mundo tinha ficado em silêncio. Agnes e Mary me olharam com uma expressão alegre enquanto Mike continuava a encher seu copo tranquilamente.

– Ah, não precisa se afastar. – Agnes revirou os olhos. – É tão raro ver você carinhoso com alguém, Jackie.

– Eu sou muito carinhoso – ele protestou, como uma criança.

– Pois eu te conheço há vinte anos e nunca tinha notado isso. – Mary lhe deu um sorriso zombeteiro que me fez lembrar daqueles que o próprio Jack costumava me dedicar quando ria de mim. – E eu que pensei que você nunca ficaria com uma garota decente...

– Sim, seu histórico é interessante. – Mike assentiu com a cabeça.

– Você não é a pessoa mais indicada pra falar sobre isso – Jack respondeu.

– Jackie não tem muito bom gosto, não... – Agnes concordou. – Ainda bem que mudou um pouco.

– Vocês podem parar de falar de mim como se eu não estivesse aqui?

– Sua namorada está achando engraçado. – Mike parecia estar se divertindo.

Tentei reprimir um sorriso quando Jack cravou seus olhos acusadores em mim, mas não consegui evitar. Murmurou alguma coisa sobre o quanto éramos chatos e saiu da sala enquanto Agnes, Mary e Mike o vaiavam. Rindo, me levantei e fui atrás dele. Jack tinha ido até o quintal que ficava atrás da casa. Alcancei-o quando já estava no cais. Dali ele não conseguia ver os outros, mas ouvia suas risadas.

– Ah, não fica bravo.

Segurei-o pelo pulso.

– Que ótimo, já te deixaram bêbada.

De qualquer forma, ele deixou que eu me apertasse contra ele.

– Não estou bêbada, estou alegre.

– Disse ela, completamente bêbada.

– E você não...?

Claro! Só agora é que me dava conta de que a única bebida alcoólica que tinha visto Jack beber desde que o conheci era cerveja.

– Você nunca bebe? – perguntei, o abraçando pela cintura.

– Não.

Ele sorriu ao ver que me aproximava dele.

– Por que não?

Ele franziu o cenho, olhando para o meu vestido sem mangas.

– Você vai congelar, Jen.

– Estou bem.

– Vamos buscar um casaco.

– Eu estou beeeeem. – Eu o detive quando tentou se afastar. – Vai, se anime um pouco.

Quando você estiver menos bêbada, vai perceber que ele evitou responder à pergunta.

– Sabia que nós moramos perto do mar? Quer dizer... meus pais.

Eu não sabia muito bem por que estava lhe dizendo isso, mas tinha acabado de me lembrar.

– Ah, é?

– Sim. E todo ano, no primeiro dia de inverno, os alunos do último ano do colégio têm que entrar na água vestidos. Eu nunca fiz isso, e meus irmãos continuam a encher minha paciência por causa disso. Eles me chamam de cagona.

Ele estava com uma expressão confusa, mas foi ainda pior quando soltei sua mão e dei um passo para trás, brincalhona, até o fim do cais.

– O que está fazendo? – Ele franziu o cenho.

– Mushu vai deixar de ser uma cagona – brinquei, dando outro passo para trás.

Ele franziu ainda mais o cenho quando tirei os sapatos torpemente e fiquei apenas de vestido.

– Jen...

– Uh-huh... – Escapei dele, recuando, quando tentou me alcançar.

– Vamos, não faça besteira, Jen.

Sorri ainda mais e continuei a recuar. Jack acelerou o passo e eu ri quando ele soltou um palavrão. Me virei e comecei a correr pelo cais, vendo que ele me seguia. Claro que Jack me alcançou antes que eu chegasse ao final. Mas, em minha defesa... fiquei a apenas um metro de onde saltar. Já era alguma coisa.

– Vamos, deixa de bobagem – ele disse, me segurando com os braços. – A água está muito fria.

– Ah. – Suspirei. – Seu chato.

– Não sou chato, sou...

– Chato.

– Estou dizendo que não sou...

– Chato.

Eu não estava olhando para ele, mas sorri ao supor que ele certamente estaria revirando os olhos.

– Vamos para o quarto. – Levantei a cabeça.

Sua expressão logo ficou mais relaxada.

Nossa arma secreta.

– Fazer o quê?

– Venha comigo... e você já vai ver.

Eu me esfreguei nele para confirmar que tinha razão, e seu olhar escureceu, acompanhado de um sorriso malicioso.

– Estou morrendo de vontade de ver.

Ele me soltou e tentou me guiar até seu quarto, mas se deteve ao ver meu sorriso deslumbrante.

– É a primeira mentira em que consigo fazer você acreditar! – exclamei, orgulhosa.

Sua expressão mudou imediatamente para uma de horror absoluto.

– Hein? O quê...? Jen, não...!

– Uhullll!

Ploft.

A água gelada logo fez meus sentidos despertarem. Me mantive embaixo d'água por algum tempo, sentindo que minha roupa e meu cabelo flutuavam ao redor do meu corpo, e depois voltei à superfície. Da beira do cais, Jack me olhava com cara de que queria me matar.

– Não é pra tanto – eu disse, boiando, com um sorriso de orelha a orelha. – Você é exagerado.

– E você não sabe beber.

– Vamos, venha comigo!

– Não, venha você comigo. Ou vai ficar com hipotermia.

– "Ou vai ficar com hipotermia" – imitei sua voz.

– Quer que eu volte a te chamar de Michelle?

Mostrei a língua para ele.

– Vamos, Jackie – zombei.

– Não quero entrar na água.

– Vamos, meu amor! – Me agarrei ao cais e fiz beicinho.

– Não.

– Estou aqui, no meio da escuridão, sozinha...

– Estou a um metro de você, literalmente.

– E se aparecer um tubarão?

– Num lago? Quanto você bebeu?

– Você poderia ser o tubarão... – Sorri para ele, maliciosamente.

Ele me olhou por um momento enquanto eu começava a nadar para trás, com um sorriso inocente. Sua expressão mudou para uma que eu conhecia muito bem, a que ele sempre fazia para mim na cama.

Hummm... estava funcionando.

– Aqui ninguém vai nos ver... – acrescentei. – No escuro, escondidos...

– Ah, foda-se! – ele soltou, tirando os sapatos.

– Siiiiiim! – gritei, entusiasmada.

Ele me deu um sorriso fugaz antes de tomar impulso e se atirar na água diante de mim. Me afastei em seguida, por causa dos respingos, mas quando me virei não o vi em lugar nenhum.

Não pude pensar muito, porque ele logo me pegou pelas pernas e me mergulhou na água. Fiquei submersa por alguns segundos, lutando com ele. Então ele me soltou e voltei à superfície. Ele estava na minha frente, com uma expressão divertida e com água escorrendo do cabelo até o pescoço. Aquilo era muito sexy.

Nunca pensei que fosse achar sexy algumas gotas de água.

– Você tinha razão, até que está bom aqui – ele disse, se divertindo.

– Engoli água por culpa sua!

– Não fui eu. Foi meu tubarão interior.

– Eu podia ter morrido!

– Dramática.

Joguei água em seu rosto e ele abriu um sorriso. Então me dei conta de que ali dava pé para ele, mas para mim não. Eu tinha que ficar nadando como uma idiota. Me agarrei nele como um coala, o que não pareceu desagradá-lo muito.

– Não precisamos de uma cama para... você sabe – sussurrei.

Beijei seus lábios sorridentes, sua bochecha e seu queixo, que pinicava um pouco. Me detive em sua orelha. Tinha vontade de beijar seu corpo inteiro.

– Até que eu gosto que você esteja bêbada – brincou, me apertando contra ele.

– Isso é um sim...?

– Minha família está a vinte metros de distância.

– É impossível que nos vejam – murmurei, mordendo sua orelha.

Ok, eu jamais teria feito isso sem estar um pouco bêbada.

Bendito álcool.

– Jen... – isso soou como uma advertência.

– Queria fazer algo que me tirasse um pouco da rotina.

– E fazer amor num lago está nessa lista?

Eu o ignorei e me aproximei de sua boca, beijei seu lábio superior, depois o inferior, lentamente. Ele esboçou um sorriso malicioso quando tentou se aproximar de mim e eu me joguei para trás, olhando para ele.

– Quero fazer uma tatuagem – sussurrei.

Jack manteve seu sorriso durante alguns segundos, exatamente o tempo que levou para processar o que eu havia dito.

– Oi...?

– Você me acompanha?

– Hein...?

– Vamos, Jackie, reaja!

– M-mas... você não queria...? Você sabe...

– Pra isso vai ter tempo de sobra, não seja pervertido.

– Mas foi você que...!

Ele ficou me olhando, indignado, quando cheguei aos degraus do cais e os subi, torpe. A água fria acabou com meu pequeno momento de bebedeira. Já nem estava cambaleando.

Jack, é claro, saiu da água logo depois de mim. Ele continuava a parecer confuso.

– Não quero ofender ninguém – começou, cautelosamente, mas tenho quase certeza de que os tatuadores não trabalham à noite. Menos ainda para atender mocinhas bêbadas com a roupa ensopada.

– Posso trocar de roupa.

– Claro, mas continuamos com os outros proble...

– Ora, vamos, você não conhece nenhum que possa nos fazer esse favor?

Na verdade, eu havia falado aquilo meio de brincadeira, mas seu rosto se iluminou enquanto ele pegava uma toalha de cima da espreguiçadeira para mim e outra para ele.

– Bem... – murmurou – talvez... apenas talvez... eu possa ligar para o cara que fez a tatuagem nas minhas costas. É um amigo pra vida inteira.

– Sério? – Abri um grande sorriso.

– Mas pode ser que ele me mande à merda!

– Tenta. – Uni as mãos sob o queixo, suplicando. – Por favor, Jack, por favor, por favor...

Ele hesitou, de novo, mas terminou de se secar e entrou na casa para pegar o celular. Sua família começou a rir e a fazer perguntas ao vê-lo com a roupa molhada, mas ninguém o seguiu. De fato, ao voltar, ele falava ao telefone e não parava de me olhar.

Quando desligou, parecia um pouco resignado.

– Essa brincadeirinha vai te custar o dobro do que normalmente uma tatuagem custa – me alertou.

– Posso me permitir isso!

– Então você pode se permitir isso, mas passa o dia inteiro falando do quanto você é pobre.

– Eu nunca disse que não era hipócrita.

Ele sorriu, balançando a cabeça, e me lançou um olhar cheio de curiosidade.

– Posso perguntar a troco de que você quer fazer uma tatuagem?

– Não sei, estou com vontade de fazer uma loucura.

– E por que uma tatuagem?

– Porque tenho noventa dólares e estou bêbada.

Terminei de secar o cabelo com a toalha – ou, pelo menos, secar tudo o que pude – antes de subir na ponta dos pés até o quarto, para trocarmos de roupa. Não sei por quê, mas decidi vestir uma de suas camisetas. Tinha o cheiro dele. Eu gostava disso.

Jack abriu a porta para mim e entramos em seu carro. Eu ainda estava com o cabelo úmido.

– Tem certeza de que quer fazer uma tatuagem?

– Ué, não era você o ousado dessa relação?

– Eu só não quero que amanhã você se arrependa.

– Garanto que não vou me arrepender de nada do que possa acontecer esta noite.

Ele revirou os olhos, sorridente, e acelerou.

Uma hora mais tarde, eu estava sentada numa espécie de maca, com a camiseta levantada até acima do umbigo. O tatuador arqueou as sobrancelhas quando viu a marca do soco perto das costelas, que já estava quase sumindo.

– Isso deve ter doído.

– Vai doer muito mais em quem fez isso – garantiu Jack.

Segurei a mão dele com força ao sentir que a agulha se aproximava da minha pele.

– Já me pediram muitas coisas – murmurou o tatuador, balançando a cabeça –, mas uma tatuagem à uma da madrugada para alguém claramente bêbado? Admito que essa foi a primeira vez.

– Eu não estou bêbada – protestei.

Os dois me olharam com a mesma cara de "sim, claro".

– Eu também poderia fazer uma tatuagem – murmurou Jack, vendo o tatuador começar a trabalhar.

– Você já tem uma. – Fiz uma careta de dor, vendo a agulha.

– Mas poderia fazer outra. Poderia tatuar o seu nome na bunda, por exemplo. Toda vez que alguém olhasse pra minha bunda, veria um enorme "Jen" gravado nela.

– Como você é romântico.

– Jenn? – perguntou o tatuador.

– É Jen. – Jack franziu o cenho. – Com um "N" só.

– Gosto mais de Jenn.

– Jenn com dois "Ns" é estranho e feio, Jen com um "N" só tem estilo e elegância.

Enquanto os dois discutiam esse absurdo, eu continuava com minha careta de dor, porque ainda estava sendo tatuada.

Um bom tempo depois, Jack voltou a estacionar na casa do lago. Já estavam todos dormindo. Subimos as escadas sem fazer barulho e entramos em seu quarto. A primeira coisa que fiz foi parar em frente ao espelho e levantar a camiseta para ver meu quadril.

– Não sei se foi a melhor decisão do mundo – murmurou Jack, parando atrás de mim.

– Eu gostei.

– Você é uma imitadora.

– E você é um chato.

– Compre uma personalidade pra você.

Eu tinha tatuado em cima do osso da cintura a mesma águia que Jack tinha nas costas.

– Mas isso foi ideia sua!

– Bem, agora tenho uma desculpa pra você tirar a camiseta, não?

Sorri, me divertindo, e me virei para envolver seu pescoço com os braços.

21

A SAGRADA PROTEÇÃO

PELA MANHÃ, JACK HAVIA DESAPARECIDO. Me endireitei na cama, com um pouco de dor de cabeça, e vi que ele tinha deixado um bilhete sobre o travesseiro: "O idiota do Mike deixou o carregador do celular na minha casa e fomos buscá-lo. Logo estaremos de volta", dizia.

Sorri, balançando a cabeça, e entrei no banheiro. Enquanto escovava os dentes, dei outra olhada na tatuagem, que continuava coberta por um plástico protetor e doía um pouquinho, mas gostei muito de me ver com ela.

Quando desci as escadas – já com uma roupa apresentável –, logo senti um cheiro de tinta. Segui o cheiro, distraidamente, até chegar ao quintal dos fundos. Mary estava no alpendre, sentada numa banqueta em frente a uma tela. Estava desenhando algo, mas era difícil saber o que era, pois ela ainda estava no começo.

– Bom dia – cumprimentei-a, esfregando os olhos.

– Bom dia, querida. Já tomou café?

– Estou sem fome – respondi.

Estava com a boca seca. Maldita bebida.

Ela sorriu para mim por cima do ombro enquanto misturava duas cores na paleta.

– Hoje acordei inspirada – comentou.

– Estou vendo. O que é?

– Em todos esses anos, aprendi a nunca dizer o que é a pintura. É melhor que cada um dê sua opinião quando o quadro está finalizado.

Depois de dizer isso, ela parou bruscamente e ficou olhando para mim. Pestanejei, pensando que talvez tivesse feito algo de errado.

– Quer me ajudar? – ela perguntou, no entanto.

– Eu? – Minha voz soou muito aguda.

– Bem, não com este aqui, exatamente. Mas tenho mais de dez telas em branco.

– Eu... eu não...

Ah, não. Eu já estava entrando em pânico.

– Você não disse que gostava de pintar?

Ela parecia sinceramente empolgada, enquanto eu continuava em curto-circuito.

– Sim, mas... já faz tempo que eu não...

– Com o que você pintava?

– Com... com carvão. Mas...

– Com carvão? – Ela pareceu surpresa. – Nunca foi o meu forte. Essa história de manter o pulso quieto é complicada pra mim. Sou mais da pintura a óleo, mas acho que tenho carvão aqui. Deixe-me ver...

Ela não me deu tempo de protestar. Antes que eu pudesse reagir, já estava sentada diante de uma folha em branco com o carvão, a borracha e o esfuminho. Ela me olhava com um sorriso de orelha a orelha.

– O que você vai pintar?

– Hã... é que eu não...

– Você não disse que fazia retratos dos seus amigos?

– Sim...

– Então pode fazer o retrato de alguém.

Na mesma hora, veio à minha mente o rosto de Jack. Mas fazer um retrato dele na frente de sua mãe era um pouco constrangedor, então decidi escolher outra pessoa.

– Ok. – Respirei fundo. – Mas tenho certeza de que vai ficar horrível.

– Não deve ficar tão horrível – ela disse, concentrando-se em seu quadro. – E, se ficar, não contaremos a ninguém, e pronto.

Assim que tracei a primeira linha, tive a impressão de que não tinha a menor ideia do que estava fazendo, mas segui adiante, sem pensar. Também não tinha nada melhor para fazer.

– Você fez aula de pintura? – Mary me perguntou.

– Só tive uma aula. A única coisa de que me lembro é do professor gritando porque alguém tinha posto luvas. Ele dizia que precisávamos sujar as mãos para entender a arte.

– Minha professora era parecida. Passava o dia...

E começou a falar dela e de todos os professores extravagantes que teve em sua época de estudante. Fiquei mais de uma hora com ela. Como fazia muito tempo que não pintava, avancei devagar, mas não estava ficando tão ruim quanto eu esperava, embora eu tenha precisado pintar um olho mais de três vezes para que ficasse bom.

No fim das contas, minhas habilidades artísticas não estavam me parecendo tão ruins, pelo menos até eu me virar e olhar para o quadro de Mary, perfeitamente harmonioso.

Já fazia um tempo que eu tinha terminado minha pintura e me dedicava a ver como ela desenhava quando escutei duas vozes familiares discutindo na sala. Mike foi o primeiro a aparecer, revirando os olhos de tal maneira que parecia que ia ficar cego.

– Mãe – ele olhou para Mary –, você pode pedir pro seu filho mais novo me deixar em paz?

– O que houve agora? – ela perguntou, suspirando.

– Você me disse que era um carregador! – Jack apareceu, irritado, olhando para Mike.

– E consegui o carregador! – Ele o agitou no ar.

– Sim, depois de invadir uma maldita casa!

Eu estava bebendo um pouco de água e me engasguei.

– O quê? – perguntei, pasma.

– Eu tinha deixado o carregador do celular na casa da minha ex. – Mike suspirou dramaticamente, deixando-se cair numa poltrona. – Não é pra tanto. Foi rápido, e ninguém ficou sabendo.

– Vou falar lentamente para que seu limitado e arrogante cérebro possa processar – disse Jack. – Invadir... uma... casa... que... não... é... sua... é... crime.

Mike lhe dedicou um sorriso inocente.

– Cri-me. – Jack marcou cada sílaba ao ver que Mike não reagia.

– Mas não nos pegaram, não é?

– E daí?

– Bem, se não te veem, não é ilegal!

– Você não podia ter esperado que essa garota estivesse em casa pra pedir o carregador?

– Eu precisava dele agora, não quando ela estivesse em casa. Não fique assim, maninho. Você não se divertiu? Foi uma pequena aventura.

Ao ver a expressão de assassino em série de Jack, decidi intervir.

– Por que você não pediu o meu? – perguntei. – Eu teria te emprestado sem problema algum.

Mike se virou lentamente para mim com uma expressão confusa. Depois voltou a seu sorriso inocente.

– Ops, não tinha pensado nisso.

– Ah, que surpresa! – Jack revirou os olhos.

– Jackie! – sua mãe o alertou, já com cara de estar cansada dessas discussões.

– Não se altere, maninho. – Mike sorriu para ele. – O que passou, passou. Sigamos com nossas vidas.

– Não vou te fazer mais nenhum favor. Nunca mais.

Isso era o que Jack sempre dizia imediatamente antes de voltar a ajudá-lo.

– Agora você pinta com carvão, mãe?

A pergunta de Jack me devolveu à realidade.

Sua mãe se levantou, limpando as mãos com um pano e olhando para o meu quadro.

– Não fui eu que fiz – ela disse.

Dito isso, ela entrou em casa, nos deixando sozinhos. Os dois irmãos se viraram para mim ao mesmo tempo, com a mesma expressão de confusão na cara.

– Foi você que fez? – Jack me perguntou.

– Esse tom de surpresa está um pouco demais. – Arqueei uma sobrancelha.

– Você também pinta? – Mike sorriu para mim, inclinando a cabeça. – Há alguma coisa que você não saiba fazer direito?

– Conseguir fazer com que o irmão do meu namorado deixe de falar comigo desse jeito. – Sorri para ele, docemente.

– E quem é? – Jack me perguntou.

– Meu sobrinho, Owen. – Olhei para ele de soslaio. – Não consegui pensar em pintar ninguém mais.

– E eu? – ele me perguntou, ofendido.

– Você quer ser uma das minhas garotas francesas? – brinquei.

Ele me mostrou o dedo do meio enquanto Mike acendeu tranquilamente um cigarro. Pensando bem, fazia muito tempo que não via Jack fumar. Ele não demonstrou ver que seu irmão fazia isso diante dele, mas notei que ficou um pouco tenso. Estaria parando de fumar?

– E qual é o plano pra hoje? – perguntei, tentando distraí-lo.

Eu me levantei e me sentei em seu colo, envolvendo seus ombros em meus braços.

– Não fazer nada é sempre um bom plano – comentou Mike. – O melhor, eu diria.

Jack suspirou.

– À tarde, não sei. À noite, nos cabe fingir que amamos nosso pai incondicionalmente e que desejamos a ele um feliz aniversário.

– É verdade, hoje é aniversário dele. – Mike fechou a cara.

– Às vezes me surpreende o quanto vocês gostam dele. – Balancei a cabeça.

– Você ainda não o conhece direito – Mike me disse, sorrindo.

– Sim, isso é verdade – Jack concordou.

Nesse exato momento, vi que Agnes andava pela cozinha com cara de não ter dormido nos últimos dez anos, suponho que por causa da ressaca. Esbocei um sorriso, achando graça, e pouco depois meu celular tocou. Jack o passou para mim. Era Spencer.

– Ele é seu amante? – O rosto de Mike se iluminou ao ver a foto do meu irmão.

– É o irmão dela, seu idiota.

– Oi, Spencer – cumprimentei, sorrindo. Era sempre agradável falar com ele.

– Oi, maninha. – Ele soava alegre. – Como vai tudo por aí?

– Bem – murmurei. – Aconteceu alguma coisa?

– Por que tem que ter acontecido algo?

– Porque sempre que você me liga é pra pedir alguma coisa.

– Na verdade... – Sorri ao ver que tinha razão. – Mamãe está um pouco nervosa aqui, ao meu lado.

– Nervosa?

– Sim. Embora o termo correto talvez não seja "nervosa", mas emocionada.

– Emocionada – repeti, e comecei a ficar com um pouco de medo.

– Bem, agora que você não está mais namorando aquele idiota...

– Certo... – esperei que ele continuasse.

– ... e Shanon nos disse que você já está namorando esse outro rapaz... e que você está passando o fim de semana com a família dele.

– Mas é uma traidora! – falei.

– É verdade? – ele perguntou, surpreso. – Você está namorando esse cara?

– Sim – eu disse, meio envergonhada.

– E posso saber quando você pretendia me contar?

Jack me olhava como se estivesse me fazendo a mesma pergunta com os olhos.

– Nós dois sabemos como você fica quando quero te apresentar a algum garoto – observei. – Você ativa seu modo chato.

– Quantos caras você já apresentou pra ele? – perguntou Jack, ofendido.

– Será que ele não quer conhecer o encantador irmão do seu namorado? – Mike disse, sorrindo para mim.

– Vou repetir. – Spencer falou, devolvendo-me ao telefonema. – Quando você pretendia nos contar? Mamãe está hiperventilando. Ela acha ultrajante ter que saber disso por Shanon e não por você. Especialmente se você vai passar um tempo com a família dele.

Então, como se tivesse sido chamada pela graça divina, minha mãe arrancou o celular das mãos de Spencer.

– Jennifer Michelle!!!

– Mãe... – falei, ficando vermelha ao ver que os lábios de Jack pronunciavam silenciosamente a palavra "Mushu".

Maldito segundo nome. Maldito apelido. Maldito tudo.

– Você está na casa dos seus sogros e não tinha me contado! Devia ter vergonha!

– Eu ia...

– Espero que, pelo menos, esteja usando a sagrada proteção!

Meu rosto deve ter ficado da cor de sangue quando ela gritou isso pelo telefone, fazendo com que os dois irmãozinhos que me acompanhavam ouvissem perfeitamente.

– Mãe!

– Eu nunca tive essa conversa com você, Jennifer. E sei que é um pouco tarde pra começar, mas...

– Sim, é muito tarde! Tarde demais!

– ... acho que você deveria saber que um bom preservativo pode te poupar muitas dores de cabeça. Eu que o diga.

– Eu sei, mãe, eu... – Me detive. – Só um pouquinho, como assim "eu que o diga"? O que você quer dizer com isso?

– Hein? – Ela ficou nervosa. – Ah, bem, já está tarde.

– Mãe!

– É melhor que essa semana eu fique sabendo de todos os detalhes da sua relação, está me ouvindo?

– Sim, claro...

– Então é isso. Divirta-se. E coma direito. E...

– Mãe, eu estou bem... – Revirei os olhos.

– Estão cuidando bem de você?

– A mãe de Jack cuida tão bem de mim quanto você – garanti a ela.

– Há coisas que só uma mãe entende – ela disse, dramaticamente. – Agora preciso desligar. Ligue logo pra mim ou vou me zangar com você!

– Ok, mãe.

– Um beijinho, meu amor.

Quando desliguei, vi que os dois me olhavam detidamente. Esperava não estar mais vermelha.

– "Um beijinho, meu amor" – zombou Mike.

Joguei uma das almofadas do sofá na cara dele, e ele teve que segurá-la com a mão livre.

– Sim, Michelle, um beijinho – zombou Jack.

– Vocês são tão infantis. – Me levantei, irritada, e fui até a cozinha escutando os dois rirem.

Agnes estava sentada na bancada com cara de quem queria morrer. Não pude deixar de sorrir ao vê-la.

– Como você acordou? – brinquei.

– Toda vez que ouço um de meus netos rindo, me questiono por que tive filhos – ela disse, com a voz rouca. – Foi assim que acordei.

Peguei um copo e o enchi de suco de laranja. Depois me aproximei dela e lhe ofereci o suco. Ela murmurou um pequeno agradecimento, como se estivesse morrendo por dentro, e tomou um golinho.

– Quando tinha a sua idade, eu podia beber um bar inteiro que no dia seguinte estava ótima – ela disse, se lamentando.

– A idade não perdoa.

A voz do sr. Ross me fez levantar a cabeça. Ele tinha acabado de entrar na cozinha, ajeitando seus óculos caros. Sorriu para mim, gentilmente. Eu não conseguia acreditar que esse homem fosse o mesmo que praticamente havia me expulsado de sua casa umas semanas antes.

– Bom dia, sr. Ross – eu disse, cordialmente. – E parabéns.

– Obrigado, Jennifer. – Ele me deu um apertão amistoso no ombro. – Mamãe, a senhora bebeu ontem à noite?

– Pare de me controlar – Agnes o advertiu, sem olhar para ele.

– Na sua idade, não deveria...

– Honestamente, querido, nesse exato momento tudo que eu quero é me afogar nesse suquinho. Não preciso de lições matutinas.

Esbocei um sorriso divertido que se esvaiu ao ver que o sr. Ross estava me olhando como se fosse me dizer algo.

– Você gostaria de ter uma conversinha comigo, Jennifer? – ele sugeriu, embora seu tom autoritário me deixasse entrever que não admitiria um não como resposta.

– Sim, claro. Sem problemas.

Segui-o até a saída da cozinha e vi, com o canto do olho, que Jack estava discutindo com seu irmão. Eles nem perceberam. Engoli em seco ao ver que o sr. Ross estava subindo as escadas, mas continuei indo atrás dele. Não parou até chegar ao final do corredor do piano. Apontou para uma das poltronas pretas com uma expressão amável, mas eu continuava não gostando nada daquilo.

– Por favor – ele disse, esperando que eu me sentasse.

Ele não se sentou, mas apoiou o quadril no piano, olhando para mim com a cabeça inclinada.

– O que achou da casa? – perguntou, provavelmente vendo que eu estava um pouco tensa.

– É maravilhosa. – Era verdade. – E muito... acolhedora. Se é que isso faz sentido.

— Faz, sim – ele concedeu, amavelmente. – Foi uma das primeiras coisas que comprei quando fiz trinta anos. Sempre quis ter uma casa no lago para dar umas escapadas de vez em quando. Morar na cidade é bom, mas pode chegar a ser sufocante, você não acha?

Assenti com a cabeça, embora não soubesse muito bem o que estava fazendo ali, falando com ele.

— Acho que não me comportei de maneira adequada quando nos conhecemos, Jennifer – acrescentou.

Ah... então era isso.

— Não sabia se você estava com boas ou com más intenções com meu filho. Quando você tem dinheiro, sempre é preciso ter um certo cuidado. Espero que entenda.

Tradução: espero que entenda, embora não tenha dinheiro.

— Entendo – balbuciei.

— Mas vejo que vocês se dão bem. E que você também se dá bem com Mike, que é... bem... sei que não é bom falar assim, mas ele é muito complicado. Todos temos consciência disso. Ele não se preocupa com nada...

Essa última frase parecia uma reflexão em voz alta. Ele voltou a se concentrar.

— Eu só queria pedir desculpas. Espero que possamos recomeçar do zero.

— Sem problemas – garanti, em seguida. – Eu o entendo. É seu filho, e o senhor quer protegê-lo.

Ele sorriu amavelmente e parecia que ia dizer algo, mas interrompeu a si mesmo quando Mary apareceu no corredor. Franzi o cenho ao ver que ela estava com uma expressão precavida. Passou várias vezes os olhos arregalados de mim para seu marido.

— O que houve? – ela perguntou, suavemente, mas era óbvio que alguma coisa não estava bem.

— Eu estava conversando com Jennifer – replicou o sr. Ross.

Mary cravou os olhos nele de um jeito que não entendi. Ele a ignorou, sorrindo para mim.

— Jennifer, querida – Mary me disse, sem me olhar –, você se importaria de descer um pouco? Quero falar com meu marido a sós.

Pestanejei, surpresa, mas me levantei e me afastei deles. Imediatamente comecei a ouvi-los discutir, aos sussurros. Gostaria de saber o que estava acontecendo, mas optei por descer as escadas rapidamente. Jack estava rindo com Agnes no sofá da sala e Mike estava carregando seu celular, de cara amarrada.

– Onde você estava? – Jack sorriu ao me ver chegar.

– Seu pai quis falar em particular comigo – eu disse, sorrindo e me sentando ao seu lado.

No entanto, me detive ao ver que seu sorriso congelou.

– O quê?

– Tá tudo bem – garanti, embora Mike e Agnes também me encarassem.

Jack franziu o cenho.

– O que ele te disse? – perguntou, bruscamente.

– Oi? Nada import...

– Tem certeza? Ele não te disse nada?

– O que houve? – perguntei, surpresa. – Ele só se desculpou pelo que aconteceu naquele dia. Me pediu para começarmos do zero.

Houve um momento de silêncio, durante o qual achei que ele estivesse se acalmando, mas isso durou pouco. De repente, Jack pareceu muito mais furioso do que antes, e se levantou. Tentei segui-lo, mas me detive quando vi que Mike negava com a cabeça.

– Maldito manipulador – Jack falou, subindo os degraus de dois em dois.

Olhei para Agnes em busca de respostas, mas ela continuava com cara de querer morrer por causa da dor de cabeça. Agucei o ouvido tentando ouvir algo, mas só conseguia escutar passos e vozes abafadas. Então as vozes ficaram mais fortes, Mike se levantou ao ouvir seu nome e também sumiu escada acima. Eu não estava entendendo nada. E Agnes adormeceu apoiada em seu próprio punho.

Quando me assegurei de que tinha dormido, me levantei com cuidado e me aproximei da escada, depois subi rápida e silenciosamente. As vozes se tornaram mais intensas. Assim que cheguei ao primeiro andar, tropecei quando Mike passou ao meu lado, furioso. Olhei para ele, surpresa. Ele desceu as escadas a toda velocidade. Não tive nem tempo de processar isso quando Jack apareceu ao meu lado carregando minha mochila.

– Vamos embora – ele me disse, sem que eu pudesse protestar.

Olhei para Mary quando ela passou perto de mim. Vi que ela tentava não chorar enquanto seu marido parecia indiferente à situação, sentado numa das poltronas.

Jack se deteve e se virou para mim.

– Jen... – me pediu, em voz baixa.

Eu me apressei em segui-lo. Agnes continuava dormindo, sem tomar conhecimento de nada. Jack foi diretamente para o carro. Enfiou a mochila na parte de trás e eu me sentei na frente. Olhei para Mike, que estava mais sério que nunca, com os olhos grudados na janela. Jack se sentou ao volante, bateu a porta com força e arrancou bruscamente.

Não me atrevi a perguntar nada durante todo o caminho. Como é que tudo havia se transformado assim, tão de repente? Talvez eu não devesse ter dito nada. Olhei para a mão tensa de Jack trocando de marcha e não consegui deixar de estender a mão e agarrá-la. Quando vi que ele não protestou, levei-a ao meu colo.

– Você tá bem? – perguntei, baixinho.

– Não – ele disse, sem retirar a mão do meu colo.

Olhei para Mike, que continuava com uma expressão sombria, e senti que tentar puxar conversa não seria uma boa ideia.

Ao chegar em casa, tive a impressão de estar voltando de umas estranhas e curtas férias. Jack pendurou a mochila no ombro e nós três entramos no elevador. Assim que abrimos a porta, vimos que Will e Sue estavam na sala, estudando. Ambos levantaram a cabeça ao nos ver.

– Que caras! – disse Sue, confusa.

Ninguém falou nada. Will olhou para mim em busca de respostas, mas eu não as tinha. Jack me passou a mochila.

– Vou tomar um banho – ele disse, secamente, antes de sumir no corredor.

Mike suspirou e desapareceu pela porta principal. Imaginei que iria fumar no terraço, ao ouvir o barulho da janela do corredor do prédio.

– O que aconteceu? – perguntou Will, confuso.

– Não sei. Tudo estava indo bem, o pai de Jack me pediu desculpas e não sei... De repente, todos ficaram irritados. E começaram a discutir.

– Você é uma grande narradora – ironizou Sue.

– Foi só o que vi!

– Bom... – Will suspirou –, é o que sempre acontece quando Ross e o pai passam mais de uma hora juntos.

– Continuo sem entender por que se dão tão mal – falei.

– Se isso te consola, eu também não sei – ele me disse, sorrindo.

Bem, se Will não sabia, é porque Jack realmente não havia contado para ninguém. Dei um pulo quando meu celular vibrou. Era Monty. Ótimo. Era só o que me faltava. Não atendi.

– Será que eu devia dizer alguma coisa pra ele? – murmurei, voltando ao assunto.

Não me responderam, claro.

Jack não demorou a sair do banho e eu me apressei em segui-lo até o quarto. Fechei a porta quando vi que ele estava vestindo uma calça.

– Estou bem – ele disse, antes que eu pudesse formular a pergunta.

– Ele não me disse nada de mal – garanti, em voz baixa.

– Ah, eu já sei. – Ele sorriu ironicamente.

– Você... sabe?

– Perfeitamente.

– E por que...?

– Não quero falar do meu pai, Jen – ele me cortou, delicadamente.

Hesitei por um momento antes de assentir com a cabeça.

– Tá bem – concedi. – Se bem que... se algum dia você precisar falar sobre isso com alguém...

Sua expressão se suavizou imediatamente ao ver que eu não parava de mexer minhas mãos, nervosa.

– Eu sei que posso falar sobre isso com você. – Ele sorriu para mim e segurou meu rosto com as duas mãos. – Especialmente porque você é uma bisbilhoteira.

– Não sou! – protestei.

– Sim, você é! Estava subindo as escadas para ouvir às escondidas!

– Bom... admita que você também teria feito isso!

Ele sorriu e passou ao meu lado.

– Venha, vamos ver um filme e esquecer de tudo isso.

22

O TESTE DO CONSOLADOR

ERA RARO MIKE NÃO FAZER BRINCADEIRAS o tempo inteiro. Passou a manhã toda mergulhado num estranho silêncio. Até mesmo Jack começou a estranhar isso.

Acho que todos pensamos que no dia seguinte isso passaria, mas nos enganamos. Ele se limitava a ver TV e a olhar para o celular. Imaginei que fosse por causa do pai e, quando me disse, pela terceira vez, que não queria falar sobre isso, decidi não insistir mais.

Naquele dia, as aulas me pareceram eternas – para variar – e eu tinha combinado de comer alguma coisa com Naya... quando ela apareceu com Lana. Minha reação inicial foi querer sair correndo, mas pensei melhor e me lembrei de que havia prometido a mim mesma que me daria bem com ela, nem que fosse só por Naya e Jack. Então me limitei a dar um pequeno sorriso e a demonstrar cordialidade enquanto nos sentávamos, as três, na cafeteria da faculdade.

Para ser sincera, nunca tinha ouvido Lana falar de algo que não fosse os garotos com quem havia se envolvido ou as dezenas de viagens que fez à Europa. Foi estranho vê-la comentando sobre um trabalho acadêmico, o que a fez parecer muito mais inteligente. Talvez isso não devesse ter me surpreendido tanto. Afinal, Chris já tinha me dito várias vezes que ela tirava notas boas. Na verdade, muito boas.

– Como seu irmão está? – perguntei a Naya ao pensar em Chris. – Faz tempo que não o vejo.

– Como sempre. – Ela suspirou. – Continua a ser um chato com as normas do alojamento. Mas é um chato adorável.

– Ainda me lembro de quando morava no alojamento. – Lana sorriu. – Chris quase teve um ataque cardíaco quando ficou sabendo que Ross havia escalado o prédio até a janela para entrar no meu quarto e ficou lá a noite toda...

Ela parou ao se dar conta de que eu estava ali. E, honestamente, acho que foi a primeira vez em que ela realmente parecia arrependida por ter me contado algo sobre Jack. Suas bochechas vermelhas me mostraram isso.

– Quer dizer... – começou. – Isso faz muito tempo.

– Eu sei que ele teve outras namoradas antes de mim – respondi. – Não vou morrer por ouvir isso.

Nos olhamos por um momento e, depois de um instante de tensão, ela continuou sua história. Quase parecia não existir nenhum problema entre nós.

Meu celular vibrou outra vez. Aff... Monty. Ele já tinha ligado várias vezes. Eu estava começando a odiar seu nome. Desliguei, sem responder. As duas estavam olhando para mim.

– Monty? – Naya perguntou, ao ver minha cara de irritação.

Assenti com a cabeça.

– Esse não era o seu namorado? – perguntou Lana.

E, por algum motivo, quis lhe contar a história. Quer dizer, contar o que Naya sabia. Os piores detalhes estavam reservados para Jack, o único que tinha visto meu hematoma, que, felizmente, mal aparecia.

Aliás, finalmente meu pai tinha me ligado nos últimos dias para me dizer que já haviam recebido a intimação para comparecer ao tribunal. Tive que ir a um juizado meio decadente com Jack – que, felizmente, não fez um único comentário em todo o processo –, assinar alguns documentos... e pronto. O juiz emitiu uma ordem restritiva contra Monty, meu ex-namorado, para que ele não pudesse chegar perto de mim. Isso deixou um gosto amargo em minha boca, mas era o melhor a fazer.

Lana ficou de boca aberta quando acabei de contar os detalhes menos feios de meu relacionamento.

– Por que você não o bloqueia? – ela me sugeriu.

O pior é que, com a ordem restritiva, ele nem sequer podia ligar para mim, mas continuava fazendo isso.

– Ele é capaz de aparecer aqui se vir que o bloqueei – murmurei. – É... incrível que ele ainda insista.

– Sim, deve estar claro pra ele que você já não se interessa por ele – me disse Naya.

– Eu sei. Mas ele acha que estou com Jack só pra deixá-lo com ciúme ou algo assim.

– Homens... – Lana revirou os olhos.

Sorri. Ela sorriu para mim.

Que momento mais estranho.

E, graças a esse breve momento, me veio à mente uma ideia maligna. Eu precisava aproveitar essa oportunidade. Não sabia se voltaria a me encontrar numa situação ideal como essa com as duas. Então, fiz algo de que... bem... de que não me sinto muito orgulhosa.

Mas era pelo bem comum!

Seu bem não é o bem comum, querida.

– Posso perguntar uma coisa? – Olhei para elas inocentemente, mexendo minha comida com o garfo.

– Claro – disse Naya, sorrindo.

– Vocês sabem por que o Jack e o pai dele se dão tão mal?

Vamos ver, estava claro que Jack não ia me contar. Mike... bem, esse não queria nem falar do pai. E Will jamais trairia seu amigo. Naya e Lana, ao contrário, pareciam ser um objetivo viável. A verdade é que eu esperava que elas olhassem uma para a outra e se perguntassem se deviam me contar algo, mas ambas tiveram a mesma reação, dando de ombros. Elas também não sabiam? Bem, eu não esperava por isso.

– Acho que nem o Will sabe – murmurou Naya.

– Sempre se deram mal – disse Lana. – Inclusive na época do colégio. Às vezes... muitas vezes... o Ross dormia na casa do Will porque não suportava ficar com o pai.

– Ele me falou alguma coisa sobre sua fase do colégio – murmurei. – Me disse que era um pouco mais... rebelde do que agora.

As duas soltaram uns ruídos zombeteiros e eu arqueei as sobrancelhas.

– O que foi? – perguntei, surpresa.

– Rebelde? – repetiu Naya, divertida.

– Bem, ele me contou que se metia em alguns problemas, que flertava bastante...

– Acho que já ouvi o eufemismo do século – disse Lana, brincando.

– Você que o diga – disse Naya, assentindo com a cabeça.

– O quê? – perguntei, irritada, ao ver que estavam rindo de algo que eu não sabia.

– Quando estávamos no colégio, Ross era... – Naya pensou na palavra adequada.

– ... um desastre – completou Lana.

– Um verdadeiro desastre.

– Ah, sim.

– Em que sentido? – perguntei, confusa.

– Nunca ia às aulas, falava mal dos professores...

Ele me disse que nunca teve problemas com os professores. Teria mentido para mim? Naya continuou com a enumeração.

– ... se metia em brigas, tratava todo mundo mal, chegou a fazer uma tatuagem completamente bêbado, não?

– A tatuagem da águia – murmurei.

– Sim, essa. – Lana assentiu com a cabeça. – E, ah, sim, começou a beber. A beber... muito. Demais.

– Quanto é demais?

– Demais é demais – respondeu Naya, e, pelo tom que usou, eu soube que não era nada bom. – Mas... quem dera isso fosse tudo.

– O que aconteceu? – eu estava começando a ficar assustada.

– O que acontece com muitos adolescentes dessa idade com mais dinheiro que bom senso. – Naya esboçou um sorriso triste. – Começou a consumir... drogas.

O quê?

Jack? O meu Jack?

Não. Isso era impossível.

– Nada muito forte – Lana me garantiu, ao ver minha cara. – Bem... talvez sim, mas...

– Não era o Mike que tinha problemas com drogas? – perguntei, confusa.

– Ah, o Mike teve problemas, sim, mas foi depois. Na verdade, nessa época ele cuidava bastante do Ross.

Isso era, definitivamente, imaginar um universo paralelo. Mike cuidando do Jack?

Não, impossível.

– O que acontecia quando ele usava drogas? – perguntei, meio assustada.

– Ele ia a muitas festas. – Lana deu de ombros. – Começou a sair com amigos pouco recomendáveis.

– Alguma coisa aconteceu com ele nessa época – murmurou Naya, pensativa. – Com o Ross, digo. Porque foi tudo muito repentino, uma questão de semanas. Ele deixou de ser um garoto encantador e passou a ser o típico imbecil do colégio.

– É, eu também acho – disse Lana.

– E ele não se acalmou quando foi morar com o Will? – perguntei.

– Bom, um pouco... – Naya pensou nisso. – Largou as drogas e tudo isso. Acho que foi principalmente porque queria ajudar o Mike. Mas, de resto, não mudou tanto.

– Honestamente, acho que o problema era morar com o pai – murmurou Lana.

Sim, continuavam sem conseguir estar juntos por mais de meia hora sem querer matar um ao outro. Nisso ela tinha razão. Talvez morar longe do pai o tenha ajudado.

– Mas... a maior mudança não foi essa. – Lana olhou para Naya significativamente, e depois as duas olharam para mim ao mesmo tempo. Pestanejei, confusa.

– O que foi?

– Ele mudou bastante quando te conheceu – confessou Naya.

– Mudou?

– Porra, se mudou! – Lana começou a rir.

– Eu não notei nada – murmurei, confusa.

– Porque você não o conhecia. – Lana revirou os olhos. – Até eu notei isso quando voltei. Parecia o garoto que era antes de tudo piorar. Sinceramente, me fez ter esperanças nele.

– Sim... – Naya me olhou. – Você não se lembra do dia em que te apresentei a ele? Que pedi que ele não te assustasse porque queria que você continuasse a ser minha colega de quarto?

Assenti lentamente com a cabeça. Eu não conseguia acreditar no que estava ouvindo.

– Bem, o Ross... digamos que ele tinha o dom de flertar com a garota que quisesse e se desfazer dela em seguida. Ele deixou de fazer isso no momento em que eu apresentei vocês. Juro. Até mesmo o Will ficou surpreso. Sinceramente, na primeira noite, quando vocês dois foram para o quarto dele... a verdade é que pensei que... bem...

Eu me lembrei de quando Naya entrou no quarto perguntando se estávamos fazendo algo inapropriado. Havia interpretado aquilo como uma brincadeira, mas é verdade que ela parecia estar com um pouco de pressa para voltarmos ao alojamento.

– Não aconteceu nada – eu disse, em seguida.

– Eu sei. Isso é que é... surpreendente.

Demorei alguns segundos para pensar em algo para dizer.

– Por isso que a Sue se irritava tanto quando íamos ao apartamento? – perguntei, confusa.

– Ah, sim. Suponho que ela estivesse cansada de ver tantas garotas diferentes andando pela casa. Por isso, também, é que ela fez aquele comentário no dia em que o Ross cozinhou e todos ficamos em completo silêncio.

Eu me lembrava disso também. "Como você quer trepar com ela, não tem problema algum com o fato de ela ficar." Também achei que aquele silêncio absoluto tinha a ver com o meu desconforto. Mas... talvez fosse algo mais.

– Por que eu não sabia de tudo isso? – perguntei, em voz baixa.

– Ross não quer que você saiba. – Naya revirou os olhos. – Ele se apavora com a ideia de que você não volte a olhar pra ele da mesma maneira.

– A essa altura?

Quase ri.

– Bem, o que está claro é que foi amor à primeira vista – disse Naya, abrindo um grande sorriso.

Vi que Lana abaixou um pouco a cabeça. Devia ser ruim ouvir que a atual namorada de seu ex tinha se saído melhor. Não soube o que lhe dizer, mas me senti um pouco mal por ela.

– E ele também parou de beber – disse Naya, me devolvendo à realidade. – Acho que nunca mais o vi bebendo nada alcoólico desde então. Bem, algumas cervejas, mas... você entende. Nada realmente forte.

– E ele parou de fumar – murmurei.

– Sim, Will me contou. Tá vendo? E você preocupada com o outro idiota.

Ela apontou para o meu celular. Monty estava me ligando outra vez. Desliguei de novo. Devia avisar a polícia.

– O Ross vai fazer picadinho do seu ex se cruzar com ele – murmurou Lana, olhando para mim.

– A verdade é que prefiro que nunca se encontrem. Monty pode chegar a ser um pouco... violento.

As duas voltaram a rir zombeteiramente.

– Percebe-se que você só conheceu o Ross na sua fase de bom-moço – me disse Naya.

– Por quê?

Elas voltaram a se olhar. Estavam começando a me deixar irritada.

– Digamos que o Ross... sabe se sair bem numa briga – disse Lana.

– Muito bem, na verdade – acrescentou Naya.

Depois disso, não voltamos a tocar no assunto.

O dia me pareceu longo porque fiquei com mais vontade do que nunca de voltar para casa. As palavras das duas continuavam em minha cabeça.

Jack tinha mudado. Por mim. Ou talvez eu tenha sido apenas um pequeno motivo, entre muitos outros, mas isso não tinha importância, o importante era que ele tinha tentado melhorar. E eu ficara meses sem ter certeza se preferia ficar com ele ou com Monty. Me sentia tão estúpida... só queria estar com ele. Queria compensá-lo por isso, de alguma forma.

Quando abri a porta do apartamento, Jack estava com um sorrisinho tímido nos lábios. Fazia muito tempo que não sorria timidamente, me pareceu estranho. Mike parecia um pouco mais animado na poltrona, conversando com Sue. Naya e Will viam tv enroscados um no outro e Jack estava sozinho no outro sofá. Ele se virou assim que ouviu a porta se abrir.

– Vejam quem voltou de sua longa jornada de trabalho – brincou.

Larguei a bolsa no chão e me aproximei deles. Jack abriu espaço no sofá para que eu me sentasse ao seu lado, mas me deixei levar pelo momento e me sentei em seu colo. Ele arqueou as sobrancelhas, surpreso, e se surpreendeu mais ainda quando pus uma mão em seu rosto e lhe dei um beijo na boca.

Eu quase nunca demonstrava afeto por ele em público. Precisava mudar isso também, porque sabia que ele gostava. E não é que me desagradasse exatamente, eu só ficava com um pouco de vergonha. Era uma questão de se acostumar. E, por ele, eu podia me acostumar a isso.

Eu me afastei e lhe dei um outro beijo, mais curto que o anterior, no centro dos lábios e depois no canto. Ele sorria, surpreso.

– Sentiu minha falta? – perguntou, confuso.

– Algo assim – murmurei, em voz baixa.

Os outros, estrategicamente, fingiam não prestar atenção em nós.

Eu me inclinei mais uma vez e lhe dei um beijo rápido na boca. Ouvi Sue fingir que vomitava em algum lugar, Mike rindo às gargalhadas e Will e Naya pedindo que nos deixassem em paz. Jack continuava sem entender o que estava acontecendo, mas não deixava de me retribuir cada beijo.

– Jen, você tá bem?

Assenti com a cabeça, olhando para ele e pensando a toda velocidade. Ele arqueou uma sobrancelha, intrigado.

– Me ajude a procurar o pijama – eu disse a ele, me pondo de pé.

Ele pareceu confuso. Mike se virou com a mesma expressão.

– Ele tem que te ajudar a procurar o seu pijama? Você não sabe onde está?

– Posso tentar – disse Jack, dando de ombros –, mas não sei se serei de grande ajuda.

Olhei para ele com os olhos arregalados, de forma significativa, estendendo o braço para que ele pegasse minha mão. Então ele pareceu entender. Passou da confusão ao sorriso maroto em menos de um segundo. Pegou minha mão e se levantou. Assim que chegamos à parte do corredor em que já não podiam nos ver, me agarrou pela cintura e me carregou nos ombros para ir ao seu quarto, com um sorriso de orelha a orelha.

Quase uma hora mais tarde, voltamos à sala e à presença dos outros, que tinham acabado de pedir algo para jantar. Will nos olhou com um sorriso zombeteiro.

– Conseguiu encontrar o pijama, Jenna?

Jack sorriu, achando graça, enquanto eu ficava vermelha. Como se não soubessem perfeitamente o que tínhamos ido fazer.

Me dei conta do quanto estava faminta quando vi o hambúrguer na minha frente. Naya voltou a ver seu programa de reformas, ao qual, honestamente, eu já tinha me afeiçoado. Minha irmã tinha mandado uma foto de meu sobrinho Owen dormindo para perguntar como eu estava. Respondi várias de suas mensagens dizendo que estava bem, enquanto Jack assistia ao programa, atento, com o braço sobre meus ombros. Eu gostava quando ele acariciava meu braço distraidamente.

E então... a cara de Monty apareceu na tela do meu celular.

Não atendi. Era só o que me faltava. Aquele idiota.

Mas ele voltou a ligar e dessa vez não fui tão rápida. Senti que a mão de Jack parou de me acariciar e suspirei. Me virei para ele, que estava de cara amarrada.

– Ele continua te atormentando? – sussurrou.

Agradeci por ele não ter dito isso em voz alta, porque não queria que todo mundo ficasse sabendo. Era incrível como ele respeitava minhas vontades até em situações como essa.

– Um pouco. – Dei de ombros. – Nada que eu não possa resolver.

– Jen...

– Posso resolver isso.

– Na verdade, não acho que possa – ele me disse gentilmente. – Há pessoas que simplesmente não se pode controlar. Por mais que você saiba defesa pessoal.

– Eu não sei defesa pessoal...

– Então pense num soco no pescoço ou num pontapé no saco. – Ele sorriu. – Parabéns, agora você já conhece os fundamentos básicos.

Por um momento pensei que ele tinha se esquecido de Monty e sorri, mas quando vi que voltou à sua expressão inicial, entendi que não.

– Você devia chamar a polícia, Jen.

– É que... não quero que ele seja preso.

– Você quer que eu diga pra ele parar?

– Jack Ross, assassino a domicílio. – Parei de sorrir quando vi que ele não achou muita graça naquilo. – Isso vai passar. Ele vai encontrar outra garota com quem passar o tempo e vai esquecer de mim.

Ele me olhou por um momento, quase ofendido.

– Por que você acha que é tão fácil te esquecer?

Pestanejei, surpresa. Que elogio! Por essa eu não esperava. E eu tinha dito aquilo tão... francamente. Não pude deixar de ficar vermelha, e isso foi suficiente para que ele voltasse a acariciar meu braço, contente.

Quando você fica vermelha, ele sente ternura e se distrai. É um dado que precisa ser levado em conta no futuro.

– Se você se sentir insegura em algum momento – ele murmurou –, prometa que vai me avisar. E que vai chamar a polícia.

– Tá bem.

– Preciso que você me prometa, Jen.

Olhei para ele.

– Eu prometo. Vou te avisar.

– Muito bem. – Ele pareceu se acalmar. – Muito bem. Tá certo.

Naquela manhã eu tinha uma prova e fiquei ocupada estudando como uma louca, então não consegui sair para correr. Era estranho como já havia me acostumado a fazer exercício. Estava começando a me sentir fraca – por causa de um dia! Com certeza Spencer ficaria orgulhoso de mim se contasse a ele.

Jack e Will tinham brincado dizendo que me comprariam um bolinho de chocolate para festejar o fato de eu me sair bem na prova... mas não tinham pensado na possibilidade de eu ir mal, o que era altamente provável.

Esperava não perder esse bolinho. Me sentei para fazer a prova e respirei fundo. E acabei me saindo superbem!

Os dois estavam esperando por mim na frente do prédio da faculdade quando saí com uma cara azeda, de propósito. Will deu uma cotovelada em Jack, que logo adotou sua melhor cara de namorado preocupado. Chegou perto de mim e me deu um abraço de urso amoroso.

– Você quer que a gente vá ameaçar o professor? – ele sugeriu, tranquilamente, como se tivesse acabado de insinuar que queria ir comprar doces.

– Não precisa... – Sorri. – Eu fui superbem na prova.

– Hein?

– Eu estava brincando. Mas você passou no teste de consolador.

E, por culpa da estúpida palavra "consolador", ficaram implicando comigo por todo o caminho, especialmente Jack. Fiquei tão cansada de rirem de mim que ameacei ir dormir no alojamento. Os dois pararam de brincar, mas continuaram a rir dissimuladamente.

Idiotas.

– Espera – eu disse a Jack quando ele ia entrar na garagem. – Vou comprar algumas cervejas para festejarmos.

– Quer que eu vá com você? – perguntou Will.

– Estarei no supermercado aqui embaixo. Estacionem primeiro.

Desci do carro feliz e os ouvi entrar na garagem. Estava tão distraída pensando no supermercado que não me dei conta de que, exatamente na frente do prédio, havia um carro estacionado que eu conhecia muito bem.

Só reparei quando Monty me pegou pelo braço com força, me detendo. Me virei, surpresa, e fiquei paralisada quando vi sua cara.

– Você continua viva – ele disse, me soltando bruscamente. – Que surpresa.

Ah, não, por favor. De novo não.

Olhei para ele de cima a baixo, tentando me certificar de que aquilo não era um pesadelo. Ele tinha aparecido outra vez, sem avisar. Eu não conseguia acreditar.

– Vou chamar a polícia – alertei-o... justo antes de me dar conta de que tinha deixado o celular no carro.

E, embora eu odiasse admitir, estava muito assustada. Minhas costelas reclamaram como se recordassem o soco que Monty me deu.

Olhei de soslaio para a porta do prédio. Calculava que faltavam uns dois minutos para Jack sair da garagem. Só precisava entretê-lo um pouco e já contaria com a ajuda de Jack e de Will para que Monty se fosse.

Por favor, venham logo.

– Vim ver o que minha namorada anda fazendo. – Ele cravou um dedo na minha clavícula, irritado. – Já que ela não responde minhas mensagens nem minhas ligações...

– Monty, você tem uma ordem restritiva – lembrei a ele, com minha voz mais suave. – Isso já não é um jogo, é algo mais grave.

– Você acha que eu me importo com isso? Vim aqui pra resolver as nossas coisas.

– Não há nada pra resolver.

– Você não sabe o que está falando, Jenny! É cabeça-dura demais!

Ele me pegou pelo braço com menos força que antes, mas me assustei do mesmo jeito. As pessoas estavam começando a olhar de soslaio para nós. Puxei meu braço com força.

– Estou falando sério, Monty, vou chamar a pol...

– Você vai vir até a minha casa e vamos acabar com essa bobagem.

– Me solta!

– Vamos transar e esquecer tudo isso. Como devíamos ter feito desde o início.

– Transar! – repeti, sem acreditar. – Mas quem você pensa que é?

– Seu namorado. Então deixe de bobagem e entre logo na porra desse carro!

– Não! – Me soltei, furiosa. – Não é bobagem nenhuma! Eu te denunciei, seu imbecil, quero que você se afaste de mim!

– Jennifer...

– Não quero falar com você, não quero entrar no seu carro e pode ter certeza de que nunca mais quero chegar perto de você! – Respirei fundo quando me dei conta de que havia levantado a voz. – De que maneira eu preciso te pedir pra me deixar em paz pra que você entenda? Te denunciar não é suficiente? O que mais você quer?!

Ele me olhou por alguns segundos, furioso.

O medo fez meu coração acelerar.

Jack, Will, onde vocês estão?

Soco ou pontapé. Pescoço e saco. Em caso de emergência, eu tinha as dicas essenciais. Não.

– Entre no carro – ele mandou, em voz baixa.

– Não. – Dei outro passo em direção ao prédio.

Ele se adiantou bruscamente e me pegou pelo braço mais uma vez, agora com mais força. Justo quando o vi levantar a mão enquanto as pessoas que passavam se afastavam de nós, algo em mim se ativou e consegui reagir antes dele. Empurrei-o com todas as minhas forças, o jogando alguns metros para trás. Ele acabou batendo em seu carro, bruscamente, e olhou para mim, surpreso.

– O que você acha que...?

– Nunca mais você vai bater em mim – eu disse, furiosa, me aproximando dele. – Você entendeu? Nunca mais.

Eu disse aquilo com uma raiva que me deixou surpresa. Ele levou alguns segundos para se recompor.

– Sou eu o malvado por bater em você? Você já pensou no dano emocional que você me faz?

– Meu Deus... – Quase tive vontade de chorar. – Como pude perder quatro meses da minha vida com você?

Ele me pegou pelo braço de novo, desta vez sem delicadeza.

– Estou de saco cheio de você me tratar como um merda – falou, abrindo um pouco a porta do carro. – A partir de agora, você vai...

Dei um passo para trás, cambaleando, quando de repente ele soltou meu braço. Jack tinha aparecido, do nada. Agarrou Monty pela gola da camiseta e o prensou, literalmente, contra a porta do carro, fechando-a subitamente. Arregalei os olhos.

– O quê...? – Monty não esperava por isso. Tentou escapar, mas ficamos igualmente surpresos quando Jack voltou a grudar suas costas no carro com uma força e uma habilidade surpreendentes. – Me solta agora mesmo ou...

– Tira ela daqui e chama a polícia – disse Jack, em voz baixa.

Não entendi nada até perceber que ele estava falando com Will, que pôs uma mão em meu ombro, gentilmente.

– Vamos, Jenna.

– O quê? – Olhei para Monty, que estava vermelho de raiva. Ele ia matar Jack assim que pudesse. – Não!

– Will... – Jack me ignorou completamente.

E, para minha surpresa, Will se abaixou e me colocou em seu ombro para me levar até o elevador. Eu não parei de me contorcer para que me soltasse. Daquela posição eu não conseguia ver nada. E comecei a espernear como uma criança.

– Will, me solta!

– Nesse exato momento você não vai querer estar aqui embaixo – ele me disse, tranquilamente.

– Me solta de uma vez!

Ele me ignorou de novo.

– Você não tem sequer a decência de parecer preocupado! – o acusei, furiosa.

– É porque não estou – ele me disse simplesmente.

– O Jack está sozinho com aquele... com aquele...!

– O Ross sabe o que está fazendo, Jenna. Relaxa.

Sue e Mike nos olharam, surpresos, quando Will entrou no apartamento me carregando. Ele me pôs no chão e eu dei dois passos para trás, nervosa e tremendo de raiva.

– Você se enganou de garota – disse Sue, brincando.

– Sim, essa aí é do meu irmão.

– Me deixa passar! – gritei para Will, furiosa, quando ele me deteve com o braço. – Will, estou falando sério!

– O Ross quer que você fique aqui e chame a polícia – ele disse, gentilmente.

Merda, a polícia.

Os outros já não riam mais quando saí correndo para pegar meu celular, que Will tinha trazido. Meus dedos tremiam quando disquei o número e, para minha surpresa, a mulher que atendeu me garantiu que chegariam rapidamente. Nem sequer titubearam. Admito que isso me fez sentir um pouco melhor, mas não o suficiente.

– Estão vindo – eu disse a Will, tremendo dos pés à cabeça.

– Tá vendo? Está tudo bem. Tudo vai se resolver.

– Não me interessa! Você o deixou sozinho com aquele maldito louco!

– Jenna, se acalma.

– Ele pode estar machucando o Ross! E você e eu estamos aqui em cima em vez de estarmos lá embaixo, o ajudando!

– Acredite em mim – Will esboçou um sorriso triste –, o Ross não precisa da nossa ajuda.

– Não me interessa! Quero descer!

– Ross não quer que você desça!

Ele estava perdendo a paciência comigo.

– Não me interessa o que ele quer!

– Jenna, ele não quer que você o veja assim! Para de insistir!

Tentei passar outra vez e me frustrei quando ele voltou a me deter. Fiquei sentada no braço do sofá, passando a mão no cabelo. Aquilo parecia durar uma eternidade e ninguém aparecia. Eu estava ficando louca só de pensar em Monty, pois já o tinha visto irritado com um garoto, especialmente no colégio. Lembrei de um em especial, que tentou flertar comigo, e que Monty deixou com o nariz roxo. Imaginar Jack com o nariz quebrado por culpa minha me deu vontade de chorar.

Então a porta se abriu e eu me levantei num pulo.

Todo mundo se virou para Jack, que apareceu ali tranquilo, como se nada tivesse acontecido. Estava acompanhado por um agente da polícia.

Examinei Jack de cima a baixo, pasma. Nem um arranhão.

Eu não estava entendendo nada.

Will e ele trocaram um olhar e disseram tudo sem abrir a boca. Como eu odiava que fizessem isso e me deixassem sem informação.

– Srta. Brown? – perguntou o policial, olhando para mim. – Precisa vir conosco até a delegacia.

Assenti com a cabeça, como se estivesse numa galáxia paralela. De fato, me senti o tempo todo como se outra pessoa estivesse fazendo aquilo, e não eu. Will, Jack e eu fomos à delegacia, onde contei tudo o que havia acontecido. Não voltei a ver Monty, embora tenha escutado sua voz. Ele estava preso numa das celas e, pelo que entendi, ia passar uma pequena temporada na prisão. De seis meses a um ano.

– Não se sinta culpada – o agente me recomendou, ao ver minha cara de espanto. – Ele sabia das consequências do que estava fazendo. As ligações constantes, as mensagens... Um de seus colegas nos informou que o tinha visto a vigiando no campus. E ele também foi à sua residência atual. Um clássico. Acontece com frequência.

– Sério? – perguntei, em voz baixa.

– Ex-parceiros que não conseguem aceitar o término e descumprem uma ordem restritiva? Infelizmente, isso acontece muito. Mas eu lhe garanto que, depois de uma temporadinha na prisão, eles ficam sem nenhuma vontade de fazer isso de novo. Muitos nem sequer chegam a ir presos, mas levam um susto e se acalmam bastante.

Isso me acalmou. Agradeci-lhe de todo coração pelo que havia feito e saí da delegacia ainda em estado de choque. Não falei nada em todo o caminho de volta. De fato, me dei conta de que não tinha falado com Jack nem com Will. Não encontrava as palavras adequadas.

Mike e Sue continuavam no apartamento, embora eu os tenha encontrado numa situação bem diferente. Ele dava voltas pela sala, ansioso, e Sue estava de braços cruzados na poltrona. Ambos deram um pulo e olharam para nós assim que entramos.

– Vocês estão bem? – perguntou Sue, com tanta urgência que nós três ficamos parados, olhando para ela.

– Você está... preocupada? – perguntou Jack, pasmo.

– Sim, seu idiota, é óbvio. O que aconteceu? Vimos os carros da polícia e... que diabos aconteceu?

Olhei para os rapazes, hesitando, e Will assentiu.

– Por que vocês não vão para o quarto? Deixem que eu explico.

Acho que nunca me senti tão agradecida a alguém. Me aproximei dele e lhe dei um forte abraço. Ele retribuiu, surpreso.

– Você é um amigo tão bom – murmurei, dramaticamente.

– Sim, eu também gosto de você – ele me disse, contente. – Anda, vai ficar com o Ross.

Jack estava sentado na cama quando entrei no quarto. Nem sequer sabia como reagir diante dele. Ele me olhou com cautela.

– Você tá bem? – nos perguntamos, ao mesmo tempo.

Houve um momento de silêncio incômodo. Então eu me aproximei dele.

– Jack Ross – comecei, baixinho –, que esta seja a última vez em que você fica sozinho com um imbecil como o Monty, você me ouviu?

– Também não foi pra tanto – ele respondeu.

– Ah, não...? Posso saber o que está acontecendo com você?

Ele pareceu surpreso. Arqueou as sobrancelhas, me observando com cautela.

– Jen... – começou, mas parecia não saber o que ia me dizer.

– Você não tem nem ideia do quanto ele fica louco quando se irrita, Jack!

– Estou bem – ele disse.

– Não volte a ficar sozinho com ele! Não me interessa o quanto você é bom brigando ou seja lá o que for!

– Jen, escuta...

– Não! Escuta você! Não faça isso de novo! Não me deixe de fora outra vez quando você for sozinho fazer algo assim! Nunca! Você me ouviu?

Ele ficou calado. Acho que nunca o tinha visto ficar sem palavras. Pelo menos não a esse ponto. Minhas mãos tremiam. Ele estendeu a mão para mim, hesitante, e por fim a colocou em seu colo de novo.

– Estou perfeitamente bem – me garantiu, baixinho.

Respirei fundo e o examinei de cima a baixo, minuciosamente. Ele parecia estar bem. Nem um arranhão... eu não estava entendendo nada.

– Você já pode esquecer desse cara – ele disse. – Além do mais, duvido que ele chegue perto de você outra vez...

– Meu Deus, eu vou te matar.

– Hein?

Ele pestanejou, confuso.

– Você acha que estou preocupada comigo, seu idiota? Quase tive um ataque de ansiedade por não saber se você estava bem! Não faça isso de novo! Da próxima vez, nós dois subimos ou nós dois ficamos! Juntos!

Ele abriu a boca e voltou a fechá-la, completamente atônito.

– E-está bem... Eu... sinto muito. E... me desculpe por não ter chegado antes.

Seu tom de voz fez minha irritação passar imediatamente. Uma parte de mim odiava que não eu conseguia ficar irritada com ele nem por cinco minutos, mas a outra o adorava exatamente por isso. Suspirei e esqueci dos momentos ruins pelos quais havia passado. Ou, pelo menos, tentei. Segurei seu rosto com as mãos, ainda com vontade de chorar.

– Não se desculpe, você me defendeu – eu disse. – Eu devia te agradecer, embora você tenha se comportado como um idiota e eu já tivesse a situação sob controle.

Vi que ele contraía os lábios, tentando não sorrir.

– A situação sob controle? Isso é uma piada?

– Se você tivesse demorado um segundo a mais, teria me visto dando um soco no pescoço e um pontapé no saco dele.

Ele parecia estar se divertindo.

– Hummm... ainda bem que cheguei antes de você o ter nocauteado com suas habilidades de ninja.

Sorri, exausta, e me sentei ao seu lado. Ambos nos olhamos por um momento antes que eu apoiasse a cabeça em seu ombro.

– Sinto muito por estar sempre te incomodando com meus problemas, Jack.

– A verdade é que você faz minha vida ser bastante divertida.

– Divertida? – Balancei a cabeça. – Que noção curiosa de diversão que você tem!

23

MANHÃS PRODUTIVAS

JACK ESTAVA MEIO ADORMECIDO, com a cabeça em meu peito. Nem me dei conta de que estava passando meus dedos por seu cabelo. Ele resmungou algo, como um animal preguiçoso.

– Eu gosto quando você faz isso – murmurou, sem abrir os olhos.

Ele se acomodou melhor sobre mim.

– Isso o quê?

– Isso. – Apontou para minha mão em seu cabelo. – É relaxante.

Fiquei olhando para ele, pensativa. Parecia estar desfrutando daquilo, então continuei fazendo. Já tinham se passado alguns dias desde a confusão com Monty, e não tínhamos voltado a falar sobre aquilo.

Uma coisa era certa: eu não sabia o que ele tinha feito, mas tinha funcionado. Monty não voltou a me ligar.

– Jack?

– Hummm...

Duvidava que ele estivesse me escutando.

– Acho que não te agradeci como devia pelo que você fez – murmurei.

– Não me agradeça. Desfrutei cada segundo.

Mordi o lábio inferior, procurando as palavras certas.

– O que...?

Não sabia nem por onde começar.

– O que você fez com ele?

– Segurei ele um pouco – murmurou, acomodando-se um pouco mais. – Até a polícia chegar.

Franzi o cenho. Por que não queria me contar?

– Você bateu nele?

Ele suspirou sonoramente.

– Jen, ele te deixou em paz. Era o que você queria, não?

– Sim, mas...

– Então, pronto.

– Por que você acha que vou sair correndo se você me contar algo ruim sobre você?

Ele sorriu sobre a pele nua de meu peito.

– A troco de que isso agora?

– É que... não sei. Tenho a impressão de não saber tudo sobre você.

– Muito bem – murmurou –, então pergunte. Minha cor favorita é...

– Em quantas brigas você se meteu?

Ele pareceu ficar tenso. Abriu os olhos, surpreso, e me olhou. De repente, pareceu ter perdido o sono. Seu olhar estava carregado de desconfiança.

– Por quê?

– Não sei... – Dei de ombros, me fazendo de sonsa. – Curiosidade.

Ele demorou segundos eternos para responder, me encarando. Tentei manter a compostura e não retirar a pergunta.

– Com quem você conversou? – ele perguntou.

– Eu? O quê? Com ninguém, por quê?

Ele revirou os olhos.

– Jen...

– Com ninguém.

– Com Lana e Naya, não foi?

Pestanejei, surpresa.

– Como é que você sabe? Às vezes você me dá medo.

Ele suspirou e rolou na cama para se deitar ao meu lado. No instante em que o fez, senti meu corpo ficar frio. Talvez não devesse ter tocado no assunto, mas agora já era tarde para retirá-lo. Olhei-o de soslaio. Parecia um pouco emburrado.

– O que elas te contaram?

– Por que você nunca me falou do... seu passado?

– Porque não me orgulho dele.

– E você acha que eu me orgulho de meu irmão ter me flagrado tentando enviar fotos sem sutiã para um garoto? – perguntei, tentando deixar o clima mais leve.

Consegui fazê-lo sorrir por um momento. Foi uma pequena vitória.

– Jack, eu te conheço muito bem – murmurei. – Mental e fisicamente. Eu... vi os nós dos seus dedos. Fiz isso muitas vezes.

Ele olhou para sua mão com o cenho franzido. Eu a segurei com ternura e passei o polegar pelas marcas.

– Meu irmão Sonny era boxeador. Durante uma temporada, não quis usar luvas nos treinos... e ficou com essas mesmas marcas. Embora eu duvide que você tenha ganhado as suas batendo num saco de pancadas de boxe.

Ele retirou a mão, claramente incomodado.

– Em quantas brigas? – repeti.

Ele não olhou para mim. Estava com o olhar grudado no teto.

– Perdi a conta – murmurou.

Fiquei de lado, olhando para ele.

– Quantas... garotas?

Ele deu um meio-sorriso.

– Você quer mesmo saber?

– Sim.

Ele suspirou e, de novo, deixou de me olhar. Parecia realmente constrangido.

– Também perdi a conta.

Não pude deixar de me sentir um pouco mal. Talvez eu não quisesse saber.

– Quantas... desde que você mora aqui?

– Jen, não quero falar sobre isso.

– Quero saber.

– Pra quê?

– Quero te conhecer. – Empurrei seu ombro para que ele se deitasse de novo quando tentou se endireitar na cama. – Jack, eu sou sua namorada. Quero saber tudo sobre você. O bom e o ruim.

Ele suspirou.

– Quantas?

– Não sei... – Ele passou a mão no cabelo, irritado. – Mais do que eu gostaria.

– Da faculdade?

– Não. – Negou, categoricamente. – Não queria encontrá-las de novo depois de terminar com elas. Sempre me certificava de que não estudassem na minha universidade.

Engoli em seco. Ele contraiu os lábios.

– Era isso que você queria saber?

– Eu... não sei. É que você nunca me pareceu... esse tipo de garoto.

– Porque não sou. Não sou mais.

– Lana disse que agora você se comporta como antes de tudo que aconteceu no colégio.

Ele não disse nada.

– Por que você era assim?

Ele me analisou durante alguns segundos. Eu já estava começando a entender bem suas expressões aparentemente indiferentes. E, naquele momento, embora não gostasse de admitir, ele estava tenso.

– Não sei – ele murmurou, por fim. – É complicado. Eu... sentia que precisava fazer aquilo. Era a única coisa que fazia eu me sentir vivo, sabe? Mas não tenho orgulho dessa época da minha vida, nem mesmo quando a estava vivendo. Não faz sentido, eu sei.

– Sim, faz. Faz muito sentido, Jack.

Fiz uma pausa, hesitante. Me aproximei dele e lhe dei um beijo no canto da boca.

– Obrigada por me contar.

Mas não te contei quase nada.

– Obrigada por me contar quase nada, então.

Ele revirou os olhos.

– Você não está bravo com a Naya nem com a Lana, né?

– Espera aí. – Ele me olhou, confuso. – Você está preocupada por eu talvez estar bravo com a Lana?

– Bem... sim.

Ele demorou alguns segundos para falar.

– Quem é você e o que fez com a minha namorada?

– Olha, ela me contou tudo isso. Talvez não seja tão má, afinal de contas.

Isso o havia surpreendido mais do que todo o resto. Não pude deixar de sorrir ao ver sua cara de perplexidade.

– Imagina se eu me transformar na melhor amiga das suas ex – brinquei, espetando sua bochecha com o dedo. – Aí eu poderia arrancar delas informações muito valiosas sobre você.

– Que tipo de informações?

Ele ficou emburrado como uma criança.

– Seus segredos mais obscuros – brinquei, passando um dedo pelo seu peito.

Ele me segurou pelo punho, mas parecia estar se divertindo.

– Não tenho segredos obscuros – ele disse, com um meio-sorriso.

– Todo mundo tem.

– E qual é o seu?

– Vou te contar quando você me disser qual é o seu.

Ele balançou a cabeça e me empurrou suavemente para se ajeitar como antes.

– Amanhã eu preciso madrugar e você está aqui interrompendo meu sono – ele protestou.

–Perdoe-me, Bela Adormecida.

– Vamos dormir, Malévola.

Sorri e passei os dedos por seu cabelo mais uma vez. Alguns minutos mais tarde, senti que sua respiração se regularizou. Ele tinha dormido.

Quando voltei da minha corrida na manhã seguinte, estava de bom humor. Por milagre, não estava chuviscando. Só fiz uma pausa para ligar para meu pai e para Shanon e lhes contar o que havia acontecido alguns dias antes, quando Monty apareceu. Papai soltou um "hummm..." de aprovação e Shanon começou a esculachar meu ex. Exatamente como eu esperava.

Ao voltar da corrida, subi as escadas rapidamente e encontrei Agnes abrindo a porta de sua casa. Ela se deteve ao me ver.

– Bom dia, querida – ela disse, sorrindo para mim.

– Bom dia. – Pisquei para ela. – Você está com uma cara melhor do que da última vez que te vi.

– Um dia vou aprender a beber com responsabilidade. – Ela deu de ombros. – Mas, enquanto isso, quero me embebedar até perder a razão.

Não pude deixar de rir enquanto buscava as chaves no bolso. Vi com o canto do olho que ela estava olhando para mim e apontei para a porta.

– Você quer entrar?

Ela sorriu de maneira angelical e passou ao meu lado para entrar no apartamento. A primeira coisa que viu foi Mike dormindo de boca aberta no sofá. Balançou a cabeça e se sentou comigo na bancada.

– Quer café? – ofereci.

– Por favor.

Enquanto eu a servia, ela baixou a voz para não acordar seu neto.

– Como está Jackie?

– Bem. – Eu ainda me lembrava de nossa fuga da casa do lago. – Estou mais preocupada com Mike.

– É um garoto muito sensível. Pra ele é complicado se ajustar. – Ela fechou a cara. – Mas ele me disse que você cuidava dele.

Parei justo antes de pôr leite em seu café, surpresa.

– Mike... te disse isso?

– Sim. – Ela pareceu confusa com minha surpresa. – Não é verdade?

– Ah, bem... eu não... – Tinha ficado impactada. – Acho que...

– Bom, já que estamos aqui, queria falar com você – ela me interrompeu e mudou de assunto abruptamente.

– Sobre o quê? – Arqueei as sobrancelhas e me apoiei com as duas mãos na bancada, diante dela.

– O Natal é daqui a algumas semanas.

– Sim, eu sei... Minhas provas finais estão se aproximando.

– Você vai se sair bem. É uma garota muito inteligente.

Ela fez uma pausa. Nós duas sabíamos que ela não estava aqui para falar sobre minhas notas.

– Eu gostaria muito que Jack aceitasse jantar com o pai dele no Natal.

Fiquei quieta por alguns segundos, deixando que essa frase flutuasse entre nós.

– Entendo – murmurei. – Você perguntou a ele?

– Querida, você já o conhece quase melhor do que eu. Sabe o que ele vai me dizer.

– Ele é muito teimoso em relação a isso.

– Mas se você pedir pra ele...

Ela sorriu angelicalmente. Comecei a negar com a cabeça.

– Ai, sinto muito, Agnes, mas eu não...

– Você é a única pessoa que ele ouve. – Inclinou a cabeça. – Sei que vai te dar ouvidos se você falar com ele.

– Jack fica muito mal-humorado quando toco nesse assunto. Especialmente desde que voltamos da casa do lago.

– Já sei, querida...

– Como você acha que vou convencê-lo a ver o pai dele? E no Natal?

– Bom...

Por sua cara, soube que ela estava tramando algo. Entrecerrei os olhos.

– O que foi?

– Vocês já estão há algum tempo juntos, não é?

– Juntos oficialmente... há quase um mês.

– E não oficialmente? – Ela arqueou uma sobrancelha.

– Três meses – falei, meio constrangida.

– Pensei que talvez não fosse uma má ideia que... bem... que as duas famílias se conhecessem.

Eu estava bebendo água e me engasguei na mesma hora. Ela sorriu inocentemente enquanto eu quase morria, levando uma mão ao peito.

– Minha família? E a de vocês?

– Também não é algo muito descabido, não?

– É que... não... – Eu não conseguia imaginar a situação. – Minha família não mora perto daqui.

– Iríamos à casa de vocês. Não vai ser por uma questão de dinheiro...

– Mas... – Minha mente trabalhava a toda velocidade. – Mary e o sr. Ross estão de acordo com isso?

– Ah, sim. – Ela sorriu. – Foi ideia dele. Pra fazer as pazes com seus filhos.

Suspirei, meio cansada.

– Não sei, Agnes. Eu teria que falar com Jack, com Mike, com minha família...

– Sei que você vai convencê-los. – Ela se levantou. Tinha terminado o café. – Avise-me assim que puder, seja qual for a resposta. Preciso ir, querida. Um beijo.

Pouco antes que saísse, limpei a garganta e falei.

– Agnes...

Ela se virou e sorriu para mim.

– Sim?

– Eu... Você se lembra daquela conversa que tivemos sobre... seu marido?

Seu olhar ficou mais curioso ao assentir com a cabeça.

– Claro que sim.

– Pois... só queria te dizer que... fiz isso. Me separei do meu ex. Dessa vez pra sempre.

Ficamos nos olhando durante um momento e ela me deu um sorriso orgulhoso, o mais especial que alguém já me dedicou na vida. Finalmente, desviou o olhar e pigarreou.

– Você não faz ideia do quanto isso me alegra – ela disse em voz baixa.

– Queria te contar porque... porque o que você me falou me ajudou muito a dar esse passo e deixá-lo. Na verdade, foi crucial. Honestamente, não sei o que teria sido de mim se não tivesse falado com você. Só queria te agradecer. De todo o coração.

Ela sorriu e, por um breve momento, me pareceu que ia se emocionar. Começou a piscar repetidamente e balançou a cabeça.

– Ah, me perdoe. Sou uma velha sentimental.

– Não é verdade.

Sorri, igualmente emocionada.

– Sou, sim. – Ela balançou a cabeça, tentando se acalmar, antes de me olhar pela última vez. – Estou muito orgulhosa de você, Jennifer. Faça o que fizer a partir de agora, a decisão será sua, não de outra pessoa. Estou muito orgulhosa.

E sumiu antes que eu pudesse responder. Fiquei apoiada na bancada por um momento, e depois de algum tempo Sue apareceu no corredor, despenteada e meio dormindo.

– Que nojo eu tenho das manhãs – ela murmurou, pegando seu sorvete no congelador.

Funguei e tentei me acalmar antes de olhar para ela.

– Bom dia pra você também, Sue.

– Olha só o dorminhoco – ela disse, olhando para Mike. – Meu objetivo na vida é alcançar esse nível de felicidade.

Sorri enquanto ouvia mais passos no corredor. Will apareceu bocejando sonoramente e Mike resmungou algo e abriu os olhos.

– Uff... – Ele esfregou os olhos. – Odeio dormir na sala. É uma tortura ter que ouvir vocês.

– Então alugue um apartamento – disse Sue, olhando para ele de cara feia.

– Essa não é uma opção viável para o meu atual estado financeiro. – Ele se sentou no lugar que Agnes tinha deixado livre. – Bom dia, cunhada. Seus olhos estão brilhantes hoje.

– Não comece. – Will revirou os olhos, passando por trás de mim.

– Agora não posso falar coisas boas? A censura nessa casa está cada dia pior.

– E o Ross? – Will me perguntou, o ignorando.

– Ah, agora vocês não apenas me censuram, também me ignoram. Muito bonito!

– Mike... – Suspirei.

– Ainda bem que você não me ignora, cunhada.

– Ele está dormindo – eu disse a Will.

– Você devia acordá-lo. Ele tem aula daqui a uma hora. Ele não ligou o alarme ontem à noite?

Fiquei vermelha ao me lembrar do despertador voando pelo quarto quando arranquei a camiseta de Jack e minha mão se chocou com ele. Quando Jack tentou pegá-lo, eu disse que depois faríamos isso. Talvez não o tenhamos feito porque estávamos *muito* ocupados.

– Hã... – tentei disfarçar –, acho que nos esquecemos...

– Claro. – Will me deu um sorriso divertido. – Estavam ocupados, né?

– *Muito* ocupados – acrescentou Sue, com um sorrisinho.

– Vou acordá-lo.

Saí da sala apressada. De fato, Jack continuava dormindo de barriga para baixo e com a cabeça afundada em meu travesseiro. Me aproximei na ponta dos pés e mexi em seu ombro.

– Jack?

Ele murmurou algo franzindo o cenho e virou a cabeça para o outro lado.

– Você vai chegar atrasado na aula.

– Humm... que pena...

E se ajeitou de novo para dormir.

– Você vai me obrigar a usar minhas armas pesadas? – Arqueei uma sobrancelha.

– Não vou me mexer – ele falou, se acomodando na cama.

Passei pelo lado da cama até a janela e abri a cortina. Ele franziu o cenho quando o sol bateu em seu rosto.

– Porra, Jen – ele protestou. – Você faz eu me lembrar da minha mãe.

– Acorda. Já!

– "Acorda. Já!" – me imitou.

Eu me aproximei dele e deitei na cama até ficar sobre suas costas. Ele nem se mexeu.

– Vamos, levanta ou vai chegar atrasado.

– Se eu não for, não posso chegar atrasado.

– Ora, deixa de ser criança. – Beijei seu ombro. – Você tem responsabilidades.

– Você não disse que eu sou criança? As crianças não têm responsabilidades.

Por algum motivo, eu estava com vontade de mimá-lo. Ele deu um meio-sorriso quando passei meu nariz por trás de sua orelha e prendi o lóbulo entre meus lábios, puxando-o delicadamente.

– Assim você não vai conseguir fazer com que eu queira ir à aula, Jen. – Ele abriu os olhos e me olhou de soslaio.

– Você tem que ir.

– Neste exato momento, estou com vontade de ficar aqui e fazer algo mais produtivo com você a manhã inteira.

– Jaaack – eu disse, me afastando dele. – Levanta. Vamos.

– Faça isso com o nariz e os lábios mais cinco minutos... e vou pensar.

– Será que vou ter que buscar um balde de água fria?

Ele bufou e eu saí de cima dele ao ver que começava a se mexer. Joguei as calças para ele quando se sentou na cama. Ele as vestiu preguiçosamente e depois se levantou como se a vida lhe pesasse. Não pude deixar de rir dele.

– Você tem vinte anos, não noventa.

– Me deixa em paz, pequeno gafanhoto.

Quando fomos para a sala, os outros estavam tranquilamente tomando café da manhã. Jack se sentou bocejando perto de seu irmão e eu fiquei de pé entre os dois, pegando um dos bolinhos de chocolate que Will tinha trazido.

– Ei, por que vocês me acordam fazendo barulho? – protestou Mike. – Eu também quero que me acordem carinhosamente.

– Então arranja uma namorada – murmurou Jack, pegando uma torrada.

– Se eu tivesse uma namorada, não estaria aqui. – Mike suspirou dramaticamente.

– Por favor – Sue olhou para cima –, Senhor, dê a ele uma namorada. É tudo que peço.

Os três começaram a rir de Mike e ele fechou a cara. Não pude evitar e pus a mão em seu ombro. Naquela manhã, ele voltou a se parecer com ele mesmo, o que era um alívio. Ele andava tão apagado...

– A mim você não incomoda – eu lhe disse, sorrindo.

– Obrigado, cunhada. – E sorriu como um anjinho. – Você é a melhor coisa dessa casa, de longe. Não tem nada a ver com esses rabugentos.

Will olhou para ele.

– Ok, obrigado.

– Você é a única que se lembra de mim – disse Mike. – Não faz barulho ao passar pela sala, guarda comida pra mim e me pergunta como estou. Será que você vai com a minha cara?

Achei engraçado e, ao mesmo tempo, carinhoso. Mas, de repente, ele me envolveu em seus braços e eu arregalei os olhos quando me deu um abraço de urso, afundando descaradamente a cabeça entre meus peitos. Ouvi Jack se engasgar com a torrada atrás de mim.

– Você é boa demais pro meu irmão – Mike falou, sem se afastar de mim. – Mas aqui estou eu, esperando pacientemente você se cansar dele.

Senti a mão de Jack me puxando. Ele olhava para o irmão com o cenho franzido e não me soltou até eu ficar apoiada entre suas pernas.

– Se você fizer isso de novo, vai dormir na rua – ele disse a Mike, irritado.

– Foi só um abraço!

– Uma merda!

Jack fez uma cara feia para ele e me envolveu com os braços, emburrado.

– Se somos quase iguais, Jenna, que diferença faz um irmão ou outro?

– Mike, você não tem muito amor à vida, não é? – disse Jack. – Porque neste exato momento ela está por um fio.

– Crianças – interveio Will –, Jenna é uma pessoa, não um console. Acalmem-se.

Olhei para ele, agradecida.

– Ok, mas repito – disse Mike –, foi só um abraço inocente.

– Mas você estava com a cara no meio dos peitos dela – disse Sue e começou a rir.

– Bem, é que os peitos dela são muito... Ei!

Ele pestanejou, surpreso, quando Jack atirou o resto da torrada em sua cara.

E assim começaram a jogar comida na cabeça um do outro até a cozinha se transformar num desastre de manteiga, geleia e torradas. Will, Sue e eu fomos para a sala. Meia hora mais tarde, os dois, muito a contragosto, tiveram que limpar tudo, enquanto Sue, para irritá-los, ficava dizendo, a cada cinco minutos, que ainda havia manchas para limpar.

Olhei para Jack, com um ar divertido, quando ele se sentou ao meu lado. O coitado estava exausto de tanto limpar.

– No fim das contas, é verdade que você não foi à aula para fazer algo produtivo – brinquei, sorridente.

Ele me fulminou com o olhar.

Já estava saindo da aula quando vi que Shanon estava me ligando. Atendi, feliz por poder falar com ela.

– Te peguei no meio da aula?

– Não. Acabei de sair. Tudo bem aí?

– Tudo – ela murmurou. – Olha, preciso falar com você sobre uma coisa.

– Sobre o quê? – O tom sério me pegou de surpresa.

– Você já decidiu o que vai fazer em dezembro?

A pergunta me pegou desprevenida.

– Já estamos em dezembro, Shanon.

– Você entendeu.

Pensei nisso por um momento.

– Já me decidi, sim – murmurei, sorrindo.

– Fico feliz por você. – Eu a imaginava sorrindo. – De qualquer forma... a escola do Owen está procurando alguém pra substituir a treinadora do clube de atletismo. Como você é boa nisso e me disse que estava procurando emprego, achei que seria bom te avisar.

– Acho que não vou abandonar a universidade, Shanon.

– A universidade ou Jack? – ela perguntou, brincando.

– Os dois. – Neguei com a cabeça. – Mas obrigada por me avisar.

– Se mudar de opinião, a oferta está de pé até o dia 1º de fevereiro. Como é Spencer que está organizando...

– É um alívio.

Ri enquanto descia as escadas da estação do metrô.

– Aliás, como vão as coisas com o seu Romeu?

Revirei os olhos ao ouvir ela o chamar assim.

– Bem. Ele é encantador.

– Sim, claro. É disso que você mais gosta nele, não é? – ela disse, maliciosa.

– Shanon!

– Com certeza ele é tão romântico que vocês passam as noites olhando para as estrelas.

Estive a ponto de pedir que se calasse, mas decidi entrar na sua onda.

– Só à noite?

– Ora, ora! – ela começou a rir. – Jenny? Ainda é você? Ou estou falando com sua gêmea maligna?

– Ainda sou eu. – Sorri.

– Da última vez que te falei de algo sexual você ficou tão vermelha que pensei que ia explodir.

– Eu amadureci.

– Ou piorou.

– E você com o seu namorado intermitente?

– Agora é um namorado inexistente. Cheguei à conclusão de que o Owen é o pequeno grande amor da minha vida.

– Lamento que não tenha dado certo.

– Eu não. Ele também não era grande coisa, só um chato.

Entrei no vagão do metrô sorrindo, mas o sorriso se evaporou quando me lembrei do que Agnes tinha me falado naquela manhã.

– Na verdade, eu também queria te falar uma coisa.

– Uh, uma fofoca! Pode soltar.

– Não é uma fofoca. Na verdade, preciso de um conselho.

– Sou toda ouvidos.

– Os pais de Jack querem que nossas famílias jantem juntas no Natal.

Houve um momento de silêncio.

– E você não quer?

– Não sei. Não é um pouco... precipitado?

– Precipitado?

– Não faz nem um mês que estamos juntos.

– Oficialmente, mas você já estava com ele muito antes, querida.

– Você entendeu.

– Sim... – Ela pensou no assunto. – A verdade é que eu não acredito que se possa medir um relacionamento pelo tempo que as duas pessoas estão juntas. Olha o Monty. Vocês ficaram mais de quatro meses juntos e terminaram... bem, você sabe como.

Ela fez uma pausa.

– Você gosta muito desse garoto, Jenny.

Ela nem estava perguntando.

– Sim – murmurei.

– Muito – ela replicou.

– Sei disso, Shanon.

– Então... não vejo esse jantar como algo tão absurdo. Quantas vezes você já viu os pais dele?

– O pai, só duas vezes, mas a mãe muitas outras.

– E você não gostaria que Jack conhecesse papai, mamãe e...? – Ela parou ao pensar em nossos irmãos. – Bem, sempre podemos trancar Sonny e Steve no porão.

– Claro que eu gostaria que ele conhecesse todos...

– E mamãe teria um ataque de felicidade. Isso é algo que eu não gostaria de perder.

– Sim, e papai também me disse que queria conhecê-lo.

– O cara já ganhou os sogros sem conhecê-los. Merece os parabéns por isso.

– E a cunhada também?

– Primeiro preciso conhecer ele e passar nele meu escâner de sábia irmã mais velha.

– Por falar em irmãos mais velhos... Spencer me preocupa um pouco.

– Bem, ele não vai chegar a dar um soco no Ross, Jenny.

– Você o conhece.

– Sim... Bom, vou preparar um pouco o terreno – ela murmurou. – Mas não te garanto nada. E você vai ficar me devendo uma! Spencer pode ser um pouco intenso quando quer.

– Eu sei. Veja como ele tratava Monty.

– Ah, mas aquele idiota merecia.

Fiquei calada ao pensar nele, e ela percebeu.

– Como está o seu namorado? O idiota o machucou muito?

– Não. Nem um arranhão.

– Melhor. Ele sabe se defender. Mais pontos positivos.

Não soube muito bem como me sentir a respeito disso.

– Você já falou com papai e mamãe sobre o tal jantar?

– Não. Nem sequer falei com Jack sobre isso.

– E está esperando o quê? Isso é daqui a duas semanas.

– É que... ele não se dá muito bem com o pai.

– Por quê?

– Mas vou convencê-lo – eu disse, fugindo de sua pergunta. – Preciso desligar, estou chegando à estação.

– Muito bem, Jenny. Dê ao seu namorado o que ele quiser pra que fique de bom humor e aceite vir.

Balancei a cabeça e desliguei.

Jack não estava em casa quando cheguei, apenas Sue, Mike, Will e Naya, os dois últimos se beijando no sofá, enquanto Mike os olhava com certa inveja. Sue estava lendo um livro. Me sentei ao lado de Mike no sofá.

– Onde está o seu irmão? – perguntei.

– Olá, Mike – ele ironizou. – Como você tá? Ah, fico feliz de te ver, porque sou suficientemente boa pra me preocupar por...

– Como você tá? – eu disse e sorri docemente.

– Melhor agora que você se sentou perto de mim. – E piscou para mim.

Naya revirou os olhos.

– Começou...

— Na verdade — olhei para Mike —, eu queria falar com você.

Sue levantou os olhos do livro que estava lendo. Naya e Will nos encararam. Mike pestanejou.

Silêncio.

— Comigo? — ele perguntou, confuso, quebrando o silêncio.

— Sim. — Sorri. — Você se importa?

— Não! — Ele se mostrou exageradamente entusiasmado. — Sobre o que você quer falar?

— Ah, Mike, não se iluda. — Neguei com a cabeça. — Me acompanhe até o terraço.

Ele me seguiu, animado, mas os outros não pareciam estar muito seguros em relação à situação. Mike passou à minha frente quando percebi que Will olhava para mim.

— Você tem certeza do que está fazendo? — ele me perguntou.

— Só quero falar com ele.

Will continuava não tendo muita certeza sobre aquilo, mas segui Mike até o terraço, onde ele esperava por mim. Estava com as mãos enfiadas nos bolsos da calça. Parei ao seu lado.

— E sobre o que exatamente você quer falar, Jenna? — Ele deu um passo em minha direção com um sorriso malicioso.

— Primeiro, fique no seu lugar.

Ele o fez, docilmente.

— Você tá melhor? — perguntei.

— Eu?

— Sim, achei você um pouco abatido nos últimos dias.

Por um momento, ele pareceu confuso.

— Você percebeu?

— Sim, claro — eu disse, estranhando. — Já tá melhor?

E então aconteceu o impossível. Mike ficou vermelho e desviou o olhar.

Mike! O descarado! Vermelho! Eu não conseguia acreditar.

— Estou melhor — ele falou, constrangido.

— Fico feliz. É que... bem... eu queria falar sobre o seu pai.

Ele perdeu o rubor imediatamente e olhou para mim, cauteloso.

– Sobre o meu pai?

– Sim.

– Por quê?

– Porque preciso da sua ajuda com uma coisa.

– Com o quê?

Já não parecia estar com tanta vontade de conversar.

– Por que ele se dá tão mal com Jack?

Mike abriu a boca e, por um precioso momento, pensei que fosse dizer algo, mas ele logo a fechou e balançou a cabeça.

– Não quero falar sobre isso.

– Por favor, Mike...

– É um assunto muito... complicado.

– Eu só quero entender.

– Por quê? – perguntou, franzindo o cenho.

– Porque o seu pai quer jantar na minha casa no Natal e eu quero convencer você e Jack a aceitarem, mas não posso fazer isso se não souber por que estão zangados.

Ele fechou a cara, pensativo, mas não disse nada. Eu estava começando a ficar nervosa. Por que as poucas pessoas que sabiam o que tinha acontecido não falavam sobre isso?

– Não é... – procurou as palavras adequadas – uma questão de se darem bem ou mal.

– E então?

– É... por uma coisa que aconteceu – ele disse, cautelosamente.

Eu estava tão curiosa que me aproximei dele.

– O quê?

– Acho que não devo te contar isso, Jenna.

– Por favor, Mike. – Peguei sua mão. – Você sabe que Jack jamais vai me contar.

– E... eu também não – ele disse, hesitante.

– Por favor, por favor. Eu só quero entender.

Mike fez uma careta e ficou olhando para minha mão e para a sua. Realmente, parecia estar pensando no assunto. Por fim, voltou a olhar para o meu rosto.

— Eles nunca se deram inteiramente bem — começou a falar, e senti meu coração acelerar.

Nunca tive tanta vontade de saber algo. Apertei sua mão entre as minhas.

— E...?

— E, por isso, quando ele pegou... — hesitou. — Quando estávamos no colégio, Ross e meu pai se...

— O que estão fazendo?

A voz de Jack me fez dar um pulo para trás, soltando de repente a mão de Mike, que logo se virou, cauteloso. Mas Jack não tinha ouvido nada. Estava mais preocupado em saber por que eu peguei a mão de seu irmão. Os lábios eram uma dura linha em seu rosto.

— Só estávamos conversando — eu disse, em seguida.

Mas ele me conhecia bem demais. Viu que eu estava nervosa e cravou um olhar aterrador em Mike, um olhar que eu nunca tinha visto. O coitado recuou dois passos.

— Conversando? — perguntou, me encarando. — Sobre o quê?

Mike e eu trocamos olhares. Isso pareceu irritá-lo ainda mais.

— Maninho, não é...

— Não me chame de maninho. E eu não estava falando com você.

— Jack — atraí sua atenção para mim —, não é o que parece.

— E o que é?

Eu estava me aproximando dele, mas parei ao ouvir seu tom de voz.

— Estávamos conversando, já te disse.

Ele franziu o cenho quando me aproximei dele bem devagar e peguei sua mão. Pareceu relaxar, visivelmente, mas Mike optou por não se aproximar.

Sábia decisão.

— Eu só queria perguntar algo sobre você a seu irmão — comecei a falar.

— E por que não podia perguntar para mim?

Olhei para Mike de soslaio. Ele captou a indireta e saiu, rápido. Enquanto desaparecia, Jack cravou em seu irmão um olhar pouco amistoso. Depois, quando ouvimos seus passos na escada de incêndio, ele olhou para mim.

— Não gosto que você fique a sós com ele — murmurou.

— Mike não é tão mau assim.

– Não quero que você fique a sós com ele, Jen – repetiu, em voz baixa. – Por favor. Com qualquer um, menos com ele.

Suspirei. Sabia que sua desconfiança se devia às ocasiões em que Mike tinha acabado transando com suas namoradas. Assenti com a cabeça e beijei sua boca. Ele relaxou imediatamente.

– Sobre o que vocês estavam falando? – Pelo menos ele já não parecia irritado.

Pensei nisso por um momento.

– Meus pais querem que você vá jantar em casa no Natal.

Ele pareceu surpreso e depois esboçou um sorriso de orelha a orelha.

– É sério?

– Você quer?

– Claro que sim!

– Só há um pequeno detalhe.

– Que detalhe?

– Bem... – Procurei as palavras adequadas. – Eles também querem conhecer a sua família.

Ele deixou de sorrir em questão de segundos. De qualquer forma, não soltei sua mão. Sorri um pouco, tentando animá-lo a dizer que sim.

– Querem conhecer meus pais? – murmurou.

– Sim. Você não gosta da ideia?

– Você sabe que não, Jen.

– Jack...

– Só minha mãe.

– Mas ele é seu pai...

– Você não sabe nada dele. – Apertei sua mão quando ele tentou se soltar. – Não quero que o conheçam.

– Por que não?

– Porque não quero que pensem que sou um imbecil igual a ele.

– Você pode não gostar de seu pai, Jack, mas ele continua a ser uma pessoa cordial que me pediu desculpas e tentou me deixar à vontade em sua casa.

– Sim, sobretudo quando insinuou que...

– Isso já foi esquecido – eu disse, erguendo uma sobrancelha.

Contraiu os lábios, emburrado.

– Não vou pedir desculpas a ele.

– Por causa da discussão?

Eu tinha uma pequena esperança de que ele me dissesse algo sobre o que aconteceu naquele dia, mas sabia que não o faria.

– Por nada. Não estou pensando em pedir desculpas. Não a ele.

– E se ele te pedir desculpas?

Sua expressão ficou tensa outra vez.

– O quê?

– Eu poderia falar com ele.

– Não – ele me cortou, bruscamente.

Pestanejei, surpresa.

– Não?

– Não quero que fale com ele a sós. Nunca. – Ele soou muito mais incisivo do que antes, quando me pediu que não falasse a sós com Mike, o que me deixou muda. – Se fizer isso, eu juro que não voltarei a te dirigir a palavra.

– Jack... – murmurei, surpresa.

– Estou falando muito sério. – Ele segurou meu rosto com as duas mãos. – Não quero que você fique a sós com ele nunca.

Eu estava abalada por esse ataque repentino.

– Por que não?

– Porque não.

– Se você não quer que eu faça algo, acho que é justo...

– Não começa com isso. – Me soltou, cansado. – Estou farto de falar sobre esse babaca.

– Ok – concordei, recuando. – Só queria entender por que...

– Por que você precisa saber? – Jack perdeu a paciência. – Você sabe que pode me perguntar qualquer coisa que eu vou te responder. Qualquer coisa, menos isso. Mas você continua insistindo... – Ele fez uma pausa e seu olhar se cravou em mim. – Pera, era disso que você estava falando com Mike?

Jack soltou minha mão e eu fiquei sem fala.

– Era isso que você estava perguntando a ele? – Franziu o cenho. – O que ele te disse?

– Nada – garanti, com alguma má vontade.

– Bom.

Cruzei os braços.

– O que está acontecendo com você ultimamente?

Ele me olhou, confuso.

– O quê?

– Tem alguma coisa, não?

– Não tem nada.

– Sim, tem. Você anda tão... irritado. Se aborrece com qualquer coisa.

– Talvez seja porque você se aliou aos outros pra falar sobre os poucos assuntos que me incomodam e...

– Não. – Neguei com a cabeça, muito séria. – Tem algo mais.

Ele ficou me olhando por algum tempo. Dessa vez parecia ter passado para a turma do "não quero falar". Desviou o olhar.

– Não há nada – murmurou.

– Não minta pra mim, Jack.

– Não quero continuar essa conversa.

– Por que você sempre deixa a conversa pela metade? – protestei.

– Por que você não consegue respeitar o fato de que eu não queira te contar algo?

– Por que diabos você não pode me contar?

– Porque não estou preparado pra fazer isso! – ele soltou, irritado. – É tão difícil de entender? Quero te contar tudo, mas preciso de tempo.

– Tempo pra quê?

Ele me olhou por um momento e depois suspirou.

– Deixa pra lá.

– Eu fiz alguma coisa? – perguntei, quando ele se virou.

Me dei conta de que minha voz tinha soado meio lastimosa. Ele logo se virou para mim.

– O quê? Não, Jen.

– Sim. É alguma coisa comigo – falei. – Você só se irrita falando comigo.

– Não é verdade.

– É, sim. – Ele sabia que eu tinha razão. – Toda vez que você se irrita, sai de onde está ou tenta mudar de assunto. Mas só se irrita quando está falando comigo. Com os outros você não age assim.

Agora ele parecia mais arrependido do que irritado.

– Sinto muito.

– Não sinta. Só me diga o que estou fazendo de errado.

– Não é por sua causa, é...

Ele interrompeu a si mesmo. Não encontrava as palavras adequadas.

– Vamos jantar, por favor.

Me ofereceu a mão, mas a retirou ao ver que eu não ia aceitar.

– Você não vai me contar, não é? Você pode me pressionar o quanto quiser pra que eu fale sobre qualquer coisa, mas, se eu fizer isso, não estou respeitando seu espaço.

Ele não disse nada e desviou o olhar. Assenti lentamente com a cabeça.

– Está bem. Como queira.

– Jen...

– Deixa pra lá – falei, passando ao seu lado.

Ouvi seus passos me seguindo pela escada. Eu estava muito chateada, farta de ter que suplicar que me contasse o que estava acontecendo. Quando chegamos ao apartamento, fui direto para o quarto para vestir o pijama. Ele me olhava de uma distância prudente.

– Não quero que você se chateie – murmurou.

– Se não quer que eu me chateie, vamos conversar.

– Jen...

Contraí os lábios e olhei para ele. Ele não ia me contar nada, eu sabia. Quantas vezes ele não havia me pressionado para que eu contasse algo que não queria contar? E quantas vezes eu tinha reclamado disso? Nenhuma! Não era justo que ele não agisse da mesma maneira comigo.

Ele parecia exasperado quando deu um passo em minha direção.

– Se você não se importa – eu disse lentamente, detendo-o –, quero trocar de roupa.

– Vamos, não aja assim.

– E estou sem fome – murmurei. – Pode dar minha parte pra quem quiser. Ou jogar no lixo.

Ele fez uma cara de tédio.

– Não dá pra você esquecer esse assunto?

Pela minha cara, ele entendeu que era um não. Contraiu os lábios e olhou ao redor, como se isso pudesse lhe dar uma resposta. Cruzei os braços.

– Pode me deixar sozinha?

Ele parecia realmente afetado pela nossa discussão quando me deixou sozinha. Vesti o pijama, tirei minhas lentes de contato e me enfiei na cama.

Eu estava cansada de tanto segredo. Tinha me aberto completamente e ele não queria me contar nada, nunca. Sentia que ele não confiava em mim, e eu odiava essa sensação. E estava chateada com ele por me sentir assim. Já conseguia ver Shanon me dizendo que eu estava sendo infantil a respeito disso, mas, naquele exato momento, isso não me importava.

Já estava com a luz apagada, de costas para o seu lado do colchão e para a porta, quando o ouvi entrar e ficar em pé ao lado da cama.

– Você está chateada comigo?

Não respondi.

– Quer que eu durma no sofá?

– Faça o que quiser – falei.

– O que quero é dormir com você.

Eu não disse nada, mas o ouvi trocar de roupa. Alguns segundos mais tarde, senti a cama afundar um pouco com seu peso. Percebi que ele tentava acariciar meu braço, mas me afastei. Ele suspirou sonoramente.

– Vamos, por favor. Quero te abraçar.

Não respondi. Quase podia vê-lo passando a mão no cabelo, frustrado, e fiquei tentada a dizer que sim, mas me contive. Senti que ele agarrava meu braço suavemente para que eu ficasse virada para cima. Estava apoiado sobre o cotovelo, olhando para mim. Franzi o cenho.

– Não quero que você fique chateada comigo – Jack murmurou, passando a mão em meu queixo.

Ah, não. Dessa vez suas carícias não iriam me distrair. Ele fazia sempre a mesma coisa: me desviar do assunto com carícias.

Afastei sua mão.

– Para – o alertei.

Ele estava pensando rapidamente numa desculpa qualquer para poder me abraçar sem ter que me contar nada sobre os problemas que tinha com seu pai. Eu sabia perfeitamente disso. Mas ele não ia escapar impunemente. Não dessa vez.

Ele se inclinou sobre mim.

– Posso te beijar?

Não respondi. Ele se inclinou para a frente e eu me virei justo quando ia me beijar. Senti que ele apoiou a testa em meu rosto, frustrado.

– Porra, Jen, não faz isso comigo...

– Se você se sente desconfortável dormindo assim, posso ir pro sofá – eu disse, o tirando de cima de mim e lhe dando as costas de novo.

– Não me sinto desconfortável. Quero dormir com você, mas não assim.

Estiquei o braço e apaguei a luz outra vez.

Senti que ele me encarava, mas não tentou mais se aproximar de mim. Fiquei grata por isso. Adormeci de costas para ele.

24

O CASTIGO DA FRIEZA

DE MANHÃ, CORRENDO, ME EMPENHEI um pouco mais do que o normal. Me sentia bastante mal por ter brigado com Jack. Na verdade, uma parte de mim queria lhe pedir perdão por ter sido tão imatura e não respeitar seu espaço. Mas a outra, a que estava cansada de tanto segredo, tomou a frente e me fez continuar emburrada.

Subi pela escada e cumprimentei Agnes amavelmente quando ela cruzou comigo. Assim que abri a porta, meu olfato detectou que alguém estava cozinhando algo. Panquecas! Meu estômago começou a rugir na mesma hora.

Sue, Will e Mike estavam sentados na bancada, olhando para a cozinha com a mesma cara de fome. Parei de repente ao me dar conta de que estavam olhando para Jack, que cozinhava com o cenho franzido, completamente concentrado.

O coitado manipulava a frigideira como se nunca tivesse feito isso em toda a sua vida. Tive que reprimir um sorriso divertido.

– Falta muito? – protestou Mike. – Estou com fome.

– Cala a boca – disse seu irmão, sem olhar para ele.

– Eu também estou com fome – disse Sue.

– Cala a boca você também.

Tirei os fones de ouvido, confusa.

– O que estão fazendo?

Jack quase deixou cair a frigideira no chão quando se virou rapidamente em minha direção.

– Bom dia... – Ele sorriu como um anjinho. – Está com fome?

Ele colocou as panquecas num prato, desajeitadamente. A verdade é que eu estava faminta. E, embora fosse evidente que era a primeira vez em sua vida que Jack fazia panquecas, elas estavam com uma aparência incrível.

Abri a boca para responder, mas Sue me interrompeu. Tanto ela quanto Mike estavam indignados.

– O quê...? Ela sim e nós não?

– Calada. – Jack sorria ao se aproximar de mim. – Nem pensar. São pra você.

Embora estivesse aparentemente tranquilo, era óbvio que tentava agir com cautela. Demorei alguns segundos para me mexer e ele mordeu o lábio inferior. Depois aceitei o prato e vi que seu sorriso ficou mais relaxado.

Me sentei entre Sue e Mike porque Will foi procurar uma alternativa na geladeira. Os dois olhavam para o meu prato como se quisessem me matar por causa dele.

– Dá um pouquinho pra nós? – Mike perguntou, com um sorriso inocente.

– Ou divida só comigo – sugeriu Sue.

– Eu sou mais seu amigo que ela.

– Não é verdade.

– É, sim.

– Ela mora comigo.

– E comigo!

– Você não mora aqui, é apenas um parasita.

– Sou irmão do dono! Você o que é? Hein?

– São todas dela – Jack sentenciou. – Parem de incomodar, hienas.

Os dois cruzaram os braços ao mesmo tempo enquanto eu levei à boca um pedaço de panqueca. Todos me olhavam fixamente, especialmente Jack. Eu me sentia como se fosse tomar a decisão mais importante de suas vidas.

– O que foi? – perguntei, com a boca cheia.

Quando o silêncio se prolongou por mais alguns segundos, fiquei vermelha.

– Vocês podem parar de me olhar desse jeito?

Jack, então, se adiantou, batendo com os dedos na bancada.

– Estão... gostosas?

Engoli o que tinha na boca e assenti com a cabeça.

– É difícil acreditar que é a primeira vez que você faz panquecas – admiti.

– Ainda bem – murmurou Jack, largando a frigideira na pia com um suspiro.

Todos voltaram ao que estavam fazendo. Mike e Sue ainda pareciam incomodados quando foram se sentar, ela na poltrona e ele no sofá, distantes um do outro.

Jack ficou de pé na minha frente. Sua mão estava apoiada na bancada, a poucos centímetros da minha. Ele continuava batendo com os dedos, nervoso.

– Você dormiu bem? – perguntou.

Olhei para ele e depois assenti com a cabeça.

– Mais ou menos. E você?

– Não tanto quanto gostaria.

Parecia nervoso. Não me lembrava de tê-lo visto nervoso antes.

– Você tá... Estamos bem?

Por um momento muito breve, estive a ponto de lhe pedir perdão por ser uma cabeça-dura. Mas, em vez disso, enfiei um pedaço de panqueca na boca e arqueei uma sobrancelha.

– Não sei. Você vai me contar alguma coisa?

– Jen...

– Então não.

Ele desviou o olhar, claramente incomodado. Depois voltou a olhar para mim.

– Posso te levar à faculdade? Hoje você só tem uma aula, né?

– Eu gosto do metrô.

– Podemos fazer alguma coisa mais tarde, se você quiser – ele sugeriu, trazendo sua mão para mais perto da minha.

– Tenho planos.

Jack suspirou e passou a mão no cabelo, frustrado.

– Muito bem – ele disse, finalmente, e desapareceu no corredor.

Do outro lado da cozinha, Will me olhava com uma sobrancelha levantada. Seus lábios estavam curvados num sorrisinho divertido.

– Escutar conversas alheias não faz seu estilo, Will – eu disse, com os olhos semicerrados.

– Vocês estavam a um metro de mim. Não pude evitar.

Ele mexeu seu café lentamente.

– Então esse é o castigo da frieza, hein? Isso é um pouco cruel, Jenna.

Abaixei a cabeça, meio constrangida.

– Ele te falou alguma coisa? – perguntei, baixinho.

– Nem precisava. Me acordou de repente para perguntar se eu conhecia alguma receita de panqueca. Nunca pensei que eu viveria para ver o dia em que o Ross daria vazão ao seu lado cozinheiro. A única coisa que ele sabe fazer é chili.

Não pude deixar de sorrir um pouco. Will se adiantou e se apoiou na bancada.

– Posso perguntar o que ele fez?

– Você não consegue imaginar? – falei, de má vontade.

Ele sorriu, achando graça.

– Sim, a verdade é que faço uma ideia.

– Então tente.

– Ele não quis te contar nada?

Suspirei.

– Às vezes eu odeio ver o quanto vocês se conhecem. Parecem siameses, ou algo assim.

– E o que os siameses têm a ver com...?

– Você acha que estou sendo muito dura com ele?

Eu precisava da opinião de alguém que pudesse ser mais objetivo. Naya ia me pedir que o perdoasse, Sue que o fizesse sofrer, e Mike não ia se importar com nada, ou aproveitaria para implicar ainda mais com Jack. Will era minha melhor opção. Como sempre.

– Honestamente, não faço ideia – admitiu. – Nunca vi o Ross tão comprometido com alguém. Acho que ele nunca se viu numa situação de querer que alguém o perdoe por algo de errado que tenha feito.

Tentei com todas as minhas forças fazer com que isso não derretesse um pouco meu coração. Não consegui.

Maldito e encantador Jack Ross.

– Então eu sou a primeira? – brinquei.

– Você não devia estar gostando disso – ele me repreendeu, embora estivesse sorrindo.

– É que... nunca ninguém tinha tentado ganhar meu perdão – admiti.

– Ele gosta de você, Jenna – ele me disse, repentinamente sério. – Muito mais do que você pensa, provavelmente.

– Bem...

– Estou falando sério. – Will deu um apertão em meu ombro. – Eu nunca tinha visto o Ross agir assim com ninguém.

Eu me senti um pouco comovida enquanto olhava para minhas panquecas pela metade.

– Você acha que eu devia pedir desculpas pra ele...? – perguntei. – Agora estou me sentindo mal por ele.

– Não, não. – Will deu de ombros. – É bom pra ele ter que correr atrás de alguém uma vez na vida. Deixa as coisas assim até essa noite.

Depois de dizer isso, afastou-se de mim com um sorriso.

Meus planos para aquela manhã não eram exatamente os melhores da minha vida: precisava conseguir que o pai de Jack se desculpasse com ele.

Uma tarefa e tanto!

Isso vai ser divertido.

Eu havia mandado uma mensagem para Mary perguntando se seu marido estaria em casa e agora estava esperando em frente à sua porta. Ela a abriu, sorrindo. Acho que eu nunca tinha entrado pela porta principal. Como sempre tinha ido com Jack, entrávamos pela garagem, e aquela enorme entrada me confundiu por alguns segundos.

– Olá, querida – Mary me cumprimentou, carinhosamente, assim que abriu a porta.

– Olá.

Entrei e agradeci pela calefação, pois eu estava congelando. Ela me convidou a entrar, pondo a mão em minhas costas. Deixei o casaco na entrada.

– Então, o sr. Ross está em casa? – perguntei, indo direto ao assunto. Não tinha muito tempo, pois ainda precisava ir à aula.

– Sei que eu tinha dito que você podia ficar a sós com ele, mas... – ela parecia um pouco nervosa –, acho que é melhor eu subir com vocês.

– Não é preciso – suspirei.

Qual era o problema com todo mundo? Por que insistiam que eu não falasse com o sr. Ross a sós? Também não era para tanto.

– Meu bem, se Jackie ficar sabendo que eu te deixei subir sozinha, ele me...

– Ele não vai ficar sabendo – garanti.

Claro que vai.

Ela pensou nisso por um momento.

– Bem... eu... estarei aqui, no sofá, certo? Se precisar de algo, me avise.

Por que tanta precaução com esse homem? Suspirei e subi as escadas rapidamente e em seguida ouvi um piano sendo tocado com maestria. Parei diante da porta do quarto que Jack tinha batizado como "a cova do ogro" na primeira vez em que estive ali.

A porta estava aberta, mas ele estava tocando, de costas para mim, e não me escutou nem me viu. Parei alguns segundos para desfrutar daquela música, antes de bater na porta com os nós dos dedos.

A música parou. O pai de Jack se virou e olhou para mim, ajeitando os óculos.

– Ah, olá, Jennifer. Entre.

Sorri amavelmente e comecei a caminhar, mas me detive quando ele me fez um sinal, dizendo:

– Pode fechar a porta.

Olhei para ele, confusa. Talvez não devesse ficar nervosa simplesmente por fechar uma porta. Obedeci e ele sorriu para mim. Apontou para um pequeno sofá ao seu lado, e me sentei nele, meio incomodada.

– Suponho que você esteja aqui para falar da ceia de Natal, não?

– Sim, por isso.

– Suponho que Jack não concorde que eu vá.

Por algum motivo, me senti mal pelo fato de ele ser tão consciente disso e tentei tirar essa ideia de sua cabeça.

– Não é isso, é que...

– Jennifer, conheço meu filho desde que nasceu. Sei como ele é. Você não precisa tentar mentir pra mim para que eu me sinta melhor.

Seria algo genético isso de flagrar minhas mentiras? Ou o problema é que eu era uma péssima mentirosa? Suspirei.

– Na verdade – comecei, limpando a garganta –, conversei com ele sobre isso ontem à noite e ele me disse que queria, sim, jantar na casa dos meus pais no Natal.

O sr. Ross arqueou uma sobrancelha.

– Mas...?

– Mas... – pausa incômoda – não quer que o senhor vá.

Para minha surpresa, ele não pareceu ficar ofendido, nem triste, só um pouco confuso.

– Acho que você não veio até aqui pra me dizer isso...

– Não – admiti, sorrindo.

– E em que posso te ajudar, Jennifer?

– Bem... – Procurei as palavras adequadas. – Não sei o que aconteceu entre o senhor e Jack, mas...

– Ele não contou a você? – me interrompeu, repentinamente interessado.

Neguei com a cabeça. Não entendi sua expressão de surpresa, mas depois pareceu intrigado, inclinando-se para a frente.

– Isso é... interessante – ele replicou, em voz baixa.

– Interessante? – repeti.

– Se eu fosse pensar em alguém nesse mundo a quem ele pudesse ter contado o que aconteceu, esse alguém seria você, Jennifer – ele disse. – Mas... já vi que ele não fez isso. É interessante, você não acha?

Não, eu não achava. Não era interessante, era uma merda, era algo que me fazia sentir que ele não confiava totalmente em mim. Mas, claro, também não diria isso a ele.

– O negócio é que acho que existe uma pequena possibilidade de que Jack faça as pazes com o senhor. Mesmo que seja só por essa noite.

– Muito bem, e o que devo fazer?

Engoli em seco.

– Pedir desculpas a ele.

Eu achava que ele ia rir de mim e me dizer um grande não, mas ele se limitou a me observar em silêncio, um silêncio bastante incômodo, pelo menos para mim, durante o que me pareceu uma eternidade.

Seus olhos brilharam por trás dos óculos.

– Meu filho sabe que você está aqui?

Demorei um segundo a mais para responder.

– Não.

Ele sorriu, inclinando a cabeça.

– Ele vai ficar bem irritado quando souber, você sabe, né?

Franzi o cenho na mesma hora.

– Ele não vai ficar sabendo a não ser que eu saia daqui com boas notícias.

O sr. Ross riu entre os dentes. Era a primeira vez que eu o via rir e isso me deixou um pouco perplexa.

– Gosto de você, Jennifer – ele admitiu.

– Obrigada – balbuciei, meio constrangida.

Então, ele apoiou as mãos nos joelhos e suspirou.

– Muito bem – ele disse. – Vou me desculpar com ele assim que o encontrar.

Fiquei olhando para ele, surpresa com a rapidez com que essa conversa havia terminado, exatamente como eu queria que fosse, desde o princípio. Não estava acostumada com que as coisas se saíssem tão bem.

– Sério?

– Sim, claro – ele disse amavelmente.

Bem, pelo menos a teimosia não era uma coisa de família.

– Obrigada, sr. Ross.

Eu me levantei.

– Você já vai?

– Eu tenho aula. – Pendurei a bolsa no ombro. – Muito obrigada por aceitar minha proposta. Tenho certeza de que Jack vai ficar contente... mesmo que não demonstre muito. Não dê bola pra isso, está bem?

Senti seu olhar cravado em minha nuca enquanto me dirigia à saída. De repente, me vi com pressa de ir embora, sem saber muito bem por quê. Quando pus a mão na porta, ele pigarreou.

– Jennifer.

Ele não tinha saído de sua banqueta, mas agora me olhava com mais interesse do que antes.

– Sim?

– Posso te perguntar uma coisa?

Soltei a porta e me virei para ele.

– Sim, claro.

Ele sorriu um pouco. Eu me sentia como se ele soubesse de algo que eu não sabia.

– Jack tem se comportado de maneira estranha nos últimos dias?

Ponderei a pergunta durante alguns segundos. Sim, ele tinha se comportado de maneira estranha, mas... será que devia dizer isso ao pai dele?

Não precisei dizer nada. Pelo visto, minha cara já foi uma resposta suficiente.

– E você sabe por quê?

– Não – murmurei.

Ele sorriu, quase docemente.

– Há algumas semanas, ele foi aceito numa escola muito importante. Na França.

A frase pairou no ar durante alguns segundos. Olhei para ele fixamente. Ele parecia estar analisando minha reação.

Lembrei vagamente que Mary tinha me falado algo sobre uma escola de cinema francesa à qual Jack queria ir desde pequeno, mas nunca mais tinha ouvido falar desse assunto.

Eu ainda estava um pouco atônita quando ele continuou a falar.

– O curso começa em fevereiro e, como você pode imaginar... ele terá que ir para a França.

– Quanto... por quanto tempo? – perguntei, em voz baixa.

– Um ano e meio.

Ele parecia estar desfrutando malevolamente da minha cara de perplexidade, mas naquele momento esse era o menor dos meus problemas. Era por isso que Jack estava se comportando assim comigo? Por não saber como me contar isso?

A verdade é que o fato de ele não ter me contado me caiu mal. Eu não gostava de me inteirar de coisas tão importantes por meio de terceiros. Por que diabos Jack não podia confiar em mim?

O sr. Ross interrompeu meu monólogo interior.

– Mas... suponho que você não precise se preocupar com isso – ele disse, inclinando a cabeça –, porque ele não quer ir.

– Como?

Ai, agora mesmo é que eu não estava entendendo nada.

– Ainda não desistimos formalmente da vaga, mas ele diz que não quer ir – replicou o sr. Ross lentamente. – Acho que você consegue imaginar o motivo.

Ah, eu conseguia, claro que sim.

– Por mim – sussurrei.

Seu sorriso se esfumou um pouco.

– Por você. – Ele assentiu com a cabeça.

Houve um momento de silêncio absoluto. Ele me olhou um instante mais com aquele sorriso estranho enquanto eu me recuperava do choque inicial, e depois apontou para a porta.

– Agora, se você me desculpa, preciso ensaiar um pouco mais.

Mary estava sentada no sofá, nervosa, mas se levantou abruptamente quando me viu chegar com cara de quem viu um fantasma.

– O que houve? – ela perguntou, em seguida. – Você está pálida, querida. Está se sentindo bem?

–Sim, sim... estou bem – garanti, voltando à realidade. – É que... bem, acho que vou chegar tarde à faculdade.

Eu nem sequer sabia se podia falar sobre o que tinha acabado de acontecer. Quem saberia? Eu precisava falar com Jack.

Ela assentiu com a cabeça.

– Fique tranquila. Eu levo você à faculdade.

Não vou mentir, fiquei o dia todo pensando naquilo, e as coisas não ficaram muito melhores quando desci as escadas da entrada da faculdade e vi o carro de Jack. Ele estava ali, com as mãos nos bolsos. Tinha ido me buscar, realmente queria fazer as pazes. Estive a ponto de sorrir enquanto me aproximava dele.

– Olá – ele me disse, com cautela.

– Não... não precisava ter vindo, Jack.

Ele franziu o cenho ao notar meu tom de voz. Sabia que algo não andava bem só de me ouvir falar! Era uma piada.

– Eu quis vir – ele disse.

Felizmente, não me perguntou nada.

Entramos no carro. Ele ligou a calefação na mesma hora e fiquei surpresa por não ter ligado o rádio, como de costume. Houve um silêncio meio tenso entre nós enquanto íamos para casa. Quando ele estacionou na garagem, ambos ficamos olhando para a frente por um momento. Não sabia o que dizer.

– Tem uma coisa... – ele começou – que quero te contar há algumas semanas.

Olhei para ele de soslaio. Por algum motivo, senti um nó no estômago.

– Há pouco tempo me... hã... me aceitaram numa...

– Jack, eu já sei.

Eu não sabia por que havia dito aquilo, mas agora era tarde. Ele logo se virou para mim, perplexo.

– Como?

– O negócio da França, não?

– Como...? – ele repetiu.

– Seu pai me contou hoje de manhã – eu disse.

Na mesma hora ele passou da perplexidade para uma expressão sinistramente séria.

– Meu pai? – ele sussurrou.

– Fui falar com ele.

– A sós?

– Ele concordou em te pedir desculpas – expliquei, ignorando sua pergunta.

Isso pareceu deixá-lo desnorteado por um momento, até se esqueceu de que estava irritado. Menos mal.

– Sério?

– Sim. – Sorri.

Ele se virou para a frente, com o cenho franzido. Eu quase podia ouvir as engrenagens do seu cérebro funcionando a toda velocidade. Demorou alguns segundos para se virar para mim de novo.

– Sem pedir nada em troca?

– Ele disse que queria se dar bem com você, Jack.

Não era de todo uma mentira, certo? Certamente, ele pensava assim... embora não o tenha dito. Jack estava muito surpreso para chegar a se dar conta dessa pequena mentira.

– Quando você ia me contar essa história da França? – perguntei.

Ele pestanejou e voltou à realidade.

– Pensei nisso há meio minuto.

– E por que não me falou sobre isso antes?

– Porque não sei se quero ir.

Silêncio.

– Jack, não acredito nisso...

– Não sei se quero ir – ele repetiu –, porque não é tão importante quanto todos acreditam que seja.

– Sua mãe me disse que esse era seu sonho desde pequeno.

– Sim, quando eu era pequeno. Já não tenho tanta certeza se continua a ser.

– Jack...

– Já não é – ele repetiu, emburrado. – Não quero renunciar a tudo que tenho aqui por causa de uma escola no outro lado do mundo que nem sei se vou gostar.

– É a sua oportunidade de poder ser o que quer...

– Está vendo por que eu não queria te contar? – Ele suspirou. – Sabia que você faria isso.

– Isso o quê? – perguntei, confusa.

– Me incentivar a ir. Por que todo mundo insiste em que eu vá? Não era pra ser uma decisão minha?

Olhei para ele por um momento. Parecia frustrado. Depois suspirei e assenti com a cabeça.

– Está bem.

Ele me olhou de soslaio.

– Qual parte está bem?

– Não toco mais nesse assunto da escola... – fiz uma pausa – se você aceitar as desculpas do seu pai.

Silêncio. Jack cravou em mim os olhos semicerrados.

– Isso é uma chantagem?

– Depende. Se fosse, você aceitaria?

Ele ensaiou um sorrisinho divertido, balançando a cabeça.

– É melhor que ele se desculpe direitinho.

Senti meus músculos relaxarem. Um problema a menos. No entanto, ele continuava me encarando. Retribuí o olhar, confusa.

– Você continua brava comigo? – perguntou.

Dei de ombros.

– Um pouco.

– E se eu te disser que comprei pizza de churrasco, embora eu odeie, só porque sei que você tem um gosto horrível e é a sua favorita?

Ele esperou pela minha reação durante alguns segundos. No fim, não consegui evitar e sorri.

– Um pouco menos.

– Já me serve. Por enquanto... – Ele abriu um grande sorriso. – Vamos, estou morrendo de fome.

Saí do carro e ele me esperava com um sorriso de orelha a orelha. Fiquei chateada por ter passado o dia inteiro zangada com ele, mas era divertido ver o quanto estava entusiasmado agora. Entramos no elevador e percebi que ele me encarava, hesitante, pensando se devia ou não se aproximar.

Eu não hesitei tanto. Dei um passo à frente e pus a mão em sua nuca para trazê-lo para perto de meus lábios. Ele respondeu na mesma hora, me abraçando pela cintura e me apertando contra seu corpo.

25

EU NUNCA

ADMITO QUE EU ESTAVA MUITO NERVOSA QUANDO Mike, Jack e eu descemos até a garagem para ir à casa do pai deles. A ideia era que Jack e ele se desculpassem mutuamente, mas com eles nada nunca era tão simples.

– Então, vamos conhecer sua família. – Mike abriu um sorriso, entrando no carro e metendo a cara entre os dois assentos dianteiros. – Espero que você tenha mentido um pouco pra eles, pra que acreditem que somos normais, cunhada.

De manhã eu havia ligado para minha mãe para perguntar o que ela achava do plano. Em poucos segundos, ela passou da felicidade extrema ao estresse por querer causar uma boa impressão. O que estava claro era que ela queria conhecer Jack.

– Falei bem de vocês pra eles – garanti, sorrindo.

– De mim – esclareceu Jack. – Eles nem sabem que você existe.

– Pois terão uma grande e bonita surpresa. Pode ser até que prefiram a mim como genro – replicou Mike.

Reprimi um sorriso quando Jack revirou os olhos descaradamente.

Chegamos à casa e me surpreendeu ver Jack esperando junto à porta da garagem com uma mão estendida para mim.

– Querida, cheguei! – exclamou Mike alegremente, entrando.

Mary e o sr. Ross conversavam na cozinha, mas ambos se calaram no instante em que nos viram chegar. Mike já estava fuçando no forno, sob o olhar de reprovação do pai.

– O que tem pra jantar?

– Salada de frango – disse Mary, sorrindo para ele.

Mike fez uma careta, não muito convicto. Jack e eu trocamos um olhar divertido ao recordar minha tentativa de dieta com Naya.

Tentei soltar minha mão da de Jack para ir cumprimentar Mary, mas ele a apertou um pouco mais e me dei conta de que estava encarando seu pai, que deu uma olhadinha para nossas mãos unidas com uma cara inexpressiva. Eu me sentia como se estivesse interrompendo um duelo de titãs.

– Ah, querida... – Mary se aproximou (para me salvar) com um sorriso de orelha a orelha. – Fico feliz de te ver, como sempre.

Jack finalmente me soltou para que eu pudesse retribuir o abraço de sua mãe.

– Sr. Ross – cumprimentei, me afastando de Mary.

Ele pareceu voltar a si e me deu um sorriso educado.

– Jennifer. – Olhou para seu filho. – Jack.

Jack não respondeu. Bom... não começamos muito bem.

Todos ajudaram a pôr a mesa e depois nos sentamos. Mike teve a brilhante ideia de se sentar sozinho num lado da mesa, me deixando entre Jack e seu pai. A coisa continuava igualmente esquisita.

Começamos a comer num silêncio interrompido apenas pelas tentativas de conversa por parte de Mary. Bem, e das minhas, que eram ainda piores. No fim das contas, quem mais quebrou o silêncio foi Mike falando de sua banda, até seu pai pedir que o poupasse dos detalhes do que ele fazia com seu fã-clube.

O sr. Ross ficou sério quando terminamos de comer.

– Bom, ontem Jennifer veio falar comigo – ele disse.

Olhei para Jack em seguida. Ele tinha os olhos cravados em seu pai, com a mesma falta de expressividade que eu já tinha visto nele muitas vezes. Mary parecia um pouco nervosa, assim como eu.

– Acho que ela tinha razão em tudo o que me disse – acrescentou.

Jack franziu o cenho, confuso.

– Sério?

– Sim, filho – ele replicou. – É ridículo que continuemos brigados por algo que aconteceu há mais de cinco anos.

Minha veia curiosa estava a ponto de explodir. Algum dia eu ficaria sabendo o que acontecera.

– Sei que o que fiz não foi bom – acrescentou o sr. Ross. – Na verdade, entendo que você tenha ficado chateado comigo por tanto tempo. Entendo e lamento.

Jack entreabriu a boca, espantado. Mary também parecia surpresa. Mesmo Mike parou de devorar o seu pão para olhar para ele.

– Você... lamenta? – perguntou Jack, perplexo.

– Sim. Não acho que uma relação assim seja saudável para nenhum dos dois. Nem para sua mãe, nem para seu irmão e nem mesmo para sua namorada. Você não tem vontade de que possamos nos apresentar na casa dela como uma família normal? Eu gostaria disso, e certamente seus sogros também. O melhor para todos é que nos esqueçamos do que aconteceu. Ou que façamos o possível para tornar tudo mais tolerável... e viremos a página.

Ele fez uma pausa, olhando para Jack.

– O que me diz? Pode me perdoar?

Jack estava tão espantado que ficou alguns segundos em silêncio total. Estiquei a mão por baixo da mesa, disfarçadamente, e toquei em seu joelho. Ele pestanejou, voltando à realidade. Olhou para mim, para seu pai, para mim... e para seu pai.

Um curto-circuito.

Finalmente, conseguiu dizer algo.

– Você está doente, ou algo assim?

O sr. Ross esboçou um sorrisinho.

– Um pouco aliviado, para dizer a verdade. – Ele inclinou a cabeça. – Vamos, filho, virar a página. Os dois juntos.

Jack voltou a ficar em silêncio, mas desta vez não era por causa do espanto. Era porque estava pensando. Limpou a garganta e, para surpresa de Mary, começou a assentir.

– Posso tentar – ele murmurou.

– Bom. – Seu pai pareceu voltar a respirar. – Fico feliz de ouvir isso, Jack.

Mary estava com lágrimas nos olhos. Quando ficava dramática, ela me lembrava minha mãe. E Naya. Ela logo limpou as lágrimas e fez força para fingir que nada estava acontecendo.

– Queridos, alguém quer sobremesa?

Não ficamos ali muito mais tempo, mas ficou claro que a tensão do ambiente havia diminuído. Jack chegou até a participar de alguma conversa. Troquei um olhar com seu pai, que sorriu para mim. Fiquei feliz por eles.

Embora não soubesse o que havia ocorrido no passado, com certeza podiam superar isso. Não podia ser algo tão grave.

Chegou a hora de partirmos e Mary nos acompanhou até a garagem. Primeiro abraçou seus dois filhos, mas fiquei com a impressão de que ela me abraçou com mais intensidade.

– Obrigada, meu amor – ela sussurrou.

Mary se afastou de mim um pouco emocionada. Eu não soube o que dizer. Jack me puxou pelo braço de volta para o carro. Assim que entramos, ele soltou todo o ar dos pulmões, como se não tivesse podido respirar a noite inteira. Estiquei a mão até seu rosto.

– Você tá bem?

– Não sei – admitiu, com um meio-sorriso.

Atraí-o para mim e ele juntou seus lábios aos meus por alguns segundos. No entanto, se afastou quando Mike começou a pigarrear ruidosamente no banco traseiro.

– Aqui, ou todo mundo se beija ou ninguém beija ninguém, ok?

Jack revirou os olhos e arrancou.

Ao abrir a porta de casa, qual não foi minha surpresa ao encontrar não apenas Naya, Will e Sue, mas também Lana e Chris sentados nos sofás, tomando cerveja. E algo me dizia que não eram as primeiras cervejas, porque estavam com cara de quem estava se divertindo muito para estarem sóbrios.

Bem, Sue não estava. Ela parecia um pouco revoltada com o fato de que estivessem perturbando sua perfeita tranquilidade.

– Jenna! – Naya se levantou num pulo e passou por cima do sofá, literalmente, para me abraçar. – Até que enfim, um reforço feminino!

– E eu sou o quê? – protestou Lana.

– Eu não sou reforço de nada – garantiu Sue.

– Estamos comemorando por eu ter passado em todas as provas – explicou Naya, feliz. – Venham beber conosco!

Mike foi direto para uma das poltronas com Sue. Naya, Will e Lana estavam num sofá, Chris, Jack e eu no outro. Fiquei no meio dos dois e sorri para Chris enquanto Jack foi atrás das cervejas.

– Fazia muito tempo que não te via.

– Também não teve grandes mudanças desde a última vez – ele respondeu, sorrindo. – Bem, fora o fato de que... hãã... você e o Ross...

– Sim, eu e o Ross... – Sorri. – E você, como vai? Afinal, aquela garota do saca-rolhas matou a colega dela?

– Espero que não, porque ninguém me falou nada. – Ele fez uma careta. – A verdade é que eu gostava quando você andava por lá. Era agradável poder falar com alguém, pra variar. Embora isso significasse ter que ver também o chato do seu namorado.

Jack tinha acabado de se sentar. Me passou uma cerveja enquanto olhava para Chris com certo ar divertido.

– Você não sente minha falta, Chrissy?

– Não me chame de Chrissy! – Ele ficou vermelho.

– Bom – Naya atraiu nossa atenção –, vocês chegaram bem a tempo de jogar... Eu Nunca!

– O que é isso? – perguntou Chris, com uma careta.

– Você não sabe? – Arqueei as sobrancelhas.

– Alguém aqui não foi a muitas festas, Chrissy. – Sue sorriu maliciosamente.

– Me deixe em paz – disse ele, e ficou vermelho de novo.

– Alguém fala que nunca fez alguma coisa – Will explicou a ele. – Se você também não fez, fica tudo igual. Se fez, você bebe.

– Pra que todo mundo te julgue, Chrissy – acrescentou Ross.

Chris o fulminou com o olhar.

– Ok. Se eu também não fiz a tal coisa, não bebo nada. Entendi.

– Então, eu começo! – Naya bateu palmas. – Eu nunca... hummm... joguei a culpa em outra pessoa por peidar em público.

Houve um silêncio absoluto. Naya fez uma careta.

– Sério? Ninguém?

– Agora eu. – Mike já estava bebendo, embora não precisasse ainda. – Podemos falar de coisas que já fizemos?

– Surpreenda-nos. – Jack passou o braço por cima dos meus ombros.

– Eu nunca transei com alguém que fosse menor de idade sendo eu já maior.

E, para minha surpresa, Will, Lana, Jack e Mike beberam. Olhei para Jack com os olhos arregalados.

– Ela tinha dezessete e eu dezoito – ele disse, repentinamente constrangido.

– E Naya é mais nova do que eu – disse Will.

Lana e Mike ficaram em silêncio, então supus que não iriam explicar nada. A verdade é que eu preferia não saber.

Sue se inclinou para a frente.

– Bom – disse –, podemos deixar esse jogo um pouco divertido?

Ela tinha um sorriso malicioso nos lábios.

– Você me dá medo – eu disse.

– Vou entender isso como um sim. – Ela inclinou a cabeça. – Eu nunca fui infiel ao meu parceiro.

Silêncio. Mike e Lana começaram a beber. Olhei para Jack de soslaio para ver se isso o havia afetado, mas acho que ele nem se deu conta da pergunta. Às vezes eu gostaria muito de saber o que ele pensava...

– Já que estamos nessa... – Will pensou por um momento –, eu nunca tive um sonho erótico.

Ah, merda.

Maldito Will.

Lana, Naya, Mike e Chris beberam. E eu, relutantemente, também. Percebi que todos se viraram para mim na mesma hora, especialmente Jack.

– O que foi? – perguntei, na defensiva.

– Com quem? – perguntou Naya, entusiasmada.

– Eu não fui a única a beber! – protestei, morta de vergonha, especialmente porque o protagonista estava sentado ao meu lado e me olhava, igualmente com um ar divertido e pasmo.

– Muito bem. – Naya piscou para mim. – Eu nunca tive um sonho erótico com alguém que conhecia.

Suspirei e bebi. Os de antes também, mas só olhavam para mim, os nojentos.

– Eu nunca tive um sonho erótico com alguém que conheci nos... últimos três meses?

– Ah, você está fugindo das regras do...!

– Beba – disse Sue, fazendo eu me calar.

Meu Deus. Minha cara estava megavermelha. Bebi, e Mike começou a gargalhar.

– Isso está ficando interessante. – Will sorriu.

– Você é sacana, não me contou! – protestou Naya. – Também não vou te contar meus sonhos eróticos!

– Que sonhos eróticos? – Will olhou para ela imediatamente.

– Hein? Os meus são com você, é claro...

Sue me olhou e disse:

– Eu nunca tive um sonho erótico nos últimos três meses com alguém que está sentado à minha esquerda.

Todo mundo olhou para Jack, que parecia estar dividido entre a diversão e a expectativa de ver se bebia. Seu olhar se cravou em mim enquanto eu encarava meu copo. Silêncio. Levei o copo à boca.

Ele foi quem mais pareceu surpreso.

– Não posso acreditar. – Will ria abertamente de mim.

– É sério? – Jack arqueou as sobrancelhas.

– Podemos perguntar o que acontecia nesse sonho? – perguntou Mike.

– Não! – Eu precisava me acalmar. Meu rosto ardia. – Eu já... já nem me lembro.

– Posso apostar que você se lembra. – Jack também começou a rir.

– Me deixa em paz, tá bem?

– Que nada. Quero saber o que fiz nos seus sonhos picantes.

– Podemos... mudar de assunto?

Juro que minhas bochechas iam explodir. Jack suspirou, mas os outros acabaram concordando que era melhor me deixar em paz.

– Sua vez, Ross – disse Lana.

Ele pensou por um momento, me olhando de soslaio.

– Eu nunca tive um sonho erótico com Jack Ross enquanto namorava outra pessoa... e adorei.

– Combinamos que íamos mudar de assunto! – Fiquei vermelha mais uma vez.

– É uma pergunta, Jenna, você tem que responder – disse Will, e ele e Jack trocaram um olhar divertido antes de olharem para mim de novo.

Idiotas.

– Então tá, neste exato momento eu odeio todos vocês.

Revirei os olhos e levei a cerveja à boca. Imediatamente Jack me puxou para perto dele, rindo e me beijando no rosto. Quase me engasguei.

– Cuidado! – protestei.

– Então você estava tão a fim de mim quanto eu de você, hein?

– Jack! – protestei de novo, mas desta vez porque todo mundo estava nos olhando.

Consegui me livrar dele, constrangida e irritada, mas ele continuou rindo de mim quando olhei para Chris com um olhar de súplica.

– Ei... sim, sim. – Ele se apressou a continuar. – Eu nunca mandei uma foto minha seminu ou nu para alguém.

Fala sério!

Jack, é claro, começou a rir ainda mais.

Já tínhamos feito várias rodadas do jogo e estávamos cada vez mais bêbados. Inclusive eu já estava meio alegre. Tinha tomado duas cervejas seguidas – no meu caso isso era mais do que suficiente – e já estava com a cabeça preguiçosamente apoiada no espaldar do sofá. E isso que eu era uma das que menos tinha bebido.

Jack era o único sóbrio. Estava bebendo tranquilamente seu copo d'água.

– Você parece uma vovozinha – provocou Mike, olhando para ele. – Quem é que bebe água numa festa?

Jack se limitou a sorrir. Tentei não pensar no que Naya e Lana tinham me contado, embora tenha visto as duas trocarem um olhar.

– Última rodada? – sugeriu Jack, ao ver que eu estava começando a ficar com sono.

– Ok – disse Naya, sorrindo. – Agora podemos partir pra coisas sexuais, né?

– Hummm... – Jack não pareceu estar muito de acordo, então meus instintos investigadores dispararam instantaneamente.

– Por mim, pode ser – eu disse.

– Eu começo – disse Naya. – Eu nunca fiz sexo num lugar público.

Não prestei atenção nos outros, mas vi que Jack bebeu e olhei para ele com uma sobrancelha levantada. Ele sorriu como um anjinho, mas não disse nada.

– Eu nunca transei com alguém sem saber seu nome – disse Lana.

Jack bebeu.

– Eu nunca fiz um ménage à trois – disse Sue.

Jack bebeu. Todos olharam para ele.

– Um quarteto? – Sue arqueou uma sobrancelha.

Jack bebeu. Me endireitei no sofá, com cara de espanto.

– Cinco? – Mike parecia intrigado.

Desta vez ele não bebeu. Em vez disso, limitou-se a encher seu copo mais uma vez, evitando meu olhar.

– Eu nunca gravei a mim mesmo transando – disse Mike, olhando para seu irmão.

Todo mundo olhou para Jack, inclusive eu. Fiquei com a impressão de que o jogo só continuava para ver até que ponto ele beberia. E eu não tinha muita certeza se queria saber que outras coisas ele fez.

Ele esboçou um sorrisinho constrangido e bebeu.

Sue parecia intrigada.

– Eu nunca fiz sexo com duas pessoas no mesmo dia – ela disse.

Todo mundo só olhava para Jack. Bebeu.

– Três? Quatro?

Aí ele já não bebeu.

Franzi o cenho e instintivamente olhei para Will, que evitou meu olhar. Então era verdade.

– Eu nunca transei com alguém e depois o expulsei de minha casa – disse Chris.

Jack bebeu.

Sério?

– Sua vez – Sue me lembrou.

– Não sei se quero continuar jogando – murmurei.

– Olhem – Jack tentou se levantar –, acho que já está ficando tar...

– Sente-se, vaqueiro – Naya o alertou.

Ele me olhou de soslaio. Tentei parecer indiferente, mas acho que não consegui, porque ele mordeu os lábios, nervoso.

– Eu não transei com mais de cinco pessoas – disse Mike.

Jack bebeu, de má vontade.

– Dez? Quinze?

– Sério mesmo que vamos continuar esse jogo?

– Beba – alertou Naya.

Ele bebeu de má vontade mais duas vezes.

Estava falando sério? Mais de quinze?

Mas ele não era meu namorado? Eu não tinha que saber dessas coisas? Lembrei da discussão que tivemos, e tudo porque ele não queria me contar nada. Me perguntei se em algum momento eu teria chegado a saber sobre seus tempos de colégio, sobre seu passado, se não fosse pelo que Lana e Naya me contaram. Será que ele teria me contado?

Uma parte de mim conhecia a resposta. E não gostei dela, absolutamente. Por que ele não confiava em mim?

E, em meio a esse debate interno, ouvi a mim mesma falando.

– Eu nunca transei com alguém sabendo que essa pessoa tinha namorado.

Ele arqueou uma sobrancelha olhando para mim, intrigado.

– Você sabe o que eu fiz.

– Então beba – eu disse, mais bruscamente do que pretendia.

Jack suspirou e bebeu, antes de encher o copo mais uma vez.

– Eu nunca me meti numa briga – disse Chris.

– O assunto não era sex...? – Jack tentou interromper.

– Beba. – Mike apontou para ele com um dedo acusador.

Ele bebeu.

– Eu nunca me meti em mais de cinco brigas – disse Sue.

Ele voltou a beber.

Quem era Jack? Como podia namorá-lo sem conhecê-lo nem um pouco? Me vi falando de novo.

– Eu nunca quebrei um osso de alguém – eu disse, em voz baixa.

"Não beba, por favor", pensei.

Jack me olhou por um momento. O silêncio estava tenso, muito tenso. Ele pareceu hesitar, mas bebeu sem desgrudar seus olhos dos meus.

Algo se contorceu dentro de mim. Eu não o conhecia. Como pude acreditar que sim? Onde estava o garoto simpático e carinhoso das HQS e dos filmes? Aquele garoto não seria capaz de quebrar os ossos de ninguém.

Mordi os lábios, olhando para ele.

– Eu nunca provoquei alguém só porque queria ter uma desculpa pra brigar.

– Jen...

– Estamos jogando – lembrou Sue.

Ele pareceu meio incomodado, mas bebeu.

– Não acho que isso seja... – começou a dizer.

– Eu nunca mandei ninguém para o hospital por ter lhe dado uma surra – eu o interrompi.

Ele fechou os olhos por um momento. Olhou para Will, que também parecia incomodado, e bebeu.

– Duas pessoas? – perguntei.

Ele não bebeu.

Eu o encarava. Era como se a realidade estivesse me dando uma bofetada na cara. Ele também olhou para mim. Não parecia estar se divertindo.

Isso fez com que uma parte de mim quisesse lhe dizer que estava tudo bem, que aquilo fazia parte do passado e que eu não me importava. E não era mentira. Mas... eu não conseguia falar. Estava com um nó na garganta.

– Jen... – ele começou, implorando com o olhar que eu me esquecesse de tudo aquilo.

A voz de Will fez com que eu me virasse.

– Eu nunca me apaixonei.

Ele e Naya tinham bebido, mas isso já não era por causa do jogo, era por nossa causa. Me virei para Jack. Sentia meu coração bater nas têmporas. Minha mão apertou o copo de cerveja enquanto ele me retribuía o olhar. Eu estava atônita. Nem sequer conseguia pensar. E ele, sem deixar de me olhar, levou o copo à boca e tomou um gole muito maior do que os anteriores.

Todo mundo se virou para mim. Eu estava paralisada.

E então entendi por que Jack nunca quis me contar sobre seu passado. Ele não queria que eu me assustasse. E eu tinha me assustado, sim, mas não por causa de tudo que ele havia feito, mas porque achava que o conhecia melhor. Ele sabia tudo sobre mim.

Ele continuava a me encarar e senti minha garganta secar. A cada segundo, seu olhar ficava mais triste. Queria que eu bebesse. Todo mundo esperava que o fizesse, mas eu só conseguia olhar para ele. Era como se tudo acontecesse em câmera lenta.

Dizer que tinha me apaixonado era o mesmo que dizer "te amo"? Não, não era a mesma coisa, certo? Porque eu não estava pronta para dizer a uma pessoa que a amava. Só de pensar nisso já me dava calafrios. Soava tão... asfixiante. Eu não conseguia falar. Não. Acho que jamais conseguiria falar.

Mas... senti meu braço se erguer, como se meu corpo contradissesse minha mente. Jack arregalou os olhos quando levei a cerveja à boca e dei um pequeno gole.

Silêncio.

Um silêncio pesado.

Ele continuou a me olhar fixamente, sem conseguir acreditar. Engoli a cerveja. Pronto, estava feito. E, honestamente, eu sentia como se tivesse dito a verdade, embora não quisesse admiti-lo. Ou como se aquele não fosse o melhor momento para fazer aquilo.

Parecia que uma eternidade havia se passado quando, de repente, Jack se virou para a frente e pestanejou. Fiquei surpresa. Isso era tudo? Nem sequer voltou a olhar para mim. Estava com os olhos grudados em seu copo.

Nem sequer percebi quando, mais tarde, Chris perguntou se podia dormir no apartamento porque estava um pouco bêbado. Lana me abraçou ao se despedir, mas eu só conseguia pensar em Jack, que tinha sumido em seu quarto desde que havíamos terminado de jogar. Will também olhava para o corredor. Trocamos olhares e ele me deu um sorriso carinhoso.

Quando entrei no quarto, estava com o coração apertado. Jack estava sentado na cama com a cabeça entre as mãos. Fechei a porta, mas ele fez que não ouviu. Me aproximei dele com cautela.

Se me dissesse para ir embora, eu ia chorar, ia chorar muito. Mas... eu não estava entendendo sua reação. Ele também não tinha bebido? Talvez estivesse arrependido. Senti um nó no estômago. Não, por favor. Que não se arrependesse. Só de pensar nisso, meu mundo vinha abaixo.

— Eu não vou — ele disse, de repente, olhando para mim.

Eu já estava preparada para fingir que não me importava que ele me mandasse à merda, mas fiquei quieta.

— O quê? — perguntei, confusa.

— Não vou pra a França — ele disse, sem desviar os olhos.

Retribuí o olhar sem saber muito bem o que dizer.

— Por quê?

— Não quero ficar longe de você.

Minha voz ficou baixa.

– Por q...?

– Porque eu amo você.

Durante um momento, fiquei sem reação. Depois senti que meu pulso acelerava. Meu cérebro estava tentando processar aquilo.

Eu ainda não conseguira processar quando Jack se levantou e segurou meu rosto com as duas mãos para me beijar com intensidade.

Com tanta intensidade que cheguei a esquecer que eu não havia dito nada.

26

A CEIA DE NATAL

– NEM ACREDITO QUE ESTAMOS INDO À CASA DOS MEUS PAIS – falei, quando o avião começou a aterrissar.

Jack me deu um sorriso radiante.

– Isso vai ser muito divertido.

Estávamos apenas nós dois. Seus pais, Agnes e Mike só chegariam no dia de Natal – que era o dia seguinte –, e depois voltaríamos todos juntos.

Eu estava uma pilha de nervos, e meu nervosismo foi aumentando à medida que nos aproximávamos do portão de saída. E o idiota do Jack parecia estar se divertindo muito.

– Não era pra eu estar nervoso? – ele perguntou.

Parei abruptamente logo antes de atravessar a porta.

– Preciso te dizer uma coisa – falei.

Ele também parou e me olhou, surpreso.

– O que houve? Você tá bem?

– Sim, não é isso. É...

Pensei um momento. Quando olhei para ele, tive quase certeza de que minha cara era a mesma que teria feito se lhe dissesse que minha família fazia parte de um culto satânico.

– Preciso te alertar sobre algo.

Ele ergueu as sobrancelhas, oscilando entre a surpresa e a diversão.

– Muito bem, sobre o quê?

Respirei fundo.

– Meu irmão mais velho acha que precisa espantar qualquer cara que chegue perto de mim, porque pensa que isso faz dele um irmão melhor – eu disse de forma atropelada. – Não digo que ele vai bater em você, mas vai ser um chato. Muito chato. E é bem provável que bata em sua mão assim que você tentar tocar em mim, então teremos que manter certa distância.

Ele assentiu com a cabeça, reprimindo um sorriso.

– Tá bem.

– Meus outros dois irmãos são horríveis, ok? Parecem dois macacos brigando por causa de uma banana. Passam o tempo todo implicando comigo de maneira compulsiva, jogando videogame ou na oficina. Se eles se meterem com você, não hesite em se defender. Eles não têm sentimentos, então você não vai causar nenhum dano a eles. Na verdade, acho que nem cérebro eles têm. Pelo menos nunca deram sinais de ter um.

– Jen, o que...?

– E minha irmã vai te interrogar. Muito. Mesmo. Vai começar a te bombardear com perguntas até você responder, sem te dar tempo pra pensar. Ela é uma especialista em arrancar a verdade das pessoas, inclusive quando elas não querem. Portanto, tenha cuidado com ela.

– Ok, mas...

– Por favor, não pense que sou como eles – acrescentei, pegando em sua mão. – Quer dizer, eles são legais, não é que sejam loucos...

– Jen...

– ... mas, sério, eu não sou como eles, tá bem?

– Vou levar isso em conta – ele me garantiu, brincalhão.

– E minha mãe vai começar a te perturbar e a te aporrinhar. É uma chata. Muito, eu diria. Mas... ela não faz isso pra incomodar! É o seu jeito de ser, sabe? Então, se ela começar a te abraçar e a te chamar de "meu amor", não leve a mal.

– Posso viver com isso.

– E talvez também te faça muitas perguntas. Pode ser muito intensa quando quer. Não é tão perita quanto Shanon, mas também se sai bem.

– Jen...

– E meu pai é muito...

– Jen – ele segurou meu rosto com a mão livre –, relaxa, tá bem?

– Acredite em mim, quem dera eu pudesse relaxar.

Ele sorriu e se inclinou para me beijar.

– Não me importa como eles sejam. São a sua família. E já gosto deles.

Tentei sorrir quando ele fez um sinal para que eu passasse à sua frente.

– Vamos à guerra.

– Tem certeza que não...?

– Jen – ele falou.

– Tá bem! – Suspirei e me encaminhei ao portão de saída.

Fiquei imensamente aliviada ao ver que só Spencer, mamãe e Shanon tinham vindo nos buscar. Assim, deixaríamos papai e os dois idiotas para o final. Bom. Menos mal.

Nos aproximamos deles e vi que Jack os examinava com curiosidade. Eu estava tão nervosa...

Paramos ao lado deles, entre as outras pessoas, e nem sequer nos viram. Com isso, vi minha oportunidade de mudar de opinião e sair correndo, mas Jack me devolveu ao meu lugar com um sorriso alegre e não tive outra opção a não ser limpar a garganta e falar.

– Ei... oi, mãe.

Minha mãe se virou e arregalou os olhos.

– Jennifer, meu amor!

Ela tinha me cumprimentado primeiro por mera formalidade, porque o que realmente queria era inspecionar meu namorado. Cravou os olhos nele em seguida, entusiasmada.

– E você deve ser o Jack! Finalmente estou te conhecendo! – Ela abriu um grande sorriso. – Venham aqui, queridos.

E, sem aviso prévio, nos pegou pelos ombros e nos abraçou de forma que nossos rostos ficaram frente a frente, em suas costas. Jack parecia estar se divertindo. Eu estava morrendo de vergonha.

– Mãe, por favor... – falei.

– Sempre sentindo vergonha de mim. – Ela suspirou dramaticamente e olhou para Jack. – Isso não te parece uma coisa muito feia?

– Isso foi muito feio, Jen – ele me disse, brincando.

Ok, eu merecia. Eu tinha feito o mesmo com sua mãe.

Cravei os olhos em Shanon e Spencer. Ela, para minha surpresa, acolhera meu pedido silencioso de não me envergonhar e se limitou a se aproximar de Jack com um sorriso cordial.

— Ouvi falar muito de você — ela disse, revirando os olhos. — Muito. Sério mesmo... Todos os dias. Jenny é muito chata.

— Obrigado pelas boas-vindas. — Fiz uma cara feia para ela.

Ela me ignorou e sorriu para Jack.

— Sou Shanon. Bem, a gente já tinha se conhecido por telefone.

— Também ouvi falar muito de você — disse Jack, sorrindo e aceitando seu abraço.

Bom, até agora tudo certo. Mas ainda faltava a pior parte.

Olhei para Spencer. Ele tinha se aproximado, com os olhos semicerrados.

Ah, não.

Por favor, não era o momento de ele exibir seus instintos de irmão mais velho, que só despertavam de sua hibernação quando eu lhe apresentava a algum garoto.

— Spencer — ele disse secamente, estendendo a mão para Jack.

Sim, ele estava exibindo aqueles instintos...

Ainda bem que Jack pareceu encarar as coisas com humor.

— Jack. Ou Ross. Como preferir — disse, apertando a mão de Spencer.

— Espero que esteja cuidando bem da Jenny — replicou Spencer, levianamente, sem soltar sua mão.

Fiquei com a sensação de que meu irmão estava apertando a mão de Jack com um pouquinho mais de força e deslizei para o seu lado, pisando em seu pé.

— Solta ele — sussurrei, vermelha como um tomate.

— Cuida dela ou não?

— Eu faço o que posso. — Jack me deu um breve sorriso, antes de voltar a prestar atenção em Spencer.

— Espero que isso seja suficiente, hein?

Dei uma cotovelada já não tão discreta em Spencer, que me ignorou, passando um braço por meus ombros de maneira protetora. Tive vontade de pedir ajuda a Shanon ou a mamãe, mas elas estavam ocupadas rindo da situação.

— E é suficiente — garanti, em seguida.

— Isso ainda vamos ver. — Spencer me deu um pequeno apertão no ombro, sem deixar de encarar Jack.

Ah, fala sério!

E então Shanon veio em meu socorro, soltando as palavrinhas mágicas que a situação exigia.

– Olha, Spencer, eu te contei que foi ele quem se encarregou do idiota do Monty?

Houve um momento de silêncio. Meu irmão pestanejou, surpreso, e depois me soltou, abruptamente. Quase caí de bunda no chão quando ele se dirigiu ao meu namorado.

– É verdade isso? – ele perguntou.

Jack deu de ombros.

– Eu não gostava do jeito que ele tratava sua irmã.

E assim, tão facilmente, Spencer trocou sua expressão hostil por uma bastante amistosa.

– Você podia ter começado por aí! – Ele deu uma palmadinha nas costas de Jack. – Venha, eu te ajudo com a mochila.

– E eu? – resmunguei, quando Spencer começou a guiar Jack até o carro.

Shanon se aproximou, encantada com a situação, e me ajudou.

Mamãe me obrigou a sentar na frente com Spencer, enquanto ela e Shanon ficaram atrás, cercando Jack e o enchendo de perguntas. Eu não deixava de olhar para eles de vez em quando, enquanto Jack respondia educadamente a cada uma delas. Spencer também fez algumas perguntas. Pobre Jackie.

– Deixem ele em paz – pedi.

– Estamos curiosas! – protestou Shanon.

– Sim, fica quieta. – Spencer botou um dedo em minha testa para que eu me virasse para a frente outra vez.

Jack riu de mim enquanto os outros continuavam lhe perguntando coisas.

Meu nervosismo aumentou quando entramos na minha rua. Mamãe começou a contar algumas histórias minhas por aquelas redondezas para Jack, que ouvia com atenção, enquanto eu pedia a ela que, por favor, se calasse. Nem me deram bola, é claro. Eu tinha deixado de existir e nem tinha percebido.

Spencer deixou o carro na garagem. Saí do carro com o estômago embrulhado e, assim que o fiz, vi uma bola de pelo correndo em minha direção.

– Biscuit! – exclamei, entusiasmada.

Ele se atirou sobre mim e começou a lamber minhas mãos. Jack ficou de pé ao meu lado. Eu tinha lhe falado centenas de vezes sobre meu cachorro. Biscuit o cheirou um pouco antes de começar a lamber as mãos dele.

– Até agora, tudo bem – ele brincou, em voz baixa. – Parece que seu cachorro gostou de mim. Já é alguma coisa.

Revirei os olhos enquanto ele ria, mas eu ainda estava muito nervosa. Temia que Sonny e Steve me ridicularizassem. E meu pai... Aff... Era difícil saber como ele agiria.

Entramos em casa. Nem reparei no que havia ao redor, estava concentrada demais em meu objetivo. Jack me olhou de soslaio, mas não disse nada. Então ouvi risadas na sala e soube que eram os dois idiotas. Papai não estava à vista. Bem, um problema de cada vez, não todos ao mesmo tempo.

– Venha conhecer esses dois idiotas – Spencer disse a Jack, o arrastando com ele.

Eu me apressei em segui-los até a sala, aterrorizada. Sonny e Steve estavam tão concentrados em seu jogo que não se deram conta de que tínhamos entrado.

– Olá? – perguntei.

Nada.

– Você está invadindo minha pista, isso é trapaça! – Sonny gritou para Steve.

– Meninos?

– Aprenda a jogar e não me use como desculpa, seu inútil! – Steve gritou, por sua vez.

Emburrada porque me ignoraram, me inclinei e gritei.

– Eu disse olá!

Sonny deu um pulo e vi que sua tela ficou vermelha.

– Não!!! – Largou o controle no sofá. – Não é justo! Você me distraiu!

– Ai, que pena! – Steve começou a rir da cara dele.

– Não querem conhecer o namorado da Jenny? – perguntou Spencer.

Silêncio.

Steve pausou o jogo.

Ah, não.

Os dois se viraram na mesma hora e cravaram os olhos em Jack.

Ah, não, multiplicado por dois.

– É o nosso homem – anunciou Sonny, fingindo estar espantado.

– O homem da paciência infinita – acrescentou Steve.

– O homem que aguenta a Jenny.

– E sem pedir nada em troca.

– Mas eu peço algumas coisas em troca, sim – disse Jack, sorrindo, aproveitando que minha mãe e minha irmã não estavam ali.

Fiquei vermelha como um tomate quando meus três irmãos começaram a gargalhar, inclusive Spencer. Traidor!

– Você sabe jogar? – perguntou Sonny, apontando para a tela.

– Você sabe perder? – Jack falou, arqueando uma sobrancelha.

– Essa é a atitude! – Spencer abriu um sorriso.

– Dois contra dois! – gritou Steve.

– Vocês não têm nada que fazer! – Sonny se sentou no outro sofá com ele.

– Vamos dar uma surra em vocês – murmurou Spencer, sentando-se com Jack.

E, de repente, os quatro estavam sentados com os olhos grudados na tela. Pestanejei, surpresa, ao me dar conta de que era a única idiota de pé.

– O que está acontecendo? – perguntei.

– Cala a boca, assim não ouço nada – protestou Steve.

– Você já me fez perder uma partida, não está contente? – protestou Sonny.

– Não é culpa minha que você seja um inútil jogando – eu disse.

– Alguém tire ela daqui, está me distraindo!

Eu me inclinei para Jack, que sorriu para mim.

– Quando você se cansar desses idiotas – eu disse a ele, baixinho –, estarei na cozinha.

– Preciso conquistar meus cunhados. – Jack piscou para mim.

Eu estava um pouco insegura quando o deixei com as hienas, embora isso para ele certamente não fosse problema nenhum. Minha mãe e Shanon estavam conversando na cozinha e se calaram quando cheguei.

– Também não sou bem-vinda aqui? – protestei.

– Eles já o abduziram? – minha irmã perguntou.

– Os quatro estão lá, jogando com aquele maldito console.

– Aff, são umas crianças – Shanon revirou os olhos.

— Bem... — Roubei um biscoito de um prato em cima do balcão e me aproximei delas. — Do que vocês estavam falando?

— Estávamos falando da nossa primeira impressão — mamãe me explicou.

— A-hã... — Shanon também roubou um biscoito.

— E qual é a conclusão? — perguntei, um pouco ansiosa.

Minha irmã deu de ombros.

— Parece um bom rapaz.

Estava claro que isso não era tudo.

— Mas...?

— Mas... está com você. — Ela sorriu para mim, brincalhona. — Portanto, há algo errado com o cérebro dele.

— Vai à merda — eu disse.

Minha mãe apontou para mim com uma colher de madeira.

— Olha esse linguajar!

Quando se virou, mostrei o dedo do meio para Shanon e ela me mostrou a língua.

— E papai? — perguntei.

— Vai chegar a qualquer momento. — Shanon sorriu. — Estou te achando um pouco nervosa, maninha.

— Preciso lembrar como você estava no dia em que apareceu aqui com seu namorado, *maninha*?

Você está grávida?

— Que eu saiba, não.

— Então não é a mesma coisa — ela respondeu, arqueando uma sobrancelha. — Embora... na verdade papai sempre tenha te tratado como a preferida. Por ser a mais nova e coisa e tal. Não vai gostar de ver que alguém quer montar em sua nenezinha.

— "Montar em sua nenezinha"? — Minha mãe pareceu confusa. — O que é isso?

— Que quer dar flores de presente pra ela — disse Shanon, sorrindo inocentemente.

— Sim, claro... — Mamãe suspirou. — Deixa pra lá, prefiro nem saber.

— Em todo caso — Shanon apontou para mim com o biscoito —, vou me divertir muito vendo como você vai apresentá-lo. Tomara que ele não arme uma pequena cena, hein?

— Ah, cala a boca.

Voltei para a sala e vi que Spencer e Jack estavam arrasando os dois idiotas na estúpida partida. Pigarreei ruidosamente.

– O que foi? – Sonny me olhou com o cenho franzido.

– Posso levar o *meu* namorado?

– Ele prefere ficar com a gente! – protestou Steve.

– Cresçam um pouco. – Shanon entrou. – Não sufoquem o pobre rapaz.

– Diz a chata que certamente fez um interrogatório com ele no carro – Steve falou, de cara feia.

– Steve, maninho, cala a boca ou vou cortar os cabos do console.

Ele levantou as mãos em sinal de rendição.

– Podemos continuar a partida depois – disse Spencer, dando de ombros.

Jack se levantou enquanto eles continuavam discutindo e me seguiu até a escada. Assim que viu que estávamos sós, sorriu maliciosamente.

– Vai me mostrar o seu quarto assim tão cedo?

– Talvez eu te mostre a porta da saída...

Ele riu, balançando a cabeça. Abri a porta do meu quarto, um pouco nervosa, e deixei que ele entrasse na minha frente. Por um momento, ficou olhando ao seu redor com uma expressão que não consegui decifrar. Parou um tempinho a mais em frente à minha cama antes de prosseguir em sua inspeção minuciosa.

– Hummm... interessante. – Olhou para mim, brincalhão.

– É muito rosa, eu sei.

– É muito você, na verdade – ele murmurou, pensativo, dando outra olhada. – Essa é a famosa coleção de música?

Passou quase cinco minutos olhando meus discos, minhas fotos, tudo! Fiquei sentada na cama, um pouco nervosa. Era a primeira vez que um garoto entrava no meu quarto. Nem mesmo Monty tinha feito isso. Com ele, eu preferia que "as coisas" acontecessem no sofá. Nunca quis lhe mostrar meu quarto e minha cama, era como mostrar uma parte muito íntima de mim. Mas com Jack era diferente.

Cruzei as pernas quando ele se aproximou de mim.

– Você está gostando? – perguntei, um pouco nervosa.

– Do seu quarto ou da sua família? – Ele sorriu.

– Da minha família, seu bobo.

– Bobo... – Fez uma careta divertida ao se sentar ao meu lado. – Gostei deles. E acho que eles gostaram de mim.

– Bom, minha mãe te adora.

– Então estamos empatados.

Sim, a verdade é que Mary e eu nos dávamos muito bem.

– Deixei que seus irmãos ganhassem uma rodada para que também me adorassem – acrescentou.

– A verdade é que não consigo imaginar seus pais sentados ali embaixo com a minha família.

Ele pareceu um pouco surpreso.

– Por que não?

– Não sei. Aqui é tudo tão... normal.

– Você está chamando minha família de anormal?

Ele começou a rir.

– Hein? Não, não! Ai, eu estou tão nervosa...

– Está tudo bem. – Ele passou o braço ao redor dos meus ombros. – Tudo correu bem, não?

Assenti com a cabeça.

– É que não quero que você fique com uma má impressão.

– Para de se preocupar com isso. Estou me divertindo muito.

Eu me aproximei dele para lhe dar um beijo na boca, com um ar divertido, mas me detive abruptamente ao escutar o ruído familiar da porta principal.

Ele arqueou as sobrancelhas quando viu minha cara de espanto.

– Chegou algum assassino em série?

– Pior que isso.

– Pior?

– Meu pai.

Respirei fundo. Ele me observava, sorrindo.

– Devo me preocupar?

– Hummm... Bom... é melhor vir comigo.

Peguei-o pela mão e levei-o escada abaixo. De fato, meu pai tinha acabado de entrar em casa. Ele se virou no instante em que ouviu nossos passos e seu olhar se dirigiu diretamente para Jack, que ficou de pé ao meu lado, tranquilamente.

Pensando bem, alguma vez eu já tinha visto Jack intimidado por alguma coisa? Eu diria que não.

Meu objetivo na vida é chegar a esse ponto.

– Sr. Brown – ele disse, educadamente, aproximando-se dele.

– Jack – meu pai respondeu, num tom neutro, olhando-o de cima a baixo. – Ouvi falar muito de você.

Começou, como Shanon.

– Só coisas boas – eu disse, me plantando ao seu lado.

– Muito boas – papai me corrigiu.

Fiz uma cara de espanto absoluto quando papai se adiantou e pôs uma mão no ombro de Jack, amigavelmente.

– Jenny já te mostrou a oficina?

E foi fácil assim. Sonny e Steve foram com eles, entusiasmados, para lhe mostrar a oficina mecânica. Jack se virou no último momento e sorriu, divertido, ao me ver de boca aberta.

– Interessante – Jack comentou, quando saímos do carro de Spencer.

Ele, Spencer, Steve, Sonny e eu tínhamos ido à feira que faziam todo ano no feriado de Natal. Pude ver a roda-gigante, a pequena montanha-russa, os carrinhos de bate-bate, as bancas de tiro ao alvo, as barracas de comida... Era como um pequeno festival. E já era noite, então as crianças haviam sumido. Agora só havia adolescentes se beijando pelos cantos.

– Eu dirijo! – berrou Steve antes de sair correndo na direção dos carrinhos de bate-bate.

– Hein? – Sonny pestanejou antes de ir atrás dele. – Ei, nada disso!

Os dois começaram a brigar para comprar a entrada. O vendedor olhou para eles com uma sobrancelha erguida. Spencer suspirou.

– Vou com eles pra não se matarem, ok?

Assim que nos deixou a sós, olhei para Jack, que observava curiosamente as coisas ao redor.

– Onde você quer ir? – perguntei.

– A minimontanha-russa tem uma cara boa.

– Ok. Me fala qualquer outra coisa que não seja essa.

Ele abriu um sorriso enquanto começávamos a percorrer a feira.

– Alguém tem medo de montanha-russa? – brincou.

– Não tenho medo, ok? – eu falei, meio incomodada. – Ou tenho, tanto faz. Não quero entrar nela.

– E o que você sugere?

Olhei ao redor, pensativa.

– Você tem boa pontaria? – ele me interrompeu.

Nos aproximamos da barraca de tiro ao alvo e Jack arqueou uma sobrancelha, brincalhão, quando recebi os dardos. Olhei para o alvo de várias cores e mordi o lábio inferior antes de arremessar. Só precisava atingir um dos pontos coloridos. Qualquer um, menos os brancos. Era fácil, não?

Lancei o primeiro dardo e, claro, ele atingiu em cheio um ponto branco.

Fiz uma careta.

– Que falta de sorte – disse o homem da barraca, sorrindo para mim.

– Você quer que eu tente? – Jack me perguntou.

– Não – eu disse, com o orgulho ferido. – Ainda tenho mais quatro chances, ok?

– Tudo bem.

– Não me olhe assim, eu consigo fazer isso.

– Eu não disse que não – garantiu, se divertindo.

Voltei a me concentrar no alvo à minha frente, com o cenho franzido. Mas, depois de três arremessos, continuava sem atingir o alvo. Não podia acreditar que minha pontaria fosse tão ruim. Fiquei vermelha, enquanto Jack e o homem da barraca continham seus risinhos maldosos.

– Toma – balbuciei, largando um dardo na palma de sua mão. – Se você não acertar, vou lembrá-lo disso pelo resto da vida.

– Onde tenho que acertar pra ganhar alguma coisa? – Jack perguntou ao homem.

Ele pensou por um momento.

– Se acertar no verde, você leva um unicórnio de pelúcia. Se acertar no azul, pode levar essa coisa para fazer bolinhas de sabão.

Jack me olhou de soslaio.

– Acho que você não quer o unicórnio – ele disse.

– As bolhas de sabão já estão de bom tamanho. – Sorri inocentemente. – Se você acertar, cla...

Ele já tinha acertado em cheio no azul.

O homem da barraca lhe deu a geringonça para fazer bolhas de sabão e ele a passou para mim, com um sorriso petulante.

– Sempre acreditei em você – garanti a ele.

– "Se você não acertar, vou lembrá-lo disso pelo resto da vida" – ele disse, imitando minha voz.

– Mas você acertou, não?

– Como quiser. O que quer fazer agor...? Eita, está bem.

Eu já o estava arrastando pelo braço como uma criança até a cabine de fotografia que eu tinha visto ao lado de uma das atrações. Ele arqueou as sobrancelhas, intrigado.

– Estamos numa feira e você quer tirar fotos?

– Não temos nenhuma foto juntos – protestei.

Ele pensou nisso por um tempo, surpreso.

– É verdade.

– Então venha, vamos resolver isso agora mesmo.

Fui pegar meu dinheiro, mas ele já tinha enfiado as moedas na máquina, enquanto eu guardava torpemente a geringonça das bolhas de sabão em minha bolsa. Me apressei a ficar perto dele, tentando me colocar de um jeito que fizesse com que meu rosto aparecesse bem.

– O que está fazendo? – ele me perguntou, morrendo de rir.

– Calado! Já vai começar.

– Ainda faltam três segundos.

– Se você sair falando em alguma foto, Jack...

– Não vou sair...

– Olha para a câmera!

Jack logo se virou para a câmera e sorriu docilmente, enquanto eu tentava variar as poses: numa foto, saí beijando sua bochecha; outro flash nos pegou olhando um para o outro; antes do seguinte, ele apoiou a cabeça em meu ombro; e, na última foto, eu o atraí para perto de mim para beijá-lo na boca.

Sempre quis fazer essa breguice. Não ia desperdiçar a oportunidade.

Depois ele ficou olhando para as fotos e eu fui retirar as entradas para a roda-gigante. Era minha atração favorita. Subimos numa das cabines, que oscilou um pouco, e a roda começou a girar enquanto ele guardava as fotos no bolso.

– Por que estamos justamente na pior atração das feiras de todos os tempos? – ele perguntou.

Continuávamos a subir, pouco a pouco.

– É a melhor! – protestei, ofendida.

– É a mais entediante.

– Se o que você quer é adrenalina, tente ficar mais de meia hora com meus irmãos sem morrer.

Ele sorriu, se divertindo.

– Gostou da minha família? – perguntei, um pouco insegura.

Ele me olhou, confuso.

– Já não tivemos essa conversa?

– Sim, mas quero ter certeza.

– Você tem medo de que eu não goste da sua família? – ele perguntou. – Não é de mim que eles têm que gostar?

– Você é o típico chato de quem todo mundo gosta.

– Obrigado por sempre me demonstrar o seu amor, hein?

– É verdade – respondi. – Vamos, você gostou deles ou não? Não vou te culpar se disser que...

– Gostei muito deles – ele garantiu. – Você não precisava ficar nervosa.

Senti meu peito relaxar na mesma hora.

– Bom – murmurei.

Já tínhamos chegado lá em cima. Descemos mais uma vez, lentamente, enquanto eu ficava olhando a cidade como se não fizesse isso todo santo ano.

– Quando eu era pequena – murmurei –, subi aqui com uns colegas de aula e um deles começou a se mexer de um lado para o outro para que a cabine balançasse.

– Levando em conta que você está aqui, acho que a história acabou bem.

– Nem tanto. – Fiz uma cara feia. – Você não imagina como essa coisa se mexe! Dá um verdadeiro pavor quando... Ei! Pare! Pare!!!

É claro que contar essa história foi suficiente para que ele começasse a fazer o mesmo que aquele idiota da minha aula. Quando viu que eu estava entrando em pânico, ele parou, rindo da minha cara de horror. Os ocupantes das outras cabines nos olharam com curiosidade, mas a curiosidade se desviou para outra cabine em que estava acontecendo a mesma coisa. Um garoto tentava aterrorizar seus amigos, que gritavam pedindo que ele parasse. Era como um vírus maligno.

– Eu te odeio – eu disse.

– Claro, claro.

Me apoiei no encosto do assento e me aconcheguei um pouco quando o ar frio me fez estremecer.

– Parece que faz uma eternidade que não venho aqui – murmurei, olhando a cidade de novo, com o cenho franzido.

– Você sente falta disso tudo? – ele me perguntou, passando um braço pelos meus ombros.

– É... diferente. – Eu já sabia que não adiantava nada mentir para ele.

– Diferente?

– Aqui tudo acontece tão... devagar.

Ele me observou em silêncio.

– É como se o tempo desacelerasse. Ou parasse completamente, numa quietude constante. Os mesmos lugares, as mesmas pessoas, as mesmas fofocas. – Sorri, olhando para ele. – Quando era pequena, eu adorava, mas, agora... não sei. Não gostaria de passar o resto da vida aqui, Jack. Acho que isso nunca foi pra mim, e nunca será. Tenho pena por causa da minha família, porque se eu for pra longe vou sentir falta deles e sei que eles têm medo de que algo ruim me aconteça, mas... no fim das contas é a minha vida, né? E quem tem que decidir sou eu.

Ele continuou sem dizer nada. Semicerrei os olhos.

– Você tem alguma coisa pra dizer? – perguntei.

Ele esboçou um meio-sorriso.

– Gostaria que você fosse morar comigo, Jen.

Pestanejei, confusa.

– Eu já moro com você há três meses, caso não tenha percebido. Inclusive durmo na sua ca...

– Você disse a Chris que levaria dois meses pra voltar ao alojamento – ele me lembrou. – Já se passaram três.

Era verdade. Eu sentia como se tivessem se passado anos.

– Sim, eu disse isso a ele – murmurei. – Disse que voltaria.

– Mas... não tem por que fazer isso. – Ele me olhou atentamente. – Se quiser ficar no apartamento, já sabe que pode. Também é a sua casa. Realmente... nada me alegraria mais. Eu te adoro, Jen. E adoro passar meu tempo com você. Na verdade, começo a ficar preocupado com o quanto adoro isso, mas, mesmo assim, mantenho a oferta. Você quer ir morar comigo? Oficialmente?

Eita. Já tinha soltado a bomba. E permanecia tão tranquilo.

Levei alguns segundos para responder. De repente, fiquei muito tensa. Ele respeitou meu silêncio, mas era óbvio que esperava uma resposta.

– E não terei um quarto só pra mim? – brinquei, com um risinho nervoso.

Ele arqueou uma sobrancelha, achando graça.

– Alguma queixa no que se refere a dormir comigo?

– Dormir com meu senhorio me faz sentir desconfortável.

– Pois o seu senhorio adora, garanto a você.

– Meu senhorio é um pervertido.

– Seu senhorio é o *seu* pervertido.

Esbocei um sorriso, mas meus nervos não me permitiram mantê-lo por muito tempo. Abri a boca, mas ele me interrompeu.

– Não precisa me responder agora. Você tem as férias inteiras pra pensar nisso. Não há pressa.

Embora eu soubesse que resposta eu queria lhe dar, aceitei dá-la só mais tarde. Ele sorriu e me puxou para perto dele.

Não aconteceu nada de estranho até voltarmos para casa. Spencer tinha tomado várias cervejas com uns amigos que encontrara na feira e estava com a língua meio solta. Ao entrarmos em casa, meus outros irmãos sumiram escada acima. Eu guiava Jack pela mão, mas parei quando Spencer se meteu entre nós, passando um braço por cima dos ombros de cada um.

– Bem, crianças – ele disse, suspirando –, espero que se comportem esta noite.

– Spencer... – Fiquei vermelha.

– Tudo bem, Jenny, é algo natural. Só... façam em silêncio, ok? Alguns de nós precisam madrugar.

– Você não precisa madrugar – protestei, franzindo o cenho.

– Não, mas você não sabe se os outros não têm que fazer isso, egoísta. Morda o travesseiro. Isso ajuda.

Ele deu uma palmadinha nas nossas costas com um grande sorriso. Eu queria morrer, mas Jack conteve uma risada divertida.

– E usem proteção – acrescentou Spencer, subindo as escadas. – Um sobrinho é mais do que suficiente por enquanto.

Ficamos os dois em silêncio quando ele nos deixou a sós.

– Podemos fingir que isso não aconteceu? – sugeri.

Já no quarto, vesti meu pijama de ovelhinhas, que foi objeto de muitas brincadeiras por parte do meu querido namorado. Ele examinou mais uma vez os discos de música na minha estante enquanto eu tirava as lentes de contato. Minha cama me pareceu ridiculamente pequena quando ele se deitou ao meu lado. Dormiríamos grudados, o que também não chegava a ser um problema. Ele me puxou para si até nossas pernas ficarem entrelaçadas.

– Amanhã meus pais chegam – murmurou, fazendo uma careta.

– E seu irmão – lembrei.

– E minha avó – acrescentou. – Será uma reunião interessante.

Houve um momento de silêncio. Arrumei a gola de sua camiseta distraidamente.

– Eu nunca tinha trazido um cara para o meu quarto – murmurei.

– Me sinto lisonjeado.

– Também não tinha apresentado nenhum à minha família.

– Nunca? – Ele pareceu surpreso.

– Nunca.

– E o Malcolm?

– Você quer dizer Monty?

– Isso. Marty.

Sorri e neguei com a cabeça.

– Nunca o apresentei formalmente. Eles o conheciam porque aqui todo mundo se conhece. Ele só vinha aqui em casa quando eu estava sozinha. E ficávamos no sofá, sem fazer grande coisa.

– Então sou o primeiro... – Abriu um sorriso. – Espero ser também o último.

– Que gracinha.

Sem deixar de sorrir, ele se inclinou para me beijar.

Eu estava um pouco nervosa com essa história de apresentar as famílias, então passei um tempo em meu quarto tentando mentalizar a situação para diminuir meu nervosismo. Mas Jack e eu ficamos gelados quando descemos as escadas e vimos que sua família já havia chegado. De fato, estavam todos conversando tranquilamente. Os pais e a avó de Jack estavam com meus pais e Shanon na cozinha, enquanto meus irmãos, Mike e Owen estavam na sala, jogando.

O rosto do meu sobrinho se iluminou quando me viu.

– Titia! – ele berrou, correndo em minha direção.

– Oi, meu amor. – Abracei-o. – Como vai?

– Bem – ele disse, mas fez uma careta ao ver Jack e falou num tom cortante. – Oi, você.

Jack conteve um sorriso.

– Olá, Owen.

Meu sobrinho semicerrou os olhos.

– Eu sou o homem da vida dela – Owen disse a ele, apontando para mim.

– Owen! – me assustei.

– Só pra você saber, ok?

Jack sorriu, divertido, mas Owen continuou a fulminá-lo com o olhar.

– Não aja assim – o repreendi.

– Tudo bem – Jack me garantiu.

– Só te contei a verdade pra que você tenha uma ideia – continuou Owen, cruzando os braços.

– Tô sabendo. – Jack pôs uma mão em seu ombro. – Me falaram muito de você. Não quero competir com você, mas posso cuidar da sua titia quando você não estiver por perto.

Owen pestanejou, ponderando a oferta, e depois assentiu com a cabeça.

– Bem... me parece bom.

– Ótimo! – Jack lhe estendeu a mão fechada. – Amigos?

– Amigos – falou um sorridente Owen, batendo na mão de Jack.

Mary e Agnes ficaram muito felizes ao nos ver. O sr. Ross manteve a distância e se limitou a nos cumprimentar, sem abraços. Pelo menos já não havia tanta tensão entre ele e seu filho. Era um alívio.

Na verdade, minha mãe nem percebeu que havia algo estranho entre eles. E isso era raro, porque ela costumava perceber tudo. Portanto, tudo estava indo bem.

Comemos todos juntos. A base da diversão foi meus irmãos e meus pais rirem de mim coletivamente, e, assim, tudo foi muito divertido para todo mundo menos para mim, que acabei indo para o quintal dos fundos, emburrada. Jack teve que ir me buscar, como se eu fosse uma criança, para que eu voltasse à presença dos demais.

À tarde, os adultos desapareceram e fizemos uma guerra de bolas de neve no jardim. Terminei encharcada e Spencer e Jack ganharam, é claro. Eu tinha ficado na equipe de Mike, que deu uma palmadinha de consolação em minhas costas. Enquanto isso, Sonny e Steve voltaram a nos atacar traiçoeiramente.

Tive que tomar outro banho e trocar de roupa antes do jantar. Tudo parecia estar indo bem. Jack ficou com os garotos na sala enquanto eu passei um tempinho a mais à mesa com os adultos. Estavam falando de não sei qual série, então não me interessei muito. Me levantei e fui até o quintal dos fundos, onde Owen e Mike estavam fazendo um boneco de neve. Os dois estavam se dando surpreendentemente bem. Estavam do outro lado do quintal, então não me viram quando me sentei na escadaria do alpendre e olhei para eles, distraída.

Estava ali há pouco tempo quando senti alguém se aproximar e se sentar ao meu lado. Era o sr. Ross.

Para mim foi estranho vê-lo sentado no alpendre de trás da minha casa com aquelas calças caríssimas.

– Foram feitos um para o outro – ele comentou, olhando para os dois.

Mike estava empurrando uma bola de neve gigante enquanto Owen o perseguia dando ordens, aos gritos.

– Parece que todo mundo está se dando bem – eu disse, sorrindo.

– Sim. Foi tudo maravilhoso. – Ele pôs a mão em meu ombro. – Não poderíamos ter feito isso se você não tivesse ajudado meu filho, Jennifer.

Sorri, meio constrangida. Ele parecia sincero.

– Eu apenas conversei com o senhor.

– Não estou falando disso – ele me disse, tirando a mão do meu ombro. – Estou falando de todo o resto. De como ele era há alguns meses. E de como mudou. Suponho que tenham te falado sobre isso, mesmo que não tenha sido ele.

Assenti com a cabeça, olhando para os meninos mais uma vez.

– Houve um momento na vida dele em que achei que estava perdido – ele murmurou, ao meu lado, pensativo. – Jack é muito teimoso. Não vê que está fazendo mal as coisas até que elas explodam na sua cara.

– Sim, ele é bastante teimoso quando quer – admiti.

– E as namoradas que ele teve... Enfim, nunca gostei muito delas. Não cheguei a conhecê-las pessoalmente e sei que não devia julgá-las assim, mas... a gente sabe quando quer que alguém fique com seu filho ou não. Você vai saber, se um dia for mãe.

Olhei para ele de soslaio. Ele suspirou.

– Sei que o romance de vocês não é uma coisa juvenil – acrescentou.

Havia tanta seriedade em suas palavras que fiquei um momento em silêncio.

– Não, não é – eu disse, baixinho.

– É muito mais que isso. Só queria que você soubesse que estou muito feliz por vocês dois. Você é tudo o que meu filho nem sabia que estava procurando.

Sorri um pouco, incapaz de dizer qualquer coisa. Não esperava ter essa conversa com ele. Encostei meus joelhos no peito, olhando para Mike e Owen, que continuavam a fazer bolas de neve gigantes.

– Já escrevi a carta desistindo da vaga na escola da França – ele acrescentou, distraído.

– Eu sei – murmurei.

– É curioso como as prioridades das pessoas mudam, você não acha? – Parecia estar pensando em voz alta. – Há alguns anos... ele teria feito qualquer coisa para ir a essa escola. E agora... bem, você já sabe.

– É uma pena. Ele quer ser diretor de cinema. Se fosse a essa escola, teria sucesso garantido.

– Poderia ter também em outras escolas. Não seria a mesma coisa, mas também poderia ter.

Pensei nisso por um momento, antes de olhar para ele.

– O senhor acha que ele vai ter outra oportunidade de conseguir vaga nessa escola futuramente?

– Se agora ele disser que não? Não. Eles só dão uma oportunidade como essa uma vez.

Quando viu a cara que eu fiz, acrescentou:

– Mas também há boas escolas por aqui.

Eu não disse nada. Ele pôs a mão em meu ombro.

– Sei que você sente algo muito forte por ele, Jennifer – disse, gentilmente. – E ele sente o mesmo por você, por isso não vai para a França. Você é a coisa mais real que ele já teve na vida e ele não quer renunciar a isso. É normal. Você não pode culpá-lo.

Isso não fez com que eu me sentisse muito melhor. Ele apertou meu ombro, me reconfortando.

– Jack é maior de idade. Devia poder escolher.

Eu não disse nada. Olhei para os meninos, que estavam começando a empilhar as bolas de neve.

– Posso te perguntar uma coisa? – eu disse, sem olhar para ele.

– Sim, claro.

– Se o senhor fosse...? – Pensei melhor e reformulei a pergunta. – O senhor acha que Jack faz bem ao recusar essa oportunidade?

Ele hesitou.

– Por favor, seja sincero – acrescentei, olhando para ele.

Ele hesitou um pouco mais, pensativo.

– Não sei – suspirou. – O amor é complicado, Jennifer. Às vezes temos que fazer sacrifícios por amor. Porque amamos a outra pessoa mais do que a nós mesmos. Porque queremos o melhor para ela. Uma vez tomada essa decisão... é difícil mudá-la.

Assenti lentamente com a cabeça. Não sei por quê, mas fiquei com um nó na garganta.

– Ele devia ter aceitado a vaga – murmurei. – Mesmo que mantivéssemos uma relação à distância durante um ano e meio. Sei que não aconteceria nada, que superaríamos isso.

– Eu também acredito nisso. Mas Jack não.

– Devia acreditar. E devia ir.

– Ele não vai, Jennifer. – Apertou meu ombro mais uma vez antes de se levantar. – Nunca iria estando com você.

Olhei-o se afastar e, depois de alguns segundos, cravei um olhar pensativo nos meninos, que continuavam brincando.

27

O CERTO

POR FIM, MAMÃE INSISTIU PARA QUE JACK e eu ficássemos mais tempo com eles, então acabamos passando o fim de ano na casa dos meus pais. Foi bem engraçado ver como meus irmãos, meio bêbados, tentaram ganhar de Jack numa guerra de bolas de neve. Eu gostaria de poder desfrutar daquela situação como ela merecia, mas uma parte de mim era incapaz de fazer isso. Não parava de olhar para Jack e de me perguntar se ele estava renunciando àquilo de que realmente gostava por minha causa. E também me perguntava se eu seria capaz de fazer o mesmo por ele. Tinha certeza de que sim, mas... não podia deixar de me sentir a maior egoísta do planeta.

Inclusive, uma parte de mim, bem pequenininha, pensou na possibilidade de deixá-lo para que ele pudesse ir a essa escola. Porque ele não iria me ouvir, eu sabia muito bem, sem nem precisar lhe perguntar. Ele não o faria. Tentei afastar esse pensamento da cabeça durante dias, mas foi difícil. E terminei pensando nisso tantas vezes que Jack se deu conta de que algo não estava bem. No início, insistiu para que eu falasse com ele, mas, quando percebeu que eu não queria fazer isso, limitou-se a me dar um beijo para me reconfortar pelo que quer que estivesse acontecendo.

Como ele podia ser tão estupidamente perfeito?

Acho que foi no dia seguinte, ao amanhecer, que consegui admitir o que queria fazer.

Ficar com ele.

Tinha ficado todos aqueles dias de férias pensando no assunto e havia chegado à conclusão de que não queria me separar dele.

Quando fomos pegar nossas malas em meu quarto no último dia, notei que ele me olhava de soslaio.

– Você tá bem? – ele perguntou.

Assenti com a cabeça. Ele não me fazia essa pergunta havia alguns dias.

– Estava pensando... se quero levar algo mais daqui.

Seu rosto se iluminou com um sorriso brincalhão.

– Posso examinar suas gavetas pra ver se encontro coisas interessantes?

– Você pode examinar o que quiser, mas não acho que vá encontrar nada muito interessante.

– Desafio aceito.

Fui até meu armário, peguei alguns moletons de que tinha sentido falta e os joguei dentro da minha mochilinha rosa-choque. Ouvi-o abrir e fechar gavetas, mas não parecia muito entusiasmado com os resultados.

Eu já estava enfiando na mochila as roupas que havia escolhido quando vi que ele olhava mais atentamente para dentro de uma gaveta.

– Uma pulseira que eu nunca vi você usar – ele murmurou.

– Eu quase nunca uso pulseiras ou outros acessórios.

– Você não tem colares? – Ele fez uma careta ao ver que só havia brincos e pulseiras.

– Acho que não – eu disse, dando de ombros.

– Hummm... O que mais? Um caderno...

– Não é um caderno – protestei.

– É um diário?

Seu rosto se iluminou e ele o abriu, curioso. Sorri ao ver sua cara de decepção em seguida.

– Por que há uma lista de nomes, de lugares... e de pessoas?

– Quando eu era pequena, fazia uma lista das coisas de que me sentia orgulhosa: de ter ido à Disney, de passar na prova de cálculo... Bobagens.

– E eu não estou aqui? – Ele arqueou uma sobrancelha.

– Você está na parte de trás – brinquei. – Na lista dos erros da minha vida.

Ele foi até a última página e a examinou minuciosamente.

– Que Spencer tenha te flagrado tirando fotos – assentiu com a cabeça, como se estivesse de acordo –, que você tenha caído numa piscina vestida, que tenha escolhido uma matéria de que não gostava só pra ficar na mesma aula com uma amiga...

Ele parou e franziu o cenho.

– Por que não está escrito "Malcolm"?

– Faz anos que não escrevo nada nesse caderno! E ele se chama Monty, seu chato.

– Nunca é tarde pra acrescentar o nome dele.

Ele abriu um grande sorriso e guardou o caderno na gaveta para continuar bisbilhotando até que chegou a hora de partirmos.

Nos despedimos da minha família e minha mãe nos esmagou num grande abraço. Quando já estávamos no táxi, não pude deixar de olhar para minha casa e depois para Jack, que sorriu para mim.

Estava fazendo o certo?

Ainda não era tarde demais para mudar.

Mas... não. Não havia nada para mudar.

Cravei os olhos em minhas mãos. Era o certo, sim. Eu queria ficar com ele. Queria estar com ele.

Fiquei em silêncio no avião e em quase todo o restante do caminho. Fingi estar dormindo para que ele não falasse comigo. Havia dormido pouco e minha cabeça doía. Tinha até posto os óculos de sol, coisa que nunca fazia.

Jack estacionou o carro na garagem e saímos em silêncio. Ele pegou nossas mochilas e as levou até o elevador. Assim que abrimos a porta do apartamento, o cheiro de queimado invadiu minhas narinas e fiz uma careta. Naya estava berrando. Entramos na sala correndo, assustados, e a encontramos na cozinha, abrindo o forno.

– Merda! – ela soltou.

Uma nuvem negra saiu do forno e de uma bandeja que ela segurava, com um frango da mesma cor. Naya estava histérica. Will, Mike e Sue, sentados perto do balcão, riam dela disfarçadamente.

– Estão vendo por que não queria me meter a cozi...? – Ela parou ao nos ver. – Olá, crianças!

– Você está tentando incendiar o apartamento? – perguntou Jack.

– Ah, cala a boca, Ross. Dez dólares acabaram de ir pro lixo...

– O que estava tentando fazer? – perguntei, achando graça, me esquecendo completamente do que estava em minha cabeça durante todo o trajeto.

– Frango assado! Queria que tivéssemos um jantar decente.

Suspirei e olhei para ela.

– Se você não se cansou de cozinhar, podemos comprar outro frango e eu te ajudo.

– É por coisas como essa que você é a minha melhor amiga! – gritou, entusiasmada.

Então, ela, Will e eu passamos a tarde cozinhando como idiotas e tentando não fazer daquilo um desastre. No final, até que saiu um prato surpreendentemente bom. Sue farejou o ar quando o deixamos na mesa de café. Todos nos sentamos ao redor da mesa e Naya olhou para Mike com o cenho franzido quando ele perguntou por que não tínhamos ligado a televisão.

– É Natal! – ela protestou. – No Natal, a gente conversa, não fica vendo a estúpida TV.

– O Natal já passou – lembrei a ela. – Já estamos em janeiro.

– Sim, mas não conseguimos passar as festas juntos – ela disse –, será que não podemos fingir um pouco pra festejar o Natal com atraso, juntinhos e felizes?

Ela cravou os olhos em Will, que suspirou.

– Me parece uma ótima ideia – ele disse, automaticamente.

– Jenna? – perguntou, olhando para mim.

– Hã... sim, claro.

– E vocês trouxeram presentes? – Mike perguntou, empolgado.

– Hã... não – murmurou Naya.

– Que segundo Natal de merda.

– Cala a boca!

– Agora não posso dar minha opinião?

– Não, seu parasita – disse Sue.

– Por que você continua a me chamar de parasita? – ele protestou. – Sem mim, vocês iriam se entediar.

– Ou aproveitaríamos a vida – disse Jack.

– Cunhada, preciso de reforços.

– Pobrezinho... Deixem ele.

E, para minha surpresa, me levaram a sério, mas não porque eu os tivesse intimidado, é claro. Foi porque todos estavam com fome.

Depois de comer, começamos a ver um entediante filme de Natal, enquanto Mike e Sue o criticavam, Will e Naya se beijavam e Jack e eu estávamos no outro sofá, assistindo ao filme em silêncio.

Ele era a única pessoa que eu conhecia que, quando dizia que queria ver um filme com sua namorada... dizia isso a sério. Se eu tentasse distraí-lo com um beijo, chegava até a se irritar, e isso era muito engraçado. Ele estava muito atento vendo o filme. Contive um sorriso ao ver que ele franzia o cenho numa cena.

– O que foi? – ele perguntou, me flagrando.

– Não queria te perturbar – brinquei.

– Já fui perturbado.

– É que... – abaixei a voz. – Tenho um presente de Natal pra você.

Ele pensou nisso por um momento antes de semicerrar os olhos, curioso.

– Um presente? – perguntou, intrigado. – Por que você não me deu o presente na casa de seus pais?

Senti minhas bochechas ficarem vermelhas.

– Bem... é que não é um presente muito... hummm... convencional.

Seu olhar se iluminou instantaneamente e ele esboçou um sorriso malicioso.

– Quero ver.

– Você não quer esperar que o filme...?

– O filme que vá à merda – ele disse, levantando-se e me arrastando até o quarto.

Sentou-se na cama com o entusiasmo de uma criança.

– Eu também tenho algo pra você – ele me disse.

– Sério?

– Era pra ser um presente de aniversário, mas posso dar adiantado.

– Meu aniversário é daqui a um mês!

– Gosto de ser precavido. Quer abrir seu presente primeiro?

– Sim!

Eu estava um pouco mais entusiasmada do que deveria.

Ele se pôs de pé e remexeu em sua cômoda até encontrar o que procurava. Atirou-o para o alto e, por um milagre, eu consegui pegar. Fiz uma cara feia para ele.

– Podia ter quebrado!

– Eu confiava nas suas habilidades, pequeno gafanhoto.

Comecei a rasgar o papel de presente cuidadosamente. Era uma caixa pequena. Ele me observava com atenção.

– Não sei se você vai gostar muito – acrescentou.

Parei quando estava prestes a abrir o pacote.

– Por que não?

– Não sei. Você sabe que não estou acostumado a dar presentes.

Isso só aumentou minha vontade de abrir o pacote. Terminei de rasgar o papel e o joguei no chão. Era uma caixa azul de veludo. Arqueei uma sobrancelha, intrigada.

– O que...? – comecei.

– Abre logo – ele pediu, impaciente.

Sorri, animada, e abri a caixinha.

Minha cara sorridente passou a ser de absoluta perplexidade ao ver que, dentro dela, havia uma pequena chave prateada. Ele mordeu o lábio inferior, nervoso.

– Uma chave? – perguntei, confusa.

– É a chave do apartamento – ele esclareceu.

Eu continuava sem entender. Eu já tinha a chave do apartamento.

– É... simbólico – murmurou.

– Simbólico?

– Hoje faz oficialmente três meses que nos beijamos pela primeira vez – ele me disse. – E quando estávamos na roda-gigante eu disse que você não precisava me responder em seguida, mas... bom, já sabe. A verdade é que eu ia esperar pra pedir isso no seu aniversário, mas já não consigo mais aguentar.

Fiquei olhando para ele, que pareceu ficar mais nervoso ao ver que eu não dizia nada. Foi fofo vê-lo nervoso assim pela primeira vez desde que o conheci.

– E então? – ele perguntou.

– Eu... – Não sabia nem o que dizer. – Acho que te odeio um pouco.

Ele pestanejou, surpreso.

– Eu?

– Sim, você.

– Por... por quê?

– Porque meu presente é uma merda comparado com o seu.

Ele sorriu, aliviado, e se levantou, aproximando-se de mim.

– Sinceramente, nesse exato momento tudo que quero é ver meu presente. – Ele tirou a caixa das minhas mãos e a deixou em cima da cômoda. – Onde está?

– Mas eu não tenho que respond...?

– Meu presente! – exigiu.

– Tá bem! Senta aí, seu chato. – Apontei para a cama.

– É para me sentar? – ele perguntou, confuso.

– Sim, e de costas pra mim.

– O quê...?

Ele protestou quando eu o sentei na cama para que não pudesse me ver. Quando tentou se virar, voltei a ajeitar sua cabeça.

– Quieto.

Fui até o armário enquanto ele cantarolava uma cançãozinha qualquer, fingindo se distrair. Me certifiquei de que não estivesse olhando enquanto eu mexia no armário. Não se virou. Ainda bem.

Encontrei o que procurava.

– Já posso me virar?

– Não.

– E agora?

– Também não.

– E ago...?

– Jack!

– Perdão.

Quase pude vislumbrar seu sorriso brincalhão enquanto eu me movia apressadamente.

– E agora?

– Se me perguntar de novo, vou fazer tudo mais devagar.

Ele ficou batendo com os dedos nos joelhos, impaciente. Terminei minha parte e me olhei no espelho de corpo inteiro. Eu já estava vermelha como um tomate e ele ainda não tinha se virado.

Eu tinha vestido o conjunto de lingerie que Shanon comprara para mim. Era muito sexy. E muito estranho. Eu nunca havia vestido algo assim. Não parecia eu.

– Estou quase dormindo – ele reclamou, bufando, para me irritar.

– Um momento.

Soltei os cabelos, apressada. Insegura, prendi-os e voltei a soltá-los duas vezes. Afinal, deixei-os soltos sobre os ombros e arrumei a mecha que sempre se soltava atrás da orelha. Minhas mãos tremiam.

Por que eu estava tão nervosa? Era apenas um maldito conjunto de lingerie. Ele já tinha me visto centenas de vezes com muito menos roupa.

Escondi no armário a roupa que tinha tirado e o fechei. Ele tinha se deitado, mas estava com os olhos fechados, docilmente.

Fiz uma pose, mas não gostei da postura e a mudei, incomodada. Repeti o processo três vezes. Ele continuava a bater com os dedos, agora na barriga, com um sorriso animado.

– Estou ouvindo você andar pelo quarto – murmurou. – E minha curiosidade está aumentando.

– Fica quieto e não olhe.

– Quando eu abrir os olhos, você não vai me apunhalar ou algo assim, não é?

– Talvez eu faça isso se você não calar a boca.

Ele começou a rir. Estava se divertindo muito.

Por fim, simplesmente fiquei em pé, vermelha como um tomate. Passei as mãos pelos braços e depois os deixei cair dos dois lados do corpo, mais tensa do que nunca.

Respirei fundo.

– Ok... pode olhar.

Ele abriu os olhos imediatamente e se virou para mim, intrigado.

Durante alguns segundos – horrivelmente eternos – ele ficou me olhando sem dizer nada. Suas sobrancelhas dispararam para cima enquanto ele me escaneava por completo. Certamente meu rosto estava escarlate. Tentei não me cobrir com as mãos, mas a cada segundo a coisa ficava mais difícil. Nunca tinha me sentido tão exposta.

E ele continuava em silêncio. Ficou olhando para o sutiã com as sobrancelhas arqueadas.

– E então? – perguntei, com a voz aguda.

Ele voltou a me olhar de cima a baixo.

– Porra!

– "Porra" querendo dizer "uau" ou "que horror"? – perguntei, em voz baixa, completamente vermelha.

– "Porra" querendo dizer... – ele hesitou, voltando a me escanear. – De foder.

Quando cravou o olhar em meu rosto, senti que podia voltar a respirar.

– Desde quando você tem esse conjunto e por que não o tinha usado até agora?

– Não tinha encontrado uma ocasião especial!

– Por mim você pode usá-lo todos os dias – ele me disse, em seguida.

– Bem – não consegui mais evitar e me cobri um pouco com os braços –, eu...

– Venha aqui – ele disse, contente.

Eu me aproximei dele sem me atrever a olhá-lo. Senti que me puxou suavemente para me fazer sentar em seu colo e estremeci quando roçou meu joelho e a borda do sutiã com os dedos.

– Vou instaurar a tradição de celebrar o segundo Natal todos os anos, te garanto.

Já fazia uma semana que estávamos em casa e as coisas haviam voltado ao normal. Eu já tinha esquecido tudo o que se relacionava com a ida à França. Além disso, eu tinha voltado a correr de manhã e Jack tinha voltado a reclamar da presença de Mike em nossa casa. Ou seja, tudo normal.

Naquela noite eu estava sentada no sofá vendo TV. Jack tinha saído para beber com alguns colegas de aula, então eu estava em casa com o casalzinho e com Sue, comendo pizza e vendo um filme ruim. Mike também tinha desaparecido – acho que com alguma garota –, então, pela primeira vez, eu tinha o sofá inteiro só para mim.

Sue foi a primeira a desaparecer pelo corredor. Depois Naya e Will foram para seu quarto, entre risadas e beijos. Fiquei vendo TV um pouco mais antes de me espreguiçar e resolver ir para a cama. Acordaria quando Jack chegasse, não ia esperar por ele.

Me levantei e me espreguicei mais uma vez, preguiçosa. No entanto, meu olhar se voltou para uma carta que havia sobre o balcão, estrategicamente coberta por uns cadernos. Tirei os cadernos de cima e olhei para a carta, curiosa. Minha expressão indiferente sumiu ao ver que era a carta de renúncia de Jack à vaga na escola francesa.

Não pude evitar e a li. Explicava que, por motivos pessoais, ele agradecia a oferta, mas tinha de recusá-la. Franzi o cenho e deixei a carta em seu lugar, cuidadosamente, para que ele não notasse que eu havia mexido nela.

Quase tive um infarto quando me virei e vi Will de pé, olhando para mim, de braços cruzados.

– Esse negócio de ficar vendo as coisas dos outros não é legal, Jenna.

Ok, mas por que ele tinha soado exatamente igual ao meu pai? Era assustador.

– Eu... – olhei para ele, constrangida. – Não diga nada a Jack, por favor.

– Não vou dizer nada – ele garantiu. – É a carta para a escola?

Assenti com a cabeça. Ele suspirou.

– Que oferta ele vai recusar, hein? – brincou.

Will parou de rir ao ver minha expressão.

– O que houve? – ele perguntou, confuso.

Balancei a cabeça, abraçando a mim mesma. Foi como se tudo o que eu estivera tentando bloquear naqueles últimos dias voltasse para mim na forma de uma bofetada de realidade. Eu sabia que Will tinha feito aquele comentário só de brincadeira, mas não pude deixar de me sentir horrível comigo mesma.

Ele logo se aproximou de mim, ao ver que eu não respondia.

– O que houve, Jenna? – perguntou, dessa vez mais preocupado.

Nos sentamos no sofá. Ele passou a mão em minhas costas, olhando para mim.

– Você acha que ele está recusando algo que não devia recusar? – perguntei, em voz baixa.

Will hesitou. Durante um segundo, sua mão se congelou em minhas costas e, com esse simples gesto, eu soube que ele pensava exatamente isso.

– O que você quer dizer?

– Não sei.

Cobri o rosto com as mãos.

– Ok, vou refazer a pergunta. O que exatamente você quer ouvir, Jenna?

– Não sei – repeti. – Não sei nem o que quero fazer.

Ele me observou em completo silêncio.

– É uma grande oportunidade – ele murmurou. – Se o sonho da vida dele for se tornar diretor de cinema, claro.

– E é – eu disse.

– Eu sei.

– E ele recusou a oferta.

– Também sei disso.

– Por minha culpa.

Ele suspirou.

– Jack é... teimoso. Você não vai fazê-lo mudar de opinião.

Fiquei olhando para ele. Will franziu o cenho.

– O que foi?

– Não sei – murmurei, pensando por um momento. – É só que... Não sei. Ele não devia recusar.

– Pois...

– Se não estivesse comigo, não hesitaria em ir...

A frase ficou suspensa no ar por alguns segundos. Will semicerrou os olhos.

– Não sei o que você está pensando – ele me disse lentamente –, mas te garanto que não é a solução para...

– Will – o interrompi. – Olhe nos meus olhos e jure para mim que tem certeza de que Jack poderá realizar seu sonho sem ir a essa escola.

Ele me olhou nos olhos e parecia que ia dizer alguma coisa, mas se deteve. Assenti com a cabeça.

– É o sonho dele – concluí.

– Jenna...

– É o sonho dele – repeti.

– Há mil maneiras de realizar esse sonho. Ir a essa escola francesa não tem por que ser a única.

– Quantas coisas ele já não fez por mim? – perguntei, sem olhar para Will. – Quantas coisas da vida dele ele já não mudou por minha causa? A quantas coisas ele já não renunciou por minha causa?

– Jenna, eu não acho...

– Ele renunciou ao sonho da vida dele, ao que queria fazer desde que era pequeno... por mim.

Will não disse nada, limitou-se a me observar.

– E o que eu fiz por ele? – perguntei, baixinho.

– Você fez muitas coisas por ele.

– Não. – Neguei com a cabeça. – Nada parecido. Nada comparado a renunciar ao sonho da minha maldita vida. Nem sequer fui capaz de renunciar ao imbecil do meu ex-namorado por causa dele... durante meses.

– Jenna...

– Ele me deu tudo que pôde e eu não soube retribuir.

– Há mil maneiras de retribuir, não tem por que ser essa.

– Talvez sim, Will. – Sorri, meio triste. – Talvez tenha que ser essa.

Ele suspirou e passou a mão no rosto.

– Você não pode fazer isso com ele.

– Acho que sim.

– Ele não... Você teria que falar com o Ross, ele...

– Se eu pedir a ele que vá para a França, você acha mesmo que ele vai me ouvir?

Will suspirou pesadamente.

– Ele te ama, Jenna.

– Sou namorada dele, não esposa. E estamos juntos há tão pouco tempo... E se as coisas ficarem mal dentro de um ou dois anos? E se nos separarmos? O que ele vai fazer, então? Terá renunciado a seu sonho por nada. Por um relacionamento qualquer.

– Não terá sido por nada.

– Sim, Will, terá sido por nada.

Ele fechou os olhos por um momento.

– E se você fosse com ele? – ele sugeriu.

– E eu tenho cara de quem pode pagar uma viagem para a França? – Quase ri.

– Encontraríamos uma maneira de...

– Não quero dever mais dinheiro a ele – murmurei. – Além disso, tenho um trabalho em casa. Quero ganhar algum dinheiro pra poder pagar pelas aulas de pintura. Se eu fosse com ele... só iria atrapalhar.

Parecia que ele ia dizer algo mais, mas nós dois ouvimos o barulho das chaves na fechadura da porta. Cravei os olhos em Will.

– Não diga nada – supliquei.

– Jenna, você não pode...

– Olá, de novo. – Jack entrou em casa com um sorriso de orelha a orelha. – O que estão fazendo? Conspirando contra Sue e seu sorvete?

Ele se aproximou e me deu um beijinho na boca enquanto tirava a jaqueta. Olhei para Will de soslaio quando Jack se virou para jogar as chaves em cima do balcão. Ele estava com uma expressão sombria.

– Vou trocar de roupa – meu namorado falou e desapareceu pelo corredor.

Assim que ficamos a sós, tentei me levantar e Will me segurou.

– Você vai destruí-lo – ele me disse, em voz baixa.

– Se fizer isso agora, talvez... talvez algum dia ele entenda.

– Jenna, você não pode...

– Will – o alertei.

– Não. – Ele me puxou até me deixar sentada novamente. – Você não o entende, não o conhece como eu. Isso vai acabar com ele.

Olhei para Will e ele suspirou tristemente.

– Não há nada que eu possa dizer pra que você mude de opinião?

Eu não disse nada, mas ele não precisou disso para saber a resposta.

– Espere até amanhã de manhã – me suplicou. – Passe essa noite com ele. Faça... não sei... reconsidere. Se amanhã você continuar querendo fazer o que está pensando agora, então... faça. Mas antes pense bem. Pense nas consequências.

Ele viu que eu hesitava.

– Por favor – acrescentou.

– Está bem – concordei, em voz baixa.

Me levantei e andei até o corredor. Ainda não havia chegado ao quarto quando ouvi Will me chamar gentilmente. Olhei para ele, que me observava com um sorriso triste.

– Você é a melhor coisa que aconteceu a ele, sabe? – ele murmurou.

Eu não soube o que dizer. Senti um nó na garganta.

– Só queria que você soubesse.

Nos olhamos por um momento e depois avancei pelo corredor e entrei no quarto. Jack não tinha nem vestido a camiseta, estava na cama com o celular, mas o largou na mesinha de cabeceira quando me viu aparecer.

Imediatamente ele se deu conta de que alguma coisa não estava bem e o sorriso desapareceu de seu rosto.

– O que houve? – perguntou.

– Naya me fez ver o filme do cachorrinho que fica esperando por seu dono que já morreu – menti, sem olhar para ele. – Estou triste.

Eu havia me preparado mentalmente para esse momento por muito tempo. Podia fazer isso, podia mentir para ele. Esperei, nervosa, e me acalmei ao ver que ele abriu os braços.

– Venha aqui. Vamos fazer essa tristeza desaparecer.

Esbocei um sorrisinho triste e me aconcheguei contra seu corpo. Jack se esticou para apagar a luz quando apoiei minha cabeça em seu peito. Ele acariciou minhas costas com os dedos, distraído.

– Está se sentindo melhor? – perguntou.

Assenti com a cabeça. Estava com vontade de chorar.

– Um dia podemos adotar um cachorro – ele murmurou. – Sempre quis ter um.

– Um cachorro? – repeti, sem olhar para ele.

– Sim. Biscuit Segundo. Uma homenagem ao seu Biscuit.

– Você fala como se ele estivesse morto.

– Não é que esteja morto, mas precisa ter um representante nessa casa.

Sorri um pouco, mas estava com vontade de chorar. Ele continuou a acariciar minhas costas.

– Ou um gato – ele murmurou, pensativo. – Os gatos são mais independentes.

Eu não disse nada. Fechei os olhos e tentei não chorar enquanto ele continuava falando.

– O que me diz? Um gato? Um cachorro? Um dragão de cinco cabeças?

Me endireitei na cama para olhar para ele. No meio da escuridão, Jack arqueou uma sobrancelha, esperando uma resposta.

– Um dragão parece bom – murmurei.

– Então será um dragão. Embora eu não esteja pensando em me encarregar de limpar tudo o que ele destruir.

Esbocei um sorriso e me inclinei para a frente para beijar sua boca. Ele retribuiu imediatamente, afundando uma mão no meu cabelo.

Deixei que ele me deitasse de costas na cama. Notou que eu estava triste, mas pensou que era por causa do filme. Ele estava encarando tudo com mais calma e ternura do que nunca. Me beijou na ponta do nariz e sorriu antes de puxar minha camiseta para cima para tirá-la. Fechei os olhos quando ele me beijou na boca outra vez, grudando seu corpo no meu e me acariciando sem pressa alguma.

Aquela noite foi diferente. Os beijos, as carícias, as expressões, os sussurros... de alguma forma, tinham gosto de despedida. De minha parte, eu podia entender, porque não parava de olhar para ele como se tentasse memorizar tudo o que estava acontecendo, mas Jack... ele não estava entendendo totalmente. Só seguia a corrente e sorria para mim em meio aos beijos, como se tentasse apagar a expressão triste do meu rosto.

Ele estava tão consciente de que naquela noite eu é que precisava de um abraço que, em vez de se deitar, como sempre, virou-se para cima e me puxou até ele para que dormíssemos exatamente na mesma posição da primeira vez em que eu o tinha abraçado na cama.

Com a cabeça apoiada em seu peito enquanto ele dormia há quase uma hora, entendi que não conseguiria dormir. Não o faria, eu sabia. Fechei os olhos com força ao sentir que estavam cheios de lágrimas. Ele franziu um pouco o cenho quando me endireitei na cama para olhar bem para ele. Parecia tão tranquilo quando dormia...

Passei a mão em sua barriga e subi até seu peito. Seu coração batia compassado, como sempre. Parei ali um instante. Sua pele era suave. Subi pelo pescoço e toquei seus lábios com a ponta dos dedos. Ele murmurou algo, sonhando.

E foi nesse momento que me dei conta. Foi como se soubesse disso o tempo todo e não me atrevesse nem a pensar, por medo. Por terror. Mas esse terror já não fazia sentido.

Senti meus olhos se encherem de lágrimas quando me inclinei e lhe dei um suave beijo na boca, tentando gravar aquele momento a fogo na memória. Quando me afastei, vi que ele continuava dormindo e tirei as mechas de cabelo de sua testa.

– Eu te amo – sussurrei.

Nunca havia dito isso em voz alta, mas é que nunca tinha sentido algo assim por alguém. Foi como se tivesse tirado um peso de cima de mim. Sequei uma lágrima do rosto e respirei fundo. Eu o amava. Tinha amado durante muito tempo e agora isso era mais real do que nunca.

E, por isso, precisava fazer o que iria fazer.

Botei outra vez a mão sobre seu coração.

– Eu te amo muito, Jack – sussurrei. – Algum dia vamos pensar nisso e vamos rir, tenho certeza. Espero... espero que você consiga entender.

Tirei a mão de cima de seu peito e fechei o punho, conservando seu calor por um momento.

Depois me virei na direção da minha mesa de cabeceira e me levantei sem fazer barulho. Peguei meu celular e saí do quarto discando o número de Shanon.

28

A DECISÃO FINAL

EU TINHA IDO DORMIR NO ALOJAMENTO.

Minha cama parecia vazia e incompleta sem o aconchegante braço de Jack sobre meus ombros. Tudo parecia vazio e incompleto sem ele, inclusive eu. E procurei isso sozinha.

Já havia amanhecido. Olhei minha mala, pronta para partir. Tinha chorado a noite inteira. Engoli em seco e olhei para meu celular. Shanon chegaria em quinze minutos. Então, eu iria para casa e... tudo teria acabado.

Você ainda pode voltar.

Passei as mãos pelo rosto, balançando a cabeça.

Já é tarde para voltar.

Não é tarde. Talvez ele ainda não tenha acordado. Volte, você ainda pode fazer isso.

Eu me levantei, afastando esse pensamento, e fui ao banheiro. Estava com os olhos inchados e com os lábios esbranquiçados. Parecia um cadáver ambulante. Passei um pouco de água fria no rosto, tentando reagir. Será que ele já tinha acordado? Sim, com certeza. Já teria lido o bilhete que deixei? Senti um nó no coração ao pensar nisso.

O maldito bilhete. Não queria nem pensar no que havia escrito. Não tinha sido capaz de dizer em sua cara que queria ir embora. Uma parte de mim, muito covarde, suplicava que ele só acordasse quando eu já estivesse a caminho de casa. Eu não seria capaz de mentir na sua frente. Ele iria me flagrar em seguida.

Esfreguei as bochechas com vontade, tentando lhes dar um pouco de cor, e me olhei no espelho outra vez.

Você é uma idiota impulsiva, sabe?

– Sim, eu sei – murmurei.

E, então, bateram à porta.

Fiquei paralisada.

Não era ele, certo?

Com o coração na mão, me aproximei lentamente da porta. Estava quase chegando quando ela se abriu de repente. Meu corpo todo ficou tenso ao pensar que podia ser ele, mas... era Naya. Senti que podia voltar a respirar.

Ela estava com os olhos arregalados quando olhou para mim.

– O que houve? – ela perguntou, fechando a porta e se aproximando de mim, com urgência. – O que aconteceu? Por Deus, o que ele te fez?

– Nada – respondi. – Ele já... acordou?

– Não tinha acordado quando saí – murmurou. – Will me disse... Por que você foi embora? O que aconteceu, Jenna?

Perguntei a mim mesma se preferia que fosse assim. Não ter que enfrentá-lo. Ir para casa e pronto.

Em dez minutos, Shanon estaria aqui. Só dez minutos.

– O que aconteceu? – insistiu Naya.

– É... complicado.

– Você vai embora?

Seus olhos se encheram de lágrimas.

Hesitei por um momento, antes de assentir com a cabeça.

– Mas... você não pode ir... – Ela começou a choramingar. – Você é... Não... não sei o que aconteceu, mas...

– Sinto muito – sussurrei.

– Gosto muito de você, Jenna. Você é minha melhor amiga. Não quero que vá embora.

Ela me deu um abraço forte e eu o retribuí, com vontade de chorar. Consegui me conter afundando o nariz em seu ombro.

– Fique. Seja lá o que for que tenha acontecido, com certeza encontraremos uma solução. Certamente o Ross não quis...

– O Jack não me fez nada.

– E então? – Ela me olhou com urgência. – Você não pode...?

– Naya, vou pra casa. Preciso fazer isso. Sinto muito mesmo por não ter te avisado antes.

Ela ficou em silêncio por um momento, pensando rapidamente.

– Mas... por que tão de repente? Aconteceu alguma coisa ontem à noite?
– É complicado – repeti.
– Eu sei que é complicado, mas...!
Nos calamos quando alguém começou a esmurrar a porta.
– Jen!
A voz de Jack me deixou gelada.
– Abra a porta!
Senti meu peito afundar.
Ah, não.
Naya me olhou com os olhos muito abertos.
– O que...?
Ele voltou a esmurrar a porta, com vontade.
– Não quero vê-lo – falei.
Naya respirou fundo e se aproximou da porta. Abriu-a um pouco para conseguir falar com Jack.
– Ela não...
– Naya, saia da frente – ele a alertou, em voz baixa.
Ela hesitou por um momento, mas se afastou ao ver que era inútil insistir. Jack entrou no quarto com a respiração acelerada, despenteado e com uma expressão perdida. Olhou para minha cama e depois para minha mala. Senti um nó na garganta quando ele se virou para mim com uma expressão perplexa.
Durante um momento, nenhum dos dois disse nada.
– Eu... – murmurou Naya. – Vou lá pra baixo, com Will e Sue.
Silêncio. Ela fechou a porta. Jack me olhou de cima a baixo com uma expressão tão perdida que me partiu o coração.
– O que...? – ele começou, procurando as palavras, mas não parecia encontrá-las. – Não... não estou entendendo nada... O que...? Você vai embora?
Hesitei por um momento, engolindo em seco.
– Sim – eu disse, com a voz mais firme que encontrei.
– Por quê? – Ele soava completamente perdido. – O que...? O que aconteceu?
– Quero ir embora – repliquei.
– Essa noite... eu... – Ele passou a mão no cabelo. – Porra, não estava tudo bem?

Eu não disse nada. Ele passou a mão no cabelo mais uma vez, pensando rapidamente.

– Você não pode ir embora. – Aproximou-se de mim. – Não sei o que aconteceu, mas você não pode ir.

– Eu quero ir – repeti.

Ele segurou meu rosto com as mãos, procurando algum sinal de mentira em minha expressão. Mas eu tinha ensaiado bastante. Seu peito começou a subir e descer rapidamente quando não encontrou nada.

– Jen, eu... – ele começou. – Por... por quê?

– Só quero ir pra casa, Jack.

– Não entendo – falou –, não estou entendendo nada, o que aconteceu? Ontem à noite estava tudo bem.

– Jack...

– O que eu fiz de errado? Seja o que for, vou te compensar, te juro, eu...

– Não é por nada que você tenha feito – murmurei, notando que ia chorar.

– E por que é, então? – ele insistiu, desesperado para entender. – O que houve? Por que você quer ir embora?

Eu não disse nada. Não sabia o que dizer.

– Só me diga, por favor. Só...

– Não quero continuar com você – eu disse, bruscamente.

Ele hesitou um momento antes de soltar meu rosto e dar um passo para trás. Como se eu tivesse lhe dado um soco.

– O quê? – ele disse, com um fio de voz.

– Não posso continuar com isso – eu disse, lentamente. Minha voz tremia. – Não posso continuar... Não posso ir morar com você, Jack. É demais. Não... não quero. Quero ir pra casa.

Ele me olhou por um momento.

– Você já está em casa – ele disse, em voz baixa.

– Não estou – insisti. – Este não é o meu lar, é o seu.

– Jen...

– Não faço parte disso, Jack.

– Você faz parte de mim.

Ele soou tão destroçado que me partiu o coração.

– Preciso ir embora – eu disse, balançando a cabeça.

– Não, não tem por que você fazer isso. Fique... fique no apartamento um pouco mais. Dormirei no sofá, não me importo. Pense nisso... Deixa eu compensar você e...

– Não – o cortei. – Eu tinha feito um trato com minha mãe, já te disse. Se em dezembro eu quisesse voltar pra casa...

– Dezembro já passou, Jen.

– Por isso mesmo. Já passou. Tudo o que aconteceu antes de dezembro... é passado.

Silêncio. Ele entreabriu os lábios, me encarando. Suas mãos tremiam.

– Não me deixe – suplicou, em voz baixa.

Ah, não.

Ao sentir esse desespero em sua voz, estive a ponto de desmoronar.

– Não me deixe – repetiu, se aproximando de mim e pegando minha mão. – Eu te amo, Jen. Tive certeza de poucas coisas na minha vida, mas essa é uma delas.

Desviei o olhar e ele me obrigou a olhar para ele de novo, segurando meu queixo.

– Fique comigo. Mesmo que seja morando aqui, no alojamento. Se você está precisando de espaço, eu entendo. Não precisa sair desse jeito pra...

– Jack...

– É por algo que te disse? Te magoei sem me dar conta?

– Não é isso.

– E o que é? O que aconteceu?

– Nada!

– Isso não é verdade!

– Sim, é! Só quero ir embora!

– Não é verdade, há algo mais, há alguma coisa...!

– Eu voltei com Monty!

As palavras saíram da minha boca antes que eu pudesse detê-las.

Sua expressão mudou de repente. Ele ficou gelado e me encarou.

A frase ficou suspensa entre nós durante alguns segundos eternos, durante os quais ele não reagiu.

– O quê? – perguntou, em voz baixa.

– Ele era meu namorado antes de eu vir pra cá – sussurrei. – E... me dei conta de que... sinto falta dele. Por isso... preciso voltar. Vou falar com a polícia. Daremos um jeito em tudo.

Ele não disse nada, apenas me encarou, como se estivesse processando tudo aquilo.

– Sinto muito, Jack.

– Mas... você não... me disse... Pensei...

– Eu nunca disse que te amava – murmurei.

Ele entreabriu os lábios para dizer algo, mas não sabia o quê. Soltei minha mão da sua.

Então, meu celular tocou. Uma mensagem da minha irmã, dizendo que já estava lá embaixo. Jack não parou de me olhar. Continuava procurando algum indício de mentira, mas não haveria nenhum. Eu tinha me preparado bem para esse momento.

– Preciso ir – repeti, em voz baixa. – Eu... sinto muito.

Ele não respondeu. Olhava para mim como se não me conhecesse.

Passei ao seu lado. Ele nem se mexeu. Peguei minha mala e aproveitei que ele não estava me olhando para deixar escapar uma lágrima, que limpei com raiva. Respirei fundo e caminhei em direção à porta.

Então, senti que ele me pegou pelos pulsos e me virou para que eu pudesse olhar para ele.

– Você está apaixonada por ele? – ele perguntou, bruscamente.

Respirei fundo. Olhei para ele sem pestanejar. E, embora todo meu ser gritasse que não, eu me obriguei a assentir com a cabeça.

– Esteve apaixonada esse tempo todo? – perguntou, em voz baixa.

Não pude evitar. Meus olhos se encheram de lágrimas quando vi que sua voz se quebrou.

– Sempre – murmurei.

Silêncio.

Ele soltou meu braço e me deu as costas. Fiz o mesmo. Não queria vê-lo. Derramei várias lágrimas e as limpei com a manga da blusa.

Respirei fundo e fui até a porta. Ele não disse nada.

Abri a porta lentamente. Ele não me deteve.

Olhei por cima do ombro. Ele não se mexeu.

Avancei pelo corredor. Cada passo era uma tortura. Meus instintos gritavam pedindo que eu me virasse e voltasse correndo. Não fiz isso.

Desci as escadas e vi que Chris olhava para mim com os olhos arregalados. Nenhum dos dois disse nada. Eu só queria ir embora. Ele abaixou a cabeça. Olhei por cima do ombro. Jack não tinha saído do meu quarto. Vi Shanon falando com Will, Sue e Naya perto do carro. Assim que saí, os quatro me encararam. Minha irmã suspirou. Ela sabia de tudo.

Na verdade, só ela e Will sabiam. Sue e Naya pareciam completamente desnorteadas.

– Ah, Jenny... – murmurou minha irmã, se aproximando de mim. – Você quer...?

– Só quero ir embora – supliquei.

Ela pegou minha mala e a colocou no porta-malas do carro. Olhei para o alojamento. Não havia rastro dele. Por que eu continuava olhando como se ele fosse aparecer? Eu tinha acabado de partir seu coração. Claro que ele não ia sair.

– Não posso acreditar que você esteja indo embora – murmurou Naya, se aproximando de mim.

Não consegui retribuir o sorriso quando ela me abraçou. Sue se aproximou com uma expressão confusa, como se não entendesse o que estava acontecendo.

– Você tem certeza disso? – ela me perguntou.

Assenti com a cabeça. Ela suspirou.

– Droga – murmurou, e me deu um breve abraço.

Bem... talvez não tão breve.

Quando escutei dois pequenos "snif snif" e notei que seus ombros estavam se mexendo, olhei para ela, pasma.

– Sue, você está... chorando?

– Claro que não, sua idiota arrogante. Você acha que me importo que esteja indo embora? Pra mim tanto faz. Não gosto de você. Não gosto de nenhum de vocês. Adeus. Não volte.

Afastou-se de mim, passando o dorso da mão embaixo do nariz, e nem sequer me dirigiu outro olhar. Dei um pequeno apertão em seu ombro, sorrindo um pouco.

– Eu também vou sentir sua falta, Sue.

Ela não disse nada, mas se conteve novamente para não deixar escapar suas emoções.

Will se aproximou de mim nesse momento e me deu um forte abraço.

– Espero que esteja fazendo o certo, Jenna – ele murmurou.

– Certifique-se de que ele vá pra essa escola – eu lhe disse, em voz baixa.

Ele assentiu com a cabeça e se afastou de mim para me olhar. Era a primeira vez que eu o via tão triste.

– Cuide-se – murmurou.

– Cuide dele – eu disse.

Não falamos mais nada. Voltei a olhar para o corredor do alojamento. Estava deserto. Shanon já estava no carro, esperando por mim. Senti lágrimas quentes caindo novamente pelo meu rosto quando me sentei ao seu lado e coloquei o cinto. Ela me olhava de soslaio. Passei as mãos pelos olhos, frustrada.

– Jenny...

– Agora não – pedi a ela, em voz baixa.

– Agora sim – ela me cortou, com seu tom autoritário. – Você sabe o que está fazendo?

Pestanejei várias vezes quando meus olhos começaram a doer outra vez.

– Estou fazendo o que acho que é o certo – murmurei.

– Olha, eu sempre te digo a verdade, mesmo que você não goste de ouvir. Desta vez não é diferente.

Olhei para ela, secando as lágrimas com os dedos. Ela respirou fundo.

– Isso é um equívoco.

– Não é verdade – murmurei.

– Jenny, se você não sair desse carro agora mesmo... vai se arrepender. Nós duas sabemos disso.

– E como você sabe que não vai acontecer o mesmo se eu sair? – perguntei, em voz baixa.

Ela suspirou.

– Não sei – admitiu.

Não respondi. Tentei parar de chorar, mas não consegui.

E, então, vi algo se mexendo no alojamento.

Me virei no instante em que Jack saía do prédio. Estava com a expressão mais triste que já tinha visto em minha vida. Sustentamos nossos respectivos olhares quando ele ficou em pé, olhando para mim.

– Jenny... – A voz de minha irmã não fez com que eu me virasse. – Ainda não é tarde. Você ainda pode sair do carro e contar a verdade pra ele. Tenho certeza de que ele vai entender. E vocês poderão... não sei... fazer de conta que isso nunca aconteceu.

Contive a respiração quando minha mão tocou na maçaneta da porta do carro. Ele me olhava fixamente, implorando com os olhos que eu ficasse com ele. E meu coração batia com força, me dizendo que era isso o que tinha de fazer.

Me imaginei saindo do carro, correndo até ele e contando a verdade. Que o amava. Que nunca ia querer sair do seu lado. Que aqueles meses com ele haviam me ensinado mais coisas do que eu me sentia capaz de aprender.

Mas então me lembrei que estava fazendo isso exatamente porque o amava. Porque precisava que ele fizesse aquilo que sabia que o faria feliz... mesmo que isso significasse que eu deixaria de fazer parte da sua vida, e que algo em mim se quebraria, algo que eu nunca poderia recuperar.

Minha irmã me olhava.

– Jenny, você sabe que eu vou te apoiar seja lá o que você decidir, mas... não faça algo de que vá se arrepender, por favor.

Olhei para minhas mãos e respirei fundo. Meu corpo inteiro tremia.

Não podia fazer isso. Não podia ficar.

Porque, às vezes, temos que fazer sacrifícios por amor. Porque amamos a outra pessoa mais do que a nós mesmos. Porque queremos o melhor para ela. Uma vez tomada essa decisão, é difícil mudá-la.

O sr. Ross tinha razão. Era muito difícil mudá-la.

Fechei os olhos com força ao soltar a maçaneta da porta.

Quando os abri, não me atrevi a olhar para ele outra vez. Não podia. Engoli em seco e cravei os olhos à minha frente.

Shanon me observava em silêncio. Assentiu com a cabeça, como se conseguisse entender o que estava acontecendo.

– Você está pronta pra voltar pra casa? – ela perguntou, em voz baixa.

Lutei contra o impulso de me virar outra vez. As lágrimas continuavam a cair pelo meu rosto. Respirei fundo e olhei para minha irmã.

Assenti com a cabeça, decidida.

– Estou pronta.

Série *Meses ao seu lado*

Antes de dezembro
Depois de dezembro
Três meses
As luzes de fevereiro

SUA OPINIÃO É MUITO IMPORTANTE

Mande um e-mail para **opiniao@vreditoras.com.br** com o título deste livro no campo "Assunto".

1ª edição, ago. 2024

FONTES Relation Two 45pt;
Freight Sans Pro Bold 14/17pt;
Freight Sans Cmp Pro Bold 10/12pt;
Freight Text Pro Book 10/12pt
PAPEL Lux cream 60/g²
IMPRESSÃO Gráfica Plena Print
LOTE PLE120724